Dylan's Visions of 罪之瞳 Sin

鲍勃·迪伦歌曲中的罪之想象

[英]克里斯托弗·里克斯 著
姜涛 王海威 译

GUANGXI NORMAL UNIVERSITY PRESS
广西师范大学出版社
·桂林·

ZUI ZHI TONG: BAOBO DILUN GEQU ZHONG DE ZUI ZHI XIANGXIANG
罪之瞳：鲍勃·迪伦歌曲中的罪之想象

DYLAN'S VISIONS OF SIN
by Christopher Ricks
Copyright © Christopher Ricks 2003
Simplified Chinese translation copyright © 2023
by Guangxi Normal University Press Group Co., Ltd.
ALL RIGHTS RESERVED

著作权合同登记号桂图登字：20-2017-223 号

图书在版编目（CIP）数据

罪之瞳：鲍勃·迪伦歌曲中的罪之想象 /（英）克里斯托弗·里克斯著；姜涛，王海威译. --桂林：广西师范大学出版社，2023.4
书名原文: Dylan's Visions of Sin
ISBN 978-7-5598-5718-7

Ⅰ．①罪… Ⅱ．①克… ②姜… ③王… Ⅲ．①诗歌研究－美国－现代 Ⅳ．①I712.072

中国国家版本馆 CIP 数据核字（2023）第 019445 号

广西师范大学出版社出版发行

（广西桂林市五里店路 9 号　邮政编码: 541004）
（网址：http://www.bbtpress.com）
出版人：黄轩庄
全国新华书店经销
深圳市精彩印联合印务有限公司印刷
（深圳市光明新区白花洞第一工业区精雅科技园　邮政编码：518108）
开本：880 mm × 1 240 mm　1/32
印张：21.625　　字数：563 千
2023 年 4 月第 1 版　　2023 年 4 月第 1 次印刷
定价：116.00 元

如发现印装质量问题，影响阅读，请与出版社发行部门联系调换。

目 录

原罪、美德、神恩　　　　　　　　1
歌，诗，韵　　　　　　　　　　　14
　　歌，诗　　　　　　　　　　　14
　　韵　　　　　　　　　　　　　39

原 罪

嫉　妒　　　　　　　　　　　　　69
　　《献给伍迪的歌》　　　　　　69
　　《准是第四街》　　　　　　　75
　　《盲歌手威利·麦克泰尔》　　93
　　《猜手手公子》　　　　　　　109
贪　婪　　　　　　　　　　　　　121
　　《得服务于他人》　　　　　　121
　　《满眼忧伤的低地女士》　　　131
暴　食　　　　　　　　　　　　　147
懒　惰　　　　　　　　　　　　　154
　　《所有疲惫的马》　　　　　　162
　　《时间缓缓流逝》　　　　　　168
　　《晾衣绳传奇》　　　　　　　172
　　《歇下你疲惫的曲调》　　　　180
　　《铃鼓手先生》　　　　　　　185
色　欲　　　　　　　　　　　　　197
　　《躺下，淑女，躺下》　　　　208
　　《在这样一个夜里》　　　　　225

1

愤　怒	236
《只是棋局里一枚卒子》	236
骄　傲	248
《像一块滚石》	248
《蝗虫之日》	265
《我能为你做些什么？》	277
《自负之疾》	291

美　德

公正（义德）	303
《海蒂·卡罗尔孤独地死去》	303
《七个诅咒》	319
《牛津镇》	335
审慎（智德）	344
《时代正在改变》	351
《我们最好商量一下》	369
《好好待我，宝贝（待别人）》	380
节制（节德）	391
《爱不减/无限》	391
《甜妞宝贝》	412
坚忍（勇德）	441
《在风中飘荡》	441
《暴雨将至》	452
《我信任你》	472
《大多数时候》	483
《天还未暗》	495

神　恩

信	521
《心爱的天使》	528
《救恩》	537
《你，天使般的你》	545
《西班牙皮靴》	555

《你想要什么？》	567
望	579
《多余的早晨》	579
《月光》	606
《永远年轻》	618
爱	635
《冲淡的爱》	635
《若非为你》	647
《永恒的圆》	657

致 谢	677
译后记	679

原罪、美德、神恩[1]

> 对于七宗罪，罗杰认为自己在暴食、懒惰和色欲上大致够格，于愤怒则格外杰出。
>
> （金斯利·艾米斯[2]，《一个肥胖的英国人》）

所有够格的批评家，都想对所有杰出的艺术家说：我真正想做的是——究竟，是什么？与你成为朋友？毫无疑问，我不想搞垮你，或选择你、剖析你、检查你、拒绝你。[3]

也许是这样。不管怎样，鲍勃·迪伦说得很清楚，他大体上不太喜欢批评家（可是大多数批评家却很喜欢他），而且——尤其是——不喜欢那帮"把我的歌当兔子解剖"的批评家。[4]

话说回来，说起变兔子戏法，假如是他拿出了礼帽：那就是另一码事儿了。

很久以前（1928年？），作为一名剑桥学生，年轻的威廉·燕卜荪（William Empson）对一首莎士比亚十四行的精彩分析，让他的老师——比他大不了几岁的 I. A. 瑞恰慈（I. A. Richards）——印象深刻。"面对一首十四行诗，他像一个拿着礼帽的魔术师那样，从帽子里揪出一大群兔子，没完没

---

[1] 本书中 sin 一词出现多次，将根据不同语境翻译成原罪、罪恶、罪行等。本书注释若非注明，皆为原注。——译注

[2] 金斯利·艾米斯（Kingsley Amis, 1922—1995），英国小说家、诗人。"愤怒的青年"代表作家之一。——译注

[3] 出自鲍勃·迪伦的歌曲《我真正想做的一切》。——译注

[4] 他说了很多，还有更多的话，见《放映机》（*Biograph*），一部附有他本人评论的作品选辑。

了,最后还说:'你可以对任何一首诗都这么干,难道不能?'"但这么做的前提是那首诗真的如此丰富,以及那位批评家只是像一个魔术师。那么,批评家的事业究竟是什么?为他的、我们的、那些感恩者的信念提供基础。这是一项殊荣。

迪伦不是第一个明确自己职责的艺术家:"我是第一个告诉你的人,也是最后一个向你解释的人。"[1]对于首要看重的事,威廉·燕卜荪自己有个低调有趣的说法:要揽瓷器活,得有金刚钻。迪伦的"瓷器活"是"罪",他要直接上手,有时候,也不免粗手笨脚。

> 耶利米宣说忏悔之道
> 向那些会从地狱里返回的听众
> 但批评家予其恶评
> 甚至把他抛入深井。
>
> (《罪恶来临》)

耶利米在井下。"他们用绳子将耶利米系下去。牢狱里没有水,只有淤泥,耶利米就陷在淤泥中。"(《耶利米书》38:6)[2]

她翻开一本诗集递给我,那是一位14世纪的英国诗人写的:钻研原罪。[3]这也是我的"金刚钻、瓷器活"。我尚有余力。

"愚妄人犯罪,以为戏耍。"[4]迪伦的作品是这样一种艺术,在其中,恶被披露(并被抵制),善被称颂(并被彰显),而神恩自现。七宗罪、四枢

---

1 乔纳森·科特(Jonathan Cott)采访,《滚石》(*Rolling Stone*,1978年11月16日)。
2 本书所涉《圣经》引文一律引自和合本。——译注
3 罗伯特·曼宁(Robert Mannyng)译自沃丁顿的威廉(William of Wadington)所著的《罪之指南》(*Manuel des pechiez*)中的诗作 *Handlyng Synne*。
4 《在夏季》,《箴言》14:9:"愚妄人犯罪,以为戏耍。"

德（是不是更难记？），以及三恩典[1]：它们造就了每个人的世界——特别是迪伦的。或者说，他的多重世界，因为他的艺术捕捉的是所有人类行为。《像一块滚石》剖析了傲慢，《准是第四街》中剖析了嫉妒，《只是棋局里的一枚卒子》中是愤怒……迪伦也有"救赎之歌"（艾伦·金斯堡［Allen Ginsberg］语），诸如——如此振奋人心——"义"救助了"海蒂·卡罗尔"、"勇""在风中飘荡"、"信""心爱的天使"、"望"得以"永远年轻"、"爱""冲淡的爱"。[2]

在迪伦看来，他的言辞中，多数人充耳不闻的是什么？"是那些我必须谈论的，比如贫民窟的大佬、拯救与罪恶、情欲、脱罪的凶手、无望的孩童——"[3]

"诱惑、花花世界和罪恶的政治"[4]：这行招摇刺目的歌词，曾被一个访问者提出，它出自《死人，死人》。接受采访，可能是一件活受罪的事，塞缪尔·贝克特（Samuel Beckett）有一次曾拒绝受访，他对他的朋友说：不单针对你，在任何情况下，我都"无访可采"。这是不是"罪的政治"？

> 在写作时，我突然想到，这就是……罪的手腕。他们如何认定罪、展示罪……罪被认定、被拆分、被归类、被评级，这样来搭起一个罪的结构，或者"这些是大罪，那些是小罪，这些会伤害这个人，那些会伤害你，这个因为这种原因很坏，那个因为别的原因很

---

[1] 七宗罪，指傲慢（superbia, Pride）、嫉妒（invidia, Envy）、愤怒（ira, Anger）、懒惰（accidia, Sloth）、贪婪（avaritia, Covetousness）、暴食（gula, Greed）、和色欲（luxuria, Lust）；四枢德，指智德亦即审慎（Prudence）、义德亦即公正（Justice）、勇德亦即坚忍（Fortitude）、节德亦即节制（Temperance）；三恩典，指信（Faith）、望（Hope）、爱（Charity）。——译注
[2] "海蒂·卡罗尔""在风中飘荡""心爱的天使""永远年轻""冲淡的爱"都是迪伦歌曲的标题。——译注
[3] 斯考特·科恩（Scott Cohen）采访，《自旋》（Spin，1985年12月）。
[4] 引自《死人，死人》（Dead Man, Dead Man），参见《鲍勃·迪伦诗歌集：1961—2012》（典藏版，全3册），广西师范大学出版社，2022年。本书涉及迪伦歌词译文一般情况下皆出自此版本，部分歌词译文因应内容有改动。——译注

坏"。这就是罪的政治，这是我想到的。[1]

而正是在迪伦的音乐而非他的思想中，他对于罪的深切思考可以被听到、被感觉到。"罪"这个词萦绕在歌中，魅影重重，让我们思考。

> 人们对我说这是罪过
>
> 因他的罪我无从选择，它流淌在我血管里
>
> 伊甸园之门里面没有罪恶
>
> 在那空无之域，殉道者哭泣，天使与罪嬉戏
>
> 在那头据说爱可以遮掩许多的罪
>
> 爱的虚伪保证之罪
>
> 我并未犯下丑陋罪行
>
> 我将在烈火中予你洗礼使你不再犯罪
>
> 他们拿走这些沾着罪恶的钱，建些供人学习的大学
>
> 是的，如果你没法戒掉你的罪恶[2]……

---

[1] 尼尔·斯宾塞（Neil Spencer）采访，《新音乐速递》（*New Musical Express*，1981年8月15日）。
[2] 以上各句分别出自《命运的简单转折》《奋力向前》《伊甸园之门》《挽歌》《什么东西着了，宝贝》《朴素D调歌谣》《谁杀了戴维·摩尔？》《掰了掰》《骄傲的脚》《戒掉你的恶劣行径》。——译注

可要是迪伦无法戒掉你的罪呢?

《荒芜巷》是一场罪的假面舞会,可以邀请在马洛(Marlowe)的《浮士德博士的悲剧》(*Doctor Faustus*)中下场的"七宗罪"(场面盛大而空洞)——浮士德(Faustus)博士,亦可视为"无私德"(Filth)博士,由他的护士所怂恿、所协助:

> 她掌握着氰化物之源。并且
> 她手中还留有王牌,牌面读作
> "宽恕他的灵魂"

她的罪,是致命的殷勤。她走在奥菲莉亚的行伍的前列:"她的罪是她的枯燥乏味"。[1]

《荒芜巷》呈现、展示了"罪之想象"。"罪之想象"也呈现、展示在丁尼生的笔下:

> 夜深时我看到幻景:
> 一个少年飘向宫殿大门。

天已晚。一位骑手逼近。风开始呼号。

> 乐声撞上大门并死去;
> 它从失败处再次升起,
> 在歌之穹庐中咆哮,风渐大。

死罪有七宗,枢德却只有四种(即"义德""智德""节德""勇德")。

---

[1] 参见《荒芜巷》。——译注

七比四？但不要绝望，还有三重神恩：信、望、爱。那就是七比七了。可还是有点不平衡。"有罪"的反义词是"无辜"，"德行"的反义词是"恶行"——可是，请问，犯罪的反义词是什么？

此外，当"罪"戴上假面翩翩起舞，难分彼此，那场面岂不更加扑朔迷离？"情欲"可以被看成是"贪婪"或者"暴食"的另一种形式，"羡嫉"或"贪慕"也可以被如此看待。"一种罪自然连带另一种罪"：这个17世纪对欢愉的描述（来自托马斯·威尔逊[1]），有某种令人惊警的东西：罪与罪，相生相连，欢愉油然而生。

第一要务，"罪"须被确定为与之对抗的"善"的反面。感恩不与嫉妒同行。托马斯·威尔逊又说：

> 每一种美德在于否定我们堕落天性中某种败坏的倾向；在于反抗并拒绝所有劣行的试探；仁爱，在于持续地反对自私和嫉妒；谦卑，在于拒绝一切傲慢的试探，以此类推。

但是一些必要的区分却更难以界定。比如，一种善行失之毫厘便会沦为罪行，我们又如何能自信地分辨？嫉妒，是恶，竞逐荣誉，是善。懒惰，是恶，可悠哉游哉，是善。傲慢，是恶，自豪，却是善。

还有疏忽之罪。"原谅我，宝，为我未做之事"（《也许某一天》）。《在夏季》这首歌，在悲伤摇曳之前（"愚妄人犯罪，以为戏耍"）便已发问：

> 你是否钦敬我的所作所为——
> 或者为我不做的，为我所隐藏的？

《罪之华尔兹》("Waltzing with Sin")不是迪伦的歌，却也收进《地下室

---

[1] 托马斯·伍德罗·威尔逊（Thomas Woodrow Wilson，1856—1924），美国第28任总统。——译注

录音带》[1]中。迪伦喜欢为困扰我们的罪谱曲。他喜欢谱曲的时候有人陪伴，也喜欢这种陪伴引发的喜剧效果。这也是为什么《七宗罪》要由一帮合伙人——"旅行中的威尔伯"乐队来推出。

七宗罪
那是世界的起点
入门时要小心
因为七宗罪
那是快乐的起点
七宗罪

第一宗罪，是你离开我
第二宗罪，是你说再见
第三宗罪，是当你对我撒了个善意的小谎

七宗罪
它一旦开始就永不停止
在拐弯的地方要小心
七宗罪

第四宗罪，是当你瞧了我一眼
第五宗罪，是当你笑了笑
第六宗罪，是当你让我留下
第七宗罪，是当你摸我让我发狂

---

[1] 迪伦于1967年夏天私下录制了百余首歌，1975年其中的24首歌曲正式以专辑形式发行，被命名为《地下室录音带》。——译注

> 七宗罪
> 要放松这么多规矩
> 一次又一次
> 七宗罪

这首歌囊括了所有的纯真,其最可贵之处在于七宗罪似乎根本没出场。只有至真旧爱。很动人,真的。

本书并非要断言,迪伦的所有歌曲,哪怕是那些佳作中的佳作,都执着于原罪。只是说(在目前的批评中大胆尝试)以"罪"为线索,可能就是找到了"金刚钻"。认为歌能关乎什么,迪伦本人也许会讥笑这个想法,但他的确说过"那些我必须谈论的,比如贫民窟的大佬、拯救与罪恶"。即便是对义正词严的戏仿(《世界出了问题》[1] 所附的注释),在评论他人的歌时,他也用下面的话来作标题:

关于这些歌

(它们关于什么)

关于《坏了的引擎》,迪伦说(用一种随兴但并未失控的方式):"它谈论了歧义(Ambiguity),特权精英的命运,防洪——望着赤色晨曦,而不在乎装扮。"这里我就以"歧义"作为由头,回过头来说《朦胧的七种类型》(*Seven Types of Ambiguity*)的作者,威廉·燕卜荪。[2]

燕卜荪解释了为什么进行这样的解读会让他乐在其中。他的方法,词语

---

1 迪伦于 1993 年推出的录音室专辑。——译注
2 巧合是生命中不多的欢愉。是这样,迪伦说"……命运……赤色晨曦",燕卜荪说"因为赤色晨曦"(《地方植物志》["Note on Local Flora"]);迪伦说"防洪",同时燕卜荪说"让洪水充满我"(《晨曲》["Aubade"]);迪伦还说"特权精英……不在乎装扮",而燕卜荪说"穿着晚装乘木筏于海上"(《你的牙齿是象牙塔》["Your Teeth are Ivory Towers"])。不过现在是防洪时间。

8

分析，单纯地始于一首诗带给他的愉悦。

> 我感到这些例子是美的，而且一般说来我对它们的反应也是正确的。但我的反应的具体的内容，我却不甚了了。我说不出它们为什么是美的。但对某些例子，我又能通过分析上下文的意思对我自己的情感做出部分解释。[1]

燕卜荪的例子对我来说至关重要，不只因为其中的愉悦感，也因为他没有铁口直断某一首诗的优劣。关键不是告诉别人一首诗很好，而是尝试呈现它如何完成了这种好、完成得这么好。

> 你在选择一首诗进行仔细研究之前必定首先认为它有价值，而当你研究完毕时，对它的价值也必定有更深刻的认识。[2]

本着同样的精神，我认为我所做的，是阐释歌曲好在哪里而不是将它们的好强加于人。（大多数会看这本书的读者应该早已知道他们对迪伦的感受，但也许并不总是清楚为什么会这样感受，或者会想到什么。）

> 我想现在我们能够解释弥尔顿为什么是对的，但是这些解释通常显得冗长而荒诞；它们只会说服那些已经相信这句诗很美并且想知道为什么的人。[3]

---

[1] 《朦胧的七种类型》序言，第 10 页（1930 年、1947 年第二版）。（本书《朦胧的七种类型》译文均引自中国美术学院出版社于 1996 年出版的周邦宪、王作虹、邓鹏译本。——译注）

[2] 《朦胧的七种类型》序言，第 13 页。

[3] 燕卜荪，《晦涩与注解》（Obscurity and Annotation，1930 年），收于《论辩》（Argufying），约翰·哈芬登（John Haffenden）编（1987 年），第 78 页。

文学批评——这么说吧，与音乐批评或者艺术批评不同——享有与其探究、评估的艺术使用同种媒介（语言）的便利。这一点给了文学批评一种其他领域很难获得的敏锐和灵性。但与此同时，这也会导致文学批评者之间的猜忌：我想知道，既然他和我使用同一种媒介，且在同一生产线上，那为什么是我在关注丁尼生，而不是丁尼生在关注我……

接着，还有经年日久关于"意图"的难题与疑问。简而言之：我相信一位艺术家会更多受益于无意识或潜意识的协同，也能更多得到没有意识到的本能与直觉的助力，从而影响事物。像伟大的运动员一样，伟大的艺术家既训练有素，又极富直觉。因而，如果你问我，迪伦是否意识到我所分析的修辞与节奏的全部妙处，我会高高兴兴地回答：他很可能没有。如果我是对的，那在这种情况下，这无损于他的艺术家称号，反而会增加其光彩。存在着某种无意识的意图（如弗洛伊德式的不经意的口误）。重要的是，迪伦施展了他的想象，而不是完全刻意地在作品中留下无穷的暗示。他如是说：

> 当你年纪大了，变得更聪明了，这反而会妨碍你，因为你会试图去控制创造的冲动。创造力不是一辆沿着轨道运行的货运列车。它是一种需要怀着极大的敬意去与之厮磨的东西。如果你用大脑去思考，它会阻止你。你得搞定大脑，别让它想太多。[1]

这里，在"你得搞定大脑"与紧接着的"别让它想太多"的矛盾之间，有一个狡黠的转折。

T. S. 艾略特，他知道"一个人读到一首诗时知道这是首好诗，可他往往不一定能告诉我们为什么"，他也明白"诗人很多时候依靠本能，他也不能比外人更好地说明"。[2]

---

1 《今日美国》（*USA Today*，1995年2月15日）。
2 《诗之"用"与批评之"用"》（*The Use of Poetry and the Use of Criticism*，1933年，1964年第二版）。

不过，很多迪伦的仰慕者会本能地觉得，谈论迪伦时引述艾略特先生有点虚张声势、自命不凡。那让我举个迪伦与艾略特有所交集的例子吧，这不是我的发现（虽然我要对此做些许阐发）。《每日电讯报》(Telegraph)（1987年冬）收有一条注释：[1]

> 从更侧重文学的层面看，你是否注意到《也许某一天》曾引用了 T. S. 艾略特的诗句？在《贤哲之旅》(Journey of the Magi) 中，艾略特写道：
>
> 城市又充满敌意、小镇毫无友好之情[2]
>
> 在这首诗的后段也提到了"碎银"。迪伦的歌词出现了类似内容：
>
> 穿过敌意的城市和不友好的乡镇
> 三十块碎银，钱已花光[3]

我还记得自己在发现迪伦"债务"时的兴奋（好多碎银）——还有后来在《每日电讯报》上看到自己并非第一个发现者时无法掩饰的失落感。对于"没做成第一"这种事，绝对不能持"敌意"或"恶意"。（在前的将要在后。）[4] 这首歌连篇都是对这首诗的记忆，还有更多的例子。

---

[1] 格雷汉姆·阿什顿（Graham Ashton）与约翰·鲍尔迪（John Bauldie）联合署名，或者约翰·鲍尔迪才是作者。

[2] 译文引自《荒原：艾略特文集·诗集》，裘小龙译，上海译文出版社，2012年，第141页。——译注

[3] 为示与艾略特诗句的关联，本节歌词为译者自译。——译注

[4] 《马太福音》19:30。——译注

艾略特	迪伦
An open door	Breakin' down no bedroom door
敞开的门	不曾冲破卧室的门
The voices singing in our ears	A voice from on high
声音唱在我们耳中	天空中传来声音
It was (you may say) satisfactory	When I say / you'll be satisfied
（你或许会说）这令人满意	当我说 / 你会满意
I remember	You'll remember
我记得	你会记得
All that way	Every kind of way
那一段路程	各方各面

巧合之处多多，是的，然而一旦承认艾略特的"城市又充满敌意、小镇毫无友好之情"与迪伦的"穿过敌意的城市和不友好的乡镇"相似并非偶然，你就知道这些不是巧合。那么，这样的相似度，也许让我们有理由从文学上理解这个男人的艺术，在他的想象中，埃兹拉·庞德（Ezra Pound）和 T. S. 艾略特正在船长指挥舱中决斗。[1]

附 言

在 1972 年（6 月 1 日）的《听众》（*Listener*）上，我写过迪伦；1976 年

---

1 参见《荒芜巷》。——译注

3月22日，我在BBC讲过《鲍勃·迪伦和他运用的语言》；这些年来，还有另外的一些发言，有的还是在BBC，有一篇刊登于1990年的《三便士评论》(*Threepenny Review*)。[1] 其中的大部分，都包含在这本书，但也遗漏了一些对迪伦更深入的思考。可以去读我的文章《论陈词滥调》及《论美式英语及其固有的短暂性》，两篇都收于《诗的力量》(*The Force of Poetry*)(1984)。

本书引用的歌词都依照迪伦在官方出版的专辑中演唱时其原初呈现的形式。歌词的新版本，《鲍勃·迪伦诗歌集：1962—2002》，与原版《作品与绘画》还有稍后出版的《鲍勃·迪伦诗歌集：1962—1985》有所不同，特别是没有收录迪伦的《另外一些歌……》或者他的其他诗歌和各种杂文，所以针对这些部分，我参考了早期的选集。

原版和其他版本（无论是官方发行，还是未被采用的录音室版本，或是演出盗录）差别显著。有时候我会在本书中的评论里提到这些差别。很显然这与迪伦的意图或他改变了的意图有关，不过我也必须承认，某一次演出会决意删去另一次演出才有的效果，而那效果无论过去还是现在我都觉得精妙绝伦——比如说，在《若非为你》结尾处韵律的构造。唉。我想起了莎士比亚的修订。有时我一边阅读（或者不如说，倾听），一边叹息一边又企盼。

---

[1] 收录于《近在眼前》(*Hiding in Plain Sight*)，温迪·莱瑟尔（Wendy Lesser）编（1993年）。

歌，诗，韵

歌，诗

迪伦在语言方面很有一套。他不仅仅是有一套，因为，一个真正理解语言的人，他或她既不是语言的主人，也不是它的仆役。迪伦的音乐、他的嗓音，还有他从不谄媚的歌词构成了三角：他仍然认为三者并重。

总有一天，批评家不仅会公正对待这三股独立的力量，也会公正对待它们在迪伦艺术中的相互交织。这种关系不一定是竞争，而是一个极致——这是艾伦·金斯堡所选择的词汇，他不仅是一名令人敬畏的诗人，也曾是一个蹩脚得可爱的音乐制作人，对他来说，迪伦的歌是"50年代到60年代早期音乐和诗歌结合梦想的极致"。[1] 就这一点，迪伦曾有过这样一段问答：

> 你为什么要做眼下在做的事？
> （停顿）"因为我不知道还能做什么，我擅长干这个。"
> 你如何描述"这个"？
> "我是一名艺术家。我努力创造艺术。"[2]

在四十多年里，迪伦有各种说法，沿袭这一声明或由此引申，在不同的时间，以不同的方式谈及歌词和音乐。罗列他的相关表述，目的不是要揪出他

---

[1] 金斯堡撰写的《渴望》专辑封套说明。
[2] 罗恩·罗森鲍姆（Ron Rosenbaum）采访（1977年11月），收于《花花公子》（*Playboy*，1978年3月）。

的错误，而是要呈现他在所有起伏与变化中所强调的不同重点。

歌词居首位，好吗？

"我认为自己首先是诗人，然后才是音乐家。"[1]

"旋律不重要，哥们，重要的是歌词。"[2]

音乐居首位，好吗？

"无论如何重要的是歌曲本身，不是歌曲的音效，我只从音乐的角度看待它们。我只把它们看作要唱的东西。歌词依附着的音乐才是重要的。我写下这些歌曲是因为我需要唱之有物。书面文字和歌曲大有不同。歌曲在空气中消失，而文字长存。"[3]

原声电声皆不居首位，好吗？

你喜欢原声多过电声吗？

"对我来说它们都一样。无论是插电还是不插电，我都试着不去损害音乐。我宁愿从歌词和唱腔上而不是依靠乐器的音色去寻求突破。"[4]

二者皆居首位，好吗？

你会认为歌词比音乐重要得多吗？

歌词和音乐同样重要。没有歌词便没有音乐。[5]

---

[1] 致罗伯特·谢尔顿（Robert Shelton），《旋律制造者》（*Melody Maker*，1978年7月29日）。
[2] 安东尼·斯卡杜托（Anthony Scaduto），《鲍勃·迪伦》（*Bob Dylan*，1971年，1973年修订版）。
[3] 纽约（1968年1月）；《新闻周刊》（*Newsweek*，1968年2月）；《鲍勃·迪伦说鲍勃·迪伦》（*Bob Dylan in His Own Words*），由迈尔斯（Miles）编集（1978年），第90页。
[4] 《今日美国》（1995年2月15日）。
[5] 新闻发布会 / 拉尔夫·J. 格里森（Ralph J. Gleason）采访（1965年），《滚石》（1967年12月14日，1968年1月20日）。

"不只是给某个曲子配上漂亮的歌词或者给歌词配曲那么简单，两者无法剥离。歌词与音乐都具备，我才能'唱'所欲言。"[1]

"歌曲中的歌词……就是这样冒出来了，比起大多数歌曲可能来得有点异样。我发现写歌容易。我写歌很长时间了，歌词并不单纯是纸面上的呈现，它们是以你能够诵读的方式写就的，你明白吗？如果你将这首歌的组成部分都拿走——节奏，旋律——我还是能够背诵它。我倒不觉得做不到这点的歌曲——就是那种假使把节奏和旋律都拿走，它们就无法成立的歌曲——有什么问题。它们本就不该做到。歌曲就是歌曲。"[2]

对你来说哪个更重要：是你音乐和歌词的声效，还是内容，其中信息？

"是它发生时的整体。是歌词发出的全部完整的声音，这才是真正要传达的——"[3]

——迪伦有点自相矛盾，困惑于该如何说清歌词和音乐整体的关联："它要么发生，要么没发生，你明白的"。他不知所措，却恰恰一次又一次在那些歌曲中找到这一关联。

不过，有可能的是，在接近迪伦歌词的同时，不要忘了歌词只是迪伦创作中的一个因素、一种媒介。歌与诗不同，不仅因为一首歌里包含三种介质：歌词、音乐、人声。《鲍勃·迪伦的另一面》的专辑封套内文，总共有十几页的诗歌，迪伦将其命名为《另外一些歌……》。这里的省略号，是要给你思考的时间。在我们的时代，这是一种默然的沟通。

---

[1] 也许在芝加哥（1965年11月）；《鲍勃·迪伦说鲍勃·迪伦》，第61页。
[2] 洛杉矶（1965年12月16日）；《鲍勃·迪伦说鲍勃·迪伦》，第63页。
[3] 新闻发布会/拉尔夫·J.格里森采访，《滚石》（1967年12月14日，1968年1月20日）。

菲利普·拉金（Philips Larkin）曾打算录制诗朗诵，因此出版商发送了一轮订单，邀你倾听《癞蛤蟆》(*Toads*)的游吟。订单上有一段诗人的话，不知是为了推销，还是为了让人泄气？因为在订单上，拉金用老练而阴郁的口吻坚称，"对我的诗歌来说，最合适的传播方式，是书面印刷"。他还警示读者收听诗朗诵会损失多多："想象一下所有听错的地方，你会为了'their'还是'there'困惑，还有忽略押韵，无法看到诗节的形态，甚至连知道快读到结尾的那种快慰都失去了。"在一次采访中，拉金再一次引申他的说法：

> 我不朗诵，绝不，虽然我曾经录制了三本选集，那只是为了展示我会如何朗诵它们。听诗朗诵，而不是进行书面阅读，意味着你将失去很多——诗的形状，标点符号，斜体字，你甚至不知道还有多久才到结尾。书面阅读意味着你可以按照自己的节奏来，好好领会；听诗朗诵意味着你被朗诵者的节奏控制，有所遗漏，而不是自己领会，还会困惑于是"their"还是"there"这类问题。而且，朗诵者也许会把自己的个性横插在你跟诗歌之间，无论好坏。就此而言，听众也是如此。我不喜欢在公开场合听什么东西，甚至音乐。实际上，我认为诗朗诵正是在一种与音乐的错误类比中兴起的：好像作品是"被演绎"之前无法"获得生命"的"乐谱"。这是不对的，因为人们可以阅读文字，但他们不能阅读音乐。当你写诗，你就已经将所需的一切灌注其中：读者应该与你如处一室，清晰地"听到"你念那首诗。当然，诗朗诵的流行已经催生了一种能让人一下读懂的诗：单薄的韵律，轻浮的情感，简单的语法。我不认为这种诗在书面上能成立。[1]

---

1 《巴黎评论》专访（*Paris Review*，1982年）；《承嘱之作》（*Required Writing*，1983年），第61页。

人类的感官有着不同的能力和限度，因此，能拥有五感（或六感？）是幸事。当你阅读一首诗，当你在纸上看到它，你就能确认——无论是否有意——比如说，这是一首三节的诗：我已经读了一节，现在我正在读第二节，还剩一节。这便是阅读诗歌的感受，在翻页时（如果你的好奇心没有驱使你在开始阅读前便翻到结尾），你总会猝不及防地突然发现："哦，刚才那个就是结尾。真是奇怪"。拉金自己的诗，往往结尾圆满。他知道你的耳朵不可能以眼睛——你的阅读器官——读到诗之结尾的方式，去听出逐渐逼近的终点。当然，你可能通晓音律，因此会感知到已接近尾声，但这需要熟能生巧和博闻强识，即便面对一首你从来没读过的诗，你仍然可以准确判断，自己正在阅读的是最后一节。

谈及十四行诗的写作，杰拉德·M.霍普金斯（Gerard M. Hopkins）就提到了视觉和听觉的共同作用："十四行诗所蕴积的力量，由最后的两行所传达，这种绵绵不绝、层层深入的表达，既可以被眼睛读到，也可以被耳朵听到。"[1]

眼睛能看到的总会多于正在阅读的，或正在观看的东西。在这个意义上（考虑到听觉这种官能），耳朵能听到的，却仅限于其所接收到的。这也决定了迪伦这样的艺术家，其与歌曲及结尾的关系，与多恩或拉金一类的艺术家与结尾的关系迥然不同。眼睛能看到一部作品结尾的临近，正如简·奥斯汀可以开玩笑说，你正在期盼一个完美的结局，因为小说只剩下几页了。一本小说可以直观地告诉你，它要结尾了。《法国中尉的女人》（*The French Lieutenant's Woman*）在某种意义上却不能这么看，无法这么看，因为你非常清楚这是一本约翰·福尔斯（John Fowles）的小说，而不是某个后现代主义者小丑的，后头的书页必定印满了字，还有上百页呢。所以不可能就这么结束了，不对吗？因为搁在那儿的是一本大部头，还没完。但和他极力模仿的

---

[1]《美的起源：柏拉图式的对话》(*On the Origin of Beauty: A Platonic Dialogue*, 1865年)；《杰拉德·曼利·霍普金斯的笔记和论文》(*The Note-Books and Papers of Gerard Manley Hopkins*)，埃德·汉弗莱·豪斯（Humphry House）编（1937年），第71页。

J. H. 弗劳德（J. H. Froude）一样（后者的维多利亚体小说拥有多重结局），约翰·福尔斯对此心知肚明，他也试图通过炮制多重结局，来加强小说的效果。

迪伦有一对天赋之耳，对于音调十分敏感，无论是他的新尝试，还是别人的实践。他还有一副让人无法忽略也从不忽略任何事物的嗓音，虽然它常常不管不顾。在年轻时，迪伦就做了只有伟大的艺术家才做的事：重新定义他从事的艺术。马龙·白兰度用表演让人理解了一些不同的东西。他不会表演吗？好吧，可他却将一些事做得非常出色，你还能怎么评价这事？迪伦，也不会唱歌吗？

每一首歌，就定义而言，都只能在演唱中实现。诚然。但更难以把握的是，是不是每一首歌都适合翻唱。是否可能存在一次演唱，好到你无法想象还能更好，哪怕是由一位表演天才来翻唱？举例来说，我无法想象迪伦能够把《海蒂·卡罗尔孤独地死去》演绎得比他在《时代正在改变》专辑中的表现更好。当然我必须立刻承认，我的想象力与迪伦相比要贫瘠得多，如果他能证明我是错的，那我就是活该，而且是大错特错。但是，迄今为止，（对我而言）这首歌在所有特定的翻唱中所获得的（是的，的确有收获）总是少于其不得不损失的。任何翻唱，如同任何的翻译，都会有所损失，我认为，去设想迪伦决定要在表演中损失哪些东西时永远不会想错，这本身就可能想错了，甚至是对迪伦一厢情愿的维护。那么，迪伦是否完美地呈现了《海蒂·卡罗尔孤独地死去》，它是否是一首仅能完美演绎一次的作品，无论相信，还是论辩，这个问题还有意义吗？

显然，迪伦自己并不这么认为，否则他就不会翻唱这首歌。对于什么样的歌可以翻唱他有判断，他也很确定不是每一首好歌都需要翻唱（在演唱会上你不会听到《牛津镇》或者《满眼忧伤的低地女士》）。当然，为什么不翻唱一首歌，会有很多不错的理由，比如对歌曲的最新评价，或是时间与场地合适与否，或是想法的改变。所有这一切都意味着，先前表演的完满不必成为争论的焦点。尽管迪伦对翻唱歌曲的选择大胆而富于想象力，尽管他完全有权这样做，这也彰显出他的革新、抱负和胆识，尽管如此，我们是否真的不用去追问，在某时某刻，某个特殊的决定，会不会让一首歌付出太多的代价？"那些歌有自己的生命。"[1]

即便我坚信历史之歌、良知之歌，无法与那些更个人化（不是感受的个人化）的歌曲一样，以同样的方式、同样的自由来重新演唱，但面对迪伦最伟大的作品之一——《海蒂·卡罗尔孤独地死去》，我还是有些动摇。"自由的钟乐"有时必须与不同的责任相应和。我相信，迪伦无法占据一个新的有利位置（他追溯一段失败的、抑或成功的情史时倒有可能），去审视海蒂·卡罗尔毫无意义的被杀。或者，至少可以合理地提问，他是否能占据一个新的有利位置，又不会操控她、甚至误解她。

是的，他更新着这首歌，但在例如20世纪70年代中期，他有时通过让自己听起来与威廉·赞津格（William Zanzinger）的声音太过相似（"咒骂和讥讽，他的舌头不停叫嚣"）以致让人感到不适，来进行革新。"命中注定要摧毁这位温和妇人"：这首歌恰恰应该是温和的，它要求（也向它的创造者，提出要求）被温和地演唱。但如此一来，这首歌的演唱也会变得过于温和，而缺乏了尖锐。

对此，我曾过于武断，因而错误地看待这件事：

> 他无法翻唱这首歌。不幸的是他还在继续。这首歌没有别的演唱方式，没有一种方式会比他在《时代正在改变》专辑中所呈现的那样更好。多一分温和，这首歌就变得伤感。如果少一分，他就与赞津格同流合污。[2]

《纽约客》的亚历克斯·罗斯（Alex Ross）盛赞我对迪伦的欣赏，但诟病我狭隘保守的意见：

---

[1] 罗伯特·谢尔顿采访，《旋律制造者》（1978年7月2日）。
[2] 讨论发表在《三便士评论》（1990年）以及《近在眼前》，温迪·莱瑟尔编（1993年）。

里克斯转而批评起迪伦最近对《海蒂·卡罗尔》的演绎，后者把最后一句推进了一点："他没有让歌曲不言自明。他让这首歌变得伤感，我很担忧。"在此，我开始怀疑这位细读者是否把焦距拉得太近、读得太细。里克斯似乎迷恋于一次录音中的细节，拒绝承认音乐家在表演中有自由发挥的权利。[1]

我对这个"迷恋于一次录音"的指摘不屑一顾。（什么，我？全世界都知道我只爱女人的鞋。）我也不认为自己拒绝承认迪伦有自由发挥的权利。（谁会吊销他自由发挥的执照？）我只是在建议，虽然他在这类事上完全自主，但自由不同于权利（在某种意义上），而且总会有某个时刻，一位艺术家冒了巨大风险却达不到自己最新最高的期望。塞缪尔·贝克特有失败的勇气，他渴望败得漂亮，他知道没有成功能如失败那样。人们并不清楚，如果失败并非真是世间罕有，而仅仅是不为人知，那成功还能意味什么。迪伦在1965年说：

> 我知道我有些事情做错了。我做错了好些事。我时不时错得离谱，你知道，身在其中我无法明察，事后再看，才知道是错的。我对此只字不提。[2]

最伟大的艺术家要冒最大的风险，而如果你发现面对每一次风险，艺术家都逃之夭夭，你也不可能去尊敬他。那么，难道不存在一开始就会看起来只是"风险"的风险吗？举例来说，假设你认为文字的修改也是一种形式的重复表演，威廉·华兹华斯和亨利·詹姆斯，这两位最有想象力和最持之以恒的修改者，他们就会错误行事，他们大幅修订的版本，也往往失大于得。

---

[1]《纽约客》（1999年5月10日）。
[2]《什什什么？》（Whaaat?）（1965年纳特·亨托夫［Nat Hentoff］所做的采访，全文刊载，区别于1966年3月号《花花公子》），第17页。

《海蒂·卡罗尔》是一个特殊却并非独有的个例。"自由发挥的权利"？不过，门是窄的，路是狭的，生命被引领，却少有人得偿所愿。至少重新演唱这首歌，得与失就在毫厘之间。

亚历克斯·罗斯在文章中紧接着就极力鼓吹某一次特定的翻唱有多么美妙：

> 我刚刚在波特兰看迪伦演唱了《海蒂·卡罗尔》，这是我看过的他所做的最棒的表演。他把伴奏转变为一曲稳定的、悲伤的原声华尔兹，自己在舞台中心弹奏了一段摇篮曲式的独奏。你被提醒，"酒店举行的社交聚会"是未婚女子的舞会，她们的舞蹈在海蒂·卡罗尔被致命一击之前、之时、之后，都一直在继续。这是对这首歌内涵的一次怪异而非感伤的扭转。

这段话触动了我，可我为什么没有被说服？因为当罗斯说"你被提醒，'酒店举行的社交聚会'是未婚女子的舞会"，"提醒"这个词似是而非。在《海蒂·卡罗尔》中没有任何暗示指向这一点。你可以听一千遍都不会想到这一点，因为迪伦根本没有借此发挥。罗斯是不是真的坚信这场表演暗指某个新闻故事的细节，这个细节却从未写入歌中，对任何的舞会、未婚女子或单身汉这首歌也只字未提？而一个暗示就能简单证明这首歌是彻头彻尾的华尔兹？

必须为迪伦叫好，他履行了对海蒂·卡罗尔的责任，这也要归因于他为此做出的牺牲。他的艺术，如此忠实于历史事实，这事实不是出于他的编造，他的艺术为了尊重她的权利需要为自己的权利设限（不过分自由发挥）。同样，这关乎公正。

华兹华斯的一个说法很是著名："每一个作家，只要他是伟大的同时又是原创的，就担负着创造品位的责任，他将因此受到喜爱：从前如此，也将一直如此。"[1] T. S. 艾略特，这位浪漫主义的怀疑者，也曾提醒："改动最小的原创，有时比改动最大的原创要更加出众。"[2]

迪伦是诗人吗？对他自己来说，毫无疑问。

好极了！我是一名诗人，我知道这一点
希望我没有吹嘘

(《我将无拘无束十号》)

他是诗人吗？这个问题究竟是关乎他的成就以及成就的高度，还是关乎他对方式、媒介的选择，以及评价的标准？

英国诗歌杂志《议程》(Agenda)曾经就押韵问题发起一次问卷调查。鉴于迪伦是有史以来最伟大的押韵手，我希望问卷中会有一些关于他的内容。确实有：针对"流行诗歌与流行音乐等中盛行的押韵恶习。这成了一种风气，一种迎合一切的风气，鲍勃·迪伦也一度被追捧为诗人"的抱怨。(说他只是一度被追捧，这肯定是错的)这是势利——我知道，我知道，有一种反向势利——而且还有书写错误。[3]("一种迎合一切的风气"？风气？迎合？)

凡是以开放的视野细致考查迪伦语言和他运用语言方式的人，都不可能草率否认（如果他们当真要否认）迪伦诗人的名号。要从考查他的媒介，或者说从歌曲的跨媒介特性开始，这正和戏剧相仿。在纸面上，一首诗随时随地把握着自己的时机。

迪伦是一位表演天才。因而，他应当承担协调时机和韵律的使命（并参与这场竞赛）。抑扬顿挫、嗓音、音韵的剪裁塑形（更不用说演唱了），不会使"歌"优于"诗"，但它们的确改变了力量潜在的布局。艾略特极其敏锐

---

1 《散文，序言的补充》(Essay, Supplementary to the Preface，1815 年）。
2 塞缪尔·约翰逊（Samuel Johnson）的《伦敦》(London) 及《人类愿望中的虚荣》(The Vanity of Human Wishes) 的前言（1930 年）。
3 阿伦·布朗琼（Alan Brownjohn），《议程》(1991 年冬)，第 11 页。

地指出:"无论它可能是或不是别的什么,诗歌本身就是一种标点系统,通常使用的标点符号在此有不同的用处。"[1] 同样,一首歌也是另一种标点系统。在1978年的采访中,迪伦本人就平静地坚持使用"断句"(punctuate)这个词。罗恩·罗森鲍姆曾发问——"你想要的是声音"——迪伦同意后又否认:"是的,既要声音也要歌词。歌词不会干扰声音。它们——它们——对声音断句。你懂的,它们让声音有了目的。(停顿)"

"它们——它们——对声音断句":这本身就是一种戏剧化的断句,虽然完全口语化(迪伦还继续说"契诃夫是我最喜欢的作家")。[2] 歌词:"它们让声音有了目的。(停顿)"思路即断句,作为一个指示(pointing)系统,给出了重点(point)。

在细节之中,不仅仅有美,还有力,它们彰显自身。因而,惯常听到的对迪伦艺术的赞美,往往会忽略最重要的一点,即:他的艺术并不普遍,具有极为深刻的个人性和特殊性。在重视人类共性的同时,这就如同华兹华斯在诗中写道的——是"最广阔普遍性中的欢乐"[3]。欢乐是这样,那么悲伤,亦如是。

拉金在评论1965年的爵士乐时,曾主动挑剔起迪伦的专辑。(但愿我没过界。)

出于好奇我听了鲍勃·迪伦的《重返61号高速公路》(CBS)并发现自己收获不小。迪伦聒噪、充满嘲弄的声音可能很适合他的题材——我说可能是因为其中大多数东西对我来说莫名其妙——他的吉他令人钦佩地适应了摇滚(《61号公路》)还有民谣(《简女王》)。还有一曲马拉松似的《荒芜巷》,其中有一种迷人的调子,

---

1 《泰晤士报文学增刊》(1928年9月27日)。
2 《花花公子》(1978年3月)。
3 出自华兹华斯诗《家在格拉斯米尔》("Home at Grasmere")。——译注

还有神秘的、可能半生不熟的单词。[1]

"半生不熟"言过其实。但"收获不小"却恰如其分。

拉金有一首诗,标题里有"情歌"二字,而且也与歌曲有关,可它不是一首歌,而是一首诗。你在纸面上读到这首诗时,可以看到诗有三节,而在一首歌中,你却不可能马上听出——虽然你可能知道——这件事。上文提及,拉金认为"诗朗诵正是在一种与音乐的错误类比中兴起的":"这是不对的,因为人们可以阅读文字,但他们不能阅读音乐"。但他的这首诗却构想了某个人,她曾有能力阅读乐谱并在钢琴上演奏,而且即便到了老年,也能看着乐谱重温乐音。

LOVE SONGS IN AGE
岁月里的情歌[2]

She kept her songs, they took so little space,
她保存着她的情歌,它们占用的空间这么少,
 The covers pleased her:
 那些封面使她愉悦;
One bleached from lying in a sunny place,
一本因为躺在阳光下被漂白,
One marked in circles by a vase of water,
一本被花瓶里的水浸染圈圈水渍,
One mended, when a tidy fit had seized her,
一本曾被修补,那整洁的外观攫住了她,

---

[1] 《爵士万端》(*All What Jazz*,1970 年,1985 年),第 151 页。
[2] 本书拉金相关诗句译文皆引自《高窗:菲利普·拉金诗集》,舒丹丹译,上海人民出版社,2016 年。——译注

And coloured, by her daughter –
并涂上颜色,被她的女儿——

So they had waited, till in widowhood
它们就这样等待着,直到,她寡居时

She found them, looking for something else, and stood
发现它们,因某次找寻别的什么。她站在那儿

Relearning how each frank submissive chord
重新温习每一个真诚而熨帖的和音曾怎样

   Had ushered in
   导引出

Word after sprawling hyphenated word,
一个又一个零散的带连字符的词汇,

And the unfailing sense of being young
那永恒的年轻时的感觉

Spread out like a spring-woken tree, wherein
弥漫开来,像一棵被春天唤醒的树,在那里

   That hidden freshness sung,
   那隐藏的清新在歌唱,

That certainty of time laid up in store
那对于时间的确定被储存

As when she played them first. But, even more,
如她第一次弹奏它们。但是,甚至更多,

The glare of that much-mentioned brilliance, love,
那被时常提及的才华的荣光,以及爱,

Broke out, to show

喷薄而出，显示

Its bright incipience sailing above,

它鲜亮的从前正浮翔其上，

Still promising to solve, and satisfy,

仍有可能作出回应，令人满意，

And set unchangeably in order. So

并被毫无改变地置放有序。所以

To pile them back, to cry,

把它们依旧叠好，哭一场，

Was hard, without lamely admitting how

是艰难的，而没有虚弱地承认

It had not done so then, and could not now.

那时它如何不曾这么做，现在依旧不能。

一位寡妇偶然翻到了年轻时在钢琴上弹过的情歌：多么痛苦，这些情歌让她回想起时光，甚至爱所给予的巨大承诺。[1]

上面这段话概括得不准确。它顶多是一种散漫的闲谈，而拉金的三个句子则是一首诗。诗人让这些枯骨活了过来——但既然他不是巫医，他的诗也不是僵尸，不如说是他让读者在意这些枯骨也曾活过。"人生普遍的悲哀"[2]：华兹华斯曾这样形容他笔下的受苦者，她独居在破败的农舍中（寡居，或许类似？）。同样，拉金也援手凡尘。

他的诗并不仅写出了人生的失意，同时也要认识这些失意。他提醒我们，认识能让生命真实。这是逐句收缩的三个句子，一如生命不得不萎缩。

---

[1] 此处我引用了一篇我为《星期日泰晤士报》(Sunday Times) 所写的文章（1968年1月7日）。
[2] 出自古英语诗《流浪者》(The Wanderer)。——译注

从 106 个词缩成 30 个又缩到 23 个。第一句话打开了记忆中过往的全部振幅。世界够大时间够多[1]，那些记忆中难忘的细节平静地展开（"一本被漂白……一本被浸染……一本被修补"），一个"置放有序"的世界。诗行继续流淌，词语谈论着那些它们正在重温的事物——词语也"弥漫开来"，就仿佛"时间被储存"。第一句可以慢慢来——时间没有去匆匆。

但从这里开始，第二句不再如此舒缓。它以"但是"开头，从一开始似乎就不再提供慰藉，不再沉湎于甜美的回忆，而是直奔爱本身。诗中没写到实际的爱人（没有提及丈夫，女儿被一笔带过），这不可避免的缺憾，却让"爱"有了一种令人却步的抽象性。耀眼的还有那"荣光"，耀眼到无法忽视，"浮翔其上"的状态甚或有点冷酷。如果爱可以在那些老歌里"喷薄而出"，那么，这里也有某种不祥之感。喷薄而出的不仅有光亮，还会有战争和瘟疫。同样，爱，会使人心碎，或者，只能使人心碎，如果我们想到抽象之爱所承诺的一切。

随后，最后一句进一步收缩，更加简洁，更加黯淡。中间句子那种宏大而富有隐喻和空想色彩的抽象性，被一种冷酷的抽象性取代——未涉隐喻，全无细节，也避免"源泉"这样的大词。只有普遍的痛苦，夯实为最直白的语词。这首诗在开头引吭而歌，在结尾缄口无言。

丰沛的记忆，让人想起它曾经许诺的丰沛未来，却由热切的希望，沦为极度的卑微。从复合词"被春天唤醒"（spring-woken）的浪漫，经由复合词"时常提及"（much-mentioned）的简洁枯燥，再到无复合词的平白。从"整洁的外观"，到"被毫无改变地置放有序"，再到仅仅"依旧叠好"。

然而，这是诗歌，不是散文，所以它不仅仅作为诗句，更作为诗行和诗节存在。在形式方面，拉金是一位大师。形式并不强加在意义之上，而是释放、强调意义。看看他如何运用行的结尾和节的结尾——"看看如何运用"，

---

[1] 语出马维尔诗《致羞怯的情人》（"To His Coy Mistress"）：Had we but world enough and time。——译注

这比"听听如何运用"更有可能。拉金谈到,在你听到一首诗被大声朗诵时,"诗节的形态会消失",这一点可延伸开去,包括我们能看到诗节形态甚或诗句形态之间有意味的对照。而一首歌在节与节之间,不那么在乎停顿,更在乎的是运动。

《岁月里的情歌》没有一节是自足的。在第一节与第二节之间,有一处明确的视觉停顿:

> 它们就这样等待着,直到,她寡居时
> 发现它们,因某次找寻别的什么。她站在那儿
>
> 重新温习每一个真诚而熨帖的和音曾怎样
> 　　导引出
> 一个又一个零散的带连字符的词汇,

("带连字符的词汇"是因为乐谱限定了歌词,后者在音符下分割、延展,由此,拉金提醒我们诗歌与乐谱有不同的标点系统。)因为前面的六行诗在行末平缓地停顿,整饬协调,意义和音律保持一致(而非对抗),"站在那儿"之后的视觉停顿,才更为有效。

这样,随着"站在那儿"一词,出现了一个强调自身的有力停顿——这首诗暂停了,出神一般,就如同那位孀居妇人呆立在那儿,陷入了回忆。变化从第二节逐渐展开,有别于第一节平稳的行尾。"封面使她愉悦"这样的完整句段,被"导引出"取代,后者即承上行的主语而来,引出下行的宾语,与"封面让她开心"这种完整句段相对照。中间诗节的华彩一直延续至结尾,分句扩增、外溢("……导引出……在那里")。接着,在这一节的最后,戛然而止。

> 那对于时间的确定被储存

> 如她第一次弹奏它们。但是，甚至更多，

> 那被时常提及的才华的荣光，以及爱，

第二句是一个命令式的开始，严厉而无礼，牵引着节奏（同时，也适时地暂停）。如果第二句开头的"但是"无礼得吓人，那么第三句的开头更甚："所以"做出冷峻的强调，打断前面的有序，执着于说出真相：

> 仍有可能作出回应，令人满意，
> 并被毫无改变地置放有序。所以
> 　　把它们依旧叠好，哭一场，
> 是艰难的，而没有虚弱地承认
> 那时它如何不曾这么做，现在依旧不能。

诗节之间的推进，不只是要创造包孕性的停顿，更不只是要模仿情歌中的音乐衔接。关键在于提供庄重的决断。在这首诗中唯有一次，完全的终止与诗行或诗节的结尾相一致。这一点确立了终止的完整性，确认拉金已经结束了诗歌，而不是仅仅无话可说。这种不容置疑的终结，同样显现于押韵格式中。拉金采用的格式（abacbdcdd），只有在诗节的结尾才能出现强关联的对句（couplet）。而他在前面两个诗节中，非常明显地利用跨行句来避免这种决定性在结尾的出现。由此一来，我们的全部期待都寄托在最后这一个对句上，韵与韵在呼应中闭合，这个决定性的对句，也提供了最终的解决。另外，读到"虚弱地"（lamely）之前，喉头会略有阻碍："是艰难的，而没有虚弱地承认"是无法轻快起来的一行，"没有"与"虚弱地"之间的语速变化，也会带来迟滞之感。紧接着，就是不可抗拒的结局，此地与此刻："现在依旧不能"。这首诗聚焦时间，如同我们坐在牙医治疗椅上那样，凝神于"现在"，时间也聚焦自身。

这首诗精妙的音韵处理，不只表现于最后的对句。在第一节中，轻柔的双音节或双重押韵（使她愉悦/攫住了她［pleased her/seized her］，花瓶/女儿［water/daughter］），带来一种曼妙的节奏，词句之中携带"-er"也会使效果加强。在这种柔和氛围的对照下，最后一节尽显张扬，其韵律也凄冷。诗中只有一处韵脚不齐，但又恰到好处：和音/词（chord/word）。生命的歌词与它的旋律不总是相互协调，这是诗歌所知道的事情之一。

《岁月里的情歌》远非托马斯·哈代（Thomas Hardy）所谓的"五指练习"[1]，哈代是拉金最激赏的诗人。与哈代最好的作品一样，拉金最好的作品也生成于假想的生活情境之中。那位孀居妇人的故事就发生在那儿，在诗行之间，得到了隐晦的、不流于伤感的表现。它的感染力来自重温一段过往的经验（"隐藏的清新""对于时间的确定被""被时常提及的才华的荣光"）。"她保存着她的情歌，它们占用的空间这么少，"——这里有多少平凡的悲哀，有多少失落的所有，这是一个被弃置的家园，生命的存放之所，拉金称之为"租来的笼子"（《布里尼先生》）。她留着那些歌曲——钢琴，却无法保留（在诗中，字里行间也暗示这一点，特别是"站在那儿//重新温习……"）。自我克制（self-possession）必然与拥有（possession）密切相关。

然而，诗的结尾却出人意料。它没有说她哭了或想要哭泣，而是说不承认相比于爱的胜利，爱的失败有多么沉重，也很难哭泣。哭并不难，上帝知道，难的是未经化解的哭泣，难的是承认悲伤的缘由而又不承认太多。"承认"（Admitting）：这是一个完美的拉金式语汇，不加粉饰地说出真相。记忆并非仅仅无情。我们回顾整首诗，会意识到"她保存着她的情歌"不止字面的意义。同时，这首诗至少让某些事物被毫无改变地置放有序。

无论如何，以上，是我对这首诗的阅读。而听人朗诵这首诗，即使由诗人本人朗诵，会是另一回事。但这也指向同一个难堪的事实：在和音/词汇（chord/word）之间的押韵，是唯一一个并非真的押韵，也是唯一一个只与眼

1　指随意之作。——译注

睛有关而与耳朵无关的押韵。永远拒绝配合，永远拒绝被完美地置放有序。在纸面上，像乐谱上的音乐，亦真亦假。

迪伦谈起《躺下，淑女，躺下》时曾说："这整首歌是由最开始的那四个和弦生发出来的。然后我为它填词。"在另一处，他也暗示过这种写法与《岁月里的情歌》一类诗的写法相似："每一次我写歌，都像是在写小说。只不过用的时间少得多，我就能搞定它……直到我能在脑海中一遍遍重读它为止。"[1]

《岁月里的情歌》在一首诗里想象着歌，也尽力向我们展示这意味着什么。在迪伦这儿，我却找不到对应物：就是说，一首在歌里想象着诗的歌，而不只是在心里惦记着它。像魏尔伦和兰波这样的诗人，迪伦会乐于致意。但若论及迪伦和他的姊妹艺术，他最感兴趣的自然莫过于黄油雕塑这一传统的姊妹艺术，以及艺术家和批评家这对难兄难弟的传统关系。

> 瞧你那臭屁股——也许我不过是
> 一个黄油雕塑家，我拒绝再迎合
> 你的赞美就是我的奖赏这样的观念——
> 难道你有什么资历证书吗？除了
> 对我们黄油雕塑家说三道四，你还会
> 干点什么？你知道做成一个黄油雕塑
> 是什么感觉吗？你知道真正地挤出黄油
> &造出价值非凡的东西是什么感觉吗？你
> 　　原说
> 我去年的作品"<u>王者之气</u>"是
> 杰出的&现在你又说我再也没做出那样
> 杰出的东西——你他妈到底在跟谁

---

[1]《什什什？》，第6页。

说话？你在现实生活中肯定也有你的

事情做——我能理解你昨天看了

那尊"猴子品尝师"之后发出的赞美

你的意思是说"一件好的黄油作品

就是要雕出一个只喜欢非洲婆娘的

青年男子的形象"你就是个蠢货——这根本

不搭界……因此我不想跟你的执念

有任何瓜葛——我真不在乎你怎么看

我的作品反正我知道了你根本就不懂……

我必须走了——我还有这一大块新到的

人造黄油在浴缸里等着呢——对我说的就是

人造黄油&下周我就可以定下来使用

奶油干酪了。[1]

不过，除了黄油雕塑，众所周知，电影才是迪伦热衷于在歌里搬演或放映的艺术。最棒的是《布朗斯维尔姑娘》[2]，它从"噢"（well）开始。

噢，有这么个电影我看过一遍

讲一个男人骑马过沙漠，主演是格里高利·派克

一个饥饿的男孩为了出名把他一枪撂倒

镇上的人们想要吊死那男孩并把他撕烂

我曾试着总结为什么它在《鲍勃·迪伦金曲集》第三辑中占一席之地：

---

[1] 《狼蛛》(*Tarantula*, 1966 年, 1971 年), 第 93—94 页。(本书所涉《狼蛛》译文皆引自广西师范大学出版社于 2021 年出版的罗池译本。——译注)

[2] 与活跃于舞台和银幕的（剧作家兼演员）山姆·谢泼德（Sam Shepard）合作。

一个时代的终结，一个世纪以前，结束于"在星星被毁掉之前很久"。这首歌长达 11 分钟，世界够大时间够多，去讲述一个爱情故事，一次长途跋涉，一部缩略的史诗……耐心点，它强烈要求道。而我们等待着，长久期待着，想听他用歌声描绘布朗斯维尔姑娘本人。伟大的摇滚乐段（"它朝我滚来涌来"），让人想起"滚雷秀"[1]，尤其当山姆·谢泼德也参与其中。说到电影，它展现了《雷纳多和克拉拉》[2]这部迪伦被低估的杰作的电影天赋。那些女性拥趸们甜甜尖叫着，有时又滑稽地不再支持他。他说："我走后她们可对我大谈而特谈。"她们回答："哦是吗？"这首歌在运动，却也原地不前，往复回环。这是那些了不起的静止之歌的其中一首。[3]

迪伦对电影格外关注的，我猜想，是电影在运动（move）——要不然为何要称为电影（movies）？——同时在另一种意义上，电影又是不动的。它们在曾经的时刻之后便不再改变。影片的拍摄，就是锁定一段过往。而重拍一部电影和翻唱一首歌有所不同。像《布朗斯维尔姑娘》，这部电影——包括歌中提到的这部，有人记得或依稀记得——在运动的同时又静止不动。说真的，它不仅仅静止不动，而且还会如其所是地一次次重现，直至永远。（永恒是另一回事。）《布朗斯维尔姑娘》的开头"噢，有这么个电影我看过一遍"就颇有喜剧性，虽然说得很明白"看过一遍"，我们也知道他的意思，但我们又将不止一次地听他讲述自己的观影经验。他第二次讲到，或者说，表达

---

[1] 1975 年秋，鲍勃·迪伦带着他的滚雷巡演团（Rolling Thunder Revue）踏上了一趟将会载入史册的传奇巡演。巡演团人员混杂，有音乐家、歌手、画家等等，其中包括琼妮·米切尔（Joni Mitchell）、米克·朗森（Mick Ronson）、艾伦·金斯堡、琼·贝兹（Joan Baez）和"流浪者"杰克·埃利奥特（Ramblin' Jack Elliot），以及山姆·谢泼德在新英格兰 22 座城市巡回演出。——译注

[2] 1977 年迪伦与萨拉正式离婚。迪伦又投入到另一次"滚雷秀"巡演中，并从中产生了一部长达 4 个小时的影片《雷纳尔多和克拉拉》，影片中插入了迪伦表演的音乐会。1978 年该片上映。——译注

[3] 《沉没的专辑说明》（The Liner Notes that Sank），收于《每日电讯报》（1994 年冬）。

时,是以这样的方式:

> 这是那电影中的一些事,嗯我就是没办法摆脱
> 但我忘了为啥我会在电影里,或我演的该是哪一个
> 只记得这是格里高利·派克的片子,和人们的举手投足
> 他们中很多人好像都是我这副样子

电影在上演,人们举手投足的方式,他们从银幕中看向我,好像我才是那个演员(不再是"一个饥饿的男孩为了出名"),而不是——在这里可以松口气——角色本身。何况,电影一劳永逸地留在了那里,不会从我脑海中消失。甚至当一个演员要重拍一部影片,就像罗伯特·米彻姆[1]再次出演《恐怖海峡》,他已不再是他自己,或者说不是从前的自己。一个人在他的时代会扮演许多角色。音乐也从电影缪斯那里获取灵感:

> 嗯,我在雨中排队看格里高利·派克的电影
> 是呀,但你知道这不是我想看的那一部
> 他又拍了新片,我都不知它讲的啥
> 但我就是想看他,所以会排队,哈电影都行

新片刚刚面世,旧片停留在从前,还保有它的片中人,他们一如既往,生生世世。"欢迎来到活死人乐园。"这不单是指《活死人之夜》(*The Night of the Living Dead*)那一部特定的影片,也是指电影乐园,这一活死人的领地。"(我)会排队"(I'll stand in line):这首歌中的许多东西都由行队(lines)构成,歌曲本身就由一行行(lines)构成,要自觉排队等候的也不只有迪伦的

---

[1] 罗伯特·米彻姆(Robert Mitchum,1917—1997),美国演员。《恐怖海峡》(*Cape Fear*)由 J. 李·汤普森(J. Lee Thompson)导演,1962 年公映,1991 年马丁·斯科塞斯(Martin Scorsese)翻拍。——译注

听众——任何歌曲都必须如此。迪伦让歌行自己盘旋展开，延伸最远的一行也的确跨了行（我们原谅它的僭越）：

> 看呐我这人从不爱冒犯别人，但
> 　有时你会发现你已越界[1]

然后，随着这首歌迂回行至结束，它又回到了起点，这一次"一遍"被强化为"两遍"：

> 有这么个电影我看过一遍，我想是看过两遍
> 我忘了我曾经是谁或我曾在哪里
> 只记得它由格里高利·派克主演，他枪不离身，却被人从背后
> 　一枪打来
> 那好像是很久以前，在星星被毁掉之前很久

如此——在这首写给活死人，亦即明星的安魂曲里——副歌出现了最后一次，这个副歌是一种展演（showing），或者是一种对展演的吁求：

> 布朗斯维尔姑娘布朗斯维尔卷发
> 皓齿如珍珠闪烁如高悬的明月一轮
> 布朗斯维尔姑娘，带我走过全世界
> 布朗斯维尔姑娘，你是我甜蜜的爱人

"带我走过全世界"（show me all around the world）：这是一切电影的全部诉求。

---

[1] 原歌词在排版时无法一行排完，故曰跨行，译文亦做相应格式调整。——译注

迪伦的歌中有这样一种感觉，像任何其他的内部竞争一样，与姊妹艺术争锋，不可避免却也没什么增益，只有很小心眼的视觉艺术家会才反对一位歌手去想象《当我画下我的杰作》的那一天。但（谢天谢地）有一种东西叫隐性竞争。

> 荣耀归于尼禄的海王星
> 泰坦尼克号起航在黎明
> 所有人都嚷嚷着
> "你站在谁那边？"
> 埃兹拉·庞德和 T. S. 艾略特
> 在船长指挥舱中决斗
> 卡利普索女歌手讥笑他们
> 渔夫手拿花束
> 在大海的窗户间
> 妩媚的美人鱼在那儿漂游
> 没人需要想太多
> 关于荒芜巷

这为诗与歌的对抗定下调子。"你站在谁那边？"（Which Side Are You On?）这个问题可以从很多角度切入，其中之一是耳朵对词语的接受会略微不同这个前提。即便是迪伦，也不可能唱出大写与小写的差别（不是"Which side are you on?"），反之，对于眼睛来说，辨认这种差别简直是小菜一碟。只是有一些事情你需要知道。那首不疑不惧的政治歌曲的标题，用的是大写字母。

因此，关键的争论不发生在两个重量级的现代主义者之间，也不发生在高雅艺术与低俗的卡利普索歌曲，或者诗和歌之间，甚至不发生在泰坦尼克号和冰山[1]之间,而是发生在对"歌曲最有可能是什么"这一问题的两个深刻不同的理解之间。另一个问题是,世界的真正面目是什么,而非将其简化为"很久很久以前"。"我看到了两面,兄弟"——

> 就这么简单——
> "你站在谁那边"不是奢谈
> 它们也不是来自骗人的歌[2]

对于一首本意良善的歌,迪伦不会给出差评。但哪怕早在1963年,他就已经知道这种"两面"的耳目对太多东西视而不见、避而不听。因此很早以前,他就开始让自己的艺术变得冷酷。"像《你站在谁那边?》这样的歌曲……它们不是民谣,而是政治歌曲。它们已经死亡。"[3]

> "抗议"这个词对你来说意味着什么?
> "对我来说?意味着,呃……在我不想唱的时候唱。"
> 什么?
> "意味着违背你自己想歌唱的意愿而唱。"
> 你会违背自己的意愿唱歌吗?
> "不,不。"
> 你会唱抗议歌曲吗?

---

[1] 杰出的反讽杂志《洋葱新闻》(*Onion*),在其选集《我们的愚昧世纪》("美国最佳新闻素材的百年头条")中,有关泰坦尼克号的头版报道尤为出色:"世界上最大的隐喻,撞上冰山/泰坦尼克号,人类傲慢的象征,沉没在北大西洋/1500人死于有象征意味的悲剧。"《洋葱》重现了格林威治标准时间凌晨4点23分来自救援船的令人难忘的信息:"泰坦尼克号撞上至高无上之大自然的冰冷象征句号由于人类固有不可靠的自负而造成的救生艇不足句号大社会一隅的缩影句号。"

[2] 《致大卫·格鲁佛》(*For David Glover*),新港音乐节节目(1963年7月);《鲍勃·迪伦写鲍勃·迪伦》(*Bob Dylan in His Own Write*)盗录重印版,由约翰·图特尔(John Tuttle)编辑,第6页。

[3] 《花花公子》(1966年3月)。

"不。"

那你唱什么歌?

"我唱关于爱的歌。"[1]

古老的爱之歌,以及青春的爱之歌。

韵

"什么是韵?"教授问,"它是不是一种声音的协调——?"

"是的,伴着轻微的不协调,"汉伯里打断说,"我也放弃了押韵。"

"那么恕我,"教授说,"还要强调一下押韵的好处,这是我的一个简短却又极有价值的原则之一。韵很有用处,不仅能将无法协调的部分收束起来达成一致,让耳朵得到最大程度的愉悦,而且韵会标注出一件艺术作品中的重点(每一个诗节都是一件艺术品)这些重点便是美的法则强烈体现之处,不协调的惯例被打断,由于韵的妥善安排而非常动听,那些可能相当显眼的单薄的部分变得不那么触目,就整体结构而言。你理解了吗?"

"理解了。"米德尔顿说,"实际上韵对我来说,好像是你的原则之代表。如果用一个隐喻的说法,所有的美都可以称之为韵,不是吗?"

(杰拉德 M. 霍普金斯,《论美的本源:一次柏拉图式对话》)[2]

---

1 《洛杉矶》(1965 年 12 月 16 日);《鲍勃·迪伦说鲍勃·迪伦》,第 53 页。
2 《杰拉德·曼利·霍普金斯的笔记和论文》,第 74—75 页。

押韵，根据《牛津英语词典》，被定义为："两个、多个单词或格律行尾音相同，比如（在英语韵文中）最后一个重读元音和其后的发音相同，但在此重读元音之前的发音则不同。例如：which, rich; grew, too……"

因此，韵是一种策略，一个技术的问题，但又一直在寻求与意义的关系（二者可以兼得吗？），因此，"技术"是一个太小的说法，我们要考虑的其实是一种资源的问题。构成一首诗的要素，包括了韵脚、音律、节奏。

人们一直在抱怨，押韵会让诗人不自然，让他们言不由衷，也有人不喜欢鲍勃·迪伦的押韵。埃伦·威利斯[1]就责备他："他太依赖押韵了。"[2]这有点像一份可怕的成绩单：对押韵的依赖度应该是 78%，但迪伦大师的依赖度却高达 81%。无论如何，你不能太依赖押韵，虽然你可以混淆押韵之可靠与不可靠的界限。

要说成功，有一句歌词就轻松（不是轻易地）达成，"唉，妈妈啊，能不能终于有个了局"，这还不是了局，而是在临近《再次困在莫比尔和孟菲斯蓝调一起》中每一节的结尾之处。这一副歌的押韵方式极具隐喻性，因为"了局"（end）与"再次"（again）押韵：

Oh, Mama, can this really be the end
唉，妈妈啊，能不能终于有个了局
To be stuck inside of Mobile
再次困在莫比尔
With the Memphis Blues again?
和孟菲斯蓝调一起

"了局"与"再次"在隐喻层面上同样构成一种押韵，因为每一个韵既是一

---

1 埃伦·威利斯（Ellen Jane Willis, 1941—2006），美国左翼政治散文家、记者、活动家、女权主义者和流行音乐评论家。——译注
2 《猎豹》（*Cheetah*，1967 年）。

种结束（endness）又是一种复原（againness）。这才是押韵的本质，既是复原（again）（也是一种获得 [a gain]），也是一种终结（ending）。

在《死亡不是终结》中，每一节都如此"终结"：

> Just remember that death is not the end
> 记住吧死亡不是终结
> Not the end, not the end
> 不是终结，不是终结
> Just remember that death is not the end
> 请记住死亡不是终结

从一开始，这四节韵脚谨严地推进：朋友/修补（friend/mend）、理解/弯曲（comprehend/bend）、下降/借（descend/lend），而后终于松动，虽然幅度不大，却由"-end"的押韵过渡到男人/公民（me/citizen）之间的半谐音（半谐音与韵脚的不同在于"end"不同）。但要记住，这首歌不只有这四节，而且还有一个衔接段落，这个过渡段（同时也是一座通往下一个世界的桥）大幅去除了"结尾"（end）的那个特定韵脚或半谐音的音效，一下子跨越到随"生命"（life）而涌出中的一连串声响：死亡/明亮/光/照耀/天空（dies/bright light/shines/skies）：

> Oh, the tree of life is growing
> 哦生命的树在生长
> Where the spirit never dies
> 于灵魂永存之地
> And the bright light of salvation shines
> 明亮的救赎之光照耀着

In dark and empty skies
黑暗虚无的天空

死亡/天空（dies/skies）的韵，有赖于其与"-end"一韵发音上的迥异，正如有赖于"死亡"（dies）的完整词组"永存"（never dies）。可以说，这个过渡段非常疏离。然而，它也并没有得意洋洋、了无牵挂地撤出这个"end"的世界——还有"empty"的发音构成牵绊。

"如果用一个隐喻的说法，所有的美都可以称之为韵，是吗？"在霍普金斯想象的对话中，有人这样发问。不仅如此，押韵本身即是隐喻可能采用的一种形式，因为韵是对协同和分歧、相似与不同的感知。它是同步发生的一束火花。很久很久以前，亚里士多德在《诗学》（*Poetics*）中曾说，到目前为止最伟大的事，便是善用隐喻，因为从相似与相异的感受中获取认知的能力，是人类获取所有知识的根本。善用隐喻的一种方式，便是善于押韵。

伊恩·汉密尔顿（Ian Hamilton）言及《我真正想做的一切》中"迪伦之肆无忌惮的押韵方式"：

> 这首歌在纸上读起来就很刺激，而经由他的演唱，这种方式又总会成为歌曲的重点的一部分，成为它部分攻击性所在。迪伦许多的情歌，都类似于一种口头的家暴：妻子会被押韵降服——但要用这样的方式看待这些歌，你还得辅之以一副迪伦式的带刺的金属喉咙。[1]

我的确认为迪伦身边的女人们会时不时地被押韵降服，但那不是暴击，而是调情。

不过，韵脚的使用依然是暴烈的。比如在《愚蠢的风》里对句的力量：

---

1 《观察家报》（*Observer*，1978年6月11日）。

> Blowing like a circle round my skull
> 绕着我的头骨转着圈刮
> From the Grand Coulee Dam to the Capitol
> 从大古力水坝刮到国会大厦

《滚石》杂志评论道："这是一个绝妙的韵，金斯堡写道，一个神奇的意象，一个国家的意象，如同哈特·克兰[1]未完成的美国史诗《桥》(*The Bridge*)。收到这封来信，另一位诗人非常高兴。迪伦回信给金斯堡，说没有其他人注意到这个韵，而迪伦对此也非常珍视。金斯堡之所以出现在这里，原因之一就是他对这个韵的发现。"[2] 一次是在"滚雷秀"上，另一次出现在迪伦的巨片《雷纳尔多与克拉拉》中。

因为其中的隐喻性关联、国家元首和身体政治的含义，以及国会大厦（Capitol）之于头骨（skull）（另外一个白色圆顶）的关系（它们之间又形成了一次窘迫的押韵），这个韵实实在在。一个不完美的韵，却是一次完美的判断。

迪伦说过："话说回来，人们接受了当代的押韵方式，押韵不需要像以前那样严格。没人会在乎你用'发酵'（ferment）来押'代表'（represent）的韵，你知道。没人会在乎。"[3] 没人在乎就没人反对，这我同意；但像迪伦这样对韵律具有想象力的人一定在乎，因为他一直都有意识，且一直在尝试拿不完美的韵、错位的韵，还有那些荒腔走板的韵做点什么，好让这些韵押到点上。类似情况还包括用半谐音替代押韵：非典型地用韵是完全可以接受

---

[1] 哈特·克兰（Hart Crane, 1899—1932），美国诗人。被公认为是当时最具影响力的诗人之一。代表作《桥》力图达到史诗效果，一直是英文中最难懂的一首诗。——译注
[2] 1976年1月15日。金斯堡为唱片《渴望》的封套写道："迪伦创作伟大的幻灭的国家韵律《愚蠢的风》之时——'……绕着你的头骨转着圈刮 / 从大古力水坝刮到国会大厦……'——他一定已经准备好再一次迎接无所畏惧的先知般的感受的伟大浪潮。"
[3] 迪伦，1991年；保罗·佐洛（Paul Zollo），《作曲家谈作曲》(*Songwriters on Songwriting*, 1997年)，第81页。

的，稍有不同却富有创造性。头骨/国会大厦（skull/Capitol）之间的押韵，就是极好的例子。

在《11篇简要悼文》里，国会大厦之于头骨的想象，迪伦同样用于白宫：

> how many votes will it take
> 要多少张选票
> for a new set of teeth
> 才能换来一副新牙齿
> in the congress mouths?
> 装进国会的嘴巴？
> how many hands have t' be raised
> 要多少双举起的手
> before hair will grow back
> 才能让落发重回
> on the white house head?
> 白宫的脑壳

但迪伦是否犯下了歧视秃头的过失？发型糟糕的一天[1]。是时候放下心来了："鲍勃·迪伦给公民自由紧急委员会的一条信息"（1963年12月13日）宽慰我们这些老秃子和小秃子，让我们安心，明白"当我说到秃脑壳，我的意思是空脑壳"。你说的就是秃脑壳，考虑到（当时的）年轻人因发型而备受指摘，这真是一次合情合理的代际反击。

一次押韵，可能是一次头发移植。

---

1 A bad day，意为诸事不顺。A bad hair day，此处双关。——译注

> The highway is for gamblers, better use your sense
> 高速公路是属于赌徒的，你最好多想想
> Take what you have gathered from coincidence
> 把你碰巧收集到的都带走吧
>
> （《一切都结束了，蓝宝宝》）

这真是，最佳的押韵之一。因为所有的押韵都是一种发布全新感觉（sense）的巧合（coincidence）。"想想"（sense）与"碰巧"（coincidence）的押韵纯属巧合，你将从中"收集"（gather）某些东西。每一次押韵都是一次赌博，一次冒险，有一种豪赌的性质——一个赌徒（gambler）也是一个赌客（better）。（"属于赌徒的，你最好……"）

诚然，有可能这一切仅仅是巧合，有可能是我在想象，而没有注意迪伦想象的方式。要判断批评性的阐释是否牵强，我们可以做一个简单的测试。如果这些阐释没有引起我们共鸣，它们很可能是牵强的，自作聪明的……因此，虽然在我看来，我相信"赌徒，最好"（gamblers, better…）这个连续组合是迪伦玩的语言小花招，而不是出于我的想象，我也赞成"sense"这个词可能玩了点小花样，它在美式发音中很难区分于"美分"（cents），这会带来金钱方面的小小联想[1]，但我还是无法认同一个朋友的说法，他说所有的钱都流入、汇集到了"碰巧"（coincidence）之中，而这个词的确开始于"coin"，也就是硬币之意。我承认，我的异议部分是因为这个点并未由我本人想到，但更多是因为这是一首歌，而不是纸面上的诗。在纸面上，你可以亲眼看到单词"coincidence"中包含一枚硬币（coin），但在听人演唱时，单词"coincidence"的发音，却无法让人注意到"coin"。无论如何，迪伦用脑子（sense）。

"和迪伦一起工作最棒的是他热爱押韵，他喜欢玩这个游戏，他热爱其

---

[1] 在《坐在带刺铁丝篱上》迪伦用 cents/fence 押韵。

中的复杂性。"[1] 让我们来快速审视一下他的押韵。好玩的是：用奇怪/消失（weird/disappeared）来押韵本身很奇怪，用鲁莽/项链（reckless/necklace）押韵也很鲁莽，用粗暴/传染（outrageous/contagious）押韵又很粗暴。[2] 在《去阿卡普尔科》（墨西哥南部港市）中，他用见鬼了/泰姬陵（what the hell/Taj Mahal）来押韵，就真是"见鬼了"。这其中有一种张力，比如"西部"世界中的决斗：

> But then the crowd began to stamp their feet and the house lights did dim
> 这时候人群开始跺脚，灯光变暗
> And in the darkness of the room, there was only Jim and him
> 在房间的黑暗中只有吉姆和他
>
> （《莉莉、罗斯玛丽和红心杰克》）

当"灯光变暗"布置好场景，他们两人就站在那儿：吉姆和他，只有他们俩。讽刺的是：迪伦只是挑衅地扬起韵律的下颚，便能勾勒出一副爱国的姿态。

> Now Eisenhower, he's a Russian spy
> 现在艾森豪威尔，是个俄国间谍
> Lincoln, Jefferson, and that Roosevelt guy
> 林肯、杰斐逊，还有罗斯福那帮人
> To my knowledge there's just one man
> 据我所知只有一个

---

1 《与雅克·利维的聊天》（*A Chat with Jacques Levy*）(《伊西斯》[*Isis*，2000年4月/5月刊])。以及金斯堡，《渴望》封套说明："在长岛半月一直单独与戏剧家雅克·利维（Jacques Levy）忙于歌曲、事实、短语和押韵。"

2 雅克·利维："不过我们度过了愉快的时光，有很多想法；我们时常欢笑并且享受提出粗暴/传染（outrageous/contagious）这类的押韵。"

That's really a true American:
算得上真正的美国人：
George Lincoln Rockwell
乔治·林肯·洛克威尔[1]

一个真正的美国人会洋洋得意，重读那个骄傲的词，美国人（Americán）。你有意见吗？

显然，在书面阅读和人声发音中（无论在舞台上还是在专辑里），韵不完全是同样的现象。在纸面上，《多余的早晨》中行尾的"good"（"妙"）很可能在发音上与在两行之后行尾的同一个词（"良好"）大致一样（即便语气有所不同，这会影响发音）[2]。但演唱时，迪伦可以任由他的嗓音发挥（加以不同的处理）以避免雷同：既是你刚才听到过的那个词，却又有所不同。或以"不做她的情人，要做你的"（I don't want to be hers, I want to be yours）为例（《我要做你情人》）。这一句看起来不押韵；但在演唱中，"yers"与"hers"有一种似对应又非对应、对等又非对等的关系，两者享有而又不享有同样的权利。《我得做决定》的第一对韵脚，长久／错误（long/wrong），则有一种纸上永远无法呈现的感觉，因为在迪伦那里，"错误"（wrong）与"长久"（long）的唱法是如此的不同。这里有一点非常关键，即：要认识到歌曲作为一种跨媒介艺术，与印刷的诗歌并不相同。

《第三次世界大战说唱蓝调》中的押韵，是我喜欢的另一个例子："哎哟"（ouch）与"精神治疗的长椅"（psychiatric couch）押韵。

---

[1] 乔治·林肯·洛克威尔（George Lincoln Rockwell）与一群热心复兴纳粹主义人士于1959年3月8日成立了第一个美国纳粹党（American Nazi Party），其总部位于维吉尼亚州的阿灵顿，之后改名为白人国家社会主义党（National Socialist White People's Party，简称：NSWPP）。——译注
[2] 见《多余的早晨》："你可以说得一样妙……我也自我感觉良好"两句。——译注

I said, "Hold it, Doc, a World War passed through my brain"

我说:"等等,大夫,我脑海里出现了一次世界大战"

He said, "Nurse, get your pad, the boy's insane"

他说:"护士,拿软垫,这孩子疯了"

He grabbed my arm, I said "Ouch!"

他抓住我的手臂,我说"哎哟!"

As I landed on the psychiatric couch

当我坐上精神治疗的长椅

He said, "Tell me about it"

他说:"跟我讲讲它。"

哎哟:没有足够的缓冲能消除痛苦,这也是为什么会有精神治疗的存在——后者也会由此带来它的副作用。(《杀手无罪》[1]这部电影中有一个情节,由威廉姆·H.梅西扮演的阴郁杀手,在咨询结束后要掏钱付费——时间不长却要125美元——付钱后,他什么心情?"穷。")迪伦用"pad"这个词也开了个小玩笑:用来书写[2],还不像软垫沙发(不够软:哎哟!)或"软壁"病房。哎哟 / 长椅(Ouch/couch)的押韵很抓人,在专业的抚慰和讽刺性的厌倦之间,"跟我讲讲它"一句的微妙歧义也由此表露。进一步说,押韵是一种你来我往,是一种交换,本身就是一种"我说" / "他说"的形式或模式。

在《丽塔·梅》中,也有一处精彩的押韵:"冷漠"(nonchalant)和"但你的思想正是我要的"(It's your mind that I want):

Rita May, Rita May

丽塔·梅,丽塔·梅

---

[1] 《杀手无罪》(Panic,2001),亨利·布拉默尔(Henry Bromell)编剧并导演,威廉·H.梅西(William H. Macy)主演。——译注

[2] Pad 也有便笺纸的意思。——译注

You got your body in the way

你让你的身体挡着道

You're so damned nonchalant

你竟如此该死的冷漠

It's your mind that I want

但你的思想正是我要的

你不必相信他（如果我是你，丽塔·梅，我不会信），但"冷漠"（nonchalant）与"要"（want）却恰到好处，因为冷漠恰恰说明她无所欲求，如此寡欲，如此清心。

还有《莫桑比克》中，"莫桑比克"（Mozambique）与"脸对脸"（cheek to cheek）的押韵（厚脸皮地用"脸"〔cheek〕和"脸"押韵，效果很棒）。用地名或人名来押韵，总会有异样之感，因为它们不能完全算是词语，至少和常用到的词不太一样。[1]

在迪伦的所有押韵中我最喜欢的一个，也与地名有关："犹他"（Utah）与"我'爸'"（me "Pa"），犹他里的"U"读起来就仿佛"你"（you）：

Build me a cabin in Utah

给我造一所小屋子，在犹他州

Marry me a wife, catch rainbow trout

给我娶一位妻子，一起钓虹鳟鱼

Have a bunch of kids who call me "Pa"

有一堆孩子，喊我"爸爸"

---

[1] 举例，《蝗虫之日》中有 diploma/Dakota，还有《当我画下我的杰作》中的 Brussels/muscles。《工会日落西山》里有一段炫技表演：用"El vador"与"dinosaur"、"raw"、"law"押韵，但是有一句歌词蜷伏其中："他们过去在堪萨斯种粮食"。现在如果那里换成阿肯萨斯……

That must be what it's all about

这必定就是所有的一切

(《窗户上的标识》)

这里押的不是"tah"和"pa"的韵,而是"Utah"和"me 'Pa'",就像"我是泰山,你是简"(Me Tarzan, You Jane)[1]一样。为了他的田园牧歌计划,迪伦还接管了一场军事演习,词语们列队走过,这里面蕴含了一种尖锐的喜剧性——在弗雷德里克·怀斯曼的纪录片《生存训练》[2]中,你可以听到这些词语被吟唱:

And now I've got

现在我有了

  A mother-in-law

  一个丈母娘

And fourteen kids

还有十四个孩子

  That call me "Pa"

  叫我"爸"

然而,在《窗户上的标识》中,不仅有喜剧性同样有悲怆感,这首与丧失有关的歌曲的最后一节包含"犹他",开头却是"窗户上的标识写着'孤独'"。"孤独"也许是英语中最孤独的词。因为唯一能与"孤独"(lonely)押韵的

---

[1] 电影《人猿泰山》(*Tarzan, the Ape Man*)中的经典台词。——译注
[2] 弗雷德里克·怀斯曼(Frederick Wiseman),美国电影制作人、纪录片导演和戏剧导演。他的作品"主要致力于探索美国的机构",被称为"当今最重要和最具原创性的电影人之一",2017年获得第89届奥斯卡金像奖终身成就奖。《生存训练》(*Basic Training*,1971)记录了美国一批应召入伍的士兵在9周内的训练内容。——译注

词是"唯一"(only)。伴随着孤独,迪伦歌唱,让它找到了家的方向:

> You've gone to the finest school all right, Miss Lonely
> 没错,孤傲小姐,你上过最高级的学校
> But you know you only used to get juiced in it
> 可你很清楚,你不过在那儿醉生梦死
>
> (《像一块滚石》)

迪伦知道,即使只是再找一个与"孤独"相近的韵脚,也殊非易事:

> Sign on the window says "Lonely"
> 窗户上的标识写着"孤独"
> Sign on the door said "No Company Allowed"
> 门上的标识写着"禁止陪伴"
> Sign on the street says "Y' Don't Own Me"
> 街上的标识写着"两不相欠"
> Sign on the porch says "Three's A Crowd"
> 门廊上的标识写着"三人太挤"
> Sign on the porch says "Three's A Crowd"
> 门廊上的标识写着"三人太挤"
>
> (《窗户上的标识》)

孤独/两不相欠(Lonely/Y' Don't Own Me)。禁止陪伴?陪伴是押韵固有的特征,一个词与另一个词相伴。与任何的隐喻一样,押韵本身也需要三个因素,并不嫌多[1]:声音、载体,以及二者结合成的第三个,隐喻。

---

[1] 有谚云:"两人成伴,三人不欢。"(Two is company, three is a crowd.)——译注

阿瑟·哈勒姆[1]，这位丁尼生在《悼念集》中写过的朋友，他将押韵比作"结局的重生"。一个美妙的悖论：结局又该如何重生？当一个韵被押上，真的就是结局吗？

> 据说，"韵"本身包含了对"记忆"和"希望"的持久渴望。所有的诗歌、所有和谐的声韵都是如此；结局的重生更能凸显这一点。最迟钝的人也能感受一二，并为之愉悦；但部分的特性，还蕴藏于更加微妙的相似性中，要领会其中奥妙，还需要一个易于感受音乐的灵魂。古人不屑于这样的口耳之乐，它看上去微不足道，也会有损艺术的效果；但他们不知道，和谐的声律、完美的配合，能呼应人们内在的情绪模式，他们不太明白这种看来简单又平庸的技巧之真正魅力。[2]

韵本身包含了对"记忆"和"希望"的持久渴望（它也是它们的一个容器，就像你可以容纳你的愤怒、你的欢笑或你的美酒一样），当你有了第一个韵字，你就在期盼接下来与之呼应的那个词，当你有了与之呼应的语汇，你会感觉自己先前的承诺已经履行。两方面的责任，都被达成。

因此，音韵和抒情紧密相关——斯温伯恩（Swinburne）坚信这一点，他在1867年写道："押韵是英语抒情诗的天然前提：无韵的抒情是残缺的。"抒情、希望和记忆之间有一种强劲的纽带，因此几乎没有什么好的无韵诗。[3]

迪伦喜爱"记忆"（memory）这个词的韵脚（韵也是记忆最好的辅助，

---

1 阿瑟·亨利·哈勒姆（Arthur Hallam，1811—1833），英国诗人，是他的挚友、诗人阿尔弗雷德·丁尼生《悼念集》(*In Memoriam*)的主题。哈勒姆被描述为他那一代人的"致命的年轻人"（jeune homme fatal）。——译注

2 《意大利语对英国文学的影响》(*The Influence of Italian Upon English Literature*)；《阿瑟·哈勒姆的作品》(*The Writings of Arthur Hallam*)，T. H. 维尔莫特（T. H. Vail Motter）编（1943年），第222页。

3 很少，但并非没有，托马斯·坎皮恩（Thomas Campion），这位迪伦伟大的前辈，词曲作者，就有一些精美的例子，如卓越的《来吧，玫瑰双颊的劳拉》(*Rose-cheekt Laura, come*)。

帮助记忆的工具："九月有三十天，/四月，六月和十一月……")《满眼忧伤的低地女士》中的这一句"凭你在罐头厂街，那铁片的记忆"（With your sheet-metal memory of Cannery Row）听来很真切，因为让人想起歌中另一句"你银光闪闪的床单"（your sheets like metal），也是因为"记忆"（memory）和"罐头"（Cannery）之间的奇异回响令人难忘。罐头厂街本身就是记忆，因为这个典故出自约翰·斯坦贝克（John Steinbeck）的小说，歌手和他的听众分享了这一份记忆，否则这典故不会奏效。

至于"忘记"（forget）之韵：知晓押韵依赖记忆，《真爱倾向于遗忘》先将"遗忘"（forget）与"悔恨"（regret）并置，最后，却离谱地结束于"西藏"（Tibet）。而用"再次"（again）与"何时"（when）来押韵，则传递了歌曲的真意，因为再次／何时就是韵之本身。韵也许是一种爱情，两种事物合一，同时又不失去它们自己的特性。

还有，迪伦也喜欢用"自由"（free）这个词当韵脚——所有诗人均热衷于此。《要是狗都自由奔跑》，除了用"自由"押韵以外，没做别的什么（但这是一桩多么好的交易）。或者在《铃鼓手先生》里，他还用"自由"（free）和"回忆"（memory）来押韵。

> Yes, to dance beneath the diamond sky with one hand waving free
> 是的，在钻石天空下起舞，单手自由地挥摆
> Silhouetted by the sea, circled by the circus sands
> 让大海为我剪影，让马戏团的沙子环抱我
> With all memory and fate driven deep beneath the waves
> 将所有的回忆和命运逐入海浪深处
> Let me forget about today until tomorrow
> 让我忘掉今天，在明天到临之前

"自由"（free）让人想到一种并非没有责任感的自主性，"记忆"要你不能

遗忘、铭刻于脑海——不管是否自觉——这是韵的另一个因素：值得信任的记忆。

迪伦不必从前辈诗人那里学习思维的停顿与跳跃，因为无论这种相似性是出自模仿还是仅是一种巧合，其效果都一样。[1] 但当迪伦演唱《被弃的爱》时，他正在汲取同样的力量：

I march in the parade of liberty
我加入自由的游行队伍
But as long as I love you, I'm not free
但只要我还爱你，自由便无从谈起

——一如约翰·弥尔顿向那些不负责任的反对者抗议时的用法：

That bawl for freedom in their senseless mood,
他们叫卖自由思想却毫无意义，
　And still revolt when truth would set them free.
　当真理给他们自由，他们依然反抗。
Licence they mean when they cry liberty.
他们哭求自由实则要求特权。

（十四行诗第 12 号）

---

[1] 这里，简要展示一下"自由"（free）作为韵脚可能的多种方式：多恩的《幽灵》(*The Apparition*)："由于你的轻蔑，杀戮者，我死去 / 你认为你已自由 / 我所有的恳求 / 化作幽灵来到你的床上……"（When by thy scorn, O murderess, I am dead / And that thou think'st thee free / From all solicitation from me, / Then shall my ghost come to thy bed...）克拉布的《大厅》(*The Hall*)："认为永远不会自由的人，/ 除非为自己的自由而战。"（Those who believed they never could be free, / Except when fighting for their liberty.）爱德华·托马斯的《词语》(*Words*)："让我不时起舞 / 与你一起。或者攀登 / 偶尔站立 / 狂喜之中，/ 坚定而自由 / 在韵律中，/ 恰似一位诗人。"（Let me sometimes dance / With you. / Or climb / Or stand perchance / In ecstasy, / Fixed and free / In a rhyme, / As poets do.）这里，也用了"韵律"（rhyme）一词来押韵。

不要忘了，特权和自由不同——弥尔顿通过用"自由"（free）和"自由"（liberty）押韵，让我们真切感受到这一点。弥尔顿却没有用"特权"来押韵（虽然它的声响与"毫无意义"[senseless]相互摩擦），而且这个词毫无韵律之感。它押韵吗？一个字，不？无论弥尔顿如何看待，我的看法是他对破格（poetic licence）从不妥协，迪伦则接受破格。

"他们哭求自由实则要求特权"，弥尔顿本人的意思是什么？真正的自由以责任意识为前提。选择总是摇摆在好的牵绊和坏的牵绊之间，而不会发生在一个毫无牵绊的空想世界之中——那就成了特权。D. H. 劳伦斯曾警惕对自由的崇拜，用他诗文之中洋溢着快乐的有韵之笔："感谢上帝我并不比一棵深深扎根的大树更自由。"（Thank God I'm not free, any more than a rooted tree is free.）

为何用无韵诗体来写史诗，弥尔顿曾这样解释："是在英语中第一次的尝试，尝试从韵律的繁文缛节和现代束缚中挣脱出来，使英雄诗体重获古老的自由。"但他知道有一些牵绊极其可贵，而且他尤其珍视押韵，因为他知道如果不必每一行都押韵，其效果会大大增加。T. S. 艾略特的《三思"自由体诗"》（"Reflections on Vers Libre"）（1917），其最后一段这样写道："从韵中得以解放，兴许也意味着韵本身的解放。一旦从润饰劣等诗的苛刻任务中解脱出来，韵就可以用于真正有需要的地方。"[1]

用"韵"（rhyme）这个词押韵也有一种特别的愉悦之感。[2] 济慈写道：

---

1 《批评批评家》（*To Criticize the Critic*，1965 年），第 189 页。（译文引自《批评批评家：艾略特诗文集·论文》，苏薇星译，上海译文出版社，2012 年 6 月，第 253 页。——译注）
2 有更多的词，以不同的方式在隐喻层面与韵律的性质相关，迪伦将它们用为押韵："再次"（again）、"锁链"（chains）、"巧合"（coincidence）、"完全"（complete）、"控制"（control）、"纠正"（correct）、"治疗"（cure）、"空虚"（empty）、"逃离"（escape）、"合适"（fit）、"跟随"（follow）、"发生"（happen）、"结点"（knot）、"忠诚"（loyalty）、"下一个"（next）、"地点"（place）、"大量"（plenty）、"到达"（reach）、"反映"（reflection）、"放松"（relief）、"保留"（remain）、"揭露"（revealed）、"奖励"（reward）、"相同"（same）、"卫星"（satellite）、"满意"（satisfied）、"定时"（timed）、"明天"（tomorrow）、"未解决"（unresolved）。

Just like that bird am I in loss of time

就像那只鸟，我忘记了时间

Whene'er I venture on the stream of rhyme

在押韵的激流中冒险

(《致查尔斯·考登·克拉克》)[1]

《满眼忧伤的低地女士》的开头可谓精彩绝伦，开头三个押韵的词，简简单单，却像咒语一样神秘。三个接着三个，三重押韵与三个"like"（eyes like/like rhymes/like chimes）相互交织，复构成半谐音的呼应：

With your mercury mouth in the missionary times

凭你水银的嘴，在传教士的时代

And your eyes like smoke and your prayers like rhymes

你烟样的眼，和诗韵似的祷词

And your silver cross, and your voice like chimes

你银铸的十字，和钟鸣似的嗓子

Oh, who among them do they think could bury you?

噢，他们有谁，竟以为能葬了你？

"时代"（times）、"诗韵"（rhymes）、"钟鸣"（chimes）这三个脚韵，连续形成共鸣。（"你烟样的眼"这句，像《烟雾弥漫你的眼》传出的钟鸣。）"和诗韵似的祷词"：韵文好似祈祷，因为它相信祈祷会有回应。在演唱中，迪伦像17世纪诗人亚伯拉罕·考利（Abraham Cowley）在颂诗《自由论》（*Ode: Upon Liberty*）中所做的一样，对三个脚韵做不同的轻重处理。"如果人生是

---

[1] 迪伦的"我就像是那只鸟"中是否有济慈的影响？后来，在《如今你是一个大女孩了》中，济慈的"激流"（stream）也许也涌入了"河流中游"（in midstream）。

一首秩序井然的诗",那它应该避免千篇一律:

> The matter shall be grave, the numbers loose and free.
> 事实要庄重,数字随兴自由
> It shall not keep one setled pace of time,
> 不应拘泥于时间的步幅
> In the same tune it shall not always chime,
> 同一曲调不必永远重复
> Nor shall each day just to his neighbour rhime.
> 每一日亦不只附和昨日

《满眼忧伤的低地女士》用"韵"(rhyme)一词押韵,切中要害。《你走了会使我寂寞》则悲伤地唱"蟋蟀往复唱和"。所有的押韵,都是一种往复唱和的对话,这一点蟋蟀应该最能体会,它们来来回回,唧唧作响。"我与你永远相随从不理会时间"(I could stay with you forever and never realize the time):这是迪伦在行中押韵的方式,也是爱之思想展现的方式。"永远"(forever)如此全然正向,但与此同时,还有一个负面的"永不"(never)与之押韵。

甚至包括在《高地》里,那已显露的渴望——与已经实现的希望也并不一样:

> Well my heart's in the Highlands wherever I roam
> 哦,无论走到哪里,我的心都在高地
> That's where I'll be when I get called home
> 当归家的讯号响起,我就会去那里
> The wind, it whispers to the buckeyed trees in rhyme
> 风,对着七叶树低语着韵文

Well my heart's in the Highlands

哦，我的心在高地

I can only get there one step at a time

只有一步一个脚印，我才能到达那里

当"时间"临近，这低低的吟唱上升为决断，在适当的时刻，要用"韵文"（rhyme）实现押韵；不仅如此，"走"（roam）不仅与"家"（home）押韵（"走"将你带离——"无论走到哪里"——但"家"召唤你归来），而且"走"（roam）还会转入"韵文"（rhyme），一个温柔的转身。但同时，押韵也"一步一个脚印"地进行，脚步富有韵律。霍普金斯说：

His sheep seem'd to come from it as they stept,

他的羊好似从它那儿来，一步又一步

One and then one, along their walks, and kept

一只又一只，沿着它们的小路

Their changing feet in flicker all the time

它们步履不停，晃来晃去

And to their feet the narrow bells gave rhyme.

叮当的窄铃好像在伴奏。

(《理查德》)

就像霍普金斯，为了押韵，迪伦也进行韵脚的组合。在17世纪，本·琼森（Ben Johnson）写了一首声名狼藉的《一组反押韵的押韵》（*A Fit of Rhyme against Rhyme*）来嘲笑自相的矛盾。迪伦十分清楚押韵可能引发的敌意，无论来自读者（或是听众），还是来自韵本身。因为尽管押韵也有低吟之感（如《高地》），但总会有一些恶俗的押韵，让人想挣脱、想尽力改变：

You've had enough hatred

你已拥有了足够的仇恨

Your bones are breaking, can't find nothing sacred

你的骨头在破碎，发觉不了神圣的东西

(《你要改变》)

迪伦能成为一位战争大师。"仇恨"（hatred）和"神圣"（sacred）之间的摩擦对抗，让人咬牙切齿，或深恶痛绝。"你知道撒旦会扮成和平使者"。[1]

押韵既可以为单独的诗行，也可为完整的一首歌或一首诗塑形，这就是押韵格式。押韵格式的改变也可暗示这首诗或这首歌已接近终点、即将完成它的弧线。生命短暂，艺术长青：确实如此，但艺术并不是没完没了。回顾迪伦早期作品，可以看出他如何选择结尾的方式，比如《恰似大拇指汤姆蓝调》最后两行：

I'm going back to New York City

我要回纽约城去了

I do believe I've had enough

我想我已经受够了

戛然而止。它让人感觉注定在这里结束，理由很简单，在最后这一节（这结尾一节，开始于"我开始"），所有行都押韵（奇数押奇数偶数押偶数）——这与前面几节不一样。

I started out on burgundy

我开始痛饮勃艮第酒

---

[1] 参见《和平使者》。——译注

59

But soon hit the harder stuff

但很快碰到了大麻烦

Everybody said they'd stand behind me

所有人都说事儿变糟时

When the game got rough

他们会在背后挺我

But the joke was on me

可当我成了笑柄

There was nobody even there to call my bluff

连个逼我摊牌的人都没剩下

I'm going back to New York City

我要回纽约城去了

I do believe I've had enough

我想我已经受够了

其他几节只有偶数句押韵。你不必意识到这一点，但你的耳朵会告诉你，这最后的一节有所不同：所有的句子都在押韵。不管你是否有意记住，你都已经感觉到它了。这是结束，不是停顿。而且（"我要回纽约城去了"）这与迪伦的首张专辑还有一种喜剧性的暗喻关联，专辑中有他最初的两首原创歌曲，其中《说唱纽约》结尾如下：

So long, New York

再见了纽约市

Howdy, East Orange

你好东奥兰治

为什么这个结尾诙谐又带点嘲弄？首先，因为橙子对苹果。纽约俗称大苹果，因而这里有一种潜在的语义对仗，意义的而非声音的，大苹果（Big Apple）对东奥兰治（East Orange）。而结尾，同样依赖于一个众所周知的事实，在英语中没有能和"橙子"（orange）押韵的词。迪伦曾遇到过这个问题：

> 你能用"橙子"押韵吗？
> "什么，我没听清。"
> 用"橙子"押韵。
> "啊哈……用'橙子'押韵？"
> 你的演唱在"艾德·沙利文秀"被删剪了，这是真的吗？
> "我一分钟内给你找到押韵的方式。"[1]

但另一方面，巧用"苹果"，还是小菜一碟。迪伦将这种错位的感觉运用在那首悲伤歌曲的特定部分，在最后押宝的一刻抛掉了韵脚，转而溜之大吉。"你好，东奥兰治。"再见，押韵。

安德鲁·马维尔关于橙子的诗句之所以受人喜爱，原因在于诗艺的倒置，不是被动的，而是一种主动的构造：

> He hangs in shades the orange bright,
> 他在林荫中高挂橙之明艳
> Like golden lamps in a green night.
> 像金色之灯，照进黛青的夜。
>
> （《百慕大》）

"橙之明艳"（orange bright）的倒置事出有因，因为"橙"（orange）无韵

---

[1] 新闻发布会 / 拉尔夫·J. 格里森采访（1965 年），收于《滚石》（1967 年 12 月 14 日，1968 年 1 月 20 日）。

可押，如果马维尔当时写成"他在林荫中高挂明艳的橙子"（He hangs in shades the bright orange），他就不得不与百慕大失之千里。（是的，布洛伦治［Blorenge］[1]，在威尔士。）即便是伟大的押韵手罗伯特·勃朗宁（Robert Browning），也从未冒险用"orange"来结束一个诗行。

这里，迪伦借助一种灵活的喜剧手腕，凭简单的事实弄出名堂，那就是一些词押韵而另外一些不押韵。确实，他的演唱会迫使"她的"（hers）与"你的"（yours）押韵（"I don't wanna be hers, I wanna be yers"），这样的努力在声音的角力与搏斗中从不止歇，但也有其限制……

《充满感情的，你的》：信末的结语，一个常见的用语有了不平常的用法和含义。这首歌用陈言套语来押韵，却有化腐朽为神奇之效。不过爱情的来来去去也是如此。《充满感情的，你的》的第一次押韵寻找我/提醒我（find me/remind me）——本身说明每一次押韵都是一次寻找和提醒（这也是押韵的本义）。后边还有摇晃我/锁住我（rock me/lock me），却没有锁定位置（没有受困的感觉），而是随着"rock me"——"来吧宝贝，摇晃我"——形成摇篮曲般轻快的曲调，毫无摇滚乐的压迫感。这首歌表达了某个人如何能真正在"充满感情的，你的"，而不是所有方面（比如不［跟你］组建家庭——不能结婚，无论出于什么原因）。"充满感情的，你的"，每一节都有结语，仿佛一封亲密、狡猾又正式的书信的结尾。迪伦在演唱的时候非常清楚，这首歌大力模仿了一首过往岁月的经典老歌，他的嗓音庄重而夸张，尤其唱到押韵之处——他让这首歌焕然一新。

这首歌要如何结尾，才能像约翰·多恩关于离别的杰作《别离辞·节哀》（A Valediction: forbidding Mourning）一般让人感到"宽慰"？宽慰于歌曲虽已结束，恩情却绵绵不绝。再一次，歌中的故事由押韵来实现。这归功于一个清晰的模式：

1　Blorenge 是英语中唯一一个与 orange 押韵的词。——译注

寻找我 / 提醒我（find me / remind me）

告诉我 / 认识我（show me / know me）

摇晃我 / 锁住我（rock me / lock me）

教导我 / 靠近我（teach me / reach me）

——在此之后：

Come baby, shake me, come baby, take me, I would be satisfied
来吧宝贝，摇动我，来吧宝贝，接纳我，我会满足
Come baby, hold me, come baby, help me, my arms are open wide
来吧宝贝，抱住我，来吧宝贝，帮助我，我张开手臂
I could be unraveling wherever I'm traveling, even to foreign shores
我会感觉释然，无论在何处旅行，哪怕在异域的海边
But I will always be emotionally yours
我将永远是充满感情的，你的

摇动我 / 接纳我（Shake me / take me）：这里出乎意料的，只是"摇动"一词透露的温柔冲动。释然 / 旅行（unraveling / traveling）：这里出乎意料的，只是黑暗中突然的刺痛。"他释然地躺在死亡的巨创中，旁边的人能听到他的轻语，'我已经见过这世界的荣光'"[1]。但抱住我 / 帮助我（hold me / help me）呢？"来吧宝贝，抱住我"很容易会滑入意思相近的"来吧宝贝，环抱我"（fold me），何况"我张开手臂"正在准备环抱。但"来吧宝贝，抱住我，来吧宝贝，帮助我"："抱住我"（hold me）卷入了意外的平静恳求"帮助我"

---

[1] 伊萨克·巴罗（Issac Barrow）1670 年死于国外的海滩。约翰·奥布里（John Aubery, 1626—1697）于 1680 年在自己的《名人小传》(*Brief Lives*) 中收录了他。

(help me)，言辞的重心也瞬间扭转。这一扭转具有克里斯蒂娜·罗塞蒂[1]式的犀利，在《垂悯》(*For a Mercy Received*)一诗中，她曾这样感谢神恩：

> Till now thy hand hath held me fast
> 那双手曾紧紧抱住我
> Lord, help me, hold me, to the last.
> 主啊，帮助我，抱住我，直到永远。[2]

直到永远。**将**不仅仅是"充满感情的，你的"。这样的想法照亮了她的和我们的黑暗。

在《杜恩斯伯里》的条漫[3]上有一段对话颇有喜剧性，不是嘲笑迪伦而是站在了他的立场上（引用了吉米·卡特的原话）：

> ——"真正的美国之音！"你能想到吗，吉姆？我的意思是，我不过是想押韵，哥们。
> ——他现在才告诉我们这个！

"**他现在**才来告诉我们这个"与他**如何**说大不一样，更确切地说，应该是他

---

1 克里斯蒂娜·乔治娜·罗塞蒂（Christina Georgina Rossetti, 1830—1894），英国诗人，在题材范围和作品质量方面均为最重要的英国女诗人之一。——译注
2 吉姆·麦丘（Jim McCue）提供给我这个。
3 《杜恩斯伯里》(*Doonesbury*)最早出现在1968年耶鲁校报的《荒诞故事》中，在中断了一段时间之后于1970年开始连载。故事围绕着二十多岁的麦克·杜恩斯伯里和他的室友B.D.展开，登报后飞速走向了极强的政讽、时事：学生运动、越战、妇女解放、水门事件、海湾战争等，1975年，《杜恩斯伯里》的作者盖瑞·特鲁多（Garry Trudeau）凭借该漫画成为第一个获得普利策社论漫画奖的人。因为它太过频繁地触及热点话题，直到今天人们仍会避开这部连环画的争议。条漫，即一条横的或竖的小漫画（为了阅读上的方便一般都是竖的）。一般情况下，条漫在内容上继承了四格漫画的风格，也是文图结合。由于没有格数的限制，条漫的篇幅可以更长，所以故事情节上略微细致化。——译注

做到不仅仅是告诉。**展示**与**描述**。总之，迪伦一直很乐于讲述，在押韵的诸多可能性中，它怎样可以是有趣的。

押韵对你来说是乐趣吗？

"好吧，它可以是，但是你知道，它是一个游戏。你知道，当你无所事事……它让你兴奋。你想到，好吧，这个词儿以前从没被用于押韵，这个会让你兴奋。"[1]

还有未被记录的新想法
还有待押韵的新词
（如果合韵，便押韵
如果不合，则不押
如果它到来，它也到来
如果它不来，它也不会）[2]

罗伯特·谢尔顿追索过一种类型的押韵，他解释说"比起四行绝句（quatrains），迪伦假装自己更懂货运列车（freight trains）"。几年后，迪伦谈到他所知道的：

"当你年纪大了，变得更聪明了，这反而会妨碍你，因为你会试图去控制创造的冲动。创造力不是一辆沿着轨道运行的货运列车。它是一种需要怀着极大的敬意去与之厮磨的东西。如果你用大脑去思考，它会阻止你。你得搞定大脑，别让它想太多。"

你如何做到的？

---

[1] 佐洛，《作曲家谈作曲》，第81页。
[2] 《11篇简要悼文》，收于《鲍勃·迪伦诗歌集：1962—1985》，第112页。

"出门遛遛猎鸟犬。"[1]

问题不是矫饰，而是预先考虑太多。迪伦知道有多少事要靠无意识或潜意识来完成。

> 当大脑仍处于无意识状态时，你可以让自己抽离出来，你可以先抛出两个韵脚，再回头造句，到时再看可否换一种方式找到意义。你的大脑可以继续留在潜意识状态中直到圆满完成它，总之，这就是你该有的心态。[2]

格奥尔格·克里斯托夫·利希滕贝格[3]，格言家和圣徒，他相信艺术家知道但又不知道自己在做什么，以及他们的作品甚至比他们本人要更有智慧。"隐喻比其创造者更微妙。"[4]

> 《杀人执照》中有一句歌词："命由人造／一步登天。"你真的相信吗？
> "是的，我相信。我也不知道为什么写出这句词，但在某种意义上，它就像是通往未知的门。"[5]

1　采访，《今日美国》（1995年2月15日），同见第8页。
2　佐洛，《作曲家谈作曲》，第81页。
3　格奥尔格·克里斯托夫·利希滕贝格（Georg Christoph Lichtenberg，1742—1799），德国物理学家、讽刺作家。——译注
4　《格言》（*Aphorisms*），R.J.霍林戴尔（R.J.Hollingdale）译（1990年），第87页。
5　《滚石》（1984年6月21日）。

原 罪

嫉 妒

《献给伍迪的歌》

对十九岁的鲍勃·迪伦来说，嫉妒伍迪·格思里（Woody Guthrie）再正常不过了。首先是格思里的名气，还有他受到的绝对尊敬（不同于名气）、坚定的毅力，以及他身为楷模却不以此自居，没有让自己成为偶像。这的确让人嫉妒。因而，总有一天，较劲儿会不可避免地发生。

> 献给一切勇气高涨的个人
> 模仿者或敌人。[1]

然而事实并非如此。真正的勇毅者懂得区分模仿和它的敌人——嫉妒。即便在一开始，有天资之佑护，迪伦已安全地超越嫉妒，应对自如，而非只是偶然一发而中。

在迪伦首张专辑中，《献给伍迪的歌》是仅有的两首原创歌曲之一。（如果这首歌取名"写给伍迪的歌"［Song for Woody］，那就不一样了，可能会让一种潜在的自负，取代一种有距离感的敬重。）专辑中另一首歌《说唱纽约》，同样献给"一个很伟大的人"[2]。不用说，迪伦致敬的对象仍是伍迪·格思里。《说唱纽约》表明在那些往昔时日，没有那么多东西需要感激：

---

[1] 安德鲁·马维尔，《为克伦威尔从爱尔兰归来作贺拉斯体颂歌》（*An Horatian Ode Upon Cornwell's Return from Ireland*）。
[2] "一个很伟大的人曾经说过 / 有些人抢劫只用一支钢笔"。

好吧，我开始吹口琴为生

吹得肺爆一天才赚一块钱

吹得我内外翻转上下颠倒

那边那人说，他好喜欢

不停地说他爱我的琴声

吹一天一块钱也算值了

但《献给伍迪的歌》珍视生命的价值，而且明了何为感激：首先，这是伍迪·格思里应得的，但并非是他独得的。表达感激的人是更富有而不是更贫瘠的人，因为这是一种给予。正是有了感激之心，才能识破嫉妒、甩掉嫉妒。感激是嫉妒的崇高升华。当然，这一切说来容易做来难。抑或，如果你是一个歌手，那就是说来容易唱来难。

因为从最开始，挑战在于该如何结束任何形式的对感激的表达。感激的表达可以结束，同时感激之情要绵绵不绝。如同人的一切，这首歌将会终结，但这不是因为感激之情已经消逝。

SONG TO WOODY
献给伍迪的歌

I'm out here a thousand miles from my home

只身在此我远离家乡一千里

Walkin' a road other men have gone down

走在一条别人都走过的路上

I'm seein' your world of people and things

我看见了你世界中的人与事

Your paupers and peasants and princes and kings

你的穷人与农人、王子与国王

Hey, hey, Woody Guthrie, I wrote you a song

嗨嗨，伍迪·格思里，我为你写了一首歌

'Bout a funny ol' world that's a-comin' along

关于前行中的可笑的苍老世界

Seems sick an' it's hungry, it's tired and it's torn

它似乎病了饿了，累了也破了

It looks like it's a-dyin' an' it's hardly been born

看起来它已经要死了却才出生

Hey, Woody Guthrie, but I know that you know

嗨，伍迪·格思里，但我知道你知道

All the things that I'm a-sayin' an' a-many times more

所有我说的事，而且多过它好几倍

I'm a-singin' you the song, but I can't sing enough

我为你唱首歌，但是我总是唱不够

'Cause there's not many men've done the things that you've done

因为没有多少人做过你做过的事

Here's to Cisco an' Sonny an' Leadbelly too

也献给西斯科、桑尼和铅肚皮

An' to all the good people that traveled with you

也献给所有跟你游历的好人们

Here's to the hearts and the hands of the men

献给这些人的心灵与他们的双手

That come with the dust and are gone with the wind

这些随尘土而来而又随风归去的人

I'm a-leavin' tomorrow, but I could leave today

明天我将离去虽然今天也可以

Somewhere down the road someday

某一天某条路上走下去

The very last thing that I'd want to do

我想做的最后一件事是

Is to say I've been hittin' some hard travelin' too

说我也曾走过艰苦旅途

我们是如何在没有给出提示的情况下，感知到这首单纯（绝不简单）的歌曲的最后一节就是最后一节的呢？只看印刷的文字，感觉会有不同，因为你的眼睛能看到你正在阅读最后几行，然而你的耳朵却不能以同样的方式听出自己在聆听的是最后几行。[1]

你能感到歌曲临近尾声，是因为它回到了开头（感激是一种好的循环，不是坏的）：末节开头的"我将离去"，呼应首节开头的"我远离"，回顾——而非回避——这声招呼鼓舞了歌曲中间的三节："嗨嗨，伍迪·格思里""嗨，伍迪·格思里""献给西斯科……献给这些人的心灵与他们的双手……"。

这首歌还包含了其他的暗示，暗示这不是放弃，而是离开。比如首节的第二行"走在一条别人都走过的路上"，回溯地闪现于末节的第二行——"某一天某条路上走下去"。再一次，"明天我将离去"的宣告，听起来像是要结尾了——但又不是，因为紧接着又说"虽然今天也可以"，时间的有无，似在两可之间。今天／某天（today/someday）的押韵，有种窘迫的、藕断丝连之感（一个"天"又一个"天"），尤其是，一种神奇效果产生于贯穿首尾的起伏中："某一天某条路上走下去"。

总之，这感觉上确实是最末的一节，因为在两行的句子中（倒数第二行

---

[1] 见《歌、诗、韵》开头相关论述。

和最后一行），歌曲道出了心声：

> 我想做的最后一件事是
> 说我也曾走过艰苦旅途

这位歌手（就是年轻的迪伦没错，但重点是他的艺术，而非其本人）真诚又懊悔：我不想抢你的风头，或是假装和你感同身受，包括过去苦日子里的艰苦旅途。尽管做此声明，但在艰苦这一点上，我确实可说与你有共通之处，不是吗？这样，"最后一件事"几乎就是歌曲中最后一件事，即：它开启了这首歌的最后一句，却并未终结这首歌。因为真正的最后一句，并不在这几个词出现的地方。

一道弧线完成，情感饱满。我们的头脑了解这一点——通过迪伦对"最后一件事"的巧妙运用——我们的耳朵也是如此：因为第一次，也是唯一的一次，歌中有一个韵脚回归了：倒数第二节的也／你（too/you），随后是最后一节的做／也（do/too）。（"也曾走过旅途"［travelin' too］——这个词本身也是从上一节游历而来："跟你游历"［that traveled with you］。）

> 我为你唱首歌，但是我总是唱不够
> 因为没有多少人做过你做过的事

——因此在演唱时，迪伦找到一种方式，让夸饰的感恩之情变得可信。要让赞颂不致太失真，并彻底摆脱嫉妒的阴影，一定要在表达上有所节制，即使面对你崇拜的歌手。从"没有多少人"这句中可以听出这一点。在迪伦歌中的世界，果真有这样的人吗？就让我们当作没有多少人吧。

"走在一条别人都走过的路上"：除了格思里与迪伦，别人也会从这首歌表达的感恩中获益。不仅因为他们被歌手以个人名义并代表我们所有人表示了感谢，也是因为感恩的本性，感恩明白——即便指向一个天才——天才并非孤立而生，而是生成于与他人同在的共同体之中。所有那些跟天才游历的"好人们"——他们也与我们这些余下的人相伴。

> 也献给西斯科、桑尼和铅肚皮
> 也献给所有跟你游历的好人们

这两句充满了敬意，即使这些名字本身可以被及时地区分，西斯科·休斯顿、桑尼·特里、还有铅肚皮，备受关注但又被亲昵地提及，然而又不唐突。伍迪·格思里在歌名《献给伍迪的歌》中被称作伍迪，但在歌中，他被以礼相待，歌曲导入部分的打趣亲昵不流于阿谀："嗨嗨，伍迪·格思里，我为你写了一首歌"（年轻的我也许有点厚脸皮，但其实不是这样），另外：

> 嗨，伍迪·格思里，但我知道你知道
> 所有我说的事，而且多过它好几倍

所说和所唱的非同寻常，它要求——我的意思是，作为艺术的要求，而非私人的请求——一种充分的信任，相信我们会依照其原本的精神接纳它；不是表面的客套，而是真正的致敬。因为这首歌并没有滑向他处，尽管它很容易就可能从首节的"我看见了你的世界"滑向"我要给你看我的世界"一类句子，而是朝向了一个不属于你，伍迪·格思里，也不属于我（至少到目前为止……）的世界——一个"前行中的可笑的苍老世界"。而且"我知道你知道"这一句，欢快又没有嫉妒，丝毫没有《准是第四街》的阴郁之感，它在歌里带着醋意重复着"知道"（know）。不是吗（No）？[1]

---

[1] 关于 know no，参见《盲歌手威利·麦克泰尔》相关论述。——译注

《准是第四街》

如果想让你的好书得到差评,让你的朋友评论它。令人遗憾甚至扼腕的是,嫉妒总会让人牢骚满腹。当然,"友情"自认可以抵消嫉妒,但没有什么比被背叛的友情,更为妒意满满。

You got a lotta nerve

你胆子真大

To say you are my friend

说你是我朋友

When I was down

我倒霉那会

You just stood there grinning

你不过咧嘴旁观

You got a lotta nerve

你胆子真大

To say you got a helping hand to lend

说你乐于助人

You just want to be on

你不过想站在

The side that's winning

胜者的阵营

但如果始终总是别无他法(positively no two-way street),他们现在也不会站在"酸雨"中[1]。

友情（而《准是第四街》肯定是一首痛苦的、关于友情交恶的歌）区别于爱最重要的一点是：友情必须是双向的，彼此呼应的。我可以在你不爱我的情况下爱你，但是如果你不把我当朋友，我也无法成为你的朋友。（我对你的攀结，那是另外一码事。）"你不过想站在/胜者的阵营"？妒意顿生，是不是？这首歌本身就着力于单一方面，从最开始就清晰表明，它将毫不留情地击打同一个音符、同一个目标。

这个句子随即以铿锵的韵律"你胆子真大"开始。（胆大得无耻，但让紧绷的每一行都发出轻颤。）然后，是毫不迟疑的一再坚持，坚持重复整句，"你胆子真大"（you got a lotta nerve）。同样的时机，同样的位置，同样的乐器重击——紧随的下一句，还是"you got a"。（乐于助人［helping hand to lend］）？你一定是在开玩笑。）焦躁的复沓伴随表达的直白，这首歌高超地调控着仇恨——这个厉害的说法，出自冷傲明晰（而非仁慈）的简·奥斯汀[2]。也许，下次是火，不过这次是冰。无论如何，君子回嘴，十年不晚[3]（revenge is a dishing-it-out that is best eaten cold）。[4]

反反复复。冲击敲打。这首歌左躲右闪（像位拳击手），行使着自己的

---

[1] 站在"酸雨"中，大意指双方为嫉妒所苦。——译注

[2] D. W. 哈丁（D. W. Harding）："她的书，正如她刻意为之的一样，恰恰被她不喜欢的人阅读和欣赏；她是这个社会的文学经典，而像她这样的态度，如果被广泛接受，这样的社会将被破坏。"这也适用于像迪伦和他隐蔽的破坏，比如《像一块滚石》里的坚定的自信，或者《干净整洁的孩子》里的生意经。可类比的，也许还有哈丁1939年的结论："我曾试图强调她作品中的一两个特点，就是这些特点引起了那些有时会想念她的读者的注意——那些转向她的读者不是为了解脱和逃避，而是作为一个强大的同盟者，来反对那些对她来说曾经是，现在依然是可恨的东西和人。"（《调控之下的仇恨与其它关于简·奥斯汀的随笔》（*Regulated Hatred and Other Essays on Jane Austen*），莫尼卡·劳勒（Monica Lawlor）编，1998年，第6、25页。）

[3] 谚语"复仇是一道放冷后味道最好的菜"（Revenge is a dish best served cold）。Dish-it-out，意为指责、反驳。——译注

[4] 与和蔼可亲的温暖相比，那是"忘了这事吧"式的奢侈，在《我将无拘无束十号》里："喏，我有了一个朋友，他把生命耗费在/用一把猎刀刺穿我的照片/梦想着用一条围巾勒死我/我的名字出现，他假装呕吐/我有一百万个朋友！"

影响力，岿然不动之中又有一种所向披靡的动感。[1]"你不过咧嘴旁观"：这首歌只是旁观，但没有咧嘴微笑，而是紧咬牙关。也可以说它只是跺脚蹬地？不，它来了次左右闪。[2]因此，当我们突然发现（出乎意料）"惊奇"（surprised）引发了"瘫痪"（paralyzed）——

You see me on the street

你在街头撞见我

You always act surprised

你总是假装惊奇

You say, "How are you?" "Good luck"

你说："还好吗？""祝好运"

But you don't mean it

你压根心口不一

When you know as well as me

等你知道得和我一样多

You'd rather see me paralyzed

你宁肯看到我瘫痪

Why don't you just come out once

干嘛不直接跳出来一次

And scream it

大声叫出来

——这就是歌的力量所在，迷人又醉人，让对手瘫痪。

---

[1] 《天还未暗》："看似奔走，实则未动"。此乃沉思，而非对抗。
[2] 原地蹬地（stomp）和上身左右闪（bobs a bout）均为拳击动作术语。——译注

"你说：'还好吗？''祝好运'"。不再戒备？不，迪伦拒绝放松警惕。幸运招致嫉妒，正如《愚蠢的风》所唱的那样：

> 她继承了一百万元遗产，死后就都归了我
> 我要有这么好运气那不是我的错

你不能因为幸运而受到指责——但是你可能会因此被人讨厌，更有可能的是被人嫉妒。你能做的只能是耸耸肩宽慰一番（"我要有这么好运气那不是我的错"）。在1965年一次采访结束之际，迪伦善意地祝福了我们：

> 除了你的歌你还有任何想对人们说的话吗？
> "祝好运！"
> 你在歌里没说过这个。
> "哦，我说过；每一首歌渐弱时都带着，'好运——我希望你成功。'"[1]

想到迪伦在每一首歌的结尾，都会祝我们这些听众"好运"，这很棒，但那些在歌里被以"你"相称的人呢？[2]《准是第四街》并无余音袅袅，只有当头棒喝，对于其中的对幸者[3]绝无祝福之意。采访结束时，迪伦告别的腔调，非常接近同一年这首歌中所用的告别语。

> "祝好运——我希望你做到"

1　新闻发布会 / 拉尔夫·J. 格里森采访，《滚石》（1967年12月14日，1968年1月20日）。
2　保罗·佐洛，《作曲家谈作曲》（1997年），第79页。佐洛："在你的歌里，就像格思里那首，我们知道有一个真实的人在说话，有些歌词比如，'你胆子真大说你是我朋友'。"迪伦："那是写歌的另一种方式，毫无疑问。就是对某个不存在的人说话。那是最好的方式。是最真实的方式。"
3　interluckitor，戏仿"对话者"（interlocutor）一词。——译注

"祝好运"

你压根心口不一

瘫痪的感觉（"入迷"［fascination］[1]的词源概念）是音乐单元与语汇单元对比或对冲的结果。从音乐的角度讲，这一单元有四行，但从语汇（即歌词）的角度讲，这一单元有一个扩展到八行的押韵格式。准是第四行和第八行。一种似断似连的强劲复沓由此产生。因此，虽然从音乐角度讲，这首歌有十二节，但从押韵角度讲，它只有六节。每一组之中的音韵装甲，只形成于第二行与第六行，以及第四行与第八行之间。但和往常一样，迪伦不只参与，而且全力以赴，因此我们在前八行中所听到的，不是对前四行中的任何一行的偏执纠缠："胆子"（nerve）在第五行重复出现，这一整行又像在要命的长篇累牍中回归；"借"（lend）对应"朋友"（friend）；"上"（on）与"下"（down）尾韵；"胜者"（winning）与"咧嘴"（grinning）扣紧。（最终叩响的，是一个贯穿始终的双音节韵，从咧嘴/胜者［grinning/winning］，到最后的成为你/看见你［be you/see you］。）仿佛处于保释中，前四行中没有一行被免除在后四行中回来报到的义务。

由此，下一段能放松一下，仿佛这会儿这么押韵也就够了——那样/这样（that/at），尽情表露/心知肚明（show it/know it）——但还是不够，因为迪伦从第一节开始就在故意扰乱押韵行，第一节中的"我倒霉那会"（When I was down），又在这里冒了出来：

You say I let you down
你说我让你失望

You know it's not like that
你知道不是那样

---

[1]《牛津英语词典》释义："剥夺逃避或抵抗的力量，例如，据说蛇可通过其外观或仅仅凭借被感知到存在就可以制造恐怖。"

If you're so hurt

如果你当真被伤得深

Why then don't you show it

干吗不尽情表露

You say you lost your faith

你说你失去了信仰

But that's not where it's at

但事实不是这样

You had no faith to lose

你没有信仰可失去

And you know it

而且你心知肚明[1]

指控者是那个有信仰可失去的人。音乐和嗓音结合，在"失去"这个词之后形成了一次令人心惊的停顿，以至于"而且你心知肚明"突然一袭，无法招架。

这种对信仰缺失的关注有积极的效果，因为只有以对可能存在更美好事物的信仰为基础，这种关注才有意义。对每一首关于错付的友谊的《准是第四街》，都有一首关于友谊中所有痛楚与失落的《鲍勃·迪伦之梦》与之相对。不管怎样，《准是第四街》里难平的愤怒，本身就是友情应该是什么样子、友情可以是什么样子的表达。如果不召唤、呼唤真正的朋友，又如何真正控诉那些虚情假意之人？

但现在按部就班地押韵，进到第三、第四、第五组。首先，是背后／交往（my back/contact），和属于／本来（in with/begin with）：

---

[1] 在另外的情形中，这可以是针对他人而非针对自己的指控。"我容易受伤，只是不表露／你会伤害别人甚至毫不知觉"（《事情已经变化》）。押韵所推论的不同。

80

I know the reason

我知道为什么

That you talk behind my back

你在背后嚼我舌头

I used to be among the crowd

我曾属于你如今

 You're in with

混迹的人群

Do you take me for such a fool

你以为我傻吗

To think I'd make contact

以为我会交往那个人

With the one who tries to hide

他试图藏匿

What he don' know to begin with

他本来就一无所知的东西

而后，是拥抱 / 立场（embrace / place），以及抢走它们 / 跟我无关（rob them / problem）：

No, I do not feel that good

不，我感觉并不好

When I see the heartbreaks you embrace

看见你拥抱那些心碎时

If I was a master thief

如果我是一名神偷

Perhaps I'd rob them
或许就会抢走它们

And now I know you're dissatisfied
现在我知道你不满于
With your position and your place
你的地位，你的立场
Don't you understand
你难道就不明白
It's not my problem
这跟我无关

如果联系开头的"你不过旁观"（You just stood there）和结尾处不停重复的"你能穿上我的鞋"（you could stand inside my shoes），那么显然，"明白"（Understand）就有一种绵绵不可抗拒之力（"你难道就不明白"），是一次低调的胜利。

不过，抢走它们/跟我无关（rob them/problem）这个押韵确实有问题。是牵强一笔，值得此举吗？也许吧，有一点很重要，其他的韵脚就在手边，直白而显著，如：朋友/借（friend/lend）、咧嘴/胜者（grinning/winning）……但抢走它们/和我无关（rob them/problem），这个押韵猝不及防，开了一个别样的世界、一种别样的情绪，这让人想起《绝对甜蜜的玛丽》（那儿真的很甜蜜）里半病/车阵（half sick/traffic）用韵的巧妙[1]。在一首歌中，如果一组韵脚与另一组韵脚相比，需要不同的关注（而不是更多的关注，真的），这没什么问题，这与该节中句法的复杂相关。因为在《准是第四街》的其他地方，句

---

1 参见《绝对甜蜜的玛丽》："嘿，我等过你，带着半病的身体……嘿，我等过你，在纹风不动的车阵里"。——译注

子直截了当,直来直去,而在这里却是迂回的,在"或许"(Perhaps)这里停顿了一会儿。

> 不,我感觉并不好
> 看见你拥抱那些心碎时
> 如果我是一名神偷
> 或许就会抢走它们

什么是"拥抱心碎"(这是个晦涩的说法)?是自甘受苦?是病态地关切他人的痛苦,报以让人毛骨悚然的同情?这些话题旁逸斜出,是否是一种逃避释义的巧妙措辞(诸如"因我已是多余的早晨/往事,千里之遥"[1]),或者是另一种情况,有些东西要避开的不是我们而是艺术家?迪伦是一位擅用倒错语法[2]的大师,可即使是他,有时也会眼睁睁看着事情出错。约翰逊博士大胆地将威廉·莎士比亚描述成为一个迪伦式的不完美主义者:[3]

> 他偶尔会被一种不能很好表达又不会拒绝的笨拙情绪纠缠;他
> 与之搏斗一番,如果它仍然顽固,他就把如实发生的纳入文字,然

---

[1] 参见《多余的早晨》。——译注

[2] 参见本书《海蒂·卡罗尔孤独地死去》章节中,关于歌中那些棘手的句子的相关论述:"强有力地作出,为了惩罚和使其悔改/威廉·赞津格刑期六个月的判决"。

[3] 威廉·詹姆斯(William James)评论艺术家艺人莎士比亚:"对我来说,他是一位专业娱人者,第一个例子,他和大仲马一样高产,或者就像一个速记员;可他也有其他娱乐业者不具备的东西,他流畅的修辞增加了抒情的光辉,这使人们把他视为一个比他本质上更严肃的人。他异常敏感,色情又神经质,轻松和蔼的性格无人企及。他可以极度忧郁;可连这一点,都被观众的需要控制着……还有任何一位重视情感的作家能像莎士比亚一样,对于生活虚伪习俗的反应是绝对的零吗?"(致 T. S. 佩里,1910 年 5 月 22 日,《威廉·詹姆斯书信集》(*The Letters of William James*),1920 年,第二卷,第 336 页)

威廉·詹姆斯对莎士比亚的热爱:爱减去"绝对的零"。一个记者对迪伦提问:"当你在写作时是想表达一些东西还是仅仅在娱乐?"迪伦说:"我只是个艺人,仅此而已。"当然如此。《洛杉矶时报》(1965 年 12 月 16 日);《鲍勃·迪伦说鲍勃·迪伦》,由迈尔斯编辑(1978 年),第 77 页。

后让那些有更多闲暇的人将它解开和发展。[1]

> 不，我感觉并不好
> 看见你拥抱那些心碎时
> 如果我是一名神偷
> 或许就会抢走它们

必须承认，如果这些句子引起不安，那么它们说"不，我感觉不好"确实言之有物。所以，诸如跟我无关/抢走它们（problem/rob them）这类反常规的押韵，是难以被接受的，尤其加上了有倾向性的"或许"（Perhaps）。但如果考虑到"问题"（problem）的含义：不只是"一个需要解答的难题或者疑惑；一个谜语；一个玄奥的陈述"（这首歌小心地表达这些"问题"，闪烁其词），也是一种强力的投掷，"即事物被抛出或者提出。"这首歌抛出、摆出了自己的武器。

可是还有，"或许就会抢走它们"：这个神秘的短句到底意味着什么？"我会偷走它们"（这些心碎吗）？之后，用它们来做什么呢？而且难道那不应该是"我会从你那里抢走（rob you of）它们"？让你摆脱（rid you of）它们？想必不是抢走那些心碎——不过"抢走"（rob）有时表示"以掠夺的方式占有；偷窃"（《牛津英语词典》第五版，"今时罕用"），比如在"抢走他的财产"，或者"激情不再抢走我的平和"[2]，因此迪伦不必占有或偷走多少自由。尤其这里可能暗示了心灵的破碎与心灵的悸动（或衰弱）。虽然如此，这些句子与歌中的任何句子都不同，仍在继续抢走我的平和。这首歌并非在缔造和平。顶多是休战。

歌曲不断迂回、迂回再迂回，无论或左或右或重心转移，一直好斗地

---

1 《给莎士比亚的序言》（*Preface to Shakespeare*，1765年）
2 托马斯·坎贝尔（Thomas Campbell），《爱的永别》（*Farewell to Love*，1830年）。

挑衅着。但是当开头的韵脚重现时，我们可以感觉即将终局，或者已接近尾声。"你胆子真大"这一句，已经开启过两个连续的小节，此后再也没有开头一样的两个连续小节，直到当我们听到这样的重复再度出现在两个连续小节的开头，我们立刻觉得这斥责的歌声快要结束了："我希望哪怕就一次"／"是的，我希望哪怕就一次"（"哪怕就一次"顽强地重复了一次）。但不知疲倦的长篇大论并未结束，而是展开的方式进一步复杂了：刚才只是第一行的重复，现在要与昔日朋友分道扬镳，不是重复一行，而是重复两行来启动驱逐：

> 我希望哪怕就一次
> 你能穿上我的鞋
> 哪怕只有那一刻
> 让我成为你
> 是的，我希望哪怕就一次
> 你我能对调身份
> 你就会知道，看见你
> 是怎样腻味透顶的事

通常情况下，"希望某人能穿上你的鞋"这句习语，讲的是一个吁求同情的行为（请从我的角度看），在这里，它却引起反感。迪伦为这些感受发声，因此在每一节的结尾——直至全篇的结尾——有少数音节被保留，被拉紧延长，更为可怖地是，最终的结尾没有发出一声叫喊。

在这个毫不缓和的结尾之前，你感觉迪伦会一直敲击下去（地狱**永恒的圆**[1]），因而这里的挑战是要得出一个结论，能够终止无论是肯定还是责难。于是，这首歌仅有一次（真的"就一次"），双音节韵中出现一处微妙的倾

---

[1] 迪伦有同名歌曲《永恒的圆》。——译注

斜,"成为你"(be yóu)与"看见你"(sée you)实际发音的重点并不完全相同,前者比后者更强调"你"(you):

> 哪怕只有那一刻
> 让我成为你
>
> 你就会知道,看见你
> 是怎样腻味透顶的事

在哈代的诗《声音》(*The Voice*)里有一段著名的心酸文字:

> Can it be you that I hear? Let me view you, then,
> 我听到可是你?那,让我看看你,
> Standing as when I drew near to the town
> 当我靠近城镇
> Where you would wait for me; yes, as I knew you then,
> 站在那里等我,是的,一如那时我熟悉的你,
> Even to the original air-blue gown!
> 连同当初的天青裙裾!

F. R. 利维斯揭示了哈代如何通过押韵,来摆脱了本可能会伤及诗歌的"陈词滥调":"我听到的可是你"是用来与"让我看看你"的希望形成对比的,这里的重点是"看看"(view),而在此行押韵的一行中,"现在"与"那时"之间形成了对照,因此要对流利之音有一点偏移。正如利维斯所闻所说,"重音的转移('那,让我看看你'[víew you then],'那时我熟悉的你'[knew you thén])就去除了声音的流利之感"。[1]

---

1 《英诗新方向》(*New Bearings in English Poetry*,1932 年),第 54 页。

《准是第四街》绝不会屈从于流利之音，甚至嘹亮之音，而它也以极其精确的重音实现了去除，无可争辩地给出了最后的词，不是我（I）和我（I），而是你（You）和我（I）。

这是对词语的锤击，以词击词，如同一次争吵，有一个词是重中之重：知道（know）。关于这个朋友或所谓"朋友"，除了歌中所讲到的，我们彻头彻尾一无所知。如果现在我引用迪伦说过的话，那不是为了引入什么也许存在于歌曲之外的传记性事实，或是以迪伦自己的性格为证——我只在乎他的歌曲的特性。但《准是第四街》是一次反击，允许"知道"这个词在歌中被强化，在这里迪伦充分使用了它。"大家知道我会反击，你知道的，你应该知道大家知道我会反击。"[1] 你知道的，你应该知道大家知道我……

你说我让你失望
你知道不是那样

你说你失去了信仰
但事实不是这样

我知道为什么
你在背后嚼我舌头

他试图藏匿
他本来就一无所知的东西

等你知道得和我一样多

---

[1] 反击安东尼·斯卡杜托时："我再次告诉他，我不会删除关于他家庭的部分，然后鲍勃反击了……"《鲍勃·迪伦》（1971年，1973年修订版），第293页。

> 你宁肯看到我瘫痪

> 现在我知道你不满于
> 你的地位，你的立场

> 你就会知道，看见你[1]
> 是怎样腻味透顶的事

然后，一切结束了。嫉妒展示了自己不过是一味腐蚀剂（仅是其一，因为这首歌压缩了一大堆的坏冲动）。

> 现在我知道你不满于
> 你的地位，你的立场
> 你难道就不明白
> 这跟我无关

你的嫉妒（关于如何想象我的职位、我的立场）是你的问题。很遗憾你不满你的职位、你的立场（你的身份），但那不是我的问题，"你难道就不明白"。你不明白（这就是你的问题了）。

提出问题时，这首歌会非常尖锐。头两个小节未涉及任何问题，后两个小节也没有。可中间则是一个包含了问题的小节，不过大部分都不是真的问题，最多不过"你以为你是谁"或者"我能帮你吗"。迪伦没有在书面上为

---

[1] 看看当斯卡杜托在没有"你会知道"（You'd know）的情况下，不同程度地错误引用《准是第四街》造成了多大的差异："在所有的流行音乐中，没有一句歌词比这首歌的最后一句充满了更多的仇恨：如果你能穿上我的鞋你会明白成为你是怎样腻味透顶的事"（If you could stand in my shoes you'd see what a drag it is to be you）。不是"in my shoes"，而是"inside"。不是"你会明白成为你是怎样腻味透顶的事"（you'd see what a drag it is to be you），而是"你会知道，看见你，是怎样腻味透顶的事"（You'd know what a drag it is/To see you）。（斯卡杜托，《鲍勃·迪伦》，第230页）。

它们打上问号或以很强的疑问语气唱出它们：

干吗不尽情表露

你以为我傻吗

干吗不直接跳出来一次
大声叫出来

你难道就不明白

歌中唯一被直白唱出、并打上了问号的问题（并且收在《鲍勃·迪伦诗歌集：1962—1985》），是来自街头一位朋友心怀叵测的问候："还好吗？"不是"你问：'还好吗？'"，而是"你说：'还好吗？'"。

　　这篇评论现在才追问这位朋友是男是女，似乎有点为时已晚。这不是要在传记或事实的层面较真儿——显然，这位朋友可能是一个复合体，在往昔岁月里有许多的候选者，琼·贝兹在六个男人的陪同下出现在了大卫·哈伊杜（David Hajdu）的编年史《准是第四街》（*Positively 4th Street*，2001）中。除了这个大老粗侦探，有谁在乎？不过，不过，这首歌的主要力量可能蕴含在不为我们选择的决定里。在迪伦的歌中，主人公是男是女，通常十分清晰。这一次，并不如此。"就是对某个不存在的人说话。"重要的是，一个朋友让你失望了。极其失望。就因为嫉妒、竞争以及……而且还依旧口是心非（"祝好运"）。

　　1965年一次记者会上有人提问：

你在许多歌里对人很严厉——在《像一块滚石》里你对女孩们很严厉，《准是第四街》你对朋友很严厉。你这么做是想改变他们的人生,还是想对他们指出他们犯的错误?

回答:"我想刺激他们。"[1]

那时候插入歌中的是一支钢针,现在,它更像是一束激光。

在我看来,他的这位损友应该是男性。我的朋友们似乎认为此人应是女性。在某种意义上,如果这位争议性人物不是"他"而是"她",对歌词力量的理解也会有所不同:

> 我知道为什么
> 你在背后嚼我舌头
> 我曾属于你如今
> 混迹的人群
> 你以为我傻吗
> 以为我会交往那个人
> 他试图藏匿
> 他本来就一无所知的东西

在我的设想中,这位朋友在这里被当面鄙视,"他试图藏匿/他本来就一无所知的东西"。这是一种咄咄逼人的斥责或疏离("他……"),甚至在对你说话时也用了"他":"现在他才来告诉我!"这里,"知道"这个词又一次出现,两人怒气冲冲的争执贯穿了整首歌。比起另一种理解,我从这种理解中获益更多,前者借助第三人称代词抽离到第三方构成的隐在叙述,层层泛起更深的敌意。但这首歌中稳固的二元结构,一直让我兴奋。是你和我,不是你和我和他。

哦,你有一个混迹的人群,可在听歌的时候,这群人在擂台之外,场

---

[1] 新闻发布会/拉尔夫·J.格里森采访,《滚石》(1967年12月14日,1968年1月20日)。

内只有我们两个，没有裁判。因而，我愿意继续将"他试图藏匿／他本来就一无所知的东西"理解为轻蔑的第三人称——尤其如果"第三"以爱尔兰口音发音。不过我能理解那种感觉（这个提醒很重要），这位朋友也可被证实是一位女性。[1] 我也同意"心碎"（"拥抱心碎时"）一词，可能更适用于一位女性，尽管这是偏见。心碎并不非得关乎情爱——令人心碎的事情无穷无尽。（在《在学童中间》，叶芝看到修女的形象与母亲有多么不同，写道："然而它们也令人心碎"[2]。）心碎，类似于歌中的其他感受，根源可能在嫉妒（envy）。因嫉妒爆发。妒忌（Jealousy）并不相同，请牢记1586年的这句话："万勿妒忌，那使爱心碎。"

不去确定那位朋友的性别，也许让这首歌有了一种可贵的悬而未决之感。在《自旋》的一次采访中，迪伦说：

> 除了《准是第四街》这类极其单向度的、我喜欢的歌，通常我不会通过写任何加引号的，所谓"亲密关系"，来发泄自己。我没有任何一种伪装亲密的关系，这并不是说我没有过。[3]

双向度，而非单向度，这条"第四街"，虽是单行，却有双边，一个双手操控的引擎已经准备就绪，一次再一次地发动。至于性别：那个伪善的"亲密关系"（"加引号的，所谓"），虽然在今天，比起朋友，它的更多暗示情侣和爱人，但无法否认，它也能指涉友情，或者旧日的友情。迪伦"发泄自

---

[1] 认为歌中所指的朋友是女性的论点，也能够找到论据，虽然可笑，这个论据是《鲍勃·迪伦诗歌集：1962—1985》中的下一首歌（前一首收录在《放映机》中）《你能不能从窗口爬出去？》（其中"你"很确定是一名女性），可以听到，在唯一发行的表演以四句歌词作结："你胆子可真大／说你是我朋友／如果你不爬出窗口／是的爬出你的窗口"。迪伦信笔写来，但前两行出现的嘉宾，也为想象这位"朋友"提供了线索。迈克尔·格雷（Michael Gray）提到了"那位女性被允许，实际也是这么说：'祝好运！'"，接下来便是"她……她……她……她"，而一个脚注则说："我不再认为'你'是一名女性。"（《歌与舞者》[Song and Dance Man] 第三辑，2000年，第68—69页）

[2] 译文引自《叶芝抒情诗全集》，傅浩译，中国工人出版社，1994年，第391页。——译注

[3] 斯科特·科恩采访，《自旋》（1985年12月）。

己"的说法，包含了"宣泄"这一传统的批评意涵，也可能会成为一种其所宣称排解内心积郁或废物的方式。[1]"发泄自己"之中的隐喻相当有批判性，但迪伦的目标不是正式地批评。"或许有人会觉得，那种尖酸的歌词是写给那些批评他新曲风的批评家们。迪伦否认这一点。'我不可能为这种事写歌，'他说道，'我不给批评家写歌。'"[2]

我不嫉妒歌里这位想象或者虚构的"朋友"。这首歌里还有一重罪，愤怒。它带来的冲击和威胁相当有限：在歌中，没有任何形式的屈从，包括对愤怒的顺从（而不是去理解愤怒可能会顺从什么）。这首歌抵拒或者至少遏制了愤怒。但如果我在此追问，哪一种罪在试探艺术家本人，答案可能不是嫉妒。涉及罪，这首歌的内涵尤为丰富，并没有被嫉妒捆住手脚。它似乎在搜寻那些原本易于空虚、现在又想将他人带入其错误的精神迷狂的人。正如庞德所言，同情被感染者，但要保持不被感染。

> 他们告诫我对一切预定目标都要深思熟虑
> 他们告诫我复仇是甜蜜的，从他们的角度看当然如此
>
> （《黑暗的眼睛》）

想一想，何种罪，会被嫉妒引发？难道，是骄傲？我的地位和我的立场。因为被人嫉妒而骄傲，甚至有时（这点很是糟糕），因为被马屁精嫉妒而骄傲。而后是骄傲更大的快感：瞧不起那些怀着妒意的讨好者。然而，迪伦没有讨好自己——同样，这不是个人的，而是作为一名艺术家的成就。他可以为这首歌骄傲，尤其因为他在歌中并不骄傲。

---

[1] 一篇学生论文（并非来自我任教的大学）："悲剧使人宣泄。"
[2] 《放映机》中对《准是第四街》的脚注。

《盲歌手威利·麦克泰尔》

与《献给伍迪的歌》(1962) 相仿，《盲歌手威利·麦克泰尔》(1983) 是另一首致敬歌手同行的歌，其中一段快乐的副歌，也可能是一种不快的负荷。它的负担将是嫉妒，如果这首歌并未将其免除。

《献给伍迪的歌》默认了一些东西，但听起来却不像是承认，更不用说像一种曲意的逢迎：

> 嗨，伍迪·格思里，但我知道你知道
> 所有我说的事，而且多过它好几倍

我在诉说，同时，我在歌唱。让一位歌手如此谈论另一位歌手，毫无妒意，这并不容易，但一位慷慨的艺术家会乐于付出这样的代价，因为得到要多于付出，这是荣誉之债。而且，致敬不会变成谄媚。《盲歌手威利·麦克泰尔》的副歌同样也很乐于赞美。早先的"我知道你知道"，变成了如下的表达：

> And I know no one can sing the blues
> 我知道没人能把蓝调唱得
> Like Blind Willie McTell
> 像盲歌手威利·麦克泰尔一样

这听起来是否定性的，"知道没人"（不，不）[1]，但另一方面，却没有比这更肯定的，或者更切实的表达了（我知道没人能，我也不认识任何人能）。感恩之情被唤起、被吁求，类似曾回荡于《失乐园》里亚当和夏娃头上的警世之声（O...no...know...know...no）：

---

[1] 原文"know no"，发音同"no, no"，因此作者说听起来是否定。——译注

> Sleep on,
> Blest pair; and O yet happiest if ye seek
> 幸福的夫妇呀，继续睡吧！如果
> No happier state, and know to know no more.
> 不求更大的幸福和更多的知识。
>
> （第四卷，773—775）[1]

在迪伦的创作生涯里，在格思里之后，虽然实际在他之前，有了一位——受欢迎的——新人，一个更新近的对手，颇有骑士风范。

BLIND WILLIE McTELL
盲歌手威利·麦克泰尔

Seen the arrow on the doorpost
看见门柱上的箭
Saying, this land is condemned
说："这是片被诅咒的土地
All the way from New Orleans
从新奥尔良
To Jerusalem
一直到耶路撒冷"
I traveled through East Texas
我穿越东得克萨斯
Where many martyrs fell
众多烈士在那里阵亡

---

[1] 引自弥尔顿《失乐园》，朱维之译，天津人民出版社，1996年，第160页。——译注

And I know no one can sing the blues

而我知道没人能把蓝调唱得

Like Blind Willie McTell

像盲歌手威利·麦克泰尔一样

Well, I heard that hoot owl singing

哦，当他们拆掉帐篷

As they were taking down the tents

我听到森鸮在歌唱

The stars above the barren trees

枯树上空的星辰

Was his only audience

是他仅有的听众

Them charcoal gypsy maidens

深肤色的吉卜赛姑娘

Can strut their feathers well

善于炫耀她们的美丽

But nobody can sing the blues

但没人能把蓝调唱得

Like Blind Willie McTell

像盲歌手威利·麦克泰尔一样

See them big plantations burning

看这些燃烧的大种植园

Hear the cracking of the whips

听鞭子劈啪

Smell that sweet magnolia blooming

闻到甜玉兰开花

See the ghosts of slavery ships

看贩奴船上的鬼魂

I can hear them tribes a-moaning

我可以听到这些部落的呻吟

Hear the undertaker's bell

听到殡仪员的丧钟

Nobody can sing the blues

没人能把蓝调唱得

Like Blind Willie McTell

像盲歌手威利·麦克泰尔一样

There's a woman by the river

河边有个女人

With some fine young handsome man

和一个英俊的小伙在一起

He's dressed up like a squire

他穿得像个乡绅

Bootlegged whiskey in his hand

手握私酿威士忌

There's a chain gang on the highway

公路上有一队锁链囚犯

I can hear them rebels yell

我可以听到反叛者的嚎叫

And I know no one can sing the blues

而我知道没人能把蓝调唱得

Like Blind Willie McTell

像盲歌手威利·麦克泰尔一样

Well, God is in his heaven

哦，上帝在他的天堂里

And we all want what's his

我们都想要他的东西

But power and greed and corruptible seed

但权力、贪欲和腐败的种子

Seem to be all that there is

才是我们这里的全部

I'm gazing out the window

我在圣詹姆斯旅馆

Of the St. James Hotel

凝望着窗外

And I know no one can sing the blues

而我知道没人能把蓝调唱得

Like Blind Willie McTell

像盲歌手威利·麦克泰尔一样

  从旅行之歌《献给伍迪的歌》开始，到《盲歌手威利·麦克泰尔》，一条音乐之路已经走了二十年。比如，迪伦歌里有这样一段，从"这片土地"延伸至"从新奥尔良／一直到耶路撒冷"。这段歌词与格思里无关，但能让人想起他的《这片土地是你的土地》这首歌。[1]

---

[1] "这片土地是你的土地 & 这片土地是我的土地——那确实——但世界却由被那些根本不听音乐的人运转"。(《狼蛛》，1966 年，1977 年，第 88 页）

> 这片土地是你的土地，这片土地是我的土地
> 从加利福尼亚到纽约岛

迪伦进行了一次冷酷的转换，"这片土地"并没有完成于"这片土地是你的土地"，而是完成于"这是片被诅咒的土地"。"被诅咒"（condemned），这是个骇人的词，想象一下它可能的冲击力，意味着被责怪，被非难，被审判，命定沦落到某种境地，被正式宣告不再适用（我们经常听说一桩房屋被废弃［condemned］，可一片土地？），或者，完全相反——某种奇怪的翻转——不是不再适用，而是太适用，以至于政府自称有权接管：依法宣告（如土地）变更或转为公共用途（"征用［condemnation］私人土地，为了公路、铁路、公园等公共建设"）。这一切都可归入"condemned"的词意之中，也或许——既然思路是"看见门柱上的箭／说：'这是片被诅咒的土地'"——是对"一扇门或一扇窗：关上或堵上"这种语义的运用。亨利·詹姆斯的《一位贵妇的画像》就有这样的句子："大门被封（condemned），门闩插紧。"

"这片土地"正因不是伍迪·格思独有，因而更是他的土地。在它背后是一种承续，后来《盲歌手威利·麦克泰尔》对此也有相当出色的贡献。"这片土地"作为一个条目，也确实存在于克鲁登的《圣经语词索引》中。如果我们回溯《圣经》中伴随"这片土地"一起反复出现的词语，那么迪伦在歌中用到这个短语，便不仅仅是一种偶然的随兴："我要把这地赐给你的后裔（seed）"（《创世记》12:7，在 24:7 重复）；"我已赐给你的后裔"（《创世记》15:18）；"我必使你们的后裔像天上的星那样多，并且我所应许的这全地，必给你们的后裔"（《出埃及记》32:13）。在迪伦这首歌的第二节，出现了"星辰"这个词，而此后就一直等待时机，直到最后一节，"这片土地"才与"种子"（seed）这个时常在它附近种下的词相遇。

> 但权力、贪欲和腐败的种子
> 似乎才是我们这里的全部

贪婪/种子（greed/seed）押了完美的中间韵，随后"种子"被歌词中紧邻的"似乎"（seem）接续，这有了一种双向效应，在延续的同时（半谐音与谐音的合力）又似乎弱化了它。对"似乎"的强调，也难免保留了一丝希望。最后一节并没有说权力、贪婪还有腐败的种子就是全部。仅仅（仅此！）似乎是那里的全部。在这里，你会意识到《旧约》中的"这片土地"和"种子"结合了《新约》给予的希望："你们蒙了重生，不是由于能坏的种子，乃是由于不能坏的种子，是借着神活泼常存的道。"（《彼得前书》1:23）因而，这首歌中"腐败的种子"，也必须通过对照来唤起其中的神圣之感："不是由于能坏的种子，乃是由于不能坏的种子，是藉着神活泼常存的道。"

迪伦的最后一节开始于对希望的弃绝，因为"哦，上帝在他的天堂里"这一行，丝毫没有维多利亚时代诗歌中那种典型的天真之气（这种天真扭捏造作，如勃朗宁《比芭之歌》中的黑暗故事又长又老又悲伤，但又不乏青春的希望）：

　　神居天堂
　　世界无恙！

当迪伦从"哦，上帝在他的天堂里"唱到"我们都想要他的东西"，他点燃了一束怀疑之光。我们想夺取什么不属于我们仅属于他的东西？还是，我们确实想要他想要的、他希冀的什么东西？这一行理解起来模棱两可，但好的阅读本身就应有一种模糊性，没必要过于确定。我们是否在真诚地祈祷，"愿你的旨意成全"[1]？抑或，我们的祷告只是口惠而实不至？（我们自欺欺人，自认如**他**期许。）但迪伦的歌词——"我们都想要他的东西"，保持了一种敞开的敬意，因为有一个精准的"但"紧随，否则，这个"但"就不会起到翻转的作用：

---

[1] 《新约·马太福音》6:10："愿你的国降临。愿你的旨意行在地上，如同行在天上。"

99

> 哦，上帝在他的天堂里
> 我们都想要他的东西
> 但权力、贪欲和腐败的种子
> 似乎才是我们这里的全部

迪伦并未流于"神居天堂／世界无恙"的无忧无虑。但他的歌曲也没有落入"世界无望"的圈套，还是推进如"但权力、贪欲和腐败的种子／似乎才是我们这里的全部"。《盲歌手威利·麦克泰尔》思考残酷的不公（"听鞭子劈啪"〔Hear the cracking of the whips〕与"贩奴船上的鬼魂"〔the ghosts of slavery ships〕韵脚共振），既不屈从希望也不屈服于绝望。要保持希望。（当你经历这一切，保持信念和仁慈。）要记住《彼得前书》中说的"神活泼常存的道"，要记住，直面死亡和丧失，希望也会立刻复现：

> 因为："凡有血气的，尽都如草，他的美荣都像草上的花。草必枯干，花必凋谢；惟有主的道是永存的。"（《彼得前书》1:24-25）

不仅有神的道、神的声音，还有一位伟大歌手的歌词和嗓音。

> 哦，上帝在他的天堂里
> 我们都想要他的东西
> 但权力、贪欲和腐败的种子
> 似乎才是我们这里的全部
> 我在圣詹姆斯旅馆
> 凝望着窗外
> 而我知道没人能把蓝调唱得
> 像盲歌手威利·麦克泰尔一样

最后一段主歌的最后两行，这段回环的副歌，对于开头的四行来说，算是怎样的一种回应？只是一种不甚全面但又鼓舞人心的回应，麦克泰尔的歌唱就是其中存在的东西之一[1]。在这首歌中，有两句唱到了歌手本人："我在圣詹姆斯旅馆／凝望着窗外"。我们由此可知，艺术是一个人永不枯萎的荣耀。我仰慕并热爱这种方式，它要求如此之少，甚至毫无所求，只是告诉我们，有某些瞬间，当思绪从坏念头中抽离，你向窗外凝视沉思，而非自我沉溺[2]。

嫉妒的问题甚至好像没有出现。但知道这一点，知道嫉妒甚至没有出现，这首流畅而神秘的歌，更有了一种心胸宽广之感。

> 而我知道没人能把蓝调唱得
> 像盲歌手威利·麦克泰尔一样

如果迪伦从未演唱过蓝调（把自己限定在《生活蓝调》），那么有这样的心胸也相对容易，就像一个网球冠军可以心无芥蒂地称赞，没人能像某人一样把乒乓球打得这么好。而如果迪伦只是一个蓝调歌手，那这对他来说，则有点勉为其难——或者对于我们来说，也不大会相信他的自谦。这一段副歌和谐又均衡，甚至连赞美的方式都极其坦荡——

---

[1] "其中存在的东西之一"（One of things that there is），呼应歌词中的"……我们这里的全部"（all that there is）。——译注

[2] 酒店的对比中有着令人痛心的感觉（《萨拉》中以三分之二的篇幅回忆切尔西旅馆，圣詹姆斯酒店只出现在《盲歌手威利·麦克泰尔》的倒数第二行。）《萨拉》这首歌要求的不是迪伦做自己（真实的自己）而是做自传里的自己（并不太忠实于他的天分以及天分看待真理的方式）。这意味着声明和免责声明（"萨拉，萨拉／你一定要原谅我的不中用"）："我还能听见卫理公会的钟响／我接受了治疗，才熬了过来／在切尔西旅馆几日不睡／为了给你写首《满眼忧伤的低地女士》"。诚然，"卫理公会的钟响"不同于"殡仪员的丧钟"；萨拉的"弓箭"在"你家门"之后的两行，不同于"门柱上的箭"；"无论去到哪里"，不同于"我穿越"；"贩奴船"不同于"老船"。尽管如此，"我在圣詹姆斯旅馆／凝望着窗外"，为盲歌手威利·麦克泰尔写《盲歌手威利·麦克泰尔》。关于迪伦、麦克泰尔和蓝调歌曲《圣詹姆斯医院》，还有它对麦克泰尔和其他人意味着什么，参见迈克尔·格雷，《歌与舞者》第三辑，第15章。

> 而我知道没人能把蓝调唱得
> 像盲歌手威利·麦克泰尔一样

——极高的赞誉之中也有一丝变调，这种处理相当得体、微妙，既突出了麦克泰尔的独一无二，又没有简单孤立地拔高。没人能把蓝调唱得像他一样，这一句融合了超卓的品质与突出的个性，二者之间全无龃龉之感。完美地判断，而后决意公正对待麦可泰尔。并且，决意亲耳听到、亲眼看到这公正的达成。

在最后的副歌后，没有多余可说、可唱。但是还有更多可听，纯音乐的展开本身就是目的。

正是因为心无妒意，一只森鸮（hoot owl）才飞入了视野，或鸣叫于耳边。这，多少带点滑稽。济慈向笔下的夜莺保证，诗人不是因嫉妒而心痛："并不嫉妒你那幸福的命运"。迪伦的夜鸟以它自己独有的方式，唱着好听的歌，与盲歌手威利·麦克泰尔或迪伦，都没有瓜葛。那鸟儿也不在乎它的听众有多少、有多狂热：

> 哦，当他们拆掉帐篷
> 我听到森鸮在歌唱
> 枯树上空的星辰
> 是他仅有的听众

如同《歇下你疲倦的曲调》中的雨滴，森鸮不要求掌声。喝倒彩（hooting），掌声的反面，却曾经赶你下台。森鸮可能——尽管它乐得不这么做——很满意自己。其实，我们接下来遇到的那些擅长自己所做的事情的人，也可能如此：

> 深肤色的吉卜赛姑娘

善于炫耀她们的美丽

哦,"哦"(well)是这一节的开端(最后一节同样如此),又与盲歌手威利·麦克泰尔(Blind Willie Mctell)押韵。森鸦做得不错,其他人也如是——可是,拜托,承认一下吧,

> Them charcoal gypsy maidens
> 深肤色的吉卜赛姑娘
> Can strut their feathers well
> 善于炫耀她们的美丽
> But nobody can sing the blues
> 但没人能把蓝调唱得
> Like Blind Willie McTell
> 像盲歌手威利·麦克泰尔一样

那些别人各有成就——向少女求爱,像森鸦一样聪明——可说到蓝调……"善于炫耀她们的美丽",这一句真是到位,没忘了森鸦和它的羽毛(不乱竖起羽毛很重要),还聚合了与炫耀(strut)有关的众多联想。这个词的其中一个意思是"由一个或多个立柱支持或支撑;用对角或斜角固定"。(我曾经误以为听到的是:"善于打造她们的美丽"[Construct their feathers well]。)而其直白的意思就是"吹嘘"(引自《牛津英语字典》:"他的女伴看起来像只受惊的猫头鹰,汗毛直立[strutted out]。")。另外,还有"庄重地行走"(尤其是"孔雀或其他家禽")。考虑到整个句子——"善于炫耀她们的美丽",这就是一种表演艺术:炫耀自己的所有 = 展示自己的能力。[1]

---

[1] 我们中那些怀疑迪伦漫不经心的人可能会想起弥尔顿《快乐的人》(*L'Allegro*)的"同时,高声报晓的雄鸡,/已驱散漫漫黑夜的残余,/它雄视阔步地在雌鸡前面走,/直到草垛或谷仓门口"(殷宝书译)这句,就在弥尔顿"在我窗前"之后的三行。麦克泰尔唱过亚特兰大阔步,鲍勃·迪伦在《甜妞宝贝》里也唱道"黑人区阔步"(Darktown Strut)。

年轻的迪伦，以盲童格朗特（Blind Boy Grunt）[1]之名炫耀自己的所有。我不知道这首献给盲歌手威利·麦克泰尔的歌中，有没有迪伦悲伤回忆的投影。但可以肯定，这首歌与失明有关，肃穆又悲情。《盲歌手威利·麦克泰尔》的第一个词是"看见"（seen），告诉我们它并非麻木无感。整首歌都在为感官赋形。第一节开头的"看见"（seen），再到第三节的开头"看"（see）——然后是最后一节的末尾："凝望着窗外"（I'm gazing out the window）。第二节唤醒了我们的这一感官，我们通过它感受威利·麦克泰尔，也是它成就了这个失明的歌手："哦，我听到。"这个感官我们在第四节中也有所耳闻："我可以听到反叛者的嚎叫"。"嚎叫"（yell）与歌中其他词有不同的语域（甚至不同于"私酿威士忌"），而且，就像一声惊叫，它震慑了我们的感官，正如丁尼生在其高古风雅的《提托诺斯》（Tithonus）中用了"害怕"这么一个接地气的词："为什么总是让泪水使我害怕？"[2]

然而，到了第三节，这首歌的中心部分，重点又转向丰盈的感官呈现，尽管几乎所有的感官都充满了悲伤，为罪恶所累，这些南方的，以及南方以外的罪恶：[3]

> 看这些燃烧的大种植园
> 听鞭子劈啪
> 闻到甜玉兰开花
> 看贩奴船上的鬼魂
> 我可以听到这些部落的呻吟
> 听到殡仪员的丧钟

1　1963年1月他与理查德·法里纳（Richard Fariña）和埃里克·冯·施密特（Eric von Schmidt）录音时使用的化名。
2　译文引自《丁尼生诗选》，黄杲炘译，外语教学与研究出版社，2014年，第157页。——译注
3　在表演中，他有时会联唱，将第三节和第四节的句子连成一节。我希望他只在这里没有使用他独有的权利。

没人能把蓝调唱得

像盲歌手威利·麦克泰尔一样

在这一节,看/听的动作被扩展到看/听到/听到(see/hear/hear),听觉本质上是歌曲以及盲歌手威利·麦克泰尔最重要的感官。我突然意识到,"闻到甜玉兰花开花"的暗香浮动,突然会有一种妙笔生花之感。大家知道,眼睛和耳朵是两种外向的感官,具有一种过度自信的主导性;可嗅觉却能带来意想不到的经验,这个也挺好,比如烧焦的气味中,还有甜玉兰的暗香。这是一个丰富的时刻,大口呼吸吧。正如迪伦在 2001 年所表达的:"自然有一种隐秘的神圣性。"[1] 即使在悲剧中,自然的生命也可以复活。《奇怪的果实》[2]中就有这样的悲剧场景[3]。在私刑之后,玉兰飘香:

南方殷勤的田园风光,鼓鼓的眼睛和畸形的嘴巴,

玉兰的香味新鲜甜美,还有突如其来的肉体燃烧的味道!

《奇怪的果实》用玉兰来烘托一种道义;在迪伦这儿,玉兰被用来装点一个故事,令人萦怀:"看这些燃烧的大种植园"。

玉兰的新鲜肢体,引自诗人威廉·燕卜荪[4],这预示了后面突如其来的四句,其中有"河边有个女人"和"一个英俊的小伙",这是一个安逸的田园

---

1 《滚石》(2001 年 11 月 22 日)。
2 1930 年 8 月,两名黑人男子被控强奸白人女性,种族主义者对其施以私刑,将二人打死吊在树上,状似"奇怪的果实",后被路易斯·阿兰依据照片写成歌曲《奇怪的果实》("Strange Fruit"),这首歌成为著名的黑人反抗歌曲。——译注
3 词曲作者是亚伯·米若珀尔(Abel Meeropol,"路易斯·阿兰")。参见南希·科瓦莱夫·贝克(Nancy Kovaleff Baker),《美国音乐》(*American Music*),第二十卷(2002 年春)。
4 在他的诗《理论要点》(*Doctrinal Point*)中:"玉兰,打个比方,含苞时,/做任何它们能想到的事都是对的;/……不管它们是绽放、簇集还是荼蘼/胖乎乎、昏沉沉的圣徒们,正值盛年,正在祈祷,/或者不管那被烟熏过的、光秃秃的树枝/从那里唯一的花朵垂下/它们知道没有任何行为会让它们无暇。"它们知道没有任何行为……我知道没人能……

时刻,没有悲剧,沉醉于我们余下的两种尚不确定的感官(触觉和味觉,肉体和威士忌)——这个时刻还未过去,但变化已发生,紧随其后的,是悲剧的回归:"公路上有一队锁链囚犯"。

失明的悲剧没有被淡化,而是被拓展了:在文学的传统中,盲诗人的洞见来自他所受的痛苦。荷马即是一例。还有弥尔顿,他视荷马以及另外三位诗人先知为自己的启示者,他祈祷自己能够通过失明"看到并说出/凡人无视的事物"。更为残酷的是,人们会弄瞎鸟儿的双眼,因为相信这会让鸟儿的歌声更加动听。这是对笼子之中唱诗歌手的可怕阉割。正是歌词背后的这种痛苦,构成了狄兰·托马斯(Dylan Thomas)一首诗的开端:

> 就因为快乐鸟随着热烈的琴弦嗯哨,
> 瞎马就可能唱得更甜?[1]

——这里可能有一种童谣的旋律[2],迪伦的歌中有两处与此相关:

> 这是那匹瞎马它领着你乱转
> 让鸟儿唱,让鸟儿飞
>
> (《红色天空下》)

> 布谷是只小小鸟,它一边飞一边叫
> 我在传布上帝的福音
> 我在剜掉你的眼睛
>
> (《洪水》)

---

[1] 出自狄兰·托马斯诗《因为快乐鸟吹起嗯哨》("Because The Pleasure-Bird Whistles")。——译注
[2] "我为一匹瞎眼白马付了十先令"(或"为一匹瞎眼老马"),出自"我妈妈说永远不应该/在森林里和吉卜赛人玩耍",《牛津童谣词典》(*The Oxford Dictionary of Nursery Rhymes*),艾奥娜·奥佩(Iona Opie)和皮特·奥佩(Peter Opie)编,1951年,第315—316页。

对瞎马和盲鸟的同情，可能会提醒我们，盲歌手威利·麦克泰尔的艺术没有丝毫的感伤自怜。迪伦说：

> 使真正的蓝调歌手如此伟大的东西是他们可以说明自己所有的问题，但同时，他们又与之保持距离，能够审视它们。他们以此战胜了它们。今天让人沮丧的是，许多年轻的歌手都在试图进入蓝调，却忘记了那些前辈歌手曾经用蓝调来跳出他们的烦恼。[1]

他们可以审视它们：盲歌手威利·麦克泰尔就是这样。

民谣热爱神话，包括爱的神话，蒙了眼睛的射手丘比特。民谣尊敬传奇，包括那些神射手：罗宾汉，或者（《荒芜巷》中）"爱因斯坦假扮罗宾汉"，这个爱因斯坦没时间射出时间之箭。爱丁顿说："我要以'时间之箭'来表达时间的单向性，在空间中没有类似之物。"[2] 姑娘们善于炫耀美丽；文学中的风格被视为箭上的羽毛，而非帽上的羽饰（引以为豪之物）。

《盲歌手威利·麦克泰尔》的第一句是"看到……的箭"。这支箭指向的是那个人吗，与箭有关的所有掌故中他的故事最有名？威廉·退尔[3]一箭射中儿子头上的苹果，他的儿子也是他眼中的苹果。麦克泰尔（McTell）中的"麦克"（Mc），意为"某人之子"，因此威廉·退尔的儿子，也许生活在另一个国家，用了另一个名字：威廉，或是威利·麦克泰尔。诸如此类，草蛇灰线。

> 奥地利辖下乌里州的专制总督格斯勒命令威廉·退尔射中他小儿子头上的苹果，这有关箭术的故事与瑞士联邦起源的传奇历史密

---

1 引自《自由不羁的鲍勃·迪伦》的唱片封套说明，在他的诗歌集中并未收录。
2 阿瑟·爱丁顿（Arthur Eddington），《物理世界的本质》(*The Nature of the Physical World*，1928 年）。
3 威廉·退尔（William Tell），瑞士民间传说中的英雄。席勒的剧本《威廉·退尔》（1804）和罗西尼的同名歌剧（1829）则使他闻名世界。这个名字的翻译是约定俗成。——译注

切相关，二者必须结合在一起考查。[1]

退尔的传说，最早似乎出现在一首1474年之前的民谣中，这样的口头叙事传统极为贴合盲歌手威利·麦克泰尔的世界。还有"传奇历史"，像暴政一样，也涟漪不绝。不仅作为传奇和历史的麦克泰尔本人置身其中，歌中残酷不公的世界，暴政，还有对权利和贪婪的厌恶，同样如此。

> 看见门柱上的箭
> 说："这是片被诅咒的土地

《诗篇》11:2："看哪，恶人弯弓，把箭搭在弦上，要在暗中射那心里正直的人。"弓箭有弦，像吉他一样射出利箭。

> 我瞧了瞧吉他
> 弹奏着，假装
> 台下所有的眼睛
> 我压根没看到
> 而她的心思重重袭来
> 仿佛箭矢刺入
> 但那首歌很长
> 必须把它唱完
>
> （《永恒的圆》）

盲歌手威利·麦克泰尔双目失明，压根看不到外面那些眼睛，他什么也看不到。

---

[1] 《大英百科全书》（*Encyclopaedia Britannica*），第十一版。

可是歌曲很长

必须唱完

但是没人能把蓝调唱得

像盲歌手威利·麦克泰尔一样

《猜手手公子》

在《准是第四街》里，嫉妒是那些来向我们说嫉妒的人从嫉妒者身上剥离出的东西。而"得到"（got）这个词反戈一击，但不是"得到"（got）了我们可能嫉妒的东西，当然也不是得到了让人嫉妒的自我克制。

> You got a lotta nerve
>
> 你胆子真大
>
> To say you are my friend
>
> 说你是我朋友
>
> You got a lotta nerve
>
> 你胆子真大
>
> To say you got a helping hand to lend
>
> 说你乐于助人

然而,《猜手手公子》确实伸出了援手，甚或可以说大力的援手，不过是一只邪恶的手：

> 他会说："你要支枪吗？我给你。"她会说："天哪，你疯了吗"

《猜手手公子》中的恶棍世界，充斥了让人蠢蠢欲动、心生妒意的东西，其中的大多数，都由"got"这个小小的"嫉妒捕捉器"控制：

> He got an all girl orchestra and when he says "Strike up the band", they hit it
> 他有一个全女子管弦乐队，当他说"开始演奏。"她们就演奏
> Handy dandy, he got a stick in his hand and a pocket full of money
> 猜手手公子，他手里抓着拐杖，口袋里装满钱
> He'll say, "Oh darling, tell me the truth, how much time I got?"
> 他会说："亲爱的，告诉我实情，我有多少时间？"
> She'll say, "You got all the time in the world, honey".
> 她会说："你有世界上所有的时间，亲爱的"。

> He got that clear crystal fountain
> 他有水晶般清澈的喷泉
> He got that soft silky skin
> 他有丝绸般柔软的皮肤
> He got that fortress on the mountain
> 他有山顶的城堡

> Handy dandy, he got a basket of flowers and a bag full of sorrow
> 猜手手公子，他得到一篮子花和一袋子忧伤

——最后，我们可能会想去感谢我们的福星，我们没得到他得到的东西，谁会想要满满一袋子忧愁？除非这个背了一袋子忧愁的人，心里可能并不愁，他可能只是把它们搜集起来之后背着袋子四处游逛，或者只有这样才能将忧愁转嫁给别人。我们可能要重新想想他的全部所得。

《猜手手公子》是一连串的影像或特写画面，呈现了富人名流，抑或声名狼藉之徒的醉生梦死之态。关于这个人，我们首先知道的是什么？是"周围全是议论"。这首歌刻画了一群名人（他们骄奢无度，我们相形见绌），我们渴望了解他们最糟糕的一面，这样就不会因为他们拥有表面上最好的——所有不可能的世界中最好的那个——而被嫉妒吞噬。

嫉妒这种罪，贪婪是它如影随形的姊妹，常常活跃于《人物》《哈罗》这种八卦杂志周边。与此同时，这些巧舌的新闻蛊惑者，他们擅长让我们这些普通读者对巨富的生活了如指掌，知道他们也会陷入麻烦，身处险境，甚或处于绝境，这大快人心。你真的想变成他们吗？不，一点儿也不。但嫉妒还是盘踞在那儿，施展了身段，它纵欲的方式，是喜欢四处刺探、啧啧不满。

> Handy dandy, controversy surrounds him
> 猜手手公子，周围全是议论
> He been around the world and back again
> 他环游了世界，又回来
> Something in the moonlight still hounds him
> 月光中有什么还在追逐他
> Handy dandy, just like sugar and candy
> 猜手手公子，就像砂糖与甘饴

歌词，旋律，嗓音，都有一种夸耀，一种洋洋自得之感，"猜手手公子"本人如此，同时他也勾引起我们追随的愿望。但我们得到的允诺如此直接，可以风流快活，毫无风险，遐想自己就是他，在他的世界里，或和他在一起，却不必真想如此。很矛盾，对吧？不过，这是个幸运儿："他环游了世界，又回来"。对你来说这很奢侈，一句废话，因为除非这人返回原地，否则就不算环游了世界。这种表述有点奇怪（比如，不像"他到了地球尽头又回来"），但也强烈暗示了一种挥霍、一种过度、一种顽固的偏执："环游世界，又回来"。(这个世界也重现于"你有世界上所有的时间,亲爱的"一句中。)但"环游"(around)这个词露面于这首歌的第二行,应和了前面的第四个词"周围"(surrounds),随后又会回响于"追逐"(hound)之中。(有一丝危险迹象:他似乎被围堵在那儿。)"月光中有什么还在追逐他"。很高兴知道这个。我们可不想让我们的名人不被追逐。一方面,这为他们增添了神秘的氛围(月光中有什么?)。另一方面,这也让我们的处境有所缓解(至少,我们没被追逐)。

这首歌的风格神秘又机警(还有些暴力),所以在这神秘机警的世界中,一束月光追逐着这位名人,看来并非只是巧合。在一页半的《巴斯克维尔的猎犬》(第二章)中,第一次,我们遇到了"月光中"的猎犬,以及"地狱之犬"(hound of hell)。我们听说了酗酒者,"有些人要他们的手枪……另一些要再来瓶葡萄酒"。(《猜手手公子》:"你要支枪吗?";"再给他倒杯白兰地"。)我们听说了"他们疯狂的想法""因恐惧而发疯"。(《猜手手公子》:"你疯了吗"?)"月亮在他们头顶明亮地照耀","月光明亮地照耀"在"地狱之犬"的头上,"形状像只猎犬,但比任何猎犬都大","从此,这条猎犬就让这个家庭遭了殃"。这个家庭遭殃——也许,"猜手手公子"可以说是个黑帮分子(骗子?流氓?暴徒?)——**这个家庭**因此遭了殃。"月光中有什么还在追逐他"。

这场戏他是主演。他他他他他(Him he him he he he):开动起来,在他的支配下,其他人随叫随到,或者充作布景。这一下,猜手手公子酷辣又性感。这是个可疑的角色。但他不仅仅有点娇蛮,还可能是(套用贝克特的诡异短语)一个"花花太岁"(a well-to-do ne'er-do-well)。他自命不凡,可如果不是身处险境,他也不必真正勇敢出手。因此,考虑到歌中已显露强烈的暴力,"就算"也可能意味了"何时":"猜手手公子,就算他每一根骨头都折了,他也不会承认"。这些纯真的词句,尽管有性的暗示("他会说:'亲爱的,告诉我实情,我有多少时间?'"),可能在无意之中会因戏剧性反讽而变得暗黑:他还剩多少时间?(在某一来自于这个肮脏世界的人了结他之前。)"好了，孩子们，咱们明天见"。也许。这是他在歌里的最后一句话。也可能是他的遗言。

> 你会说："什么是你惧怕的？"
> 他会说："没有！无论活的还是死的"。

这与T. S. 艾略特的诗句"我既不是/活的也不是死的，我什么都不知道"[1]，还有他那首有关杀戮、偏执、危险、纵酒的诗《夜莺声中的斯威尼》(*Sweeney Among the Nightingales*)，都极其相似。

空气闷热、呛人。在色情的环境中女郎和音乐就位，贪婪的兽性一触即发："他有一个全女子管弦乐队，当他说'开始演奏。'她们就演奏"。这里有一种性交易的意味（"他手里抓着拐杖，口袋里装满钱"），还有"他有丝绸般柔软的皮肤"，诸如此类，意乱情迷。令人惊讶的是，虽然合情合理，但他得到了"喷泉"，得到了"丝绸般柔软的皮肤"之后，接下来一句不是"他有了情妇（mistress）"，而是"他有山顶的城堡（fortress）"。有头脑的人。

在这个流氓的世界里，恐惧在弥漫中凝聚，提问与回答变本加厉成为审讯或盘查。对一个问题的回答，不是它的答案，而是另一个问题。

> 你会说："你是用什么东西做的？"
> 他会说："你能重复一遍问题吗？"
> 你会说："什么是你惧怕的？"
> 他会说："没有！无论活的还是死的。"

---

1 《荒原》。艾略特的前面一行是"你双臂满抱"；迪伦的第二行是"他手里抓着拐杖，口袋里装满钱"。迈克尔·格雷很擅长猜谜语（cherry riddle），这个谜语里既有"手中拐杖"，也有金钱（谜语中的一枚格罗特银币），但我希望他不会提起谜语中的"这个模糊，无害的引语"一句（《歌与舞者》第三辑，第670页）。（艾略特诗译文引自《荒原：艾略特诗文集·诗歌》，汤永宽译，上海译文出版社，2012年，第81页。——译注）

113

这种你会说/他会说的套路，就像与一个吓人的人会面时，某人会被训导一定要按标准行事，不能搞砸。当你被要求重复提问（"你能重复一遍问题吗？"），那要求或许还带着胁迫，你会明智地换一个问题，多亏了押韵（做的/惧怕的 [made of/afraid of]），词语的替换会让听者以为自己第一次没有听清。"你是用什么东西做的？"，可能是在询问一个人的品质构成。（乔叟："人由智慧和美德构成"——当然，不包括我们的猜手手公子。）但"什么是你惧怕的？"是一个陷阱，银盘上有一杯白兰地，逢迎伪装成一种挑衅，十分满意于其实早已心知肚明的回答："没有！无论活的还是死的。"。

但让我们在第一个问题上停留片刻："你是用什么东西做的？"如同猜手手公子的高鼻梁，答案显而易见：他是用钱做的。的的确确，不消一会儿就能听到"钱"这个词，这一点板上钉钉。"猜手手公子，他手里抓着拐杖，口袋里装满钱"这句，在歌里的分量相当重，大概因为这是猜手手公子巧"手"（hand）伸出之时——而且，立刻被"而且"（and）一词所强调。

"你是用什么东西做的？"好吧，这首歌里有一支"全女子管弦乐队"，还有一位叫南希的女孩，还有"天哪，你疯了吗"以及"好了，孩子们"，所以为什么不挪用那个传统的问答模式呢？

> 小男孩是用什么做的？
> 小男孩是用什么做的？
> 　青蛙和蜗牛
> 　还有小狗的尾巴，
> 小男孩是用这些做的。

> 小女孩是用什么做的？
> 小女孩是用什么做的？
> 　砂糖和香料
> 　还有所有的好东西，

小女孩是用这些做的。

《猜手手公子》从头至尾回荡着"砂糖与甘饴"（sugar and candy）的调子。这也许在暗示了他性向的暧昧，他混迹于用砂糖和香料做的女孩之中。这里有一个阴翳丛簇、性别不明的地下世界。那个得了"一支全女子管弦乐队"，有"丝绸般柔软的皮肤"的男人，也许是、也许不是用砂糖和香料做的。"糖果朋克"（candy-bar punk）意为"在监狱里被动成为同性恋者的罪犯"。[1]"一个叫南希的女孩"，可能会让我们想起一个娘娘腔（nancy boy, "柔弱的男同"）。"'弹吉他的人都是该死的娘娘腔（nancy）.'兰斯基说"（谢尔登，1951）。"他有一个篮子"："特指同性者裤子勾勒出阴囊阴茎的形状。"至于那"一袋子忧伤"：背上的阴囊，像谢尔登一样，伊文·亨特（Evan Hunter）的作品中也有这个形象，为我们展示了猜手手公子一类的角色（1956）："我卷舌扫过袋子又回来"——这恰好又对上了"他环游了世界，又回来"。于是我想到，"环游世界"也可以是"亲吻或舔舐一个爱人的整个身体"。

好了，孩子们，言归正传。《猜手手公子》是一首与迪伦早期生活世界有密切关系的粗糙、猥琐的歌，属于《地下室录音带》，与《百万美元狂欢》、《求你啦，亨利夫人》和《小蒙哥马利》同时期。语言的地下世界也许更深入地提醒我们，猜手手公子的世界可能沉迷于硬毒品。我的脑子里都是糖果。"砂糖"和"甘饴"是毒品的行话，以及"水晶"（"毒品：粉末状的甲基苯丙胺，脱氧麻黄碱"），还有"拐杖""袋子"："毒品，小包装，通常是一个信封或折叠起来的纸，里面装有海洛因、大麻等"。他有"一袋子忧伤"。是忧伤，不是你期待的那种狂喜。

但糖的含义非常宽泛，千万可不要排除"精彩、舒服"之意："精致与华丽。你就是糖果粒"[2]。一个"甜小孩"（candy kid）是"一个幸运的成功

---

[1] 以下均引用自《兰登书屋美国俚语历史词典》（*The Random House Historical Dictionary of American Slang*，1994年，1997年）。

[2] 引自《兰登书屋美国俚语历史词典》。

者,为人瞩目,特别在女性中间","甜腿叔"(candy-leg)指"一个对女性有吸引力的富人"。

问题是,在这些可疑词语的丛林中,《猜手手公子》不是在讲述一个毒品、黑帮,或者多种形态堕落世界的清晰故事。这个故事是含混的,只是昏暗中闪烁的尖锐碎片。这首歌充斥着各种罪:嫉妒、贪婪,还有暴食——"砂糖与甘饴""再给他倒杯白兰地"[1]——还有一点懒惰:"跟一个叫南希的女孩,懒洋洋坐在花园里"。起伏的歌行悠悠长长,想要多久就多久,亲爱的,"坐在"(sitting)且"懒洋洋"(feeling),这些词句伸长了双腿,韵脚也随之轻飏:猜手手公子……南希……懒洋洋……疯了(Handy dandy...Nancy...lazy...crazy)。很多的恶,也许夹杂着罪行,所有这一切都令人不安地与纯真相对照。因为那首童谣——"小男孩是用什么做的?"——让人想起纯真,哪怕是已经丢失的纯真。收录了《猜手手公子》的《红色天空下》这张专辑,它在古老的童谣中融入了现代的隐忧,它是谶语(而不是妄语)。主打歌《红色天空下》也是如此,还有《10000个男人》,以及《2×2》。叮咚铃声响:《猫在井下》[2]。

《猜手手公子》是一场游戏,猜手手公子喜欢在其中撒野。

> 一个人紧握双拳,一只手藏了一件东西,然后他请同伴猜是哪只手,口里唱着:巧手握紧,甜甜蜜蜜,猜猜它在哪只手里?[3]

通常,这个游戏还有个隐藏动作,伸出双手之前把手藏起来。奇怪的是,在《牛津英语词典》中,"猜手手公子"(handy dandy)作为比喻的示例,

---

1 关于白兰地/砂糖甘饴,参见《牛津童谣词典》,第115—116页:"飘过大洋和陆地,/再越过大海找查理。/查理喜欢麦酒和红酒,/查理也爱白兰地,/查理喜欢一个漂亮的女孩/甜得像砂糖和甘饴"。
2 《牛津童谣词典》,第149页:"猫在井下"。
3 《牛津英语词典》,1887年的一段引文,《乖巧班迪》(*Handy-Bandy*)。

比游戏本身的示例出现得更早（前者是 1579 年，后者是 1585 年）。"砂糖与甘饴"（Sugar-candy）的押韵由来已久（"猜手手打手手，砂糖与甘饴／你要哪个？"［Handy pandy, Sugary candy,／Which will you have？］），可还有一些谐音游戏，像"生气地吃饭饭"（prickly prandy）一类，也被派上了用场。[1] "乖巧斯潘迪，杰克花公子／你要哪张牌？"（Handy-spandy, Jack-a-dandy,／Which good hand will you have？）这一提问——"哪只手？"——与另一首童谣的提问（"小男孩是用什么做的？"）相衔接，歌中连续的四问也由此鱼贯而出，以"你是用什么东西做的？"为开端。这很适合歌的氛围，"handy dandy"开始有了特别的意味："手里拿着或握紧的东西；秘密的贿赂或礼品。"他"口袋里装满钱。"乔治·赫伯特（George Herbert）的《俏皮话》（The Quip）也写到了贿赂狡猾的敲门声：

> 然后钱来了，还在发出叮当声，
> 这是什么曲子，可怜的人？他说：
> 我听说你擅长音乐。
> 但是请你解答，主啊，为我。

钱和音乐以及钱的音乐：猜手手公子听得真切。

这个声音游戏的一个变体是：

> 猜手手公子，猜猜看
> 哪只手，高还是低？

"猜猜看"，提醒我们猜手手公子本身就是"谜"中之人。

---

[1] 《牛津童谣词典》，第 232—233 页："乖巧斯潘迪·杰克花公子／他喜欢李子蛋糕和砂糖甘饴／他在杂货店买了一些／他出来了，跳，跳，跳，跳。"

迈克尔·格雷看穿了迪伦的谜面和谜底。[1]

> 他有水晶般清澈的喷泉
> 他有丝绸般柔软的皮肤
> 他有山顶的城堡
> 没有门,没有窗,没有贼人能闯入

猜猜看:

> 在像牛奶一样白色的大理石大厅里,
> 内衬如丝般柔软的皮肤,
> 在一座清澈见底的喷泉中,
> 出现一个金苹果。
> 这个城堡没有门,
> 然而小偷破门而入,偷走了金币。

破解这个有趣的谜语的答案,是一个蛋。[2] 猜手手公子是一个臭蛋。猜手手公子可能是矮胖的蛋头先生(Humpty Dumpty)的别名。如果我是你,我不会嫉妒他,或他们,虽然这很容易……

在迪伦造就的童谣世界中有喜剧,也有危险和悲剧。《猜手手公子》中著名的一刻来自《李尔王》。公正,是"四枢德"之一,但到处都是公正沦

---

[1] 《歌与舞者》第三期,第668—669页。此外,在《牛津童谣词典》中,由于字母顺序"Halls""Handy",这个谜语出现在"Handy dandy, riddledy ro"(第196—197页)这一页上。
[2] 迈克尔·格雷,一如既往地冷静,他说答案仅仅是"一个蛋"(仅仅是,嗯),然后继续批评这个猜谜游戏以及有关"破门闯入的粗俗解释":迪伦,谢天谢地,剥去了"旧的古典希腊语""华丽的或装腔作势的维多利亚时代的形式主义""诗化的19世纪的腔调"和"骈体韵文感"。与格雷一样,我认为《猜手手公子》很棒(虽然我觉得它恐怖,因为缺乏"善良天性",也没有充满"闪耀的阳光"),可是我们真的要诋毁鸡蛋之谜,才能说这首歌的好话吗?

丧的惨剧。疯国王在质问盲眼的伯爵。

> 李尔：你的头上也没有眼睛，你的袋里也没有银钱吗？你的眼眶子真深，你的钱袋真轻，可是你却看见这世界的丑恶。
>
> 葛罗斯特：我只能捉摸到它的丑恶。
>
> 李尔：什么！你疯了吗？一个人就是没有眼睛，也可以看见这世界的丑恶。用你的耳朵瞧吧：你没看见那法官怎样痛骂那个卑贱的偷儿吗？侧过你的耳朵来，听我告诉你：让他们两人换了地位，谁还认得出哪个是法官，哪个是偷儿？
>
> （《李尔王》，第四幕第六场[1]）

如果我是歌曲的作者，我会竖起耳朵，"用你的耳朵瞧"。"猜手手公子"的冷漠无情，显现于一系列表述的交错之中，其中有"世界"（"这世界的丑恶"，与"世界上所有时间"和"环游世界"相应和），有"疯了"（"什么！你疯了吗？""你疯了吗"），还有"钱"（"你的袋里也没有银钱吗"，"你的钱袋真轻"），甚至还有"让我吻那只手"。所有这些在《猜手手公子》中都可观可感，也包括李尔王在这个场景所谴责的嫉妒之罪、欲望之罪。还有李尔王对于罪的看法，对于公正这一美德面对财大气粗的罪则无计可施的看法，也同样如是。

> 给罪恶贴了金，
> 法律的枪就无效而断；

---

[1] 译文引自《莎士比亚全集》第九卷，朱生豪译，方平校，人民文学出版社，1978年，第247—248页。——译注

把它用破布裹起来，

一根侏儒的稻草就可以戳破它。

贪 婪

《得服务于他人》

有个故事,说一位乡绅在(又一次)听完关于十诫的布道后离开了教堂,他安慰自己说:"好吧,毕竟我没拜偶像。"[1]

七宗罪中只有一宗属于十诫之一。虽然愤怒隐含在"不可杀人"的诫命中,色欲隐含在"不可奸淫"中,但这些诫命既不确定也不等同于任何一种特定的罪。贪婪却有对应的诫命,第十条,没错。"不可贪邻居的房屋;也不可贪邻居的妻子、仆婢、牛驴,和他一切所有的。"不可贪邻居的妻子、仆婢,即便你碰巧发现自己喜欢上了他人的情妇,或是喜欢把女人养在笼中[2]。不可贪邻居的仆人,要铭记自己必须服务他人。无论你是这样、那样,或者别样——

> 但你必须服务于他人,是的没错
> 你必须服务于他人
> 嗯,他也许是魔鬼,也许是上帝
> 但你必须服务于他人

---

[1] 《杰弗里·马登的笔记》(*Geoffrey Madan's Notebooks*),J. A. 盖尔(J. A. Gere)和约翰·斯帕罗(John Sparrow)编,1981年,第94页。
[2] 《笼中女》(*Women in Cages*),1971年美国著名亚类型电影,讲述一女子因受毒贩男友牵连入狱,遭受性虐逃狱。作者此处疑在揶揄性癖。——译注

《旧约》和《新约》的相通之处，在于同样警诫贪婪：必须服务于他人。"不要为自己积攒财宝在地上"，在登山宝训中基督这样宣告。[1]

> 一个人不能侍奉两个主。不是恶这个爱那个，就是重这个轻那个。你们不能又侍奉神，又侍奉玛门[2]。所以我告诉你们：不要为生命忧虑吃什么，喝什么，为身体忧虑穿什么。生命不胜于饮食吗？身体不胜于衣裳吗？

> 也许喜欢穿棉的，也许喜欢穿丝的
> 也许喜欢喝威士忌，也许喜欢喝牛奶
> 也许喜欢吃鱼子酱，你也许喜欢吃面包
> 也许睡地板，睡特大号床

> 但你必须服务于他人，

维多利亚时代的煽动家塞缪尔·巴特勒（Samuel Butler）妄议这句神谕——"你们不能又侍奉神，又侍奉玛门"。

> 当然，这并不容易，但任何值得做的事情都不容易。无论容易与否，我们不仅必须这么做，而且人的全部职责就存在于此。
> 如果确有两个世界（关于这一点我毫无疑问），我们就有理由充分利用这两个世界，尤其是我们最直接关心的那个世界。[3]

---

1 《马太福音》6。
2 "玛门"是财利的意思。——译注
3 《塞缪尔·巴特勒的笔记》，杰弗里·凯恩斯（Geoffrey Keynes）和布莱恩·希尔（Brian Hill）编，1951年，第276页，顺便说一句，巴特勒从1658年起便倾力写作《人的全部职责》(*The Whole Duty of Man*)。

《得服务于他人》是一首没完没了的歌，对于创作者而言，这本身就是一个麻烦。你该如何在没完没了中体现变化？一旦开启了无穷的可能性，去罗列"你可能但你得"一类的假设和规劝，你能穷尽得了吗？显然，你活灵活现地刻画了所有这些人，伴随无休止的诘问，但有的时候，你还得唱出先声。

但首要的着力点，是将稳定的歌曲速度与浮光掠影的机敏、点到为止的狡黠相结合。以开头一节为例，它以非常外交的手法，展现了社交世界的盛况：

> 你也许是派往英格兰或法兰西的使节
> 你也许想去赌博，你也许想去跳舞
> 你也许是世界重量级拳击冠军
> 你也许是社会名流，戴着一串长长的珍珠项链

这里在发生什么？皆有可能。

"大使都是诚实的人，只是为了国家利益才被派到国外去骗人。"这是17世纪英国大使亨利·沃顿爵士（Sir Henry Wotton）给出的直白说法。大使为国家服务（就像首相一样），"大使"这个词源自ambactus，意为仆人。对英国或者法国来说：这对时常切磋的老伙伴，又——凭借它们的欧洲文化——成了美利坚合众国的对手，争夺世界重量级拳击的冠军。

因此到了第二行，我们好奇地想知道，是不是要立刻转向两个大相径庭的世界和许多的"你"，抑或这是不是一个恶作剧式的暗示，暗示第二行和第一行其实并没有断裂。

> 你也许是派往英格兰或法兰西的使节
> 你也许想去赌博，你也许想去跳舞

担任大使有点像赌博，为了你还有你的祖国，还要经常保持不动声色（poker face）。还有，你最好喜欢跳舞，不仅因为要应付所有这类大使馆的社交场合，而且因为软鞋踢踏舞也是外交搪塞游戏的名称之一。不管怎样，"赌博"微笑地走上去，与赌徒挽臂"跳舞"，"你也许想去赌博，你也许想去跳舞"：一个"你"接着一个"你"，可想而知，这两段半行的歌词，也非常高兴成为舞伴，或合为一体。一个社交的世界在这首歌中展开：

> 你也许是派往英格兰或法兰西的使节
> 你也许想去赌博，你也许想去跳舞
> 你也许是世界重量级拳击冠军
> 你也许是社会名流，戴着一串长长的珍珠项链

英国和法国构成了这个世界——但就是这两个国家（从前）最可能冒险以为它们就是这个世界。不仅是社交的世界，虽然在这个社交的世界里，大使和一长串珍珠项链相连。有着一连串[1]成就的重量级人物，变成了戴着一长串珍珠项链的社会名流，项链垂到了她脚上。她是她所在世界的轻量级冠军，脖子上围的不是毛巾，而是珍珠项链。

跳舞，无论在国际外交的舞台上，还是在小圈子里，现在日益神气活现，提起更多一直健忘的世俗成功者：

> 你也许是摇滚歌手，沉迷于在舞台上跳来跳去
> 有金钱、有毒品可以随意用度，有女人养在笼中

开头的大使形象，已替换为一位摇滚表演者，但一个表演者——就像重量级

---

1 《牛津英语词典》，string：一连串的成功或失败。（"一长串"[a long string]就特别强调这个意思，迪伦对"长"这个词津津乐道。）

冠军一样——也常常与大使同类。（永远不要忘记你是我们生活方式的大使，在海外代表自己的国度……）这位"摇滚瘾君子"显然沉迷于自己的摇滚（拥趸是另外一码事），虽然不仅有摇滚还"有金钱、毒品可以随意用度"。可事实究竟是，多亏了金钱，毒品听命于他，还是他听命于它们？在《鲍勃·迪伦诗歌集：1962—1985》中，下一句歌词非常直白，"你也许是商人，或者是高明的小偷"（You may be a business man or some high degree thief），可我听到他唱得荒腔走板："你也许从商，兄弟"（You may be in business, man），这里有一个对"你"的突然加重，进一步暗示情况的变化很快，你从事商业，那是必须的，可兄弟，你又不仅仅只是个商人。

> You may be in business, man, or some high degree thief
> 你也许从商，兄弟，或者是高明的小偷
> They may call you Doctor or they may call you Chief
> 他们也许叫你博士，或者他们也许叫你长官

"高明"（high degree）之后，诙谐地接上了一句"他们也许叫你博士"——现在，你有了更高学位（higher degree），不仅仅是（随便什么）高学位。迪伦在《准是第四街》中曾唱道："如果我是个高明的贼（a master thief）"。可碰上一个博士贼（a Doctor thief），一个"高明的贼"或曰"硕士贼"（a Master thief）也会败北。

> 你也许是州警，你也许是年轻气盛的混混
> 也许是某家大型电视台的头儿
> 你也许富足或穷困，你也许目盲或腿瘸
> 也许住在另一个国家，有另一个名字

从英国或法国，歌词收缩到一位州警身上（顾及州的颜面，也不好这么说），

而且当"年轻气盛的混混"(a young Turk)带来了谐趣,还伴随了一种地理的分化感。(你可能是位大使,是去土耳其[Turkey]还是法国?或者甚至去"另一个国家"?)与此同时,州警(state trooper)与大使、还有台上的摇滚瘾君子都坦诚相待,每一个都是台上的老戏骨(trouper)。

> May be a construction worker working on a home
> 也许是盖住房的建筑工人
> Might be living in a mansion, you might live in a dome
> 也许住在豪宅里,你也许住在穹顶下
> You may own guns and you may even own tanks
> 你也许有枪,你也许甚至有坦克
> You may be somebody's landlord, you may even own banks
> 你也许是他人的房东,你也许甚至坐拥数家银行

由此,一条漫长的向下的社会阶梯开始于大使的脚下(去访贫问苦?),"work"一词连续两次出现,带来一种日常的劳作感:"你也许是盖(working)住房的建筑工人(worker)"。"工人工作"(worker working):就是这感觉(工作,工作,工作),很是累赘但又不至过度,机械地重复却还有一点空闲。但等级随即再度提升,出现"豪宅",还有"你也许住在穹顶下"。住在穹顶下,这真是又有排场又随性。通常的想法不过是如果能再来个栖身的豪宅,那是极好的。[1]

和前几节相比,这一节也许显得有点乏味,但不会太久,一种新的动作会到来,为"他人"(somebody)这个词开出了空间,而迄今为止,这个词的力量只显现于副歌中。现在,这力量在主歌与副歌之间激荡:

---

[1] A dome over one's head 戏仿 a roof over one's head(栖身之所),此句反讽。——译注

>你也许有枪，你也许甚至有坦克
>
>你也许是他人的房东，你也许甚至坐拥数家银行
>
>但你必须服务于他人，是的你必须
>
>你必须服务于他人
>
>嗯，他也许是魔鬼，也许是上帝
>
>但你必须服务于他人

在上帝或魔鬼的眼里，每一个"他人"，都无足轻重，承认吧。
　　你可能是布道者，迪伦先生，不管是不是教皇，也许都必须驯服这头公牛，钳住它的双角。[1]

>你也许是布道者，有着属灵的骄傲
>
>也许是市议员，暗地里受贿
>
>也许在理发店工作，你也许懂得如何理发
>
>你也许是他人的情妇，也许是他人的继承人

在《鲍勃·迪伦诗歌集：1962—1985》中，印出的歌词本是"你也许是布道者，有着属灵的骄傲"，但迪伦演唱时，唱的却是"一个宣道的布道者"（preacher preaching），这生动多了，借鉴——并改写——"盖住房的建筑工人"（a construction worker working）的用法，暗示那位布道者不但拥有"属灵的骄傲"而且也在宣讲它。他也许认为他在为抵拒骄傲而布道，但一旦他张开妙语连珠的嘴巴，事实便不再如此。
　　而后，又是一阵飞镖四射。"布道者"与"市议员"有关，原因在何为议会。"受贿"与"份额"（cut）有关，原因在"吃回扣"（take a cut）的方

---

[1] Take the bull by the horns，惯用语，喻意迎难而上。——译注

式（我一贯的分成，我觉得？）。"暗地里受贿"与"他人的情妇"有关，因为《牛津英语词典》写明了"暗地里"的情色含义："秘密地；不为人知。（常指不忠诚：非法的；婚外的）"。"如果我告诉你们，作为一个已婚男人，暗地里有三个女人，你们会怎么说？"（1968）在这一节主歌向副歌的运动中（越来越大的动量），"他人"在副歌之前出现了两次：

> 你也许是他人的情妇，也许是他人的继承人
>
> 但你必须服务于他人，是的没错
> 你必须服务于他人
> 嗯，他也许是魔鬼，也许是上帝
> 但你必须服务于他人

后续的这一节，既是这首歌的种子，又是它的花朵，因为登山宝训中说：

> 何必为衣裳忧虑呢？你想：野地里的百合花怎么长起来；它也不劳苦，也不纺线。然而我告诉你们：就是所罗门极荣华的时候，他所穿戴的还不如这花一朵呢！

"也许喜欢穿棉的，也许喜欢穿丝的"：迪伦极尽优雅地演绎这四句，一视同仁，如此恰当，无论韵律、措辞还是句法，都予人匀称之感。那张床也许是特大号的，但恰好合身。这种天衣无缝之感分明蕴含了危险（洋洋得意，沾沾自喜），圆满到不加节制也是一种巧妙的暗示。因为"但"正蓄势待发。

> 也许喜欢穿棉的，也许喜欢穿丝的
> 也许喜欢喝威士忌，也许喜欢喝牛奶
> 也许喜欢吃鱼子酱，你也许喜欢吃面包

>也许睡地板，睡特大号床
>
>但你必须服务于他人……

这首歌在自己的节奏中前行。最后将它从不变的步履中解脱出来的，是这样一个转折：从"你可能是什么""他们怎么称呼你"转向"你可能怎么称呼我"——转向由此而来的些微改变，因为我们终须服务他人这一事实无法回避。此前，这首歌在卖弄身份和头衔："他们也许叫你博士，或者他们也许叫你长官"。他们可以如此谦恭地称呼你，但是别忘了你同样，必须服务于他人。"他们也许叫你……"这个句子重现时，已改变了方向，变成"你可以叫我……"

>你可以叫我特里，你可以叫我蒂米
>
>你可以叫我鲍比，你可以叫我齐米
>
>你可以叫我 R.J.，你可以叫我雷
>
>你可以叫我任何名字，但你怎么叫都无所谓
>
>你还是必须服务于他人，是的
>
>你必须服务于他人
>
>嗯，他也许是魔鬼，也许是上帝
>
>但你必须服务于他人

在前面的每一段中，不仅副歌的最后一行，还有它的第一行，都顽强地以"但"明确开端。迪伦一向看重"但"的忍耐力量，它是生命中最重要的、小小的坚持，无法被欺骗、被打败。为了结束这首歌，同时又督促我们不要忘记他言说的不变事实，于是，这一次不再有开端的"但"，只有结论。[1]

---

[1] 据《鲍勃·迪伦诗歌集：1962—1985》所刊印，倒数第二节的最后一行中有一个"但"（"你可以叫我任何名字，但你怎么叫都无所谓"），这是出于对最后一段副歌开头的期待和替换，可他演唱的不是这个。

你必须服务于他人。你可能不喜欢这个观念，但有一些观念的形态并不是为了让你感觉舒服的。在《晨祷》中，第二个短祷，是祈祷和平：

> 哦，神啊，和平的创造者，和谐的情人，在他里边承担着我们永恒的生命，侍奉他是全然的自由；保护你卑微的仆人免于仇敌的攻击。

做卑微的仆人，而你的侍奉是全然的自由。这种完美的悖论，处处可见。同时，贪婪的嘴脸持续发起攻击。艺术家想方设法，为了我们与之抗战。

> 你不能把它带走，你知道它是无价之宝
> 他们告诉你，"时间就是金钱"，好像你的一寸生命，真是一寸
> 　黄金

（《你何时醒来？》）

众所周知，这是最悠久的劝诫谚语之一，你没法把它带走。圣保罗的语气有所不同：

> 因为我们没有带什么到世上来，也不能带什么去，只要有衣有食，就当知足。但那些想要发财的人，就陷在迷惑、落在网罗和许多无知有害的私欲里，叫人沉在败坏和灭亡中。贪财是万恶之根。有人贪恋钱财，就被引诱离了真道，用许多愁苦把自己刺透了。

（《提摩太前书》6:7-6:10）

> 他们告诉你，"时间就是金钱"，好像你的一寸生命，真是一寸
> 　黄金

不是所有的事，都像对贪婪的自信否认愿意相信的那样简单。现实主义者塞缪尔·巴特勒还想再说几句：

> 只有非常幸运的人的时间才是金钱。我的时间不是金钱。我希望它是。它甚至不是其他人的金钱。如果是，他会给我分一点。我是个不幸的，没钱赚的罪人，我不值钱。[1]

《满眼忧伤的低地女士》

忧伤的是，已经有很多位满眼忧伤的女士了。最令人难忘又不断萦怀的，是多洛莉丝，她的名字本意就是忧伤。[2] 斯温伯恩的《多洛莉丝》（*Dolores*，1886）开头是她垂下的双眼，很快又写到她俗艳的嘴唇，这些都引出一个问题：

> 像宝石一样垂下的冷酷眼睑
> 　　柔和了一小时的严苛双眼，
> 沉重的白皙四肢，和残酷的
> 　　像一朵有毒鲜花的红色嘴唇；
> 当这些随它们的荣耀消失，
> 　　那么你们其余的人会怎样，什么会留下，
> 噢，神秘阴沉的多洛莉丝，

---

1 《塞缪尔·巴特勒的笔记》，第 277 页。
2 在肯尼斯·海恩斯（Kenneth Haynes）的著作《诗歌、民谣 & 亚特兰大在卡吕冬》（*Poems and Ballads* & *Atalanta in Calydon*，2000）中，他标注："多洛莉丝是斯温伯恩的反圣母玛利亚；她的名字是从短语'我们的七苦圣母'化用而来。《多洛莉丝》的副标题是'悲伤圣母岛'（Notre-Dame-des-Sept-Douleurs）。"

我们的痛苦夫人？

他觊觎她，就在她欲求不满之际。

《满眼忧伤的低地女士》，则以我们的痛苦夫人的嘴唇开始，很快转移到她的眼睛，这些也都引出一个问题，一个将引发更多问题的问题：

>凭你水银的嘴，在传教士的时代
>你烟样的眼，和诗韵似的祷词
>你银铸的十字，和钟鸣似的嗓子
>噢，他们有谁，竟以为能葬了你？
>凭你的口袋，如今妥善收起
>你街车的幻景，投在青草地
>你肉体似绢丝，面容似玻璃
>他们有谁，竟以为能背负你？
>满眼忧伤的低地女士
>在彼处，满眼忧伤的先知说：并无人到此
>我仓库的眼，我的阿拉伯鼓
>是否都该留在你门口？
>还是，满眼忧伤的女士，我该继续守候？

他觊觎她，就在她欲求不满之际。这张诱人的"水银的嘴"，也许是一种致命的剧毒（一种特别的植物），也可能是一种有益健康的解毒剂（一种金属的化合物）。[1] 斯温伯恩有这样的诗句："像一朵有毒鲜花的红色嘴唇；"（还有"像宝石一样垂下的冷酷眼睑"）；迪伦则有"烟样的眼""诗韵似的"，还

---

[1] 《牛津英语词典》，7b（用于医药的金属制剂），细致地与《牛津英语词典》10b（大戟属有毒植物）保持分离。

有"钟鸣似的嗓子"。[1]第一个问题(一首歌里有这么多要琢磨的问题)是:"噢,他们有谁,竟以为能葬了你?",这也许会让人联想到《多洛莉丝》中的女神"力比蒂娜,你的母亲"。她是罗马的丧葬女神,从远古时代起——在一种悲哀的误读中——就被认为是爱神维纳斯本人。

《多洛莉丝》及时地变调,转向诗中所言"一种迷人和诱惑的调子",《满眼忧伤的低地女士》也是如此。从头至尾,《多洛莉丝》都在吟唱罪恶。和《满眼忧伤的低地女士》相仿,这首诗不停地罗列——有时直接,有时间接。它讲述了她所有的能量,她的刺激和兴奋,她的穿着,她的武器,她口袋中的抵抗,如今妥善收起,不折不扣席卷了一切,迪伦的句式"凭你……"也如出一辙,利用自己设定的执拗的模式,整首歌满满都是她和她的财产、她的所有。"凭你银光闪闪的床单,你蕾丝般的腰带""凭你儿时的火焰,烧着夜半的毛毯""凭你神圣的奖章,指尖就能折起"……这些存货,同时是火药,对她的敬畏和对她的怀疑扭结成了不断复归的句式,活力四射又充满恨意。"凭你……"作为句子的起始,使用的次数越多,威胁与对抗的张力也就越大。

相对而言,斯温伯恩的"你的"(thy),古雅却纤弱,而且缺少了"凭你……"这句式的针锋相对。从 205 到 267 行,《多洛莉丝》给读者的感觉,就像磨盘在开始急转:你的蛇,你的声音,你的生命,你的愿望,你的热情,你的嘴唇,你的惩罚,你的敌军,你的仆人,你的脚步,你的欢愉,你的花园,你的缰绳,你的门廊,你的胸怀,你的霓裳,你的身体……

但再一次,就像这首歌一样,斯温伯恩的诗还是要诉诸那些尖锐而无法回答的问题:

> 谁给了你你的智慧?什么样的故事
> 　　刺痛了你,什么样的幻景侵袭了你?

---

[1] 关于用"押韵"押韵,参见本书《歌诗韵》中"韵"的部分。

> 你是否还是贞洁少女，多洛莉丝，
>
>   当欲望第一次扼住你的喉咙？
>
> 究竟什么样的花蕾在怒放，
>
>   让所有男人想去闻、去采？
>
> 什么样的胸房、什么样的乳汁第一次哺育了你
>
>   你吮吸的是什么样的罪？[1]

这些绝不是街车幻景，但它们，同样，承载肉身。迪伦的歌，就其本身而言，由它的问题和问题的特定形态而赋予形式。

> Oh, who among them do they think could bury you?
> 噢，他们有谁，竟以为能葬了你？

> Who among them do they think could carry you?
> 他们有谁，竟以为能背负你？

* * *

> Who among them can think he could outguess you?
> 他们有谁，竟以为能看穿你？

> Who among them would try to impress you?
> 他们有谁，竟企图要打动你？

---

[1] 例如，第73—80行中有四个问题，其中一个倾向于轻信的推定："他们一个字也不知道的咒语是什么"。后来（第393—396行）："我们是谁，使你不朽并拥抱你／用香料和歌曲的味道？／他的孩子们何时面对你？／我是什么，我的嘴唇伤害了你？他们中有谁……"

＊ ＊ ＊

But who among them really wants just to kiss you?

可是他们有谁，真心只想吻你？

Who among them do you think could resist you?

他们有谁，你以为，可能抗拒你？ [1]

＊ ＊ ＊

Oh, how could they ever mistake you?

噢，怎么会这样误会你？

How could they ever, ever persuade you?

他们怎么可能，怎么可能劝服你？

——直到结尾：

Who among them do you think would employ you?

他们有谁，你以为会聘了你？

Oh, who among them do you think could destroy you?

噢，他们有谁，你以为可能毁灭你？

只有你，会像他们一样轻信，我亲爱的。（从"他们以为"到"你以为"。）

---

[1] 这个韵脚具有一种独特的色彩，因为在这些形塑了歌曲的执着句子之外，这处韵脚从前面的诗节中拣取了一个韵（用"吻"［kiss］一词，以及它与押韵本身的相似性），从诗的早期开始："推罗的列王带着罪人的清单／排队等候天竺葵那一吻／你不明白何以如此／可是他们有谁，真心只想吻你？"到"他们有谁，你以为，可能抗拒你？"

"你不明白何以如此"。**我们的痛苦夫人**，虽然世故却轻信，天真幼稚（wide-eyed），你和我们的虚情假意绅士天生就是一对。"噢，怎么会这样误会你？"

《满眼忧伤的低地女士》未必是用《多洛莉丝》为来源以增添歌曲的光彩（这只是迪伦一个用典的方式）。那不仅是一种装饰，更是一种内在组织。两者的重合之处（按迪伦这首歌的顺序，但忽略单数、复数的区别）包括："嘴"（mouth）、"时代"（times）、"眼"（eyes）、"相似"（like）、"祷词"（prayers）、"嗓子"（voice）、"幻景"（visions）、"肉体"（flesh）、"面容"（face）、"女士"（lady）、"先知"（prophet）、"男人"（man）、"到此"（comes）、"仓库"（[ware] house）、"暮色"（the sun）、"暮色"（light）、"月光"（moon）、"歌"（songs）、"列王"（kings）、"一吻"（kiss）、"明白"（know）、"火焰"（flames）、"夜半"（midnight）、"母亲"（mother）、"口"（mouth）、"尸体"（the dead）、"藏起"（hide）、"脚"（feet）、"小孩"（child）、"分离"（go）、"贼"（thief）、"神圣"（holy）、"指"（finger [tip] s）、"面容"（face），以及"灵魂"（soul）。迪伦用了"看穿"（outguess）这个词（"他们有谁，竟以为能看穿你？"），与斯温伯恩的"唱出"（outsing）、"超越爱"（outlove）、"无惧面对并活得比我们更长"（outface and outlive us）配合。

有意味的是，对倦怠和危险的疑惧，如此频繁地呼应了它们的抑扬顿挫和颓废堕落。斯温伯恩的"反祷告"到"反圣母"，是一个不认为自己有任何必要终结的追问，也许可以被当作迪伦这首歌的预言。反过来说，这首歌听起来，类似某种哄人催眠。[1] 催眠，甚至可说是催眠状（这种说法不怎么讨喜，却是 F. R. 李维斯诟病斯温伯恩时喜欢用的）。

T. S. 艾略特——让他略感吃惊的是——发现自己不得不为斯温伯恩的

---

[1] 威尔弗雷德·梅勒斯（Wilfred Mellers）:《满眼忧伤的低地女士》与《铃鼓手先生》比肩而立，两者也许是我们这个时代最令人不自觉萦绕于心的流行歌曲。从诗中无法看出，这位女士究竟是梦还是噩梦的产物；但她超越了善与恶，正如一句俗话所说的那样，只是在某种意义上，那简单的、催眠的，甚至一种老套华尔兹的曲调，在歌词令人意想不到的延伸中，包含了既满足又遗憾的感觉；不可思议的是，这首歌也能抹去时间。尽管精确算来它持续了将近 20 分钟，但它却进入了一个神话般的往昔时刻，在那里，时钟停止摆动。(《鲍勃迪伦：回顾》(Bob Dylan: A Retrospective)，克雷格·麦格雷戈 [Craig McGregor] 编，第 165 页。)

用词方式、他用所有这些词的方式美言几句。（为何吃惊？因为作为"一个1908年的初学者"，艾略特说过自己在创作方向上的选择："问题仍然是：从斯温伯恩那里出发，我们能走向何处？答案似乎是，无处可去。"[1]）艾略特对斯温伯恩的尊敬充满了困惑，但他没有失掉幽默感。无法想象有什么比艾略特的话更能表现迪伦在这首歌中施展的艺术了（这首歌无疑是他的，又与他的其他作品迥然不同），这种方式也招致了一些人的责难，不止一位。比如迈克尔·格雷，就认为这首歌是"一场失败"。

> 摄影镜头和取景：除了怅惘朦胧的碎片，它们还创造了别的什么吗？它们是否叠加成为任何形式的愿景，既然这首歌的整体表现力、它的长度和严肃性，都暗示它们应该如此？没有。迪伦在偷懒，对着我们的耳朵嘀咕废话（当然，相当有趣）。
>
> 唯一能整合起这些碎片的，只是副歌及标题的回旋这种机械性手段……最终，它绝不是一首完整的歌曲，只是琐碎的堆砌，只有靠一段空洞的副歌、一种规则的调子来勉强粘合，给出了一点有新意的幻觉。
>
> 最终，这首歌或许有点魅力，耍了点小聪明，这些东西被捆绑在一起，也会带来一点满足感，但它们始终缺乏统一性，无论是明确真实的主题还是有凝聚力的艺术法则。

在后来增加的一个脚注里，格雷试图化方为圆，试图自圆其说来规约他的读者：

> 当我现在阅读这则评价，只会感到尴尬，写它的时候我在充内行。相反（有点自相矛盾），很长时间以后，当我重听迪伦的录音，

---

[1] 《诗歌》(1946年9月)；重印时增加了后记，收于《埃兹拉·庞德》(*Ezra Pound*)，彼得·罗塞尔（Peter Russell）编（1950年）。

> 又重新找回所有曾经的炽热、真实的感受。多年来的感受痂壳剥落，我感到又再和最好的自己、和我的灵魂交流。无论歌词有什么缺点，录音本身，捕捉到了迪伦在表达强度上无与伦比的能力所达到的巅峰，如果可能有一部代表作，无疑是它。[1]

没人会妒忌格雷重又和他最好的自己、和他的灵魂交流，也没人想让他的感受重新结痂，但他的说法是一种不实之词：一首措辞拙劣的歌，却能通过演唱变成一首杰作。因为这二者的区别——文字所能与歌手所能——只能在一个很低的层次上显示作用。一首唱出的杰作，不仅需要相称的精湛技艺，还需要对演唱内容的把握。马修·阿诺德（Matthew Arnold）曾无可反驳地批评了世人对约瑟夫·艾迪生（Joseph Addison）的过誉：

> 若论艾迪生的风格，"它多变的节奏和微妙的闲适从未被超越过"，对我来说似乎言过其实。这形容柏拉图的风格还差不多。无论他对自己的时代的贡献如何，对现在的我们来说，艾迪生是一位思想的广度和力度都称不上有趣的作家；而且他的风格也无法匹敌柏拉图多变的节奏与微妙的闲适，因为如果没有思想的广度和力度，无论节奏感还是微妙感，任何风格技巧都会是无源之水。
>
> （《英语文学导读》）

同样，迪伦嗓音的无穷魅力，包括多变的节奏和微妙的闲适，若没有（比如说）思想的广度和力度，也根本无法显现——一首在写作上有"缺点"的歌，按照格雷的说法，不会有如此的品质——我不相信一次录音就能"捕捉到迪伦在表达强度上无与伦比的能力所达到的巅峰"，如果传递的内容只是"废话"和"碎片"，"只有靠一段空洞的副歌、一种规则的调子来勉强粘合，

---

[1] 《歌与舞者》第三辑，第155—158页。

给出了一点有新意的幻觉"。如果《满眼忧伤的低地女士》真的"不是一首完整的歌曲,只是琐碎的堆砌",那么它绝无可能是迪伦在表达强度上的巅峰之作,最多是一位天才演员的巅峰演出(或者,最多一个绝活)中一段措辞拙劣的台词。

这不仅仅关乎迪伦在那个时候如何演唱,无论时机多么精妙——

> 凭你的侧影,暮色映入双眼
> 月光润泳其间

——也关乎在他脑海、双眼、双耳之中,究竟何物在涌动,借助文字唤起的感觉与声音协振。

《满眼忧伤的低地女士》是一首杰作,但从格雷的角度看——作为一个文学批评家,他所接受的是利维斯博士那一套清晰又狭隘的观念——肯定会被诟病:"斯温伯恩式"。艾略特更清楚:

> 对他的种种谴责实际上也是对他的种种品质的表达。你也许会说"涣散",但这种涣散性是不可缺少的。假如斯温伯恩写得更浓缩,他的诗并不会变得更好,而只会成为另外一种诗。他的涣散是他的成功之一。《时间的胜利》似乎只用了很少的素材,但释放出来的词汇量却大得惊人。做到这一点所需要的除了天才外没有理由认为是任何别的东西。

> 他给予的不是形象、思想和音乐,而是暗示着所有三者的奇特的混合物。[1]

---

[1] 《斯温伯恩》(1920年);《诗选》(1932年,1951年版),第324页。(译文参考《现代教育和古典文学:艾略特文集·论文》,上海译文出版社,2012年,第70—72页。——译注)

> 生命不会停止尽管你甩掉它；
> 　　你必须活到罪恶被杀，
> 先知说，善人先死，
> 　　我们的痛苦夫人。

> 他说谎了吗？他笑了吗？他知道吗，
> 　　现在他躺在远处，喘不过气，
> 你的先知，你的传道人，你的诗人，
> 　　罪恶的孩子死于乱伦？

> 满眼忧伤的低地女士
> 在彼处，满眼忧伤的先知说：并无人到此
> 我仓库的眼，我的阿拉伯鼓
> 是否都该留在你门口？
> 还是，满眼忧伤的女士，我该继续守候？

这首歌中的种种，暂不论应该放置于何处，都可以从储藏了《冷酷的妖女》唤起的所有这些形象的仓库中找到——无论出自斯温伯恩，还是出自济慈：

> 我梦见国王，王子，武士
> 　　的脸色全是死白
> 他们叫道：冷酷的妖女，
> 　　已经把你也抓来！[1]

配上一种迷人和诱惑的调子。

---

[1] 译文引自《济慈诗选》，屠岸译，人民文学出版社，1997年，第191页。——译注

济慈没说"苍白的国王"君临哪里。迪伦却说了:"推罗的列王"。为什么指向此城?首先要把歌中陷入忘忘之舞的"满眼忧伤的先知"与"满眼忧伤的低地女士"关联起来,这个问题才能被回答。

> 耶和华的话临到我说:"人子啊,你要说预言攻击以色列中说预言的先知。"
>
> (《以西结书》13:1)

《满眼忧伤的低地女士》是反对先知预言的预言。以西结为眼前的所见感到悲伤:

> 我不使义人伤心,你们却以谎话使他伤心,又坚固恶人的手……你们就不再见虚假的异象。
>
> (《以西结书》13:22)

以西结满眼忧伤,被禁止哭泣以后更是这样:

> 耶和华的话又临到我说:"人子啊,我要将你眼目所喜爱的忽然取去,你却不可悲哀哭泣,也不可流泪。"
>
> (《以西结书》24:15-16)

为一首哀痛有节的诗所感动,托马斯·卡莱尔(Thomas Carlyle)这样评价丁尼生的《尤利西斯》(*Ulysses*):"这些诗句没有让我哭泣,但在我阅读时,心中的泪水足以装满整只泪瓶。"[1] 泪瓶,是一种用来装泪水的器皿,考古学家

---

1 哈勒姆·丁尼生(Hallam Tennyson),《阿尔弗雷德·丁尼生:回忆录》(*Alfred Lord Tennyson: A Memoir*, 1897),第一卷,第214页。

以此来称呼在古罗马坟墓中发现的由玻璃、雪花石膏等做成的小瓶(《牛津英语词典》)。"噢,他们有谁,竟以为能葬了你?"

"在彼处,满眼忧伤的先知说:并无人到此":短句"无人"(no man)在《以西结书》中不止一次出现,并且附近有一扇门。《以西结书》44:2:"这门必须关闭,不可敞开,谁也不可由其中进入"。(还有这段,14:15:"人都不得经过"。)"无人"在《圣经》中一再地出现。《以赛亚书》24:10-12:"荒凉的城拆毁了,各家关门闭户,使人都不得进去。在街上因酒有悲叹的声音,一切喜乐变为昏暗,地上的欢乐归于无有。城中只有荒凉,城门拆毁净尽。"以赛亚是另一位敲响"无人"这个词的先知。在《鲍勃·迪伦诗歌集:1962—1985》的刊印中,副歌一直是"满眼忧伤的先知说"(the sad-eyed prophet says);而在演唱中,迪伦将其改成了"满眼忧伤的先知们说"(the sad-eyed prophets say)。

"先知以赛亚和以西结和我一起进餐,"威廉·布莱克(William Blake)写道,直截了当,"我问他们怎敢直言不讳地坚持上帝告诉他们的一切;当时他们曾否想到他们会受到误解,从而成为欺诈的根源。"[1](《天国与地狱的婚姻》)

"耶和华的话临到我说:'人子啊,你为推罗王作起哀歌。'"(《以西结书》28:12)在《以西结书》第26章,推罗王的骄傲被贬低,因为推罗将要被安置"在地的深处"(26:20),低地。一位万王之王"进入你的城门"(26:10)。并且这座城的音乐将陨灭。"我必使你唱歌的声音止息,人也不再听见你弹琴的声音"(26:13)。

> 满眼忧伤的低地女士
> 在彼处,满眼忧伤的先知说:并无人到此
> 我仓库的眼,我的阿拉伯鼓

---

[1] 译文引自《布莱克诗集》,张炽恒译,上海三联书店,1999年,第192页。——译注

是否都该留在你门口？

还是，满眼忧伤的低地女士，我该继续守候？

——然后，几乎不用等待：

推罗的列王带着罪人的清单

排队等候天竺葵那一吻

我该等待吗？这时我们只等了一会儿（两行之后）就听到他们在排队等候，"推罗的列王带着罪人的清单"——推罗，推罗城，被上帝判为有罪（罪人：被认定有罪或宣判有罪，如"永远被诅咒的罪犯"）。[1]

犯了什么罪？不仅是贪婪还有导致他人的贪恋，满足有贪欲之人并从他人的贪欲中获利。"凭你的口袋，如今妥善收起"：很高兴听到这个，但他们的口袋也需要保护。

所犯之罪，如今被称为炫耀性消费或消费主义，一种被快速满足的贪婪，以为能游离开"消费"这个可怕的古老动词，《以西结书》全篇都在猛烈抨击这个动词。

这样一种商品之罪，为变化的财富鼓舞。推罗"是众民的商埠，你的交易通到许多的海岛"（27:3），在推罗的世界贸易盛会这一章内，就有用示尼珥的松树做的船板，用黎巴嫩的香柏树做的桅杆，用巴珊的橡树做的桨，基提象牙做的坐板，从埃及来的细麻布做的篷帆。（阿拉伯鼓在哪儿？）这里交易银、铁、锡、铅和黄铜，象牙和乌木，绿宝石、细麻布、珊瑚、玛瑙，蜜、油、乳香，酒和羊毛，亮铁、桂皮、菖蒲，高贵的毯子，羊羔、公绵羊和公山羊，所有的香料，所有的宝石和金子，包在绣花蓝色包袱里的货物，

---

[1] 《牛津英语词典》，1b，廷德尔版《新约》，1525 年。（威廉·廷德尔 [William Tyndale, 1494?-1536]，16 世纪著名的基督教学者和宗教改革先驱，被认为是第一位清教徒，英国宗教改革家和《圣经》译者。——译注）

装在箱子里的华丽的衣服。[1]（华丽的衣服，高贵的毯子，蓝色包袱，比我们的现代世界更胜一筹，以及"你地窖的衣裳"。）《以西结书》这一章中反复出现的颂词，隐含祸患的颂词，是"作你的客商"（were thy merchants）。所有这一切，有一种意犹未尽的感觉。凭你（with your），凭你（with your），还有凭你（with your）。

《以西结书》的这些章节，以一种炫目的繁复来模拟其设定的奢靡，对城中"商品"和"客商"惊叹不已。在推罗，"因你多有各类的财物，就作你的客商，拿银、铁、锡、铅兑换你的货物"（27:12）。但等等，还有一种力量能比推罗的列王更持久——上帝，他通过他的先知以西结发声，说厄运将至："人必以你的财宝为掳物，以你的货财为掠物"（26:12）。先知告诉推罗王子，传达了警告（是否该留在你门口？）以对抗贪婪还有与之达成契约、如影随形的罪——骄傲：

> 你靠自己的智慧聪明得了金银财宝，收入库中。你靠自己的大智慧和贸易增添资财，又因资财心里高傲。所以主耶和华如此说：因你居心自比神，我必使外邦人，就是列国中的强暴人临到你这里。（28:4-7）

这些财富依靠你的智慧、你的理智获得，而智慧和理智却忘记了上帝，由此也迎来了它们自己的愚蠢和毁灭。

除了是一个骄傲自大的仓库，推罗还能是什么？它有各种货物。在推罗，"因你的工作很多，就作你的客商"（27:16），这个铺张的说法，在两节后重复，仿佛这本身就是一种炫耀性奢侈消费。这些货物，以及你所做的各种各样商品：除了深深看进我的双眼，又能到哪去看尽，"我仓库的眼"？仓库（warehouse）的眼，更糟糕的是，会变成妓院（whorehouse）的眼。"你

---

[1] 这一整段列举的货物都出现在《以西结书》第27章。——译注

在一切市口上建造高台,使你的美貌变为可憎的,又与一切过路的多行淫乱(whoredoms)"(《以西结书》16:25)。

> 我仓库的眼,我的阿拉伯鼓
> 是否都该留在你门口?

我能明白某些人如何能把他的鼓留在你门口,我也能通过鼓膜上仓皇、异样的鼓声感觉到节拍从"眼"到"鼓"搏动。[1]但是他的双眼呢?不去管他是否该把它们留在你门口,他如何做到?身体部位和包裹的形象都在这超现实的一瞥中。

如果我们试着去理解"我仓库的眼"这一表述,它也许不仅是一个谜语,还是一种神秘,我们会问自己,在什么样的语言情境中,能在名词"眼"之前再加上一个名词(而不是一个形容词)。比如,也许这个名词,能带来一种被填满的空间感,某种与房子有关的东西。

啊,我猜我知道他凝视"满眼忧伤的女士"的双眼是什么样的了,正如她那双为以西结所说的"眼目所喜爱的"所燃亮的双眼:他含情的眼(bedroom eyes)。参见《牛津英语词典》,3b,引自 W. H. 奥登(1947),"含情看向牛排",还有"意大利人是双眼含情的小白脸"(1959),以及"乔治的太太双眼含情"(1967)。

比起智者所带来的礼物——或者他们被给予的礼物,这首歌与那些不安中收获的感激更加紧密相关。如果有一种恳请,比快乐的眼睛(the glad eye)更令人向往,那便是这位女士给他的:忧伤的眼睛。至于他:

> 我仓库的眼,我的阿拉伯鼓

---

[1] 安德鲁·马维尔《一个灵魂与身体的对话》(*A Dialogue Between the Sould and the Body*)中那个完全不像鬼魂的灵魂,抱怨肉体的感官以及它们如何挫败它,可怜的灵魂:"这里瞎了一只眼睛;还有那里/聋了一只听不见鼓声的耳朵/一个灵魂好像是,被锁在/神经、动脉和静脉的枷锁里"。

是否都该留在你门口?

还是,满眼忧伤的低地女士,我该继续守候

你认为他只是个跑腿男孩,来满足你徘徊的欲望。

暴 食

《冰岛自然史》(*The Natural History of Iceland*, 1758) 被认为是简洁的象征。

第 LXXII 章
关于蛇

走遍全岛也不会遇到任何一种蛇。

像许多名声不佳的东西一样,这一章的坏名声是"不公正",丹麦旅行家尼尔斯·赫瑞鲍(Niels Horrebow)对这一关于冰岛的错误记录并未予以丝毫驳斥,英语译者的翻译也简单随性(难道历史著作可以如此轻率)。[1]

迪伦的罪之想象
第 XYZ 章
关于暴食

听遍迪伦岛(Dyland)也不会听到任何一首关于暴食的歌。[2]

一个拉丁谚语,可能有点自以为是,说柏拉图是我的朋友,苏格拉底也

---

[1] 参见博斯维尔(Boswell)《约翰逊的一生》(*Life of Johnson*), G. 伯克贝克·希尔(G. Birkbeck Hill)编, L. F. 鲍威尔(L. F. Powell)再版,第三卷,第 279 页及注释,1778 年 4 月 13 日。
[2] 《人类命名了所有动物》中,蛇被看见,但没有被听见("蛇"这个词在歌中没有被唱出)。

是我的朋友，但真理是我最好的朋友。确实，罪有时是我低级的伙伴，而我这本书的写作计划是我的朋友（不是吗？），但迪伦的歌中唱到或隐含的真理，才应是我最好的朋友。在迪伦的歌中，有关暴食的核心之义，在于你原以为的极度挥霍其实是极度的匮乏。简单来说（即便成因从来不单纯），暴食不是一种吸引他（及他的艺术）或让他反感的罪。请让我先澄清一下。噢，我神圣的写作计划——罪、美德、及神恩——也许有点煎熬，但想想煎熬也值得，批评的诚挚一定会提升我的大名。

也就是说，坚持认为"不会听到任何一首关于暴食的歌"可能有所误解。比如，是不是有些歌出于需要也间或涉及暴食？谈论的与其说是暴食，不如说是某种感官上的丰盈，就好像暴食之感传到血脉之间，那是一种精神饱满的欲望，是雀跃的肉身，而绝非养尊处优一身颤悠悠的肥满。

来听下《百万美元狂欢》吧。

> 哦，那傻大个金发女人
> 方向盘卡在乳沟间
> "乌龟"，他们的朋友
> 支票全是假的
> 脸上堆满肉
> 钞票上沾着他的奶酪
> 他们全都将抵达
> 那百万美元狂欢
> 噢，宝贝，噢嘿
> 噢，宝贝，噢嘿
> 那可是百万美元狂欢

《鲍勃迪伦诗歌集：1962—1985》中印的是"她的车轮在峡谷里"（With her wheel in the gorge），但他唱成了"方向盘卡在乳沟间"（With her wheel gorged）。狼吞虎咽（gorging）或血脉偾张（engorging），都会带来到巨大快感，需要的不仅是一个好胃口，还是一个比别人更好的胃口，那块奶酪不是切达奶酪，也离"切德峡谷"（Cheddar Gorge）很远。搅拌着，渴望着。"来吧，甜奶油/别忘拍照"。"我拿起了马铃薯/拿去捣成泥"。但要记住，一顿宴饮直截了当，这首歌中少年饥渴的感觉出于天性，这些喷溅的攻击、隐语、流言、骚乱、性方面的来来去去和反反复复。"噢，宝贝，噢嘿"。正是如此。但暴食？不尽然。

就像《乡村水果派》。

> 就像吹萨克斯风的老乔
> 当他灌下了一桶酒
> 天啊，我的妈呀
> 我爱乡村水果派

迪伦从不会将一种狂喜的呼号与另一种混淆，"天啊，我的妈呀"和"噢，宝贝，噢嘿"大不相同。当然，它们相互重叠。

> 听那个小提琴手拉着琴
> 一拉就拉到大天亮
> 天啊，我的妈呀
> 我爱乡村水果派

暴食？胡说八道。丰饶的果实琳琅满目，还有歌词，它们高兴被含在嘴里，也许水嫩多汁。

> 红莓草莓黄柠檬绿柠檬
> 我又在乎啥？

蓝莓苹果樱桃南瓜李子

叫我吃晚餐，蜜糖，我就来

"看到你过来泼我一身果汁"（《鸡零狗碎》）。可"我又在乎啥？"歌中唱的名副其实，其中最可口的词是"蜜糖"。"给我的大白鹅备好鞍"，别瓜分她。随着歌手和大白鹅在这首农家舞曲中放松下来，荷兰风味的现实主义提醒我们注意这些声嘶力竭的兴奋之后会发生什么，某时某人要呕吐的可能性确也随之抛出：

> Give to me my country pie
> 给我一个乡村水果派
> I won't throw it up in anybody's face
> 我不会吐在别人脸上

这句歌词让"呕吐"（throw up）不知不觉陷入"扔在别人脸上"（throw it in anybody's face），同时两句之间搭上了一根小小的黄铜铰链，第一句的最后一个词"派"（pie）立刻变成了下一句的第一个词"我"（I），听起来像"醉眼蒙眬"（Pie-eyed）？

> 那棵老桃树给我摇一摇
> 小杰克·霍纳[1]也奈何不了我
> 天啊，我的妈呀
> 我爱乡村水果派

小杰克·霍纳

---

[1] 杰克·霍纳在英文中有自负自满的小孩之意。——译注

坐在墙旮旯，

吃着圣诞派；

他吮着大拇指，

拔出个李子，

他说，

我真是个好孩子！

小杰克·霍纳，呕，把他的大拇指放进嘴里，然后拔出蓝莓、苹果、樱桃、南瓜还有李子。你无法打败圣诞派。（噢，是的你能。你会喜欢乡村水果派。）一处突然的裸露（"小杰克·霍纳什么都没穿"["Little Jack Horner's got nothin' on!"]）！）但是，不，他没抓到我什么把柄（'s got nothin' on me）（你这个思想肮脏的家伙）。"他说，我真是个好孩子！"不，他说"天啊，我的妈啊"。

和《百万美元狂欢》一样，要了解这首歌，你需要一个知心伴侣——《兰登书屋美国俚语历史词典》。任何一个思维正常的人，都不难能听出《乡村水果派》里的那些词语所闪现的性暗示，某人对此更是了然于心——请站出来，托马斯·鲍德勒博士（Dr. Thomas Bowdler）——他为英语贡献了一个动词"Bowdlerize"（删洁），意即删除有伤风化的部分，让人想起1818年出版的莎士比亚作品，"其中略去了无法在家庭中正常大声朗读的不雅词语和表达"。至于乡村水果派本身：当哈姆雷特对奥菲莉娅意味深长地说（在她的机会之窗下），他为鲍德勒博士提供了一个删洁的机会："您以为我在转着下流的念头吗？"[1]

要驾驭这些狂放的能量，"地下室"是陈设这些录音带的正确地点。[2] 粗

---

1 译文引自《莎士比亚全集》第九卷，朱生豪译，吴兴华校，人民文学出版社，1978年，第71页。——译注

2 《鸡零狗碎》《百万美元狂欢》《去阿卡普尔科》《看哪！》《小苹果树》《求你啦，亨利太太》《是啊！很重而且还有一瓶面包》《小蒙哥马利》。

野情色的世界变得鲜活,好吧,只有一位道学先生——就像鲍德勒博士——无法感受到精神的振奋,面对喧嚣和芜杂,甚至有些面红耳赤。

> 哦,我喝了两扎啤酒
>
> 准备好被扫出去
>
> 求你啦,亨利太太你能不能
>
> 把我领进我的屋?
>
> 我是个好小伙儿
>
> 但是我吸了太多药
>
> 跟太多人说话
>
> 灌了太多黄汤
>
> 求你啦,亨利太太,亨利太太,求求你!
>
> 求你啦,亨利太太,亨利太太,求求你!
>
> 我现在跪下啦
>
> 我一个子儿都没啦

这个年轻人说话显然带了鬼鬼祟祟的快感,粗俗,却不是贪婪,对贪婪不求也不贬。虽然已经失控,却还在挣扎自控,酒后吐出的真言颠三倒四又五味杂陈:晦涩难懂,咄咄逼人("现在,别推我女士"),脆弱感伤("我是个好小伙儿"),妥协让步("我吸了太多药"),怒火中烧却有诡异的自知之明("再过不多会儿我就要疯了"——是气疯了还是真疯了?),还有濒临失控的镇定("但人们都知道我是个冷静的人")。"我的凳子就要吱吱嘎响",这样的粗鲁无礼,反衬了标题"求你啦,亨利太太"的拘谨有礼。

《求你啦,亨利太太》的最后一节,他恰到好处地恳求:"我能做的不过就是这些"。同样,说到迪伦与"暴食",我能说的不过就是这些。他其实做了很多,以某种方式,但不是直接地,让暴食成为一首歌的主题、主旨或主线。事实上,你将会发现在这个尘世上——极有可能——暴食在到处干着它的脏活。

> 哦，上帝在他的天堂里
> 我们都想要他的东西
> 但权力、贪欲和腐败的种子
> 才是我们这里的全部

《盲歌手威利·麦克泰尔》唱的是与盲目有关的暴食。在《工会日落西山》里，暴食则出现在你视线里：

> 这主意真好
> 直到贪婪挡道

懒 惰

如果某种特定的罪——譬如,懒惰("懒惰",这个词太过久远,已不再常用)——与你无关,祝贺你。但这对你可能没什么好处。也许你自认义人,对此有信心。(没有义人,对,一个也没有。)人类,太过有人性的人类,早已习惯于

> 若心有所属则文饰之
> 若己所不欲则咒诅之[1]

对于艺术家、幻想家来说,这种"不被诱惑"的状态也许福祸相倚。因为诱惑是想象力的一种深刻源泉。深入对一种罪的想象却丝毫不为所动,这是否可能?最伟大的艺术家向来是那些汲取诱惑全部力量的人,他们也知道自己——不仅是我们或你们——在追求什么,抗拒什么。因此在某种情况下,艺术家正是那些堕落者也不足为奇。比如,对于傲慢、势利有最深体知的作家,往往在这方面也不能免俗:亨利·詹姆斯、马塞尔·普鲁斯特、T. S.艾略特、斯科特·菲茨杰拉德、艾薇·康普顿-伯内特(Ivy Compton-Burnett)……的确,他们说的不一定全对,但他们有切身的体知。

七宗罪中的某几宗,相比于其他的罪,和迪伦的关联更密切、也更有助益,因为他完全知道自己的软肋在哪。迁就一些事情,总比消极对待或藐视它们要好。坦然接受这一点,才能成就不卑不亢的艺术。

说起愤怒和骄傲之罪,能想到迪伦的很多作品。但要在迪伦的歌中找一

---

[1] 塞缪尔·巴特勒,《休迪布拉斯》(*Hudibras*),既然你问了。

首关于或涉及"懒惰"——这一要克服的罪,你会颇费一番周折。愤怒,常见;慵懒(懒惰的表亲),罕有。

"力是永恒的欢乐"。听一听诗人的话,威廉·布莱克,他是迪伦一向热爱的诗人。迪伦也是热情的化身。力是行动。在罗热的《同义词词典》中,"懒惰"被归入"不活跃"(Inactivity)一类。可迪伦精力如此旺盛,懒惰是否——能否——在他的作品中有一席之地?我们可能要费很大劲儿,才能想象迪伦会有如下的状态:懒惰(lazy)、懒散(slothful)、空闲(idle)、懈怠(slack)、呆滞(inert)、迟缓(sluggish)、倦怠(languid)或者昏沉(lethargic)(从《同义词词典》中顺手罗列)。懒惰的反义词是什么?随手翻开《旧约·箴言》,就会看到"勤劳"(Diligent)(迪伦对此了如指掌)。哦哦哦哦,这些迪伦式的絮叨。它如此优雅,如此聪慧,如此"迪迪不休",又一丝不苟。

可是,作为浪漫主义的继承人(以布莱克和济慈为开端),迪伦确实会有兴趣去深入想象看似懒惰的心境或状态,它们笑容可掬,让我们觉得应该为其美言几句。懒惰是坏的,但"明智的被动"(华兹华斯)是很多好事的前提,包括冥想艺术的创造和接受。懒惰是坏的,但闲适也许是一种从从容容的雍容,不该被误会,或被误认与"懒惰"一样。在英式英语中,"愉悦"(pleasure)和"闲暇"(leisure)押韵,很是舒服,但有可能耽于自我陶醉;在美式英语中,"夺取"(seizure)和"损害"(lesion)结合成为"闲暇"(leisure),让人不安,但可能有病态的危险。并且我们同样对"懒惰"(sloth)的发音有分别。美式的发音,有一个短促的 o(懒散的、稀泥般的,这个"懒惰",正是为了那种连发一个长 o 的力气都没有的懒汉准备的),这与英式英语的长 o 的感觉不同,后者将一种缓慢之感注入"懒惰"之中。[1]"蓝色的河水慢吞吞地流淌"。[2] 懒惰拖着它的小尾巴。

---

[1] 西奥多·罗特克(Theodore Roethke)朗读他的作品《懒惰》(1972)时,对 o 发长音还是短音犹豫不决。

[2] 参见《你走了会使我寂寞》。——译注

还有一个勾连旧日好时光、摇曳如吊床的词:"慵懒"(indolence)。比起他人,济慈更有兴致知道该怎样使用这个词,他对"慵懒"的评价甚高,还有一首颂诗写给它,写给"无忧无虑的云彩在慵懒的夏日"(The blissful cloud of summer-indolence),如此放松,写诗似乎毫不费力。然而,诗歌到底是不是只是一种放松?

呵诗歌!——不,她没有欢乐,至少
　　对于我,不如午时甜甜的睡眠,
不如黄昏时惬意的懒散游荡。[1]

(《怠惰颂》)

真正的艺术有一个特征,那就是愿意承认那些艺术的感觉,那些被视之为真、但会消逝的感觉。

威廉·燕卜荪曾在一首诗中援引《天路历程》(*The Pilgrim's Progress*):

好害怕跨过那条唱歌的河

虽然没人知道她在唱什么。
通常一个人
有了班杨的勇气,才会尊重恐惧

(《勇气即奔跑》)

通常一个人有了济慈的活力,才会尊重慵懒。或是有了迪伦的能力,才能跨过河流歌唱。("亲爱的我会带你渡过大河 / 你没有必要在这里耽搁":《月

---

[1] 译文引自《英国历代诗歌选》上卷,屠岸编译,译林出版社,2007年,第533—534页。——译注

光》。)没必要在这里耽搁?哦,别说需要不需要,也许正因没必要去做某事,才使得事情显得如此迷人、无用又无忌,如此让人漫不经心。迪伦能够坐在河边,同时从未忘记事情有时需要重新启动。他不是不理睬,只是坐在一边:

> 希望我回到了城市
> 而不是在这老旧的沙堤
> 阳光直射在烟囱顶上
> 我所爱的人近在咫尺
> 假如我有翅膀,可以飞翔
> 我知道自己要去哪里
> 但此刻,我就坐在这里,心满意足
> 望着河水流淌

(《望着河水流淌》)

让这首歌在演唱中呈现不同生命状态的,是一种不可预期的逆流与对流。单从歌词本身,你可能永远不能猜到乐句划分与编排会如此决意起伏,如此湍急不安。这首歌一开始就是暴躁的节拍,甚至在迪伦"撞击"歌词之前——他要做的是"撞击"它们,不是抚慰这些词,也不是浅斟低唱或随波逐流。第三节和最后一节的开头都是"人们意见纷纭"——"人们在关于一切的一切上都意见纷纭,是的""所见之处人们意见纷纭"——但另一方面,这首歌本身又与它所唱的意思有着惊人的不同。它在节奏上和嗓音上的粗粝,毫无悦耳的流畅。更像是穿过几段激流。真的,就立在那儿,因为它立得住。《望着河水流淌》这首歌的演唱,不是你所熟悉的那种随着旋律的歌吟。"亲爱的泰晤士河,你轻柔地流,直到我唱完我的歌":这是十足的斯宾塞的流利调子,当T. S. 艾略特将这一行诗重组到自己的诗中,他并没照单全收。在《荒原》同一章节的后文中,他的河流成了一位老人,他回到城市,挥洒汗水，辛苦谋生。

> 泰晤士河泛起
> 油污和沥青
> 河上画舫随着潮流变换
> 而各自飘动[1]

(《荒原》)

《望着河水流淌》沾染的现实主义油渍，让懒散的诱惑有了复杂的质感，尽管歌词之中还尚存一点希望：可能的话，还是放松点，拜托。因为，无论激烈的音乐要表达什么，安静的歌词仍应该被倾听。是的，要各自独立，但，又互相依赖，要在音与义之间保持一种交错平衡。

> 此刻，我就坐在这里，心满意足
> 望着河水流淌。

此刻正是要这样，年轻的迪伦坐在老人河边（"但这条古老的河翻流不息"。）不要匆忙。世事有定时，何不稍后再做——你可以长日欢愉，至少现在，静悄悄想象（至少这样）你可以像一条河流一样满足地喃喃自语。直至无怨无悔。

> 望着河水流淌
> 望着河水流淌
> 望着河水流淌
> 但我要在这沙堤上坐下来

---

[1] 译文引自《荒原：艾略特诗文集·诗歌》，汤永宽译，上海译文出版社，20012年6月，第94页。——译注

望着河水流淌

好的懒惰，或者说一种有品质的、能体知生命之真实感觉的慵懒，最好只是一种情绪，某种不会固化为习性与癖好的东西。这样说来，一曲《宝贝，我想你》也传递出"想你"与"空想"这两种心绪之间的联系：

　　有时候我情绪来了，我什么事也不想做
　　不过还有，不过还有，我说哦，我说哦，我说
　　哦宝贝，我想你

（《宝贝，我想你》）

在《鲍勃迪伦诗歌集：1962—1985》中，这首歌中有十八行歌词以"有时候我情绪来了"开始，但这一句，"有时候我情绪来了，我什么事也不想做"，是唯一被重复的一句。这很聪明。"我什么事也不想做"——除了可能在不久后再唱一遍这一句。而《放映机》中的版本却并非如此，其中只有四节（再加上结尾的一段精心编排的副歌），歌词与顺序都有所不同，但我得说有非常出色的一击："有时候我情绪来了，我要放弃我所有的罪。"这首歌洋溢的纯真活力，告诫我们要郑重对待这些情绪。没错，没多少懒惰可放弃，尽管"有时候我情绪来了，我什么事也不想做"。

不可否认，这是一首打心眼里轻快的歌，这与A. E. 豪斯曼（A. E. Housman）曾想象（或感觉）的"什么事也不想做"的放松状态，也构成鲜明的对照。1930年的节礼日[1]，豪斯曼写了一封特别的信：

　　在昨夜的盛宴和今晚的宴会之间，我安坐下来向你和你的妻子、家人致谢，感谢你们的圣诞节问候，并祝你们阖府新年快乐。

1　节礼日是圣诞节后的第一个工作日。——译注

卢瑟福的女儿,嫁给了另外一位三一学院的同侪,她在一两天前突然离世;一位已经瘫痪的希腊语名誉教授的妻子,用一把剃刀割开了自己的喉咙,这把剃刀本是买来送给她女婿的;我还有一位兄弟以及一位姐夫重病在身、生命垂危;简而言之,天命已在这一季的节日中显现。还有一个让人高兴的消息,我刚出版了自己要写的最后一本书,现在我将永远、永远不再工作。这是我很严肃的作品之一,所以你也不会读它。[1]

豪斯曼的信,有一种坚韧的悲伤。玩笑式的表达,看似充满闲情,却并非对一切都太过闲适。"懒散"这个词——这里唯一的日常用语——意味着态度轻蔑,得来全不费功夫,失去也在弹指之间。(至于罪?"我说,'噢得了吧'"。)

> Flowers on the hillside, blooming crazy
> 野花在山边疯狂地开放
> Crickets talkin' back and forth in rhyme
> 蟋蟀们反复而单调地吟唱
> Blue river running slow and lazy
> 蓝色的河水慢吞吞地流淌
> I could stay with you forever
> 我可以永远陪伴你
> And never realize the time
> 而忘记时光

(《你走了会使我寂寞》)

---

[1] 致佩尔西·威瑟斯(Percy Withers);《A. E. 豪斯曼书信集》(*The Letters of A. E. Housman*),亨利·马斯(Henry Maas)编,1971年,第306—307页。

"慢吞吞地流淌"："慢吞吞"（slow）同时是形容词和副词，这很好（《牛津英语词典》对这类事很较真），这意味着"慢吞吞"吻合语法同时又能与形容词"懒惰"（lazy）为伴。这本身并不懒惰，因为"疯狂"（crazy）到"懒惰"（lazy），尽由散漫之感顺势流注。有许多事悄悄地发生：韵自身的唤起,[1] 蟋蟀挥动细足、展振翅翼（大自然不息惰，不懒散）；与之对照的是"慢吞吞地流淌"（究竟还可以流得多慢以至不再流淌？）；当"懒惰"（lazy）往后三个词又遇上了"陪伴"（stay with），这本身又是半谐音的一种持续。懒惰，被小心翼翼地接纳又转换：亲爱的，你不会认为我就是那个懒汉，懒惰的，是河流。"忘记时光"？但总要带着分明具有欺骗性的轻松感知艺术。

《温特露德》是一首同样闲适的歌，如在冰场上溜着华尔兹，但它也不是自私的，因为这首歌在悠然地予人闲适，而非仅仅享受。"我的小雏菊"（My little daisy）毫不费力就与"温特露德，让我慵懒"（Winterlude, it's makin' me lazy）押韵，而整首歌都在玩的一个游戏——将"冬天"（winter）缩入"插曲"（interlude）——调动起我们对这种合成的复杂感受。这种词的合成，是刘易斯·卡罗尔的拿手好戏："'slithy'的意思是'轻盈（lithe）又黏滑（slimy）'……你看，这就像一种合成——一个词里有两层意思。"[2] 一方面（刚性面），你也许会将一个词化入另外一个，因为你很忙，正为了商旅收拾行装，行色匆匆压力重重，无暇完整领略两个词，从经济学的角度考虑要尽量省事（联邦快递公司的全称太长，因此简称 FedEx）……或者，另一面（柔性面），你也可以持截然相反的态度，从容散漫地把一个词滑入另一个词，不明白为啥要费劲地又说"冬天"又说"插曲"，既然这两个词的拼写有部分重叠，让一个词坐在另一个词的大腿上，歇一会儿，不好吗？

无论哪种方式，迪伦知道怎么勤快地唤起一种慵懒之感——这是我们现在更喜欢看待懒惰的方式，让它变得更轻盈，不那么呆板：

---

[1] 关于用"押韵"押韵，见《歌、诗、韵》一章。关于"lazy"和"crazy"押韵的紧张摩擦音，一直不放松，见《猜手手公子》。

[2] 《爱丽丝镜中奇遇记》（*Through the Looking Glass*），第六章。

- And yer train engine fire needs a new spark to catch it
  你的火车引擎需要新的火花点着它
  And the wood's easy findin' but yer lazy to fetch it
  木头很容易找到可你懒得去取它

  (《对伍迪·格思里的最后思考》)

信手拈来，点着它 / 取它（catch it/fetch it）之间的尾韵；哪怕他不能鼓起勇气"取它"，你也可以"点着它"。"木头很容易找到"——真的，这说不过去——"可你懒得去取它"。两种表达方式，合而为一：你不愿意去取它 / 你懒得去取它。我们能听出来，努力的付出越来越少，直至最少。"But you are too lazy to fetch it"减至"But you're too lazy to fetch it"。更进一步，不仅"you're"减至"yer"，而且"too lazy"也简化为"lazy"。现在连"too"都不想费力说，因为我马上就要说"to"了。句子就成了"可你懒去取它"（But yer lazy to fetch it）。

《所有疲惫的马》

认为像迪伦这样不安分的人，也会耽溺于济慈所说的"慵懒的夏日"（summer-indolence），这个想法有点搞笑。在《自画像》的第一首歌《所有疲惫的马》中，尽管空气又厚又重，空气中却洋溢着这种喜感。想撂挑子不干，乐得以炎热为借口（热浪甚至波及了动物，你懂的），这个愿望也会使你带着轻微的负罪感承认，你的确有责任要做这做那。这首歌有两行歌词，伴随着一两行冥想似的哼鸣（hmm）之音：

All the tired horses in the sun
阳光下所有疲惫的马

How'm I s'posed to get any ridin' done

我要怎样才能骑着它

Hmm

嗯 [1]

——更确切的是：

hmmmmmmmm hmmmm hmm hmm-hmm

嗯嗯嗯嗯嗯嗯嗯嗯 嗯嗯嗯嗯嗯 嗯嗯嗯嗯 嗯嗯嗯－嗯

这个过程从沉默中渐起，又渐渐消失回归沉默，你能听到十四遍。仅此而已。噢不，它的编曲发生了改变，自命不凡地卖弄花样，但没有什么实质改变，就像一个人换了姿势想舒服一点可怎么样也不舒服。

迪伦，他相信歌里的每一个字，却一个字儿也没唱。他厚着脸皮，将歌留给了伴唱者——只不过他的主声完全缺席，称她们为伴唱毫无道理。迪伦并没有完全退隐或退出，但他退却了——在这张名为《自画像》的专辑的第一首歌中退却。我们需要的迪伦的那个自我现在何处？其实不需要它。这首歌没了他也一样美妙，谢谢你。一张好的自画像，也许要始于**自我的放逐**。某种意义上来说。或者说，如果你认为这么说太堂皇，那可以说那个男人还在度假——还没为一首歌的开头赶回来，为这一天不是纯粹假日，这首歌在温柔诅咒。

然而，迪伦的退却不会太久：接下去的两首歌，《阿尔伯塔》和《我忘记的比你知道的还要多》，迪伦写了部分歌词（像他暗示过的），尽管没有那

---

[1] 《鲍勃·迪伦诗歌集：1962—1985》（1985）中未收录，但收于《鲍勃·迪伦的歌：1966—1975》（1976），乐谱。《自画像》的歌本结尾写着"重复六次后渐弱"。女声演唱远多于六次。

么多，因为《阿尔伯塔》由一首老歌稍加改编而成。[1]他写了一部分歌词，也唱了一部分，加上平静女声的伴唱。此后，他亲自上场，演唱了《'49年的日子》。在这张专辑里中，女声们不会再觉得没有领唱了。我们的男主角将不会一直这样心平气和地懒散下去。

《所有疲惫的马》非常平和松弛，平铺直叙地哼唱，其他方面也如此。虽然在专辑中被归为迪伦的创作，但它仍未被收录《鲍勃·迪伦诗歌集：1962—1985》。不能被打扰的人，是不是更懒惰的人？

然而，鉴于闲适也可理解为一种创造性的懒惰，这首歌也会竖起耳朵，倾听巧合，或者说无论如何，不去讨厌我们好奇（绝不沉重的）于一两个可能的巧合。比如，"疲惫"这个词，它恰巧是《食莲人》（"The Lotos-eaters"）中一种倦怠之乐感的关键：

> Music that gentlier on the spirit lies,
> 这音乐轻柔地盖住心灵，
> Than tir'd eyelids upon tir'd eyes.
> 赛过疲倦的眼皮盖住疲倦的眼睛。[2]

关于"tir'd"的发音方式，丁尼生说："要让这个词既不是单音词，也不是双音词，而是两者睡眼惺忪的孩子。"[3]在《食莲人》中，这种睡眼惺忪形成于"合唱曲"的内部，且歌曲总有一种在阳光之下憩息无所事事之感。迪伦，

---

[1] 罗杰·福特（Roger Ford）向我指出，在《自画像》的歌本中，歌曲创作的清单比黑胶上列得更细化。《阿尔伯塔一号》：鲍勃·迪伦旋律改编并编曲。《'49年的日子》：鲍勃·迪伦旋律改编并新谱曲。《所有疲惫的马》：鲍勃·迪伦作词作曲。我还从罗杰·福特那里了解到，多诺万，迪伦的模仿者，（三年前）写下并记录了《阳光下的作者》，其中写道："我坐在这里，这位退隐的作家在阳光下"（《阳光超人》）。

[2] 译文引自《世界在门外闪光（上）》卷一，飞白编译，湖南文艺出版社，2015年，第73页。——译注

[3] 参见本书《躺下，淑女，躺下》相关章节。

拖着长长声调唱起"阳光下所有疲惫的马",他无需知道这些;他需要的只是一拍即合。《牛津英语词典》对"在阳光下"(in the sun)的第一条释义,就是"不再忧虑或悲伤"。"在阳光下"这个短语出现在一首歌中,通常用在句尾。在《潘赞斯的海盗》(*The Pirates of Penzance*)中,就有这样一句,表达了喜见旁人闲暇的快乐:"他喜欢无忧无虑地躺在阳光下。"这是一种古老的好传统,因为在《皆大欢喜》中,这个短语(也是用在句尾)曾经用在一首歌里,它快乐地唱到一个人"他不要野心勃勃/喜欢生活在阳光下"。在《第十二夜》中,有一首我们先听到曲调随后才能真正听到的歌,织就它的是那些织工们,那些"晒着太阳的纺线工人和织布工人"。迪伦的"阳光下所有疲惫的马"与这样一种感觉完美交织,恰到好处。这种感觉完全不同于《一切都结束了,蓝宝宝》带来的强力震撼:

> Yonder stands your orphan with his gun
> 你的弃子拿着枪站在那边
> Crying like a fire in the sun
> 哭得像太阳中的火焰

在马洛的《浮士德博士的悲剧》中,七宗罪轮流上场。那么,懒惰想告诉你的第一件事是什么?"我是懒惰。我出生于阳光普照的岸上,自此就一直躺在那里。"那它想说的最后一件事是什么?"我不会为了一笔国王的赎金而多说一个字。"

多说一句:也许这首歌寥寥数语,别有隐情,值得上一笔国王的赎金。或者我正独自琢磨一个填字游戏,所有 ＿＿＿＿ 马(三个字),也许我们想填入空格的是"国王的"(King's)?[1] 迪伦喜欢摆弄童谣的韵律,也喜欢用"所有国王的马和所有国王的子民"中活泼的废话(这是废话,因为他们要怎

---

1 并不是说一个靠谱的纵横字谜会允许 King's 算作五个字母的单词。

样才能补救它？但迪伦的女声伴唱却正在唱完它），来对抗无精打采的意有所指：

> All the tired horses in the sun
> 阳光下所有疲惫的马
> How'm I s'posed to get any riding done
> 我要怎样才能骑着它

这是个好问题（没有问号），但却不算是真问题，真的。充其量是发发牢骚，一个疲惫虚弱的人已无力去争辩，更别说去管一匹马了。我要怎样……：所以你勉力为之，而我怒从心起。（借用勃朗宁《加卢皮的托卡塔曲》[*A Toccata of Galuppi's*]的音乐）"我要怎样……：也许又一次，这段漂亮的和弦会带给我们一些乐趣，如果我们碰巧知道"supposed"长久以来曾是个有助益的音乐术语，如《牛津英语词典》所载：

> **音乐术语**。用于形容在一组和弦音符下方加入或插入的音符，或用于形容一个和弦中的高音音符被当作低音音符使用（预期小节）等等。

很消极吗？可迪伦的歌词有低调的活力，还有他的句法，都具有一种明晰的力量。第一行没有动词，好像什么都没做，除了指向、说明："阳光下所有疲惫的马"。空空如也，好像动词会带来太多的纷扰（动词是言语中发起行动的一方）。进而，第一句与第二句没有任何句法关联，第一句仅仅列出那些马，第二句无非是心力交瘁的抗议。"我要怎样才能骑着它"。我向你提问。不是要你费力回答。对任何人来说，要摆脱这种刺痛是徒劳的——无论怎样，我坦白告诉你，摆脱所需的努力远远超出预期。忘了吧。但不要忘了这首歌，虽然《鲍勃·迪伦诗歌集：1962—1985》把它忘了。

而《自画像》没有就此作罢。在这张专辑中，还有几处提醒我们懒惰的诱惑，舒适却不安。《棚屋》没有一句歌词，只有兴致勃勃的乐器演奏，在整整三分钟里，把"la"和"da"唱了一遍又一遍。如果你对此不怎么满意，最多可能听到"la-di-da"。还有《铜壶》（专辑上署名是 A. F. 贝多所作），迪伦缓缓细唱，懒懒的声音萦绕耳畔，让人觉得"懒惰"（sloth）是形容词"缓慢"（slow）的名词形式。这么舒服，这么缓慢。

> 给你只铜壶
> 给你只铜管
> 用新酿的玉米醪填满
> 你将永远不再苦干
> 你就躺在刺柏旁边
> 当月光明亮时
> 看着他们装满酒壶
> 凑着淡淡的月光

"你将永远不再苦干"。迪伦做着与自己性格和气质格格不入的事，找到了一种带着感情来想象它的方式——多亏了贝多。（也许贝多不必苦干，可他必须为此努力，为了能听起来不费吹灰之力。）"它也不劳苦，也不纺线"[1]：这是济慈从福音书里摘引的句子，用作《怠惰颂》的题辞。迪伦不是那种会嫉妒野百合的人，但他知道为什么你和我会。

---

[1] 《新约·马太福音》6:28："何必为衣裳忧虑呢？你想：野地里的百合花怎么长起来；它也不劳苦，也不纺线……"

《时间缓缓流逝》

与《所有疲惫的马》一以贯之的节奏（声乐、旋律、遣词）反其道而行之，《时间缓缓流逝》叫人紧张。在纸面上，它的开头乍看在架构上几乎长度相等：

> Time passes slowly up here in the mountains
> 时间缓缓流逝，在这里，在群山之间
> We sit beside bridges and walk beside fountains
> 我们坐在桥边，走在泉畔
> Catch the wild fishes that float through the stream
> 捕捉野鱼，它们漂游于小溪
> Time passes slowly when you're lost in a dream
> 时间缓缓流逝，当你迷失在梦里

还不完全是一个噩梦，但是它读起来确实不快乐也不悠闲。从一开始，这首歌就表现出某种《望着河水流淌》所具备的矛盾性；《时间缓缓流逝》也一样，它的节奏和声调颠簸、凹凸、悬而未决，声音紧绷，完全不会催眠，完全不会。这首歌本身也逐渐为第一节之后歌词的情调所笼罩。"我曾有一个心爱的人，她人好，又漂亮"。时间缓缓流逝；这份爱已经流逝，但是翻来覆去的痛苦记忆还在。歌的韵律拒绝保持正确的方向，唱的方式也没有对此进行任何补救（方式是迪伦式的喜剧，但故事又是个悲剧），反而串起了歪斜的韵脚：

> Time passes slowly up here in the daylight
> 在这里，时间在日光下缓缓流逝

We stare straight ahead and try so hard to stay right

我们目视前方，为保持正确的方向而努力

在纸页上，你大概能看到为保持所作的努力；在演唱中，你也能听到它，声与乐混杂，因而它不会真的保持正确的方向。开头的"在群山间"，变成了结尾的"在日光下"，后者非常平静，但"日光下"（daylight）和"保持正确的方向"（stay right）韵押得很紧张：你必须与"保持"（stay）小心翼翼地待（stay）一会儿，而且当词语流动时，更确切地说是它们停顿时，你还得确认是否正确理解了"正确"。

Time passes slowly up here in the daylight

在这里，时间在日光下缓缓流逝

We stare straight ahead and try so hard to stay right

我们目视前方，为保持正确的方向而努力

Like the red rose of summer that blooms in the day

就像夏日的红玫瑰绽放在白日

Time passes slowly and fades away

时间缓缓流逝，渐渐消失

这最后一节韵的编织方式，在前面没有过："日光"（daylight）→"保持正确"（stay right）→"白日"（the day）→"消失"（away）。但这一终结之感编出来的不是一个同心结。

　　这不是一首爱之歌，是一首无爱之歌。如果事情已经过去、已经了结，失望的感觉就会减轻。但是。"时间缓缓流逝，当你追寻着爱情"。这必是一次心酸的灵魂追索。

　　"Time passes slowly"（时间缓缓流逝）这三个词开始了歌曲，开启了它。它们是第一段和最后一段的起始句和终结句，以及第二（剩下的）段主歌的终结句。在歌的衔接段落，它们却显著地缺失了。主歌的十二行歌词中有五行以"时间缓缓流逝"开始，衔接段落则是不同的冗赘句子，其开头是一成不变的五个单词：

> Ain't no reason to go in a wagon to town
> 没有理由乘四轮马车去镇里
> Ain't no reason to go to the fair
> 没有理由去集市
> Ain't no reason to go up, ain't no reason to go down
> 没有理由走向高处，没有理由走向低处
> Ain't no reason to go anywhere
> 没有理由去往何处

麻木、执拗，一种危险精神状况的再现。不要多久，这种单调会僵化为某种糟糕的东西："倦怠"（accidie），懒惰（sloth），迟钝（torpor）。《牛津英语词典》这样解释："形容第四宗罪的专用语，懒惰，惰性"，当这个词的希腊词根（意外毫不关心的状态，无动于衷）被忘却，拉丁语里的 acidum，酸，把它刺激性的味道传给了这个词。无动于衷：或者，没理由乘四轮马车去城镇，或去集市，或走高，或走低，或去任何地方。不去。你说什么，我就否定什么。对某个一直说"没理由"的人，能跟他讲道理吗？这情形赛过了一个小孩一直在问"为什么"。

这让人想起"冷漠"（Apathy）这个词，但冷漠并没有"倦怠"那种深入骨髓的屈从感。"了无生气是她的罪业"[1]。贝克特可能会拿"一种新的冷漠"开玩笑；你无法用倦怠来解决它，无动于衷的极致就是"一种对沮丧的默许，

---

1 《荒芜巷》。

最悲哀之时,就是它不再为此感到遗憾的时候"。[1]

衔接段落的歌词确实十分镇定,但那是一种自我说服的空虚的镇定(就像撒旦那样),以为如果对希望说了再见,也就可以告别失望。它默认,是的,还如此冷峻地确信,在无动于衷与其他任何精神状态之间没有可衔接的桥梁。**感谢某人**,在迪伦心里的另一个角落,还有一个别处的世界:

> Happiness is but a state of mind
> 幸福不过一种心理状态
> Anytime you want to you can cross the state line
> 你随时都可以跨过边界

《等着你》[2]这首歌这样唱道,非常快乐地唱。但不幸是注定的,确信没有什么东西,没有什么人,可以等待。而且很久以来,都看不到努力有任何意义。"没有理由去往何处"——包括跨过边界,走入幸福的心理状态。

"时间缓缓流逝,渐渐消失"——这,也是一种疏离的表达。其中可以瞥见一种可怕的精神状态,它只想打发时间。但年迈的**时光老人**永远不会死去,他只会消逝,更确切地说是消逝于我们变暗的视野中。

---

[1] 弗朗西斯·佩吉特(Francis Paget)论倦怠,引自《乔治·利特尔顿的常识书》(*George Lyttleton's Commonplace Book*),杰姆斯·拉姆斯登(James Ramsden)编(2002),第105页。为了分析倦怠(Accidie),或漠然(Acedia)与懒惰的关系,以及它对上帝的"喜笑的赏赐"的拒绝,参见 F. H. 巴克利(F. H. Buckley),《笑的道德》(*The Morality of Laughter*,2003),第169—170页。《晾衣绳传奇》接受并传递了这种喜剧天赋。巴克利说:"倦怠的人可能确实是无精打采的,因为他们缺乏行动的动机。以克尔凯郭尔的观点看,他们只是不能被打扰。"迪伦可以被打扰,甚至可以被那些不能被打扰的人打扰。

[2] 2002年随电影《丫丫姐妹们的神圣秘密》(*Divine Secrets of the Ya-Ya Sisterhood*)发行。

《晾衣绳传奇》

  无动于衷、空无一物，乃至至深的冷漠，这些构成了《时间缓缓流逝》的核心感受，但和《晾衣绳传奇》的虚无相比，都不算什么，后者是《地下室录音带》这张专辑所流露的一种小小的、饶舌的无感与无情。某一类家庭价值，坦白，忠诚，不是粗心，只是不关心。只有两点让我们不致失声尖叫（"为什么他们没有尖叫？"，用拉金《老傻瓜们》中的话说），一是这首歌不苟言笑，二是它的确有一位少年人的视角。少年人，毕竟（也许很久以后——这首歌以"稍后"开头）常常也会不再听令转而反抗。（"哦，我只是听令行事"——那你现在呢……）时间缓缓流逝，少年时光也如此，它真的会流逝。少年会老。与此同时，这样一种青涩的滋味，调和在《晾衣绳传奇》之中。这首歌节奏平缓稳定，意味深长又不动声色。

CLOTHES LINE SAGA
晾衣绳传奇

After a while we took in the clothes
稍后我们把衣服改短
Nobody said very much
谁都没多说什么
Just some old wild shirts and a couple pairs of pants
只是几件凌乱的旧衬衣和两条裤子
Which nobody really wanted to touch
没有人真的愿意碰
Mama come in and picked up a book
妈妈进来拿起一本书

An' Papa asked her what it was

爸爸问她是什么

Someone else asked, "What do you care?"

另一人说:"关你什么事?"

Papa said, "Well, just because"

爸爸说:"这个,不为什么"

Then they started to take back their clothes

然后他们开始取回他们的衣服

Hang' em on the line

挂到绳子上

It was January the thirtieth

这是一月三十号

And everybody was feelin' fine

人人都感觉不错

The next day everybody got up

第二天大家起来

Seein' if the clothes were dry

看衣服干了没有

The dogs were barking, a neighbor passed

狗在叫,一个邻居经过

Mama, of course, she said, "Hi!"

妈妈,当然她说:"嗨!"

"Have you heard the news?" he said, with a grin

"你听说那新闻了吗?"他问,咧开嘴

"The Vice-President's gone mad!"

"副总统疯了!"

"Where?" "Downtown." "When?" "Last night"

"在哪?""城里。""什么时候?""昨晚"

"Hmm, say, that's too bad!"

"嗯，啧啧，这可真糟！"

"Well, there's nothin' we can do about it, " said the neighbor

"嗨，我们对此无能为力,"邻居说

"Just somethin' we're gonna have to forget"

"不过是些我们得忘掉的事"

"Yes, I guess so," said Ma

"是的，我想也是。"妈妈说

Then she asked me if the clothes was still wet

然后她问我衣服是不是还湿着

I reached up, touched my shirt

我伸手，摸我的衬衣

And the neighbor said, "Are those clothes yours?"

邻居问："这些衣服是你的？"

I said, "Some of 'em, not all of 'em"

我说："有些是，不全是"

He said, "Ya always help out around here with the chores?"

他问："你总在帮忙干这些杂事？"

I said, "Sometime, not all the time"

我说："有时候，不是所有时候"

Then my neighbor, he blew his nose

然后邻居擤起了鼻涕

Just as papa yelled outside

这时候爸爸在外面喊

"Mama wants you t' come back in the house and bring them clothes"

"妈妈叫你把衣服给他们拿进屋"

Well, I just do what I'm told

哦，我只是听令行事

So, I did it, of course

所以，我当然这样做了

I went back in the house and Mama met me

我进了屋，妈妈迎着我

And then I shut all the doors

然后我关上所有的门

这首歌的重点在于毫无重点，在《鲍勃·迪伦诗歌集：1962—1985》中它的题目是《晾衣绳》，比起《晾衣绳传奇》要好一些，没有让讥讽占据最后的话语权。

它像是一次对枯燥无味的滑稽模仿。的确如此，而且还是一次对模仿的模仿：鲍比·金特里（Bobbie Gentry）的《比莉·乔颂》（"Ode to Billie Joe"），这首歌罗嗦单调却风行一时，爸爸说，妈妈说，还有兄弟说之类。很难找到比它更平庸的颂歌了。[1]很难，但不是不可能。因为迪伦过来与它看齐，在直白简单方面，有过之无不及。尽管充斥了无聊的问题，这首歌却提供了某一种答案，具有戏仿的特质。

就像迪伦的很多作品一样，这里有一种童谣的色彩（童谣长于恶搞）。

The maid was in the garden hanging out the clothes,

女仆在花园里晾着衣服，

---

[1] 在《地下室录音带》的磁带盒上，迪伦的歌被列为《对颂歌的唱和》，而不是《晾衣绳》或《晾衣绳传奇》。这一切我都是从罗杰·福特那里得知的。

> When down came a blackbird and pecked off her nose.
> 一只黑鹂飞下来啄掉了她的鼻子。

这首歌将之借用在鼻子/衣服（nose/clothes）这两行，但在它设置的社会情境中，没有任何女仆帮忙打理杂物。没有比啄（peck）更有穿透力的了，尽管有一定的社会"啄序"[1]："这时候爸爸在外面喊/'妈妈叫你把衣服给他们拿进屋'"。

它始于乏味，且始终乏味。

> 稍后我们把衣服改短
> 谁都没多说什么

稍微解释一下。这是典型的无聊，越不想承认就越是这样，不只空虚，还有小地方闲聊的无聊。你为什么要告诉我这些？"这个，不为什么"。

> 只是几件凌乱的旧衬衣和两条裤子
> 没有人真的愿意碰

真的？而且那些"凌乱（wild）的旧衬衣"，久经漂洗全无一点真的野性（wildness）。《牛津英语词典》对"wild"有这样的解释：

> 美国俚语。突出，不寻常，令人兴奋。一般用于表示认可……
> "色彩极其丰富（包括一些纹样奇怪的大理石纹路）"。

兴奋？惊喜？得了吧。"这是一月三十号/人人都感觉不错"。（"感觉不错"

---

[1] pecking order，有社会等级的意思。——译注

从未表达得如此泄气。没营养，紧张兮兮。）一月三十号，呃。为什么是这一天？（查理一世的逝世日期？富兰克林·德拉诺·罗斯福的生日，他曾竞选副总统却没"发疯"？）谁知道？谁在乎？只不过编年的记录，仅此而已。"嗯，啧啧，这可真糟！"懒惰，啥都不担当，耸耸肩，推个干净。"嗨，我们对此无能为力"。或能无所不为，话说到这儿。或者可做，句号。

对话从一开始就慢腾腾的，步履蹒跚。

> 妈妈进来拿起一本书
> 爸爸问她是什么
> 另一人说："关你什么事？"
> 爸爸说："这个，不为什么"

无聊总是紧张的，濒临发作的边缘（你也许会想到电影《穷山恶水》[1]开头的场景，伴有早期家暴的小镇画外音。）每件事都理所当然："妈妈，当然，她说：'嗨！'"——这声音让惊叹号变得平淡，因为冷漠从来不用惊叹号标记。"哦，我只是听令行事／所以，我当然这样做了"。每件事都按部就班。只是一潭死水，尤其在血管里。

"第二天大家起来"——不会吧!!?★!?!★你在开玩笑。

如果人们莫名其妙地提问，你最好坚持己见，也报以莫名其妙的答案：

> 我伸手，摸我的衬衣
> 邻居问："这些衣服是你的？"
> 我说："有些是，不全是"
> 他问："你总在帮忙干这些杂事？"

---

[1] 《穷山恶水》(*Badlands*)，1973年上映，泰伦斯·马力克（Terrence Malick）导演，影片根据1958年一对未成年情侣在3个月内连杀11人的真实事件改编。——译注

> 我说："有时候，不是所有时候"

空洞的提问，含糊的回应，说了等于没说。（整首歌就是这样，啥都没有。）无物可给予，无物施予。或者说，不完全无物，因为在结尾前的最后一节，迪伦还发出一声"Yoo ooh"的惊叫或呼哨，甚至带了狂喜，这仿佛标志了一个突破，一个终结，一次从那个世界的逃离。在那个世界中，你能听到的最有趣的事，不过是"邻居擤起了鼻涕"。

要抓住这一声微弱的呼叫，它或许能给你带来一线希望。因为在这首歌的结尾，似乎还听不到逃脱的可能。

> 哦，我只是听令行事
> 所以，我当然这样做了
> 我进了屋，妈妈迎着我
> 然后我关上所有的门

隐约不祥？或者会不会有点偏执妄想？什么都没有？然而，我想起了另一篇游戏之作令人困惑的结尾，它有出人意料的效果：A. E. 豪斯曼的《英语歌剧选段》（"年轻歌剧作者的范本"）。[1] 注意，不仅仅是因为它的歌词，也不仅仅因为其中的一家人：父亲（低音），母亲（女低音），女儿（女高音）。

> **女儿**：我是他们的女儿；
> 　　如果不是，我也要乖：
> 　　　　祷告词中这么说过。
> 　　这是我的母亲；

---

[1] 戏仿托马斯·胡德（Thomas Hood），《叹息桥》（*The Bridges of Sighs*），阿奇·伯内特（Archie Burnett）在《A. E. 豪斯曼的诗》（1997）中所作的注解，第 544 页。

我没有别人：

    我宁愿死掉！

那是我父亲；

他却，这样认为：

    哦，天哪，天哪！

我拿起了蜡烛；

这是门的把手：

    我这就消失。

父与母：一路平安。

您说什么？这是第一幕的幕布吗？

    然后我关上所有的门。这一句结束了整首歌。也终止了整个的押韵格式，前面几节并非如此。第一节：多说/碰（much/touch）；是什么/为什么（was/because）；绳子/不错（line/fine）。第二节：干/嗨（dry/Hi）；疯了/真糟（mad/bad）；忘了/湿着（forget/wet）。但在最后一节：<u>你的/杂事</u>（yours/chores）；<u>鼻子/衣服</u>（nose/clothes）；<u>当然/门</u>（course/doors）。[1] 理所当然。

    在艺术家担负的使命中，也许包含一种希望，"舒缓那百无聊赖的痛苦和腐朽的记忆"（《每一粒沙子》）。如果百无聊赖不加重成为痛苦，只沉沦为麻木，那也许尤为糟糕。在英式英语中，有"不能在意更多"（couldn't care less）的说法，但在美式英语中，古怪的是，却有"可以在意更少"（could care less）（像一种挖苦？看我在乎不在乎？）为什么？"这个，不为什么"。不管怎样，"你在意什么？"

    艺术家在意（care）。并分享（share）。这也意味着他们不会像大学才子那样夸其谈，讨论在意和分享。下面这行有关分享的歌词——

---

[1] 作者的意思大概是，前面两节都在不断换韵，最后一节则一韵到底，好像终止了"押韵格式"。——译注

> 我们度过了这么多艰难时刻他们哪分担过

——也许会发现，讽刺的是，与它配对的是下面这句：

> 现在却突然好像他们一直很关切
>
> （《别说出去，这事就你知我知》）

有的时候，艺术家的表达不得不冷峻："我曾经过乎，但已桑田沧海"（《桑田沧海》）。

《歇下你疲惫的曲调》

在《晾衣绳传奇》的世界中，无人知道"倦怠"这个词，但这正是他们的煎熬所在——或者并不是煎熬，只是沉陷其中：一种精神疾病。懒惰，正是那恶性的肿瘤。要切除它。

幸运的是，上帝保佑，舒展闲适还有别的（良性）方式，不需要我们所有人在醒着的每时每刻都全神贯注。（哪怕是一月三十号。）我们有时该听从温柔的告诫，放松自我。而音乐，考虑到其间有频繁的停顿，它的要素本身就有这样的敦促。

> 歇下你疲惫的曲调，歇下
> 歇下你的歌，不再随兴弹拨
> 让自己在琴弦的力量下休憩
> 任何声音都不许哼唱

于是，它这样开始了，这深情款款的告诫，伴着一种甜蜜的庄严唱出，且不乏微妙的幽默感。一支曲子刚开始，就说是时候该停止了，这一定会让人感到遗憾。安德鲁·马维尔的《为克伦威尔从爱尔兰归来作贺拉斯体颂歌》，这首伟大的以战争与和平为主题的诗，其开端也自相矛盾地称，现在不是写诗甚至读诗的时候：

> 将要成名的热血青年，
> 　现在应该抛弃缪斯神仙；
> 　　也别在阴影中吟哦
> 　　　含情脉脉的诗歌。
> 这是让书本尘封的时候，
> 　该把生锈的甲胄上油……

迪伦也唱道，是时候不再唱那衰弱的曲调。但他的琴弦巧妙编织，富于变化，以致我们会期望这首声称要停止的歌可以永远继续下去。永远吗？在一些人看来是这样。

> 琼·贝兹："他总是忍不住唱他刚写的歌，他刚写完《歇下你疲惫的曲调》，有45分钟长。"[1]
> 斯卡杜托："有人称之为《战争与和平》那首？"
> 贝兹："对，没完没了。当然，我特别开心，除了一点担心之外。我一向有种观众意识。我总是担心会让他们厌倦或是别的什么，可他不这样。"[2]

或是别的什么。

---

[1] 《放映机》中，这首歌有4分32秒。
[2] 安东尼·斯卡杜托，《鲍勃·迪伦》，(1971年，修订版1973年)，第194页。

迪伦的《放映机》里有一处说明:"我曾在一张78转老唱片里听过一首苏格兰民谣,我试着去捕捉那种萦绕在我心头的感觉。我无法把它从我的脑海中抹去。"他不但不能把它从自己的脑海里抹去,而且一旦他把它灌入我们的脑海,他也再不能将其从中抹去。

这首歌的开始和结束,都是副歌或合唱,勾勒出一个永恒的圆——就像他的另一首歌中之歌,《永恒的圆》。一个永恒的圆,不是地狱一般,而是天堂一般。

> Lay down your weary tune, lay down
> 歇下你疲惫的曲调,歇下
> Lay down the song you strum
> 歇下你的歌,不再随兴弹拨
> And rest yourself 'neath the strength of strings
> 让自己在琴弦的力量下休憩
> No voice can hope to hum
> 任何声音都不许哼唱

副歌或合唱的表达,纯然简单又不失复杂。歌曲的吁求也在悄然转变:"歇下你疲惫的曲调"是一回事,紧随而至的"歇下"是也不是一回事。正面理解,这可能只是再次敦促你歇下曲调;反面理解,作为一个独立的短语——在美式英语里,在《躺下,女士,躺下》——它可能是一个不及物动词:不是"歇下你的曲调",仅仅是"歇下"。下一句,"歇下你的歌,不再随兴弹拨",无疑又转回及物,而随后"让自己……休憩"不仅有"歇下"(歇下并休憩)的意思,而且为我们提供了一种在及物与不及物之间转换的可能:一个可翻转的动词,"让自己……休憩"在歌中出现五次。"歇下"这道指令出现了十五次,其主要意思是"放手",但也指向了继续弹奏的可能,因为——这种古怪的语言很常见——"歇下"(lay down)也可以是"设置"的意思：据《牛津英语词典》，5I，"lay down"意为"设置或建立（某种节拍）"。词典设置了"节拍""强拍""节奏"，还有这句："独奏者可以在我为他设置的时间里演奏任何他选择的曲目"（引自《旋律制造者》，1968年4月6日）。这首歌也设置了一种曲调，不知疲惫。

迪伦的声音骤升并拉长了"疲惫"这个词，带有一种坚韧的弹性。按教科书的说法，在"你疲惫的曲调"中，"疲惫"一词是一种移就修辞（transferred epithet）——疲惫的是你，不是曲调。（渴望血的是你，不是你的剑。）这是诗的特权（破格），但我们需要问的是，一旦诗人有了特权他会做什么，以及做什么才最为恰当。"疲惫"恰恰是该被转移之物，从你肩膀上卸下的音乐重担，转移给曲调。这是因为相信，这首曲子不会真的"疲惫"，听众也不会对其厌倦。

迪伦关于歌唱的歌，很知道感恩的必要，知道歌中的力量不是来自他个人（无论来自他人，如伍迪·格思里或盲歌手威利·麦克泰尔，或是来自生物界，比如，鸟鸣），因而不会心存嫉妒，或陷入不好的竞争意识。通过道出"任何声音都不许哼唱"这句歌词，就在这里提了个醒。尊贵的听众，连我的声音也不行。大自然是一支神圣的管弦乐队，迪伦用琴弦唤醒了其他乐器及它们的不可或缺性：晨风如号角，黎明的鼓声，海如管风琴，碎浪像铙钹，雨歌唱如小号，秃枝像一把"班卓琴"（这是一种从不装腔作势的乐器），而河水仿佛竖琴哼唱。（可能是各种各样的竖琴，从用手到用嘴，有着如此不同的属性。）还有"如圣歌"一句，因为不仅有各种乐器，还有其他的音乐和诗歌形式。《歇下你疲惫的曲调》本身就既是一首圣歌，又不是一首圣歌。

它朴素又灵活地唱出自己的声音。哦，从"拨弹"（strum）到"力量"（strength），再到"琴弦"（strings）——然后是"被日出前的声音触动"（Struck by the sounds before the sun）。轻盈的头韵，没有被隐藏，也没有被张扬。也没有好胜之心，因为在微风"与黎明的鼓声唱应"（Against the drums of dawn）或海浪"与岩块和沙砾互相击撞"（Against the rocks and sands）两句中，介词"与"（against）并没有反对之意。另外，也没有虚荣心："哭泣的雨"——虽然雨滴可能看起来像泪滴,但雨并没有流泪 ——"歌唱如小号 / 不求掌声回报"。这教益了我们所有人,也包括歌手,但又没有圣洁到不近人情,还留有一丝回旋的余地:"不求掌声回报",可能意味着确定不要回报,也可能意味着没有要求任何回报。无论如何,"光洁河水流动如圣歌":请不要在教堂里鼓掌。同时,作为一名观众,你不可能比风更好:

秃枝弹奏如班卓琴
风是最佳的听众[1]

围聚过来吧,风……你不仅是它们中的最佳,也是我们中的最佳。

贝兹说:"对,没完没了。"这正是这首歌要给出的效果(给出更胜于创造,因为它不是在玩一种旨在让人眼前一亮的游戏)。那么迪伦又如何在不中断节奏的情况下结束这首歌呢?通过某种意识的动作。首先:

最后的叶片自树上掉落
依偎于新恋人的怀中
秃枝弹奏如班卓琴
风是最佳的听众

"最后的……"是对结尾的一种暗示,迪伦从帽檐下对我们眨眼,做了他迄今为止在歌中没做过的事:一节主歌后面跟随的不是一节副歌。相反,凭着对我们会注意到这一点的信念,他立刻转向另一节主歌——这一替换极富想象力的连贯性——然后,这一节主歌完全成为副歌的变体,韵脚调整至副歌的方式。结尾就这样到来了:

---

[1] 迪伦在《放映机》里唱的是"moaned"和"the best",但在《鲍勃·迪伦诗歌集:1962—1985》中印的是"played"和"best"。

最后的叶片自树上掉落
依偎于新恋人的怀中
秃枝弹奏如班卓琴
风是最佳的听众

我低头凝视河水镜面
见它迂回曲折自由弹
光洁河水流动如圣歌
仿佛竖琴哼唱

歇下你疲惫的曲调，歇下
歇下你的歌，不再随兴弹拨
让自己在琴弦的力量下休憩
任何声音都不许哼唱

从"圣歌"（hymn）到"哼唱"（hum），这个接下来的结尾的转折，处理得相当精准，这种声音的回旋（本着善意，多塞特方言诗人威廉·巴恩斯［William Barnes］欢快地使用过这种对位韵[1]，不像维尔浮莱德·欧文［Wilfred Owen］的"一战"之诗用得那样凄惨）不要求掌声但却应该得到它。琴弦的力量就在那种交错之中，一种完全不同于松弛的放松。

《铃鼓手先生》

《铃鼓手先生》舒展轻盈，将它看成一首与懒惰有关的歌，可能有点吹毛求疵，甚至言过其实。这首歌唱的也许是"麻木难行"之态，但它本身不

---

[1] 参见本书《你，天使般的你》一章引用的巴恩斯诗句，如此押韵使句子显得欢悦。

是这样。

> 我的感官已被剥夺，双手无法握紧
> 脚趾麻木寸步难行
> 只有等待皮靴后跟拖我四处流浪

我不相信你，有人高兴地说，因为这首歌的步态完全相反。"我的疲倦让我惊异"？我的脚，很疲倦。这首歌能端着这个架子让人惊异。清新又轻快才是它听上去的感觉。

"懒惰"不就会"迟缓"吗？然而《铃鼓手先生》与其他的懒惰之歌还是有相似之处，那些歌在放松中逃避、舒缓又释放。[1]像《歇下你疲惫的曲调》，一开始就是副歌，仿佛它早已——在恰当的时机、付出所有努力之后——抵达希望的安歇之处：

> 歇下你疲惫的曲调，歇下
> 歇下你的歌，不再随兴弹拨
> 让自己在琴弦的力量下休憩
> 任何声音都不许哼唱

他疲惫的曲调使他惊异？无论如何，到了该歇下的时候。同样，《铃鼓手先生》开始于一段指令式的副歌，但这回不是指示他本人歇下一支曲调，而是让另一人去开始一支曲调，去演奏一首歌。

> 嘿！铃鼓手先生，为我奏一曲

---

[1] 《时间缓缓流逝》中的设置，在那首歌里时间"渐渐消失"，可能暗示了《铃鼓手先生》中的"准备隐入""不打算上哪儿去"，还有"没有要见的人"。

> 我还不困，也不打算上哪儿去
> 嘿！铃鼓手先生，为我奏一曲
> 在叮当作响的早晨，我将随你而去

一位歌手有时候会不想再唱自己的副歌。"有些重担，无法承受"（《天还未暗》）。因此，一位歌手也会希望，哪怕只有一次，别人会对他歌唱，为他歌唱。《铃鼓手先生》的第一行，把我们带回到迪伦第一张专辑，但又有所不同。"嗨，嗨，伍迪·格思里，我给你写了首歌。"他确实写了，但现在他也许感觉没那么好，也希望有人为他写一首歌，或为他奏上一曲。所以"嗨，嗨，伍迪·格思里，我为你写了首歌"变成了"嘿！铃鼓手先生，为我奏一曲"，带着一种雀跃的心情，从"嘿！"唱到"奏一曲"。而且这次是为我，不再是我一贯的角色、一贯为了别人去做（我知道，我知道，但我也不是真的在抱怨）。《歇下你疲惫的曲调》中"让自己在琴弦的力量下休憩"变成了如果你能好心地激励我，那么我也承诺我将激励我自己：

> 为我奏一曲
> 在叮当作响的早晨，我将随你而去

"我还不困"，但这不意味着我需要的是一支摇篮曲。《铃鼓手先生》绝不是在催眠。

《歇下你疲惫的曲调》喜欢雨的乐音，因为这位音乐人"不求掌声回报"。《铃鼓手先生》也不怎么需要掌声，因为它想留着这个顽皮的借口，即真正重要的不是正在唱的这首歌，而是这首歌正在要求、请求别人唱的那首歌。"是的，在钻石天空下起舞，单手自由地挥摆"。除此之外，还有免于鼓掌或免于要求掌声的自由（即使挥手看上去像是鼓励）。单手鼓掌会发出怎样的声音？了不得，就像一位观众被要求——甚至在今晚的表演开始之前——为表演者热情鼓掌。大大的慷慨。一次预先支付。

"是的,……起舞":这一句肯定的能量,某种意义上是此前允诺的最终履行。

> 对我施展你飞舞跃动的魔力
> 我甘心为其醉迷

在童话故事中,跳舞魔咒可不是你愿意被施加于身的东西(无法停止舞蹈,你的疲惫将使你惊异,至于这个咒语,一旦施加便无法逃脱),迪伦却以这样的方式来摆脱想到这个诅咒会让人力竭的念头。由此,念咒反而成了一种放松。因为咒语不会被加诸你身,而是以你的方式被施加。

"是的,……起舞":"是的"一词会带来奇迹,因为它出现于贯穿全歌的一系列否定句式之后。副歌:"我还不困,也不打算上哪儿去"。第一段主歌:"仍无睡意""没有要见的人"。第二段主歌:"感官已被剥夺"。第三段主歌:"不针对谁""再无任何栅栏"。唯有最后一节免于否定,尽管其中包含了所有的黑暗。

> 沉入雾蒙蒙的时间废墟,越过冻僵的寒叶
> 阴森可怖的树林,去到起风的海滩
> 远离狂悲摧折之境

——随后,"是的"从天而降,带着自由的狂喜:

> 是的,在钻石天空下起舞,单手自由地挥摆

的确,一个否定句式可以携带肯定的信息("再无任何栅栏阻挡"),但一句呐喊"是的"别无替代。

这首歌的诙谐在于内在的交错。它不是在伪装谦虚,而是以一种带着嘲

弄的谦逊、以滑稽戏谑为标志。比如,"叮当作响的早晨"(the jingle jangle morning)。"叮当作响"是英语中一种独特的语言构造,《牛津英语词典》还列出了它的劣等同类:"吊儿郎当(dilly-dally),摇摇晃晃(dingle-dangle),叮叮咚咚(ding-dong),叮叮当当(clink-clank),等等。"

  声音的交替叮当声;以这种方式为特征的句子或诗歌。一种连续而交替的叮当声;一种叮当作响的饰物或小饰品。

虽然"叮当作响"的组合很是精彩,却不得赞赏。"这样一堆琐碎声音的低劣集合,被粗陋地处理"……"满篇叮叮当当"(1899)。"叮叮"也一样:

  相同的声音或类似的一系列声音的做作重复,如头韵、尾韵、半谐音;任何只考虑声音的惊奇或快感而不关注意义的词语组织;一种意在引人注目的词语排列,无论是在散文还是诗歌中。

在这个问题上,词典给出的最终判断是"主要是轻蔑的"。"轻率的听众,他们喜欢叮叮当当、叮铃作响的词藻,胜于雄辩的论点。"(1663)这首歌的滑稽大胆,让人确信它也是一首迪伦的"救赎之歌":将"叮叮"还有"叮叮当当"从它们遭受的蔑视中救赎出来。"琐碎声音"?"不关注意义"?"做作重复"?不,重复是有效的。我一直不知道关于铃鼓的专业描述,直到在《牛津英语词典》中读到"数对称作叮当的小钹,被镶在环绕鼓框的凹槽里"。[1]

  头韵、尾韵,或半谐音:如果说《铃鼓手先生》只由这三者构成,这不准确,但这首歌的确——像所有抒情作品一样——沉迷于声音技巧与"未发

---

[1] 《牛津英语词典》中有一个关于铃鼓当募捐用小碟子用的提示:"把一先令投到我的小铃鼓里,行行好。"吉卜林的《心不在焉的乞丐》(*Absent-Minded Beggar*)渴望一先令,迪伦的"那只是一名衣衫褴褛尾随在后的小丑 / 我对此毫不在意"。

生的一切"(everything else that is the case)[1]之间的关系，所有生命中无以言表的事物，往往需要词语的生命帮我们去捕捉。比如，总是不知疲倦地等待押韵，以"韵"来押韵[2]，"你若听见韵跳动的轮轴在依稀旋转"（And if you hear vague traces of skippin' reels of rhyme）中，纺线（skipping ropes）与纺车（spinning wheels）依稀联动，与那些"跳动的轮轴"（skippin' reels）一起欢快地旋转。

这首歌每一节最大跨度的押韵，是第八行对第四行的回归。在最后一节中，"明天"（tomorrow）对于"悲伤"（sorrow）思绪的回应，这个押韵迪伦经常使用，从未停止变化。[3]

> Then take me disappearin' through the smoke rings of my mind
> 就带着我消失吧，穿过我意识的烟圈
> Down the foggy ruins of time, far past the frozen leaves
> 沉入雾蒙蒙的时间废墟，越过冻僵的寒叶
> The haunted, frightened trees, out to the windy beach
> 阴森可怖的树林，去到起风的海滩
> Far from the twisted reach of crazy sorrow
> 远离狂悲摧折之境
> Yes, to dance beneath the diamond sky with one hand waving free
> 是的，在钻石天空下起舞，单手自由地挥摆

---

[1] 世界就是所发生的一切东西（The world is everything that is the case），维特根斯坦语。译文引自《逻辑哲学论》，郭英译，商务印书馆，1992年，第22页。——译注
[2] 你若听听依稀见轻巧旋转跃的韵律／与你的铃鼓应和（And if you hear vague traces of skippin' reels of rhyme/to your tambourine in time），这里rhyme/time押韵。这一节第一句"你或许听见笑声、急旋，狂荡，跃过艳阳"（though you might hear laughin', spinnin', swingin' madly across the sun），其中的spinnin'/swingin'一直待命，与这一句中的skippin'押韵。——译注
[3] 参见《西班牙皮靴》和《妈妈，你一直在我心里》。

Silhouetted by the sea, circled by the circus sands
让大海为我剪影，让马戏团的沙子环抱我
With all memory and fate driven deep beneath the waves
将所有的回忆和命运逐入海浪深处
Let me forget about today until tomorrow
让我忘掉今天，在明天到临之前

悲伤／明天（sorrow/tomorrow）是这首歌回到最后一遍副歌之前的最后一个韵，这个韵可以轻松预测的感觉完全正确。放松，再一次；先忘了它。但在其上上下下，词的声律与歌的旋律之间有一种穿插对应。"在明天到临之前"，别忘了这里的发音，他有所延迟，表现得活跃又审慎："让我忘掉今天，在明天到临之前"（Let me forget about today until tomorrow）。"远离狂悲摧折之境"（Far from the twisted reach of crazy sorrow）：然而这还不至于超出押韵的范围，这里需要的韵的距离，已被拉伸到最长。

"让我忘掉今天，在明天到临之前"：浅白，却含义深远。这不是我们一般想到的拖延就是浪费时间。它也许希望我们听从登山宝训，但不因循已有的教条：

> 所以，不要为明天忧虑，因为明天自有明天的忧虑；一天的难处一天当就够了。
>
> 《马太福音》6:34

恰恰相反。让我今天就忘记明天。

一首歌要是喜欢那些可能被斥责为"叮当作响"的玩意儿，那它会倾向于更多押韵。从第一段主歌的第一处三连韵黄沙／手／伫立（sand/hand/stand）转到"睡意"（sleeping），后者最终完成于尾韵"梦"（dreaming）——但中间还要迈过垫脚石，即下一个三连韵：双脚／要见／老街（feet/meet/

street），它们连接了睡意/梦（sleeping/dreaming）。当这首歌越来越接近尾声，在第三段主歌和第四段主歌，我们能听到终曲在临近。最后一段就以一种远未消失的声音隆重开场：

> Then take me disappearin' through the smoke rings of my mind
> 就带着我消失吧，穿过我意识的烟圈
> Down the foggy mins of time,
> 沉入雾蒙蒙的时间废墟，

——这声音在前一段有呼应：

> And if you hear vague traces of skippin' reels of rhyme
> 你若依稀听见轻巧旋跃的韵律
> To your tambourine in time, it's just a ragged clown behind
> 与你的铃鼓应和，那只是一名衣衫褴褛尾随在后的小丑
> I wouldn't pay it any mind,
> 我对此毫不在意，

由此，押韵和半谐音自由奔放了起来（奔放在记忆深处），在寒叶/树林/海滩/远离（leaves/trees/beach/reach）的叠加中达到高潮：

> Yes, to dance beneath the diamond sky with one hand waving free
> 是的，在钻石天空下起舞，单手自由地挥摆
> Silhouetted by the sea, circled by the circus sands
> 让大海为我剪影，让马戏团的沙子环抱我
> With all memory and fate driven deep beneath the waves
> 将所有的回忆和命运逐入海浪深处

Let me forget about today until tomorrow
让我忘掉今天，在明天到临之前

自由／大海／回忆／深处／我（Free／sea／memory／deep／me），其向前推进，不曾忘记第一节主歌所唱：睡意／双脚／要见／老街／梦（sleeping／feet／meet／street／dreaming）。但同时，这里也没忘记此前的韵，沙子／单手（sand／hand）——当"单手"（one hand）扬起，不久之后，便是"马戏团的沙子"（the circus sands），这又绕回到开端：

Though I know that evenin's empire has returned into sand
虽然我知道黄昏的帝国已然回归黄沙
Vanished from my hand
自我手中消逝

没有任何东西简单地消逝，马戏团的沙子也回归于黄沙。

懒惰是逃避的一种形式，但不是落荒而逃，因为那会耗费太多能量。迪伦曾说过："我不为逃避写歌"[1]，这并不等于不写理解对逃避的渴望、尊重它又怀疑它的歌。威尔弗雷德·梅勒斯给了我们一些内幕：

> 与一般认为的大有不同，它看起来似乎是一首逃避的歌曲，确实如此，那首歌里的铃鼓手，是一个大麻贩子。可迪伦说他"仍无睡意"，尽管如此他却无处可去；他提供的"花衣笛手"形象，鼓励我们追随潜意识，让它自发地带领我们。起伏的副歌，以及歌词与旋律的异变，它们或堆积，或袅娜如烟圈，都暗示了这一点。当

---

[1] 《纽约时报》（1978年1月8日）。

烟圈消散，我们也得到了解放。[1]

迪伦本人并不会因对《铃鼓手先生》这样的解读而感到解放："毒品在那首歌里从来没起什么作用。"(《放映机》)

显然真正起作用的是迪伦感知到接下来情况可能有多么危险惊悚。穿花衣的吹笛手在那里很正常，但是我们对那个故事该有的感受却五味杂陈，故事中有个人被"城市政要们"欺骗，他报复的方式是带走城里的孩子们，那些"甜心们"，迪伦在《墓碑蓝调》中这样称呼他们。"但小城大可不必紧张"？恰恰相反，当《墓碑蓝调》继续幻想有一位国王"把花衣笛手关进大牢"时就明确了。

花衣笛手给他们施了跳舞魔咒。他被错待，又犯下错。"吹笛手和舞者已永远消失"：这是罗伯特·勃朗宁《哈梅林的花衣吹笛手》(*The Pied Piper of Hamelin*)中的诗句。下面是迪伦的歌词：

> 别了，安吉丽娜
> 王冠上的铃铛
> 已被匪徒盗走
> 我必须追随那声音
> 三角铁丁零作响
> 小号缓慢吹奏
> 别了，安吉丽娜
> 天空在燃烧
> 我必须走了[2]

---

[1] 《鲍勃·迪伦：自由与责任》，选自《鲍勃·迪伦：回顾》，克雷格·麦格雷戈编，1972年，第164页。
[2] 见《别了，安吉丽娜》。

如果你必须追随声音，那么"叮当作响"（jingle jangle）比"三角铁丁零作响"（triangle tingle）要好。

"不要追随领导者"。追随孩子们会不会比追随吹笛手更安全？"我会跟随孩子们，无论他们去哪里"[1]。不，再想想，不要追随任何事物。甚至是激情。

爵士乐难以追随；我是说，事实上你必须喜欢爵士乐才能追随它；而且我的座右铭是，永远不要追随任何东西。我不知道年轻一代的座右铭是什么，但是我会觉得他们必须听从他们的父辈。我的意思是说，对于一些家长来说，如果他的孩子回家的时候带着一只玻璃假眼、一张查理·明格斯（Charlie Mingus）的专辑还有一口袋羽毛，他们会对自己的孩子说什么？他可能会说："你在追随谁？"可怜的孩子可能会站在那里，鞋子灌水，耳朵上挂着领结，肚脐眼里满是煤灰，说："爵士乐，父亲，我在追随爵士乐。"[2]

那么追随是不是愚蠢？"& 他说'& 你就糊弄我吧史努克宝贝！你就糊弄我吧 & 你觉得爽就好！'"[3] 对他嗤之以鼻，这就是我的建议。也许就干这么一次，感觉会真不错："是的……起舞……"，在叮当作响的早晨，谁说得清能创造出什么音乐，又如何创造？不是"狂荡，越过艳阳"，而是用它的谦恭。

埃塞俄比亚人，由门农王统治，为了纪念他们的君主竖起了一尊著名的塑像。这尊塑像有一奇妙特性，在每天太阳初升之际，会发出悦耳的声音，就像竖琴绷紧的弦断裂的声音。这与太阳光线的投射有关。

（约翰·伦普里尔，《古典词典》）[4]

---

1 《被弃的爱》，像《铃鼓手先生》一样，举行了一次游行。"我加入自由的游行队伍"。
2 《花花公子》，1996 年 3 月。
3 《狼蛛》（1966 年，1971 年），第 32 页。
4 F. A. 怀特（F. A. Wright）编（1948）。首次出版于 1788 年，此书对济慈影响甚深。

被日出前的声音触动

我知道夜已消失无形

(《歇下你疲惫的曲调》)

被阳光所穿透的声音穿透,我知道,黑夜已逝。

但不是永久消逝。(在《全数带回家》这张专辑内)紧跟"我会随你而去"这句歌词的悦耳声音的,是另外一种光明与黑暗的再现:

真理在战争与和平中扭曲

其宵禁的鸥鸟滑翔

牛仔天使骑在

四条腿的森林云朵上

他的蜡烛被点燃成太阳

阳光被涂上了黑蜡

除了当它在伊甸园的树下

(《伊甸园之门》)

伊甸园中的树木萦绕着恐惧,确实如此。当时辰将至,黎明会到来:"黎明时分我的爱人来到我身边"。但同样,黑夜帝国也会归来。回到伦普里尔和"异域阳光":"在太阳落山之际,以及在夜晚,声音是悲凉的。"

色 欲

《放映机》中一条附言不经意地说到《躺下，淑女，躺下》："它成了迪伦最著名的情歌之一，出乎意料。"这个"出乎意料"，很好，就像爱和幸福。

> 某人真是好运气
> 不过是意外一场
> 我把时间抵押给你
> 希望你也能来我这里
>
> （《抵押我的时间》）

一首最著名的情歌《躺下，淑女，躺下》，反倒有着肉欲的知识。爱，很好。色欲，很坏？与此同时，欲望，迪伦受此启发命名了一张专辑，这是一个我们知之甚深而无法争论或判断的词：它的嘴唇已被封住，暂时地。可还有情欲（concupiscence），一个轻浮淫荡的词，如果来得不那么强烈，则需加以戏谑：詹姆斯·乔伊斯把玩着《老古玩店》(*The Old Curiosity Shop*) 古老的情欲形状，华莱士·史蒂文斯（Wallace Stevens）也用油滑之笔写《冰淇淋皇帝》(*The Emperor of Ice Cream*) 这首悲伤欲绝的诗：

> 叫那个卷大雪茄的人来，
> 大块头的那位，让他搅动
> 厨房里那杯情欲的凝乳。

"叫那个卷大雪茄的人来"：这一指令（"听我说，宝贝"）正如《如果你要走，现在就走》的开头一样，并不是要取消某个指令，而是关乎理解指令；这一指令并非阻止某人进入，而是劝止某人离开。

> 听我说，宝贝
> 有些事你必须知道
> 我想和你在一起，姑娘
> 如果你也想和我在一起
>
> 但如果你要走
> 也没关系
> 但如果你要走，现在就走
> 不然就留下过夜

"不然就留下过夜"，这个陈词滥调的好处之一，就是毫无警告或威胁之感，仅仅用开头的两个字"不然"，就保留了体面。（"可以想象的另一种选择"，《牛津英语词典》这样解释其中的胁迫之意。[1]）另一个好处，是这首歌公然给出的虚假理由。不要误会我，它在恳求——或者更进一步，我知道我可以信任你能理解我在坦白我自己。（那你呢？）一个有幽默感的女孩（否则我为什么想跟你在一起呢，姑娘？……）必定能心领神会。

> 只是我没有手表
> 而你一直在问我几点了

这个花招，能否让你中招？不一定？那试试这个：

---

[1] W. K. 文萨特（W. K. Wimsatt）曾经做过一个题为《亚里士多德或其他》(*Aristotle or Else*) 的讲座。学者杰拉德·埃尔斯（Gerald Else）拒绝被警告离开。

> 只是我很快要睡了
> 天太黑,你会找不到门口

从开头的"有些事你必须知道(see)"到结尾的"天太黑你会找不到门口",很巧妙。尊重她的幽默感、她看穿猫腻的眼力,也够机灵,这是强制援引"尊重"的暗义。[1]

> 我只是个可怜的家伙,宝贝
> 指望着与人联系
> 但我确实不想让你觉得
> 我得不到什么尊重

"也会愧疚亏心"?不,因为你和我都知道在这个特殊的赌局里,我正在以无辜之人下注。在这首歌里没有讽刺,只有诙谐的调调(正如马维尔在《致羞怯的情人》中的繁复赞美),没有一个自重的女孩会给这样一个有自知之明的无耻之徒以可乘之机。留下,淑女,留下好吗?留下,宝贝,留下。

《我真正想做的一切》也有类似的喜剧性,这是另外一首让人蠢蠢欲动的欲望之歌(抑或循循善诱——在我的召唤下承认你自己所欲之事):

---

[1] 加里·吉尔摩(Gary Gilmore),一名残忍的杀人犯,诺曼·梅勒允许他说出残酷的事实:"当一个女孩最终决定让你去睡她时,她总是装出被利用的样子,十有八九她会说:'嗯,你还会尊重我吗?'诸如此类。可事到临头,心急火燎,他能答应任何事,甚至是尊重。这看起来总是很愚蠢,但游戏就是这么玩的。曾经有个妞儿问我,一个特漂亮的、金发碧眼的姑娘,所有人都想上她,可那天晚上我一个人在她的房间里。我们俩大概都是 15 岁,搂着脖子热吻,两人都很激动,然后我进入了,我很清楚,然后她就问出了那句陈词滥调:'加里,如果我让你这么做,你还会尊重我吗?'嗯,我搞砸了,我开始爆笑,告诉她:'尊重你?为了什么?我只是想睡你,你也一样,我凭什么尊重你?难不成是因为你刚赢了印第安纳波利斯 500 汽车赛第一名的奖杯?'嗯,就像我说的,我搞砸了那一次。"(《刽子手之歌》[*The Executioner's Song*],1980 年,第 410 页)(加里·马克·吉尔摩[1940—1977],美国罪犯,因在犹他州犯下的两起谋杀案被处决而受到关注。1979 年小说家诺曼·梅勒以此为蓝本撰写了非虚构小说《刽子手之歌》。——译注)

199

> 我并不希望与你竞争
> 对你施打,欺骗,或虐待
> 将你简化,将你分类
> 对你拒绝、蔑视或折磨
> 我真正想做的一切
> 就是,宝贝,与你成为朋友

有时候在生活中要问一句"这是真的吗"?有时候(再一次)则要问在"这里有什么真相"?反讽,与头脑简单的老兄"讽刺"不同,它的乐趣来自与别人勉力维系的一丝真相之皮肉摩擦,即使只是自说自话,不能轻易取信于人。(轻易的不信任,效果通常也廉价。)站在生命的一方,这首歌的活力,来自于其诉说的意义,或至少来自意义的生成,来自意义的生成方式。欲望嗜好所欲之物,爱与友情相缱绻。严格地说(可你果真要说话吗?),宝贝儿,和你交朋友,这不是我真正想做的一切。这也不是我真正想做的唯一之事。这首歌远非抗议之歌,而是迪伦一直钟爱的宣示之歌。而且,这里往往不仅是一出戏,而且是一出戏中戏,某种戏剧性的展演。"这位女士抗议太多,我认为。"这位先生,此情此景,难道不是如此?

> 我不希求你像我那样感觉
> 像我那样理解或变得像我一样

确实,(而这位先生)就站在那里,直到歌曲在做出最终保证之前道出最后一件事——

> 我真正想做的一切
> 就是,宝贝,与你成为朋友

"像我那样感觉／像我那样理解或变得像我一样"？不。喜欢我（to like me），现在肯定是希求所在，而不是"像我那样感觉／像我那样理解或变得像我一样"那三重希望，因为这首歌并不认同以自我中心为前提的所谓"认同"。这首歌听起来，不同于在《鲍勃·迪伦的另一面》里，他用歌声传情并用约德尔腔唱"做到"的方式。在声韵的奔流和节奏与表达的均齐之中有一种对位，那声音自始至终都带着十足的滑稽劲头（我向你保证，我不会比厌倦你更厌倦向你保证），比如在他温柔笑唱"让你害怕，或让你纠结"之时。生活像一次大笑，爱情也如是，尤其——在所有的地方——"让你纠结"（uptighten you）。只有纠结的人才会反感"纠结"这个流行语。（据《牛津英语词典》，1934年之后，这个词意为"处于紧张或焦虑的状态"；1969年之后，则意为"古板，一本正经的"。）可是，要在词典中寻找一个动词来"纠结"，可能会徒劳无功。这是压力所在，显然迪伦顺水推舟，在后来出版的《鲍勃·迪伦诗歌集》里改成了"或让你紧张"（or tighten you）。放松。我向你保证。

有时候，喜剧也会有突然的逆转：

> 我不想见到你的亲戚
> 让你晕眩，或搞垮你

"搞垮你"之后，是一个有点抽象的词"剖析"，刀锋一闪：

> 让你晕眩，或搞垮你
> 或选择你，或剖析你

这首歌开列一张大大的清单，包罗了所有恶劣的待人方式：其中还有被落下的吗？然而，这张清单又多么柔情。

> 我并不希望妨碍你

> 把你惊扰,搞大,或锁住
> 将你分析,将你归类
> 将你确定,或将你宣传
> 我真正想做的一切
> 就是,宝贝,与你成为朋友

像一则广告语("将你确定,或将你宣传"),"确定"(finalize)的猝然一击,来自确定的逃遁之感,来自这个词的无可奈何之态。就在轻描淡写中,你可能会注意到迪伦在处理"把你搞大"时的老练:

> I ain't lookin' to block you up
> 我并不希望妨碍你
> Shock or knock or lock you up
> 把你惊扰,搞大,或锁住

他有礼有节、用心机巧地用几个词将"搞大"(knock)和"你"(you up)分开;毕竟,前边的"惊扰"(shock)更多意味着"惊动你"(shock you)而不是"把你惊起"(shock you up)——虽然迪伦的用意之一便是抖搂一下短语"让你震惊"(shake you up)。[1]

而《新的小马》在20世纪70年代确实惊人。不该这样对待一位淑女。

> 过来小马,我,我想再一次爬到你身上
> 过来小马,我,我想再一次爬到你身上
> 是啊,你那么使坏难对付
> 但是我爱你,是的我爱你

---

[1] 我引用了自己的一篇论文《论美式英语及其固有的短暂性》(*American English and the inherently transitory*)(《诗歌的力量》[*The Force of Poetry*],1984年)。

不羁、狂野、兼具兽性；这些总会让年轻的迪伦兴致勃勃，或（更精确地说）让他的歌生机勃勃。（他的生活是他的生意；他的艺术则是另一码事，无关生意而是一项志业，哪怕与此同时——就像莎士比亚——也维持了他的生计。）愉悦和游戏，大多如此。也不全是，因为魔鬼和罪恶有时也会交叠暗影。

> 撒旦低声对你说："好吧，我不想惹你烦
> 但当你对某某小姐厌倦了，我就给你别的女人"

这正是《烦恼在心中》也在肉中，但只有道学家或者好色无胆之徒才会在听到弦外之音时发出"淫欲之罪"的嘶嘶声

> 我认识一个女人
> 能让你心情好转

（《鲍勃·迪伦的新奥尔良小调》）

——或者在听到一个被所有人都玩弄过的女人的可悲幽会时：

> 嗯，昨天深夜我带了个女人回家
> 我七八分醉意，她看起来紧张焦虑
> 她脱掉她的轮子，脱掉她的铃铛
> 脱掉她的假发，说："我闻起来味道如何？"
> 我急急忙忙……全身赤裸……
> 跳窗而出！

（《我将无拘无束》）[1]

---

[1] 演唱时歌词如此，但在 1985 年出版的《鲍勃·迪伦诗歌集：1962—1985》中，歌词为"她脱掉她的轮子，脱掉她的铃铛／脱掉她的假发，说："我闻起来味道如何？"／我急忙逃走……"

《美丽的小仙女要睡觉》（*A Beautiful Young Nymph Going to Bed*），这首乔纳森·斯威夫特（Jonathan Swift）"为女性的荣誉而作"的诗，描写了科琳娜夜半从街头返归，如何"摘掉她的假发"，还有她的眉毛，脱掉她的内衣（falsies）和她的假牙（false teeth）……脱衣舞表演（a strip-tease）？老天（Jeeze）。她（she）找不到自己的膝盖（knees）。千万别想象她早上的样子——比她实际的样子更糟糕。"看到的人，会呕吐；闻到的人，会中毒"。领教了斯威夫特的野蛮排污，《我将无拘无束》会让人感觉气味芬芳。这是因为，与斯威夫特的诗不同，在这首歌中一个男人将无法避免身体上的尴尬：可能匆匆逃走，必定全身赤裸（bare-naked，一个非但没有被剥离，还同义反复的复合词……）她脱掉她的这个，还有她的那个，还有她的别的。那我呢？"我带了个女人"。然后我宽衣解带。（"跳窗而出！"）"她看起来很乖"？他是活该。

在此之后，真正正确之事，不是（当然不是）肉欲而是欲望。毫无疑问。布莱克提出了这个问题，以完美公正的平衡之姿。

《问题的答案》

> 男人对女人到底有何需求？
> 欲望满足的模样。
> 女人对男人到底有何需求？
> 欲望满足的模样。

《我要你》唱出了这一双向的需求、这一双重的欲望。痛并酸楚着（更多是痛，因为还在快乐期待，如果她也想要他该多好），歌声复沓——隐忍着也放纵着——"我要你"，四节中的每一节都重复四次，在每一节的第三次，这三个字之后有一次恳求"好想"，在最后一遍重复之前，又讨喜地叫一声"宝贝"。

在《猜手手公子》的世界里，那个随便的女人可以向他保证，"她说：'你有世界上所有的时间，亲爱的'"。但这里不同。在我们听到最后一个"因为"之后，立刻有一段痛楚的等待，好像对全世界而言，很快就不再有世界上所有的时间了。

  因为我   我要你[1]

并且在任何情况下，时间都站在他人一边。

  因为有个对手存在，他听上去声如长笛（flutily），过于讨喜（cutely），得意于自己的套路（suitability），押韵于是被打断：

> Now your dancing child with his Chinese suit
> 你那跳舞的孩子，一身中国衣裳
> He spoke to me, I took his flute
> 他找我说话，我抢走他的笛子
> No, I wasn't very cute to him
> 是啊，我不怎么讨他喜欢
> Was I?
> 对吧？

时机得当，"对吧？"（Was I?）被强作押韵，这个韵事出有因（"因为我"[Because I]），又带着停顿。

> But I did it because he lied
> 但我那么做，只因为他撒谎

---

[1] 《鲍勃·迪伦诗歌集：1962—1985》中印有省略号。迪伦没唱点点点，他唱空洞洞。

Because he took you for a ride

因为他害你上当

And because time was on his side

因为时间站在他这边

And because I ...

因为我……

Want you, I want you

我要你，我要你

I want you so bad

我好想好想要你

Honey, I want you

宝贝，我要你

这首情歌在真挚中颠三倒四，这一点尤其妙趣横生（好一场游戏，真相与离题）。另一个女人——那个被爱得更少的女人，变得宽宏大度。

She knows where I'd like to be

她知道我喜欢去哪边

But it doesn't matter

但一切都无所谓

宽宏大度同样也内在于这首歌中，当它从醋意转向情欲。"我要你"，而且我也感到了你的欲求（the want of you）。而"of"是一个微妙的介词，要是我能感知你"的"欲求恰如这欲求从你身上散发出来该多好。不是我要命令你，即便爱也可以被命令。在这首歌里，没有祈使句，只有许多陈述句（declaratives），还有一个反复诉说的宣言（declaration），一个爱的宣言，欲望的宣言。

《我要你》以"叹息"（sighs）和"哭泣"（cries）作为韵脚开头。它的结尾仍是一声叹息、一次哭泣，"我"（I）的发音一直可以听到，直到"你"（you）：对吧（was I）→因为我（because I）→撒谎（lie）→上当（ride）→这边（side）→我要你（I want you）。

> The guilty undertaker sighs
> 认罪的敛尸人叹息
> The lonesome organ grinder cries
> 寂寞的手摇风琴师哭泣

令人感动，尤其是那个自慰的暗示。"我好想好想要你"。还是布莱克：

> 欲望的时刻！欲望的时刻！为了男子
> 而憔悴的处女，将在卧室的隐秘暗影中把子宫
> 唤醒，来享受巨大的欢乐；禁戒肉欲之乐的青年
> 将把生育后代置诸脑后，在窗帘的暗影中、
> 在静静的眠枕的褶痕里，臆造色情的影像。
> （《阿尔比恩女儿们的梦幻》[1]）

在布莱克诗作后，接续的也许是《传道书》12，"人所愿的也都废掉"的时刻。[2]

---

[1] 译文引自《布莱克诗集》，张炽恒译，上海三联书店，1999年，第220页。——译注
[2] 《传道书》12:4-5："街门关闭，推磨的响声微小，雀鸟一叫，人就起来，歌唱的女子也都衰微。人怕高处，路上有惊慌；杏树开花，蚱蜢成为重担；人所愿的也都废掉，因为人归他永远的家，吊丧的在街上往来。银链折断，金罐破裂，瓶子在泉旁损坏，水轮在井口破烂……"——译注

《传道书》	迪伦
the grinders cease 推磨的稀少就止息	organ grinder 手摇风琴师
silver cord 银链	The silver saxophone 银色萨克斯风
in the streets 路上	Upon the street 跳到大街上
the golden bowl is broken, or the pitcher is broken 金罐破裂，瓶子在泉旁损坏	my broken cup 缺口的杯子
all the daughters of music shall be brought low 歌唱的女子也都衰微	all their daughters put me down 但他们的女儿都瞧我不起

"竟不曾拥有真爱"：不仅是父亲，还有儿子和女儿。但也未必太迟，也就是说，为时未晚。

《躺下，淑女，躺下》

> 裂开的铃，褪色的号角
> 吹向我的脸，尽情嘲笑
>
> （《我要你》）

轻蔑、挫败与不适，都是滑稽戏中的角色。然而，另一方面，肉体的自信以及它能带来的平静也是如此。这就是《躺下，淑女，躺下》，一出要求与需求的喜剧。

LAY, LADY, LAY
躺下,淑女,躺下

Lay, lady, lay, lay across my big brass bed
躺下,淑女,躺下,躺在我大大的铜床上
Lay, lady, lay, lay across my big brass bed
躺下,淑女,躺下,躺在我大大的铜床上
Whatever colors you have in your mind
不管哪些色彩浮现在你的脑海中
I'll show them to you and you'll see them shine
我会展示它们让你看见它们闪耀

Lay, lady, lay, lay across my big brass bed
躺下,淑女,躺下,躺在我大大的铜床上
Stay, lady, stay, stay with your man awhile
留下,淑女,留下,陪你的男人一会儿吧
Until the break of day, let me see you make him smile
直到天亮,让我看见你带给他笑容
His clothes are dirty but his hands are clean
他的衣服肮脏但是他的双手洁净
And you're the best thing that he's ever seen
而你是他见过的事物中最美好的

Stay, lady, stay, stay with your man awhile
留下,淑女,留下,陪你的男人一会儿吧
Why wait any longer for the world to begin
为何继续等待着这个世界的开始

You can have your cake and eat it too

鱼与熊掌两者兼得又有何不可呢

Why wait any longer for the one you love

为何继续等待着你的真爱的出现

When he's standing in front of you

此时此刻他不就站在你的面前吗

Lay, lady, lay, lay across my big brass bed

躺下，淑女，躺下，躺在我大大的铜床上

Stay, lady, stay, stay while the night is still ahead

留下，淑女，留下，留下因为夜还长着呢

I long to see you in the morning light

我渴望在晨光中看见你

I long to reach for you in the night

我渴望在夜里触摸到你

Stay, lady, stay, stay while the night is still ahead

留下，淑女，留下，留下因为夜还长着呢

还要多久？你还能坚持央求多久，这是迪伦许多歌中的老问题。[1]《别再多想，没事了》。在这里就是你可以持续恳求一个人躺在你的大铜床上多久。或者，以英式习惯，说成"横陈"（lie across it）。日常的美式英语，先天迥异于故国的风度，带有一种强制她接受的特点。即便如此，躺在我的床上？虽然你是想说，以皇家英语的端方，"卧下（lie），淑女，卧下"，还是会显得不够绅士："撒谎（lie），淑女，撒谎——就像这种场合你通常做的那样"。凡此种种。男人谴责女性的虚伪。的确，美式用法可能会引起一连串的荒唐

---

[1] 参见本书论述《月光》章节。

念头（"淑女，淑女，摆桌子［lay the table］——或者，如果你愿意的话，下个蛋"［lay an egg］），但至少不会有诽谤。记住迪伦另一首歌的开头，《第四次左右》最开头的几个词，准是第四次：

她说
"省省吧，都是谎话"
我大喊说她聋啦

她聋啦，或者——就《躺下，淑女，躺下》而言——她是否对他的反复纠缠充耳不闻？她要么横陈在你的大铜床上，要么不会，其中有一个分寸。要是过了午夜，还在央求"躺下，淑女，躺下"，那你一定是个蠢蛋。从一开始，就如此强烈，反反复复，但确有一个真问题，事关你一旦强求又怎样体面地脱身。由此，押韵（可以是一种释放或缓解的方式）就成了故事中的独特一环。此外，在任何以"躺下，淑女，躺下"（Lay, lady, lay）一类词来开头的歌中，押韵都是至关重要的，"淑女"感觉是"躺下"一词懒洋洋的扩张和舒适延伸。扩展和收缩构成了"躺下，淑女，躺下"和以此冠名的歌曲的节律。在迪伦这里，标题与开头的歌词相同，并没有你想象的那么寻常。完美的一致是暗示性的，就像另外一例，《若非为你》的开头，恰恰就是"若非为你"。

这种扩展和收缩，可以简单在两个词之间形成："渴望"（long）和"更长"（longer）。哦，不过第一个单词是动词，不是形容词。没错。

I long to see you in the morning light
我渴望在晨光中看见你
I long to reach for you in the night
我渴望在夜里触摸到你

——这里不但有相似的句法和韵脚,还有内在的半谐音(看见/触摸[see/reach]),随着"我渴望……看见你"延伸到"我渴望……触摸到你"。[1] 这个对句是为了对仗与衔接,它可以追溯到(我们会看到、听到)更早的两个相似的句子:

Why wait any longer for the world to begin
为何继续等待着这个世界的开始

Why wait any longer for the one you love
为何继续等待着你的真爱的出现

"更长"(longer)似乎是"渴望"(long)的加长版,的确如此,却没有后者的渴求之义。渴望的感觉被唤起,渴望并等待着。但还要多久(how much longer)?

这个说法也许来自一首劲歌《新的小马》,歌中的女声突然插入:"还要多久?"——你的新小马还要多久才满足你,在她也需要一枪之前?《新的小马》中直言不讳的世界,也许切合老人的痛苦沮丧(在希拉里·科克[2]的想象中),他打量自己的肉体和情感:"我的欲念愈长,我结核肺的喘息愈短"(My lust grows longer and my lunger shorter)[3]。这一行冲了出来(lunge),其中"结核肺"(lunger)一词让人感觉,呀,你那儿还有个轻柔的 g 呢。但在《躺下,淑女,躺下》中,持续的问题是:你究竟还能请求、恳求、央求多久?

---

1 正如专辑《洪水前》(*Before the Flood*,1974)中演唱的一样,歌曲的结尾是:"渴望在夜深人静的时候找寻你/女士,留下,留下,趁着夜长着呢"。这选择了不同的交错配列模式,abba:死了……夜晚……夜晚……前面(dead...night...night...ahead)。

2 希拉里·科克(Hilary Topham Corke,1921—2001),英国诗人、散文作家、作曲家、矿物学家。——译注

3 《一首男人的歌》(*A Man's Song*),开头是"油温更高,罪恶感退去",《新诗 1963》(*New Poems 1963*),劳伦斯·德雷尔(Lawrence Durrell)编(1963)。

迪伦说过《躺下，淑女，躺下》是如何诞生的：

> 这整首歌是由最开始的那四个和弦生发出来的。然后我为它填词，"啦啦啦"那类的词，好吧它变成了"躺下，淑女，躺下"，发音时它们舌形一致，事实上就是这样。

"'啦啦啦'那类的词"是一种不错的解释，因为对细节足够漠不关心；它随随便便，仅仅是歌曲开始时一种套近乎、拉关系的方式。可关于"发音时它们舌形一致"这一点，又不禁让我们想到这首歌显然又是色眯眯的。"秽语症"（Erotolalia）：与鼓噪唇舌相关联的性兴奋，需要考虑的是"絮语（Lalia）：一个核心词素，代表希腊[λαλιά]演说、闲谈，用来构成表示各种紊乱或不寻常语言能力的词汇"[1]。试试秽语版的"躺下淑女躺下啦"（erotolayladylaylia），这可能刚好投合一个喋喋不休的人的口味。专辑《崭新的清晨》中有首歌，迪伦兴高采烈、干脆利落地开了头，没有歌词只有"啦啦啦"；《我身体里的男人》以"啦啦啦"开头并且伴随整个乐段，他撒完了欢儿开始"我身体里的男人"的唱词之前，"啦啦啦"已超过四十次，最后这首歌也结束于这一欢歌的回归，它所发现及表达的欢乐，恰恰是通过嘴而不是词。

快乐的头韵天真如赤子，光是从"躺下，淑女，躺下"唱到"躺在大铜床上"就已乐不可支。在歌曲玩耍的游戏中，还有一个数字游戏：以二（两个对句作为第一节）对三（躺下 躺下 躺下／留下 留下 留下 [lay lay lay / stay stay stay]，外加大铜床 [big brass bed]）对开端的四个头韵：躺下 淑女 躺下 躺下。直到"直到天亮"（until the break of day）这一句，某些新东西显露出来，贯穿的中间韵持续到了第二节的第三行：

---

[1] 《牛津英语词典》包括这个后缀和各种单词，比如"语义含混"（glossolalia），但是它忽略了秽语症，尽管性学家们已经在低声提议这个词。

Lay, lady, lay, lay across my big brass bed

躺下，淑女，躺下，躺在我大大的铜床上

Stay, lady, stay, stay with your man awhile

留下，淑女，留下，陪你的男人一会儿吧

Until the break of day, let me see you make him smile

直到天亮，让我看见你带给他笑容

"天（day）亮"之后，我们也将洞悉某事。

"躺下，淑女，躺下，躺在我大大的铜床上"：迪伦用特大号的尺寸唱出了"床"，演唱时他并没有把它唱成一个单音词，而是做了些调整，让它变得异常宽阔，虽然它也没完全变成一个双音词。他对这个词的处理，正如丁尼生在《食莲人》中所说的对待"疲倦"（tired）这个词的方式："要让这个词既不是单音词，也不是双音词，而是二者睡眼惺忪的孩子。"[1]（或者是其一与其二这两者的孩子。）你会在脑子里听到某种声音，它既不是像"tied"那样的单音节，也不是像"tie-erd"那样的双音节，而恰恰游移不定于收缩和扩张之间。这也是这首歌中处理"床"的方式，它引逗出一种横陈的遐想。

乔纳森·斯威夫特让自己的阴郁想象支配了《美丽的小仙女要睡觉》。而一个多世纪前，约翰·多恩则在愉快的想象中写下希望之作《致他即将就寝的情人》(*To His Mistress Going to Bed*)。她将为他更衣："脱掉"这个，脱掉那个，然后走向"这个爱情神圣的庙宇，这张柔软的床"。由于头韵和韵脚的振荡，这首诗的开头几行元气充沛，其召唤力来自口舌之间：

Come, Madam, come, all rest my powers defy,

来吧，夫人，来吧，我的力量蔑视一切休息

---

[1] 参见本书《所有疲惫的马》相关论述。

Until I labour, I in labour lie.

直到我劳作,我将躺在疲倦中。

来吧,夫人,来吧:或者躺下,淑女,躺下。多恩第二行诗的生动,不光因为充满暗示性的"躺"(lie)(两次和"我"[I]相应和),还因为声音的回旋(从"躺"[lie]到"劳作"[labour]):"劳作(labour)……劳作(labour)"。多恩的诗也许是一个来源,但关键是一种同源。英雄所见所感之同。

多恩	迪伦
Bed 床	Bed 床
Show 展示	Show 展示
Seen 看见	See 看见
one man 一个男人	your man 你的男人
Unclothed 脱光	Clothes 衣服
my...hands 我的……双手	his hands 他的双手
World 世界	World 世界
Standing 站着	Standing 站在
Still 还	Still 还
Lighteth 照亮	Light 晨光

头韵和尾韵是将一物引向另一物的方法。开始的强求或央求,无论迪伦还是多恩,都用到了这些声韵的技巧,因而在古老的吁求和身体长久以来的紧绷感之间,的确存在相关性。爱情,不是色欲,而是一种身体的坦率。得寸之后,他必会进尺。迪伦的歌中有很多"得寸进尺"的演绎,就像多恩的诗一样。当华莱士·史蒂文斯在《对巨人的阴谋》(*The Plot Against the Giant*)中想象究竟怎么才能真正俘获"这个乡巴佬"时,他选出的最具魅惑力的,是

"第三个女孩"的"天堂般的唇音",而"第一个女孩"希望"气质高雅","第二个女孩"力图"穿着艳丽"——

> 不管哪些色彩浮现在你的脑海中
> 我会展示它们让你看见它们闪耀

(《躺下,淑女,躺下》)

——但我们应该将赌注下在这第三个女孩身上:

> Oh, la... le pauvre!
> 哦,啦……亲爱的!
> I shall run before him,
> 我要跑在他前面,
> With a curious puffing.
> 好奇地喘着气。
> He will bend his ear then.
> 那时他会侧耳倾听。
> I shall whisper
> 我要低声说
> Heavenly labials in a world of gutturals.
> 在一个充满喉音的世界里天堂般的唇音。
>
> It will undo him.
> 它会打败他。

啦……嘞——哩 这组唇音:迪伦,深知如何让人们侧耳倾听,通晓天堂般的唇音的全部,同样,他也擅长喉音:

216

He got a sweet gift of gab, he got harmonious tongue

他伶牙俐齿，声音动人

He knows every song of love that ever has been sung

知道人类唱过的每一首情歌

Good intentions can be evil

好意会坏事

Both hands can be full of grease

双手会沾满油脂

（《和平使者》）

《躺下，淑女，躺下》本身是一首叙事诗（lay），"一首旨在演唱的小令或叙事性诗歌"（一首**我们首席歌手的叙事诗**），甚至无关所有那些搔首弄姿的双关语。"躺下，淑女，躺下"：立刻，开口就是一个祈使句。不许佯装发问，别说"你常来吗？""你从哪儿搞来的那些可爱的珠串？"或是"我们不是在拉尔夫·纳德家的聚会上碰过面吗？"一类话。没在开玩笑。

这首歌中一共有二十四个祈使句，它们最终汇集成一句。而这些祈使句中并无强迫之意，这是此歌的力量所在。当多恩的诗作以"来吧，夫人，来吧"开头，我们享有自主抉择的特权，去决定以何种语气念出这些词：诱骗？恳求？央求？享乐？专断？但《躺下，淑女，躺下》是一首歌，是一首作者带着自己的观念——不仅关于歌曲的理念，还关乎各种感官的运用——来演唱的歌曲。从旋律和歌词的一开始，我们就知道歌中的女郎并不是被训斥。她被引诱，被诱入沉迷，声与乐沉迷不已、低回不已，甚或恍惚不已。

歌曲中平静、抚慰的氛围正是这种耐心。别急。莫慌。无需匆忙。确实，他已成竹在胸。不过，像约翰·多恩在另一首挽歌的开头写道：

无论谁在深爱，如不求婚

这爱的真正终点，他将在大海上

一无所获，空有一身疲病

（《爱的历程》）

这里的海，汹涌不宁，不似《躺下，淑女，躺下》那般悠闲摇摆（它更像吊床，而不是大铜床）。

在这首歌中，还有多种方式按捺住愣头愣脑。[1]比如，许下的不是自作主张的承诺，那样的话就会说如果我们做爱，你将发现我的内在。或是说，这样一来，我也会发现你的内在。而是说，我对你早已全情投入。（还有未说破的一点，希望你会同样待我）：

　　不管哪些色彩浮现在你的脑海中
　　我会展示它们让你看见它们闪耀

承蒙他人的好意，我们才能看清——并被展示——我们的真实所想。你心里究竟在想些什么？在他人身体的辉映下，我们的身体才能炫彩。

如此交互影响与歌曲中代词的转换有关，代词能让歌手——完全不同于《准是第四街》中的关系——跳脱出自身的视角。

　　躺下，淑女，躺下，躺在我大大的铜床上
　　留下，淑女，留下，陪你的男人一会儿吧
　　直到天亮，让我看见你带给他笑容
　　他的衣服肮脏但是他的双手洁净
　　而你是他见过的事物中最美好的

1　他说："亲爱的，告诉我实情，我有多少时间？"
　她说："你有世界上所有的时间，亲爱的"

（《猜手手公子》）

我的床，又是你的男人——我是谁，你懂的。你可以在我的大铜床上歇会儿。紧接着，关键是，喜剧性来自下面的几句，"他"既是第一人称又是第三人称："让我看见你带给他笑容"。人格分裂，却裂出了咧嘴笑。进而，又自信满满地回看自我，用别人的眼光来打量我们自己（或者就如我们请求别人也能那样，希望别人也像那样）。"他的衣服肮脏但是他的双手洁净"。将自己归入第三人称，是一种把握歌中人物的方式，为了第二人称"你"可以用正在恳求的情人之眼，来真切感知那个第一人称：

> 他的衣服肮脏但是他的双手洁净
> 而你是他见过的事物中最美好的

他的双手洁净因为他清白，无辜：七情六欲之中，没有色欲，也没有诡诈。[1]就在此处，迪伦没有按歌的原词来唱，他并没有唱"他的衣服肮脏但是他的双手洁净"，而是唱成"他的衣服肮脏但是他的——他的双手洁净"。这是有趣的一招儿，虽然没啥子深意。

这首歌押韵的核心效果是，有两句——无论有意还是无意，你肯定已经注意到——并不押韵。在一首爱情歌曲中这非常重要，尤其当这两句的其中一句以"爱"结尾。迪伦从结构上、句法上让非押韵行凑成一对，只改变了它们最后三个词，以便让你识别它们：

> Why wait any longer for the world to begin
> 为何继续等待着这个世界的开始

> Why wait any longer for the one you love
> 为何继续等待着你的真爱的出现

---

[1] 正如在《暴雨》中所唱的，这首歌任其自然，介绍了迪伦在《狼蛛》（1966年，1971年，第53页）中称之为"帮派情结中的人性"。所以，在新事物的摇摆中需要有一些新词："忘记这支舞，我们上楼吧"（forget the dance, let's go upstairs），与"谁真的在乎？"（Who really cares?）押韵。

这两行诗不押韵，但第一行的"开始"（begin）一词，与上一节中的洁净/见过（clean/seen）押一点韵，尤其考虑到迪伦如何来发声的话。尽管如此，没有一个词可以归结或完成于以"开始"来开始的韵——这意味着，"开始"不与任何词完全押韵，没有一点可能的擦边、入韵。"爱"（love）也如是。这首歌暗示——吁求——与"爱"押韵的不会是任何的词或任何的发音：它是一个行动。也就是说，爱的行动，倘若她能横陈在他的大铜床上（一个没有请字的请求）。那将是对"为何继续等待着你的真爱的出现"这个问题的回答，虽然这算不上是一个问题（在迪伦的演唱及书面的印刷中，这一句都没有问号），而只是一个吁请。"爱"之韵，不押在那里。然而它滑稽、深情，又包含了全然的欢欣，因为它将韵律信托给了行动——给了信任、真爱和默默领受。因为这首歌是耐心的，默默领受也会随时间而至；无需詹姆斯·乔伊斯式的"不假思索一口答应"。

与此同时，"你的真爱"（the one you love）比"你爱的男人"（the man you love）更重要，因为"这一个"（the one）让爱变特殊、独一无二："这一"（the），而不是"一位"（a），"一个"（one）不仅仅是正式或客观的说辞，而且指仅有且唯一。对多恩而言，情人上床睡觉，即为"我的王国，由一位男人掌控最安全"。

比较一首托马斯·哈代的诗，才能知道迪伦的歌到底有多温暖。那是一首寒冷刻骨的诗，也没有用"爱"押韵。虽然都未押韵，二者却又如此不同。

SHUT OUT THAT MOON
挡住那月光

Close up the casement, draw the blind,
关上窗户，拉下窗帘，
　　Shut out that stealing moon,
　　挡住那悄悄洒来的月光，

She wears too much the guise she wore

她那姿色太像她从前——

    Before our lutes were strewn

    在我们的琴儿还没积上

With years-deep dust, and names we read

多年尘土，石碑犹未刻上

    On a white stone were hewn.

    我们念到的名字那时光。

Step not out on the dew-dashed lawn

别踩上那露沾的草坪

    To view the Lady's Chair,

    去观望仙后星座，

Immense Orion's glittering form,

浩茫的猎户座闪烁的图形，

    The Less and Greater Bear:

    或小熊座与大熊座。

Stay in; to such sights we were drawn

闭户不出吧，那番胜景

    When faded ones were fair.

    凋零者娇丽时我们神往过。

Brush not the bough for midnight scents

别拂动树梢，叫午夜的香气

    That come forth lingeringly,

    弥漫四周，缠绵不逸，

And wake the same sweet sentiments

唤醒当年它吹给我和你的

    They breathed to you and me

    同样甜蜜的情意,

When living seemed a laugh, and love

那时节生活好比笑声,爱呵,

    All it was said to be.

    同人们所说的无异

Within the common lamp-lit room

这灯光照明的普遍房间

    Prison my eyes and thought;

    锁住了我的视线与思路;

Let dingy details crudely loom,

让杂物在朦胧中隐现,

    Mechanic speech be wrought:

    敷衍的话语从口中编出:

Too fragrant was Life's early bloom,

人生初开的花呵,太香甜,

    Too tart the fruit it brought!

    它结出的果子呵,太苦![1]

第一节中,哈代只在偶数句中用韵:月光 / 积上 / 刻上(moon/strewn/

---

[1] 译文引自《英国诗选》,王佐良主编,钱兆明译,上海译文出版社,2011年,第463—464页。——译注

hewn)。[1] 第二节，全部换成奇数句（一处押了半谐音，草坪 / 图形 / 胜景 [lawn/form/drawn]）。最后一节，他完美地让所有句子押韵：房间 / 隐现 / 香甜（room/loom/bloom），还有思路 / 编出 / 太苦（thought/wrought/brought）。不过在倒数第二节他令人难忘地破坏了这个过程，偶数句很完美地押韵：不逸 / 我的 / 无异（lingeringly/me/be），可奇数句却有一个例外：香气 / 情意 / 爱（scents/sentiments/love）。"爱"（love）不押韵，也永不会被押一个完整的韵（啊……），更令人难受的是，在这一句中与韵脚频频呼应的，还有另一种语言特性，头韵："那时节生活好比笑声，爱呵 / 同人们所说的无异"（When living seemed a laugh, and love / All it was said to be）。（同样，迪伦也这么处理 w 和 l 的发音："为何继续等待着你的真爱的出现……"[Why wait any longer for the one you love / When……][2]）倾听吧，感受那份酸涩、尖刻，感受读到哈代诗作最后一节结尾时舌尖上可怕的味道，及唇齿间泄气的摩擦（t's），往往在诗行和韵脚的结尾，但也不仅仅于此：

    Within the common lamp-lit room
    这灯光照明的普遍房间

      Prison my eyes and thought;
      锁住了我的视线与思路；

    Let dingy details crudely loom,
    让杂物在朦胧中隐现，

---

[1] 有一个问题是关于一行的结束词的发音（并不是因为这会影响押韵）。这个"读"（read）是现在时吗：我们现在在读？还是过去式：我们以前读过？我认为是前者（阅读纪念碑上的铭文）；但是书面文字有一种可能会置我们于危险当中。（这些东西是现在的还是过去的？这是一个哈代经常拒绝规定问题。）杰弗里·希尔有一首诗的开头是："里尔克可以在昏暗的光线下读圣经 / 或者不太出色的脚本 / 我所声称的大多数 / 可以如此阅读"（《科摩斯的场景》，2002，第三部分，16）。可如果听歌，人声会让我们毫无疑问（这可能是另一件好事）。迪伦："见到你真好，你读我如读书"——这里的"读"是过去式，不适用于现在（因为你是自作多情）《我为你着迷》有一个关于拼写的严肃笑话。(《科摩斯》是约翰·弥尔顿写的舞剧。——译注）

[2] 从表面上看，奇怪的是"一"（one）与"为什么"（why）押头韵，可是，真是没想到。

Mechanic speech be wrought:

敷衍的话语从口中编出:

Too fragrant was Life's early bloom,

人生初开的花呵,太香甜,

Too tart the fruit it brought!

它结出的果子呵,太苦!

哈代诗中的犀利,使其迥异于迪伦的不少看似属于同类的歌曲:

关上窗户,拉下窗帘,

挡住那悄悄洒来的月光,

——"关上灯,拉上帘子……"可《今晚我将是你的宝贝》转而发出了一个不那么苦涩的指令,"把那酒拿过来"。不过哈代的标题《挡住那月光》,可能启发了迪伦命名的方式。哈代诗作的标题,不是取自诗的首句或末句,而是取自第二行:"挡住那悄悄洒来的月光"。但在标题的"挡住那月光"中,"悄悄洒来"一句已悄悄溜走。哈代是个硬汉子。《宝贝,停止哭泣》,迪伦的标题比歌曲本身要粗硬一点,前者从未在歌中以原样出现,而每每被改成"宝贝,请停止哭泣"。差异之中自有一份谐趣,那个富于魔力的词到哪儿去了?

爱是一场赌博,勾引某人上床同样如是。承担责任又想冒险,这种感觉戏谑地出现在"夜还长着呢"这一句中。这个短句翻转了局面。在前进中退出?不,留下来,你可以继续取胜,这个夜晚——我们的爱之夜——夜还长着呢。[1]

---

[1] "我保持领先",迪伦在《等着你》中唱道(发行于《丫丫姐妹们的神圣秘密》电影原声,2002年),开头一节押韵包括 way/say/day 和 head/spread/dead。(Lay, lady, lay 和 bed/ahead。)

威廉·燕卜荪明确强调，"文体给人的快悦总是可以用上面他提到的那种既分离又联系的双重性来解释的，而这双重性表现为在内容上结合在一起的东西被紧密地结合在语言手段中"。[1]但"结合"，它们其实不必如此。句子和论争可能生活在罪之中，可这不一定就意味着堕入色欲的渊薮。

《在这样一个夜里》

在《威尼斯商人》中，年轻的恋人们通过拌嘴让彼此（也包括他们自己）激动，在爱情来来回回的对峙中，他们喜欢的口头禅是"在这样一个夜里"。这几个词往往是一行诗，或一段韵律的终止。抑或不止一个终止，一种完成，更无法就此止息，而是转瞬便带着爱情和恋人们通向新世界，在这个世界里，年轻的恋人们，如洛伦佐和杰西卡，可以不谙世事地提出年轻的爱情有权利陶醉自赏。这一场的开端（第五幕第一场）也即刻暗示，"在这样一个夜里"具有一种无可置疑的魅力：首先，把一个句子分成彼此呼应的两部分，然后让这两部分以一个中间韵相互缠绕：皎洁／夜晚（bright/night）。他说：

> 好皎洁（bright）的月色！在这样一个夜（night）里，微风轻轻地吻着树枝，
> 不发出一点声响；我想正是在这样一个夜里，
> 特洛伊罗斯登上了特洛亚的城墙，
> 遥望着克瑞西达所寄身的希腊人的营幕，发出他的深心中的悲叹。

而她立刻拾起他用了三次的"夜里"，完成他说了一半的句子，"克瑞西达所

---

[1]《朦胧的七种类型》（1930年，1947年第二版），第132页。

寄身的夜里",用这个深情的词,与它自己押韵,但依然快乐。(在互文的过程中,所有被提到的古典恋人都因不幸而闻名,这又让我们这对年轻情侣感觉多么温馨,多么平安。)她说:

> 正是在这样一个夜里,
> 提斯柏心惊胆战地踩着露水,
> 去赴她情人的约会,因为看见了一头狮子的影子,
> 吓得远远逃走。

于是他说(使出了悲剧的杀手锏):

> 正是在这样一个夜里,
> 狄多手里执着柳枝,
> 站在辽阔的海滨,招她的爱人
> 回到迦太基来。

轮到她,也不逊色(一种非常自然的倾向,来源于超自然之力):

> 正是在这样一个夜里,
> 美狄亚采集了灵芝仙草,
> 使衰迈的埃宋返老还童。

不是罗曼司(romancy)[1],而是通灵术(necromancy)!年轻的洛伦佐最好记住,有一天他会像埃宋一样衰老。他(让这个夜晚成为独一无二的夜晚,不

---

[1] 确实有这样一个词("与浪漫有关,或令人联想到浪漫"),它喜欢夜晚(nights)也喜欢骑士(knights):"别人的灯点燃漫长的阿提克之夜,/用浪漫的膏油来滋养他们的骑士"(《牛津英语词典》)。

仅对着她诉说而且说的就是她,还在一个双关语上抢先她一步,他想以此赢得比赛)说:

> 正是在这样一个夜里,
> 杰西卡从犹太富翁的家里逃了出来,
> 跟着一个不中用的情郎从威尼斯
> 一直走到贝尔蒙特。

可她不会被他这点自我贬低的小聪明所迷惑——"一个不中用的情郎",他确实是的。她这样说(如果"偷去"正是问题所在……):

> 正是在这样一个夜里,
> 年轻的洛伦佐发誓说他爱她,
> 用许多忠诚的盟言偷去了她的灵魂,
> 可是没有一句话是真的。

偷的是她的灵魂,不是她的肉体,他被佯装严厉地提醒。为了尊严,此时他得佯装无礼地反驳。该教训他的小泼妇了。他说:

> 正是在这样一个夜里,
> 可爱的杰西卡像一个小泼妇似的,
> 信口毁谤她的情人,可是他饶恕了她。

这男人在居高临下!饶恕她,妙啊。她已经准备好再扳回一轮("我可以搬弄出比你所知道的更多的夜的典故来"),可比赛必须结束了,无论他们还是我们,都不知道是谁取得了胜利。这毫不紧要(这个想法挺好),因为没有人被轻忽。她说:

227

倘不是有人来了，我可以搬弄出比你所知道的更多的夜的典故来。

可是听！这不是一个人的脚步声吗？[1]

没理由去认为迪伦让自己起劲搬弄"在这样一个夜里"的典故，而且大致来说，考虑到它流行的年代，他对这个典故不会有印象。但副歌以外也多有重合：比如"吻"（kiss）连缀了"这个"（this），"微风"（wind）/"风"（winds），"跑"（run），"离开"（away），"老"（old），"远"（far），"漂亮"（pretty），"喜欢"（like），还包括"手"（hand）和"手指"（fingers），以及"听"（hark）和"倾听"（listen）间的关系。莎士比亚的开头是"好皎洁的月色，在这样一个夜里"，而迪伦从"在这样一个夜里"（On a night like this）突然转至"将我挽得这么紧"（Hold on to me so tight），二者何其相似。但无论是有渊源，还是彼此相似，将一个爱的场景与另一个相联，可能会为《在这样一个夜里》投下一丝光亮（或许是抹月光？），让我们明白为什么这首歌感觉确实不错。

ON A NIGHT LIKE THIS
在这样一个夜里

On a night like this
在这样一个夜里
So glad you came around
很高兴你到我身边了
Hold on to me so tight
将我挽得这么紧

---

[1] 上述译文均引自《威尼斯商人》，《莎士比亚全集》，朱生豪译、方平校，第85—86页。——译注

And heat up some coffee grounds

将一些咖啡渣加热

We got much to talk about

我们有很多话可说

And much to reminisce

有很多事堪忆

It sure is right

这确实是不错

On a night like this

在这样一个夜里

On a night like this

在这样一个夜里

So glad you're here to stay

很高兴你已过来留驻

Hold on to me, pretty miss

挽住我，漂亮女士

Say you'll never go away to stray

说你绝不再远走迷途

Run your fingers down my spine

你的手指滑过我的脊骨

And bring me a touch of bliss

带给我微微的欣喜

It sure feels right

感觉确实不错

On a night like this

在这样一个夜里

On a night like this

在这样一个夜里

I can't get any sleep

我无法入眠半分

The air is so cold outside

外面空气这么冰冷

And the snow's so deep

积雪又这么深

Build a fire, throw on logs

堆起火来，投进木柴

And listen to it hiss

倾听它的嘶嘶

And let it burn, burn, burn, burn

任它燃烧，燃烧，燃烧，燃烧

On a night like this

在这样一个夜里

Put your body next to mine

将你的身体挨着我

And keep me company

一直伴我身旁

There is plenty a room for all

两人的空间够宽绰

So please don't elbow me

就请别对我推搡

Let the four winds blow

任四方的风吹打

Around this old cabin door

在这老木屋门上

If I'm not too far off

如果不是我离得太远

I think we did this once before

我想我们从前也曾这样

There's more frost on the window glass

每多一个新的温柔之吻

With each new tender kiss

就有更多的霜凝上窗玻璃

But it sure feels right

但感觉确实不错

On a night like this

在这样一个夜里

　　这首歌一点儿都不神秘，迪伦对它的评价更是显示了这一点："我想这情形有点儿像一个醉汉暂时的清醒。这首歌不是我喜欢的类型。我想我只是为了写而写了它"（《放映机》）。无疑，迪伦有点迟疑，当他说"我想""我想"，还有"这情形有点像"。

　　　　如果不是我离得太远
　　　　我想我们从前也曾这样

　　也许是我离题太远了。无论如何（既然我也是为了写而写），我想我可能不会再这么干了。不是我喜欢的类型？这首歌不是我喜欢的类型。

他是为了参与什么智力竞赛，才去质疑这首歌吗？在这首醉醺醺的《在这样的夜晚》中，迪伦敏锐地捕捉到那种半醉半醒、头晕目眩的状态，以及这对一个人的时间感的影响（"暂时的"？）。我们对整首歌的期待，正是开头歌词所渴求的韵，"在这样一个夜里"，这一行是前面三节的开头和结尾，虽然最后一节并非如此，它打开了一扇窗，将副歌抛入风中（取而代之以"任四方的风吹打"）。"在这样一个夜里"等不及——除非它能够，因为它不得不——"吻"这个词的出现，押韵此时才在游戏般的前戏中展开（"你的手指滑过我的脊骨 / 带给我微微的欣喜"：手法不错），加强直至最后一节：

> 任四方的风吹打
> 在这老木屋门上
> 如果不是我离得太远
> 我想我们从前也曾这样
> 每多一个新的温柔之吻
> 就有更多的霜凝上窗玻璃
> 但感觉确实不错
> 在这样一个夜里

乍一看，韵脚好像将点题的那句副歌安排在了一个特定的格式里。"在这样一个夜里"（On a night like this）在第一节中既是开头也是结尾，它与第六行的"有很多事堪忆"（And much to reminisce）押韵。（轻轻松松，这里的"堪忆"，并非一个不及物动词——如它现在的用法——而是一个及物动词，就像我们此时在追忆，或缅怀旧事。）然而，押韵的模式开始自我放飞，尤其在扩张和收缩之际。第一节的三重韵——这样 / 堪忆 / 这样（this/reminisce/this）之后，紧接着的是仿佛四处分散般的扩张：这样 / 女士 / 欣喜 / 这样（this/miss/bliss/this），这种韵的衔接、递进，干得漂亮，"挽住我，漂亮女士"（Hold on to me, pretty miss）。到了第三节，三重韵又回来了

（这样／嘶嘶／这样［this/hiss/this］），但此后又调转了方向，有所改变：在最后一节中，不是扩展而是收缩，仅有两重韵，吻／这样（kiss/this）。全剧终。如若"吻"不是一个被热切期待的成果，它便是一次收缩，尤其当吻作为一种为了押韵表达的多变修辞手法时更是如此。[1]更有甚者，像扩展一样，收缩是爱情的本性，也是这首歌的本性。举个例子，如副歌的倒数第二行。第一节的"这确实是不错"（It sure is right），在第二节变成了"感觉确实不错"（It sure feels right），二者既是扩展（"感觉不错"比"不错"更真实，对吗？）又是收缩（拜托，"不错"比"感觉不错"来得更真——我没错还是我没错？）。歌曲捍卫了情感，于是——在最后一节——增加了一个词："但感觉确实不错"。这最后一个"但"很迷人，在恋人的思绪里，或者更确切地说在感觉之中：

> 每多一个新的温柔之吻
> 就有更多的霜凝上窗玻璃
> 但感觉确实不错
> 在这样一个夜里

"但"，而不是"'所以'感觉确实不错"？无论如何，我们完全屈服于自己的激情，但那感觉不错。仅有这一次吗？"我想我们从前也曾这样"：快活地骂上一次（你真的记不得那件事了，那件事不堪回首了吗？）让我想起莎士比亚笔下的恋人们是如何相互打趣的。洛伦佐和杰西卡不仅有很多话可说，他们还在彼此交谈。但，这首歌却好比一只手鼓掌的掌声（"很高兴你已过来留驻［came around］"，从既是"来到我身边"也是"苏醒"两种意义上讲），它需要去做自己极为擅长的事：那就是，去和他所交谈的人、他

---

1 参见本书《多余的早晨》相关论述，《威尼斯商人》中的一个场景如此开局："好皎洁的月色！在这样一个夜里（a night like this），微风轻轻地吻着树枝（kiss the trees）"。

所感激的人、不会因插科打诨而翻脸的人打好交道。房间里的温热不仅因为所有的木柴，还少不了我们对爱的热情———扫阴霾和湿冷。（有一股纯粹的热力在融化窗玻璃上的霜冰。）而且为什么第三节没了"感觉确实不错"这一句？因为取而代之的是拥有如此坚实核心的热力，这样的快乐无需鉴别或认证：

> 在这样一个夜里
> 我无法入眠半分
> 外面空气这么冰冷
> 积雪又这么深
> 堆起火来，投进木柴
> 倾听它的嘶嘶
> 任它燃烧，燃烧，燃烧，燃烧
> 在这样一个夜里

"我无法入眠半分"：我们懂的，但这样的话术在《如果你要走，现在就走》中也用过，它暗示的意思，似乎刚好相反：

> 只是我很快要睡了
> 天太黑，你会找不到门口

但接下来，有一点可以区分欲望和情欲，那就是"情欲"没时间幽默，反之《在这样一个夜里》喜欢无所事事，不管是"将一些咖啡渣加热"，还是：

> 两人的空间够宽绰
> 就请别对我推搡

"别推我女士"(《求求你,亨利太太》),不过,漂亮女士,别误会我:

> 将你的身体挨着我
> 一直伴我身旁
> 两人的空间够宽绰
> 就请别对我推搡

他真是一个好伴侣,值得拥有。幽默也生动地表明,房间里还有另外一人,这人因好玩的段子而备受称赞,还有一副可靠的身体。

愤 怒

《只是棋局里一枚卒子》

取人性命无需很大的勇气。"灌木丛后方射出的一颗子弹取了梅加·埃弗斯的血"。杀手藏在暗处,这一点就足以让你气血翻涌。

> 梅加·埃弗斯(1925—1963),全美有色人种协进会(NAACP)的第一位非裔美国人地方联络员。他曾积极组织选民登记活动,直至被狙击手杀害。[1]

可"狙击手"这个词意味着战斗中的孤胆勇气,[2] 有抬举潜伏者的危险。杀害埃弗斯的杀手绝非战士。卒子是步兵(这是这个词的本义),而步兵只会被要求在公开的战斗中表现出勇气。

迪伦需要勇气,在1963年的那个夏天,亦即距离梅加·埃弗斯被谋杀刚过一个月,去谈论那个白人杀手——当着密西西比绝大多数黑人观众的面,去唱他——唱出"但不能谴责他"。迪伦明白,他可能因唱得不够愤怒而招致愤怒。他很清楚自己可能因不去谴责而招致谴责。整个社会都在控诉这个杀手,带着狂暴的愤怒,又因"但不能谴责他",这愤怒更被压制。在

---

[1] 《美国家庭百科全书》(*The American Spectrum Encyclopedia*,1991年)。
[2] 1824年最初是军事用语("神枪手",《牛津英语词典》)。"敌方狙击手打死打伤几个印度兵。"1897:"很难观测到狙击手,他们通常隐藏在大石后追击哨兵。1900年:"大炮压制了波尔狙击手。"

这首歌的第二节、第三节，还有第四节，这句话不断被重申；在这些乐段中，遣词变得有些粗鲁，听起来像是在同情那个可怜的白人（这里没有居高临下，因为在迪伦其他完全不同的歌中，也有类似的平民与民主的碰撞）："但错不在他"。直到最后一节，才不再纠结于谴责与否。最终，视线投向想象中的将来，杀手终归坟墓，那句在每一节构成高潮的歌词——在最后的结尾处——不仅是他的一生总结，而且成了他的墓志铭：

刻着简单的墓志铭：
只是棋局里的一枚卒子

一个卒子迫使自己相信，这不只是他们的游戏，也是他的游戏，在某种程度上他是对的，因为对他来说不会假装一个卒子不是行动的一员。但这也许适用于别人——借用罗伯特·洛威尔（Robert Lowell）的说法："怜悯怪物吧！"[1]——要给予他一丝冷酷的宽容，"但错不在他"。他就是受了愚弄。

A bullet from the back of a bush took Medgar Evers' blood
灌木丛后方射出的一颗子弹取了梅加·埃弗斯的血

A finger fired the trigger to his name
一根手指朝着他的名字扣下扳机

A handle hid out in the dark
一个枪柄藏在暗处

A hand set the spark
一只手点了火花

Two eyes took the aim
两只眼睛瞄准

---

1 《佛罗伦斯》（*Florence*），见《献给联邦死难者》（*For the Union Dead*，1965 年）。

Behind a man's brain

一个男人的脑后

But he can't be blamed

但不能谴责他

He's only a pawn in their game

他只是棋局里的一枚卒子

"灌木丛后方射出的一颗子弹取了梅加·埃弗斯的血"。行动是隐秘的，句子是直白的。而力量分岔，两个不同的词组同时转换，立刻带来两种不同的死亡呈现。

——A bullet took Medgar Evers' life

——一颗子弹取了梅加·埃弗斯的命

——A bullet shed Medgar Evers' blood

——一颗子弹取了梅加·埃弗斯的血

"灌木丛后方射出的一颗子弹取了梅加·埃弗斯的血"：这一句包含了罪恶。词的序列看起来像是一道血迹：子弹（bullet）……后方（back）……灌木丛（bush）……血（blood）。这四个词押了头韵，第一个词"子弹"有两个音节（好像枪的双膛），其他词都是单音节。

偷偷地隐身，杀手的形象缩减为身体的某个部位，就像子弹对身体的无情缩减一样：一根手指，一个枪柄，一只手，两只眼睛，一个男人的脑后。开枪，就是这样。

从灌木丛后方。从他背后。"后方"（back）和"脑后"（behind）这两个词，在歌中砰砰作响，混杂着在凶手心中肆虐的疾病——这首歌本身要警惕，避免被它感染。[1] 稍后，这第一节，目击了谋杀的瞬间：

> Two eyes took the aim
> 两只眼睛瞄准
> Behind a man's brain
> 一个男人的脑后

——他的脑后，一个男人的身后。这几句更加暴力，因为它们有种不明显的矛盾：大脑在眼睛后方，而不是反方向——除非残忍地想象，眼睛位于大脑后方，是因为要执行大脑的决定，它们支援大脑：后援（behind），"支持，支援"，"在某人的背后力挺；支持（某人）"，《牛津英语词典》最早的引文就与军队的光荣有关，"该团的其余人员……是露西船长的后援"。

> From the poverty shacks, he looks from the cracks to the tracks
> 出身贫穷棚屋，他自缝隙望向分界线
> And the hoof beats pound in his brain
> 蹄声在他脑海里咚咚作响

这一段杀气腾腾。从"棚屋"（shacks）（"贫穷棚屋"，一个激烈的短语）到"缝隙"（cracks）再到"分界线"（tracks），能感觉有一双充血的眼，在通向"back"这个来自灌木丛后方的词的途中，还有"结党"（pack）一词加入。

> From the poverty shacks, he looks from the cracks to the tracks
> 出身贫穷棚屋，他自缝隙望向分界线

---

[1] 说到不同的感染，参见迈克尔·格雷，他相信梅加·埃弗斯和杀害他的凶手是"加强根本上的政治和社会争论的工具"："这两个人只是迪伦的'游戏'中的卒子"。（《歌与舞者》第三辑，2000年，第24页）。对我来说，要么这个判断，要么这首歌曲，是粗暴的"枪柄"（对于批评家来说）。

239

And the hoof beats pound in his brain

蹄声在他脑海里咚咚作响

And he's taught how to walk in a pack

他被教导如何成群结党

Shoot in the back

自背后开枪

With his fist in a clinch

紧握拳头

To hang and to lynch

将人吊死，处以私刑

To hide 'neath the hood

藏在头巾底下

To kill with no pain

杀人不觉痛苦

Like a dog on a chain

像上了链条的狗

He ain't got no name

他没有名字

But it ain't him to blame

但错不在他

He's only a pawn in their game

他只是棋局里的一枚卒子

贫穷……咚咚……结党／作响……脑海……（Poverty...pound...pack/beats...brain...back）：这些持续不断的强调，提醒我们注意 p 或者 b 是一种怎样的辅音。一种爆破音。一声炸裂轰鸣。他的头被打爆。

迪伦的头脑，知道如何容纳这种爆发。他对声音的处理，让我们能听到脑海里某些东西在咚咚作响。这种重击的节奏，与头韵、脚韵、半谐音协同作用，由此可以听到一种疯狂的暴烈偏执，正是这种疯狂导致杀戮。一百五十年以前，丁尼生描写了一个男人的病态震颤，他杀过人，如活死人一样陷入疯狂：

> 死了，死了很久，
> 死了很久！
> 我的心是一把尘土，
> 车轮碾过我的头顶，
> 我的骨头因疼痛而颤抖，
> 因为它们被推进浅坟，
> 距离路面只有一码，
> 马蹄敲打，敲打
> 马蹄敲打，
> 敲进我的头皮和脑子，
> 脚步的洪流永远不会停止[1]

"灌木丛后方射出的一颗子弹取了梅加·埃弗斯的血"：开头的这一枪声，又在最后一节的头一句被提到、被触及："今天，梅加·埃弗斯因中弹而下葬"（Today, Medgar Evers was buried from the bullet he caught）。这里重现的不仅有死者受称颂的名字，还有那枚耻辱的子弹（重新押了头韵）。这首歌的第一行描述了一个死亡现场。而第二行中的无情之音，在"名字"（name）中以至在后面的"游戏"（game）中，统摄了这首歌。

---

[1] 参见《莫德》（Maud）II，第五章第一节，丁尼生和迪伦作品中都出现的有："敲打""脑子""坟""马蹄""永不""疼痛"；丁尼生独有："一把"（handful）；迪伦独有："枪柄"（handle）和"手"（hand）。

A bullet from the back of a bush took Medgar Evers' blood
灌木丛后方射出的一颗子弹取了梅加·埃弗斯的血
A finger fired the trigger to his name
一根手指朝着他的名字扣下扳机

他的名字：梅加·埃弗斯。子弹上有他的名字——并非因为神圣的使命，只是因为人的仇恨。至于凶手的名字：它什么也不是，代表了虚无。[1] "有的人留名后世，被广为称颂；而有的人，会被遗忘"（《便西拉智训》44:8-9）。梅加·埃弗斯为后人怀念、称颂，留名于世。他的名字出现在第一节的第一行（同样出现在最后一节的第一行），是这五十二行歌词中唯一的名字，而"名字"这个词出现过四次。迪伦的另外一首歌，有关一个黑人被白人残酷杀害的惨案（《海蒂·卡罗尔孤独地死去》），凶手的恶名留了下来：威廉·赞津格，这个名字会因置人于死地而遗臭万年。但《只是棋局里一枚卒子》却没有记下凶手的名字。"他没有名字"。在这首歌的结尾，是凶手简洁的墓志铭，其阴郁的力量，来自于"挨着他的名字"之后的空荡：

He'll see by his grave
他将在自己坟旁看见
On the stone that remains
留下的墓石上
Carved next to his name
挨着他的名字
His epitaph plain:
刻着简单的墓志铭：

---

[1] 1994年，拜伦·德拉·贝克威思（Byron de la Beckwith）被判谋杀梅加·埃弗斯。这很重要，但却与歌曲的良知无关。

Only a pawn in their game
只是棋局里的一枚卒子

梅加·埃弗斯留下了名字。两次。至于其他被穷白人所攻击、反对的人，在20世纪60年代有一个词来表示，当时这个词还未被用来诋毁后来的"非裔美国人"，即"黑人"（negro），或（在这首歌里）"Negro"。在"黑人"之外，"黑鬼"（nigger）这个N打头的词从未出现在这首歌里，但你会不由自主联想到它，也会知道是这个N打头的词，而不是"黑人"，"南方政客"（the South politician，私下说，这和"南部政客"［Southern politician］甚至"来自南方的政客"［a politician from the South］都不太一样）、局长、警察，还有穷白人，所有这些人都会以最不愉快的态度最愉快地使用它。迪伦没避讳这个N打头的词，用得有戏剧性，比如《飓风》：

And to the black folks he was just a crazy nigger
还是把他看成发疯的黑鬼的黑人
No one doubted that he pulled the trigger
没人怀疑他曾扣动了扳机[1]

这两行歌词（我得承认，写于十二年后与雅克·利维合作期间）让我好奇，当我察觉"黑鬼"这个词伺机潜伏在周边，这是否只是我的想象——不同于迪伦对如何才能让我们这样做的想象。我们可将《"飓风"》与《只是棋局里的一枚卒子》的两处并置、对照：

---

1 《只是棋局里的一枚卒子》："……落在/开枪那个人身上"。《"飓风"》："尽管他们无法出示那把枪/但公诉人说他就是凶手"。

A finger fired the trigger to his name
一根手指朝他的名字扣下扳机 [1]

And the Negro's name
假借黑人的名义
Is used it is plain
获取政客的利益
For the politician's gain
是再清楚不过的道理

"名字"或"名义"(name)这个词,连接了歌中的这两个时刻,"一根手指……扣下扳机(finger fired)"中的头韵与手指/扳机(finger/trigger)的尾韵共同起作用,这个尾韵(Medgar...finger...trigger)也在《"飓风"》中真的成了韵脚:黑鬼/扳机(nigger/trigger)——真正戏剧化且令人震惊("黑人兄弟们"自己也这么用)。事实证明,《只是棋局里的一枚卒子》确实用词得体,相形之下,它成功地让我们感觉到南方种族主义者的粗鲁无文。不是"假借黑人的名义""获取政客的利益/是再清楚不过的道理",而是那个诽谤、轻蔑、污辱的称呼。这首歌没有吐出那个词,甚至没有抱怨那个词,但却让我们无法忘记它。

A South politician preaches to the poor white man
一名南方政客对穷苦白人说教
"You got more than the blacks, don't complain
"你得到的比黑人多,别抱怨

---

[1] 一种令人不安的错觉和难以忘怀的表达方式。"一根手指朝着他的名字扣下扳机"?扣动扳机终止了他的名字?(并不是说它成功做到了这一点。)朝着?向着?

You're better than them, you been born with white skin" they explain

你比他们好命,生下来是白皮肤。"他们解释

And the Negro's name

假借黑人的名义

Is used it is plain

获取政客的利益

For the politician's gain

是再清楚不过的道理

As he rises to fame

他功成名就

And the poor white remains

而穷苦白人依旧

On the caboose of the train

坐在火车的末车厢

But it ain't him to blame

但错不在他

He's only a pawn in their game

他只是棋局里的一枚卒子

等待那个穷苦白人的,只有火车的末等车厢。而对黑人,无论是否贫穷,是巴士的尾座。歌中这盘棋局的名字,难道是拒绝责备穷苦白人?为此,这盘棋下得很投入:镶嵌着押韵的半谐音——抱怨(complain)……解释(explain)……名义(name)……清楚(plain)……利益(gain)……功成名就(fame)……依旧(remains)……火车(train)……错(blame)……棋局(game)。

歌曲的第一行以"血"(blood)结尾。之后再无词与之押韵,虽然很久之后有三K党的兜帽(hood)闪现。"藏在兜帽底下"(To hide 'neath the hood）:"藏"（hide）威胁性地旋入了"兜帽"（hood）。

歌曲的第二行,"一根手指朝他的名字扣下扳机","名字"（name）的韵脚就像这首歌的手指,触发了瞄准（aim）……脑后（brain）……谴责（blamed）……棋局（game）这个序列累积的执拗。这个声音在第二节不断加强至爆炸的临界点（运用了十个半谐音）。但,不能忽略的是,还是这个声音开启并结束了第三节,从开头的"报偿"（paid）和"一样"（same）到结尾的一连串:仇恨（hate）……搞懂（straight）……错在（blame）……棋局（game）。在后面的第四节,半谐音起到了几近相同的作用,从"脑海"（brain）进入结尾的累积:痛苦（pain）……链条（chain）……名字（name）……错在（blame）……棋局（game）。接着,最后一节,先是允许几行歌词从这样痛苦的半谐音中挣脱出来,而后继续这一使命直至最终——从单词"坟"（grave）开始,又是一串长鸣:

Today, Medgar Evers was buried from the bullet he caught
今天,梅加·埃弗斯因中弹而下葬
They lowered him down as a king
他像国王般被抬入墓穴
But when the shadowy sun sets on the one
但是当阴暗的阳光落在
That fired the gun
开枪那人的身上
He'll see by his grave
他将在自己坟旁看见
On the stone that remains
留下的墓石上
Carved next to his name
挨着他的名字

His epitaph plain:

刻着简单的墓志铭：

Only a pawn in their game

只是棋局里的一枚卒子

想看，他看不到。他的"两只眼睛在瞄准"：可如今是死亡在瞄准，并取了他们的命。"他将在自己坟旁看见"：阴暗的阳光可能会看见那场景，但是凶手看不到。他将不再在任何位置上看到任何事。当然，除非死亡不是终点。"但不能谴责他"？他会看到的。只有上帝明白。

这些仇恨的根源在哪里，我们永远也不会知道。"究竟为了什么天然的原因，她们的心才会变得这样硬？"这是一个国王的问题，李尔王才这么发问。

Today, Medgar Evers was buried from the bullet he caught

今天，梅加·埃弗斯因中弹而下葬

They lowered him down as a king

他像国王般被抬入墓穴

被抬入墓穴，就连国王的结局也莫过于此，为埃弗斯准备的，是一场极尽哀荣的葬礼。他是国王，不是卒子。黑与白。黑对白。在此事发生的 1963 年，还有一位国王（king），马丁·路德·金（King），这个名字对于一个名叫梅加·埃弗斯的人来说，一定很重要。五年后，出现了另一个被教导"保持仇恨"的杀手，马丁·路德·金因中弹而下葬。

骄 傲

《像一块滚石》

在《狼蛛》(*Tarantula*)中,死亡之舞的表演者包括悲情,或不如说悲剧(Tragedy)。甚或可以说是(让演员心悸)"狼蛛式悲剧"(Taragedy)。但注意,有一个告诫。告诫:让他明白,或者至少留神。虽然悲剧能深入地理解骄傲,但一旦陷入骄傲,悲剧立刻变得浅薄。它不应想当然地轻视喜剧,这位不同立场的兄弟。《狼蛛》认为"悲剧,是破碎的骄傲,浅薄&并不比喜剧更深刻",悲剧准备了"厄运,曲折&大团圆的闹剧"。[1]

《像一块滚石》深深体察了这类喜剧粗野闹剧的性质(而且一个诡异的大团圆不可或缺),它的成就让迪伦引以为傲[2]。这首歌就是在攻击骄傲。

> Once upon a time you dressed so fine
> 那会儿你衣着光鲜
> Threw the bums a dime in your prime, didn't you?
> 正当年,扔给乞丐一毛钱,对吧?
> People'd call, say, "Beware doll, you're bound to fall"
> 别人给你打电话:"宝贝留神,你准得栽跟头"

---

[1] 《狼蛛》(1966年,1971年),第52页。
[2] "《像一块滚石》改变了一切;从那以后,我不再关心写书、写诗之类的事情了。我是说这曾经是我本人喜欢的东西。如果你不喜欢你自己,让别人告诉你他们有多喜欢你,这让我很厌倦。"(《花花公子》,1966年3月)。

You thought they were all kiddin' you

你觉得他们在说笑

You used to laugh about

你老是嘲笑那些

Everybody that was hangin' out

游手好闲的家伙

Now you don't talk so loud

现在你没声儿了吧

Now you don't seem so proud

现在你不神气了吧

About having to be scrounging your next meal

当你得为下顿饭东奔西跑

"那会儿"（once upon a time）：多么像童话故事的开端，但不要忘了黑暗很快会袭来。童谣的套路带来的不是讽刺而是反讽。

在公开"骄傲"这个话题之前（它出现在第六十个词），这首歌一直蓄势待发，可我们已了然于胸。同样的姿态也出现在"那会儿你衣着光鲜"中。（什么是骄傲，谚语说："锦衣横行，冷暖自知"[1]。）然后，也显现于"扔给乞丐一毛钱，对吧？"中，这唤起了一种气量狭小的慷慨（当年所有零钱对她来说都是小钱）。不听忠告，她认为没必要理会。"别人给你打电话：'宝贝留神，你准得栽跟头'"。她为什么准得栽跟头？因为骄兵必败。"骄傲"在歌里出现之前，这种感觉已然存在。

她伪装的无忧无虑，被下面两句之间的押韵取笑："对吧" / "你觉得他们在说笑"（didn't you? / You thought they were all kiddin' you）（这也算押韵？你一定在说笑。）"现在你没声儿了吧"（Now you don't talk so loud）：但这首

1　1614 年出版，《简明牛津英语谚语词典》，J. A. 辛普森（J. A. Simpson）编（1982 年）。

歌是一首说唱的歌,以自己的语气,对着她斥责。"现在你不神气了吧"(Now you don't seem so proud)。"seem"的说法,好像是进一步的鞭挞,但好像也说明,他无法透过她的表象,看清她的真实状况。

> Now you don't seem so proud
> 现在你不神气了吧
> About having to be scrounging your next meal
> 当你得为下顿饭东奔西跑

"下顿饭"(your next meal)绝不是指一顿饭。我们知道"下顿饭"的意思。为下顿饭而奔波,意味着吞下你的骄傲。

因而,她是自食其果(had it coming)吗?可迪伦知道,津津乐道"自食其果"的人,也会犯下他们指摘的自得之罪。要么就是衣着光鲜,却铁石心肠。从迪伦的歌声里可以听出,他否认与《黑色十字架》骇人结尾中出现的说法有关,那首诗写的是赫齐卡亚·琼斯的故事[1]:

> 他们把赫齐卡亚·琼斯吊起来
> 吊得像鸽子飞的那样高
> 围观的白人说
> 嗯,他自食其果
> 狗娘养的从来没有信仰

信仰并不一定保证会有一位善良的神。塞缪尔·巴特勒曾将"诚实之人是上帝最杰出的作品"这样虔诚的句子,改写成一种挑衅性的表达:"诚实

---

[1] 《黑色十字架》(*Black Cross*),巴克利勋爵的独白,出自约瑟夫·纽曼(Joseph Newman)的诗。迪伦录过(迈克尔·格雷给出了日期,1961年12月22日)。

的上帝是人类最杰出的作品"。存在不诚实的男神和女神。威廉·詹姆斯曾哀叹:"道德上的软弱源于对成功这一蛇蝎女神的特别崇拜。用肮脏的金钱来衡量成功,这是我们的国家之病。"[1]《像一块滚石》中的女性,跪倒在蛇蝎女神面前,这位女神的失败也导致了她的失败。失败(fail),栽跟头(fall),感觉吧(feel)。

然而,这种不断的施压(追问"感觉如何"),尽管不会停止,但不乏疑虑。重重疑虑拯救了这首歌。疑虑使得这首歌——于嬉笑怒骂间——不至于比它所诅咒和唾骂的人更骄傲。因为在结尾,这首歌不只在斥责,它也因收获的感觉多于最初的预想而自责。也许不是更多的感觉,而是不同的感觉(我想起那句古老的讥讽:"我担心这会伤害某某的感情,但他也太多愁善感了……"),某种自相矛盾的、与这首歌的复仇喜剧不同的感觉。

> 你从不曾转身看杂耍人和小丑皱起的眉头
> 当他们走来给你变把戏

不过这首歌以吉卜林的方式最终转向。在吉卜林与复仇有关的代表作《失措的黎明》(*Dayspring Mishandled*)中,当复仇者在某个自食其果的人身上施加可怕的诡计,这个人将吞食比一个恶作剧更可怕的后果——最后的致命一击,某种同情也会被引发。

在我看来,这首歌中的激愤之情,并非幸灾乐祸,而是兴致昂扬。最后,迪伦在歌中给出的判断,不同于他受触动后在成歌之前、置身其外时的判断。我们对歌中的问题"感觉如何"到底有何感想?(问题中的问题。)感觉如何?很复杂:不是这样的感觉吗?并非因迷乱而迷惑,而是迷惑于复杂的感觉、禁忌的感觉。

---

[1] 1906年9月11日;《书信集》,卷二,第260页。

> 感觉如何
> 感觉如何
> 无家可归
> 像个彻头彻尾的陌生人
> 像一块滚石？

这些问题累积——它们合成——成为一个问题。这首歌提了多少问题本身就存在疑问。"扔给乞丐一毛钱，对吧？"：它真的是个问题吗？

> 当你瞪着他眼中的虚空
> 问他想不想做一桩买卖？

这与其说是在提问，难道不是在描述一个问题？

> 他可真是今非昔比
> 发现这一点是不是特难受
> 当他从你那儿把一切都偷走

不仅是因为没印上一个问号，才让人感觉"是不是特难受"毫无探问之意，不像是一个问题，而且，最后一节只是四节之一，在这四节中除了"感觉如何"，没有提问或提问式的恳求，只有持续的简单追问："感觉如何？"

这个问题需要一个简单的回答吗？如果这首歌无非表达一种幸灾乐祸的优胜感，那么期待中的答案也不过是一种破碎的认知："糟糕至极，就是这种感觉，如果你必须知道的话。"可在副歌中，我们可以感到一种兴奋和更深的狂喜，不止是专注于这位公主的那种兴奋（常言道："王子般骄傲"），而是一种不同的、某种公主本人也许后知后觉并且事到如今正在感觉的狂喜。艾伦·金斯堡注意到迪伦对这一狂喜的捕捉，他说"每一个听到英雄胜利颂歌中的长元音的美国探索者"都深爱着迪伦。"感觉如何？"[1]

> 感觉如何
> 无家可归

答案一定得是"糟透了，叫人害怕"吗？如果无家可归，是否可能意味着，即使不是"太棒了"，至少也能免于某种压力或逼迫呢？（去问问那些大体上生活在路上的艺术家。）或是免于某种哀伤呢？问问菲利普·拉金吧。

家多么凄凉

> 家多么凄凉。仍是被离弃时的模样，
> 保持着让最后一个离家者感到舒适的姿态
> 仿佛想将他们赢回来。但是，已无人
> 取悦，它便就此萎谢，
> 再无心思将模仿的精致收藏。
>
> 它又回到当初，好像
> 那种尝试事物的激情，
> 早已跌落无存。你清楚它原是怎样：
> 瞧瞧那些画，那些餐具。
> 钢琴凳上的乐谱。那只花瓶。

并不是说钢琴凳上的乐谱有可能包括《像一块滚石》。
    再一次：

---

[1] 见《渴望》专辑封套说明。

> 感觉如何
> 孤苦伶仃

问题不在于一个积极的答案能抵拒一个消极的答案，而在于如果认识到有正面答案的可能性，那么对于感觉如何，你会立刻获得复杂的感受，发现这首歌有着不止一种狂喜的活力，你的想象也会远远超越幸灾乐祸。诚然，这位公主，她失去了很多构成她存在的东西。可她难道一无所获吗？

副歌有所收获。首先，它没有这首歌随后渲染的尖酸刻薄并且自成一格：

> 感觉如何
> 孤苦伶仃

如果听到这一句也毫无所感，那就过于顽固了。你不必非得像青年迪伦一样生活过，才能感受到"孤苦伶仃"一句的某种力量。你只需想象一下闪光灯下一位名人的生活（像委身于金鱼缸中），去感知一下变成"彻头彻尾的陌生人"的渴望。迪伦的歌声中包含了某种放松、释放，仿佛这段交谈可能，只是有可能是这样：感觉如何？很高兴你这么问，挺好的，或至少不完全糟。

"悲剧，破碎的骄傲"：她的骄傲也许已破碎（"现在你不神气了吧"），但她可能没有。她不再会整日被一个叫作"生活"的校园恶霸欺凌。恭喜她。

> 没错，孤傲小姐，你上过最高级的学校
> 可你很清楚，你不过在那儿醉生梦死
> 没人教会你怎么在街头求生
> 现在你发现非习惯这境遇不可

最终，最好的学校是"哈德·诺克斯的小小红色学校"（Little Red School of Hard Knox）[1]，这所学校会教你如何在街头求生。像我们所有人一样，孤傲小姐对被教训这个想法不屑，但她可能还是会从她的教训中学习，倘若那是她的教训，倘若那不仅仅是一种暴露（虽然必不可少），一种歌曲中的展示，也不是由歌曲所强加。

> 你说你永远不会向那些
> 神叨叨的流浪汉低头，如今你意识到
> 他可不是在贩卖托词
> 当你瞪着他眼中的虚空
> 问他想不想做一桩买卖？

如今你意识到：她会意识到很多东西。比如，此刻她不能宣称自己曾经是另一个人或身处他地（"他可不是在贩卖托词"），那些地方曾是她人生巅峰的舞台，在那儿她趾高气扬、躁动不安，但一切不再。

> 高塔上的公主啊，所有时髦人物
> 他们酩酊大醉，自命成功人士
> 把各种珍贵礼物交换来交换去
> 但你现在得取下钻石戒指，宝贝你得当掉它

"当掉"（pawn）这个词也许保留了一丝怨恨，是的，可如果你就是那丝怨气，你难道不愿意被保留？

意识到这些就是一种收获。也许世间没有纯粹之事，同样没有纯粹的损

---

[1] Little red shool house 是成立于1967年的美国学前教育机构，school of hard knox 意指从生命中最艰难的经验中学习，作者大意是指歌中这位"公主"初尝世事艰辛，得到了一些经验。——译注

失。"像一个彻头彻尾的陌生人"：这既是一种威胁，但还有其他的指向，其一，就是提醒人们，成为一个彻头彻尾的陌生人[1]，并不能彻底摆脱以往众人皆知的名声。想想这位名人，为各色人等熟知，她再也不能成为一个普通人（像一个彻头彻尾的陌生人），一丝机会都没有了。

并非故意刁难（可能没分寸），罗伯特·谢尔顿曾用这首歌里的问题反问歌手。他在《旋律制造者》（1978年7月29日）发表的采访《孤苦伶仃感觉如何？》，开头这样写道："'感觉如何？'我用鲍勃·迪伦自己的著名问题难为他。"八年以后，谢尔顿将他关于迪伦的传记简单取名为《迷途家园》（*No Direction Home*）。这个简单的，也是简化了的名字，会让人想起无家可归（这不同于居无定所），仍然回应了某种积极的、自由的事物。《像一块滚石》把这样的复杂困境呈现出来。副歌首次出现时，歌词是"无家可归"。随后发展成"没有回家的路"。从"无家"到"没有回家的路"。但两者都不绝对。

《像一块滚石》就是一个家，容纳了许多的大实话（home truth），真的大实话。

> Home：触及痛处；完全领会；深究、尖锐、明确；有效、恰当；精准、贴切、直接。现主要用于："切中要害的问题"（home question），"大实话"。
>
> （《牛津英语词典》）

这首歌就是这样，赚得那么多声名。它的要害问题是：感觉如何？它讲出的大实话是：像一块滚石。标题中的这四个词，不只是你发问的一部分（"像一块滚石感觉如何"），同样，它们构成一个答案：像一块滚石，就是这

---

[1] 副歌第二次出现，并不是"像一个彻头彻尾的陌生人"，而是——坐实——"一个彻头彻尾的陌生人"。

种感觉。那么，这个答案感觉如何？运用你的想象，就像济慈那样："他曾自认可以想象出一个台球，这个球能从自身的浑圆度、平滑度、流畅度和快速滚动中获得一种愉悦。"[1] 从《像一块滚石》也能获得这种愉悦吗？当然，但不能确定的是这种愉悦是否只被那个苛责者独享，而没有被苛责者任何的份儿。它那快速的滚动呢？"那是首很棒的曲子，是的。正是这种韵律中的力度造就了《像一块滚石》及其歌词的所有抒情。"[2] 这正是这首歌的欢乐之源（正如布莱克所感知到的，力是永恒的欢乐），因为欢乐常常涌出边界，如果这位公主真的像一块滚石，那么这种欢乐的感觉可能会伴她滚动前进。对于他来说，她不可能只是简单憎恶的对象，因为这首歌唱起来就像一首圣歌。

  真的，决不能感伤。我不认为可以越过这首歌让人不安的真情实感，像满面放光的保罗·纳尔逊（Paul Nelson）所想的那般将其拔高，[3]（或者说，我不认为像那样拔高就更好）。当然，敌意是存在的，评论家们会反感这首歌带来、造成，以及所要传达的。[4] 这首歌的反责也可能归咎于这一点。但正如创作者比评论家更宽宏一样，作品——艺术作品——也有比创作者更宽宏的一面。迪伦将谈话风引入《像一块滚石》无疑恰如其分，但这首歌的成功之处在于将开始所需要、所依靠的一切糟粕进行了升华。这是一个转化尖酸刻

---

1 理查德·伍德豪斯（Richard Woodhouse）致约翰·泰勒（John Taylor），约1818年10月27日；《约翰·济慈的信》(*The Letters of John Keats*)，埃德·H. E. 罗林斯（H. E. Rollins）编（1958年），第一卷，第389页。
2 《花花公子》（1978年3月）。
3 "我认为，这张专辑中最好的歌曲，也是迪伦迄今为止最伟大的歌曲，是《像一块滚石》，它明确地表明，个人和艺术成就都必须主要靠自己来完成。迪伦的社会敌对者们扭曲了它，认为这首歌非常狡猾和自私，但事实并非如此。迪伦只是简单地踢开道具来达到真正的核心：了解你自己。刚开始可能很疼，但是不这样做，将一无所成。最后一句'你现在是个隐形人，没啥秘密要保护／感觉如何？／感觉如何？／孤苦伶仃'显然是乐观的和胜利的，是一种精神升华为一种新的、更有成效的礼物。"（《高歌！》，1966年2月、3月）
4 《像一块滚石》是迪伦写过的最好但却最被低估的歌。让我烦恼的是它的自以为是，它乐于评判别人而不去评判自己，它伪装成迪伦自己的生活方式（琼·兰道尔［John Landau］，《龙虾王！》[*Crawdaddy!*，又译《爬行报》，1968年]）。

薄之气的过程。最初的灵感和构想，与后来的歌截然不同。

> 最初这首歌有十页之长……也没有名字。只是纸上的一段押韵文字，与我对某一点的持久憎恶有关，这是诚实的。最后它不是恨，它在告诉某些人一些他们不知道的东西。
>
> 告诉他们，他们曾经幸运。复仇！这个词更好。我从没想过它会成为一首歌，直到有一天我坐在钢琴旁边自己唱出来'感觉如何'，用一种很缓慢的速度，几乎是最慢的速度，追随某些东西。就像在熔岩里游泳。在你的视线里你看见你的受害者在熔岩里游泳。双手抓着桦树吊着。用脚踢钉子。看到某些人遭受命定的痛苦。我写下了它。我没有中断。连续写完。[1]

"复仇！这个词更好。"可黑色喜剧的复仇，无论迪伦还是莎士比亚，都可以留给时间，复仇是时间要干的事，或是它的乐趣。"风水轮流转，您也遭了报应了。"(And thus the whirligig of time brings in his revenges.)[2] 他的复仇，时间的复仇，恰与他的一样多的，迪伦的复仇。"看到某人遭受他命定的痛苦。"但众所周知，骄傲感觉不到痛苦。或者不如说，在骄傲和痛苦的关系中有一个悖论："骄傲从来都伴随着痛苦，虽然她不愿去感知"（1614）。不愿去感知：拒绝感知。只有到了未来，她才会感知到。

这首歌在自身的痛苦中展开，从怀恨，转至一种对自身的开脱。它不是要折磨谁，而是要留下烙印。"你从来不明白"：这句话本身就包含了一种悲伤的理智。

---

[1] 《鲍勃·迪伦》(*Bob Dylan*)，迈尔斯著（1978年），第28页。（别和迈尔斯编著的《鲍勃·迪伦谈鲍勃·迪伦》混淆，也是1978年。）显然是在接受朱尔斯·西格尔（Jules Siegel）的采访时所说（1966年3月）。
[2] 译文引自《莎士比亚全集》第四卷，朱生豪译，方平校，人民文学出版社，1978年，第96页。——译注

> 你从不曾转身看杂耍人和小丑皱起的眉头
> 当他们走来给你变把戏
> 你从来不明白这样不对头
> 你不该让别人帮你找乐子（get your kicks）

当迪伦在别处开此类玩笑的时候，我们不要以为浅薄的玩笑一定无聊。

> 那么，你这些日子是怎么找乐子（get your kicks）的？
> "我雇别人看着我的眼睛，然后让他们抱怨我。"
> 这就是你找乐子的方式？
> "没有。那之后我原谅他们。这就是我的乐趣所在。"[1]

"当你瞪着他眼中的虚空"："你不该让别人帮你找乐子"。我知道，我知道，迪伦说"那之后我原谅他们"是在打趣，可那并不是空洞的打趣。诸如《像一块滚石》对她的宽恕。对抗感伤有很多方法：比如，宽恕就是一支针剂，它会让你警醒。

> 你老是嘲笑那些
> 游手好闲的家伙

这首歌没有发笑，也没有嘲笑她。"你过去嘲笑"：这首歌既不发笑也不好笑。它很诚挚，用其混乱的方式真挚表达了复杂的情感。"没错，孤傲小姐，你上过最高级的学校"：她只是一位孤傲小姐，而不是一位寂寞小姐。在生命漫长的过程中，她不是无情的，这首歌也同样。

---

[1] 《花花公子》，1966年3月。

歌中所唱到的她的下场凄凉,与迪伦心有所感的表达,就这样交织在了一起。

当你什么也没有,也就没什么可失去

你唯有脆弱,才能保持对现实的敏感。而且对我来说,脆弱也是表达没什么可失去的另一种方式。除了黑暗,我失无可失。我将一往直前。[1]

至于现在?"**现在**"[2]这个词有它直观的穿透力:

Now you don't talk so loud
现在你没声儿了吧
Now you don't seem so proud
现在你不神气了吧

And now you're gonna have to get used to it
现在你发现非习惯这境遇不可

---

1 《滚石》。(1978年1月26日)
2 现在你看见独眼的侏儒
　大声叫出"现在"这个词
　你说:"这是要干吗?"
　他说:"哈?"
　你说:"这什么意思?"
　他回叫:"你这头母牛!
　给我点牛奶
　要不就滚回家"

(《瘦男人歌谣》)

哎!不要棕色奶牛。

  but now you realize

  如今你意识到

He's not selling any alibis

他可不是在贩卖托词

Go to him now, he calls you, you can't refuse

现在去他那儿吧，他叫你呢，你拒绝不了

When you ain't got nothing, you got nothing to lose

当你什么也没有，也就没什么可失去

You're invisible now, you got no secrets to conceal

你现在是个隐形人，没啥秘密要保护

自从马维尔《致羞怯的情人》之后，"现在"一词就再也没有如此高涨的紧迫感了：

  现在，趁你青春的容颜

  还像皮肤上黎明的露珠，

  趁你炽烈的灵魂

  还散发出即时的火焰

  现在让我们及时行乐

  现在，像被捕获的情鸟，

  宁肯在瞬间尽享我们的时光

  莫要煎熬于慢慢分离之苦。

  让我们生命的活力滚动

  与我们的甜蜜，融为一个球体！[1]

---

[1] 选自《英美抒情诗选萃》英汉对照本，黄新渠译，四川人民出版社，1998年，第41—45页。——译注

《致羞怯的情人》是一首情歌。《像一块滚石》("最后它不是恨")是一首不爱了的歌,《致羞怯的公主》:让我们将所有力量——这不是甜蜜的时候——融为一块滚石。

有现在,就有过去。你可以从简单的词汇"used to"中听出不同的含义:有时意味着"你曾经所做的",有时则是"习惯去做的"。在这首歌中,"你老是嘲笑"中的"used to"("你不过在那儿醉生梦死""你习惯和你的外交官一起骑铬马""你过去嘲笑")就是反对将习惯生活的需要当成习惯的时刻:"现在你发现非习惯这境遇不可"(And now you're gonna have to get used to it)。而这两种"used"的理解,又不同于"使用"(made use of)(这个不同的用法,发音也不同):

You used to be so amused
你过去嘲笑拿破仑的
At Napoleon in rags and the language that he used
褴褛衣衫和寒碜谈吐[1]

"你"(you)这个词,被用来(used to)让她直面她的自责。在歌中"你"被用过差不多三十次,都是指向她,其中八次出现在最后一节,在韵脚的助力下步步紧逼:

But *you'd* better take your diamond ring, *you'd* better pawn it babe
但你现在得取下钻石戒指,宝贝你得当掉它

---

1 "衣衫褴褛的拿破仑"是失败的伟人。人们打来电话说,"宝贝留神,你准得栽跟头";他以为人们都是在开玩笑。于拿破仑和他的失败与语言的运用之间的关系,拜伦谈及"在世的最伟大的诗人"时说:"连我……/在很长一段时间内,都被人/尊称为诗国中伟大的拿破仑//……但我虽倒,也要倒得像我的英雄"(《唐璜》[*Don Juan*],第十一章,55—56)(译文引自《穆旦译文集》第二卷,人民文学出版社,2005年,第185—186页。——译注)我的英雄,与迪伦的《英雄蓝调》对比,"宝贝,你需要的是另一种男人/你需要拿破仑·波泥巴"。

You used to be so *amused*

你过去嘲笑拿破仑的

At Napoleon in rags and the language that he *used*

褴褛衣衫和寒碜谈吐

Go to him now, he calls *you*, *you* can't *refuse*

现在去他那儿吧，他叫你呢，你拒绝不了

When *you* ain't got nothing, *you* got nothing to *lose*

你现在什么也没有，没什么可失去

You're invisible now, *you* got no secrets to conceal

你现在是个隐形人，没啥秘密要保护[1]

这首歌称呼的是人称代词"你"，"他们"可能会陪"你"一会儿（"他们酩酊大醉，自命成功人士"），"他"可能也在（即使是"他可不是在贩卖托词"[2]），但"你"，孤傲小姐，将永远不会享受到"我们"的陪伴，永永远远不会有"我"的陪伴。在迪伦所有的歌中，这一首虽然最为个人化，但却具有高度的自控性，第一人称"我"从未出现。从未说过"我"。没有我如何如何：只有你如何如何。

然而，结尾，带着对你的复杂感觉。

这首歌的谚语特性所包含的复杂感觉来自一种经年的积淀。"滚石不生苔，心猿意马不成器"（戈森，1579）。青苔，似乎代表了某种美好的事物（以某种方式让你感到舒适）。据《牛津英语词典》，上面这则谚语的意思是："被用来指人不知疲倦地奔走，或持续更换工作，却永远不能致富。因此，在俗语或典故中，'青苔'有时等同于钱财。"无论怎么说，到了1926年，

---

1 在"you're"中的"you"发音不同，而且在歌曲中有不同作用（出现过三次）。
2 有两处折磨人的渐强段让"him"和"he"纠缠在一起："你习惯和你的外交官一起骑铬马 / 他肩头还坐着一只暹罗猫 / 他可真是今非昔比 / 发现这一点是不是特难受 / 当他从你那儿把一切都偷走 // 你过去嘲笑拿破仑的 / 褴褛衣衫和寒碜谈吐 / 现在去他那儿吧，他叫你呢，你拒绝不了"。

这条谚语就要接受斯蒂芬·里柯克的考察了,其中包含了里柯克在成败未定之际对家园的怀疑。

滚石不生苔

再次大错特错。这条谚语本来指年轻人离家闯荡却一事无成。在很早以前,情况确实如此。年轻人留在家中努力工作,耕种土地,用长矛般的棍子放牛,到老时变得富有,拥有四只山羊一头母猪。四处流浪的小子,或被食人族所杀,或在几年后铩羽而归,患上了风湿,直不起腰来。因此,是老人创造了这条谚语。

可今天不是这样了。滚石方能聚财。一个来自威尔士 Llanpwgg 的男孩,雄心勃勃,跋涉到城市,而他的哥哥还留守在庄稼地里。后来,这个男孩赚了大钱,还建成一所大学。当他的长兄依然只有旧农场、三只牛一群猪,他却拥有完整的农业系科,漂亮的厂房里满是塔姆沃思猪,每六头就有一个教授专门培育。

简而言之,在现代生活中是滚石在聚集财富。地质学家说真正的石头上长出青苔,也正是这么开始的。石头的滚动撞破地面才让青苔得以生长。[1]

现代生活,1926 年。到 20 世纪 60 年代中期,"滚石"二字暴得大名,因为一本天造的杂志和一支地设的乐队,也因为这首歌本身保持着一块滚石的势头,摇滚的势头。青苔已不足挂齿了。

萧伯纳在《错姻缘》(*Misalliance*)的序言中申辩:"我们一直重复荒谬的谚语,说滚石不生苔,仿佛青苔是一种可人的寄生物。"这可人的寄生物,

---

1 斯蒂芬·里柯克(Stephen Leacock),《新近文化研究》(*Studies in the Newer Culture*),《明察智慧》(*Winnowed Wisdom*),1926 年,第 104—105 页。

的确存在于迪伦的歌中。不过，究竟为什么长出青苔是件好事？"有花堪折直须折"：这一点，我能理解。赫里克（Herrick）的诗，不是《致孤傲小姐》，而是《给少女们的忠告》[1]。

> 可以采花的时机，别错过，
> 时光老人在飞驰：
> 今天还在微笑的花朵
> 明天就会枯死。

可以采花的时机别错过……不过谁能忘记那精彩的瞬间呢，卢·科斯特罗突然对巴德·阿博特说："尽管捞钱，巴德，趁你还行。"[2]

《蝗虫之日》

相比于认为迪伦的存在恰如其歌，清晰无误地体现了他的个性，认为迪伦的歌就是关于迪伦的，这是一个很容易犯的错误。不要把艺术作品拆分成传记式的偶然事件，这些偶然事件促成了作品的产生，但它们并非作品本身。不要对他刨根问底。不要试图将他歌中的生活，与他私生活中的所憎所爱相关联。"我的歌有它们的生命。"[3] 甚而，它们有自己的生活。艺术的力量之一就是非个人化，要获得这门高超的技艺，艺术家必须锤炼想象力，让歌曲为他所拥有但却不是他。更进一步，使之成为真实的、独立的创造物，威廉·布莱克谈到自己的作品时就说："虽然我宣称它们属于我，但我知道它

---

[1] 译文引自《英诗金库》，屠岸译，弗·特·帕尔格雷夫原编，罗义蕴、曹明伦、陈朴编注，四川人民出版社，1987年，第421页。——译注
[2] 出自1945年的电影《两傻大闹好莱坞》(*Bud Abbott and Lou Costello in Hollywood*)。——译注
[3] 专访，伦敦（1997年10月4日）；《伊西斯》（1997年10月）。

们不是我的。"

但有时会有些特殊情况，无论从传记还是艺术的角度，如果我们参照了迪伦和他人生中发生的事件，就能免于误读某些特定的歌曲。《蝗虫之日》就记录了他的生活，让某个时刻不会消逝。事情的来龙去脉，在歌中有所影射。所谓影射，是指让某些东西呈现出来，就像迪伦演唱这首歌时所做的一样。

1831年，阿尔弗雷德·丁尼生没有在剑桥大学留到获得到学位。二十年后，他得到的荣誉学位（来自牛津大学……）既是校方的也是个人的荣耀。罗伯特·艾伦·齐默曼（Robert Allen Zimmerman）也没有闲待到——或者坚持到——在明尼苏达大学获得学位。假以时日，十年以后，普林斯顿大学将荣誉学位颁给鲍勃·迪伦，音乐博士。

获此殊荣，艺术家可以且应该为之自豪。可他或她最好不要为此骄傲。戒骄戒躁的方式之一，就是写一首不虚饰门面的诗或与此情此景有关的歌，一首应景歌。但注意，奚落这一典礼，同时也是自我的贬低。不如，开点玩笑。喜剧会拯救蝗虫之日。

"当我走上台去领我的学位证书"：当然，任何一位绅士都不会提及，这是个荣誉学位而非正常的学位（你难道不知道吗）。但是在这种情况下，注定至少有自卖自夸的可能。我记得有个重要也自以为重要的人物，曾对我说（端着一杯雪莉酒）他遇到了一种道德的两难处境：我能否帮帮他？当尽全力，我严肃地回答。事情是这样：你觉得，这是否合适，下周米德尔马奇大学授予我名誉学位时，我是否可以再用一次上周巴萨特大学授予我名誉学位时的答谢辞？这个嘛，我能理解其中所有的道德含义，可对这位平易可亲的咨询者之做法，我不以为然。

那么，迪伦的歌是如何保护自己免于被骄傲影响、传染的？幽默是一支有渗透力的消毒剂。[1] 这也是为什么这首歌的第一节刚描述了现场——"当我

---

[1] 1855年6月，丁尼生即将在牛津大学获得荣誉学位，当这位长发的荣誉学位获得者赶到时，一名本科生（引自《五月皇后》第一行："你必须早点叫醒我，早点叫醒我，亲爱的妈妈"）喊道："亲爱的，你妈妈早点叫醒你了吗？"

走上台去领我的学位证书"——很快又一脸无辜地转向了天气预报:"天气很热,接近90度"。我的学位(degree),90度(90 degrees)。你意识到了吗,先生,在为你的荣誉学位载歌载舞之前,那里有些人已被授予了90个学位?圣人乔治·斯坦纳(George Steiner)就是其一⋯⋯

我知道(就像人们太了解自己时所说的),"90 degrees"指的不是学术上的成就,而是指温度。(90个荣誉学位,意味着你确实炙手可热,甚至可能大受欢迎。[1])但迪伦用"90度"(ninety degrees)来转化"学位"(degrees)这个词,使得这重意思也在另一重意思的切线上。正确的角度,正确吧?在这一点上,他的歌充满了活跃的心智(而智力大爆发,还可能过犹不及),也清楚看到它如何与早期的歌曲形成呼应。《蝗虫之日》的押韵也依了旧辙:

> Outside of the gate the trucks were unloadin'
> 大门外,卡车正在卸货
> The weather was hot, a-nearly 90 degrees
> 天气很热,接近90度
> The man standin' next to me, his head was exploding
> 那人站在我身旁,他的脑袋爆炸了

"当然,我们很高兴活着离开那里"。再看《来自别克6》:

> 好啦妈妈,你知道我要蒸汽挖土机妈妈刨掉死尸
> 我需要自卸卡车妈妈来卸下我的脑袋

卸下脑袋的方法之一,就是幽默,《蝗虫之日》从一开始(from the word

---

[1] 菲利普·拉金对这位畅销小说家有着一种模式化的印象,他在华丽的奖项中奢华地流亡:"所以那个躲在遮天蔽日的城堡里/搞鼓完他的五百字/就把这一天剩下的时间/消磨在洗澡、豪饮和美女之间的烂人"(《有个洞的生活》)。是沐浴,不是洗澡,我猜。

go)就是幽默的(实际开始于单词"哦"[Oh])。

> Oh, the benches were stained with tears and perspiration
> 哦,长椅沾染了眼泪和汗水
> The birdies were flying from tree to tree
> 群鸟从一棵树飞到另一棵
> There was little to say, there was no conversation
> 无话可说,没有交谈
> As I stepped to the stage to pick up my degree
> 当我走上台去领我的学位证书

好一派学院风光![1]"长椅沾染了眼泪和汗水":人们一定哭了几大桶眼泪,才能让那些个长椅都被打湿了。(学生们是不是在这里考试?在这里汗流浃背?)在这授予学位的酷暑,是不是母亲们在哭泣,父亲们在流汗?"眼泪和汗水"(tears and perspiration)本身就是一个令人不安的组合:流汗(sweat)不才是今天的用法吗?(过去不是,马流汗是"sweat",男人出汗是"perspire",女人仅仅是发热[glow]。)这首歌第一个韵是汗水/交谈(perspiration/conversation);但礼貌的交谈里压根不会出现"汗水"一词。更别提流汗(sweat)了。

但也许"眼泪和汗水"一语,是为了让人联想到丘吉尔1940年战时演讲中的"汗水和眼泪"(tears and sweat):"我所能奉献的唯有热血、辛劳、眼泪和汗水。"但是为什么要这样猜想?部分因为丘吉尔的号召太过

---

[1] 马修·阿诺德,在谈论华兹华斯有关教育及教育界的一些诗作时,曾极其严厉地写道:"你可以听到有人在社会科学大会上引用这些诗;你可以想象整个场面。在偏僻小镇的一间大屋子里;污浊的空气和午后恹恹的阳光;长椅上坐满了秃顶的男人和戴眼镜的女人;一位演讲家从一份讲稿中抬起头来,华兹华斯的诗句被引用其中却没有说明;在任何一个可能在那里游荡的大自然的可怜孩子的灵魂里,都有一种说不出的哀鸣、悲伤和哀恸!"(华兹华斯,1879年)没有交谈。"满是光头男人的长椅":我要重提对秃顶的歧视。

著名（被写进所有的格言词典里）。部分因为歌中有"我瞥了一眼会议室（chamber）"这一句（"chamber"有议会厅的意思，下议院的议会厅正是后座议员和前座议员聆听丘吉尔演讲之所）。[1] 还有部分原因，是典礼的庄重氛围并非虚文浮礼。部分因为将"热血、辛劳、眼泪和汗水（sweat）"缩减为"眼泪和汗水（perspiration）"所带来的滑稽感。与在战争中的使用情形不同，在学术生活中，"sweat"得变成更正式的"perspiration"。至于"热血"，那是过高的代价，或者说，是学术生涯无法承受的代价。"辛劳"也最好不提，因为这个学位是荣誉的，没有人为此吃苦受累而流汗。无疑，它是由过去的辛劳赚得，但那辛劳并非为学位本身。

> Oh, the benches were stained with tears and perspiration
> 哦，长椅沾染了眼泪和汗水
> The birdies were flying from tree to tree
> 群鸟从一棵树飞到另一棵

为什么"群鸟"（birdies）在这儿讨人喜欢？我觉这有点像金斯利·艾米斯笔下人物对性的态度，他知道为什么自己喜欢，但为什么如此喜欢？一定程度上，这首歌浓郁的诗性，会让人想起罗伯特·彭斯（Robert Burns）的歌："你们这群哑鸟，在枯萎的树荫里"。是的，在这首歌里，群鸟喑哑，它们没有歌唱只是飞翔，让蝗虫充当了歌手。那些"枯萎的树荫"呢？"长椅沾染了眼泪和汗水"？

抑或，观察鸟群，丁尼生在诗中写道："她唱起这支儿歌。/ 小鸟在说什么 / 黎明时在她的鸟巢里？"你或许能肯定，与音乐博士的学位无关——但初等教育的世界就在那儿，正在向高等教育迈进。

但最重要的是声音的效果。"群鸟从一棵树飞到另一棵"：当声音

---

[1] 如果考虑到议会本是一个说话的地方，"无话可说"的含义就会产生转折。

从"群鸟"(birdies)飞向一棵"树"(tree)又一棵"树"(tree),它是多么甜美。这个声韵贯穿始终、如此持久(树……度……旋律……我[tree...degree...melody...me]),而且在歌的第二行,不止一次或两次,而是三次地鸣响。感谢"群鸟"。

由于迪伦因其歌曲而获此殊荣,也由于获此殊荣者必定也是敬人者(由此才能形成一条充满敬意的人性之链),长达33行的歌中有17行在称颂他人的演唱:不是一般的诗歌荣誉学位获得者(群鸟[1]),而是蝗虫们。33行中的17行:比整首歌的一半还多半行。这个计算很精确;没有必要随蝗虫及其甜蜜的旋律而起舞,你甜蜜的旋律可与之抗衡……

> And the locusts sang off in the distance
> 而蝗虫在远处吟唱
> Yeah, the locusts sang such a sweet melody
> 是的,蝗虫唱着如此甜蜜的旋律
> Oh, the locusts sang off in the distance
> 哦,蝗虫在远处吟唱
> Yeah, the locusts sang and they were sanging for me
> 是的,蝗虫在吟唱,它们为我而歌

印刷的版本是"它们……而歌"(they were singing),可迪伦却唱成了"sanging":一种过去时("they sang")紧缩在了另外一种过去时之中("they were singing"),这带来的不是持续的当下性,而是持续的过去性,不是

---

[1] 莎士比亚,十四行诗第73号:"荒废的歌坛,那里百鸟曾合唱"。光秃秃的树枝就像条凳或者长凳。

永恒的现在，而是永恒的过去。[1] 感谢回忆中的回忆。"在远处"（Off in the distance）。"sanging"既合宜又有喜剧感：无论句法还是用词。在这首有关大学典礼的歌中，迪伦绵里藏针，延续了自己一贯的风格，这应该受到责难。不光"它们为我而歌"重复出现，还有"这让我打了个冷战"，不是"这曾让……"——当唱到最后——不是"它们齐为我歌"（they were sanging for me），而是"它们为我而歌"（they was sanging for me）。在这里，蝗虫们以一个声音歌唱，非常奇异。听到一个，就听到了它们的全体。[2]

蝗虫们自由地歌唱，不求回报，不求掌声。"当我走上台去领我的学位证书"：这恰恰让我们想到迪伦为何获此殊荣，以及这些学术典礼同样是表演。不过请不要跳来跳去。"你也许是摇滚歌手，沉迷于在舞台上跳来跳去"[3]，但千万别在普林斯顿跳来跳去。那会让人打冷战。

当迪伦唱道"而蝗虫唱着，是的，这让我打了个冷战"，这是个出乎意料的时刻。出乎意料，因为你预想的可能不是一个冷战（a chill）而是一次狂喜（a thrill）（后面可以听到还有一个押韵的"颤抖"[trill]）。可随后还有一个更大的意外，即"这让我打了个冷战"这句，好像不单纯是一个坏兆头。奇形怪状的蝗虫出现，这的确会让人打冷战，但是（委实意外）打冷战也有积极的一面，因为"天气很热，接近90度"。不管怎样，迪伦对蝗虫

---

[1] 丁尼生，《玛丽安娜》（Mariana）："这屋子里整日朦朦胧胧/门上的铰链都吱吱嘎嘎；/绿头蝇贴着窗玻璃嗡嗡。"考官委员会会降低分数（将 sung 读成 sang），但 T. S. 艾略特提高了分数："绿头蝇贴着窗玻璃嗡嗡（如果你用 sang 代替 sung，这一句就毁了）"（《选集》，1951年版，第330页）。这个单词以不同的方式演唱。（译文引自《丁尼生诗选》，黄杲炘译，外语教学与研究出版社，2014年，第13页。——译注）

[2] 迪伦的标题里，"日"是单数，"蝗虫"是复数。纳撒内尔·韦斯特（Nathanael West）将二者都用为单数：《蝗虫的日子》（the Day of the Locust，1939年）。他可能影响了迪伦，不仅因为他在迪伦出生的前一年去世，还因为名字的变化：内森·瓦伦斯坦·温斯坦（Nathan Wallenstein Weinstein，1903—1940）变成纳撒内尔·韦斯特；罗伯特·艾伦·齐默曼（Robert Allen Zimmerman）变成鲍勃·迪伦。韦斯特的中间名不是 Allen，但他的中间名拼写中确实有"allen"：Wallenstein。

[3] 《得服务于他人》。谈到舞台，对比《11篇简要悼文》："人们不可能知道/我暴露自己/每一次我站上/舞台"（《鲍勃·迪伦诗歌集：1962—1985》）。参见本书《永恒的圆》中相关论述。

心有戚戚焉。它们不是唯一因演唱时"声音哀伤而颤抖"而被斥责的。况且"它们为我而歌":首先,向我致敬(以它们的方式),其次,让我从歌唱中解脱,至少是这一次。"它们为我而歌",而不是通常情况下的我为别人而歌。可以听出,对蝗虫的同情之感洋溢在这首歌的结尾,当副歌的最后一行反复吟唱,幸福和感激也溢于言表,这都蕴含在了一声低低的欢呼"好吧"之中:

> Yeah, the locusts sang and they was sanging for me
> 是的,蝗虫在吟唱,它们为我而歌
> Sanging for me, well, sanging for me
> 为我而歌,好吧,为我而歌

在开头的感叹("哦,长椅……")之前,我们已经听到了蝗虫的窸窸窣窣,这声音一直萦绕在歌中,直至甜美的结尾。有关蝗虫的许许多多,营造了歌曲的整体氛围,似乎静中有动。蝗虫是迁徙者(首字母甚至可以大写为M:飞蝗 [the Migratory Locust],《牛津英语词典》),就像大学中的人群一样。他们,同样不可计数。蝗虫肆意劫掠,整个地区无可幸免。(我们马上会想到,伦敦的布鲁姆斯伯里区,马萨诸塞的剑桥城。)他们何其嚣张(高等教育)。他们引发一场瘟疫——但那是上帝赐予的瘟疫,即便惩罚也是恩赐。[1](他们占领了住宅,他们带来了金钱。)他们是吞噬者,也会被吞噬。"在许多国家蝗虫被当作食物"(《牛津英语词典》)。《利未记》11:22:"其中有蝗虫、蚂蚱、蟋蟀与其类;蚱蜢与其类;这些你们都可以吃。"

---

1 《出埃及记》10 充斥着这个词:"明天我要使蝗虫进入你的境内……耶和华对摩西说:'你向埃及地伸杖,使蝗虫到埃及地上来,吃地上一切的菜蔬,就是冰雹所剩的。'摩西就向埃及地伸杖,那一昼一夜,耶和华使东风刮在埃及地上。到了早晨,东风把蝗虫刮了来。蝗虫上来,落在埃及的四境,甚是厉害,以前没有这样的,以后也必没有。因为这蝗虫遮满地面,甚至地都黑暗了。"《启示录》9:2-3:"日头和天空都因这烟昏暗了。有蝗虫从烟中出来,飞到地上,有能力赐给它们。"《蝗虫之日》:"黑暗弥漫四周,闻上去像一个坟墓。"

还有"秃头蝗虫"(The bald locust，蚱蜢)，一位大学教师的形象是不是跃然眼前。饲养者同时被饲养，哺育者同时被哺育。在一所大学里，年轻人也许注定与老一代为敌。(迪伦在获得荣誉学位时非常年轻，1970年6月9日，他甚至不到三十岁。)《圣经》正是在这种年长与年幼、父亲与孩子，以及饥饿世代的语境之中，思考蝗虫的形象。《约珥书》：

> 老年人哪，当听我的话！国中的居民哪，都要侧耳而听！在你们的日子，或你们列祖的日子，曾有这样的事吗？你们要将这事传与子，子传与孙，孙传与后代。剪虫剩下的，蝗虫来吃；蝗虫剩下的，蝻子来吃；蝻子剩下的，蚂蚱来吃。

"长椅上坐满秃头男人"，马修·阿诺德看到了这一幕。[1] W. B. 叶芝则看到了另一种对照，即现在的年老学者与过往岁月的年轻诗人。《学究们》一诗写道：

> 秃头们已忘记了他们的罪孽，
> 年迈、博学、可尊敬的秃头们，
> 他们编辑和注释的那些诗歌
> 不过是往昔爱情失意的年轻人
> 在床上辗转反侧之时的杰作：
> 为的是奉承美人儿无知的耳朵。
> ……
> 他们将会说些什么，我的主，
> 假如他们的卡图鲁斯那样走路？[2]

---

[1] 参见本节关于马修·阿诺德的脚注。
[2] 译文引自《叶芝抒情诗全集》，傅浩译，中国工人出版社，1994年，第254页。——译注

卡图鲁斯的编辑也许会获得荣誉学位。卡图鲁斯本人会获得吗？[1]同样，他们的迪伦走路也那样，秃头们也会为此奋起振作。"忘记了他们的罪孽"，他们可能早就忘记了。可迪伦，为了不犯骄傲之罪，他没有那么健忘。

整首歌中他唱得最欢畅的，是最后一次唱起副歌（原本有四行的副歌，第一次也是最后一次，成了五行）之前的最后一个词："活着"（alive）——"当然，我们很高兴活着离开那里"。他的声音让这个词在风中飘荡，充盈而又富于活力。为什么这个词值得他这样演绎？这与对教育本质的思考相关，与对传统大学的传统反省相关（新型大学同样需要这样的思考）：大学不仅缺乏活力，还让生命变得迟钝。1914年12月31日，T. S. 艾略特在给康拉德·艾肯（Conrad Aiken）的信中写道："在牛津我感觉没什么活力——我的身体在行走，可里面的大脑几乎不动，此外什么也没有。如你所知，我讨厌大学城还有大学里那些人。"[2]两个月前，艾略特写道："我只是说牛津不能启发人的智识——可那对于一个大学的氛围来说是要求过高。"[3]思想的生命力。有生命力的思想？1914年的艾略特，可能讨厌过大学城和大学里的人，但他一生却获得了将近90个学位（90 degrees）。

"当然，我们很高兴活着离开那里"：对于授予他荣誉的大学，迪伦没有不敬之意。他没去诋毁它，可确实开了它的玩笑。毕竟，他对大学下过死手。在《墓碑蓝调》这首歌里，他曾偏偏用"养老院和大学"（the old folks home and the college）与"你那无用又无由的知识"（your useless and pointless knowledge）来押韵。在《11篇简要悼文》里，他（又一次偏偏）用"考个A"来押韵：

---

[1] 画家沃尔特·希克特（Walter Sickert）在书中提到了赞助人休·莱恩爵士（Sir Hugh Lane）："现在休·莱恩爵士因崇拜马奈（Manet）而被授予爵士称号了（我想知道马奈是否会因为成为马奈而被授予爵士称号？）并非为了亵渎，也许应该可以冷静客观地谈论他的真相。"《自由之家：沃尔特·理查德·希克特作品集》（*A Free House: Being the Writings of Walter Richard Sickert*），奥斯伯特·希特维尔（Osbert Sitwell）编，1947年，第42页。
[2]《书信集》（*Letters*），瓦莱丽·艾略特（Valerie Eliot）编，第一卷，1988年，第74页。
[3] 致埃莉诺·欣克利（Eleanor Hinkley），1914年10月14日；《书信集》，第一卷，第61页。

An' I stopped cold

我站住，好冷

An' bellowed

大叫

"I don't wanna learn no more

"我不想再学什么

I had enough"

我已受够"

An' I took a deep breath

我深呼吸

turned around

转身

An' ran for my life

我为自己的生命奔跑[1]

因此，要活着离开那里。

  大学可以变得像法律事务所或法庭，高高在上的法官或许清醒，但真理已经酩酊。"我瞥了一眼会议室，法官们在那里谈话"。之所以说是法官（judges），是因为那里的人会做学术判断（academic judgements）。法官身着法袍，大学教授们穿着相仿。宣判死刑的大法官戴上的黑帽，也形似学位帽或学士帽。判决（评判）被通过。而这首歌却从关于它的负面评价中走出，继续砥砺前行。

I glanced into the chamber where the judges were talking

我瞥了一眼会议室，法官们在那里谈话

---

[1] 《鲍勃·迪伦诗歌集：1962—1985》，第 110 页。

Darkness was everywhere, it smelled like a tomb
黑暗弥漫四周,闻上去像一个坟墓
I was ready to leave, I was already walkin'
我准备离开,我已经移步
But the next time I looked there was light in the room
但紧接着我看到房间里有一道光

光(light),甚至可能是启蒙(enlightenment)。

不是所有大学的生活方式都死气沉沉。尽管如此,这首歌的活力却在于要活着离开那里。侥幸逃脱(高声唱!)不如彻底远离。"我的证书"(my diploma)和"达科他"(Dakota)押韵(不,是和"达科他州的黑色群山"[the black hills of Dakota]押韵,后者因多丽丝·黛[1]的蝗虫之歌而著名),这自然让人忍俊不禁。

I put down my robe, picked up my diploma
我脱下礼服,拿起我的证书
Took a-hold of my sweetheart and away we did drive
紧抱着我心爱的人,我们开车离去
Straight for the hills, the black hills of Dakota
笔直去往山里,达科他州的黑色群山
Sure was glad to get out of there alive
当然,我们很高兴活着离开那里

只剩下最后的副歌了。如果这个快乐的结尾不仅有一颗甜心("甜蜜的旋律"发自一颗"甜心"),而且还有一种传统的离别之感,那么这可能要归功于丁

---

[1] 关于多丽丝·黛和这首歌,参见迈克尔·格雷,《歌与舞者》第三辑,2000年,第175页。

尼生。丁尼生喜欢雏鸟,在一系列名为《白日梦》(又一次"白日")的诗中,他还有一个子序列《沉睡的王宫》,其中有《双双离去》[1]一诗,有如下诗行:

> 公主倚在恋人的怀抱里,
> 　　感到那手臂围住她的腰,
> 他们翻山越岭去新世界——
> 　　虽说新,其实却无异于老。

展翅高飞,进入生活的大学。不是顺道拜访,也不能中途辍学。这是荣誉之等级,但没有荣誉学位。妻子致丈夫,告别函:"寄自生活大学。你被拒收了。"

《我能为你做些什么?》

好问题。特别是因为它涉及的范围极广,从最小的问题,诸如店员的询问(我能为你做什么——当然话里话外,在礼貌暗示你看起来有顺手牵羊之嫌……[2]),直到最深的祈祷。

> You have given everything to me
> 你给了我一切
> What can I do for You?
> 我能为你做些什么?
> You have given me eyes to see
> 你给了我双眼来看见

---

[1] 译文引自《丁尼生诗选》,黄杲炘译,外语教学与研究出版社,2014年,第167页。——译注
[2] "我能帮你"远离麻烦和法庭吗……

What can I do for You?
我能为你做些什么？

这是对上帝的提问，意味深长的代词不是"你"（you）而是"你"（You）。听到这个词和看到这个词，是完全不同的。"你给了我双眼来看见"，正是双眼才能自信地立刻发现区别——"you"和"You"之间的差别——耳听为虚，虽然也可能有所感知。这首歌要为仅出现一次的、非正式的、小写的"你"（you）创造空间，要如何实现这个不引人注目的差别，这是迪伦独有的智慧："凡人一旦出生，你（you）就知道火星已开始飞腾"。上帝是"You"，凡人是"you"，你懂的。

向上帝发问，那么，"我能为你（You）做些什么？"这个问题，就不仅仅是应允，它也要求，立刻识别出两个截然相反的答案。

从一种角度看（可怜虫的角度：低级的人类视角），"我能为你做些什么"这个问题，当向**绝对存在即上帝**提出时，答案是"绝无一事"。不是"大概没有"。但是换另一个角度（在永恒的层面：普遍的视角），答案是"所有事"。T. S. 艾略特写过这样一种状况，以沉静的笔调，在他那些提供庇护的圆括号中表露了这一点：

> 一种极其单纯的境界
> （付的代价不比一切东西少）
>
> （《小吉丁》）[1]

我能为你做些什么？无一事。这是谦卑的回答。如果认为这是一种羞辱，也不是什么坏事，因为没有羞辱便没有谦卑。《我能为你做些什么？》

---

[1] 译文引自《荒原：艾略特文集·诗集》，张子清译，上海译文出版社，2012年，第282页。——译注

在寻求谦卑,从而也能领悟骄傲。因为在七宗罪中,仅有骄傲还有好的一面。这不是为了区分恶行与相邻的美德(鲁莽看起来像勇气,但并不是真正的勇气),而是要区分骄傲本身:它也是一个与美德相关的词。"嫉妒"之罪也常会因此而嫉妒"骄傲"。我们应该为正义之事而自豪、骄傲。这也就是对"我能为你做些什么?"的另一种回答。所有事。因着施与我的救恩,这不言而喻——尽管必须为此祷告。

双重的确认,"无一事"和"所有事",加剧了迪伦早已承受的一种质问的紧迫性。他一直感觉必须以"是,也不是"(yes and no)来回答这类问题才有力量,不是为了讨巧,而是为了力量,因为给出"是"和"不是"的两个答案,与含糊不清的"是或者不是"(yes-and-no)的虹吸效果完全不同,后者则因为缺乏信念而萎靡不振、推卸责任。(你愿意承担这个责任吗?这个——,"是或者不是"……)"我不是要你说'是'或'不是'之类的话"(《妈妈,你一直在我心上》)——我可能要你说"是,也不是"。

威廉·燕卜荪曾举过一个诗人的例子,凑巧的是,迪伦曾以恭敬的方式——玩笑吐真言——揶揄过这位诗人。(采访者问迪伦为何屈尊来到怀特岛。他答道:来看看阿尔弗雷德·丁尼生的故乡。)燕卜荪说:

> 要取得对一个语辞矛盾的陈述,常常总有可能去提出这样一个问题;这个问题的回答既是"是"又是"不";当作者采用"诗一般的"风格写作时这种手段的运用尤其频繁,故而他所要表述的逻辑复杂性常常超过他的方法所能达到的限度。比起别的手段,这种手段最能使复杂性掩藏起来。

> 但谁见过她招手?
> 或见她曾站在窗前?
> 是不是她名闻遐迩,
> 那位大名夏洛特的夫人?

是,又不是。并不是四面八方的人都认识她,但大家都知道有关她的一些传说。这两个事实加深了戏剧性效果,而且是通过一个问题同时传达出来的。[1]

"你准备好了吗?",感受一下这个灵魂之问浓重的戏剧效果。如果你的回答只是简单的、或单一的"是",这是在用灵魂冒险,因为其中暗含了一种错误的骄傲;可你最好也不要简单回答"不",因为这也同样单一,会让你陷入另一种自满,那是绝望。你开始有一种撕扯之感了吧。就像塞缪尔·贝克特引用圣奥古斯丁的双重告诫一样,尽管似乎从来没有人找到过确切的词语(我梦见我见到了圣奥古斯丁……):"不要绝望,一个贼会得救;不要放肆,另一个贼万劫不复。"[2]

"你准备好了吗?":你可以这样回答,摆脱绝望和放肆,就像迪伦在《你准备好了吗?》中所说的一样——"我希望我已经准备好了"。另一个别有用心的提问是:"感觉如何?"翻来覆去,仿佛它不是一块普通的滚石,而是西西弗斯永远推了又推的那块石头。"感觉如何?"这个问题,必须这样回答:"糟糕,又美妙。""孤苦伶仃,没有回家的路,像一块滚石"是美妙的,但同时也是糟糕的。

迪伦在演唱《我能为你做些什么?》时,他富有想象力的处理是这首歌穿透性力量无法分割的部分(这不是说它无法辨识)。你可以感受到,也可以听到。比如,从一开始,标题"我能为你做些什么"就被迪伦急切地、带着冲动唱出,稍稍早于配乐及其他的和声(一支反其道而行之的合唱队)。

这首歌的形式是,四行接着五行,交替展开;这两种诗节因同步的永恒之问的塑造而结合,因而避免了杂乱。

---

[1] 《朦胧的七种类型》(1930年,1947年第二版),第182页。
[2] 出自贝克特《等待戈多》台词。——译注

You have given everything to me

你给了我一切

What can I do for You?

我能为你做些什么？

You have given me eyes to see

你给了我双眼来看见

What can I do for You?

我能为你做些什么？

Pulled me out of bondage and You made me renewed inside

你使我摆脱奴役，让我的内心得获新生

Filled up a hunger that had always been denied

你喂饱了一个常常遭拒的饿汉

Opened up a door no man can shut and You opened it up so wide

你打开了没人能关上的门，这门敞开如此宽阔

And You've chosen me to be among the few

你拣选我成为少数人的一员

What can I do for You?

我能为你做些什么？

You have laid down Your life for me

你为我舍弃了生命

What can I do for You?

我能为你做些什么？

You have explained every mystery

你为我解答了所有的谜

What can I do for You?

我能为你做些什么？

Soon as a man is born, you know the sparks begin to fly

凡人一旦出生，你就知道火星已开始飞腾

He gets wise in his own eyes and he's made to believe a lie

他自以为有智慧，注定信从虚谎

Who would deliver him from the death he's bound to die?

谁能从命中注定的死亡里救他脱离？

Well, You've done it all and there's no more anyone can pretend to do

哦，你已尽数施为，没人能够冒充

What can I do for You?

我能为你做些什么？

至此，永恒之问的词句与伴奏的音乐或伴唱的提问者，在这首歌中并不完全协调一致。这种不协调颇为动人，有一种人性的紧迫、一种焦灼的搏求之感，与此同时，它又似乎不完全服从于上帝的意旨，稍有不及。只是在最后一节，直至最后一行，迪伦的声音才有所收敛，更多与乐音保持同步（使得这首歌的演唱不致过于精神上的自满）——即便如此，也不是完全协调一致，也没有一种真理在握的道貌岸然。

I know all about poison, I know all about fiery darts

我知道有关毒气和火箭的一切

I don't care how rough the road is, show me where it starts

我不在乎道路如何艰险，告诉我从何处上路

Whatever pleases You, tell it to my heart

无论你的意旨是什么，让它铭记在我的心田

Well, I don't deserve it but I sure did make it through
哦，我配不上它，但我会坚持始终
What can I do for You?
我能为你做些什么？

用轻柔、无火气的嗓音，他懊悔地唱出他知道的有关"火箭"的一切。词句和发音之间友好的对峙，也许让你想到这首歌的政治指涉，他不带任何攻击性地轻轻吟唱"加农炮弹要飞多少回"，这和平的声音好像给了加农炮弹棉花般的温和之感。[1] 另外，在迪伦的演唱中，"火箭"（fiery darts）这个词也不简单，它一语双关，因为"箭"（darts）结合了"怀疑"（doubts）（虽然在《写作与绘画》还有《鲍勃·迪伦诗歌集：1962—1985》中印的是"darts"，但《得救》的歌本却印成了"doubts"，这就是明证），这不仅是押韵的需要（火箭／上路／心田［darts/starts/heart］，这种稳定的韵脚也出现在前面的几节中：内心／遭拒／宽阔［inside/denied/wide］，以及飞腾／虚谎／死亡［fly/lie/die］），同时也涉及《圣经》的典故："此外又拿着信德当作藤牌，可以灭尽那恶者一切的火箭（fiery darts）。"（《以弗所书》6:16）迪伦的歌词和歌声如同一次强大的淬灭。先是用他冷静的嗓音，再是用他温和的言语，邪恶的火箭被淬灭，我们也会犹疑，自己听到的究竟是"火箭"还是"怀疑"。而结果是，这"邪恶的火箭"也许不十分轻易地转变为"怀疑"，那是魔鬼用来刺伤我们的利器。

怀疑的效果（"怀疑"还是"火箭"？）深具戏剧性，不仅表现为它的强力而有节，而且也表现在戏剧作为一种媒介的特征，因为在表演艺术中——无论莎士比亚的悲剧，还是迪伦的歌——牺牲了眼睛可以要求的精确性，耳朵反而有了一种无可比拟的优势。（"你给了我双眼来看见"，再来一次。）眼睛可以在一瞥之间看清歌词到底是"怀疑"还是"火箭"。印刷带来

---

[1] 参见本书《在风中飘荡》章节。

的便利，也恰恰是一种损失。对于耳朵来说，能听到幽微的回声，既是一种幸运，又会是一种折磨，因不能确定这些词句的含义。这同样是一把双刃剑。麦克白哭喊道，他是最不应该谋杀邓肯的人：

> 他到这儿来本有两重的信任：第一，我是他的亲戚，又是他的臣子，按照名分绝对不能干这样的事；第二，我是他的主人，应当保障他身体的安全，怎么可以自己持刀行刺？[1]
>
> （《麦克白》第一幕第七场）

不要佩刀，也不要拔刀。"在我面前摇晃着……不是一把刀子吗？……我仍旧看见你，你的形状正像我现在拔出的这一把刀子一样明显。你的刃上和柄上还流着一滴一滴……的血"[2]（《麦克白》第二幕第一场）。

当迪伦让我们疑心那个词是"火箭"还是"怀疑"的时候，他勾起了对"怀疑"（doubt）的传统怀疑：这是个刚正的词，听起来没有丝毫的不确定感，不像（比方说）带有气音声调抑扬的"犹豫"（hesitate）。塞缪尔·贝克特就特别关注"怀疑"一类词在声音和意义方面的不一致性，争辩说英语这种语言亟需詹姆斯·乔伊斯这样的"抽象破坏者"：

> 值得注意的是没有一种语言像英语这样深奥复杂。它已经抽象至死。比如"怀疑"（doubt）这个词：它几乎没有任何感官层面的暗示，暗示某种迟疑、难以抉择，或者优柔寡断的状态。而德语的"Zweifel"却做到了，并且，从更低的程度上说，意大利语的"dubitare"也做到了。乔伊斯先生认识到"doubt"一词，不足以表

---

1 译文引自《莎士比亚全集》第八卷，朱生豪译，方平校，人民文学出版社，1978年，第324页。——译注
2 译文引自《莎士比亚全集》第八卷，朱生豪译，方平校，人民文学出版社，1978年，第328页。——译注

达一种极度的不确定感，并用"两个双胞胎的念头"（in twosome twiminds）[1]取而代之。[2]

"火箭"还是"怀疑"这两个双胞胎念头的局部运动，就包含并展开于歌曲的进程中。那歌手呢，像任何有情人一样，不能达成却要渴望一种完整的相互依存——但与上帝相互依存是无从想象的、不能念及的，甚至是渎神。那是一种骄傲，与谦卑不相容，后者不是站在道德的高地上，相反，它尊重的是道德的底线。从一开始，我们就被带入一种渴望，渴望对完美匹配的相互依存的答案，为的是一种真正的契合：真实的神圣公正，全然的真实，除真实外别无他物，契合。但这首歌却耐心而诚恳地不断拒绝我们。"耐心，难事"，正如霍普金斯所领悟的。困难，虽难克服，却锤炼铁一般的自我。[3]

因此第一行"你给了我一切"之后，并没有跟着出现（与之匹配）空洞不安的回应（如"我能给你什么？"），而是切中核心而又有所偏离地不断追问："我能为你做些什么？"

正是在这种不完美的衔接（贯穿了第一节）中，"你给了……你给了……"（迪伦反复在那个精确的点位分切节奏与歌词）的句式和接下来的"我能为你做些什么"，有了一种生机勃勃的关联。但迪伦又转变了这一模式（他做得十分美妙，就像在《好好待我，宝贝》里一样，就在他似乎已陷入热诚的并列之际随即反转）。因为在后面的段落中，他离自己渴望找到的那个相互依存已经很近——但仍未达成。似乎还有一步之遥。第二个五行诗节的结尾是：

---

1 见《芬尼根的守灵夜》。——译注
2 引自《我们的前瞄准镜……》（1929 年），第 15 页。我在《贝克特的将死之词》（1933）中讨论了这一点，第 51—55 页。
3 "耐心，难事！只能祷告之难事，/但目标是，耐心！"

Well, You've done it all and there's no more anyone can pretend to do

哦，你已尽数施为，没人能够冒充

What can I do for You?

我能为你做些什么？

——"你已经尽数施为"（You've done it all）/"我能为你做些什么？"（What can I do for You），这本身就是一种新的对应：它又延续到在第三个四行诗节中，用词不同，句式却不变。

You have given all there is to give

你已给了一切能给的

What can I give to You?

我能给你些什么？[1]

但这两段都不是我们所期望的，对问题确切、精准、恰当、完美且充满感恩的回答。无论是前一例的"你已为我（for me）尽数施为"到"我能为你（for You）做些什么"，还是后一例的从"你给了我（me）一切能给的"到"我能给你（to You）些什么？"，都没有实现这个意图。

正是至此，迪伦几近领悟或已然领悟到：问题本身必须被反转，在对它的讨论中，才能回归真正的解答：[2]

你已给了我生命

我怎样才能为你而活？

---

[1] 演唱时如此，但在书面上是"为你做些什么"。
[2] 关于迪伦论以某种方式真实地回答了自己的问题，参见本书《你想要什么？》该节最后一页。

不是"我能为你做些什么？"——或"给你什么？"——而是"我怎样才能为你而活？"

最深刻的问题不是关于"什么"，而是关于"怎样"——这是一种理解感恩、理解应有的谦卑、理解对骄傲应有的弃绝的真实路径。有了这样的觉悟，迪伦方能合理地重新提出这个古老的好问题（不是更新且更好的那个）："我怎样才能为你而活？"，他温和地将"无论你的旨意是什么"（Whatever pleases）与"什么"（What）相配：

> Whatever pleases You, tell it to my heart
> 无论你的意旨是什么，让它铭记在我的心田
> Well, I don't deserve it but I sure did make it through
> 哦，我配不上它，但我会坚持始终
> What can I do for You?
> 我能为你做些什么？

关键的、释放心灵的问题，被证明是"我怎样才能为你而活"，但好在标题与副歌中的"我能为你做些什么"，这个问题也并没有被甩掉、被厌弃。在这里，好像在歌曲达到（精神上的）高潮之前，有些词是时隐时现的。比如，可以注意，在三个五行诗节中，只有中间一节没有给出"给了"（given）这词（其他两节给出了两次）：

> You have laid down Your life for me
> 你为我舍弃了生命
> What can I do for You?
> 我能为你做些什么？
> You have explained every mystery
> 你为我解答了所有的谜

>What can I do for You?
>
>我能为你做些什么？

或者，关于重复，还有一个事实——得解释一下——在最后一节，歌手在思想及寻找的灵魂方面，最为接近无我状态，但这一节的"我"（I）、"我"（me）、"我的"（my）出现最多："我"（me）和"我的"（my）各出现一次，"我"（I）出现六次。

>I know all about poison, I know all about fiery darts
>
>我知道有关毒气和火箭的一切
>
>I don't care how rough the road is, show me where it starts
>
>我不在乎道路如何艰险，告诉我从何处上路
>
>Whatever pleases You, tell it to my heart
>
>无论你的意旨是什么，让它铭记在我的心田
>
>Well, I don't deserve it but I sure did make it through
>
>哦，我配不上它，但我会坚持始终
>
>What can I do for You?
>
>我能为你做些什么？

这个"我"（I），与谦逊、与自我中心的破除，又该怎样统一呢？这么说吧，因为无论第一人称代词存在或不存在，它都是一个核心，而不是一个方向。"我不在乎道路如何艰险"，有两个相反方向，这就是道路的特点。有时不愿说"我"，可能是谦卑的标志，有时恰恰相反。（"我认为"远没有"我们认为"或"有人认为"那么自我本位。）重申"我"（I）、"我"（me）、"我的"（my），也是一种坦率的恳求、祷告，自我关注是不可避免的，不一定就是利己主义。"给我看"（Show me）不是委婉之辞。"你拣选我成为少数人的一员"。《马太福音》20:16："这样，那在后的将要在前；在前的将要在后了。因为被

召的人多，选上的人少。"

保罗·威廉姆斯（Paul Williams）明快地发现了迪伦关于基督教的歌曲中的力量，又过于明快地批评了这首歌的结尾，他更喜欢迪伦早前在1979年末在演唱会上的唱词："我配不上它，但我已坚持始终"（I don't deserve it but I have made it through）：[1]

> 《我能为你做些什么？》这首歌，要么是一首绝对谦卑之歌，要么什么都不是，当迪伦唱"我配不上它，但我会坚持始终"（I don't deserve it but I *sure did* make it through）时，就可以发现这种唱法有问题（声音的态度）。有点浮夸，偏离了重点；原来的歌词和演唱所传达的信息有微妙的（却是极度的）不同——"我不配活下去，但你选择了引领我，所以我的生命是你的，请帮我找到一种方式去表达我的热爱"。相反，新的唱法似乎暗示，迪伦之所以这样做，是因为他已足够聪明，能买到车票登上正确的列车。哎哟。[2]

对此，我也想以一声"哎哟"来回敬。（"'你好吗？'他对我说/我也对他这么说"。）一方面，"似乎暗示"似乎模棱两可。另一方面，威廉姆斯有误听。"有点浮夸"？不是这样，我们听到的不是夸夸其谈的骄傲之声（我就知道，我就知道），而是惊讶的沉静之声（我不可能知道这一点，尽管"我知道有关毒气和火箭的一切"）。"新的唱法似乎暗示了……"：推托之词。如果只是似乎暗示……那么就是没有暗示，不对吗？无论如何，保罗·威廉姆斯犯下的最大错误，就是宣称——带着骄傲——对他来说这不可辩驳：《我能为你做些什么？》"要么是绝对谦卑之歌，要么什么都不是"。恰恰相反，认识到不可能有绝对的谦卑，这才是体认谦卑的起点。相信人类可以绝对谦卑的

---

[1] 《得救》录制于1980年2月。
[2] 《一年后的迪伦》（1980），第6页。

人,更不用说自认他或她已经达到这种境界的人,都可以骄傲地期待将来置身于苛刻地狱永恒的圆之中。骄傲,而且自负。"我确定上帝讨厌骄傲的样子。"(迪伦,《放映机》)

《箴言》26:12:"你见自以为有智慧的人吗?愚昧人比他更有指望。"

> 凡人一旦出生,你就知道火星已开始飞腾
> 他自以为有智慧,注定信从虚谎

《以赛亚书》5:20:"祸哉!那些以暗为光,以光为暗的人。"《箴言》3:7:"不要自以为有智慧。"自以为有智慧是一回事,要亲见智慧需付出更大的代价,积怨引燃了仇恨:你竟敢自以为比我有智慧。那些郁积被火星所期盼,迪伦在此处既致敬又反击了《圣经》中的告诫。[1]《约伯记》5:7:"人生在世必遇患难,如同火星飞腾。"火星飞腾。熄灭了。火星将要飞起来?《牛津英语词典》:"形容激烈的话语被说出,发生摩擦或激动的行为"。《美国演讲集》(1929年):"还有一个愤怒的女人说:'她将点燃火星'。"骄傲之罪引燃了愤怒之罪。

迪伦不仅打开了他的《圣经》,也打开了《圣经》所照亮、所启示的世界。《启示录》3:8:"我在你面前给你一个敞开的门,是无人能关的。"

> 你打开了没人能关上的门,这门外的世界如此宽阔

如此宽阔的一句,它在歌唱中如此宽广地打开。《我能为你做些什么?》,它的深刻如同它的宽阔。并且从不天真。

罗伯特·谢尔顿评论《得救》这张专辑时,他(即便是他,本来他如

---

[1] 迪伦,《放映机》:"《圣经》说'愚昧人若静默不言,也可算为智慧',但是这句话来自《圣经》,所以它可能因为太过虔诚而被抛弃。做一些宗教的事情,人们不必去处理它,他们可以说这是无关紧要的。"(见《箴言》17:28。——译注)

此善解迪伦）宣称"三首比较慢的歌"——其中之一是《我能为你做些什么？》——"坦率地说一点都没有打动我"。[1] 想起谢尔顿和三这个数字，我脑子里就会冒出一种渎神的念头：你将三次不认我。"你给了我双眼来看见"。还有耳朵。他有耳去听，就让他听。长了耳朵，你没在听吗？

《自负之疾》

> 凭空出现
> 而你一蹶不振

突如其来，《自负之疾》如一记重拳，凭空出现，甚至不是"它凭空出现"，一记右勾拳，三十五行歌词被打进一首歌里。（突然间，我们要问，这是在哪儿？是在戴维·摩尔的谋杀现场吗？[2]）但没有任何动作能闪避或躲过这记重拳的来袭。"而你一蹶不振"。八……九……十。不仅被打趴下了，而且直接出局。

谁杀了戴维·摩尔？"'不是我，'裁判说"，每一位参与者都毫不迟疑地加入，集体拒绝承认自己有错。

是什么在杀人？自负之疾，是我，又是我。《自负之疾》的每一节都是十行，这是偶然吗？

> 今夜许多人正遭受痛苦
> 因这自负之疾
> 今晚许多人正苦苦挣扎

---

1 《旋律制造者》（1980年6月21日）。
2 参见迪伦歌曲《谁杀了戴维·摩尔》，戴维·摩尔是美国拳击手，死于拳赛导致的脑损伤。——译注

因这自负之疾

一直沿着高速路下来

沿线直下

刺激你的感官

穿透你的肉身和思想

丝毫也不甜蜜

这自负之疾

这一节的最后一行，也就是抵达了十——一个"到此为止"的数字——的那行，在同一个地方连续轰炸，每节的第二行、第四行都以这四个词作结："自负之疾"（The disease of conceit）。而迪伦还想最后用这几个词来点题，方法是不让"自负之疾"四个词单独出现，而每每在前面加上一个致命的介词"from"，"因这自负之疾"，整首歌由此高速而下。这一句由五个词构成，它串起了这首歌，每一节的第二、第四行都是这一句。但前三节结束的第十行，却并没有完全如此，缺了"因这"（from）这个前缀，也就没有强调某种绝对的影响和缘由。前三节的结尾就是："自负之疾"。但"因这……"这一行的影响力却一直持续到这首歌的结尾，将不断提醒我们注意，介词"from"作"原因"的用法与它的其他用法并不相同，如"从某处开始"。从开始一直到结束。

Then they bury you from your head to your feet

而后他们会从头到脚埋葬你

From the disease of conceit

因这自负之疾

这一串无情的文字，并非脚步轻快，而是步履艰难，你可以想象一个判断失准的向导告诫歌曲的作者不要走路如此踉跄，脚底下拌蒜。要记得这个说法:"平足鹰眼"(燕卜荪形容乔治·奥威尔的短语)。迪伦脚步跟跄、行行重击,如警察一般,忠诚不贰。他像个条子。"从头到脚"?对一切装腔作势的言辞或举止都横加拒绝,这样的粗鲁虽令人尴尬,但又极为正确。不雅吗?确实不雅。为此抱歉,但这就是这件事的本质。

> Nothing about it that's sweet
> 丝毫也不甜蜜
> The disease of conceit
> 这自负之疾
>
> Ain't nothing too discreet
> 全无审慎可言
> 'Bout the disease of conceit
> 对于这自负之疾

自负之疾,与优雅无关。摆脱自负之疾,不可拖延。

> 而后他们会从头到脚埋葬你
> 因这自负之疾

从……到……因这(From...to...From):在死亡中,无法继续期盼再来一个"到"(to)。

这首歌开始于一种冥思的叙述氛围和风格。"今夜许多人……":要体会这一句对生活的表现与沉思,需要摇晃你的脑袋,让忧伤的思绪联翩,而不是尖锐地出手指摘。

There's a whole lot of people suffering tonight

今夜许多人正遭受痛苦

From the disease of conceit

因这自负之疾

Whole lot of people struggling tonight

今晚许多人正苦苦挣扎

From the disease of conceit

因这自负之疾

"许多……"（There's a whole lot），当你再一次读到，嘴唇深沉地拢起："许多人……"（Whole lot of people）前两句与后两句也许没太大变化，但是——尽管如此——事情还是起了变化："There's a whole lot of people"收缩成"Whole lot of people"。"今夜……正遭受痛苦/因这自负之疾"（suffering tonight/From the disease of conceit）则不同于与之押尾韵的"正苦苦挣扎/因这自负之疾"（struggling tonight/From the disease of conceit）。[1] 因……而挣扎（struggling from）？是结果？还是原因？可这些并不相同。你知道他的意思，但他还是有意让你感到语义的逆转：你与某事搏斗（struggle with），或你与某事对抗（struggle against），但你不是因某事而挣扎（struggle from）——虽然你的确会为了摆脱某事而挣扎（struggle to get away from）。这一切唱得悲哀甚于愤怒。

这首歌一共四十四行，有十三行（一个不祥的数字）重复了"自负之疾"：每一节重复三次，还有一次重复让人意外，它开启了那个四行的过渡段。让人意外，不是因为它凭空出现，而是因为它无处不在。尽管"自负之疾"已被警示了九次，我们还需再次被提醒，自负是一种疾病。

---

[1] 这里押尾韵，就这一次。接下来的开场押韵是：今晚……即将破碎/今夜……战栗不休（breaking tonight/shaking tonight），今夜……奄奄一息/今晚……哭喊不止（dying tonight/crying tonight），还有今夜……陷入困境/今晚……目有重影（in trouble tonight/seeing double tonight）。

Conceit is a disease

自负是种恶疾

But the doctors got no cure

医生也无方可医

They've done a lot of research on it

他们对此做了许多研究

But what it is, they're still not sure

但这是什么，没人心里有底

  你可以心里有底，这庄重的承诺也是一种冷嘲。听听迪伦如何改变了"研究"（research）这个词的重音：重音不在"reséarch"而是在"rée-search"，带着对专家的尊重（réespect），尽管他们尚未在治疗上有所突破。

  "一直沿着高速路下来"（Right down the highway）。"沿线直下"（Straight down the line）。直下，下。"而你一蹶不振"（And you're down for the count）。别忘了"你也许是世界重量级拳击冠军"（《得服务于他人》），"但你得服务于他人"。要对抗自负之疾，这是你所需的最有效的终极真理。

  但是等等，不同的量级也意味着不可能公平对决。我的意思不是指我们任何一个人与自己的宿敌——自负之间的对决。不，这是指"疾病"（disease）和"自负"（conceit）这两词的对决。"疾病"是个重型词汇。"自负"则如矮脚鸡般轻巧精悍。后者虽然过于自大（参见词典），却没超重。这场拳赛的组织者是怎么想的？裁判在哪儿？

  在这里，裁判会解释，你对自负的理解是错的。它看起来脚下不稳，但出拳凶猛。这赛场，你无法逃脱，因此你无法活到下一次比赛。

因这自负之疾

凭空出现

而你一蹶不振

> 因为外面的世界
> 压力剧增
> 会把你压成一片肉饼
> 这自负之疾

自负——在表现上比较低调——却可能性命攸关，它是一种疾病。一旦"自负"在你的体内起作用，成为一种内在压力，它就会和外部世界的侵害联手。敌在门内。外面的世界——比方说，拳击赛场外的世界，那些嗜血之徒，会对场上的挥拳之人施加重重压力，他们乐于去想拳手之一或双双被打成肉饼：外面的世界只会热衷于诱发你的内在之疾。迪伦歌词的压力，重音不在"世界"，而是在"外面"这个词上：不是"因为外面的世界"，而是"因为外面的世界/压力剧增"。内在的世界已经自内胀满压力。压力剧增；你将自己压垮。浮士德博士开始意气风发了——。

> 直到，随自负的狡猾膨胀
> 他的蜡翅振向无法到达的地方[1]

疾病已经潜入。"走进你的房间"，在这冷漠的悠闲之后，马上跟来了"吞食你的灵魂"：

> 走进你的房间
> 吞食你的灵魂

——自负那样行动，"纯粹的爱"则不会这么做，因为纯粹的爱"不会溜进卧室"（《冲淡的爱》）。

---

[1] 马洛，《浮士德博士的悲剧》，序。

这首歌的压力让你面对这一切，它知道对自负的严厉审视会遇到阻碍，知道自负很善于表现得人畜无害，没有伤害性。和虚荣一样，[1]自负肤浅又小气，它怎能带来深深的伤害？会的，因为自负和骄傲、傲慢不同，它的破坏力恰恰来自伪装的假相，它看起来不像家族中其他成员那么危险。

许许多多的矛盾蕴含在《自负之疾》中。这首歌的开头，铿锵的和弦不断撞击，步伐沉重，像一个肃穆的法官庄严地戴上法帽，然后宣布最终判决死刑。

  Give ya delusions of grandeur
  给了你自大的妄想
  And an evil eye
  和一只恶眼
  Give ya the idea that
  让你认为
  You're too good to die
  自己卓越到不会死亡
  Then they bury you from your head to your feet
  而后他们会从头到脚埋葬你
  From the disease of conceit
  因这自负之疾

——从"恶眼"（eye）到"认为"（idea）再到"死亡"（die）：这些词勾连起一系列值得深思的命题。《马可福音》7:22："邪恶、诡诈、淫荡、嫉妒、诽谤、骄傲、狂妄。这一切的恶都是从里面出来，且能污秽人。"但同

---

[1] "上帝有力量，人有他的虚妄"（《没有义人》）。想想如果是"人有他的骄傲"将会如何与虚荣及自负不同，骄傲能成为好事，比如自尊。

时，与此相龃龉的是，这里还有某种不祥的失重感。因为"疾病"这个词有一种武装到牙齿的重量，而"自负"一词则完全匮乏，如缴械了一般。多谢，我们完全清楚自负不好，但它真的坏到具有毁灭性吗？它难道不意味着浮泛、空洞、膨胀，区别于恐惧的重载吗？骄傲，我们承认，它有所承载，当迪伦唱起《骄傲的脚》，他让它承载了《诗篇》中箴言的重量："不容骄傲人的脚践踏我，不容凶恶人的手赶逐我。"[1]而自负呢？

扩张不断膨大，同时增压，疾病由此而生。《圣经》明了"自负"的严重，这个词看起来微不足道，《自负之疾》所做的事情之一，就是还原了它古老的威胁性、紧迫感。"自以为聪明"（Wise in his own conceit）：仅在《箴言》的一章中，这句话就出现过三次。[2]《罗马书》12:16 也写道："不要自以为聪明。"对于这个词本身，以及其致命性如何被现代语义的琐碎掩盖，要明察秋毫。

重事轻说，能让一首歌即使沉重，又不会变得过于沉重。至少，对自负出乎意料的形容，会表达出更多。

> 丝毫也不甜蜜
> 这自负之疾
> 全无审慎可言
> 对于这自负之疾

"审慎"这个词的出现，本身就非常审慎。"甜蜜"和"审慎"这类词，会让人马上有一种既充实又空虚的感觉：充满了潜在的威胁，却没有一丝的谎言或怒火。副歌的展开和演绎也有同样的效果。正是副歌的本质使然，每一次重复都会使其更为充实，也更为空虚。听副歌时要全神贯注。副歌的深

---

[1] 《诗篇》36:11。
[2] 《箴言》26:5："要照愚昧人的愚妄话回答他，免得他自以为有智慧。" 26:12："你见自以为有智慧的人吗？愚昧人比他更有指望。" 26:16："懒惰人看自己，比七个善于应对的人更有智慧。"

刻而富于想象力的唱法，往往不是仅仅否认或哀叹：反复的陈说会让所言之物渐渐空洞（比如，你一遍又一遍说自己的名字，会越来越感觉它与你本人无关）。不，当一首歌或一首诗恰好出现这样的状况，副歌的丰富巧智也显现出来：愈来愈充实的同时，也愈来愈空虚，这是一个严肃的问题，也是一个两难的困境。就这样，"自负"会乘虚而入，走进你的房间，吞食你的灵魂。你越是自负满满，就越是空虚得别无一物，包括你自己，你的自我。

"疾病"，这个词比喻而非字面的意思，是指"一种错乱的、堕落的或病态的精神（思想或性情）；一种邪恶的感情或倾向。"1607年："过于好胜，曾是我青春的疾病"；或者，骄傲的疾病。自负是"对自己的过高的评价；高估自己的品质，个人的虚荣或骄傲"。的确，自负往往会与虚荣、骄傲相伴，但它们并不相同，也有不同的重量和经纬。也许有必要恢复自负的一种古老的意思，它指"一种（病态）情感，或身体或心灵的紧缩"，也就是一种疾病。（想入非非，自命不凡，这都是病。）之所以有必要恢复这种含义，也许，不是因为迪伦擅长查词典（虽然他可能非常擅长：从 A 到 Bazouki[1]），而是因为一个精通英语的高手，有能力、也乐于用英语阐释任何的事物（比如，自负与疾病的关系？）。

还有另外两重压力，让这首歌沉重而悲伤。首先，自负之疾是一种在不知情的情况下就会染上的疾病；无知无觉，但你可能被它折磨。

　　今夜许多人正遭受痛苦
　　因这自负之疾

因为自负的狡猾之处在于（马洛所谓"自负的狡猾"），它可能并不以给你施加痛苦为乐。至少，暂时不会。它喜欢消磨时光，像肿瘤那样，不给出预兆。"凭空出现"。一些在迪伦歌中出现的人，能清楚感知到他们在受苦，

---

[1] 即《牛津英语词典》第一卷的起止。——译注

即便不知苦从何来:"今夜许多颗心即将破碎","今夜许多人哭喊不止"。但有的人则不然。事有两面,他们看不到另外一面。在杜娜·巴恩斯的小说《暗夜丛林》中,T.S.艾略特就痛苦地领悟到了这一点:

> 因特定的性格异常而遭受的苦难,在表面上是可见的;更深层次的原因,是普遍的人类苦难和奴役。在正常的生活中,这种痛苦大多被隐藏;通常,最可悲的是,受苦的人比起旁观的人,更难察觉痛苦的存在。[1]

最后,叫人痛心的是,"自负"(conceit)源于拉丁语,意为"构想"(conceiving)及"观念"(conception)。所以,自负带来的死亡中有些异常恐怖的东西。它本应站在生命一边。它没有。它尤为喜欢"让你认为/自己卓越到不会死亡"。自视甚高,实在糟糕。

---

[1] 杜娜·巴恩斯(Djuna Barnes),《暗夜丛林》(*Nightwood*),导言(《纽约客》,1937年)。

美　德

公正（义德）

《海蒂·卡罗尔孤独地死去》

　　公正，迪伦的许多歌都链接在这一"枢德"上（"枢"，与铰链有关）。这些歌曲仰赖于公正——同时，从"仰赖"反面的或对立的意义上讲——它们反对不公。最令人厌恶的不公莫过于法律自身及法官犯下的不公，而迪伦最让人动容的抗议之歌，便是《海蒂·卡罗尔孤独地死去》。正是这首歌，揭露了虚假夸耀——至少在这里——所谓的"法院公平正直"的不实。这就是为何这首歌不仅对我们平等相待，而且自始至终在音调、歌词和演唱上都保持着平和。对不公判决的不满，就是上好的判决。

　　杀害海蒂·卡罗尔的凶手，他的重罪是愤怒，因急躁而无端愤怒。他"杀人没有缘由／恰好心血来潮，没有预警"。真正令人惊愕的，是"没有预警"的双重含义——不仅没有预警他人，也出乎赞津格本人的意料（愤怒突然爆发）。赞津格（Zanzinger）这个名字，恰好顺次包含了"anger"（愤怒）。但他无法控制自己的愤怒。这首歌（一次听起来绝不能像凯歌的凯旋）却令人动容地抵制了诱惑，并且耐心，控制着它的愤怒。哦，歌中愤怒确实存在，然而，它被控制，被约束。

　　《海蒂·卡罗尔孤独地死去》，这首歌以抑扬顿挫还原新闻素材。

　　　　威廉·赞津格杀死了可怜的海蒂·卡罗尔
　　　　用那根他以戴钻戒的手指挥转的手杖
　　　　在一家巴尔的摩酒店举行的社交聚会上

威廉·赞津格，海蒂·卡罗尔。这两个名字的关键，在于其尾音——你也许会说这只是一个纯技巧性的开头，但正如 T. S. 艾略特所说，"我们无法说清'技巧'从何处开始又在何处结束"[1]。凶手和死者的共同之处是，无论他们的名还是姓，结尾都是弱音节。她是"Háttǐe Cárrŏll"，在她的姓和名中，第一个音节是重音［Cárroll］，最后一个是弱音［Carrŏll］；他是"Wílliam Zanzíngěr"，名的第一个音节也是重音，而姓的第二个音节尽管是重音，最后的音节还是弱音。迪伦听出了这一点，这首歌就建立在真实的姓名和一桩真实凶案之间的特殊的抑扬顿挫上（除了 Zanzinger 中间本应还有个 t：Zantzinger）。

迪伦要在标题中加入"孤独"（lonesome）这个词，或许也是出于抑扬顿挫的考虑，它会唤起一种对照之感，死亡的孤独，她的死亡，与熙攘的酒店之间的对照（"在一家巴尔的摩酒店举行的社交聚会上"）。"孤独"这个词本身在歌中是听不到的，这很明智，因为那样会像是一个情人在抱怨（仅限于这首歌特定的范围内，不同于《明天是漫长的一天》："孤独对你来说什么都不是"[2]），但这个词确实设定了一种情境，或者不如说设定了一种抑扬顿挫：海蒂·卡罗尔孤独地死去（Thě Lónesŏme Déath ŏf Háttǐe Cárrŏll）。

第一节的第一行以他的名字开始，以她的名字结束："威廉·赞津格杀死了可怜的海蒂·卡罗尔"。第二节以他的名字开始："威廉·赞津格，二十四年来"。[3] 第三节以她的名字开始："海蒂·卡罗尔是厨房的女佣"，并以他的名字结束（进入副歌）："她从未对威廉·赞津格做过任何事"。第四节，是最后一节，也是最后的结局："威廉·赞津格刑期六个月的判决"。在这最后一节的开头，首先，他是"杀人没有缘由"的那一个。现身被告席，并未被提及姓名。

这首歌包含的双重挑战是，它既不能屈从于控制了赞津格的那种愤怒，

---

1 《神圣森林》(*The Sacred Wood*, 1920 年), 1928 年版前言, 第 9 页。
2 在爱情歌曲《明天很长》和《西班牙皮靴》，这个词意味深长。
3 迪伦唱的是"had"，在《鲍勃·迪伦诗歌集：1962—1985》中是"at"。

又要抵抗煽情和感伤。迪伦对这种抑扬顿挫的用意很明确。因为以弱音节来结尾，自然会让人联想起陨灭，或直面死亡或丧失的勇气，某种飘零之感。在华兹华斯的诗作中，可以听到这种感觉：

The thought of death sits easy on the man
男人不在乎死亡
Who has been born and dies among the mountains.
他生于、并死于群山。

(《兄弟们》，182—183 页）

群山（The móuntǎins）。重要的是，不在乎死亡的男人，不是"生于也死于"山丘、岩石、峭壁，以及其他类似的词汇之中。阳性结尾（恰好是"男人"）与阴性结尾（"群山［móuntǎins］"）构成了一种张力。而非这样：

The thought of death sits easy on the pérsǒn
那人不在乎死亡
Who has been born and dies among the móuntǎins.
他生于群山、并死于群山。

也不是这样：

The thought of death sits easy on the man
男人不在乎死亡
Who has been born and dies among the hills.
他生于，并死于山丘。

要理解华兹华斯的特定用词，一定要注意声音的作用："他生于、并死于群山",以气息将生命传入最后一个音节,仿佛它是一面必将垂落的旗帜,除非我们能够让它迎风招展。如果不控制声音,使之上扬、延展,抑扬顿挫也将会疲软。最后的音节可能顺遂,也可能抵拒:这是一个交叉点,有两个不同的展开向度。这些语言技巧就像家用的肥皂一样也有两面性:在浸湿之后使其变得滑润的东西,也让它变干时紧紧粘住了浴缸壁。

在这种抑扬顿挫中,迪伦将他的歌塑造成为钢铁般支持"温和"的钢铁般的歌曲。从一开头,他就确立了这样的韵律,悲伤不可阻挡,愤怒却约束于其中。单调地平铺直叙,决定了我们在此也能领悟到威廉·燕卜荪的领悟,他评论菲利普·锡德尼(Philips Sidney)伟大的双六节诗时说道:"无论这首诗的结构多么丰富,都是带着悲怆和不变的单调,徒劳叩击同样的门扉。"[1] 同样,在迪伦歌曲的诗节中,也总会有这种最终的陨灭,抑扬顿挫如天罚步步逼近。这就是迪伦一开始所听到的,让我们不仅要听得到它,还要仔细聆听。

William Zanzinger killed poor Hattie Carroll
威廉·赞津格杀死了可怜的海蒂·卡罗尔
With a cane that he twirled around his diamond ring finger
用那根他以戴钻戒的手指挥转的手杖
At a Baltimore hotel society gath'rin'
在一家巴尔的摩酒店举行的社交聚会上
And the cops was called in and his weapon took from him
警察被找来,拿走他的武器

——第四行异常生动,值得关注,说明阴性结尾并不取决于结尾的词语有多少音节。不是"拿走他的武器(不是拿走别人的)",而是"拿走他的武器"

---

[1]《朦胧的七种类型》(1930年、1947年第二版),第36页。

（his weapon took *from* him），因此在"from him"中的"him"，虽然是一个单音节词，但仍是一个阴性的弱音，不是重音所在[1]。这一节的抑扬顿挫只在一处被打破，就是在他击倒她的地方。"被一记重击杀害，被一根手杖击毙"（lay slain by a cane）——而不是"被一记重击杀害，被一根警棍击毙"（lay slain by a trúnchĕon）：

> Got killed by a blow, lay slain by a cane
> 却被一记重击杀害，被一根手杖击毙
> That sailed through the air and came down through the room
> 手杖腾空飞越，穿过房间落下

——不是"穿过大堂（lóbbў）落下"或者"穿过室内（chámbĕr）落下"。在这个可怕的寂静的瞬间，有一种断裂发生，轻描淡写却记录在册。在这个瞬间，某种东西——一条人命——被缩短，被突然残暴地剥夺，歌曲甚至不必刻意渲染。看似不变的抑扬顿挫被突然缩短：这才是渲染。

一种抑扬顿挫贯穿了这首歌。（啊，不仅如此，因为还有副歌，我们等待它。还得再等会儿。）有可能是中间韵的效果（因为没有句尾韵，即在每一行的结尾押韵，在区别于副歌的主歌部分），就像"被一记重击杀害，被

1　T. S. 艾略特，在《小吉丁》第二乐章中有一种阴性和阳性的结尾交替出现，在第七行的末尾，出现了这样一个没有重读的单音节词，一个阴性的结尾（"sóund wăs"）：

在拂晓前难以确定的时刻	In the uncertain hour before the morning
漫漫长夜接近终结	Near the ending of interminable night
又回复到无终点的终点	At the recurrent end of the unending
吐着火舌的黑鸽	After the dark dove with the flickering tongue
在它飞归而消失在视界之外	Had passed below the horizon of his homing
一片片的枯叶像白铁皮	While the dead leaves still rattled on like tin
嘎啦啦地扫过寂静的柏油路面	Over the asphalt where no other sound was

（译文引自《荒原：艾略特文集·诗集》，张子清译，上海译文出版社，2012年，第274页。——译注）

一根手杖击毙"（Got killed by a blow, lay *slain* by a *cane*）中的中间韵，又出现在法官的自鸣得意中："法官说话了，透过极有深度又高雅的法袍"（he *spoke* through his *cloak*, most deep and distinguished）。这时你可以找到使用中间韵形式的唯一的另一句，正是这个时刻，法官最好记得他站在那里是因为一个女人"被一根手杖击毙"（这里也有很清晰的半谐音：被／击毙／手杖〔lay／slain／cane〕）[1]。

海蒂·卡罗尔也奴役了她的韵——或者说，无韵之韵（non-rhyming），因为一个押韵总会有一些用词上的调整，不致太单调——比如"桌子……桌子……桌子"作为连续三行歌词的阴沉结尾：

> And never sat once at the head of the table
> 从未坐上餐桌的一端
> And didn't even talk to the people at the table
> 甚至不曾跟用餐的人说话
> Who just cleaned up all the food from the table
> 她只是将餐桌的食物收拾干净
> And emptied the ashtrays on a whole other level
> 清空另一楼层的烟灰缸

在最后一节中，她的名字从未出现（而他最初在这里也没有被叫到名字，虽然会轮到他），但她仍然在那里，因为当这一节开始——

---

[1] 在《海蒂·卡罗尔》中，经常被提到一点，是该隐（Cain）幽灵般的存在（用耳朵听，发音与"手杖"〔cane〕相同，但用眼睛看却不是）："被手杖击毙"。"手杖（该隐）打在亚伯身上；用手杖或棍子打人"（弗朗西斯·格罗斯〔Francis Grose〕，《污言秽语》〔*Vulgar Tongue*〕）。《每一粒沙子》中有押韵："就像是该隐一样，我现在才看到这条必须打破的事件链条"，该隐和亚伯也出现在《荒芜巷》中。至于《海蒂·卡罗尔》中的："桌子……桌子……桌子"，这个"-able"是否为后面跟来的单词"cane"做好准备了呢？该隐和亚伯（Abel 音同 -able。——译注），阳性和阴性的尾音。

In the courtroom of honor, the judge pounded his gavel

在崇高的法庭上，法官重重敲击小木槌

To show that all's equal and that the courts are on the level

表示人人平等而且法院公平正直

——小木槌／平等／公平正直（gavel/equal/level），我们不仅会想到前面曾出现的"楼层"（level）（"清空另一楼层的烟灰缸"），而且也会想到与此谐音的一系列词："卡罗尔"（Carroll），"餐桌"（table），"用餐"（table），"餐桌"（table），"楼层"（level）。这个"l"，就是她的声音。后面出现的是"温和"（gentle）：赞津格用他的手杖"命中注定要摧毁这位温和妇人"。

在结尾不提她或她的名字，是非常勇敢的。这不是要耸耸肩就把她略过，而是要用肩膀承担起她的遭遇及全部后果。因为现在已经太迟了。现在是该流泪的时候了。或者就像迪伦唱的，"因为现在是该流泪的时候了"。如果我有构思这首歌的才能，我担心自己——把"现在还不是流泪的时候"一直唱到现在——会心安理得地改唱"现在是该流泪的时候了"（Now *is* the time for your tears）。但他唱的不是"Now is"，他唱的是"Now's"。最终结尾的收缩，默默消除了一切激烈的鼓动。

歌曲的主体，即一节一节的主歌，拒绝押韵（对迪伦来说这很平常）；但它对"温和"（gentle）特殊的坚持，绵延在阴性结尾的抑扬顿挫中。然而副歌，这首歌的叠句，相反，却鲜明、迥然地不同：全部是阳性结尾，而且坚持押韵：耻辱／恐惧／脸里／流泪（disgrace/fears/face/tears）。"耻辱"（disgrace）有两个音节，但它不是阴性结尾，不是dísgrace，而是disgráce。这样一来，不押韵的阴性行尾贯穿了整首歌的主歌，作为衔接的副歌，却唱了双倍的反调——像坦克转动的炮塔充满威胁，副歌开启了一种强力的韵："而……的你"（But you who...）。这个"……的你"（you who）让我想起——不是作为词源或典故，而是同类的场景，一处权力场——莎士比亚《理查三世》的开场独白。在那一幕中，他谋杀的野心受到了挫折，面对众多令人发疯的障碍,理查暴怒了,他说道:"为什么,是我(Why, I),在这和平的柔弱而宁静时刻。"为什么,还是我,面对转动的炮塔,置身险境;迪伦的"……的你",可以等量齐观。[1]

这就是押韵的效果,包括中间韵——还包括你可能期待过的不押韵。(T. S. 艾略特曾经说过,标点"包括标点符号的缺席,它们被省略的地方正是读者期待它们出现的地方"。[2])但是《海蒂·卡罗尔》的最后一节,有了两个出人意料的改变。首先,突然出现来了一个沉重的韵脚,一个尾韵:追捕到案/底(caught 'em/bottom)。此前在这首歌中,你从未听到过任何此类声音,无论是在押韵的副歌还是在不押韵的诗节中。

> Once that the cops have chased after and caught 'em
> 一旦被警察追捕到案
> And that the ladder of law has no top and no bottom
> 法律之梯无顶也无底

——这是一种拜伦式的、讽刺的音节,一路抵达最后一节的结尾,悔改/判决(repentance/sentence)。这是四个诗节中,唯一一处句尾押了全韵,而且,这还是一个双音节韵(可以对比,便士/因此[pence/hence])。悔改/判决的押韵,蓄势待发,在这终审的裁决之后,完满汇入最后一遍副歌的脚韵之中:

> And handed out strongly, for penalty and repentance
> 强有力地作出,为了惩罚和使其悔改

---

[1] 这就像《荒原》里那句尖锐的判定:"你不就是在梅利和我一起在舰队里的吗!"(You who were with me in the ships at Mylae!)
[2] 艾略特录制的《四首四重奏》(Four Quartets)朗诵录音(1947)附带的声明。

William Zanzinger with a six-month sentence
威廉·赞津格刑期六个月的判决

此处，含义极其清晰，但又十分狡猾，难于进行句法的分析或阐释。"背信弃义的审判官在自己织的罗网里残喘"（《小丑》）。

-The judge handed down a six-month sentence.
—法官处以六个月刑期。

-The judge handed out to William Zanzinger a six-month sentence.
—法官判处威廉·赞津格六个月刑期。

-The judge punished William Zanzinger with a six-month sentence.
—法官惩罚威廉·赞津格服刑六个月。

-The judge came out strongly against William Zanzinger.
—法官强烈反对威廉·赞津格。

但他强有力判处（为了惩罚和使其悔改）威廉·赞津格六个月刑期？这种说话方式的虚伪，不属于迪伦。"尊贵的法庭"？不是这样，阁下。

迪伦拒绝与赞津格犯下同样的愤怒之罪——无论这种义愤如何声称这是坏人罪有应得——这表现在他演唱时微妙控制的停顿中（停顿越短，表现力越大），"刑期六个月的判决"（with a [...] six-month sentence），在"a"之后，他停了一小会儿。在这样的时刻，人们总会忍不住义愤填膺："刑期（停顿：上帝啊！你能相信吗？）六个月的判决！"迪伦只是把元音 a [ə] 加长变成 a（[eɪ]，就像在痛苦 [pain] 中），然后让这冷静质疑的一刹那显现。愤怒有时也许是个好仆人，但永远是个坏主人。赞津格应该克制自己的脾气；迪伦的脾气恰到好处,能以柔克刚。

温和而节制(节制是另一种枢德)。面对这一具有煽动性的案件,他冷静应对,其标志就是警惕自己的语言。艾丹·戴(Aidan Day)曾谈及迪伦"激烈的道德感",说他在"谴责判处杀害黑人厨娘们的白人谋杀犯们六个月刑期的白人法官们"。[1] 你也许会和戴有一样的愤慨(同时也高兴看到迪伦没有屈从激愤),但这有点过头了,他不仅错把这一起案件当成了很多起(法官们?谋杀犯们?厨娘们?),而且明确地用了一个迪伦没有用的词:"谋杀犯"。在当时,《高歌!》用过这个说法("她于1963年2月8日被威廉·赞津格谋杀"),而后又不情愿地承认,法庭只判处他"过失杀人罪,驳回一级和二级谋杀罪"。在这一点上,这首歌恰恰没有给出任何判决。警方"对威廉·赞津格的一级谋杀立案",而这首歌尽管对刑期有所异议,却没有非议判决。拒绝沉溺于愤慨之中,这根本没有弱化对判决过轻的冷峻不满,反而会强化这种不满。这是一桩残暴的、非自卫性的凶杀,但如果你坚持认为——而压根不去看证据——赞津格在酒醉之的暴怒中有意识地杀害了她,即谋杀了她(这就是谋杀的本意),那么你会完全曲解它的恐怖之处。迪伦不看好任何过于轻易就能自我说服的义愤。想想在《谁杀害了戴维·摩尔?》中发生了什么。在恶棍们所有的理由中,最丑恶的也许是那个赌棍的胡扯:"我并未犯下丑陋罪行/反正,我赌的是他会赢"。可怕的是,杀害戴维·摩尔的拳击手,他的辩护词也是既正确又错误:"别说成'谋杀'(murder)"——确实,在拳击场上那不算谋杀——可"别说成'杀害'(kill)"呢?别说成谋杀,要说是杀害。而且,看在上帝的份上,别再揪着不放了,这就是最后的断言:"那是命运,上帝的旨意"。

法官"强有力地作出,为了惩罚和使其悔改/威廉·赞津格刑期六个月的判决"。判决(sentence)和悔改(repentance),应该是这桩案件终结的方

---

[1] 《"对吗,琼斯先生?"——鲍勃·迪伦与诗人和教授》,尼尔·科科伦(Neil Corcoran)编,2002年,第275页。

式。这两个词之间的押韵,很是古典,达成了迪伦的判决。和判刑一样,在结尾处,有一个时间节点,一个句号(敷衍的法律判决之下,这根本不是结尾)。维多利亚时代的《拟人化标点》一书,就这样说明句号,

> Which always ends the perfect sentence
> 终结了完美的判决
> As crime is followed by repentance.
> 犯罪随后就会悔改。

但愿这不仅是在押韵,也会成为事实。迪伦在最近一次采访中,引用了鲁德亚德·吉卜林(Rudyard Kipling)《绅士士兵》(*Gentlemen-Rankers*)一诗中的四行,其中一句是:"我们从梯子上逐级坠下。"梯子(the ladder)和无法无天(lawlessness)。这个想法来自于吉卜林此诗的后边三行,紧跟在迪伦所引用的那行之后:"我们的耻辱是,对于受到判决的罪彻底悔过。"[1]

从头至尾,这首歌中迪伦驾驭着时机与声音,精准唱出了纯粹的真相。他能有力地让一行的结尾随即与下一行的开头押韵:"手杖腾空飞越,穿过房间(room)落下 / 命中注定(Doomed)……"这是一种令人不安的往复循环。你首先会想到,命中注定的,是海蒂·卡罗尔的死,但不是这样,命中注定的是赞津格和他的手杖:"……命中注定要摧毁这位温和妇人"。同样以某种可怕的方式,赞津格的命运被注定,无法控制他自己以及他的生活。然而,"决心"(determined)一词的部分含义是,他也想这么做。这就是弗洛伊德所说的原初词汇的悖反意义。"Determined"要么意味你别无选择(宿命论[determinism]),要么,相反,意味着你(决心)选择了它,在愤怒中选择摧毁所有温和之人。

再来一段《理查三世》开场独白:

---

[1]《滚石》(2001 年 11 月 22 日)。

313

> And therefore, since I cannot prove a lover,
> 因此，我既无法由我的春心奔放，
> To entertain these fair well-spoken days,
> 趁着韶光洋溢卖弄风情，
> I am determinèd to prove a villain,
> 就只好打定主意以歹徒自许
> And hate the idle pleasures of these days.
> 专事仇视眼前的闲情逸致了。[1]

诗行结尾的重复：这些……时日／这些时日（these...days／these days），有种刺耳的怨恨感（驼背理查，身体畸形，充满了攻击性），这对应了毫无防备的受害者的日常苦役：餐桌……餐桌……餐桌（the table...the table...the table）。

或者以随后一句的双重否定为例："她从未对威廉·赞津格做过任何事"。在它引发的单纯感染力的积极力量中，恢复了一个孩子对不公正的理解，对弱者犯下不义的理解。詹姆斯·鲍德温（James Baldwin）在他的戏剧《阿门角》（*The Amen Corner*）里，超越任何对黑人英语的居高临下、一字不差地挪用了这个句子的可怕顺序。

> 那么好的孩子，我不明白他为什么疼得缩成一团，晃着他的小脑袋尖叫。没人能帮他。他从未对任何人做过任何事。

"她从未对威廉·赞津格做过任何事"：曾几何时，你曾相信，或一厢情愿地希望，肯定会有人确保这样的事不会发生。悲伤和创痛代表了她，但却触动了我们所有人。

---

[1] 译文引自《莎士比亚全集》第六卷，方重译，人民文学出版社，1978年4月，第336页。——译注

然而，所有这些，没有沾染感伤的人性幻觉。[1]这首歌开头一行就冒了风险："威廉·赞津格杀死了可怜的海蒂·卡罗尔。"但"可怜的"（poor）一词，规避了任何廉价的同情，因为这是冷酷的事实。这个词充满激情但却也不动声色，因为它没有忽略明显的事实，她是穷人（poor）。另一方面，戴钻戒的赞津格，显而易见，并不穷。他拥有"有钱爸妈"。他们不仅是有钱，而且也不仅仅是富有；他们是财大气粗。腰缠万贯？没错。奢侈浪费？可是没有一个词是浪费的。

"有供养他、保护他的有钱爸妈"。由父母供养（provide）。事实如此。但父母同样养育（provide for）你。（当你还是个孩子的时候……）不，不：他的父母不仅仅是养育他，他们还供养他。然而，这些富裕的家庭可能确实有一种诡异的情况，他被父母拥有，反之亦拥有他的父母：

> Owns a tobacco farm of six hundred acres
> 拥有一块占地六百英亩的烟草田
> With rich wealthy parents who provide and protect him
> 有供养他、保护他的有钱爸妈

这并不是说，像一般的说法，他是一个"和有钱爸妈住在一起"的男人，而是说他"拥有……烟草田……有……有钱爸妈"。

供养（provide）他，而不仅仅养育（provide for）他的人是谁？有些人说，好吧，这不过是因为迪伦没能把"for"放进去。但是迪伦在艺术的要求下，总能够把尽可能多的词放进任何句子。这要说说霍普金斯的跳韵——这不仅仅是跳跃，它是高度的跳跃。当他唱出"有供养他、保护他的"的时候，他是认真的。诗人，正如 G. K. 切斯特顿所坚持的，是言为心声之人。

---

[1] T. S. 艾略特："司汤达的一些场景，包括他的一些句子，读起来就像割自己的喉咙；阅读它们是一种可怕的羞辱，去理解这些强加于读者的人性情感以及对于情感的人性幻觉"（《雅典娜》[Athenaeum]，1919 年 5 月 30 日）。

"供养"与"养育"有所不同:一个及物动词和一个不及物动词之间不起眼的差别,可能会起很大的作用。法官"盯视着这名犯人,他杀人没有缘由"。在这里,可怕的事情之一是迪伦没有,像我们可能预料的一样,称呼赞津格为"这个杀害海蒂·卡罗尔的人"。(毕竟,这才能完成抑扬顿挫。)不,仅仅是"杀人"(who killed)。句号。没有缘由。"杀"似乎没有对象。就像时有发生的那样,动词"杀"(to kill)不介意作为一个不及物动词,坦白,骇人,漠然。[1] 相反,对"将耻辱哲学化且批评所有恐惧的你"的生动控诉是真实的。因为"批评"通常是及物的,"哲学化"通常是不及物的,在这里却变成了及物的。通常你只是哲学化,就是这样,而不会将某些东西哲学化。所以,迪伦的意思变成了:你们只是在为单纯的耻辱提出并杜撰哲学理由,你们轻易地对这些事情保持哲学的态度,因为它们不会真正影响你们的日常生活。[2]

他拥有烟草田;她倒空烟灰缸。他有父母;她生了十个小孩。"生了"很尖锐(活了几个?)。它只是让你想到如果很穷,婴儿的死亡率会很高。或者,如果你是个黑人,亦是如此。这首歌从未说过她是一个黑人,正是因为从未说过她是个黑人,这首歌才是他最棒的争取民权之作。每一个人都知道她是黑人,而这与新闻报道毫无关系。[3] 你只是知道她一定是黑人。可另一

---

[1] 蒲柏(Pope)的《致阿巴思诺特博士的信》(Epistle to Dr. Arbuthnot)在焦躁不安中起笔,咬紧牙关不断重复一句指令:"关上,关上门(Shut, shut the door),好约翰!太累了,我说过,/扣紧门环,说我病了,我死了,/天狼星发怒了!"天狼星并不是唯一发怒的东西。蒲柏抓住了重复中的不同:先是一个不及物动词,比如"Go"(你可以直接说"Go, Go"而不必不耐烦地生气),然后是一个及物动词"Shut, shut",仿佛连一秒钟都等不及后面的"the door"。

[2] 迪伦:"我不再担心那些无能的批评者和无知的哲人们(《给戴夫·格洛弗》(For Dave Glover),1963年7月新港民谣节的节目;《鲍勃·迪伦写鲍勃·迪伦》,约翰·塔特尔编,第7页)。蒲柏在《致阿巴思诺特博士的信》中,再次将不及物动词"犹豫"(hesitate)变成了一个及物动词:"只是暗示一个错误,犹豫不喜欢(hesitate dislike)"。你可以犹豫,你可以暗中不喜欢,但你能"犹豫不喜欢"吗?如果你是冷酷狡猾的艾迪生,你可以。

[3] 迪伦在音乐会(纽约,1964年10月31日)上介绍这首歌时,笑容紧张,表达有些拘谨,仿佛(感人)敬畏于他必然知晓的自己所创造的伟大:"这是一个真实的故事,又出现在报纸上。这些词已经被改变了。这真的很像对话。"

方面,你也知道赞津格是个白人,虽然歌曲中同样从未提及。可怕的是你从这个故事里、从那个敷衍的服刑判决中知道这些,但歌曲甚至从未提及。白人凌驾于黑人之上,男人凌驾于女人之上,富人凌驾于穷人之上,年轻人凌驾于老人之上。

威廉·赞津格,他拥有一切,他活了"二十四年"(twenty-four years)。海蒂·卡罗尔,"五十一岁"(was fifty-one years old)。没有强调任何其他,只是"old"这个简单甚至随意的词,就突出了年龄的差距。当我们使用"...years old"这个短语时,不一定是在暗示某人很老,但是当"二十四年"和"五十一岁"对照时,我们应该明白发生了什么。[1]而且,考虑到她生活及谋生之道,海蒂·卡罗尔在五十一岁很可能已经衰老。

或者,歌中的名词也象征了财产。

William Zanzinger killed poor Hattie Carroll
威廉·赞津格杀死了可怜的海蒂·卡罗尔
With a cane that he twirled around his diamond ring finger
用那根他以戴钻戒的手指挥转的手杖

这并不是说他的手指上戴着钻石戒指;他有根戴钻戒的手指。他很可能,还有一只戴紫水晶的手指、一只戴蛋白石的手指,和一只戴红宝石的手指。他戴钻戒的手指会带来一种集各种豪奢于一身的感觉。"在一家巴尔的摩酒店举行的社交聚会上"。名词堆砌,就像你真的坐拥财产。名词是物品,你可以占有它们,你可以拥有它们。是的,这有点像报纸上的大标题,**巴尔的摩酒店的社交聚会**,[2]这也是将名词极为强有力地堆簇起来的方式。

---

[1] 这是一段采访记录:"听着,鲍勃,你二十二岁的时候在林肯中心上台时感觉怎么样?"迪伦:"很老?""你当时是二十二岁。",迪伦:"哦,是的。"(《莱斯·克兰秀》[Les Crane Show],1965年2月17日,《鲍勃·迪伦》,迈尔斯著,1978年,第24页)。

[2] 在歌曲中引入一桩新闻报道标题效果显著,《说唱熊山野餐惨案蓝调》。

强有力地，以炫富的方式。因为威廉·赞津格

> 他对自己行径的回应是耸肩
> 咒骂和讥讽，他的舌头不停叫嚣
> 过了几分钟，他获保释走了出去

不是获得保释离开，而是保释后溜达着走出："过了几分钟，他获保释走了出去"。美好的一天。你全然拥有闲暇、自由，还有富足。同时，可从"过了几分钟"预见到另一段飞逝的时间，"刑期六个月的判决"。这样一种对数字的计算贯穿始终，就像用二十四岁和五十一岁来计算一样。甚至诗节的规模也一丝不苟地发生作用。诗节逐步建立。首先，是一节六行加副歌。而后，是七行加副歌。然后，是十行加副歌。接着，再一次重复，必须保持原样，同样的规模，不能增加长度。最后一节，宣读法庭判决（也是对法庭的判决），决不能让海蒂·卡罗尔枉死。公正的规模必须与两诗节的规模保持完全平衡，无论法庭如何可耻地有失这个水准。

写一首政治歌曲与政治性地写一首歌，《海蒂·卡罗尔》精妙地展示了二者的区别。正如 T. S. 艾略特认识到并且践行的，写一首宗教诗歌不同于宗教性地写一首诗。能写宗教诗歌，这很好，但是能够宗教性地写诗，则是伟大，这意味着宗教不再是一首诗的对象而成为其元素。《海蒂·卡罗尔》是迪伦最伟大的政治歌曲之一，与其说它有政治主题，不如说是因为它的一切都是从政治的角度来考量。真正的洞见。

比起迪伦创作的需要，我们需要更多的赞美之词，才能讲出这首伟大歌曲的生动完美、直率和微妙。迪伦在《被遗忘的时光》中所说的，恰恰可以用来评价《海蒂·卡罗尔》："没有一行是可以替换的。"[1] 然而，有时候他过于谦卑。

---

[1] 《新闻周刊》（1997 年 10 月 6 日）。

你知道，我的每一首歌都能写得更好。这曾经让我苦恼，但它不再困扰我了。世上没有完美，因此我不该期待自己完美。[1]

可是，这里有一首不可能写得更好的歌。处处完美。

《七个诅咒》

迪伦将海蒂·卡罗尔案提升到一个神话的高度，却从未失去对事实的洞察，即司法听证就是事实：真有这样一位女性在1963年被杀害了，真有这么一位男性被审判。历史仅此而已。迪伦的艺术确保了海蒂·卡罗尔的死亡没有被消解为超验的神话，或是坊间的稗史，即某种既成的过往（没门儿，这是历史）。但是，作为另一种对法律腐败的控诉，《七个诅咒》的世界无关乎历史事实，更无关乎最近的事实，而关乎神话的事实。真理要用历史以外的方式检验、呈现。民间传说，无论久远或现代，让人感觉进入一个在莎士比亚和朱迪·柯林斯（Judy Collins）的作品中都有的世俗故事。[2]

七个诅咒

老赖利偷了匹种马
他们抓到他，把他带回来
叫他躺入牢房的地下
用铁链缠住他的脖子

---

1 伦敦，1965年4月；《鲍勃·迪伦说鲍勃·迪伦》，由迈尔斯编集（1978年），第77页。
2 约翰·鲍尔迪（John Bauldie）为《盗录系列：1—3辑》写的封面说明："这首歌中的故事和山丘一样古老……但是似乎迪伦的直接资源是一首名叫《阿纳西亚》的歌，朱迪·柯林斯经常表演它。"

老赖利的女儿得知消息

她父亲将被处以绞刑

她连夜骑马,清晨抵达

手里拿着金子和银子

当法官见到赖利的女儿

他那双老眼深陷于头颅

他说:"金子释放不了你的父亲

你,亲爱的,才是救命的代价"

"噢,我死定了,"赖利哭着说

"他想要的只是你

他只要碰你一下,我全身起疙瘩

你快快骑上马离开"

"噢,父亲,你一定会死

如果我不冒险一试

付出代价,不听你劝告

为此我必须留下"

绞刑台的影子撼动黄昏

入夜后猎犬咆哮

入夜后大地呻吟

入夜后付出了代价

第二天早晨她醒来后

始知法官一句话也没说

她看到绞刑支架弯曲

她看到父亲的尸体残破

送此恶毒法官七个诅咒：
一个医生救不了他
两名医者治不好他
三只眼睛看不到他

四只耳朵也听不见他
五面墙壁也藏不住他
六名掘墓人也葬不了他
七次死亡还杀不死他！

色欲之罪。它也许曾经是贪婪，但这位法官发现诱惑自己的并不是金银。在第一节的结尾，铁链缠住了脖子。到第二节的结尾，金属变得更贵重，因为她想用"手里拿着金子和银子"来帮忙，希望能救下他的脖子（否则，绳索会代替锁链缠住他的脖子）。这是在诱发贪婪之罪。但法官并不为钱财所动（但他渴望和她亲近，但不是要成婚），为了表明心迹，他用了两个下流的充满暗示的双关语——"释放"（free）和"亲爱的"（dear）

> Sayin', "Gold will never free your father
> 他说："金子释放不了你的父亲
> The price, my dear, is you instead"
> 你，亲爱的，才是救命的代价"

这里令人作呕的，是对父女之情的嘲弄："你，亲爱的，才是救命的代价"，享受色欲的些许延迟，在"亲爱的"的之前之后，稍作停顿，方能咂摸更多。（不是"亲爱的，你才是代价"或者"代价是你，亲爱的"，而是

"你，亲爱的，才是救命的代价"。)老赖利是年长一辈，和法官一样：

当法官见到赖利的女儿
他那双老眼深陷于头颅

——鲜明可见，用这种方式，歌曲刻画出了衰老和淫欲的深层形象（你的眼睛会深陷于头颅，就像因为牙龈萎缩而变长的牙齿），这就是"他那双老眼深陷于头颅"用意所在。垂涎的眼。随后，迪伦的展开极为清晰，但又有点出乎你的意料：

When the judge saw Reilly's daughter
当法官见到赖利的女儿
His old eyes deepened in his head
他那双老眼深陷于头颅
Sayin', "Gold will never free your father..."
他说："金子释放不了你的父亲……"

——他说（Sayin'）？仿佛他的眼睛在他张开嘴唇之前的刹那就说出了这句话。不是"当法官见到赖利的女儿，他说"，而是"他那双老眼深陷于头颅/他说"。

当老赖利听到这些（立即，歌曲直接从老法官的话切换到老赖利的），他没有分毫迟疑：

"And my skin will surely crawl if he touches you at all
"他只要碰你一下，我全身起疙瘩
Get on your horse and ride away"
你快快骑上马离开"

从毛骨悚然、步调缓慢的"我全身起疙瘩",到"你快快骑上马离开",歌词好像突然跃起、飞身上马。[1]

马,是民谣和西部片中常见的形象(还有 D. H. 劳伦斯[D. H. Lawrence]的《烈马圣莫尔》[*St Mawr*]),代表了生命的能量,包括性的能量,骑马也同样。"老赖利偷了匹种马。""她连夜骑马,清晨抵达。"[2] "你快快骑上马离开"。但是在夜晚("入夜后付出了代价")她屈服了,不做骑手而是成为坐骑,被欲火中烧的勒索者所驾驭。这可能让人再次想起《理查三世》的开场独白,欲壑难填:

> 那面目狰狞的战神也不再横眉怒目,
> 如今他不想再跨上征马
> 去威吓敌人们战栗的心魄,
> 却只顾在贵妇们的内室里伴随着
> 春情逸荡的琵琶声轻盈地舞蹈。
> 可是我呢,天生我一副畸形陋相,
> 不适于调情弄爱,
> 也无从对着含情的明镜去讨取宠幸……[3]

歌曲本身成功抵御住的诱惑之一,便是愤怒之罪。(在《海蒂·卡罗尔孤独地死去》里,这种诱惑或许被同样应对过,而在《七个诅咒》里,作恶之人倒不是被愤怒困扰。)更紧迫的可能是——考虑到迪伦艺术的特点,尽管没有真正的危险——轮到色欲之罪了。对色欲的攻击,通常是对它的助长。想想那些蔚然成风的反色情电影,在某种程度上,正是它们才使得我们

---

1 塞缪尔·贝克特区别了"走"(go)与"爬"(creeps):"我们走到的地方,肉体至少要爬"(《梅西埃与卡米耶》(*Mercier and Camier*),1974年,第 90 页)。

2 有趣的是介词"by"的不同用法:"by night"是整夜,"by morning"是到早晨的时候。

3 译文选自《莎士比亚全集》第六卷,方重译,人民文学出版社,1978 年,第 335 页。——译注

心安理得地观看大量的色情内容。[1]色欲并不会因为浮夸的谴责而不再是色欲。它最卑劣的形式之一是淫欲。因此,《七个诅咒》了不起的地方在于,面对法官所行不义,它没有屈从自以为正直的愤怒,也没有想着结合高级的头脑和低俗的肉体。D. H. 劳伦斯就十分厌恶这种结合,它常出现在 18 世纪的小说家所热衷的对强暴的描写中:"理查逊带着棉布般的纯净和内衣下的兴奋。"[2]《七个诅咒》做了件体面事,控制住想象,不仅让眼睛也让头脑双双回避了"入夜后"发生的事情。这是尊重,也是对行为本身的抗议。

迪伦的民谣讲述的故事是一个民间传说,有时实在太过真实:一名法官说,只要为某人求命的女子献出自己的身体,他就不会执行死刑。这也是《一报还一报》[3]的故事核心。莎士比亚的天才在于,他在安哲鲁对处女伊莎贝拉提出非分要求(为她因私通而被判死刑的弟弟求情),要她献出自己的身体之后,引出了惊人的复杂性。迪伦的民谣力量在于简单,在那些没有被质问的东西里,然而《一报还一报》的力量恰恰在于它所质问的东西里。还有关键不要忘记,两者都坚信法官的所作所为是令人发指的。

对比有许多。

在《一报还一报》中,争论的核心是对她弟弟的判决的公正性:死刑是对私通的惩罚吗?但那是维也纳的古老律法,缺席的老公爵曾经说过,没有强制执行律法,是他的失职,还有致命的性病四处泛滥,还有其他、其他、其他。而代替缺席公爵的法官,并不是同情肉欲之人,他的欲念是精神上的——抑或直到伊莎贝拉代她被判有罪的弟弟向他求情为止。

相比之下,在《七个诅咒》中并未暗示偷马贼赖利不应被处以绞刑。[4]

---

[1] "教堂里的通奸者和学校里的色情作品 / 有黑帮掌权,有违法者制定规则"(《你什么时候醒来?》)。

[2] 《介绍这些画作》(*Introduction to These Paintings*,1929 年);《凤凰》(*Phoenix*),爱德华·D. 麦克唐纳德(Edward D. Mcdonald)编,1936 年,第 552 页。

[3] 当普希金(Pushkin)把《一报还一报》(*Measure for Measure*)改成诗歌时,他突出了这个关键情境。

[4] 对比一下《珀西之歌》,以及对一个汽车司机的判决是公正,还是不公正。

老赖利偷了匹种马

他们抓到他，把他带回来

叫他躺入牢房的地下

用铁链缠住他的脖子

    这首歌完全撇开偷马是否应该被判处死刑这一问题。关键不是这首歌支持这一判决，毋宁说，它根本没有卷入这样的争议。我们只知道，我们置身于一个这种判决毫无疑问会通过的世界。通常在这种情况下，现代听众（或读者或观众）会被要求不要做一个历史学者，而要做一个人类学家——拜托，你可以想象一下，在这个社会中，这些严酷的行为是有道理的，无论你怎样震惊于这些残忍和不同寻常的惩罚。赖利本人没有说过判决太严酷，他的女儿也没说过。当法官被判定为"如此残忍"时，这不会引起对判决本身的指摘，而是指向法官贪求性贿赂，以及在收受性贿赂、占有她之后的背弃。

    但面对贿赂本身，还有一种相关的麻木。莎士比亚的伊莎贝拉，做梦也想不到要用金银或者别的什么贿赂安哲鲁。因此她也不可能遇到粗鄙的窃笑者，对她说"亲爱的，选错贿物了"。（"你，亲爱的，才是救命的代价。"）然而，对于赖利的女儿来说，对于以冷酷的现实主义为特征的民谣来说，她是否该去行贿，这不是问题——行贿是否道德，就像判决是否公正一样，根本不会被讨论。赖利的女儿带来金子和银子。世道就是这样，法官的应对也顺理成章。

    更深入地比较莎士比亚的戏剧和迪伦的民谣，会让另外一个问题浮现，而受制于自身的限度，这个问题并没有被民谣提出：一个法官不为贿赂所左右，他就是更好的法官吗？如果是这样，法官就不应受贿，当然也不应索贿（此处是索求性贿赂）。可一旦他收下贿赂，继续执行之前的判决难道不是更好吗？至少这样他没有破坏程序的公正。现在，戏剧和民谣之间的关键差异，在这里昭然若揭：如果安哲鲁继续行事，就好像他从未索贿受贿，这是一种程序的公正而非不公正吗？最初的判决是公正的吗？（但是，即使一个判决是不公正的，也要继续执行它，这难道不是一个法官该做的吗？）莎士比亚的这出戏，呈现了错综复杂的哲学和法理世界，它开始于曲折迂回的一句话："关于政治方面的种种机宜……"无论多么令人不快，这里需要追问的是，一个被贿赂的法官，如果他至少没有接受贿赂，他就能为世界做更多的贡献吗？从本质上讲，他也许是个更坏的人——但作为一名法律官员，他就必然更坏吗？

在伦理上及政治上，这构成了《一报还一报》中棘手的难题。而《七个诅咒》快刀斩乱麻。法官遭到了七个诅咒。他没有受贿并按此行事，但这不会减轻其罪行，更会使他罪孽深重。就这么干净利落，一目了然——不管这个世界多肮脏。

另一重对比，是民谣长于呈现限制又打破限制：赖利的女儿毫不怀疑自己必须"冒险一试"。她知道这是冒险，因为法官——可以意料——几乎必然会食言。（就像莎剧中的法官一样。比起继续按正常程序行事，一个人如果接受了贿赂，那么对其后续的任何指控都会变得更加可信。）但她心中很确定。父亲警告她必须离开（"他只要碰你一下，我全身起疙瘩"），对此，她明确回答：

"噢，父亲，你一定会死
如果我不冒险一试
付出代价，不听你劝告
为此我必须留下"

她自己做主。父亲的哭喊不仅是建议，但她断定不听从他的哭喊为好。但《一报还一报》中，伊莎贝拉的内心和她的周遭，还是纷争不断。拒绝安哲鲁的非分之想，是正确的吗？她确信自己属灵的责任——她的肉体不属于她，不可献出，况且她还是一个见习修女。但她还是为自己的决定感到极度痛苦。她的弟弟一开始姿态很高,同意她的决定——可随后却崩溃了:一个处女的贞洁怎能抵过一条生命?她拒绝了他,愤怒地。但拒绝冒险一试去救他的命,她在余生中又将付出怎样的代价?

就在此刻,更深的对比必然浮现,因为伊莎贝拉不必担着见死不救的决定活下去:公爵回来了,如有神助地力挽狂澜,挽救了这个夜晚。安哲鲁已和玛丽安娜订婚,玛丽安娜也很高兴能在夜间代替伊莎贝拉。这样,贿赂的代价就不必由伊莎贝拉付出。到此为止,一切完美。但还没有那么快,也不充分,因为安哲鲁出乎意料地铸成大错——(如他所愿)占有伊莎贝拉——这意味着,她弟弟还是一样要被处死。再说一遍,公爵要想避免悲剧,就必须赶紧行动……

讲述这一切的目的,就是要与《七个诅咒》进行对比。在莎剧中,天意和悲喜剧的奇迹,带来了拯救。但在民谣中,只有悲剧。迪伦的嗓音,在唱出"残破"(broken)一词时,完全不带伤感,不停顿也不松懈,只是单纯唱出那一瞬:

> She saw that hangin' branch a-bendin'
> 她看到绞刑支架弯曲
> She saw her father's body broken
> 她看到父亲的尸体残破

在"弯曲"(bend)与"残破"(break)的反差之间所蕴含的人们对天佑的希望,现在消失在悲剧中。维特根斯坦说:"当看到树木折断,而不是弯曲,你就明白了悲剧。"[1] 绞刑架支起,有人被吊起。

没任何希望,我们只知道该发生的一定会发生。女儿会献出自己,但这

---

[1] 维特根斯坦写于1929年;《文化和价值》(*Culture and Value*),冯·赖特(G. H. von Wright)编,皮特·温奇(Peter Winch)译(1980年),第1e页,(例如,英语)。

于事无补。她和她的父亲的迷失不同。同样,迷失的还有那法官,方式更为不同。

不能说公正一定会降临在世上。在莎剧的世界里,希望虽然悬于一线,但公正会复归,公爵会施以援手,而迪伦的民谣不得不对任何对公正,乃至对复仇的确信都保持绝望。和所有基督教戏剧相仿,《一报还一报》有着许多有关公正的复杂感受和思考,也包含了莎士比亚对基督教仁慈的极力呼唤:

> 安哲鲁:你的兄弟已经收到法律的裁判,你多说话也没有用处。
> 伊莎贝拉:唉!唉!一切众生都是犯过罪的,可是上帝不忍惩罚他们,却替他们设法赎罪。要是高于一切的上帝毫无假借地审判到您,您能够自问无罪吗?请您这样一想,您就会恍然自失,嘴唇里吐出怜悯的话来的。[1]

伊莎贝拉向安哲鲁的哭诉是徒劳的,但她向着天堂的哭诉却非如此,公正来临了。因而,复仇呼不来,也喊不来。但在《七个诅咒》里,有合理的复仇渴望,同时又觉悟于复仇之不可能。不会有柯林特·伊斯特伍德在高光中披挂出现。何其不幸,因为复仇才是真正正确之事。这首民谣执拗如 A. E. 豪斯曼所言:"复仇是一种有价值的激情,它是公正唯一可以依赖的可靠支撑。"[2] 不是唯一的支撑(这么说有些夸张……),而是唯一可靠的支撑。由此,莎剧可以终结于某种仁慈,而迪伦的民谣则注定要结束于无望的七个诅咒。

以简单取胜,一次艰难的胜利,但这不意味着我们的反应也是简单的。这也不意味着简单的艺术就很容易。以赖利的消失为例。"老赖利"是第一

---

[1] 译文引自《莎士比亚全集》第一卷,朱生豪译,吴兴华校,人民文学出版社,1978年,第311页。——译注

[2] 给他的出版商,格兰特·理查兹(Grant Richards),关于另一个出版商,1920年8月21日;《A. E. 豪斯曼的信》,埃德·亨利·马斯编,1971年,第177页。

节的开头,"老赖利的女儿"[1]是第二节的开头。第三节的开头是"当法官见到赖利的女儿",而第四节的开头是"'噢,我死定了,'赖利哭着说"。因而,在前面四节的开头,我们会一直听到他的名字,虽然各不相同。但是随着这句"'噢,我死定了,'赖利哭着说",他离去,死定了,接下来的诗节也不再有他的名字,五节都是如此。留给他的、关于他的全部,只有诅咒开始前最后一节的最后一行:"她看到父亲的尸体残破"。其实从第一节开始,在迪伦灵光一闪将介词"on"改为"in"的时候,他就死定了。这是他最初演唱的版本,刊印于《鲍勃·迪伦诗歌集:1962—1985》:

And they laid him down on the jailhouse ground
叫他躺到牢房的地上
With an iron chain around his neck
用铁链缠住他的脖子

而在迪伦选择收于《盗录系列》发行的表演中,这一句变成了"叫他躺入(in)牢房的地下"。"躺入牢房的地下",他无疑死定了。用不了多久,就会有掘墓人把原先预料中的东西变为现实,埋了他。

赖利这个名字的消失,令人毛骨悚然,如同T. S. 艾略特《夜莺声中的斯威尼》[2],另一首关于意料之中又是意料之外死亡的诗作。这首诗第一节的开头是"阿波耐克·斯威尼";第二节的结尾是"斯威尼守卫有角的门";第三节的结尾是"想要在斯威尼的膝上坐正"。——于是,斯威尼离去了,死定了,在后边的诗节中都没有提到名字,七节诗都是如此。然而,这仍是一首斯威

---

1 正如《鲍勃·迪伦诗歌集:1962—1985》所印行的,以及在威特马克的录音小样中所唱的,第二节是这样开始的:"老赖利的女儿"。而迪伦在他的《盗录系列》中,第二节的开始是"当赖利的女儿",还有其他几个重要的变化。
2 译文引自《荒原:艾略特文集·诗歌》,裘小龙译,上海译文出版社,2012年,第73—75页。——译注

尼的诗（他出现在诗题中，而赖利没有），因为它由三个句子组成，这三个句子每一句都有他的名字。第一句是第一节，第二句是第二节，第三句是所有其他诗节，从第三节到第十节。[1]

我们未能知晓他女儿的名字（需要注意的是，迪伦一直喜欢用名字来搞事），但在这个残酷故事的展开中，仅仅作为老赖利的女儿，这一点对于她在歌中的存在来说确实很可怕。《一报还一报》的故事，发生在姐弟之间，而不是父女之间。但在这里："他只要碰你一下，我全身起疙瘩"。她的皮肤来自于他。在莎剧中，当弟弟软弱地希望她能委身于安哲鲁，伊莎贝拉痛斥道：

> 呀，你这畜生！没有信心的懦夫！不知廉耻的恶人！你想靠着我的丑行而活命吗？为了苟延你自己的残喘，不惜让你的姊姊蒙污受辱，这不简直是伦常的大变吗？我真想不到！愿上帝保障我母亲不曾失去过贞操；可是像你这样一个下流畸形的不肖子，也太不像我父亲的亲骨肉了！[2]

在《七个诅咒》中，如果赖利靠自己女儿的受辱来脱罪，那无异于乱伦。赖利催她赶快上马离开。她明白她必须违抗他。第二天，"她看到父亲的尸体残破"，就像她的身体也破碎了，只不过，方式不同。这首歌从未说过她是处女，但感觉她是。

这首歌已跃上马鞍。

---

[1] 迪伦对于"只是"（only）的独特运用，让我想起了艾略特，他也是常常使用"只有"这个词："他想要的只是你。"这里不仅有父亲坚持认为的"那只是——只是——他渴望你"，也潜在暗示了其中包含了一种充满关爱的感激之情，这种情感来自她所深爱的父亲："只有你才会想到为我做这样一件事"，或是"我爱的只有你"。
[2] 译文引自《莎士比亚全集》第一卷，朱生豪译，吴兴华校，人民文学出版社，1978年，第327—328页。——译注

Old Reilly stole a stallion
老赖利偷了匹种马
But they caught him and they brought him back
他们抓到他，把他带回来

"抓到"（catch）和"带回"（bring）并不押韵，但"抓到他"（caught him）和"把他带回来"（brought him）肯定是押韵的，这种押韵法也将事物抓住并带回。从开头起，这首歌就捕捉到了韵律中的生命，同时也为其所捕获。当第三节最后一行，法官得意地说"你，亲爱的，才是（instead）救命的代价"，从而与下一节诗第一行令人作呕地押韵：" '噢，我死定了（dead）'，赖利哭着说"，这可能带来理解力的一次突然飞跃。我不认为我是在想象这样的效果，是迪伦在想象它们，不管有意无意——无论抓到他／把他带回来（caught him/brought him），还是死定了／才是（dead/instead）—— 把重音放在"才是"（instead）这个词上可能会更合理，因为这是歌中第一个全韵。（第一节，回／脖子［back/neck］；第二节，绞刑／手里［hang/hand］，而第三节，死定了／才是［dead/instead］。）在民谣之中，头韵和半谐韵自始至终会大显身手，如"偷了匹种马"（stole a stallion）以及"绞刑台的影子撼动黄昏"（The gallows shadows shook the evening），都令人难忘。但是，有三节以民谣的方式，把强烈的中间韵放在第三行，而这几行构成情节的推进。第一节，"叫他躺入（down）牢房的地下（ground）"。第四节，"他只要碰你一下（all），我全身起疙瘩（crawl）"。第五节，"付出代价（price），不听你劝告（advice）"。

有两节，第一、第二和第四行押韵：第五节，体现了试图留下的希望，死／一试／留下（die/try/stay，险韵）；还有第七节，是希望的破碎：醒来／说／残破（awoken/spoken/broken）。

The next mornin' she had awoken

第二天早晨她醒来后

To find that the judge had never spoken

始知法官一句话也没说

"她醒来后",这让人惊讶:她曾睡着过吗,扪心自问,在那样的夜晚,强暴之夜,父亲在世的最后一夜?但不难想象,她已精疲力竭,因而希望她能无知无觉地睡去,也是合理的。可是,当她醒来,她知道将不得不忍受可怕的现实。"噢,我为什么要醒来?我什么时候才能睡去?"[1]

正如《海蒂·卡罗尔》中与众不同的技艺,有一种感觉也在逐渐累积。"代价"这个词出现了三次。第一次,是法官:"你,亲爱的,才是救命的代价"。第二次,是女儿:"付出代价,不听你劝告"。第三次,是叙述者,在一个将"入夜后"反复用了三次的段落中:

The gallows shadows shook the evening

绞刑台的影子撼动黄昏

In the night a hound dog bayed

入夜后猎犬咆哮

In the night the grounds was groanin'

入夜后大地呻吟

In the night the price was paid

入夜后付出了代价

七节铺展出七个致命的咒诅。最后两节,第八节和第九节,一个接一个,无休止的控诉和反复的诅咒,构成的冲击力在这首歌中第一次——也是

---

[1] 豪斯曼,《什罗普郡少年》(*A Shropshire Lad*),四十八。

唯一的一次——并没有限于一节之中,而是从一节冲向下一节。这不再是押韵格式,而是提供某种舒缓和释放。取而代之的,是对他永远的诅咒:

救不了他 / 治不好他 / 看不到他

听不见他 / 藏不住他 / 葬不了他 / 杀不死他[1]

如果你拒不认罪或声称无罪,这样沉重的负担将是你要遭受的古老酷刑,不断增加的压力将会让你讲话,或让你不再能活着讲话:这就是"重石压迫致死"(peine forte et dure)之刑。

"七次死亡还杀不死他":这是最后一个诅咒,一个永恒的、彻底的诅咒。《约伯记》:"他们切望死,却不得死;求死,胜于求隐藏的珍宝。"(3:21)《启示录》里预见道:"在那些日子,人要求死,决不得死;愿意死,死却远避他们。"(9:6)示众且被羞辱,《一报还一报》中的安哲鲁,曾向尊贵的公爵祈求恩慈:

> 我愿意承认一切。求殿下立刻把我宣判死刑,那就是莫大的恩典了。

公爵没有回答,或者说,他以"过来,玛丽安娜"为回答。安哲鲁再一次祈求仁慈,但所求仍旧是死亡的仁慈。

> 我真是说不出的惭愧懊恼,我的内心中充满了悔恨,使我愧不

---

[1] 前边六个诅咒,在《鲍勃·迪伦诗歌集:1962—1985》中所印的是"不会"(will not),他在威特马克样带和《盗录系列》里所唱的是"不能"(cannot)。两个版本都保留了最后一个诅咒的"杀不死他"(shall never kill him)。在《盗录系列》里,迪伦有一处令人惊愕的美妙的悬停,伴随乐器,在第一个诅咒之后,"一个医生救不了他",仿佛是在等待他的时间,他的永恒。

欲生,但求速死。[1]

再一次,公爵没有回答。迪伦:

> 他们可以想象将从高处坠落的黑暗吗
> 当人们祈求上帝杀死他们,他们却无法死去?

(《心爱的天使》)

因为《七个诅咒》是神话,不是事实,所以更经得起不断演绎,而《海蒂·卡罗尔》也许不行。问题不在于更喜欢哪个版本(迪伦更喜欢哥伦比亚录音室录的那一版),而在于不同音质对不同色彩的捕捉。威特马克演示版的速度更快,节奏更轻快,伴奏巧妙穿插,声音也不那么悲伤或带有责备。这一版的演奏更接近于传统民谣,带有某种民谣古怪的散漫或冷漠,好似有些无情。"你快快骑上马离开"——仿佛我们,也要如此离开。盗录系列的版本很棒,而且(可谓)是我的选择,但与威特马克版比一比,差别真的明显,这可以借用威廉·燕卜荪对一首传统民谣(有关越轨的性及背叛)中矛盾的副歌的评价来说明,这种矛盾让人欢喜又让人忧:

> 她靠在荆棘上
> (山谷里鲜花盛开)
> 在那儿,生下了她的小孩
> (绿叶无比稀少)

燕卜荪评论道:"这种对比的效果并不简单,也许它在说:'生活还在继续,

---

[1] 上述译文引自《莎士比亚全集》第一卷,朱生豪译,吴兴华校,人民文学出版社,1978年,第373页、376页。——译注

面对她的苦难，这似乎有点无动于衷，但这让我们如其所是地看待悲剧，就像我们也会为了快乐而歌唱它。'"[1] 这首民谣叫《残酷的母亲》，它讲述了一个女性杀死私生子的故事——这个故事和《七个诅咒》有点相近，讲到了父母的困境和孩子的牺牲。

"这让我们如其所是地看待悲剧，就像我们也会为了快乐而歌唱它。"迪伦同样承担了如其所是地看待悲剧的责任，赖利的悲剧和他女儿的悲剧，由是，他唱的是悲剧，却可能奇怪地，是为了快乐——也将担当重任的快乐带给了我们。

《牛津镇》

"众祸之本"（All because）……这两个词常见的功能之一就是——不卑不亢地——抗议不公不义。这可能是政治抗议。一个黑人，在密西西比倒下，不只是被伤害或被糟糕地对待，而是被严重地伤害，"他那张棕褐色脸是众祸之本"（All because his face was brown），或者说——为了不致让你觉得唠叨而能有所深思，换一个稍许不同的说法——"他的肤色是众祸之源"。

> 牛津镇啊，牛津镇
> 人人低头称臣
> 地面上不见阳光辉映
> 我不会去牛津镇
>
> 他来到牛津镇
> 枪支棍棒追攻其身

---

[1] 《复杂词的结构》（The Structure of Complex Words，1951 年），第 347—348 页。

他那张棕褐色脸是众祸之本

最好离开牛津镇

牛津镇精神错乱

他来到门口,无法进到里头

他的肤色是众祸之源

对此你有何看法,我的朋友?

场景已定。詹姆斯·梅瑞迪斯的命运和脸孔,也已设定好。在密西西比大学。牛津镇。他是第一个登记入学的黑人学生——某些白人说他要入学就得跨过他们的尸体,而实际上他们希望那具尸体是他的。

这首鬼影幢幢的歌,迪伦唱起来既拐弯抹角又毫不含糊。他在《斯塔兹·特克尔秀》(*Studs Terkel Show*)[1]中说过:"好吧,是的,它唱的是梅瑞迪斯案,但它又不是。"这是在要什么花招?(玩模棱两可?)要应对他的这种滑步舞,正确的提问方式不是:"这是真的吗?"而应该是:"其中有什么是真的?"答案就在这里。是的,《牛津镇》对待梅瑞迪斯案的方式就像在处理历史事实,就是在这个地方,就是那个人:冲突是完全真实的,正如1962年围城的照片和录像所见证的那样。梅瑞迪斯提出的挑战——即依照法律,他的权利应当被承认——遭遇了另一重粗鲁野蛮的挑战,正是执行法律的官员在践踏法律。在《牛津美国历史指南》中,对密西西比这所"杰出的高等院校"有这样的介绍:[2]

这所(杰出的高等院校)是密西西比大学(牛津,建立于1848年)。1962年,该州州长亲自试图阻止一名黑人学生入学登记,此

---

[1] WFMT 电台,芝加哥(1963年5月3日)。迪伦在节目上未表演这首歌。

[2] 1966年,托马斯·H.约翰逊(Thomas H. Johnson)编,"密西西比"("Mississippi")下边。

后,这里的校园成为自内战以来反对联邦法院裁决最激烈的地方。

所以,这首歌唱的是梅瑞迪斯案。但它又不是。没有挑明是梅瑞迪斯,也没有局限于一桩政治个案。可以探讨《海蒂·卡罗尔孤独地死去》是否为歌曲关涉的事件所限,但两个案件十分不同,不仅事实方面,迪伦艺术表现的方式也迥异。海蒂·卡罗尔与威廉·赞津格的故事,迪伦讲述得完整又详细;不仅如此,虽然故事充满戏剧性,但歌者的声音本身却并不戏剧化。不得不说,擅长想象的迪伦,并没有想象任何人。他讲述,他歌唱,用自己的声音,为了我们所有人,而非戏剧化地想象作为我们中的一个。但《牛津镇》没有这样一部悲剧小说的规格(一部美国悲剧,海蒂·卡罗尔的生与死,是的,以及威廉·赞津格的一生);它是一幅素描,却不简略,二十行短句所勾勒出的画面,与《海蒂·卡罗尔》近五十行长句中的画面属于不同的类型。再有,这个简短而悲惨的故事,是由某个(想象中的)曾在现场的人告诉我们的。迪伦演唱了《牛津镇》这首歌,但声音又不完全是他的。唱《海蒂·卡罗尔》的人并没有出席巴尔的摩酒店的聚会,这一点很重要,而这次我们好像去到了牛津镇上。

> 我和我女友,我女友的儿子
> 我们饱尝了催泪瓦斯
> 我甚至不知我们为何来此
> 快回我们原来的地方才是

这是唯一没有"牛津镇"的一节,这个地名被极力强调,在第一节中出现了三次,在第二节中出现了两次,在第三节和最后一节中各出现一次,仿佛这首歌就跟"我和我女友,我女友的儿子"一样,也急着想离开牛津镇,"快回我们原来的地方才是"。原来的地方,到底在哪儿?

"我甚至不知我们为何来此"。这不是英雄所为。[1]噢,去到那儿需要勇气,置身抗议者中间,我们三个。但是有限制。用《狼蛛》里桀骜的话说:"每个人都是为了自己——你是一个人还是一个自己?"[2]

在《另外一些歌……》里[3]迪伦想象了一个场景:

> 一个脾气暴躁的胖男人
> 脑满肠肥,打了老婆一耳光
> 然后冲向了民权
> 会议的现场

这种人渣赶去参加民权会议,如果能确定是为了反自由、搞破坏,那还好,但我们最好承认他去那儿,也可能是为了表示支持。很多好的政治诉求的支持者,都是在外说一套,在家做另一套。"对此你有何看法,我的朋友?"

对于你不能指望把自由斗士当英雄这个事实,《牛津镇》没有避而不见或者充耳不闻。所以呢?你又为什么要对他们有这样的期待?这首歌并没有让听众感觉比他们不经意听到的歌声更好,那个唱歌的是个正派人,他打算去到现场却没打算要面对催泪弹。现在是流泪的时候吗?——但想到此时此地要由催泪弹催泪,可不怎么愉快。理想主义,尽管没被奚落,但已被动摇,一切太自然不过了:

> 我甚至不知我们为何来此
> 快回我们原来的地方才是

---

1 关于女友和英雄,参见《英雄蓝调》:"是啊,我的这个女朋友 / 我发誓她是尖叫的一方 / 她要我做一个英雄 / 好让她向朋友炫耀"。"她要我出门用跑的 / 她要我爬回家死掉"。"你可以站着大叫英雄 / 在我寂寞的坟上"。

2 《狼蛛》(1966年,1971年),第81页。

3 《鲍勃·迪伦诗歌集:1962—1985》,第147页。

人们还好没对他们参加的游行示威进行抗议。罗伯特·洛威尔把一封来自伊丽莎白·哈德威克（Elizabeth Hardwick）的信，写进了诗里：[1]

"我猜这周末，我们会去华盛顿；
是个示威，就像所有示威一样
絮絮叨叨，无所谓，不新鲜……只是需要。"

像布尔·康纳（Bull Connor）[2]这样的偏激恶霸，会挥舞电棍对付抗议者，《牛津镇》没空干这些，但这并不妨碍它合理限定自由派人士或自由旅行者的时间，就是说，自由主义者自己彰显勇气的时间将是有限的。"快回我们原来的地方才是"。我不怪你。但我也不会崇拜你，或把你理想化。这首歌之所以能避免自以为是，是因为它以一个人的声音与我们沟通，这个人不想成为殉道者，不以英雄自居，也不会因不是殉道者或英雄而受到蔑视。"我甚至不知我们为何来此"。

Oxford Town in the afternoon
牛津镇午后时分
Ev'rybody singin' a sorrowful tune
一首哀歌在众人口中轻哼
Two men died'neath the Mississippi moon
两个男子在密西西比月下断魂
Somebody better investigate soon
最好有人赶快调查求证

---

1 《信》（*Letter*），收于《海豚》（*The Dolphin*，1973 年）。
2 阿拉巴马州伯明翰市的警察局长，1960 年代美国自由乘车者运动期间，联合当地三 K 党组织针对自由乘车者暴力袭击。——译注

"一首哀歌在众人口中轻哼"（Ev'rybody singin' a sorrowful tune）。唱得不真挚吗？虚伪吗？只是随口哼哼？这一句和后面一句相对应："人人低头称臣"（Ev'rybody's got their heads bowed down）。真的悲伤吗？伪装的悲伤？或小心地，脑袋钻到矮墙下？"down"这个词成为拖拽歌曲向下的抓手，在头六行出现了四次，从"人人低头称臣"（Ev'rybody's got their heads bowed down），到"我不会去牛津镇"（Ain't a-goin' down to Oxford Town），再到"他来到牛津镇"（He went down to Oxford Town）以及"枪支棍棒追攻其身"（Guns and clubs followed him down）。[1]

"一首哀歌在众人口中轻哼"。但就像罗伯特·谢尔顿所评价的，这首歌"旋律和节拍是活泼的，但是歌词却不"。[2]《牛津镇》开始于轻快的弹拨，但不会让你感觉跳上跳下。它传递了某种悲伤，"但它又不是"，因为曲调不那么悲伤，没有配合文字的表达。这样的调和正是这首如此交织相错的歌的特点。而"人人低头称臣"和"一首哀歌在众人口中轻哼"中的"人人/众人"（Ev'rybody），在两行以后，变成了一厢情愿的"有人"（Somebody）——

> Two men died 'neath the Mississippi moon
> 两个男子在密西西比月下断魂
> Somebody better investigate soon
> 最好有人赶快调查求证

其他的人，总会有的。不是随便什么（whatever），而是随便什么人（whoever）。这首规整的歌与行为的模式相关。在第一节，"地面上不见阳光辉映"，在最后一节，变成了"两个男子在密西西比月下断魂"。正如"哀歌"也许有一丝浪漫色彩，映出丑陋的背景，歌中渗透的另一种寂静的恐怖也与

---

[1] 这和迪伦唱《让我跟随你》的精神如此不同。
[2] 《迷途家园》（1986 年），第 156 页。

"密西西比月下"形成对照,同样,这也可能带来某种不安的浪漫色彩:

> Where I can watch her waltz for free
> 看她跳华尔兹,钱不用付
> 'Neath her Panamanian moon
> 映着她那巴拿马的月光

上面这首歌,即《再次困在莫比尔》[1]。幸运的是,你不必被困在牛津镇。"最好离开牛津镇"。"最好离开"中的"最好"一词,看似不乏希望,其实一点都不好,它又出现在"最好有人赶快调查求证"这一句中,意味着无需承担任何责任,"有人"故态复萌,耸耸肩,进而把整件事都抛到一边。

第一节,"人人低头(got their heads)称臣"。第二节,"最好离开(get away)牛津镇"。第三节,"他来到门口,无法进到里头(get in)"。第四节,"我们饱尝了(got met)催泪瓦斯"。交替出现的"got"和"get",感觉到了吧?而到了第五节,这一节清除了"got"和"get"。没人会被捕或是被罚(get caught or punish)。

> Oxford Town in the afternoon
> 牛津镇午后时分
> Ev'rybody singin, a sorrowful tune
> 一首哀歌在众人口中轻哼
> Two men died 'neath the Mississippi moon
> 两个男子在密西西比月下断魂
> Somebody better investigate soon
> 最好有人赶快调查求证

---

[1] 即《再次困在莫比尔和孟菲斯蓝调一起》。莫比尔是蓝调之父汉迪的故乡。——译注

一个温和而阴险的结局。甚或，还带有一丝邪念，希望他们什么都没发现，这一黑暗的想法也关联了另一种光明的想法，后者出现在另一首很不一样的早期政治歌曲的结尾，即《说唱偏执狂约翰·伯奇蓝调》：

> So now I'm sitting home investigatin' myself!
> 现在我坐在家里审视自己！
> Hope I don't find out anything...hmm, great God!
> 希望我什么都没发现……嗯，伟大的上帝！

"最好有人赶快调查求证"。不过在《鲍勃·迪伦诗歌集：1962—1985》中（在某一卷盗录带中也能听出），《牛津镇》并不是结尾于"赶快"（soon）这个不会被兑现的词，而是折返，重复这首歌的第一节：

> Oxford Town, Oxford Town
> 牛津镇啊，牛津镇
> Ev'rybody's got their heads bowed down
> 人人低头称臣
> Sun don't shine above the ground
> 地面上不见阳光辉映
> Ain't a-goin' down to Oxford Town
> 我不会去牛津镇

这样的复沓很好，审慎而又原地踏步，但更有效的复沓，不是重复开头这一节（这有点简单），而是"人人/众人"的不断复现，如"人人低头称臣"，"一首哀歌在众人口中轻哼"。

哀歌的调子，体现在"歌"（tune）一词的尾音里，又或者与"原来"（from）一词的尾音相关。这个声音回环低吟、萦绕不绝。这首歌的所有句子都在押韵,每一行都回荡着(就像"line"和"rhyme")"n"或(在第四节)"m"的声音。你可能会说,不是这样,像第一节中的"地面"(ground)怎么看待?然而,"地面"(ground)中的"d"不发音,因为要与"镇"(Town)押韵,连第三节的"错乱"(bend)中的"d"也没有声音,因为要和"朋友"(frien')押韵,甚至连"催泪瓦斯"(bomb)——有一个沉默的"b"——也要与"原来"(from)押韵。这样的回环低吟在歌中起到了什么作用?它营造出一种紧张、毫不松懈、带有半军事威胁性的氛围,营造出一种让人低头并把一切带进牛津镇的背景。想想风笛的声音,想想吟唱者的歌声如何穿透它的轰鸣,穿透这轰鸣中所弥漫的凝重。[1]

几个短词就能搞定。同时,"密西西比"(Mississippi)和"调查求证"(investigate)是歌中的两个长词,它们出现在两个相连的句子里,两个结束行。

Two men died 'neath the Mississippi moon
两个男子在密西西比月下断魂
Somebody better investigate soon
最好有人赶快调查求证

两个男子在密西西比,连一天都呆不住。最好有人确保公正被匡复,就像有人真的做到了那样。

---

[1] 关于《歇下你疲惫的曲调》,迪伦说:"我曾听过一张78转的旧唱片里的苏格兰民谣,我试图真正捕捉那种感觉,但我无法将这种感觉从脑海中抹去。没有歌词或别的什么,它只是一段旋律——有风笛和很多东西在里面。我想有同样感觉的抒情。"(《放映机》)

审慎（智德）

> 还有几句教训，希望你铭刻在记忆之中；
> 不要想到什么就说什么，
> 凡事必须三思而行……[1]

等等。在《哈姆雷特》中，波洛涅斯对他的儿子雷欧提斯这样说道。"还有几句教训"？后面来了一大串满是格言警语的二十二句？他肯定在开玩笑。当父亲说到"尤其要紧的"这句，你一定也能感到这个年轻人如释重负，无论眼见还是耳闻，终于快说完了。小心啊，小伙子，有人提醒雷欧提斯，只可惜这就是他父亲（考虑到对说法的调整）反复对他所说的。波洛涅斯的教训无以复加。几个世纪以后，这样的审慎思虑在《地下乡愁蓝调》这首歌中，又如马克沁机枪的子弹被连续射了出来。

> 小心啊，小伙子
> 你捅了个娄子
> 天知道何时干的事
> 但你又做了一次
>
> 小心啊，小伙子

---

[1] 译文引自《莎士比亚全集》第九卷，朱生豪译，吴兴华校，人民文学出版社，1978年，第21页。——译注

你难逃挨揍一事[1]

留心

避免和人家争吵；可是万一争端已起，
就应该让对方知道你不是可以轻侮的。[2]

"审慎"要我们留心（Beware），当心（Be ware），以及警惕（Be wary）。无论时代是否在改变，时间都是精髓。《没时间思考》：这首应时之歌的标题和副歌都是这几个字。美式英语，其乐趣和好处来自于一种内在的新陈代谢，这与时间、时间的流逝都有着独特的关系。[3] 对于这种转瞬即逝的语言而言，并不是没有时间去思考，而是说，要马上思考的事情之一就是没有时间。副歌传递了特殊的"风水轮流转"（whirligig of time），那就是《没时间思考》通过加入"也没有时间思考"来形成断句，一次次重复，直至最后一次，最后一节。这行副歌扩张又收缩。扩张，是指它统摄了最后一整节。收缩，是指到结尾时，当最后一遍副歌唱起，时间如此紧迫（"没时间失去"），以致它干脆被截短了，"也没有时间思考"（And there's no time to think）变成了"也没时间思考"（And no time to think）：

没时间去选择当真理必死

没时间失去或说再见

没时间去为那些受害者准备

没时间痛苦或眨眼

也没时间思考

---

1 这种匆促紧急的节奏也出现在《狼蛛》（1966年，1971年）中，"给一个身为年轻逃兵的跑腿小子的短信"，有一页是这样开始的："想知道为什么爷爷老坐在那儿看瑜伽熊吗？想知道为什么他老坐在那儿&一笑不笑吗？自己琢磨一下孩子，别去问你老妈。想知道为什么埃尔维斯普雷斯利只用他的上嘴唇笑吗？自己琢磨一下孩子，别去问你的外科医生。"它这样结束："想知道为什么别的孩子都想狠狠揍你一顿吗？自己琢磨一下孩子，别去问任何人。"
2 译文引自《莎士比亚全集》第九卷，第21页。——译注
3 引自我的论文《论美试英语及其固有的短暂性》（《诗歌的力量》，1984年）。

"没时间失去或说再见"：这首歌将要以自己的方式说再见（"别了"是一个太美好的词，所以我只说再见），在忠实于副歌的同时，随之而逝，又与之分离。小心翼翼，如履薄冰，时机恰到好处。

审慎可能听起来不太像一种美德。端正而已？一种温和之举，还过于内敛羞怯？比起公正和坚忍，它是否过于孱弱？也许，这一"美德"该被降低一级，和另一个不怎么强力的美德"节制"相提并论。但要注意（审慎提醒），审慎也有过人之处，它能准确感知何为警告，警告与威胁又是多么不同——而后，又懂得区别也不是那么大。这种弹性要比你想象的更柔韧，在迪伦的歌中，最能体现这一点的就是："你最好"（you better）：

You must leave now, take what you need, you think will last
Whatever you wish to keep, you better grab it fast

现在你必须立刻离开了，带走你需要的东西，你认为够用了
但无论你想留下什么，你最好都快点拿走

"you better"甚至比"you'd better"拿走得更快。在《一切都结束了，蓝宝宝》中，每一个字母，每一微秒，现在可能都很紧要。并不是一切都结束了，直到胖女士取代瘦男人唱歌。

"当心，圣徒们快走过来了"。审慎永远是小心的。或许它给出的建议需要重申，但重申中也要有调整，否则听众就不会再听下去。"带走你需要的东西"/"把你碰巧收集到的都带走吧"。与此同时，带走东西的人，要小心别被带走。

刚刚走出你家门口的恋人
已经从地板上拿走了他所有的毛毯

他的毛毯，你的门。如果可以，在离开的时候，他很有可能把它也带走。[1]

第一节以"现在你必须离开了"开始。最后一节以"把垫脚石留在身后吧"开头，提示即将结束的时间。你怎能不这样做？"垫脚石"比起朗费罗的脚印要更牢固，朗费罗和他遇险的水手们（迪伦的水手们似乎也遇险了，晕着船回航）：

> 伟人的生平启示我们：
> 我们能够生活得高尚，
> 而当告别人世的时候，
> 留下脚印在时间的沙上；
>
> 也许我们有一个弟兄
> 航行在庄严的人生大海，
> 遇险沉了船，绝望的时刻，
> 会看到这脚印而振作起来。
>
> （《人生颂》[2]）

带上心灵，带上你的所需（也许是心灵）。

> 把垫脚石留在身后吧，某种事物在召唤你
> 忘掉你已经辞别的死者，他们不会再跟随你

---

[1] 冲进你的门厅
　　靠着你的丝绒大门
　　眼看你的蝎子
　　爬过你的马戏场
　　到底你有什么，必须死守不放？

（《一时就像阿喀琉斯》）

门又发现自己倒在地上。

[2] 译文引自《精美诗歌》，桑楚主编，杨德豫译，中国华侨出版社，2014年，第253页。——译注

从朗费罗的句子中，迪伦或许得到了启示，别忘了，追随他的事物也会被他追随。垫脚石和死者的相遇，类似于与一位过世诗人的相遇，一位无法被忘记的诗人——记住，他的诗正配得上《悼念集》这个标题，而且第一段的开头就能唤起我们同样的想象：

> 人们可以从死亡的垫脚石上
> 站起，成为更崇高的存在。

如果你能记得整个开场诗节，那就越是如此：

> 我曾确信其为真理，对着一张
> 　简单的竖琴唱出不同的音调
> 　　那些人可以将死掉的自我，作为垫脚石
> 站起来成为更崇高的存在。

对着一张简单的竖琴唱出不同的音调，这想法可能会对迪伦有所触动，尤其是他的竖琴振响于最后一节之前。"把垫脚石留在身后吧"：早前的艺术可能会起到垫脚石的作用，丁尼生本人就这样干过，他诗中有一处（"他们死掉的自我"）来自于二十年前一位剑桥朋友的诗作。[1] 迪伦和丁尼生有所关联可能只是碰巧，但我们都知道迪伦从这种"碰巧"中多多获益。

> The highway is for gamblers, better use your sense
> 高速公路是属于赌徒的，你最好多想想

---

[1]《丁尼生的诗》(*The Poems of Tennyson*)，克里斯托弗·里克斯编（1987年），第二卷，第318页。

Take what you have gathered from coincidence
把你碰巧收集到的都带走吧

虽然"you better"比"you'd better"要利落，但"better"更直接："最好多想想"（better use your sense）。

在迪伦所有的歌中，这类句式都起到了提醒和警示的作用。如《恰似大拇指汤姆蓝调》所提议的，"最好赶紧原路滚回"，这首歌里有不少公开的建议（比如，"别摆架子咯"。）《时代正在改变》的建议是，"最好开始游泳"。而《地下乡愁蓝调》则唱道，"你最好躲进小巷小道"，紧随其后的还有足足三个"最好"。

Better stay away from those
最好少跟那帮老是提着
That carry around a fire hose
消防水龙的人混在一起

Better jump down a manhole
最好自窨井盖跳入

You better chew gum
最好嚼嚼口香糖

考虑到这些建议全都容易引起误解，《地下乡愁蓝调》准确地说不是讥讽，而是嘲弄。你是否该照此行事，像一个彻头彻尾的犬儒（"要安分守己／当心便衣"），那是另外一码事，这几乎和说一个人是否依"诚实是最佳的准则"来行事一样滑头——好像是说没有诚实之人曾遵守这个准则。"取悦她，取悦他"有点油嘴滑舌，但也许仍要好过"不想当流浪汉／最好嚼嚼口香糖"。

是的，类似一种斯克尔顿诗体[1]的乱入，构成了讽刺，但这首歌却没想就这样唠叨下去。它擅于嘲弄，不仅嘲弄波洛涅斯的自得，也嘲弄哈姆雷特反常的自得（愤世嫉俗），后者先嘲弄了波洛涅斯，然后又杀死了他。

> 现在，奥菲莉娅在窗下
> 我为她担惊受怕
>
> （《荒芜巷》[2]）

即使让人困惑，格言训令总不会是虚言。向它们吐口水或把它们当口水吐掉，并不比咽下去更明智。

阿瑟·休·克拉夫在（Arthur Hugh Clough）面对《十诫》时，他同样鼓弄唇舌。他的《新十诫》（*The Latest Dialogue*）就不仅仅是要安于一种反对的意见：

> 不可杀人，但不必勉强维持生计。
> 不可偷盗；当骗局是如此有利可图时，是一项徒劳的壮举。
> 不可贪恋，但传统认可一切形式的竞争。

《地下乡愁蓝调》的可敬之处，就在于尽管痛苦，它还是保留了对于它所拥有、所承认，也不容否认的戒律的一丝敬畏之情。

---

[1] 斯克尔顿诗体（Skeltonic Verse），英国诗人斯克尔顿（John Skelton）创造的短韵诗体，以口语节奏著称。——译注

[2] ——好的，所以，你考艾凡赫
总是得 B& 考织工马南
能拿到 A 减……接着你又
纳闷为什么考哈姆雷特
　　会挂科——哈，那是因为一
　　锄 & 一妞得不出一矛来——

（《狼蛛》，第 70 页）

取悦她，取悦他，送礼
不偷取，不扒窃
上学二十年
他们排你上日班

当心，孩子，要安分守己，但最好别变成《干净整洁的孩子》。我们知道他发生了什么，他是如何被规训的。

他在棒球队，他在仪仗队
他在十岁的时候有了一个西瓜摊

他是一个干净整洁的孩子
他们却把他变成了一个杀手
这就是他们干的事

《时代正在改变》

若我画出了一幅杰作，我最好意识到总有一天它需要修复。《乔安娜的幻象》唱道："蒙娜丽莎一定怀着公路的悲歌（blues）"，可在博物馆的空间中，画中的绿色鲜明到令人起疑。另一方面，每一次修复，无论是政治上的还是绘画上的（原初的西斯廷？）都会引起争论。因为历史就像一个重门无尽[1]的卢浮宫。"一旦觉知之门打扫清洁"，威廉·布莱克说道，"一切都会向人显

---

[1] 在罗马的采访（2001年），有人给迪伦转述了"历史在博物馆中被审判"一类的话。迪伦，带着无比的忍耐皱着眉头："是历史吗"，然后说"我不认为这是对的……听起来不对劲……这对吗？可能是……让我回去看看书。"在这次采访中，无穷不是唯一要被审判的东西。

出本相，无限。"[1]

《时代正在改变》正是以一种无限的方式被迪伦修复。这不是说他被一首歌困住，或困在一首歌里。（也许《玛吉的农场》是这样，本想珍重生活，却身陷蠕虫农场。）这些歌在行动，虽然一首歌中想象的爱情生活，也许恰恰相反。

> 但我就像被困在一幅
> 挂在卢浮宫里的画中
> 我的喉咙和鼻子开始发痒
> 但我知道自己无法动弹

(《今晚坚强些，别崩溃》)

迪伦，猫中之王，威严地让歌曲自己主宰它们的九十九条命。他让生命之血注入或渗入歌中。不过问题就来了。有名的歌可能太有名，可能不再像最初被我们聆听时那样，对我们的感知开放。我们对它们太过熟悉，也许妨碍了真正的聆听。现在，除非感知之耳也能被净化……

迪伦可以重新发行他的歌曲，但我们能有新的感受吗？和《在风中飘荡》一样，《时代正在改变》的过度成功，有时也不是什么好事。在电影《别回头》(*Don't Look Back*)[2]的开场，迪伦懒洋洋地摆弄着《地下乡愁蓝调》的卡片，卡片上写着一些歌的关键词，其中一张就写着ＳＵＣＫＣＥＳＳ。"试着成为成功人士"，无论有没有意义，也许都过多了，过犹不及。

一种能让《时代正在改变》这样一首好歌唤醒我们的感觉，使它再一次让我们感到新鲜，甚至是和我们一起再次变得新鲜的方式，或许是在回溯中辨析这首歌成为其自身的过程。这不是为了追踪或回溯作者自己的直觉，更

---

[1] 译文引自《布莱克诗集》，张炽恒译，上海三联书店，1999年，第194页。——译注
[2] 《别回头》(1967年)，彭尼贝克（Pennebaker）导演，鲍勃·迪伦1965年英国巡演纪录片。——译注

不是描绘他有意识的思路,而是为了揭示其效果从何而来的可能性。

如同《在风中飘荡》一样,《时代正在改变》的精华在它的标题及副歌中,虽不完全相同,但标题几乎就是副歌。

水位已然高涨,歌亦如此。时代在演进,正如标题及副歌。很久以前的一个想法,就像一颗橡子落下,*Tempora Mutantur*[1]。时代在变。一系列新的时代相继开启。

Times change
The times change
The times are changin'
The times are a-changin'
The times they are a-changin'
For the times they are a-changin'

时代改变
这时代改变
时代正在改变
时代正在起变化
时代它们正在起变化
因为时代它们正在起变化

橡子长成一棵皇家橡树。

"时代改变"(Times change)在语法上是一般现在时。(后面再说"时代改变"的语调。)"时代在改变"(The times are changing)则有些变化,是另外一种体(aspect,语法术语)。这个时态有几种不同的名称。这并不是说,

---

[1] 拉丁谚语,意为时代变化。——译注

迪伦需要知道语法学家说了什么，才能在直觉上照语法规则进行创作。专业的语法使用，不同于直觉上深谙语法的把握。

"在改变"（are changing）的"体"的运用，有两点对于迪伦至关重要。首先，现在时的"体"（aspect）的术语本身就与"时间所意味的东西"或者"时代所意味的东西"密切相关，可将思想和情感融入有关时间和时代的标题及副歌之中。其次，这些术语本身就暗示着矛盾，也可能激发出歌曲的汹涌能量。

"这时代改变"（The times change），为一般现在时。"时代正在改变"（The times are changing），为现在进行时（present progressive）——这个术语，刚好，可以概括这首关于现在进程的歌。现在进行时："有时被称作持续体（durative aspect）或延续体（continuous aspect）。"这两个说法都很切近《时代正在改变》的核心及其迫切诉求。不管叫它持续体、延续体还是发展时，现在时的特点之一便是它的两面性。正如《综合语法》[1]所描述的，这种现在时态指向"某一特定时间内发生的**进展**"。A. E. 豪斯曼曾被一个愚蠢的学究激怒，针对他有关某一文本原则的怀疑论（"所以在特定情况下我们不应该勉强假定它"），他尖锐地回应："每一种情况都是特定的情况。"[2] 同样，每个时代都是一个特定的时代（特定的时代在改变？），歌曲强烈地暗示所有时代都在改变。延续可以替换进行现在时（progressive present）吗？不可否认，"延续"（continuous）和"连续"（continual）是不一样的，但会在歌中彼此促生一种创造性的互动，就像持续现在时（durative present）一样（如果大家更喜欢这个词）既是一种对持续的坚持，又是一种限定。必须持续下去，坚持住，但只在一段时间内。对战争的持续，或外面肆虐的战火而言便是如此。

---

1 《英语综合语法》（*A Comprehensive Grammar of the English Language*），兰道夫·奎尔克（Randolph Quirk）、悉尼·格林鲍姆（Sidney Greenbaum）、杰弗里·利奇（Geoffrey Leech）和简·斯瓦尔特维克（Jan Svartvik）合著，1985年，第197—200页。
2 《思想在文本批评中的应用》（*The Application of Thought to Textual Criticism*，1921），《诗歌与散文选集》（*Collected Poems and Selected Prose*），克里斯托弗·里克斯编，1988年，第334页。

我们也许看到了关键之语,"这时代它们正在起变化"(The times they are a-changin'),根据《综合语法》的理解,"进行时态的意思可以分为三个部分,不需要全部都被呈现。"

(1)发生的**持续**一段时间
(2)在**一定时间段内**发生
(3)发生的**尚未完成**

前两个部分叠加就是**暂时**的概念。

"时代正在改变"的用词也适时地增加了**暂时**的概念,

一如现在这一刻
随后将成为过去

然而,正因没有什么比暂时的解决方案更为持久,所以暂时本身就是一个永久的条件。

《时代正在改变》用"-ing",或者更确切地说用平顺的"-in'"来收结。标题及副歌统率了歌中其他的这类句尾,它们几乎都是现在进行时。

That it's namin'
指向

Ragin'
进行

Your old road is
你们的旧路正在
Rapidly agin'
迅速老朽

The order is
秩序正
Rapidly fadin'
快速凋落

在这首歌的现在进行时当中，唯独有一个，因本身有了一个表示过程的前缀而被强化：a-changin'。迪伦知道这一前缀带来的微妙感觉，只有标题和副歌才有[1]，而且，因其已风化为古语，更适于表现时代及其变迁之感。

Bye, baby bunting,
再见，襁褓中的孩子
Daddy's gone a-hunting
爸爸要去狩猎

——除了童谣和歌曲，在这个意义上，通常是该和"a-"这个前缀说再见了，它指的是"在……的过程中，在……进程中"。《彼得前书》3:20："就是那从前在挪亚预备（a-preparing）方舟、神容忍等待的时候"。

If your time to you
如果你的时间

---

[1] "当夜晚降临……"（As the night comes in fallin'...）与迪伦的"当夜幕低垂"（As the night comes in a-fallin'）(《多余的早晨》）会是多么不同，而且不光是押韵的原因。

Is worth savin'

还值得节省

You better start swimmin'

最好开始游泳，

Or you'll sink like a stone

否则将像石头一样沉没

For the times they are a-changin'

因为时代正在改变

或者，"当时进入方舟，藉着水得救的不多，只有八个人"（while the ark was a-preparing wherein few, that is, eight souls were saved）。

时代改变。富有想象力的作家会乐于去转变有关时代的陈腐观念。比如狄更斯对《圣经》文本的巧妙改写，《传道书》3 的开头："凡事都有定期，天下万物都有定时。生有时，死有时。"[1] 狄更斯《双城记》第一章开头则是："那是最美好的时代，那是最糟糕的时代；那是智慧的年头，那是愚昧的年头……"时代已经改变，改变的还有那些要被讲述的时代之事。同样改变的还有事物存在之常与变的关系，在《时代正在改变》所唤醒的那个世界中。

还是那条古老的谚语：时代改变，我们和它们一起发生改变。（Tempora mutantur nos et mutamur in illis.）或用一句援引了更老的老话说："时代如奥维德所说的那样改变，而我们在时代里改变"（1578）。无论拉丁语还是英语，这些话里至关重要的是，"我们"在其中。但是"我们"作为一个词也作为一种观念，却在《时代正在改变》中触目地缺席，就像被删掉了一样。

接着大多数代词都被告知"不要站在门口"，都被赶出大门。显然留下来的是"你"。因为这是迪伦又一首伟大的"你"之歌。

---

[1] 几节之后："抛掷石头有时，堆聚石头有时。"迪伦的歌恰巧有"时间"（time）、"抛出"（cast）、"石头"（stone）和"围聚"（gather）。

> 围聚过来吧，人们
>
> 无论你浪迹何方
>
> 承认你周遭的
>
> 水位已然高涨
>
> 并且接受你即将
>
> 被浸透的事实
>
> 如果你的时间还值得节省
>
> 最好开始游泳，否则将像石头一样沉没
>
> 因为时代正在改变

"你"，在第一节出现了六次——外加一次"你的"，作为下一节的过渡，下一节没有了"你"但仍需要"你的/你们的"（yours）。这首歌作出抨击却不想唠唠叨叨，这也是为什么在第一节之后"你"用得更俭省的原因，哪怕"你的/你们的"这个词还会让"你"持续留在脑海：在第二节出现两次（"以笔预言的/作家和批评家们﹝prophesize with your pen﹞"、"你们的双眼"﹝your eyes﹞），第三节用了两次（"你的窗子""你的墙壁"），在第四节用了五次（"你们的儿女"、"你们掌控"、"你们的旧路"、"无法伸出援手"﹝lend your hands﹞）。而那个更短促、更尖锐的"你"，虽然暂时离开第二节与第三节，但更多的"你们"却带着特定的价值回归第四节："你们不了解的事情"（what you can't understand）与"倘若无法伸出援手"（If you can't lend your hand）押韵（并与其一致）。

有个片刻，"他"（he）也曾公开亮相，假如这个代词没有特指某个人（"因为受伤的/将是停滞不前者"﹝For he that gets hurt/Will be he who has stalled﹞）。另外"they"也多次出现——但这个词并不指代人物，而仅仅指代时代："因为时代正在改变"（For the times they are a-changin'）。代表人类的"你"和代表大于人类的时代的"它们"（they）结合在歌曲中。在二者中，只有后者出现在最后一节，这一节没有别的代词，只有需要注意的"it"，这个被遗忘的代词终得其所,小小的"它"之前出现过四次,但到了现在才找它的开头,一个——句法上带有明显多余的"it"——它的两行歌词足可相提并论的开头:

The line it is drawn

界限已划清

The curse it is cast

诅咒已抛出

The slow one now

现在脚步迟缓者

Will later be fast

日后将快速窜出

As the present now

一如现在这一刻

Will later be past

随后将成为过去

The order is

秩序

Rapidly fadin'

正快速凋落

And the first one now

现在一马当先者

Will later be last

日后将居末

For the times they are a-changin'

因为时代正在改变

不只"现在"（now），也不只是告诫的"现在，现在"，而是以"现在"三倍的紧急作为结尾行。在最后一节之前，所有段落都以祈使句为起点："围聚过来吧，人们""来吧，以笔预言的作家和批评家们""来吧，参议院和众议员们""来吧，全国各地的母亲和父亲"。但唱到最后一节，任何此类诉求都已太迟。所有这些都要告一段落。

这最后一节，激越地甩脱语带非难的"你"，这或许会让我们再次将"因为时代正在改变"（For the times are a-changin'）与它的前身"时代改变"（Times change）形成对照。感觉一下迪伦实现的语调的变换。"好吧，时代改变，我猜"（Well, times change, I guess）：巴特利特·耶利·怀汀（Bartlett Jere Whiting）的《现代格言与谚语》（Modern Proverbs and Proverbial Sayings）（1989）引用了这个来自1949年的说法，虽然"时代改变"不一定也如此半推半就，但这种语气自然流露其间。"时代改变"（Times change）：不用说，这句话更倾向于耸耸肩膀（我猜）而非肩起重任。但"时代正在改变"（The times they are a-changin'）则意味着：围聚人群的同时，也挺直了双肩。

> 围聚过来吧，人们
> 无论你浪迹何方

迪伦曾经说："我从未写过任何以'今夜我将你们聚集于此'开头的歌"。[1]字面上看，确实如此，但他这样说有点让人意外，鉴于他曾写过"围聚过来吧，人们"，更不用说"朋友们，围过来 / 我给你们说个故事"；"过来，你们这些流浪赌徒，我来讲个故事"；"来吧女士们先生们，听听我的歌"；或者是"来吧，你们这些战争大师"。[2]那么，迪伦这样说，"我从未写过任何以……开头的歌"，他到底是什么意思？

---

1 "我不会跟任何人说做个好小伙或者好姑娘。"他接着说。《花花公子》（1966年3月）。
2 《北国蓝调》《流浪赌徒威利》《纽约城里的苦日子》《战争大师》。

然而气氛有所不同。《时代正在改变》不同于《北国蓝调》，也不同于《流浪赌徒威利》或《纽约城里的苦日子》，后面每一首歌都在讲述一个故事；也不同于《战争大师》，它在预言一个故事。《时代正在改变》无疑是在劝诫，但没有用"今夜我将你们聚集于此……"的腔调。它的命令，紧接着第一句（只是简单的"围聚过来吧"），立刻让你面对你已经知道正在对你施压的真相："承认……"。这种反复催促本身就承认，要求你面对的是你自身已经（来吧，承认吧）设法面对的，这仁慈又得体。承认它，接受它。

> 围聚过来吧，人们
> 无论你浪迹何方
> 承认你周遭的
> 水位已然高涨
> 并且接受你即将
> 被浸透的事实
> 如果你的时间
> 还值得节省
> 最好开始游泳，否则将像石头一样沉没
> 因为时代正在改变

迪伦常用的方式是，以《圣经》为中介，进行他的文字之间的转换。

> 围聚过来吧，人们
> 无论你浪迹何方
> 承认你周遭的

我们围聚的地方，会是大水的源头吗？是《圣经》中水的聚处吗？也许是《创世记》1:9 所言："神说：'天下的水要聚在一处。'"更有可能的是《出埃及记》15:8:"水便聚起成堆。"因为这一章还包含了一首歌("那时,摩西和以色列人向耶和华唱歌说:'我要向耶和华歌唱'"《出埃及记》15:1),而这首歌与迪伦的歌曲一样,深沉又激昂:

> 法老的车辆、军兵,耶和华已抛在海中,他特选的军长都沉于红海。深水淹没他们,他们如同石头坠到深处。
>
> (《出埃及记》15:4-5)

"否则将像石头一样沉没"。"诅咒已抛出"。或者,是《大船入港之际》中风格迥异的丰沛表达:

> 一如法老的部众
> 他们将溺毙于潮水中

迪伦的歌词总会出人意料。"如果你的时间 / 还值得节省"(If your time to you/Is worth savin'):我们非常清楚地知道它的准确意思,但是如果这是一个纵横字谜的线索,联系"溺毙"之感,那么 _i_e 这个四个字母的单词,很可能填入后不是时间(time),而是生命(life)。(你一生的时间,但不是想象中的尘世快乐。)如果你的生命(life)还值得拯救(savin'),你最好开始游泳,否则你将像石头一样沉没:有没有这个意思?

拯救你的生命(Saving your life)是一句习语,节省时间(saving time)是另一句习语,两者巧妙结合。时间值得节省吗,即使短暂?(节省短短几分钟值得吗?)还有第三种解释,也可融入其中:"如果你的时间"——不是"值得节省"——而是"有任何价值"。所有这些,"你的时间"与随之出现的"时代"形成了对照。在音乐开始之前,当迪伦稍稍提早唱出"否则你将像石头一样沉没",仿佛有什么东西一沉,"沉没"一词也沉落下来。

在第二节中,出现了一个新鲜又实在的词(不是在《牛津英语词典》的意义上……）：

> Come writers and critics
> 来吧，以笔预言的
> Who prophesize with your pen
> 作家们和批评家们

有什么问题吗，迪伦，"to prophesy"这个动词，对你来说不够好吗？

说对了，不够好，原因是此处需要听起来不够好的词："to prophesize"，其后缀的"-ize"常会刺激讽刺尖刻的欲望，让整桩事沦为大话、空话，自说自话。同一年，迪伦在给皮特、保罗和玛丽[1]的唱片封套文字说明中也表露了这一点："在那些时候，谁也说不准会发生什么事——最伟大的预言家（prophesizer）永远也猜不准会发生什么事——"。更不要说什么：

> 无法预知
> 它会指向何人

但你们会明白我所说"预言之人"（Who prophesize）的意思："批评（criticize）你不解之事的人"，抑或（别的地方）"将耻辱哲学化（philosophize）的人"（《海蒂·卡罗尔孤独地死去》）。

这个新造词听起来很真，因为"prophesize"与"to prophesy"和"prophesied"的发音自然地一致：比如，"Who prophesy with your pen"，或"Who prophesied with your pen"。"我的舌头",《诗篇》45:1中的歌者说："我的舌头是快手笔。"迪伦的舌头也以超快手笔的方式自如舒卷。

---

[1] 写给《在风中》，1963年12月；《鲍勃·迪伦写鲍勃·迪伦》，约翰·塔特尔编集，第23页。

Come writers and critics

来吧，以笔预言的

Who prophesize with your pen

作家们和批评家们

And keep your eyes wide

睁大你们的双眼

The chance won't come again

机会不再登门

当听到"睁大你们的双眼"，我们也许要保持对自我的警醒。《牛津英语词典》指出："wide"在某些方面"现在被'wide open'广泛取代"。但"wide-eyed"的意思已随时代改变。它曾指"睁大双眼，聚精会神"，如 D. H. 劳伦斯所强调的，人的灵魂应该负有"睁大双眼的责任"（《人与蝙蝠》）。但它又开始意指天真、质直或造作："你问他这些有关从廉价劳动中获利的天真（wide-eyed）幼稚的问题。"（连·戴顿[1]，1983）

回溯至 1894 年，纽约《论坛报》(Forum) 也赞扬过麦迪逊之"天真的用心审慎"。《时代正在改变》一曲召唤且颂扬的美德，正是审慎。这一美德要求勇气和良好的判断力，也不同于谨小慎微，因为一味避险，反而更险。这些强力的格言可以编成一条掷向你的绳子。

最好开始游泳，

否则将像石头一样沉没

睁大你们的双眼

1　连·戴顿（Len Deighton）1978 年出版的小说《SS-GB》拍摄了 5 集惊悚电视剧，剧中假设了纳粹赢得二战胜利后占领伦敦的场景。——译注

话别说得太早

不要站在门口
不要堵塞大厅
因为受伤的
将是停滞不前者

"Stalled"可以理解为"止步",也可以理解为"搪塞"(一个全然不同的动词)。非常吻合《时代正在改变》,因为"停滞"就是游移不定或拖延时间。不管怎样,要警惕。审慎,尽管文雅,却是命令。被忠告。

迪伦的作品喜欢给出忠告,常常是微不足道的那种。《在多彩生日之时给杰拉尔丁的忠告》("Advice for Geraldine on Her Miscellaneous Birthday")收于《鲍勃·迪伦诗歌集:1962—1985》中,作为《时代正在改变》这张专辑的总结,它由一系列令人生畏的审慎训诫构成。开头是这样的:

> 站成一排。保持一致。人们
> 害怕有人不与他们保持一致。这让他们
> 自己都觉得看起来很蠢因为
> 保持一致。他们甚至可能
> 想过,是他们自己
> 站错了队。不要跑
> 也不要越过红线。

站成一排,不要越过红线。界限已划清。

say what he
说他能

365

can understand clearly, say it simple

听明白的。说简单点

t' keep your tongue out of your cheek.

真心诚意地说。

  《时代正在改变》说的是我们能听明白的，并且打算说得简单点。不是"简单地"说。同样，在《在多彩生日之时给杰拉尔丁的忠告》里，也没这么简单。在"听明白"（clearly）之后，"说……"（Say it）后接上"简单"（simply）似乎顺理成章。"说简单点"（say it simple）却与"保持简单"（keep it simple）形成一股合力，"keep"一词立刻冒头："说简单点/真心诚意地说"。

  "这首歌绝对有话要说，"迪伦这样谈起《时代正在改变》。"我清楚知道我想说什么，还有想为谁说这些。"（I knew exactly what I wanted to say and for whom I wanted to say it to.）（《放映机》）注意这句话的特点，它使用的介词比需要的多。[1] 先生，你想说的是哪一句，是"想为谁说这些"（for whom I wanted to say it），还是"想对谁说这些"（whom I wanted to say it to）？二者兼有，因为"对谁"是对其发言，但"为谁"是代其发言。一首如此好斗的歌曲，竟然可以代表被它所斥责之人，这令人惊讶。良药苦口，这一点日后会被验证。

For the loser now

因为现在的失败者

Will be later to win

日后将继续得胜

1　关于旧："他们说他们为谁而战，为谁而战"——《敌人和武器》（《给戴夫·格洛弗》，新港民谣节的节目，1963年7月；《鲍勃·迪伦写鲍勃·迪伦》，第8页）。关于迟到："丧钟为谁而鸣，爱人？"（《月光》）

这里，又有一处可能在理解上的微妙歧义。日后是胜利者吗（Will be later the winner）？还是日后会是得胜的那一个（Will be later the one to win）？（一定会得胜吗？）"later"这个词在歌的前面已出现（第二节），但只有在最后一节，它才迎来自己的时刻，出现了三次：

> The line it is drawn
>
> 界限已划清
>
> The curse it is cast
>
> 诅咒已抛出
>
> The slow one now
>
> 现在脚步迟缓者
>
> Will later be fast
>
> 日后将快速窜出
>
> As the present now
>
> 一如现在这一刻
>
> Will later be past
>
> 随后将成为过去
>
> The order is rapidly fadin'
>
> 秩序正快速凋落
>
> And the first one now will later be last
>
> 现在一马当先者日后将居末
>
> For the times they are a-changin'
>
> 因为时代正在改变

《马太福音》19:30："然而，有许多在前的，将要在后；在后的，将要在前。"

这是本章的最后一节,即如这首歌中的最后劝诫。[1]

这首歌有它的模式,而且——正如 T. S. 艾略特所言——对艺术家来说,关键在于"认识到事实不是我们的感觉,而是我们产生感觉的模式,这是要义所在"。[2] 迪伦也说:"无论如何,重要的甚至不是经验,而是对经验的态度。"(《放映机》)事物不仅可能而且必须改变,但每一节最后的副歌却保持不变:"因为时代正在改变"。在演唱时,这首歌可以自由变化。迪伦知道最好听从《在多彩生日之时给杰拉尔丁的忠告》给出的沉痛告诫:

> do Not create anything, it will be
> **不要**创造任何东西,它将
> misinterpreted, it will not change.
> 被曲解,它将不会改变。
> it will follow you the
> 它将跟着你
> rest of your life.
> 整个余生。

"Not"中的"N",在百余行的《忠告》里**众所周知**是唯一的大写字母,迪伦好在**没有**遵从,而是,超越自己的告诫。20 世纪 60 年代的孩子听着《时代正在改变》依然狂喜,自欺欺人说这首歌所宣告的是,至少时代将要停止改变,在历史上,这是第一次也是最后一次。启蒙之光会不会由此普照,一劳永逸?

但是时代仍然在改变,几十年后的今天,当迪伦唱出"你们的儿女/已

---

[1]《马太福音》前一节:"凡为我的名撇下房屋,或是弟兄、姐妹、父亲、母亲(有古卷添"妻子")、儿女、田地的,必要得着百倍,并且承受永生。"
[2]《保罗·瓦雷里方法简介》(*A Brief Introduction to the Method of Paul Valéry*),《蛇》(*Le Serpent*,1924 年)。

不受你们掌控",他显然不是以一个儿子的口吻在唱,或许也不再是以一个父辈的口吻,而是用了厚重的祖父之声。曾几何时,这是为了劝告古板之人努力去接受现实,你懂的,亦即他们的孩子,已成"嬉皮"(hippies)一代。但这种包容之心也会转变为,曾为"嬉皮"一代的父母也要接受他们的孩子似乎正在成为"雅皮"(yuppies)。然后,是共皮党人(Repupplicans)……

时代正在第四次改变。

《我们最好商量一下》

"我们最好"比"你最好"要更大气,因为说"我们最好"的人,乍一看,并不把他自己(或她自己)排除在建议或忠告之外。但有雅量的人,最好也要保持清醒。《我们最好商量一下》中的第一组韵,有些模棱两可:一下/清醒(over/sober)。

> I think we better talk this over
> 我觉得我们最好商量一下
> Maybe when we both get sober
> 也许当我们都清醒的时候

关键是,这首歌没有啰嗦矫情地命名为《我觉得我们最好商量一下》("I Think We Better Talk This Over")。这一句充当第一行会有问题。"我觉得"(I think)是一个得体的措辞(不想太强迫),但并不是要弱化成对此事的任何疑虑。同样还有"也许"(Maybe),这个词的意思真的近乎"真的"(really)。"等我们都清醒的时候再讨论,才是真的谨慎"。(都?暗示我们中的一个已经清醒了。我猜是我。)声词流转,"也许"的位置出现得精准而审慎。不是"我们最好商量一下,也许"——不是这样,"我们最好商量一下"是确定的,只是为了表达"我觉得"一类的礼貌——而是"也许当我们都清醒的时候"。这个"当……的时候"才是要讨论的。

再一次，恰到好处。如果这首歌命名为《我们需要谈谈》("We Need to Talk")，就像电影里那些生动的瞬间，效果会完全不同。

> I think we better talk this over
> 我觉得我们最好商量一下
> Maybe when we both get sober
> 也许当我们都清醒的时候
> You'll understand I'm only a man
> 你会理解我只是一个男人
> Doin' the best that I can
> 尽了我的全力

顺应"我们最好（better）"这几个词的语势，高潮部分过后，"我的全力"（The best that I can）抓住了证明自己的时机。与此同时，人称代词演绎着"走下坡的一支舞"：我，我们，我们/你，我，我。本来还应该有一个"他"："我只是个男人/尽了他的全力"。但这太过容易了。这个男人不会躲闪。"只是个男人"（only a man），这是由性别处境引出的，既是性别的又不是（只是某人，某个特定的人，以一个男人的视角来说罢了）。"只是个男人"并非挑起争端，它在性别上平权。这个说法既是退让也是求情：拜托，不要对一个男人期待太高，他就是普通人而已，更不要说原罪了。另外，也许你只是个女人，尽了你的全力。

两两押韵与三三连韵：摆在我们面前的，是人称代词的第一形态及其自身的韵体形式。它似乎是由两方构成，一双、一对，或是夫妇相随，不管幸福与否。这是一首比翼连枝的歌，"我们曾共眠的床"，但也有关劳燕分飞：

我俩的誓言已破灭被扫到

我们曾共眠的床下

如此,一开头就用了对句:一下/清醒(over/sober),男人/全力(man/can)。这不只是关乎书面的效果,也涉及时间的配置与演唱的速度。但韵体形式上,这一节会显现为一组灵活的对句,紧跟轻快的三连句:

> I think we better talk this over
>
> 我觉得我们最好商量一下
>
> Maybe when we both get sober
>
> 也许当我们都清醒的时候
>
> You'll understand
>
> 你会理解
>
> I'm only a man
>
> 我只是一个男人
>
> Doin' the best that I can
>
> 尽了我的全力

在第二节,也可感受到这一善于把物象抟造成形的想象力[1]:

> This situation can only get rougher
>
> 这情况只会变得更加艰难
>
> Why should we needlessly suffer?
>
> 我们又何必无谓地受罪呢?

---

[1] 语出柯勒律治诗《失意吟》:"善于把物象抟造成形的想象力"(the shaping spirit of imagination)(杨德豫译)。——译注

Let's call it a day, go our own different ways

让我们说结束，各走各的路

Before we decay

我们腐朽前

或者是擅自进行的另一种排列：

This situation can only get rougher

这情况只会变得更加艰难

Why should we needlessly suffer?

我们又何必无谓地受罪呢？

Let's call it a day

让我们说结束

Go our own different ways

各走各的路

Before we decay

在我们腐朽前

这一节的韵体形式另辟蹊径。

随后的过渡段，则采用参差起伏的对句：

You don't have to be afraid of looking into my face

你不必害怕深深凝视我的脸庞

We've done nothing to each other time will not erase

我们对彼此做的时间都能抹去

然而，即使在这里，还是能听出二加三的音效，由于与脸庞／抹去（face／

erase）之间韵脚的联系，害怕／脸庞／抹去（afraid／face／erase）也有了一种强劲的谐音。同样，这种声音也随了歌的语势，下行到了紧跟的一节，"我觉得流离失所"（I feel displaced）。

> We've done nothing to each other time will not erase
> 我们对彼此做的时间都能抹去
> I feel displaced, I got a low-down feeling
> 我觉得流离失所，我感到消沉
> You been two-faced, you been double-dealing
> 你表里不一，用的是两面手法
> I took a chance, got caught in the trance
> 我冒了险，却陷落在走下坡的
> Of a downhill dance
> 一支舞的恍惚里

当他陷落在"走下坡的一支舞"里，一种"消沉"之感扑面而来（他情绪低落，精神不振，因为她消沉的行为），但他正要如此让她知其所知，让我们面对一个事实："你表里不一，用的是两面手法"。表里不一，因此"你不必害怕深深凝视我的脸庞"也许不完全真实。我表里如一。我完全正直，你口是心非，你两面手法。你和我不再是一对儿。可能，现在是二加四，因为这一节开头的对句，现在也可以变成四句：

> I feel displaced
> 我觉得流离失所
> I got a low-down feeling
> 我感到消沉

You been two-faced

你表里不一

You been double-dealing

用的是两面手法

在这样的二加四之后又是三：冒险 / 陷落 / 舞（chance / trance / dance）。

紧接着这谴责性的一节，出现了另一个以二加四押韵开头的对句。一阵剧痛突然袭来，一种对无需指摘的愿望，一种对无法实现之幻想的渴望：

Oh, child, why you wanna hurt me?

哦，孩子，你为何要伤害我？

I'm exiled, you can't convert me

我被流放了，你无法让我改信

I'm lost in the haze of your delicate ways

我迷失在你精致手段的雾中

With both eyes glazed

双眼蒙上薄翳

或者是：

Oh, child

哦，孩子

Why you wanna hurt me?

你为何要伤害我？

I'm exiled

我被流放了

You can't convert me

你无法让我改信

这一段是隐晦的，就好像自身无法表达所有的感觉。要理解"我被流放了"并不困难——她流放了他，放逐了他，哪怕她也许不知道这是"下坡的那支舞"的结局。理解"你无法让我改信"也不困难。一个迷失的灵魂，"我迷失在雾中"。失去的时间无法找回，失去的信念也一样。但"我被流放了"和"你无法让我改信"之间是什么关系？流放到另一个国度，另一个大陆？超出了改宗的疆界，即便位置最有利的传教士也鞭长莫及？这令人浮想联翩。

> 我迷失在你精致手段的雾中
> 双眼蒙上薄翳

他承认，他明明白白看到了雾，甚至看到自己的双眼蒙上薄翳。这里，同样恰到好处。"双眼"：不是独眼杰克或吉尔[1]。如果他需要第三只眼，他可是长不出来。"我们何必继续透过望远镜看彼此呢？"那些在爱的显微镜下凝视彼此的日子，已一去不返了。

当他得出这个阴沉的结论，也就是意识到两人的恋情气数已尽：

> The vows that we kept are now broken and swept
> 我俩的誓言已破灭被扫到
> 'Neath the bed where we slept
> 我们曾共眠的床下

或者这样来排列：

---

[1]《独眼杰克》(One-eyed Jack)，马龙·白兰度自导自演作品，主人公被出卖并复仇。杰克和吉尔（Jack and Jill）出自儿歌《两只小黑鸟》(Two Little Black Birds)，两只小鸟寸步不离彼此，出入相随。——译注

The vows that we kept

我俩的誓言

Are now broken and swept

已破灭被扫到

'Neath the bed where we slept

我们曾共眠的床下

三连韵共眠于韵律之床。床上有三个人，那个小男人说，翻个身，翻个身。所以他们全都翻了个身，其中一个摔了下去。是那个小男人，他摔下去一次，在结尾前。流离失所[1]。床上有两人，小男人说，"我想我大概明天就会离去"，为了成全两人。永恒的三角？不，不是永恒的，因为时间是永恒施舍的怜悯。"哦，宝贝，是新过渡的时候了"。

这首歌，嬉戏冒险，是数字游戏的形式之一。"表里不一"（Two-Faced）不仅要与"我的脸庞"（my face）正面对决，还要与"宇宙"（this universe）对峙，两者均为旧式的"一对二"或"二对一"的变体。

You don't have to yearn for love, you don't have to be alone

你不需要渴望爱情，你不需要孤独一人

Somewheres in this universe there's a place that you can call home

宇宙某处总有一个你可以叫作家的地方

宇宙（universe）也许无垠，但却是独一、完整的，否则它就是一个多重宇宙（multiverse）。[2] 独一是一，完全孤立，且永远如此。但你不必孤独。"某处"（somewheres）这个词具有单义也可以多义，作为单数却有复数之感。

---

[1] "displaced"，歌词中曾出现，歌词译作流离失所，此处应是双关，也有被取代之意。——译注
[2] 加州大学的克拉克·克尔博士在20世纪60年代创造了"多科大学"（multiversity），因此赢得了荣誉或名誉扫地。不过，在他的伯克利分校举行的抗议活动是关于越南战争的。

这种形式的词在感觉上特别美式,《牛津英语词典》就引用巴特莱特的《美语词典》(1859)来解释,将其标注为方言。或俗语。但"somewheres"与"somewhere"的意思并不完全一致,就像美式英语中的"quite a ways"(距离相当远)不完全同于"quite a way"(程度相当高),罗伯特·路易斯·斯蒂文森曾在《金银岛》中妥当地使用过它:"我知道,你将船安置在了某处(somewheres)"。不是某一个地方而是许多可能的地方。"宇宙某处(somewheres)总有一个你可以叫作家的地方"。

贯穿全歌,"一"(one)这个数字(据《牛津英语词典》:"一个人自己,一个人自身及其利益")始终被眷顾,这完全合理,同时又朝向了"二","二"又朝向了"三"。因此当"半"(half)和"笑"(laugh)押韵,便不仅带来喜剧性的放松,还有一种数字游戏之乐。

> I guess I'll be leaving tomorrow
> 我想我大概明天就会离去
> If I have to beg, steal or borrow
> 即使我得乞求偷窃或借贷
> It'd be great to cross paths in a day and a half
> 一天半日后路上邂逅很棒
> Look at each other and laugh
> 我们望着彼此而笑

明天/借贷(tomorrow/borrow)这个对句,也让自己卷入一场"借贷",它借用了招摇恣意的三连音"乞求,借贷或偷窃"(beg, borrow, or steal)。既是借用,又进行了扭转:迪伦的"乞求,偷窃或借贷"(beg, steal, or borrow)有个快乐的结局,或者无论如何,也许是一个诚实的结局。(用波洛涅斯的话来说,"不要告贷,也不要借钱给人",但如果你确已借贷,请务必偿还。)与"乞求,借贷或偷窃"不同,"即使我得乞求,偷窃或借贷"没有沦入罪

377

中，它没当真考虑偷窃便悄然而过。如果不能化为己有，迪伦不会借东西。但"一天半日后"（a day and a half）最为生动。一天或两天之后，在路上邂逅，这当然很好……那"一天半日后"呢？要进行完美的分半计算，就必须有一个"但"，来做更多的减法：

> But I don't think it's liable to happen
> 但我不觉得这可能发生
> Like the sound of one hand clappin'
> 就好比一只手鼓掌的掌声

押韵的艺术，颇有禅意。如果另一个词完全缺席，仅有一个词，怎么来押韵？一个词的韵脚是什么，当它"不得不孤身一人"？发生/鼓掌（happen/clappin'）的押韵亲切又大胆，它们说明了一个漂亮的韵脚，往往得自偶然之间，却能赢得我们的掌声，同时也巧妙传达出恍兮惚兮之不可能之物，以变得迟疑的语气道出（我们最好不要太相信那些禅宗大师）："但我不觉得……"另一方面，我们不光只是想象，还能在《铃鼓手先生》[1]里看到、听到"单手自由地挥摆"。是的："是的，在钻石天空下起舞，单手自由地挥摆"。看得出，这不是"下坡"之舞。

这首歌即将走向终点，或者毋宁说，即将直面爱情已逝的事实。通过改变歌曲显而易见的模式，迪伦暗示我们：结局已临近。一种特别的模式向我们展现了三次：两节四行诗，伴随过渡性的对句。但在第三处，接续三重组合的不是四行诗，而是又一个过渡性的对句，这组对句引向的不是结局而是又一个过渡性的对句。在此之后，才是最终的一节四行诗，它孑然独立，前面的四行诗没有这样做过。不是四、四、二，而是二、二、四。"最终"一词，和"新的过渡"的引入相仿，起到了恰当的作用。这首歌的展开十分流

---

[1] 参见本书《铃鼓手先生》相关论述。

畅，但这个结尾却在缠绕、反转并自洽。

> Don't think of me and fantasize on what we never had
> 别想我或幻想我们从来不曾拥有的
> Be grateful for what we've shared together and be glad, oh
> 感谢我们曾共享的一切而且快乐些，哦
>
> Why should we go on watching each other through a telescope?
> 我们何必继续透过望远镜看彼此呢？
> Eventually we'll hang ourselves on all this tangled rope
> 那样最终我们会吊死在这缠结的麻绳上
>
> Oh, babe, time for a new transition
> 哦，宝贝，是新过渡的时候了
> I wish I was a magician
> 我希望我是一位魔术师
> I would wave a wand and tie back the bond
> 我会挥一挥魔杖再重新系上
> That we've both gone beyond
> 那我们早已远离的纽带

在现代英语中，无论是美式英语还是英式英语，"共享"（share）这个词没有被好好利用。几乎每一天，你都会读到"他们有共同之处"（share something in common），或者他们"共享了它"（share it）的说法。所以我希望我的激赏是对的，激赏迪伦的这一句："感谢我们曾共享的一切而且快乐些"。这不是通常那种言过其实的表达，而是洋溢着某种曾经荡起的幸福之感。"共享"：我们曾共享一张床，"我们曾共眠的床"（像他刚刚唱过的那样），我们曾共眠，我们曾在同一张床上。"快乐些"。

押韵可以是一支魔杖。我希望它是。过渡 / 魔术师（transition / magician）之间的押韵是一种俏皮的巫术，在希望 / 魔术师（wish / magician）的窸窣中，也能听到它的回响，我们当然也知道有很多事情，即使再多的韵律也无法影响和改变。最终，这首歌完美收官于三连音的四重韵中，这种押韵方式第一次出现也是最后一次，挣脱了此前的束缚。

> I would wave a wand and tie back the bond
> 我会挥一挥魔杖再重新系上
> That we've both gone beyond
> 那我们早已远离的纽带

"哦，宝贝"。现在商量好了。

《好好待我，宝贝（待别人）》

既是恳求又是保证，《好好待我，宝贝（待别人）》中的告诫，全都说给了一个女性，它们皆始于对基督告诫的援引，他让人审慎行事。他说："你们不要论断人，免得你们被论断。因为你们怎样论断人，也必怎样被论断；你们用什么量器量给人，也必用什么量器量给你们。"（《马太福音》7:1-2）这首歌的第一句，漫不经心也不太严肃，似乎故意让基督放心："不想论断什么人"。别劝告我不要做什么，我也不想做。所以问题没有出现，只不过它确实出现了。圣言的确启发了他，在"不想论断什么人"之后，便是"不想被论断"。只不过，这首歌并不怎么想一分为二。基督给出了我们随处论断未免轻率的理由（你不想被论断，对吧？），但这首歌却并不想费心进行任何这样的论证。歌中没有对应这一连串论证："你们不要论断人，免得你们被论断。因为你们怎样论断人，也必怎样被论断。"三思而行。"通达人见祸藏躲"(《箴言》22:3)。"我智慧以灵明为居所"(《箴言》8:12)。

"不想论断什么人，不想被论断"。第二个说法，不是从第一个说法中推断得出的，而仅仅是跟着它，平淡地、无精打采地跟在后面。《好好待我，宝贝（待别人）》显然没兴趣加入或解决争论。它真正想做的是走过——或穿过——由它不愿做的所有事组成的长长清单。如果不是轻妙的乐音被适时弹拨，如闪烁于流水上的光（这是我们听到的第一样东西，伴着器乐，心智灵明，毫不昏沉），你也许会担心听到的只是少年没完没了的絮叨"不想"，到最后要重复三十三次，这是一个可能注定会让人感觉沉闷、沮丧的短语。"想"（wannabe）的可能是坏消息，但"不想"（don't-wannabe）的会更糟糕。

> Don't wanna judge nobody, don't wanna be judged
> 不想论断什么人，不想被论断
> Don't wanna touch nobody, don't wanna be touched
> 不想触摸什么人，不想被触摸
> Don't wanna hurt nobody, don't wanna be hurt
> 不想伤害什么人，不想被伤害
> Don't wanna treat nobody like they was dirt
> 不想对待什么人如同污泥

但是等等，还有一个"但"。

> But if you do right to me, baby
> 但你若好好待我，宝贝
> I'll do right to you, too
> 我也会好好待你

Got to do unto others

你要待别人

Like you'd have them, like you'd have them, do unto you

就像你想要他们，就像你想要他们，如何待你

这是个交易。"Don't"，出现了七次，但之后，do...do...do...do：交易完成。

"待别人……"：听起来像个交易，岂不更糟糕？是不是，像另一种补偿，一种口是心非的交易，一种诱惑，一种精心的算计？

这是最后的诱惑，最后一笔账

最后一次你能听到的登山宝训

(《流星》)

即使背后有基督的权威[1]，在我们应如何"待别人"一类问题上，也会有这样的怀疑，即这不过是投桃报李[2]。因而，当艺术要表现"待别人"之道，困难在于如何避免有一丝一毫的暗示，把爱和道德简化为一场精心的算计。这是一种不洁的暗示，甚至更糟。弥尔顿在《利西达斯》(*Lycidas*) 中，当他意识到自己的意图，或意图之一，是纪念一位死去的朋友，他不得不采用一种富有想象力的纯净语体。

愿温柔的缪斯

用幸运的话语眷顾我命定的瓮棺

1　迈克尔·格雷仁慈地留意到登山宝训(《马太福音》7)。"基督的禁令'所以无论何事，你们愿意人怎样待你们，你们也要怎样待人'，在现代圣经中被变成'你们要别人怎样待你们，便怎样待别人'"。(《歌与舞者》第三辑，2000年，第244页。)

2　为支持他对这首歌的解读，格雷尔·马库斯（Greil Marcus）挖苦道："迪伦接受的真理从来没有威胁到非信徒，他们只是使灵魂冷静，那是因为他提供了一个特别被删节和降级版本的美国原教旨主义"(《新西部》[*New West*]，1979年9月24日)。很快会受到威胁的并不是非信徒。

如他离去时一样
予我黑色尸衣美好安宁

让这首诗远离任何肮脏交易的，首先，是转折处的温柔语调，而后，是愿望的精雅谦卑，希望一位后继的诗人，会顺带回过头来祝愿——致弥尔顿，其时已故去的诗人——不是祝他拥有声名（你也许会如此设想），而是安宁，美好安宁。

《好好待我，宝贝（待别人）》不在乎精雅。相反，它在幽默中找到了纯净，在那些事与愿违的微小不安中寻找幽默的笑点。幽默并非毫无意义，因为严肃之事，如拯救和诅咒之类，正是其核心。好书中的好句子会一开始就被触及。

> Don't wanna judge nobody, don't wanna be judged
> 不想论断什么人，不想被论断
> Don't wanna touch nobody, don't wanna be touched
> 不想触摸什么人，不想被触摸
> Don't wanna hurt nobody, don't wanna be hurt
> 不想伤害什么人，不想被伤害
> Don't wanna treat nobody like they was dirt
> 不想对待什么人如同污泥

歌词从登山宝训（"不要论断……"）转到了墓园（《约翰福音》20:17），抹大拉的玛利亚赞颂复活的救主耶稣："耶稣说：'不要摸我。'"不想被触摸。也许拉丁文听起来更好：Noli me tangere。迪伦从"论断"马上转移到"触摸"（他的尾韵，拖长的尾韵，论断／触摸［judged/touched］，判断准确），这要归因于《圣经》中的时刻，也许还部分归因于（鉴于这首歌与身体如此相关）多马的希望，以及同一章稍后出现的圣约翰，用触摸圣体来验证耶稣的复活，另外，要归因于抹大拉的玛利亚曾卖淫为生的经历。她的永生，靠的是别的方式，是通过（例如）称颂耶稣为救主而获得。

后续的词语同样足够简单，它们所保持的中正平衡也是——"不想伤害什么人，不想被伤害"——但所有这些，同样可能负载了《圣经》的沉重训诫。《以赛亚书》11:9："在我圣山的遍处，这一切都不伤人、不害物。"即使那些看起来平凡不过的表达——"不想对待什么人如同污泥"——所包含的，也不仅有日常习惯性的轻蔑，还有上帝的敌人们要遭受的《圣经》中的永恒惩罚（上帝和他的仆人们保留了伤害的权利）。《诗篇》18:42："我捣碎他们，如同风前的灰尘；倒出他们，如同街上的泥土。"

然而，这并不是迪伦的个性，即便是在《慢车开来》（注意，《慢车》警告：要审慎）这样的宗教性专辑中，他也不会让自己的歌词只是依赖上帝的话语。"不想触摸什么人，不想被触摸"：从人性的角度，这是对的，理由有二，这是这首歌道及的第一种感官，尽管歌曲本身自然是通过听觉吸引我们的。

一般而言（并非公正？），触觉被认为比视觉与听觉劣等，被排斥、贬低为一种低级的身体感性。有机会改变吗？"不想触摸什么人，不想被触摸"，这句歌词听起来可能有一种禁欲之感，但我们从标题及副歌可知，没有什么人礼貌地说"在场者除外"。不想触摸什么人，宝贝。"但你若好好待我，宝贝……"

另外，触觉是唯一可以交互共有的感官。我可以看见你，而你看不见我，我可以听到你，你却听不到我，或者尝到你的味道，而你却尝不到我，或者闻到你，你却闻不到我——尽管事实是，动词"闻"（to smell），像动词"尝"（to taste）一样，可以有及物或不及物的特别用法：我可以闻到你，或者我可以闻闻（简简单单），我可以品尝美味，或者我尝起来不错。但在五种感官之中（第六感更加神秘），唯独触摸就是被触摸。我无法在触摸你的同时不被触碰。因此尽管"不想触摸什么人，不想被触摸"或许听上去与"不想论断什么人，不想被论断"完全一样，但"论断"是一种将要素简单并置的思路，而触摸的感觉建立在其要素的不可分割、共生之上，二者缺一不可。简言之，如果你想他人如何待你，便要如何对待他人。

这首歌曲也许拒斥，或表面上拒斥了许多的罪。骄傲："不想论断什么人"。贪婪："不想欺骗什么人"，以及"不想与什么人结婚，倘若他们已婚"。（"不可贪恋人的妻子"——这里说的是色欲。）愤怒："不想枪击什么人"。这些罪中，可能还有嫉妒："不想击败什么人，倘若他们已败"。没有提到"暴食"，它大概在外就餐，还有"懒惰"，还赖在床上。但这首歌的目的，不完全在于依靠自身来行公义（do right），如上帝所为（《创世记》18:25）："审判全地的主岂不行公义吗？"（想论断每个人。）"上帝仍然是法官，魔鬼仍然统治着世界，那么有什么不同呢？"（《放映机》）

《好好待我，宝贝》会让我们犹疑不定：究竟何为公义待人（do right to somebody）——

> 但你若好好待我，宝贝
> 我也会好好待你

——相对于他人行善（do right by somebody），或（老话说得好）善待他人（doing somebody right，让他们得到"不偏不倚的对待；公平的决策；以及公正"），或（比如说）公正待人（doing justice to somebody）。"好好待我"：这个说法似乎是对一般期待的小小变异（deviation）。但这种变异是整首歌的基础，一种模式生成并受到重视，却又不断自我调整，这才是善待与被善待之道。因此开头一节，在彼此对称的前三行之后，"常"中也有了"变"：

> 不想论断什么人，不想被论断
> 不想触摸什么人，不想被触摸
> 不想伤害什么人，不想被伤害

——第四行，并非是一种天平的摆荡，而试图通过放弃可预知的对照，来主动求变:"不想对待什么人如同污泥"。于是,四行诗节最后破格的一行也变得可以预期了,自然而然成为模式的一部分。因此在第二节(四行副歌之后),这一操作似乎再一次出现:开始是——

> 不想枪击什么人,不想被枪击
> 不想收买什么人,不想被收买
> 不想埋葬什么人,不想被埋葬

——收尾于:"不想与什么人结婚,倘若他们已婚"。但,这与"不想待他人如同污泥"的结构又不尽相同,尽管会让人联想,待人如同污泥的方式之一,就是与他人的配偶私奔。这一次,第四行看起来也包含我们熟悉的对照(如"枪击"/"被枪击",等等),在这里是以"结婚"来对"已婚"。好笑的地方是,这一次你不能再完成一个对仗的句式,如"不想和什么人结婚,不想被结婚",除非你不介意这样胡言乱语。找个人结婚,无论喜欢与否,就是已婚。你无法与某人结婚但又是未婚,尽管不得不承认人们某种程度上一直奢望如此。"不想和什么人结婚,倘若他们已婚":这样的谦恭,让事态好转。[1]

随后的第三节,在模式上,要更为自由。这一次,并未出现如下铰接的三行歌词——

> 不想论断什么人,不想被论断
> 不想触摸什么人,不想被触摸
> 不想伤害什么人,不想被伤害

---

[1] 《另外一些歌……》:"当我消失在路上/和一个饥饿的女演员/手挽手/(无论更好或最好/生病或疯狂)/我愿意娶你/我已经结婚"。(《鲍勃·迪伦诗歌集:1962—1985》,第155页)

紧跟着形单影只的一行：

> 不想对待什么人如同污泥

这也是第二节的模式：

> 不想枪击什么人，不想被枪击
> 不想收买什么人，不想被收买
> 不想埋葬什么人，不想被埋葬

——继而：

> 不想与什么人结婚，倘若他们已婚

然而现在，这样的模式变了，变成一行对仗，一行独立成句，二者衔接，交替重复，而不是三句加一句。

> 不想焚烧什么人，不想被焚烧
> 不想从什么人那里学习我要抛却的东西
> 不想欺骗什么人，不想被欺骗
> 不想击败什么人，倘若他们已落败

不断推进这首歌展开，也不断调动我们情绪的，是这样一种感觉，它逐渐形成，确信所有期待的落空可以带来新的欢欣。真爱之歌从来不会平顺。因而"不想焚烧什么人，不想被焚烧"之后，便是"不想从什么人那里学习……"——听到这里，你的脑子里要一闪念，知道后面接的不可能是"不想被学习"之类。要意识到，也许该抛却某些习惯了。(然而，"学习意味着忘却"。[1]) "不想从什么人那里学习我要抛却的东西"。由是，还是四行诗节，却不同于前面诗节的模式：

> 不想焚烧什么人，不想被焚烧
> 不想从什么人那里学习我要抛却的东西
> 不想欺骗什么人，不想被欺骗
> 不想击败什么人，倘若他们已落败

不是说（我承认）我不想击败什么人，只是说击败落败或曾经落败之人，这构不成挑战。

所谓模式，就是习惯成自然。第四节以另一种方式来显示差异。一开始，它好像要重复先前几节的做法，先是正反的对照，而后直接冒出一个单句：

> 不想向什么人挤眼，不想被挤眼相向
> 不想被什么人当作门垫践踏

而后，眨眼之间，这两行歌词起到的作用，不是作为一块门垫，而是作为一个发射台。因为随之而来的，是全新的句式，结尾两行采用了每一个诗节开头的对照形式——以及韵脚别致带来的逗乐之感（而非迷惑），这韵脚存在于句子之中，也存在于句子之间，让胡话快活地连篇，乐于从简单的真实上升成离谱的谎言，然而也有严肃的真实蕴含其中：

---

[1] 布莱斯勋爵（Lord Bryce），引自《杰弗里·马登笔记》。J. A. 盖尔和约翰·斯帕罗编（1981年），第28页。

Don't wanna wink at nobody, I don't wanna be winked at

不想向什么人挤眼，不想被挤眼相向

Don't wanna be used by nobody for a doormat

不想被什么人当作门垫践踏

Don't wanna confuse nobody, don't wanna be confused

不想迷惑什么人，不想被迷惑

Don't wanna amuse nobody, I don't wanna be amused

不想逗乐什么人，不想被逗乐

我不相信你（他表现得好像我们从未达到他的期待）。

　　轮到最后一节了，这一节为了自我突出使用了更多的花招，但也不是对其他诗节及其自身不理不睬。

Don't wanna betray nobody, don't wanna be betrayed

不想背叛什么人，不想被背叛

Don't wanna play with nobody, don't wanna be waylaid

不想与什么人嬉戏，不想被伏击

Don't wanna miss nobody, don't wanna be missed

不想惦念什么人，不想被惦念

Don't put my faith in nobody, not even a scientist

不要相信什么人，即便科学家也不行

第一行不出所料：以"背叛"来对"被背叛"。但到了第二行，"嬉戏"（play）与"被伏击"（waylaid）如何相对？这行最后的叠韵词（way-laid，是真正的叠韵）有趣得出乎意料，跳脱常规（way out）。到现在我们才明白，既然动词可以有正有反，那公平起见，动词本身也可改变。被反复训练十几次后，我们才接受了那个模式。可现在，"不想与什么人嬉戏"——好吧，后面接续的，不是"不想被嬉戏"，而是"不想被伏击"（我们遭受了伏击）。显然，他的确想跟什么人嬉戏。跟她。但好在也是跟我们。爱是戏弄，爱是取悦。

但到了"不想惦念什么人，不想被惦念"这一句，我们会搞清状况。（除非我们记得"惦念"［miss］这个词可能完全不同的意思，我们也会有所错过［miss］。）随后是最后的一行（以及最后的副歌）："不要相信什么人，即便科学家也不行"。再一次，我们能从这个句子中搞清状况：那就是，遇到了前所未有的状况。因为这首"不想"之歌，突然改变了它最需要诉说的内容。不再是他不想做的事，而是他没有做的事。"不要相信什么人，即便科学家也不行"。这首歌，开始于基督教信仰，最后谈论的是自大的轻信，轻信自己已取代了宗教，或把宗教降格到自己这里。"即便科学家也不行"——这一句破空而来。"不要相信什么人"，还是心照不宣的"在场者除外"。相信我，就像我相信你。保持信仰，他对她说，但同样也对自己说。因为这是你善待他人的方式之一。

> 但你若好好待我，宝贝
> 我也会好好待你
> 你要待别人
> 就像你想要他们，就像你想要他们，如何待你

通过善待彼此，他们将很有可能善待他人，就像这首歌，在节制的诙谐中善待了我们一样。

节制（节德）

《爱不减/无限》

"起来吧，起来吧，"他大声喊着
声音毫无克制
"出来吧，无与伦比的君王和王后们"
听听我悲伤的怨言

《我梦见我看到了圣奥古斯丁》。同样，我也梦见我听到了他。当你（洞洞惺惺之时）读他的《忏悔录》，它不只是悲伤的怨言，你会听到加以约束的声音。带着激情，是的，也带着信念，但并没有声嘶力竭。在迪伦的召唤中，他独特的押韵是一种约束——韵的功能往往如此，一种容纳激情的方式。

不加约束的声音，就是一种不加"节制"的声音。这种美德，就像它的姐妹审慎一样，也许不如"四枢德"其他成员那么强健，但人们永远不该小觑"不高估事物"的力量。节制所属的一众词汇也许看上去所求不多——适度、分寸、清醒、自我控制、自我约束——但是，不过分要求正是其关键所在。至于可能采取的已知形式，上佳之法就是懂得适时知足。这也被称为节制。

在激怒、激情、欲望等方面限制自己的行为或习惯；理性的自我约束。（四枢德之一。）

在任何形式的行为中，在表达意见等方面的约束和节制；抑制任何激情行动的倾向；早期用法中尤指被激怒或不耐烦时的自我控制、约束或忍耐。

(《牛津英语词典》)

节制是一种美德，不俗，却知俗。
  她知道没有成功能及失败
  而失败也绝称不上成功

  她懂得太多不想辩解或评断

本杰明·富兰克林说："三人死二人，秘密能保存。"本杰明·乔伊特（Benjamin Jowett）说："尽量不欺骗。"（说给一个杂货商，他说诚实的商人无法生存）。本杰明·迪斯雷利（Benjamin Disraeli）说："除了知道何时抓住机会，生活中最重要的是知道何时放弃利益。"[1]这些话还只是本杰明们说的。

不用说（这，也是个节制的说法），还存在一种激进的观点，认为节制不过是拖延、软弱、逃避的代名词。避迹藏时。

  那些抑制欲望的人，之所以如此是因为其欲望脆弱，抑制得住；抑制者或者说理性侵占了它的位置，统治了不情愿的它。
  由于受到抑制，它在某种程度上成了被动的东西，最终成为欲望的影子。

(《天国与地狱的婚姻》[2])

威廉·布莱克构想过最无度的纵情社会，他可以宣称"够了！或许太多了"，

---

[1] 富兰克林（Franklin），《穷理查年鉴》(Poor Richard's Almanack)，1735年7月。另外两条见：《杰佛里·马登笔记》，J. A. 盖尔和约翰·斯帕罗编（1981年），第112、152页。
[2] 译文引自《布莱克诗集》，张炽恒译，上海三联书店，1999年，第187页。——译注

也可以断言"傻瓜如果坚持自己的愚蠢，就会变得聪明起来"[1]，以及"超脱之路通往智慧之境"。可他还是有雅量地称这些荒唐言论为《地狱的箴言》[2]。他也会同意 W. H. 奥登的擅自改写："超脱之路通往绝望深渊"。

即使迪伦的歌有所要求，它常常不是要求更多、更多、更多，而只是要求"再多一次"，《再多一个周末》《再来一杯咖啡》《再多一个夜晚》，或（再举一个例子）《亲爱的，再给我一次机会》。和你好好相处[3]。都意在为欲求设限。而标题中就有"限制"（limit）一词的那首歌——尽管歌中完全没有这个词——是一首节制之歌：《爱无限 / 不减》（"Love Minus Zero / No Limit"）。

无限：这听来肯定不节制，而当迪伦（在《甜妞宝贝》里）唱出"女人带来的烦恼，其总量真是没有上限"，更是刻意为之。这一行被最为悲伤地唱出，这悲伤与指控本身的真伪无关，而是当如此推诿从未提供任何安慰，就要诉诸这样的悲伤怨言。我们想倾吐的怨愤没有上限吗？《甜妞宝贝》纠结于这个问题，无休无止。

> 甜妞宝贝一路向前
> 你不要没头没脑
> 你已经离开我多年
> 不妨就这样继续向前

无限：因为天空才是界限。（"而除了天空，再无任何栅栏阻挡"[4]）不过《爱不减 / 无限》这个标题，还保留了神秘感，迪伦说明过部分，就那么一

---

[1] 译文引自《布莱克诗集》，张炽恒译，上海三联书店，1999年，第189页。——译注
[2] 布莱克同样严厉批评审慎，认为"审慎是一个富有、丑陋、被无能追求的老处女"。见本书《天还未暗》相关论述。
[3] 贝克特《梅西埃与卡米耶》（1974年），第31页：
　　晚上好，我的孩子们，梅西埃说，现在要跟你们好好相处了。
　　但他们没有和他们相处，没有，而是站在他们原地，他们攥紧的小手来回轻轻摇晃。
[4] 《铃鼓手先生》。

次，他说了这首歌的标题，把它叫做"'爱减零'除以'无限'"（*Love Minus Zero over No Limit*），说它"有点像一个分数"。[1]这首歌力图节制，它变得破碎，分裂。"爱减零"被"无限"所除？无从解释，甚至无法想象，但这也就设定了一个人可以解释或想象的限度。这是一个有点怪的玩笑。

奥登曾提出一个有趣的区分，有些诗的标题可从诗句中猜出，有些诗则不能。不是说哪一种更好，只是说它们可能是极为不同的类型。如果你无法从某首歌的歌词中猜出标题，比如《在风中飘荡》，或《满眼忧伤的低地女士》，又或《若非为你》，那可能是你有问题。还有一些歌，准确猜出标题可能得碰运气（如《慢车》，标题并不是《慢车开来》，以及《被弃的爱》）。还有另一种情况，不得不承认，有些歌如果你哪怕有一刻以为可以猜出题目，那才是你有问题。不可能的，比如《爱不减/无限》。不仅如此，在歌中你甚至几乎听不到任何可能的标题。因为歌曲的标题大多不会被唱出来，这意味着歌曲的标题和诗歌的标题完全不同，后者在目光扫过诗行之前就会被眼睛准确地看到。哪怕只是听到一首诗（诗歌朗诵），诗人也会念出标题。

《准是第四街》。《恰如大拇指汤姆蓝调》。还有《爱不减/无限》。这些标题稀奇古怪，非比寻常。打破了歌曲的常态界限。听见的乐声虽好，但若听不见却更美。[2]在听得到的旋律中听不到的标题，那些在专辑中听不到、在演唱会上也鲜少能听到的标题，还有那些（更有甚者）不可解析的标题，有一种既甜美又酸楚的感觉。

还是威廉·布莱克：

  离开对立面就没有进步。吸引和排斥，理性和力，爱和恨，对人的生存都是必需的。

---

1 纽卡斯尔（*Newcastle*，1965 年 5 月 9 日）；作为《别回头》（1999）DVD 上的一个附赠曲目。
2 出自济慈《希腊古瓮颂》。——译注

对立同样是《爱不减/无限》存在之必需。

My love she speaks like silence
我的爱人说话不用言语
Without ideals or violence
不带理想或暴力

无论怎么看,这是一个富于深意的押韵。用"不用言语"(silence)这样一个词来押韵,本身就引人好奇,因为一个韵就是一个声音;这个词的含义与它事实上的声效相互矛盾,形成错位。不用言语/暴力(silence/violence):这不完全是一个粗暴的押韵(完全不粗暴的押韵?),但你也可以听出它并不完美。(用"不用言语"[silence]这个词来押韵能够完美吗?这首歌让你总是想顺便问上一句。)因而这首歌一开始就有暴力性,但某种意义上又合辙押韵。就像本·琼森的杰作《一组反押韵的押韵》[1](以它本身的暴力)一样。

"不用言语"与"暴力":"理想"(ideals)和"暴力"(violence)放在一起是不是也,意外地,很合适?罗伯特·洛威尔曾言:"理想主义和暴力有隐秘的关联。"[2] 当被问及美国的暴力,洛威尔曾说这是一个"建立在宣言上的"国家,也说到一段理想主义的奋斗史,但他也承认不为人知的另一面:"我认为,这一点与理想和国家权力都有关系。对于这些年轻人来说,其他的事情都很乏味,可暴力不乏味。"和迪伦一样,洛威尔懂得,在你不能只保持沉默,还必须要说点什么的时候,难题才临近。

在《李尔王》的开头,父亲硬要三个女儿宣示对他的爱。考狄利娅并不知道如何应对。她有一段旁白(旁白是一种言说和沉默的复合体,就像自言

---

[1] 其中包括这样的诗句:"第一个发明你的人,/愿他的关节受尽折磨,/永远蜷缩;/还要祝音节(syllables)与时间龃龉,/还要祝理性与押韵征战,/永不止息……" Syllabes 即 syllables,音节。
[2] 引用本人一篇关于洛威尔的文章,《诗的力量》(*The Force of Poetry*,1984 年),第 263—265 页,洛威尔的话说于 1965 年。

自语也是):"考狄利娅应该怎么好呢？默默地爱着吧。"她的爱，在沉默中表现。或者说她希望如此。但在不公正的结局里，这一点，不能满足李尔。她的无言，就是拒绝去安慰他（我们别再装腔作势了），这激怒了他。

"你有些什么话，可以换到一份比你的两个姊姊更富庶的土地？说吧。"
"父亲，我没有话说。"

"年纪这样小，却这样没有良心吗？"
"父亲，我年纪虽小，我的心却是忠实的。"[1]

忠实像冰，像火，忠实更像爱。当迪伦提问并作答，回应也许就藏在括号里，自带无声的暗示，没有言语。

(你要爱？
没有爱
除了在沉默中
沉默从不说话)[2]

或者，用布莱克的话来说：

别试图吐露你的爱情——
那不能吐露的爱情；
因为那和风轻轻飘移，

---

1 译文引自《莎士比亚全集》第九卷，朱生豪译，方平校，人民文学出版社，1978年4月，第152—153页。——译注
2 《11篇简要悼文》，《鲍勃·迪伦诗歌集：1962—1985》(1985年)，第114页。

默默地，不露形迹。[1]

"不用言语"（silence）和"暴力"（violence）的押韵刚中带柔，洛威尔在翻译让·拉辛（Jean Racine）的《费德尔》（*Phèdre*）时也用了这一对韵。相比于迪伦，洛威尔通过在韵律中强调"violence"中多出的音节（迪伦反之）来使这个押韵更紧张：

> Lady, if you must weep, weep for your silence
> 女士，如果你一定要哭，为你的沉默哭吧
> that filled your days and mine with violence.
> 它让你和我的日子充满暴力。

迪伦开头使用的对句，没有这样的尖锐、急躁：

> My love she speaks like silence
> 我的爱人说话不用言语
> Without ideals or violence
> 不带理想或暴力

尽管没有明说，但迪伦和洛威尔都在启示你，去思考理想主义和暴力之间的隐秘联系。《工会日落西山》是迪伦一首很久以后的歌，它显然是一首政治歌曲，对于暴力的谴责与洛威尔的世界观很接近：

> Democracy don't rule the world
> 民主不统治世界

---

[1] 译文引自《布莱克诗集》，张炽恒译，上海三联书店，1999年，第103页。——译注

You'd better get that in your head

你最好明白这件事

This world is ruled by violence

这个世界由暴力统治

But I guess that's better left unsaid

但我想还是不说出来更好

From Broadway to the Milky Way

从百老汇到银河

That's a lot of territory indeed

确实是巨大的版图

And a man's gonna do what he has to do

一个男人别无选择

When he's got a hungry mouth to feed

当他饥肠辘辘

这里的黑色幽默，不是来自"不用言语"（silence）和"暴力"（violence）之间狂放又温柔的韵脚，而是来自"暴力"（violence）的位置（扮个鬼脸），这个词引出的不是沉默（silence），而是"但我想还是不说出来更好"，就像是意义的相押而非声韵上的相押。最好不说出来、不发出声音来的词，正是"不用言语"（silence），它在别处全力以赴补偿"暴力"（violence）。当"版图"（territory）这个词冒出，想到对"这个世界由暴力统治"的强调，这块版图或许也染上了恐怖的色彩。当"头"（head）变成了"嘴"（mouth），当"银河"（Milky Way）哺育了"饥饿的嘴"（hungry mouth）[1]，一个世界（"从百老汇到银河"）就从《工会日落西山》中蔓延扩张开来。幸运的是，"审慎"插

---

[1] 银河离我们很远，但考虑到这个短语的起源，即来自一个神秘乳房的奶水，这个想法并不牵强。也可参见《牛津英语词典》，2b：女性乳房的区域。

了一句话，自然而然地提醒："你最好"以及"我想还是不要说出来更好"。

《爱不减/无限》中的爱人，还有没说出的事：

> My love she speaks like silence
>
> 我的爱人说话不用言语
>
> Without ideals or violence
>
> 不带理想或暴力
>
> She doesn't have to say she's faithful
>
> 她不必说自己忠贞不贰
>
> Yet she's true, like ice, like fire
>
> 但是她真真实实，像冰，像火
>
> People carry roses
>
> 别人拿玫瑰
>
> Make promises by the hours
>
> 作出几小时的承诺
>
> My love she laughs like the flowers
>
> 我的爱人灿笑如花
>
> Valentines can't buy her
>
> 情人节礼物无法收买她

这一节的押韵格式十分简洁。第一行和第二行押韵（不用言语/暴力［silence/violence］）；第四行和第八行也押韵（火/收买她［fire/buy her］）；押韵的还有第六行和第七行（几小时/花［hours/flowers］）。只有第三行和第五行不押韵。这里存在一种交错的默契，没有哪个词与"忠贞"（faithful）押韵，也没有哪个词与"玫瑰"（roses）押韵。（但"玫瑰"和"花"，又双双出现在歌行的结尾，显然在意思上有所呼应。）这也会引发关系的构想，不仅有押韵行间的关系（我们一贯这么干），还有不押韵行之间的关系。她的忠贞与玫瑰一点关系没有。然而,这首歌没有说——不必说——她的忠贞已超越应有的程度。她已是忠贞的化身,遍布这赞歌的字里行间。

"别人拿玫瑰":"拿"此处暗示着某种步态,某种使命,甚至是情场上的某种武器——一个志在必得、赢得芳心的战场。但并不是因为有人拿了玫瑰(送给她,或为了表达更宽泛的爱慕),她就忠贞不贰。不是这个用意。无论如何,生活中人们拿玫瑰常常是因为他们曾经——或者曾试图——心猿意马。如回家途中购买的花束。而她的内心没想过"玫瑰"(roses)应该押韵,也没想过"忠贞不贰"(faithful)应该。忠贞,就是她的本心。别人拿玫瑰。她赢得玫瑰。

> My love she laughs like the flowers
> 我的爱人灿笑如花
> Valentines can't buy her
> 情人节礼物无法收买她

花朵的开放常被形容为"笑"或"微笑",不仅让你快乐,它们自己看起来也很快乐。

第一节的三对押韵有一个共同点,就是在到底需要多少音节这个问题上,犹豫不决。先用"不用言语"(silence)的两音节对应"暴力"(violence)的两或三音节,再用"收买她"(buy her)的两音节对应"火"(fire)的一或两音节——而后"几小时"(hours)和"花"(flowers)徘徊成双[1],带来改变。同样,还有另一种犹疑,藏在不起眼的"by"之中:"做出几小时的承诺"(Make promises by the hours)。这个"by"既指向"赌咒或发誓"的条件——"做……承诺"(make promises by)——也可变成时间意义上的"by":

---

[1] 洛威尔也为这种犹疑所苦:"老人常依旧变得更美,/时间汩汩流逝,噙住他们的眼泪。""时间"(Hours)和"眼泪"(Tears)都不确定它们有多久。(《母亲和父亲1》,引于《历史》,1973年。)

"几小时"（by the hours）。

不过该说说第二节了。第一节的第一行和第二行这样押韵：

> My love she speaks like silence
> 我的爱人说话不用言语
> Without ideals or violence
> 不带理想或暴力

第二节有所改变，第三行押了与前面同样的韵，而"反复"（repeat）一词，则确保我们感觉意外但不至吃惊：

> In the dime stores and bus stations
> 在廉价商店和公车站
> People talk of situations
> 有人聊着眼下的情况
> Read books, repeat quotations
> 看书，反复引经据典
> Draw conclusions on the wall
> 在墙上论断一通

不过，不仅是双行押韵变成了三行（车站／情况／引经据典［stations/situations/quotations］），也不仅是"情况"（situations）一词完全包含或者吞没了"车站"（stations），还有"-ions"这个抽象的后缀不断出现，直至"论断"（conclusions）。有人（这个稍显轻蔑的说法再次出现：有人拿玫瑰，有人聊着眼下的情况）阅读墙上的笔迹，他们反复的引述本身，就是对未来的论断。

Draw conclusions on the wall

在墙上论断一通

Some speak of the future

有人高谈未来

基于某事来论断（conclusions on），而非从某事中论断（conclusions from），尽管后者常常更快。《但以理书》5 写道：

> 当时，忽有人的指头显出，在王宫与灯台相对的粉墙上写字。（5:5）

> 所写的文字是，**弥尼，弥尼，提客勒，乌法珥新**。讲解是这样：**弥尼**，就是神已经数算你国的年日到此完毕；**提客勒**，就是你被称在天平里，显出你的亏欠。（5:25-27）

在后来的这首歌中，迪伦从"灯台"（the candlestick）一词中撷取的，不仅有"烛光"（candles）还有点亮蜡烛的"火柴"（matchsticks），"数算"（numbered）这个词或许也与"不减"（Minus Zero）有关。《但以理书》同一章中，还有"各方"（people）、"战兢"（tremble）、"哲士"（wise men）、"赠品"（gifts）；还有"说"（spake/speaks）、"说"（said/say），以及"当夜"（that night）（"夜里"[the night]和"午夜"[at midnight]）。"王"（The king）降级为"卒子"（the pawn）。[1]

"你被称在天平里，显出你的亏欠"。在这首歌中，最终，究竟谁会被称在天平里，显出亏欠？

---

[1] 《黑暗的眼睛》可能引用了《但以理书》的这一章，其中的"堕落的速度和钢铁之神"，是被两次唤起的"金、银、铜、铁、木、石所造的神"加速了的现代化的合成物。

这一节的押韵格式——因为"墙"(wall)和"绝"(all)押韵,"未来"(future)和"失败"(failure)也以其空洞的发音方式,令人不安地押韵——只有第五行不押韵:"我的爱人轻声细语"。不以"轻声细语"(softly)(如此安静)押韵,这感觉很好,但这一行又在别处押韵,与别的东西相呼应,对应于"我的爱人说话不用言语",毕竟,"轻声细语"和"不用言语"差不多安静。这样的思绪依然难以捉摸,甚或引人遐想:

> 有人高谈未来
> 我的爱人轻声细语

"有人高谈未来":这一行没有如意料的那样,继续强化与我的爱人说话方式之间的差异。未来究竟相对于什么而言?"我的爱人轻声"——听好了——是"轻声细语"。这是不是说那些高谈未来的人说话生硬且嘈杂?是的,他们的确,经常如此,妄自尊大,不仅预告,而且宣言。因此我的爱人,她不是在高谈未来,而是在轻声细语。

> 她的声音总是那么柔软温和,
> 女儿家是应该这样的。
>
> (《李尔王》,第五幕第三场[1])

女人带来的烦恼其总量真是无限。李尔王,当他站在考狄利娅的尸身旁边,谈起往事,爱在他心中重燃。在这部戏的开头,她还能说"没有",现在,她只能沉默。

"我的爱人轻声细语":轻声细语,是因为现在与过往有某种力量,能让

---

[1] 译文引自《莎士比亚全集》第九卷,朱生豪译,方平校,人民文学出版社,1978年4月,第271页。——译注

我们更安静、更节制地诉说。另一方面，未来，还有待攫取，而攫取是喧闹的。我的一位朋友，马克·哈利迪（Mark Halliday），曾经半开玩笑地说，一系列期望差点就符合了预期：

> 有人高谈未来
> 我的爱人深入现在

——如此戏仿一下，反衬出这种工整排列是多么的不合逻辑。

《爱不减/无限》的第三节，一直让我困惑又让我欢喜。它是迪伦最富于暗示性的超现实的一段，无法被解释、被翻译，耍弄了我们，让我们苦思冥想又毫无头绪——再苦思冥想。

> The cloak and dagger dangles
> 斗篷和匕首摆荡
> Madams light the candles
> 女士们点亮烛光
> In ceremonies of the horsemen
> 在骑士的仪式上
> Even the pawn must hold a grudge
> 即便卒子也要心生怼怨
> Statues made of matchsticks
> 火柴拼成的雕像
> Crumble into one another
> 接二连三倒塌一地
> My love winks, she does not bother
> 我的爱人眨眨眼，懒得搭理

> She knows too much to argue or to judge
> 她懂得太多不想辩解或评断

我的爱人眨眨眼,一个模棱两可的眨眼,同样,眨眼也是一个模棱两可的举动。就像歌词本身,挤眉弄眼,神神秘秘,她似乎要和我们分享一个笑话,实际上又不让我们听懂这个笑话。有没有可能她在密谋(conniving)什么?那些极具魅力的女性有时候会这样。"Connive":来自拉丁文,意为"眨眼"。在《牛津英语词典》里,"connive"的意义变幻莫测,包括:

> 对不喜欢但又无能为力的事视而不见;假装忽略;不理会

("我的爱人眨眨眼,懒得搭理")——以及,对事态进展截然不同的理解:

> 对应该反对但暗中同情的行为视而不见;对某人眨眼。

这一节歌词眨了眨眼,挑逗我们,同时劝告我们懂得太多不想分辨或评断,又或许是提醒我们懂得太少也不行。摆荡/烛光(dangles/candles)有种萨尔瓦多·达利式的融化感;愆怨/评断(grudge/judge)则让我们迅速回归现实世界的沉闷;还有其他的押韵,接二连三/搭理(another/bother),很得体地没有也不会搭理我们。不完美,但完美又如何?就是这样一种音韵效果。留下来的"骑士"(horsemen)和"火柴"(matchsticks),是唯一不押韵的两行。我不知道该如何理解这样密集又好斗的诗句,也不知道除了恶作剧、幸灾乐祸和捕风捉影之外,迪伦还能怎么看待它们。"骑士的仪式"有可能是棋盘上的骑士(对卒子发号施令),或是守卫换岗,但这里进行的究竟是何种游戏或仪式?在"摆荡"之下,"斗篷和匕首"好像被一个魔术师,变成了一枚奖章或装饰品,就像"星星和吊袜带"(斗篷和匕首是他得到的奖赏,它们在那儿摆荡,就在他胸口上摆荡)。突然间,歌中的世界遍布了

"间谍、隐蔽、密谋,等等"(一个相当黑暗的"等等")成了一个充满——据《牛津英语词典》所称——"密谋和浪漫,或者冒险情节的戏剧和故事,其主人公都来自身穿斗篷、佩带匕首或宝剑的社会阶层"的世界。[1] 他们早先也常常光顾欢场:"女士们点亮烛光"。邪恶的行当。

> 那是德·汤奈斯特夫人,在黯黑的房间里
> 移动蜡烛,[2]

完全如梦如幻,感觉丰盈,却不知为何物。

> 黎明时分我的爱人来到我身边
> 向我讲述她的梦
> 她并没打算把惊鸿一瞥
> 都铲进每个人意指的沟渠
>
> (《伊甸园之门》)

梦的解析?再回到《但以理书》5:

> (王)对巴比伦的哲士说:"谁能读这文字,把讲解告诉我,他必身穿紫袍,项带金链,在我国中位列第三。"(5:7)

这些哲士,与圣诞节的那几位博士不同,没有带来礼物,但如果讲解成功,

---

[1] "你像风一样进来了,像埃罗尔·弗林"(《你改变了我的生活》)。"再给我唱一首歌,关于你爱我至深和陌生人/还有你和埃罗尔·弗林倒在刀下的风流事儿"(《骄傲的脚》)。再多唱一首歌,这就是他要求的全部,很节制。但接下来的两行,尽管还有"再多一次",但是已经足够节制了:"这怜悯的时代,遵从成了潮流/在最后一根钉子钉入之前,再跟我讲一件蠢事。"
[2] T. S. 艾略特,《小老头》(Gerontion)。(译文见《荒原:艾略特文集·诗歌》,裘小龙译,上海译文出版社,2012年,第43页。——译注)

406

也被允诺了黄金的礼品,尽管不是乳香或没药。

　　幻象和梦境无边无际,这首歌中的终极梦境,与此前掠影瞬间连成一体,并用新的方式令人恐慌地瓦解:

> The bridge at midnight trembles
> 桥梁在午夜摇晃
>
> The country doctor rambles
> 乡村医生闲逛
>
> Bankers' nieces seek perfection
> 银行家的外甥女们追求完美
>
> Expecting all the gifts that wise men bring
> 期待智者们带来的所有佳礼
>
> The wind howls like a hammer
> 狂风号叫如槌
>
> The night blows cold and rainy
> 夜里又湿又冷地吹着
>
> My love she's like some raven
> 我的爱人像只乌鸦
>
> At my window with a broken wing
> 立在我的窗前,断了单翼

无论就逐行阅读,还是就总体而言,这一段都活灵活现。摇晃/闲逛(tremble/srambles)的押韵在听觉上参与了这两种活动,"带来"(bring)则及时带来了"翅膀"(wing),或者说"带来"展开了翅膀,变成了断了的单翼(a broken wing)。冷湿/乌鸦(rainy/raven)的不押韵好过追求完美的押韵,而且歌行的构架也很到位。"桥梁在午夜摇晃",谁(也许要微微战栗[tremble]地询问)会在夜里这个时候外出?"乡村医生闲逛":是不是,在

407

他的意念中闲逛？还是一次出诊，在这个时间？"银行家的外甥女们追求完美"：作为不速之客，她们来自何方？不是她们认为自己是谁，而是我们认为她们是谁？以及确切地说，追求哪种完美？"期待智者们带来的所有佳礼"，但智者们把礼物带给了刚刚出生的基督，这份佳礼与银行家外甥女们所算计的完美，又绝不相同。

话又说回来（在曲折的暗示下），也许东方三博士实际不是歌中的智者，这不是因为他们是以前自我的投影，而是因为他们就是后来者。率先到来的，难道不是早先的哲智者、《但以理书》中的哲士？"巴比伦的哲士"，"于是王的一切哲士都进来"，"哲士，观兆的"。先知但以理远比哲士有智慧，他来的时候没带礼物："但以理在王面前回答说，你的赠品可以归你自己，你的赏赐可以归给别人。"

这首歌内涵丰富，其显义和隐义，本身就是一连串的礼物。但这首歌还是结尾于深深的暗黑之处。最后一节的"完美"（perfection）和"槌"（hammer）并不押韵，这能让人感到迪伦关键性的决断。完美在对抗什么？[1]在对抗一把槌子。问题来了，怎能如此，为何如此，以及如此是否可信——

> 我的爱人像只乌鸦
> 立在我的窗前，断了单翼

这是我对迪伦的另一种体验，不同于他那些最伟大歌曲带来的体验（此外，让我困惑不已的还有《多余的早晨》和《准是第四街》），我不知道该想什么，该感受什么，完全不知道该如何辩解、评断。因为在歌曲的结尾，能感到有什么东西神奇地萦绕在这位女性身边。她的形象贯穿整首歌，从表面上看似乎并不像某只折断单翼的乌鸦。为什么她像一只折断单翼的乌鸦？是因

---

1 《甜妞宝贝》："我转身背对着太阳因为阳光实在太刺眼／我能看见世界上每一个人都在面临着什么"。

为被槌子击中吗?

说得轻些,这首歌的结尾应该有点让人出乎意料。迪伦沉着好听的声音以及曲调本身,都不能掩饰这一点,尽管真说是掩饰可能有失公允:或许,这不是回避矛盾,而是不再躲闪,或不再自欺,自欺会威胁所有受赞美的挚爱。对我来说,这首歌的意思是这样的:"我喜欢她如此独立于我,她并不真的需要我,不需要别人做这个、做那个、做其他,妙就妙在她不需要,她、她、她——实际上,想一想,她远不是我所喜欢的那个她,这就是为什么……"——退出,暗中嘟囔着要去拿把槌子,也许要打断的不仅是她的翅膀,还有她的灵魂……她的迷人在于不需要一种对他的需要,但现在他感到需要被她需要,需要她不那么坚强。

如果我解读得对(当然我也可能误读这首歌),那真是精彩,但问题也来了——就像多恩的情诗中常有的——其中有无戏剧化的成分?是刻意写出,还是随兴所至?歌中的感情是否真的出于本心,难免不带一点造作,他们纠缠的情感是否真挚如火、如冰?医生是不是在闲逛,他的诊断是否真的可信?

这首歌开始于一个简单却令人难以忘怀的表白:

我的爱人说话不用言语
不带理想或暴力

结尾同样简单,却有一种异样之感:

我的爱人像只乌鸦
立在我的窗前,断了单翼

开头被否定的暴力在结尾回归。因为暴力本来就藏于歌词之下:

The wind howls like a hammer
狂风号叫如槌
The night blows rainy
夜里又湿又冷地吹着

不言自明（就是说，大家心领神会），这会让人联想到暴雨像一柄锤子砸在身上。[1] 当"雨"（rain）、"狂风"（blows）和"槌"（hammer）几个词相衔接，"完美"（perfection）注定要碰上"槌子"（hammer），虽不押韵却在情理之中。（这与"忠贞不贰"[faithful]和"玫瑰"[rose]的不押韵，或与微妙独特的"轻声细语"[softly]之无韵，都大为不同。）她的完美是被某把幻影之槌击碎的吗？还是说她从来不曾那般完美，像我们——与她同行，又与她交往——想象的那样？

迪伦对"夜里飘着雨"（The night blows rainy）这一句有过多种不同的演绎。在1965年的一段纪录片中，他唱的是"雨冷冷地吹着"（The rain blows cold）。然而"冷冷地"（cold）完全不押韵，带有一丝酷寒的效果。在另一个场合，他唱的是《鲍勃·迪伦诗歌集：1962—1985》中刊印的歌词，"夜里又湿又冷地吹着"（The night blows cold and rainy），把"blow"和"rain/rainy"分开，可以缓和一下最初的暴力。"即便卒子也要心生怼怨"。即便国王也难免？即便迪伦，我无怨无悔仰慕的迪伦？

以我的判断，选择很残酷。假如结尾一定要出人意料，甚至有震惊之感，那么问题就成了这首歌的结尾能不能被听懂（这不是要评价这首歌，而是衡量其真实价值）。"被听懂"意味着"被理解"，或者——借用亨利·詹姆斯的说法——被"安置"（be placed）。[2] 所以我们从"乌鸦的翅膀"到了《鸽翼》。下面是一段有关爱与恨的讨论：

---

[1] 我想是汤姆·戴维斯（Tom Davis）很久以前在伯明翰，向我指出了这样一些黑暗的能量。
[2] 参见本书《若非为你》相关论述。

……他在一条高高的山脊上行走，两边都是悬崖峭壁，在这种地方已经不存在什么体面——一旦他能直面置身于此——能保持住震惊就已经很不错了。是凯特把他放置在这么悬乎的地方，在他战战兢兢往前走的时候，他常常会感到她对他的这种安排所包含的强烈的讽刺意义。这倒并不是说她已经把他置于危险之中——如果跟她的关系真正处于危险状态，那会有另外一种品质。在他的胸中事实上正在燃烧着一种针对他目前还没有抓到手的东西的怒火；这确实是这种急切的欲望在他备受敷衍、屡遭推诿、又受如此极端操纵的情况下所生出来的一种愤慨、一种怨恨。这是凯特的杰作，但是如果他不是一味地屈从于她的意志，她的杰作能得逞吗？

　　所有他原先对她的感觉又回到他的身边，跟以前一样历历在目——他是多么钦佩和羡慕他所谓的她对生活的完美天才，相形之下他自己的那一份是那么干瘪和可怜，像是一件生手拼缝的百衲衣；她的这一特点现在那么唯她独有地凸现在她身上，这只能更加激起他的愤怒。[1]

她在那儿，他们在那儿，就在亨利·詹姆斯的想象里。而且，如果我们承认这一点，那么，也在迪伦的想象里。

　　每一次我写歌，都像是在写小说。只不过用的时间少得多，我就能搞定它……直到我能在脑海中一遍遍重读它为止。[2]

阅读书籍，重温那些引文，得出结论。

1　译文引自《鸽翼》，亨利·詹姆斯著，萧绪津译，江苏凤凰文艺出版社，2018年，第346页。——译注
2　《什什什么？》（1965年纳特·亨托夫的采访全文，与《花花公子》1966年3月号上刊载的不同），第6页，参见本书《歌，诗》一节中迪伦谈及《躺下，淑女，躺下》时的采访。

《甜妞宝贝》

涉及走路的方式，有漫步之歌，也有劲走之歌，有腾跃之歌，也有悠然之歌。缓行或嬉戏，迂回又细语。狐步舞、快步舞、还有慢步舞。一首歌曲感动听众的方式，与其自身行进的方式密切相关，尤其是当它演唱的就是歌曲本身的行进时。想一想所有用来形容走路的方式。不知疲倦的：《奋力向前》。疼痛的：《如果你要走，现在就走》。蹒跚的："我脚趾麻木站不住"。（铃鼓手先生想，我不相信你。）一瘸一拐的：《被冰冷的镣铐束缚》。或循着一个方向的："甜妞宝贝一路向前"。

马修·阿诺德深谙此道，年深岁久，路远迢迢：

> 就最佳诗歌的内容和本质而言，其超卓的真实性和严肃性，与标志其风格和手法的精妙措辞及韵律密不可分。

《诗歌研究》。歌曲研究也应如是，研究歌曲的进程。尤其是当歌曲也在关注着行进之中的事。

有两个短语，可以说是《甜妞宝贝》这首歌的双亲，这对父母——尽管并不般配——决心造就这首歌。它们是离开（*to go without*，"你已经离开我多年"）与继续向前（*to keep going*，"不妨就这样继续向前"）。他们的孩子是一往无前（*keep going without*）。同时，这对爸妈头脑里也惦记着让一切顺利行进（getting going），这也是为什么"get"和"got"这两个词引出了"went without"（已经离开）和"keep going"（继续向前）：

> Sugar Baby get on down the road
> 甜妞宝贝一路向前
> You ain't got no brains, no how
> 你不要没头没脑

> You went years without me
> 你已经离开我多年
> Might as well keep going now
> 不妨就这样继续向前

何妨继续向前？或何妨离开我继续向前？何妨继续向前，提都不提"我"。

当歌声响起，在声音的起伏中，我们不太可能去关心什么是诗中的对位，更不用说什么是协同了。《甜妞宝贝》的方式（除了强化冲突的副歌）就是乐音和嗓音从一开始就不肯顺从歌词的意义单元所要求的形式，因为那样的话，歌词就不是歌中的词，而成了诗中的诗句。在一首诗中，一套标点系统（通常的标点）也许与另一套系统（没有句号的行结尾）有冲突，在此基础上，一首歌可以加入令人意外的、通过乐音和嗓音表达与强调的斜体字、顿号、省略号或换行符。

格律，诗体，分行，韵律：该讲讲入门课了。在诗中，特别是在英诗的传统中，音节或重音，是我们要听——而且是倾听——的重点。不会有诗人这么写：ti tum, ti tum, ti tum, ti tum, ti tum。轻读音在前，重读音在后，一直连读直到就会变成"底特律底特律底特律底特律底特律"（Detroit Detroit Detroit Detroit Detroit）。或者，重音反过来在前，就像《李尔王》中令人难忘的宏阔一幕：

> Thou'lt come no more,
> 你是永不回来的了
> Never, never, never, never, never.
> 永不，永不，永不，永不，永不。

但众所周知，复杂的是音节强弱有程度之分，无论讲话还是写诗，表达的活力都不能简单归为重读或轻读，不能非此即彼。因为生命和诗行，喜欢复杂多方，循序渐进，要把握尺度。

在音乐中，依照音节的原则（就是所谓格律），声音的轻重要让位于声音的长短：表达所需的时间。以长短为定量。确实，一些经典诗歌中也以音长为基本原则（希腊语比拉丁语更甚）[1]，英语诗歌对这一传统的模仿尝试也一直都有。让人印象更深的是，还有一些诗（比如，威廉·柯珀［William Cowper］与托马斯·哈代的诗）好像是将一种原则及实践对立于另一种，他们让音节的长短与音节的轻重对立。

表达所需的时间并不等同于重音的强度，有的词可能无需强调，但还有一大堆辅音和元音不能一带而过。那么，轻重与长短的比较也是人性矛盾的一个体现：命运与决心，或是，坚忍与痛苦，悲伤与解脱。当你听到某种思维的运动，你可能会觉得以这样的方式或这些拮抗的方式，都有点不自然。但艺术，自然地，不能拘泥自然运动的本身。可能正是在张力之中，真相才能自明，从隐藏的力量中显示自身。"很多地方可以藏东西只要你真的敢做敢想"。

我们在《甜妞宝贝》的乐段中感到一种紧张。"你掌握了一种把世界撕裂的方法，亲爱的，瞧你干了些什么"。表面上看，有什么能比"……的方法"（a way of）这几个词更简单呢？但这种简单被撕裂了。因为就语音的轻重而言（诗的术语），词语均匀地从重音过渡到轻音："wáy of"。但在音乐与演唱中，就语音的长短而言，包括"of"之后的短暂停顿，这两个字，被赋予了相同的音长："wáy óf"。

> You got a way of
> 你掌握了一种
> tearing the world apart
> 把世界撕裂的方法

---

1 肯尼斯·海因斯（Kenneth Haynes）帮助我看到并听到了这一点。

Love

亲爱的

see what you've done

瞧你干了些什么

这一段不怎么押韵。可 love/of 的押韵没错，看看或者不如听听《黄金之城》，一首他在 1980 年演唱的歌曲，南方蜂鸟乐队在《蒙面与匿名》这张唱片中翻唱过：

There is a city of love

有一座爱之城

Far from this world

离这个世界很远

And the stuff dreams are made of

万物由梦造成

Beyond the sunset

在夕阳之外

Stars high above

星辰高挂

There is a city of love

有一座爱之城

"万物由梦造成"：莎士比亚式的美好，足够仁慈，不像菲利普·拉金的咆哮：

啊，但愿我有足够的勇气

　　大喊一声："去你妈的养老金！"

但我清楚，再清楚不过，那正是

美梦存在的根底。

(《癞蛤蟆》)

"'亲爱的'（love）和'……的'（of）押韵"。这是安妮·费里（Anne Ferry）一篇极富启示的散文的标题。[1]

可以读作"a wáy of"，也可读作"a wáy óf"。理解这些词的一种方式是将彼此对立起来。既是"stress"（重音/压力）这个词，也有一种双重可能性。《甜妞宝贝》利用了重音，处理了压力。

"审慎"和"节制"自身也着力于压力，负责任地预判可能被证实为不谨慎或不道德的行为。《甜妞宝贝》开头就能睁开眼睛，要归功于一个关于如何自处的审慎决定：

> 我转身背对着太阳因为阳光实在太刺眼
> 我能看见世界上每一个人都在面临着什么
> 你不能后退——你不能重回，有时我们已走得太远
> 有一天你会睁开眼睛你就会看见我们处在什么地方

"审慎"和"节制"不会怯于给出此类建议或警告。比如，别太紧张。"不妨……"（Might as well），在这样一种口吻中"审慎"和"节制"会达成一

---

1 《现代主义/现代性》（MODERNISM/modernity），第七卷，2000年。"'love'与'of'的押韵，预示了在20世纪初首次受到重视的诸多可能性，这些可能性满足了现代主义美学的意图。"这样的押韵被看成是"不匹配的"，以"不一致的效果"为特征，因为依照传统观念，某些性质的词汇会有损押韵之美，即使是滑稽的押韵。比如，介词就不行（虽然短语动词或介词动词得到了一些许可："莎士比亚的'喝了它'[drinkes it vp]中的'vp'与'cup'；赫伯特的'爬进来'[creepes in]与'sinne'"）。爱德华·比希（Edward Bysshe）在《英语诗歌艺术》（The Art of English Poetry，1702）中列出过一些不应该押韵的词类，如'An''And''As''of''The'等小词"。安妮·费里敏锐而充满想象力地讨论了"but"或"of"一类词的押韵，甚至一谈到1916年玛丽安·摩尔（Marianne Moore）的开创性写法——以"be"和"the"在结尾押韵。这篇论文讨论的是诗，不是歌，但很大程度上也可以说明迪伦在节奏和韵律上的处理，他的歌词在演唱中能达到的效果。

致,既审慎又有节制,小心不要轻率或操之过急,小心不要说"最好的办法是……"(Easily the best thing would be to...)或者"……更好"(Much better to...)。满足于"不妨就这样继续向前":这一句,作为副歌的结论,接续又引出了另一个审慎的建议,"尽量为某人做点好事吧,尽管到头来你经常会让事情坏上一千倍"——这是迂回委婉的一句,对于泛滥的危险提出了警告。

起跳前,要先观察,但首先,站稳脚跟,不是立于你自己看起来最风光之处,而是立于能看尽风景之处。

> I got my back to the sun 'cause the light is too intense
> 我转身背对着太阳因为阳光实在太刺眼
> I can see what everybody in the world is up against
> 我能看见世界上每一个人都在面临着什么

让自己立于看尽风景之处(至少回看身后?),在所立之处,你不仅能看见世界上每一个人所面临的,也能看见世界上每一个人心里的小算盘。记住,不仅如此——《骄傲的脚》中还有更苛刻的说法——

> There ain't no goin' back
> 哦,没有回头路
> When your foot of pride comes down
> 当你骄傲的脚一旦踏出
> Ain't no goin' back
> 没有回头路[1]

---

[1] 《骄傲的脚》,三行后:"他直视太阳,说复仇在我。"盲目的复仇。至于我:"我转身背对着太阳因为阳光实在太刺眼"。

"你不能后退——你不能重回"：这两句各说对了一半，而且，只有幽默感才能打破道德的束缚。首先，即使你不能重回，但"back"这个词可以回来，因为它就在那儿，已经回来了——自"我转身背对着太阳"（I got my back to the sun）——两行之后，以"你不能后退"（You can't turn back），随后是"你不能重回"（you can't come back），"back"又再次归来。其次，可以回想《"爱与偷"》专辑中的《密西西比》，这首歌从它的角度，有必要对此说点什么，并乐于加以限定："你随时可以回头，但你不能从原路往回走"。

随后，《甜妞宝贝》以"有一天你会……"为不祥的开端，在展开中伴随了一种威胁的警告。"审慎"与"节制"别总是自作聪明（注意我的话），要记住不仅要提出好的建议，也要善于提议。这就是说，设法尽量使人们乐于采纳。"有时候我们管得太多"，而不仅是走得太远。这也同样适用于这些高尚的美德，因为在这里，我们同样不该走得太远。T. S. 艾略特曾批评过度的审慎和节制：

> 当然一个人可以"走得太远"，除非在这方向上我们走得太远却毫无乐趣可言；只有那些愿意冒险走得太远的人，才有可能发现究竟可以走多远。[1]

"有一天你会睁开眼睛你就会看见我们处在什么地方"。但在这特殊的一天，听听这首歌，我们必须打开的不是我们的眼睛，而是耳朵，因为《甜妞宝贝》不是印在纸上的歌词，而是一段波动的声音序列。这意味着跟没有听过这首歌的人谈论它的运行，可能是对牛弹琴。

印在纸上的歌词，开头包含四行，两组对句的押韵分别是刺眼/面临（intense/against）以及太远/处在（far/are）。但演唱却区分出了十二个单元。

---

[1] 给哈利·克罗斯比（Harry Crosby）的序言，《维纳斯的变迁》（*Transit of Venus*，1931年），第9页。有关"无度"的节制（即《甜妞宝贝》中的"女人带来的麻烦，其总量没有上限"），参见本书《爱不减/无限》相关论述。

你也许会把这些看作构成一节的十二行歌词,或是特别注意四行长歌词内部更进一步的区分,但是,无论哪一种方式,都是迪伦区分更小单元的方式。这不仅是歌曲的效果,也是它实现的方法。在演唱的时候,歌词的排列如下:

I got my back

我转身背对着

to the sun 'cause

太阳因为

  the light is too intense

  阳光实在太刺眼

I can see what

我能看见

everybody

世界上

  in the world is up against

  每一个人都在面临着什么

You can't turn back —

你不能后退——

you can't come back,

你不能重回,

  sometimes we push too far

  有时我们已走得太远

One day

有一天

you'll open up your eyes and

你会睁开眼

you'll see where we are
你就会看见我们处在什么地方

开头的贝斯乐音,在歌词唱起之前,断断续续响起,仿佛这样的一串:

dark dark Darktown　　　dark dark Darktown　　　dark dark Darktown
黑黑黑人区　　　　　　　黑黑黑人区　　　　　　　黑黑黑人区
dark ...
黑……

开始的伴奏之后,紧跟就是开头的一行:

I got my back to the sun 'cause the light is too intense
我转身背对着太阳因为阳光实在太刺眼

但听得到却看不到,听起来是这样的:

I got my back
我转身背对着
to the sun 'cause
太阳因为
the light is too intense
阳光实在太刺眼

不是"背对着太阳／因为阳光……",而是"背对着太阳因为／阳光实在太刺眼"。像我的一位友人所说的,喜剧的奥妙在把握时机。其实,悲剧也是。

这是一首四拍的歌,开始的节奏也立刻被前两小节的四个音节所确认。

上了标题并在随后开启副歌的歌词，"甜妞宝贝"（sugar baby）[1]，两两相加有四个音节，2×2。"甜妞宝贝"这两个词也有双重节奏，四拍与两拍。在唱这首歌的时候，迪伦会在某些地方停顿，让双音节占有一般来说四音节才占有的时间和空间。正是这样的演唱推进方式，不断地停顿（沉思的、不安的、分裂的、谨慎的、嘲弄的，变化多端），赋予了这首歌独一无二的特性。它一路唱了下去，但从未急急忙忙，大踏步前行。不仅如此，这首歌的主歌细部总是缓慢不安，不像副歌一个劲儿地一路狂奔（是在祝她一路顺风吗？），副歌歌词一直继续，没有中断，一路向前，一直向前。

在时间对歌曲的塑形下，这首歌在空间中的形态，或许是这样的：

SUGAR BABY

甜妞宝贝

 I got my back

 我转身背对着

 to the sun 'cause

 太阳因为

  the light is too intense

  阳光实在太刺眼

---

1 叫《甜妞宝贝》的歌不只一首，多克·博格斯（Dock Boggs）就有一首。（收录于《美国民谣音乐选》，哈里·史密斯［Harry Smith］编。）在《牛津英语词典》中，"sugarbaby"（"sugar"意为珍贵）这个词的第一个例句，引自小说《飘》（1936），XXVI 章："斯嘉丽感激地说：'谢谢你，甜妞宝贝。'"（在《甜妞宝贝》中，悔悟之中夹杂了疲惫的谢意，我想是，一点点的——谢意）《飘》中的例子很可能只是一个偶然，但还是想在小说中翻找到以"在太阳下"结尾的句子（在迪伦歌里，是"对着太阳"）。迪伦在《献给伍迪的歌》中唱过"随风归去"这有名的一句，这首歌和《甜妞宝贝》中都有"一直向前"（也提到"走在路上"），还有"千里"（《甜妞宝贝》中是"一千倍"），以及"看上去濒临绝境，又像刚刚问出生"（《甜妞宝贝》中是"就像我们活着一样的真，就像你诞生一样的真"）。

I can see what

我能看见

everybody

世界上

  in the world is up against

  每一个人都在面临着什么

You can't turn back —

你不能后退——

you can't come back,

你不能重回，

  sometimes we push too far

  有时我们已走得太远

One day

有一天

you'll open up your eyes and

你会睁开眼

  you'll see where we are

  你就会看见我们处在什么地方

Sugar Baby get on down the road, you ain't got no brains, no how
甜妞宝贝一路向前，你不要没头没脑
You went years without me, might as well keep going now
你已经离开我多年，不妨就这样继续向前

 Some of

 这些

these bootleggers,

走私贩子，

> they make pretty good stuff
> 他们有时真能搞出上好的货色

Plenty of places

很多地方

to hide things here if

可以藏东西只要

> you wanna hide 'em bad enough
> 你真的敢做敢想

I'm staying

我跟

with Aunt Sally,

莎莉姨妈在一块，

> but you know, she's not really my aunt
> 但你知道，她其实不是我姨妈

Some of these memories

这些回忆

you can learn to live with

有的你能学着去接受

> and some of 'em you can't
> 有的却不行

Sugar Baby get on down the line, you ain't got no sense, no how
甜妞宝贝一路向前，你不要没头没脑
You went years without me, might as well keep going now
你已经离开我多年，不妨就这样继续向前

The ladies down in

黑人区的

Darktown

女士

  they're doing the Darktown Strut

  她们在跳黑人区阔步

Y' always got to

你始终

be prepared but

做好准备但

  you never know for what

  不知道是为了什么

There ain't no limit

女人带来的烦恼，

to the amount of trouble

其总量真是

  women bring

  没有上限

Love is pleasing,

爱是取悦，

love is teasing,

爱是挑逗，

  love not an evil thing

  爱不是邪恶的事情

Sugar Baby get on down the line, you ain't got no sense, no how
甜妞宝贝一路向前，你不要没头没脑

You went years without me, might as well keep going now

你已经离开我多年，不妨就这样继续向前

  Every moment of

  存在的

  existence seems

  每一个瞬间都仿佛

    like some dirty trick

    卑鄙的花招

  Happiness can

  幸福会

  come suddenly and

  突然降临又

    leave just as quick

    猛然间离去

  Any minute

  无论在

  of the day

  怎样的时刻

    the bubble could burst

    气泡都有可能破碎

  Try to make things better

  尽量为某人做点好事吧，[1]

  for someone, sometimes, you just end up

  尽管到头来你经常会让事情

---

1 但是，带着一点伤感的冲动，这一句只有一点点的停顿。

making it a thousand times worse
坏上一千倍

Sugar Baby get on down the line, you ain't got no sense, no how
甜妞宝贝一路向前，你不要没头没脑
You went years without me, might as well keep going now
你已经离开我多年，不妨就这样继续向前

Your charms have
你的魅力已经

broken many a heart
粉碎了许多颗心，

  and mine is surely one
  我当然就是其一

You got a way of
你掌握了一种

tearing the world apart
把世界撕裂的方法，

  Love, see what you've done
  亲爱的，瞧你干了些什么

Just as
就像

sure as we're living,
我们活着一样的真，

  just as sure as you're born
  就像你诞生一样的真

　　　　Look up, look up —

　　　　看天上，看天上——

　　　　seek your Maker —

　　　　寻找你的造物主——

　　　　　　'fore Gabriel blows his horn

　　　　　　在加百列吹响号角之前

　　　　Sugar Baby get on down the line, you ain't got no sense, no how

　　　　甜妞宝贝一路向前，你不要没头没脑

　　　　You went years without me, might as well keep going now

　　　　你已经离开我多年，不妨就这样继续向前

所有这些停顿，都是为了让我们也停下来。关注心与脑的运转，二者常不合拍（任何一个都不简单），停下了才会凝神。

　　　　One day

　　　　有一天

　　　　you'll open up your eyes and

　　　　你会睁开眼

　　　　　　you'll see where we are

　　　　　　你就会看见我们处在什么地方

带着双音节而非四音节的双倍分量，"有一天"（One day）这两个词拉长占据了——要说到时间——这一开头段落中的所有六处由四音节所预期占据的时长，四音节也确定了这首歌的四拍：

427

I got my back

　　我转身背对着

　　to the sun 'cause

　　太阳因为

以及

　　I can see what

　　我能看见

　　everybody

　　世界上每一个人

还有

　　You can't turn back —

　　你不能后退——

　　you can't come back

　　你不能重回

"有一天"（one day）的双音节，代替了上述这些四音节。这个念念不忘的"one day"[1]旋即转换为下一句的萦绕不断，这一次，不是双音节取代了四音节，而是七音节取代了四音节：

1　"day"这个词在歌中后来又一次有了两个音节的长度：
　　Any minute　　　［意料中的四个音节］
　　of the day　　　［三音节，day 占了两个］
　　　气泡都有可能破碎

428

One day

有一天

you'll open up your eyes and

你会睁开眼

睁开（opening up），确确实实。尤其当这个被扩展的音节划分与随后到达的口型张开的"and"混合，在结尾处挣脱了这一行的臂膀。这是这一行没有被表达出来的样子，就像纸面上印的一样：

One day you'll open up your eyes and you'll see where we are

有一天你会睁开眼你就会看见我们处在什么地方

——或者按照意义单元来断行，应是这样：

One day you'll open up your eyes

有一天你会睁开眼

And you'll see where we are

你就会看见我们处在什么地方

——可是能听到的分行，却是这样：

One day

有一天

you'll open up your eyes and

你会睁开眼睛

    you'll see where we are

    你就会看见我们处在什么地方

"and"出现在断行处。在《荒原》中，T. S. 艾略特用了一个小小的犹疑不定的重置来改写奥利弗·哥尔斯密（Oliver Goldsmith）的歌曲，也是用了一个巧妙的断句，重置了哥尔斯密的介词"and"。哥尔斯密的歌曲如下：

> When lovely woman stoops to folly,
> 当淑女降尊屈从干了蠢事以后，
> And finds too late that men betray,
> 发现男人忘恩负义已为时已晚
> What charm can soothe her melancholy,
> 有什么魔力能慰藉她的忧伤，
> What art can wash her guilt away?
> 有什么技巧能洗去她的内疚？

艾略特的诗句：

> When lovely woman stoops to folly and
> 当淑女降尊屈从干了蠢事以后
> Paces about her room again, alone,
> 重又在房间里来回踱步，孤零零的，
> She smoothes her hair with automatic hand,
> 她无意识地用手抚平头发，
> And puts a record on the gramophone.
> 接着在唱机上放上一张唱片。[1]

---

[1] 上述两段译文见《荒原：艾略特文集·诗歌》，汤永宽译，上海译文出版社，2012年，第109页，第93页。——译注

除了在《回到未来》里，这张唱片不可能是《"爱与偷"》，但哥尔斯密的歌里显然有"爱与偷"——艾略特这儿也有，他的诗句在房间里来回踱步，对这些事持不同的观点。

道路崎岖不平，你最好走路小心。《甜妞宝贝》一节又一节地推进，不是思想列车运行在铁轨上，而是一步一个脚印。举个例子说，从"你就会看见我们处在什么地方"，经由副歌（"一路向前"）再到"这些走私贩子"，是什么支持了这样的转换？

> Some of
>
> 这些
>
> these bootleggers,
>
> 走私贩子，
>
>> they make pretty good stuff
>>
>> 他们有时真能搞出上好的货色
>
> Plenty of places
>
> 很多地方
>
> to hide things here if
>
> 可以藏东西只要
>
>> you wanna hide 'em bad enough
>>
>> 你真的敢做敢想

"这些"（Some of）：这些词与其内涵结合得恰到好处（双音节占用了四音节的时长）。别忘了，只是这些走私贩子的其中一些。他们是禁酒时期的雪中送炭者，而不是迪伦在演唱会上多半对之睁一只眼闭一只眼的盗录者。如果走私贩子调制的不是好酒（good stuff）而是劣酒（bad stuff），那么不光能让你烂醉（blind drunk）还将致盲（blind）。（"我能看到""睁开你的双眼"：迄今为止，还没造成损害。）但当"上好的货色"（good stuff）与"敢做敢想"

（bad enough）押韵，一种喜剧之感油然而生。

这些歌行在困顿中生出急智，但也常常停下、张望、保持警觉。犹豫不决的人有福了。比如，有一个突兀的"如果"（if）。

> Plenty of places
> 很多地方
> to hide things here if
> 可以藏东西只要
>
> > you wanna hide 'em bad enough
> > 你真的敢做敢想

只要警觉降低一千倍，这些歌词就会这样呈现——取代"here if"中强力和灵活的姿态——假如你只是按着顺序，把这一行写在纸面上：

> Plenty of places to hide things here if you wanna hide 'em bad enough
> 很多地方可以藏东西只要你真的敢做敢想

即使这样，走私贩子（bootleggers）还是在这首歌里赚了一笔，想想这个名字里面藏了什么（街头律法和道边智慧）：靴子（boots），双腿（legs）。一路向前。至于我，我暂时还没上路。

> I'm staying
> 我跟
> with Aunt Sally,
> 莎莉姨妈在一块，
>
> > but you know, she's not really my aunt
> > 但你知道，她其实不是我姨妈

Some of these memories

这些回忆

you can learn to live with

有的你能学着去接受

  and some of 'em you can't

  有的却不行

"在一块"（to stay with）与"去接受"（to live with）相似又不同，这种老派的幽默，再次出现。把它们交换一下，像"猜手手"的游戏？毕竟，他可能一直和莎莉姨妈住在一块（to live with，尤其是她并非他的真姨妈），生命中也有一些回忆你得学着铭记（to stay with）。

  莎莉姨妈也许是也许不是一位女士，且居无定所。但随后出现的女士住在哪里，住在"黑人区"（Darktown），这个词占据了两倍的时长，不是四音节而是双音节。黑暗如此之浓。

  The ladies down in

黑人区的

Darktown

女士，

  they're doing the Darktown Strut

  她们在跳黑人区阔步

Y' always got to

你始终

be prepared but

做好准备但

  you never know for what

  你不知道是为了什么

有一件事你必须做好准备,那就是不甚自然地去断句。

  Y' always got to be
  你始终
  prepared but
  做好准备但
    you never know for what
    你不知道是为了什么

虽然,这就是人性。至于这一节将要谈及的限度("女人带来的烦恼,其总量真是没有上限"),断句审慎却又冒进,在为自身设限:"走进/黑人区","做好/准备但/你不知道是为了什么"。就是这样。

  在人生的中途,我们走向死亡,战战兢兢。如履薄冰。这意味着在我们聚居的黑人区,迈步向前格外小心,要尊重"of",还有"can",以及"and",感受一步一个脚印:

  Every moment of
  存在的
  existence seems
  每一个瞬间都仿佛
    like some dirty trick
    卑鄙的花招
  Happiness can
  幸福会
  come suddenly and
  突然降临又

leave just as quick

猛然间离去

不安全之感,我们都有,你必须要感受。只有在最后一节的后半部分,才略略心安。

Your charms have

你的魅力已经

broken many a heart

粉碎了许多颗心,

  and mine is surely one

  我当然就是其一

You got a way of

你掌握了一种

tearing the world apart

把世界撕裂的方法,

  Love, see what you've done

  亲爱的,瞧你干了些什么

Just as

就像

sure as we're living,

我们活着一样的真,

  just as sure as you're born

  就像你诞生一样的真

Look up, look up —

看天上,看天上——

> seek your Maker —
> 寻找你的造物主——
> 'fore Gabriel blows his horn
> 在加百列吹响号角之前

无疑,其中的一些断句,还是感觉小心翼翼或带着踌躇:"已经/粉碎了许多颗心",本身就有一种粉碎的效果;"一种/把世界撕裂的方法",本身就在表达中被撕裂为两半;"就像/我们活着一样的真"不能不让人感觉有点言过其实。但至少四个居中断开或停顿之处,每个终于在划分的感觉上是完整的,因此"我当然就是其一"当然也能独立成句,同样的还有"亲爱的,瞧你干了些什么""就像你诞生一样的真""在加百列吹响号角之前"。好不容易到了最后,终于要调整副歌了,"no brains"改成了"no sense"。从"阳光实在太刺眼(too intense)"到"你不要没头没脑(no sense)"。

为何我会认为这一句就是理解这首歌的途径?是一系列对比。首先,是迪伦其他的在路上之歌在节奏和运行上的对比。

> 宝贝,我在那漫长孤寂的路上前行
> 要往何处,我真难逆测
> 但"再见"是过于美好的词,女孩
> 所以我将只说"别了"
>
> (《别再多想,没事了》)

这首歌的情绪和节奏,轻松活泼。这不是说《甜妞宝贝》病病歪歪的,但它的确让人感觉有着"黑人区"的羁绊,它的确思虑重重,甚至建议再多想想,没事。

那"一路向前"如何?以《沿路走下去》这首歌为例,它面对道路,就是开步走。

主啊,我沿路走下去

沿路走下去

而且我沿路走下去

双脚会飞奔起来

诉说我烦忧的心[1]

他也许接着唱"我有一个昏沉沉的女友",但这首歌并不迟钝,永远轻快,即使你有别样期待。尽管烦闷,它从不跌跌撞撞,它行云流水。

我有一个昏沉沉的女友

我有一个昏沉沉的女友

她觉得不舒服

何时会好只有时间知道

她觉得不舒服,但他还是要继续前行了。

即使有一处特殊的断句,在调子上会让人想到《甜妞宝贝》,但也与后者完全不同。先不计较好坏,感受此与彼之间的差异吧。比较一下下面两节:

I see the morning light

我看到一道晨光

I see the morning light

我看到一道晨光

Well, it's not because

好吧,不是因为

---

[1]《鲍勃·迪伦诗歌集:1962—1985》中印的不是"主啊",而是"好吧,我沿路走下去"。但寻找你的造物主吧。

I'm an early riser

我是个早起的人

I didn't go to sleep last night

昨晚我整夜没合眼

而相隔三十八年之久，远距多个光年，《甜妞宝贝》这样唱：

I got my back

我转身

to the sun 'cause

背对着太阳因为

  the light is too intense

  阳光实在太刺眼

还有一束更强的光，来自一首1928年的歌，没有这首歌，也不会有2001年的《甜妞宝贝》：基恩·奥斯汀的《孤独的路》。[1] 这首歌的前奏是一段贝斯，迪伦的旋律全然浸染其中——

dark dark Darktown	dark dark Darktown	dark dark Darktown
黑黑黑人区	黑黑黑人区	黑黑黑人区
dark...		
黑……		

——如不是有意为之，这种相似难以解释。

---

[1] 在《"爱与偷"》发行后不久，迪伦爱好者就贴出了这首歌词，但如果不是因为我的同事杰里米·尤德金（Jeremy Yudkin），他于2001年11月慷慨地为我翻录了这首歌的磁带，我就永远不会知道奥斯汀/谢尔克莱特的歌了；我非常感谢他。

Look down, look down that lonesome road before you travel on,
低头看,在你继续上路前,低头看那条孤独的路,
Look up, look up and seek your Maker, 'fore Gabriel blows his horn.
抬头看,抬起头来寻找你的造物主,在加百列吹响号角之前。
Weary totin' such a load, trudgin' down that lonesome road,
带着如此沉重的负担,在孤独的路上跋涉,
Look down, look down that lonesome road before you travel on.
低头看,在你继续上路之前,低头看那条孤独的路。

True love, true love, what have I done that you should treat me so
爱人,爱人,我做了什么让你这样对待我
You caused me to walk and talk like I never done before.
你让我走路和说话不似从前。
Weary totin' such a load, trudgin' down that lonesome road,
带着如此沉重的负担,在孤独的路上跋涉,
Mmmm...
嗯……

[Whistle]
[口哨声]

Weary totin' such a load, trudgin' down that lonesome road,
带着如此沉重的负担,在孤独的路上跋涉,
Mmmm...
嗯……

《甜妞宝贝》中充满了《孤独的路》这首杰作中没有的东西。迪伦如此对待奥斯汀,这样好吗?很好,部分因为借用金句而来的喜剧感(音乐本身是另

一个问题），如"抬头看，抬起头来寻找你的造物主，在加百列吹响号角之前"一句。在两首歌中，造物主都是上帝。但在迪伦这里，还有一位次级造物主，奥斯汀。对我们来说，另一位次级造物主，就是迪伦本人。虽然迪伦没有吹响自己的号角。在尊重原作的基础上，通过最小的改动（T. S. 艾略特语），他还是他自己，完成了对原作的改写和演绎：也就是说，《甜妞宝贝》以一种奥斯汀从未用过的特别方式展开想象。即便在激烈之时，奥斯汀的措辞也是稳妥的。在奥斯汀的歌中，歌词、音乐和声音各安其分。在迪伦歌中，它们却相互抵触，随着精神而动，其精神不仅与珍视的事物交战，也与牢固的事物交战。

"抬头看，抬起头来寻找你的造物主"：迪伦的身后是奥斯汀，奥斯汀身后是这一个吁求所召唤的漫长传统。所有人（至少那些能抽一点时间不仅抬头看且能回看中世纪的人）都可以在乔叟的歌谣《巴拉德·德邦·康塞尔》（*Balade de Bon Conseyl*）中听到他对即将上路的朝圣者的忠告：

   逃离压迫，满怀赤诚。   [真理]
   前进，朝圣，前进！前进，出笼的野兽！
   认识你的国土，抬起头，衷心感谢上帝！
   走上大路，让灵魂引领；   [精神，灵魂]
   真理源源不断，永不枯竭。

真理将解救你。这是一条关于**道路、真理和生命**的路。

> 你们必晓得真理，真理必叫你们得以自由。他们回答说："我们是亚伯拉罕的后裔，从来没有作过谁的奴仆，你怎么说'你们必得自由呢'？"耶稣回答说："我实实在在地告诉你们：所有犯罪的，就是罪的奴仆。"
>
>   （《约翰福音》8:32-34）

坚忍（勇德）

《在风中飘荡》

> 一个人要走过多少路
> 你才会称他是人？

迪伦最伟大的单曲，是一首在对公正的呼吁中保持坚忍的歌。"四枢德"中的两种美德换来一首歌的无与伦比。

"平等，自由，谦逊，朴素"：在恰当的时刻，《没时间思考》就变成了讽刺，讽刺那些抽象名词以及它们老爱在口号中出现。但迪伦明白，这些观念是不可或缺、使人向往的。《在风中飘荡》中，朴素就是一切，一切都是为了促进平等、自由和谦逊。（还有博爱，我的朋友。）这意味着，对《在风中飘荡》的解释，有可能会破坏它的朴素。然而，假定朴素一定与微妙、暗示或歧义无关，这也是一种破坏。很多闪耀的事物直接从内在发光，这才是朴素真正的特征。

《在风中飘荡》简单重复的副歌，就是一种朴素的表现：

> 答案啊，我的朋友，在风中飘荡
> 答案在风中飘荡

有没有可能因太脍炙人口，这些歌词反而成了我们的耳边风？它们应该重新为我们的耳朵带来惊喜。副歌，哪怕听起来像一种慰藉，或一种确认，但还是应该懂得要不断给我们以停顿,甚至应该被理解为坚持有所停顿,也是人之必须。

"这片土地是你的土地"。"我们终将胜利"。"你站在谁那边?"这些话都确定无疑,这样的表达于我们颇为有益。[1]但"答案在风中飘荡"?这是个极为不同的命题。

> 除了答案在风中飘荡,关于这首歌我说不出什么。答案不在书里或电影里或电视节目或小组讨论里。人们啊,答案在风中——在风中飘荡。有太多的时髦人士告诉我答案在何处,但是,哦,我不相信。我还是说答案在风中而且就像一张不停抖动的纸片,某个时候它会飘下来……但唯一的麻烦是,它飘下来时没人捡起答案,所以没有太多人看到它、知道它……而后它再次飞走。[2]

谈到副歌,迪伦不吐不快的胸臆,为他自己的评论所印证,这段话中就包含有不少的歌词。除了最直接的那一句("答案在风中飘荡"),歌词与迪伦对此的想法有诸多重叠之处:

歌曲	评论
many roads 多少	many of these 太多
a man 一个人	Man 人们啊
walk down 走过	come down 飘下来

---

[1] 迪伦准确指出并揭破了"你站在谁那边?"这一类口号的政治鼓动性:"荣耀归于尼禄的海王星/泰坦尼克号起航在黎明/所有人都嚷嚷着/"你站在谁那边?""(《荒芜巷》)
[2] 《高歌!》(1962年10月/11月),1962年6月对迪伦的访问。1963年,迪伦在卡内基音乐厅谈到这首歌时说:"我遇到一位老师,他说他不明白《在风中飘荡》是什么意思。我告诉他没有什么要理解的,它只是在风中飘荡。如果他感觉不到它在风中,他永远不会知道。我猜他永远也不会知道。老师们。"(安东尼·斯卡杜托:《鲍勃·迪伦》,1971年,修订版1973年,第157页。)

many times	多少回	some time	某个时候
cannon balls fly	加农炮要飞	fies away	飞走
some people	一些人	some time/hip people	有时候/时髦人士
just doesn't	都没	just like	就像
doesn't see	没看见	to see	看到
look up	抬头	picks up	捡起
one man	一个人	no one	没人
he knows	他知道	know it	知道
too many	太多	too many	太多

《在风中飘荡》如此不凡，原因之一就是它从未说破，哪怕是暗示，"答案啊，朋友，就是这首由我创作的名叫《在风中飘荡》的歌"。那答案是什么？"不在书里或电影里或电视节目或小组讨论里"——也不在这首歌里。那张"不停抖动的纸片"稍一停留，便"再次飞走"。会是如何，当一个答案在风中飘荡？毫无疑问，肯定不同于任何一个确定的、终极的、一劳永逸的答案。这首歌回避了绝望和希望，也不执着幻觉与幻灭。

我们需要坚忍，因为我们无法保证公正何时会到来，事总有万一（我们这样想比较好）。"坚忍"发现自己需要的，不是同一类美德，而是作为恩典之一的"希望"。"我们终将胜利"吗？现实主义没有摇头，也没有提头为誓，而是不得不头脑冷静。怀疑主义总是相对悠哉。《洋葱新闻》上有一则令人难忘的消息和一个标题（1968年1月30日）：

马丁·路德·金：也许我们终究不会胜利

诺克斯维尔，田纳西州。在诺克斯维尔第一浸礼会教堂的一次演讲中，民权领袖马丁·路德·金博士承认，他和他的黑人同胞们可能终究不会胜利。

"多年来,我们的运动口号一直是,'我们终将胜利',"金对台下的观众说,"但是,在对形势的方方面面进行了一些分析之后,我得出了一个新的结论:我们很可能不会。"

聚集在一起的教徒们聚精会神地听着。金继续说道:"尽管我们勇敢地面对仇恨和狭隘,但白人的权力结构似乎过于强大和根深蒂固,无法被战胜。显然,我不希望如此,但情况已经开始朝着这个方向发展。"

"尽管如此,"金继续说,"我们深深相信自己,还更深信上帝,我们希望我们的孩子和我们孩子的孩子,最终将见证种族仇恨的结束,他们将懂得自由和平等。"

"但我不指望它会很快发生。"

这首歌没有表达你所期待或偏爱的东西,谈到这一点,迪伦直言不讳。只要想想这首歌的歌词,就能印证他的说法。但要思考点什么也不太容易,因为这首歌太上口、太好记,一下子就记住了。一首如此、朗朗上口的歌,尤其是一首祈望之歌,势必有成为自己敌人的危险——不是自己最坏的敌人,而是最好的敌人,但仍是敌人。

并不惧怕我会成为我的敌人
在我宣讲的时刻

(《我的往昔岁月》)

哪怕只是第二次听这首歌,已有的记忆也会很容易淹没听歌的新感受。但将歌曲本身当作答案,又会错过显白又神秘的副歌中所蕴藏的真实。

构成这首歌的诸多问题(警告、恳求、劝说及告诫)没有任何暧昧之处。但在答案以及呈现方式的确定性方面,还是有一点点处理巧妙的暧昧。因为"答案……"这一句应该有另外的形式。副歌最终落在了一个地点或一段途中("答案在风中飘荡"),而你也许希望得到的答案,不是在何处(a where),而是是什么(a what)。这个答案是忍耐。是废除种族隔离。或是对上帝的信仰。同样,回答"多少"(How many)的问题,答案可以是一个实际的数字,虽然听起来也许荒唐("一个人要走过多少路……"——事实上,是 61 号高速公路)。这样的数字答案不可思议,有悖常理,意思不是说想都不该想。《马太福音》18:21:"'主啊,我弟兄得罪我,我当饶恕他几次呢?到七次可以吗?'耶稣说:'我对你说:不是到七次,乃是到七十个七次。'"

"在风中飘荡":最终,答案不在歌词里,而在音乐中,在最后的口琴声中,一阵乐音像风吹拂。[1] 不过,迪伦的歌词吻合于我们的问题。比如说,"在风中"(in the wind)这几个词。《牛津英语词典》这样解释:

a. 指通过从其所在的地方吹来的风可以闻到或感觉到的事物。

b. 比喻,指被"觉察"或感知。

c. 预测性地:发生或即将发生;骚动,进行,"升起"。1535 年有件事正在酝酿中(A thing there is in the wind)……我相信神有一天会显明出来。

如果你想信任一个人,信上帝。"多久,哦上帝,要多久?"但"在风中"(in the wind)能带来别裁异想,在"悬而未决"(hang in the wind)这个词组里,它的意思是"保持悬念或犹豫不决"。"我还是说答案在风中而且就像一张不停抖动的纸片,某个时候它会飘下来……而后它再次飞走"。也许不是犹豫

---

[1] 1962 年 4 月,在格迪斯民谣城音乐俱乐部,这首歌以口琴为前奏,演唱各节之间和结尾都有口琴伴奏。1962 年 7 月的威特马克演示版中没有口琴。1962 年 7 月,在专辑《自由不羁的鲍勃·迪伦》中,这首歌被演绎得最好,在所有其他听过的、被评论过(虽然不必评价)的版本中脱颖而出:它以吉他开场,但在演唱各节之间和结尾处有口琴。随着呼吸飘荡。迪伦并没有按《鲍勃·迪伦诗歌集:1962—1985》(1985)中歌词的顺序来演唱。印刷版的歌词顺序是:第一节,而后唱最后一节,再唱第二节。但是在民谣杂志《大路边》(1962 年 5 月下旬)上,这首歌是按照他演唱的顺序印出的。

不决，而是再次决定，一个需要不断做出并施行的决定。[1]

这首歌能够大卖（字面意义上的大卖），与它的曲调和歌词的显白都有关系。一个人应挺身而出。虽然，为此挺身而出并被认可的人并不很多，但可以肯定会有许多人支持。这首歌对勇气的表彰，对他人勇气的召唤，它最初的团结，都要求它传达出某种政治性的孤独感，这要通过用复数不断对抗单数来实现：

> How many roads must a man walk down
> 一个人要走过多少路
> Before you call him a man?
> 你才会称他是人？

三节中每一节都包含五个复数词，而副歌的每一个词则皆是决绝的单数。

"多少"（how many）在歌中出现了多少次？九次，有三次是"多少次"（How many times）——然后一语道破"太多"（too many）（就在最后的副歌之前）："已有太多人死去"（That too many people have died）。迪伦在唱这一行时，在时间上很能拿捏分寸：稍稍加速，赶在音乐之前，仿佛时间和耐心都已耗尽。

最后一节开始就问"多少回"（How many times）；每一节都在提这个问题，但是在其他各节这不是第一个问题，而是最后一个。

第一节在开头问"一个人要走过多少路"，最后一节在开头问"一个人要抬头多少回"。

一个人（男人），这不是出于草率，不是为了掩饰性别。也不是因为厌

---

[1] 这首歌是 1962 年 7 月 9 日录制的。1960 年 2 月 3 日，哈罗德·麦克米伦（Harold Macmillan）在开普敦发表了他的名言："改变之风（the wind of change）正吹过这片大陆，不管我们喜不喜欢，这种民族意识的增长是一个政治事实"。《永远年轻》唱道："在风转向之际"（When the winds of change shift）。复数与单数的差别多么大。

女症。"一个人"（a man）无法涵盖一般人性或者全人类。这里"a man"指男性，因为一个男人敢于直面狂妄攻击的方式，不同于一个勇敢智慧的女人，就像《杀人执照》所赞誉的女人：

> 他认为，他是地球的统治者，所以可以为所欲为
> 如果事情没有马上改变，他会
> 噢，他一手导演了自己的劫数
> 第一步是触摸地球

> 现在，有个女人在我的街区
> 她就坐在那，长夜渐静
> 她说谁来吊销他的杀人执照？

"A man"指男人，指特殊道路上的特殊的人群，他们为属于自己和他人的权利而献身。"A man"指男人，因为这样可与歌中的"她"保持默契的张力，她本就是"他"：[1]

> How many seas must the white dove sail
> 一只白鸽要飞过多少海洋
> Before she sleeps in the sand?
> 她才能以沙滩为枕？

---

[1] 在早先的专辑封套中，歌词是"他才能安眠于沙滩？"（《大路边》，1962年5月下旬）。《鲍勃·迪伦诗歌集：1962—1985》中印的是"一只白鸽"，但是迪伦唱的是"这只白鸽"：代表世界的和平，洪水的怜悯，圣灵降临的消息。诚然，1962年他不是基督徒，但他申请了《很久以前、很远的地方》的版权，与《在风中飘荡》同一年。"为了论说和平与博爱／哦，得付出什么代价！／很久以前有人这么做／结果被钉上十字架"。在早期的几首歌曲中对基督教的指涉超出修辞需要。

Yes, 'n' how many times must the cannon balls fly

是啊，加农炮弹要飞多少回

Before they're forever banned?

它们才会永远被禁？

"让鸟儿唱，让鸟儿飞"（《红色天空下》）。让加农炮弹不再飞。让所有武器都像加农炮弹一样过时吧。

但迪伦已着手告别加农炮弹，他用柔和圆润的歌声平息杀气，使其变得绵柔，变成鸽子的羽绒。

1962年3月，就在这首歌像鸽子一样被放飞的前几个月，《大路边》刊发的歌词已经传播开来：

How many roads must a man walk down

一个人要走过多少路

Before he is called a man?

你才会称他是人？

修改了。这首歌让你想起这一点。"你才会称他是人"。这是这首歌里唯一的"你"，出现在开头，它指向你，可能针对你，哪怕如果"你称他"（you call him）也无法表达"在他被称为人之前"的意义，它将变成简单的指责。这首歌从头到尾，都是献给某个人，或者很多人。"答案啊，我的朋友，在风中飘荡"。需要注意"我的朋友"模棱两可的调子。也许你确实是我，也是这项事业的朋友，所以用不了多久，"我的朋友"就可以是"我的朋友们"甚至"朋友们"。但使这首歌免于轻信的（外面有充满杀意的敌人，否则也不必写这首歌）是"我的朋友"的另一种可能，一柄谴责的利刃可能包藏：你或许不懂，我的朋友，是……在另一首冷酷的民权歌曲《牛津镇》中，这柄利刃更为锋利：

他来到门口，无法进到里头

他的肤色是众祸之源

对此你有何看法，我的朋友？

在《在风中飘荡》中，"我的朋友"这几个词没有像《荒芜巷》中那样构成威胁（"有人说：'伙计你来错了地方 / 最好赶紧走'"）。但它们也同样咸涩，而不仅是甜蜜。

道路（roads）、海洋（seas）和时间（times）是复数，与一个人（a man）或者一座山（a mountain）、一个人（a man）或一人（one man）形成对比。尤其巧妙之处不仅体现在词的发音上（"can a mountain" / "can a man turn"），也借助于"turn"这个词："一座山能存在多少年"转变（turn）为"一个人要抬头多少回"。这与古老智慧一致，连先知都必须承认："山不到默罕默德这里来，默罕默德就到山那里去"。这也是迪伦在采访中表现出的智慧，从山下降到平地或平原：

"坐上灰狗巴士走三天；去某个地方。"

你现在能做到吗？

"我再也不能这么做了。取决于……你知道，让灰狗巴士来接我。"[1]

在《在风中飘荡》中，男人和山相遇，这与布莱克的政治尺度一致：

伟大的事业建树于与群山相会的时候，

这是大街上的拥挤所不能造就。[2]

---

[1] 《什什什么？》（1965年纳特·亨托夫的采访全文，不同于1966年3月的《花花公子》版），第10页。

[2] 译文引自《布莱克诗集》，张炽恒译，上海三联书店，1999年，第140页。——译注

这首歌本身便是伟大的事物之一——如布莱克的诗歌——那些促成社会良知的伟大事物之一：

How many years can some people exist
一些人能存活多少年
Before they're allowed to be free?
在获准自由之前？

"一些人"的感觉，不随便，也不敷衍（因为一个民族［a people］的历史可以引以为豪，在这个意义上一个民族不仅仅是一些人），但"是啊，一些人能存活多少年"旨在清晰简洁地、用普遍人性解释"民族即人群"——你懂的，人群。民族（a people）是单数，还是复数？因为，"people"这个词，是一个包含复数的单数。[1]

它在召唤什么？召唤坚忍。这首歌反反复复，持续不断地追问。但强烈表态与满腹牢骚不同，它在这方面极有分寸，所以采用了相对缓和的口吻。像"一个人要……多少回"的说法容易显得严厉，变得有攻击性（我到底要告诉你多少回……）——迪伦想暗示一种坚定，仅仅是暗示。同样如此的，是另一个反复出现的转折："是啊"（Yes, 'n'）。在第一节中，迪伦用过一次[2]，在另外两节用过三次，将对"一个人"的询问，变成了对所有人的询问：

Yes, 'n' how many deaths will it take till he knows
是啊，要多少人丧命，他才知道

---

[1] "存在"（exist）和"存活"（exist）之间的押韵（毫不改易，也不含糊），给人一种振奋又稳固的坚定感："是啊，一座山能存在多少年／在获准自由之前？／是啊，一些人能存活多少年／在获准自由之前？"

[2] 他唱的不同于《鲍勃·迪伦诗歌集：1962—1985》的版本，在第一节的第三行他没唱这个词，但在第二节和第三节的开头又加上了这个词。

That too many people have died?

已有太多人死去?

与"多少次"类似,"是啊"也容易显得过于消极。但还有一点:"是啊"还很有可能冷不丁来上一拳。迪伦没让这种情况发生;他的语气是"让我解释给你听",而不是"我告诉你"。

这首歌的意图和语调都十分单一,如果没有对确立的模式有所调整,它也不会那么富于变化(像新的演唱那样丰富多彩)。再看"要"(must)这个词。"一个人要走过多少路"。在第一节,它坚持着,又出现两次("一只白鸽要飞过多少海洋""加农炮弹要飞多少回")。第二节在迂回中,仿佛寻找良知的另一个入口,而关键在于必然和可能性的不同形式,不是"要"(must),而是"能"(can):"一座山能存在多少年""一些人能存活多少年""一个人能掉头多少回"。 然后,最后一节回到了"要"("一个人要抬头多少回""一个人要有几只耳朵"),只是为了用最后一问来转变整体的基调,既不是"要"也不是"能",而是一个平凡又犀利的呼喊"要多少"(will it take):"要多少人丧命,他才知道/已有太多人死去?"这个想法,实在简单(上帝明白),却别有深意,不仅关乎多少人会丧命,也关乎多少生命会被他人夺去。然而坚忍是有代价的。

不过,"要"、"能"和"要多少",一个又一个词要力挺的,是那个迟迟露面的"才"(before)。

How many roads must a man walk down
一个人要走过多少路
Before you call him a man?
你才会称他是人?

而这个"before"又被后面的声音序列加重:"才会永远被禁"(Before they're

forever banned）。才……永远（Before...forever）：然而，让我们不要永远等待。所盼望的迟延未得，令人心忧。[1] 即使坚忍也有限度。

《在风中飘荡》既单纯又复杂，但一个人要坚持这种看法多少遍呢？"人们啊，答案在风中——在风中飘荡"。人们啊，你不需要风雨如晦，就该知道吹的是什么风。[2]

《暴雨将至》

> 年纪长大啦不学好，
> 　　嗨，呵，一阵雨儿一阵风；
> 闭门羹到处吃个饱，
> 　　朝朝雨雨呀又风风。[3]
>
> （《第十二夜》）

莎士比亚的歌，其副歌改头换面出现在《珀西之歌》中："翻转，翻转成雨/成风"。《在风中飘荡》——也随心所欲——翻转成雨，翻转成了《暴雨将至》。

这首歌是评论家要啃的一块硬骨头（被诱惑领一张暴雨票［a hard rain check］[4]）。原因之一是，它拒绝成为一则寓言。如果有人问："'我看到一道白色梯子被水淹没'，这是什么意思？"你会不会回答"就是字面上的意思"？T. S. 艾略特曾被问及《灰星期三》中的一行诗"夫人，三只白色的

---

[1] 《箴言》13:12。
[2] 改写自《地下乡愁蓝调》中的"你不需要气象员，就知道吹的是什么风"一句。——译注
[3] 译文引自《莎士比亚全集》第四卷，朱生豪译，吴兴华校，人民文学出版社，1978年，第97页。——译注
[4] 雨票（rain check），指看球赛遇雨领改期票，此处双关评论家面对的是"暴雨"，即《暴雨将至》是大难题。

豹子蹲在一棵桧树下"是什么意思。他回答:"夫人,三只白色的豹子蹲在一棵桧树下。"[1]还有一个原因:这首歌我们太熟了(与《在风中飘荡》一样),这也很容易意味着太容易。"但我在开口歌唱之前,我很清楚自己要唱的歌曲":那是他说的,或更确切地说是他唱的,在大舞台的幕布阖上前一刻,他在《暴雨将至》结尾唱的。亚历山大·蒲柏的《愚人志》,以启示录般的场景来结尾:

> 瞧!你那可怕的帝国,**混乱**!重临;
> 光死在你的未造之词前:
> 用你的手,伟大的叛乱者!让帷幕落下;
> 宇宙的黑暗埋葬一切。

在迪伦的宇宙中,一场终结之雨即将到来。

> 然后我将站在海上,直到我开始下沉
> 但在我开口歌唱之前,我很清楚自己要唱的歌曲
> 一场暴雨,暴雨,暴雨,暴雨
> 一场暴雨将至

他对自己的歌了如指掌。但对我们来说:他还没唱我们就已对他的歌了如指掌,那么我们可能会陶醉于他的盛名,而不能保持警醒。对一个伟大的歌者而言,唱出"听见一万声低语却无人聆听"也有同样的意味。我们都去过迪伦的演唱会,令人愤怒的是情况往往真是这样,只不过那一万个人不是在窃窃私语,而是在高谈、呐喊。或一起合唱……在他演唱之前,他们对他

---

[1] 艾略特在1929年如是说,引自 B. C. 索瑟姆(B. C. Southam),《艾略特诗选导读》(*A Guide to the Selected Poems of T. S. Eliot*),(1996年第六版),第225—226页。(译文引自《荒原:艾略特文集·诗集》,裘小龙译,上海译文出版社,2012年,第128页。——译注)

的歌了如指掌。倒背如流。但愿他们能让这首歌汹涌澎湃。

他将不会忘记在十几个呆滞观众面前缺席的感觉。可怕的旅程。旅程即探索。《暴雨将至》讲述一次探索之旅，开头即是发问。随后每一节的展开都是对这一初始之问的调整：

> 噢，我蓝眼睛的儿子，你上哪儿去了？
> 噢，我钟爱的少年郎，你上哪儿去了？

对于这样的发问，我们也可紧接着发问："那你呢，我蓝眼睛的儿子，你上哪儿去了？"迪伦知道，也默认我们也知道，知道这个问题在哪里，从何处而来。确实如此，我们都清楚知道它的具体来源和出处。[1]

> 噢，兰德尔勋爵我的儿子，你上哪儿去了？
> 英俊的少年，你曾前往何处？

不仅是出处，还是一处用典，带来某些联想——正如在《高地》[2] 开头，如果你没听出那是罗伯特·彭斯笔下的乡间，那你一定是个耳朵不好使的低地女士。

《兰德尔勋爵》这首强有力的民谣提供了《暴雨将至》的内在结构：每一节在开头提问，在副歌得出结论。这首歌，就像这首民谣前身一样，吞下毒药，也知道大限将至：地狱。

但《暴雨将至》的成功之处之一，在于迪伦随后大幅偏离了原作罪之歌的模式。那首民谣一问和一答的模式，召唤公正的全然在场。

---

[1] "兰德尔勋爵在品一夸脱啤酒"（《狼蛛》，1966年，1971年，第82页）。9世纪初，《兰德尔勋爵》出现在大多数民谣或苏格兰诗歌选集中。

[2] 迪伦："我的心在高地，温柔而合理"。彭斯："我的心在高地，我的心不在这里。"

兰德尔勋爵

"噢,兰德尔勋爵,我的儿子,你去哪儿了?
我英俊的少年,你曾前往何处?"
"我去了密林,妈妈,快些铺好我的床,
我厌倦了打猎,我想躺下"

"兰德尔勋爵,我的儿子,你在那儿遇到了什么?
我英俊的少年,你在那儿遇到了什么?"
"噢,我遇到了真爱,妈妈,快些铺好我的床,
我厌倦了打猎,我想躺下"

"兰德尔勋爵,我的儿子,她给了你什么?
我英俊的少年,她给了你什么?"
"平底锅煎的鳗鱼,妈妈,快些铺好我的床
我厌倦了打猎,我想躺下"

"兰德尔勋爵,我的儿子,什么让你离开?
我英俊的少年,什么让你离开?"
"我的猎鹰和猎犬,妈妈,快些铺好我的床
我厌倦了打猎,我想躺下"

"兰德尔勋爵,我的儿子,它们怎么样了?
我英俊的少年,它们怎么样了?"
"它们伸着腿死去,妈妈,快些铺好我的床
我厌倦了打猎,我想躺下"

"兰德尔勋爵,我的儿子,我担心你中了毒
我英俊的少年,我担心你中了毒?"
"是的,我中毒了,妈妈,快些铺好我的床
我很难过,我想躺下"

"兰德尔勋爵,我的儿子,你会留给妈妈什么?
我英俊的少年,你会留给妈妈什么?"
"二十四头奶牛,妈妈,快些铺好我的床
我很难过,我想躺下"

"兰德尔勋爵,我的儿子,你会留给妹妹什么?
我英俊的少年,你会留给妹妹什么?"
"我的金子和银子,妈妈,快些铺好我的床
我很难过,我想躺下"

"兰德尔勋爵,我的儿子,你会留给弟弟什么?
我英俊的少年,你会留给弟弟什么?"
"我的房子和土地,妈妈,快些铺好我的床
我很难过,我想躺下"

"兰德尔勋爵,我的儿子,你会留给真爱什么?
我英俊的少年,你会留给真爱什么?"
"我留给她地狱和烈火,妈妈,快些铺好我的床
我很难过,我想躺下"

贯穿全歌,同一个问题每次问两遍,再给出最简短的回答;然后,传来了濒死之际精疲力竭的哀求。

迪伦创造性地偏离《兰德尔勋爵》传造成形的方式，直接建立起一种自己的风格。

> 噢，我蓝眼睛的儿子，你上哪儿去了？
> 噢，我钟爱的少年郎，你上哪儿去了？
> 我曾跋涉过十二座雾蒙蒙的高山
> 我曾连走带爬行经六条蜿蜒的公路
> 我曾踏进七座阴郁森林的中央
> 我曾站在十二座死亡之海的面前
> 我曾深入离墓穴入口一万英里深的地底
> 一场暴雨，暴雨，暴雨，暴雨
> 一场暴雨将至

我上哪儿去了？到需要坚忍和耐力的地方去。在那里，我蹒跚、我前行、我匍匐。在那里，我是唯一的人类——更有甚者，是唯一有知觉的存在。在那里，没有可以躺下的床，也不能被疲倦压垮。这旅程，是苦役。这风景，是绝境。第一节确立了这首歌的推动力，如有必要，甘愿（而非受虐狂）走阻力最大的路。历尽艰险。一往直前。"我想躺下"。但我在坚持。

在对比之中，《兰德尔勋爵》可以帮我们把握到迪伦赋予坚忍的形式。

《兰德尔勋爵》的构造是这样的。首先，每一节在母与子、问和答之间均衡展开：两行对两行。其二，每一节由此也是标准的规格，无需四分的四行诗体。其三，每一节不仅押韵方式相同，而且押韵的词也一样：儿子/少年（son/man [苏格兰发音为mon]）；快些/下（soon/down [苏格兰发音为doun]）。其四，每一节都包含一个问题，每一个问题都会适时被副歌闭锁，因此不同诗节之间只改动一点点，这意味着一种持续的稳定，寥寥数语的改动也便有了一种齿轮般的力量，在磨砺中吐露一切。

迪伦，对于《兰德尔勋爵》满怀敬意，却不遵从它确立的以上体式。这是迪伦的权利。他以自己的方式,演绎了这首歌的歌词——以及最终的结局。

首先,"问"与"答"是否不分轩轾?在迪伦的歌中,提问始终被回答的占比所压倒,而且这一占比自身也在变化。第一节开头是两行问句,而后是五行对忍耐的叙述,再后就是两行副歌——副歌也可说只有一句?(副歌仿佛五次郑重的声明——"一场暴雨……",在结束前唱了五次。)

> 一场暴雨,暴雨,暴雨,暴雨
> 一场暴雨将至

起初,首尾之间有五行叙述;五行的模式后来有变,扩充到七行,又变成六行,而在最后一节,非但不在痛苦中蜷缩反而双倍扩张,扩张至十二行叙述。盖棺定论。

对兰德尔勋爵来说,除了再三哀叹精疲力竭之外,其他再无可为:"我厌倦了打猎,我想躺下"。我们会厌倦听到这些吗?这正是每一段副歌都要面对的问题。但是不,我们不厌倦,部分因为这不是普通的疲倦,"厌倦了打猎",毋宁说是一阵阵剧痛,很快将验证副歌在复沓之中残酷的改变,死亡不同于打猎:"我很难过,我想躺下"。更让人难过的,是爱之痛,因为正是"我的真爱",是她投下了毒药。

与《兰德尔勋爵》冷酷的、稳定的穿透力完全不同,迪伦需要一种不同的——广阔的——平铺直叙,有点类似于德莱顿表现天堂之战后路西法堕入地狱废墟之时的手法:

> 这些地带和这个王国就是我发动战争所获得的结果;
> 这个悲惨的帝国就是失败者的归宿;
> 在火海里煎熬,或在干地上受罪,

这就是地狱全部阴暗的选择。[1]

至于押韵格式,《暴雨将至》并没有。说起来,也没太多押韵。尽管每一节的开头都有一个变化的却也贯穿到最终的押韵对句:

Oh, where have you been, my blue-eyed son?
噢,我蓝眼睛的儿子,你上哪儿去了?
And where have you been, my darling young one?
噢,我钟爱的少年郎,你上哪儿去了?

在这一押韵的对句完成之后(也就是说,即刻),这首歌便主动与那首在盘旋中阴沉质询的民谣分道扬镳了。这首歌对我们持续施加影响的方式——在每一个开头的问题之后——不是以押韵,而是以一种持续的抑扬顿挫达成,即轻读的最后一音节都是阴性结尾:"我曾跋涉过十二座雾蒙蒙的高山"(misty móuntains)。[2]

语言中最常见的阴性结尾,我最钟爱的少年郎,是"-ing"。或者是迪伦这里的"-in"——虽然这并非一成不变。("我听见许多人发笑[laughin']",但"我遇见一个年轻妇人,身体被火焚烧[burning]"——"发笑"[laughin']是一回事儿,"焚烧"[burning]可不是让人发笑的事儿。)指向未来的是"将至"(a-gonna fall),而歌中来自过去的现在分词是一种不祥的存在。如果摘

---

1 艾略特在他的论文《约翰·德莱顿》(*John Dryden*, 1921)中写道:《人类的淳朴与堕落》"是德莱顿的早期作品;总体来看不够出色,不配和《失乐园》进行持续的对比。但'地狱的全部阴暗选择'!德莱顿的笔锋已在那里跃跃欲试了。"(选自《文集》,1932、1951年版,第312页)。(译文引自《现代教育和古典文学:艾略特文集·论文》,李赋宁译,上海译文出版社,2012年,第54页。——译注)

2 有关"mountains"作为关于阴性结尾(相对于"hills")的讨论,参阅本书对《海蒂·卡罗尔孤独地死去》的分析,那首歌也是以抑扬顿挫为体式;这两首歌都是在逐渐减弱的阴性结尾与阳性结尾的副歌之间形成对照。《暴雨将至》还做到首尾闭合,在开头和结尾都为阳性:son(碰巧是)/one,以及 hard/fall。

459

出各行的结尾，我们会看到或听到第一节中没有出现"-ing"（回头一看，有点意外）。它要直面的是行尾一连串名词："儿子"（son）、"郎"（one）、"高山"（mountains）、"公路"（highways）、"森林"（forests）、"海"（oceans），以及（终于到了）"墓穴"（graveyard）——随着韵脚的摆荡，墓穴的入口一下子也被紧紧合上：

> I've been ten thousand miles in the mouth of a graveyard
> 我曾深入离墓穴入口一万英里深的地底
> And it's a hard, it's a hard, it's a hard, it's a hard,
> 一场暴雨，暴雨，暴雨，暴雨
> It's a hard rain's a-gonna fall
> 一场暴雨将至

稍后，在第四节末尾会有一个人声杂耍的变体："我遇见一个男子，因恨而受伤／一场暴雨，暴雨……"——"恨"（hatred）吞掉了"暴雨"（hard）。

第一节结尾的名词中，只有一个回到这样的位置：（"森林"［forests］），一个歌词序列中的这个词给最后一节涂上阴暗的色彩——考虑到"最深"（deepest）——让"forest"感觉不像一个名词，更像一个形容词的最高级、一种极限状态："我将走进最深的黑森林的深处"。[1]

每一行都以沉重的名词结尾，而且迪伦对"森林"和"高山"的咏唱和菲利普·锡德尼同调。锡德尼《阿卡狄亚》（*Arcadia*）中的双六行诗这样开头：

> 你们这些热爱长满青草的山峦的牧羊之神，
> 你们这些在幽泉之谷出没的仙女们，
> 你们这些喜欢自由静谧的森林的山神们，

---

[1] 迪伦唱的是"dark"；《鲍勃·迪伦诗歌集：1962—1985》印的是"black"。

460

> 请你们倾听这优美的音乐（plaining music），
> 它给我的苦恼带来了黎明，
> 牵拽着悲哀走向每一个黄昏。

威廉·燕卜荪对锡德尼伟大之处的分析，也适用于迪伦优美的音乐：[1]

> 无论这首诗的结构多么丰富，都是带着悲怆和不变的单调，徒然叩击同样的门扉。山峰、山谷、森林、音乐、黄昏、清晨，克雷奥斯和斯特雷封只是在这些词语上才暂时中断他们的悲号，这些词勾勒出他们的世界，构成了他们的环境。当我们在似乎漫无目的地重复了十三次的大同小异的诗节中搜寻他们失恋中的沉闷的田园生活时，我们似乎能够析出这些概念全部可能的意义。
>
> 山：这个复数名词暗示着被囚禁、被放逐；无计可施和虚弱无力，或暗示困难与成功，令人羡慕或感到属于自己的伟大（从而你感到自己无能或有力）；它们或给你死亡的静寂与绝望。
>
> 森林：虽然森林既有价值又为人所熟悉，却是荒凉的，隐伏着危险；林中既有夜莺又有鸱鸮；这里的野兽虽然凶猛，却能给猎手快乐；森林之火不是有用的便是毁灭性的。
>
> 音乐：可以表达快乐或悲哀，既不如谈话直接又比谈话直接，因而跟人们对田园风景的人物印象联系起来；人们感到这些人物既粗俗又太文雅。音乐既可使旁观者高兴，也使他们沮丧。

迪伦歌曲中的快乐和悲哀有什么意义？"我想说，"T. S. 艾略特写道，"莎

---

[1] 《朦胧的七种类型》(1930 年，1947 年第二版)，第 36—37 页。

士比亚的戏剧没有一部是具有'意义'的——虽然要是说：莎士比亚的戏剧是毫无意义的，那就同样的不是真话。"《暴雨将至》的第一节绝非毫无意义（meaningless），而是毫无进行时态（-ingless）。[1] 压力放在第二节和第三节，在两节之中都有连续诗行用了现在时，第二节有两行，第三节有三行（其中可以加入万声低语）：

I saw a black branch with blood that kept drippin'
我看到一根黑树枝不断滴落血水
I saw a room full of men with their hammers a-bleedin'
我看到一个房间满是手持淌血榔头的男人

I heard one hundred drummers whose hands were a-blazin'
听见一百个双手发火的鼓手
I heard ten thousand whisperin' and nobody listenin'
听见一万声低语却无人聆听
I heard one person starve, I heard many people laughin'
听见一个人饿死，听见许多人大笑[2]

第四节靠她自己的力量（也靠它自己的力量，没有用"-in"），"我遇见一个年轻妇人，身体被火焚烧（burning）"。而最后一节坚持无可逃避，无路可返。首先出现的是两个分词——"a-goin'"和"fallin'"——这是听到"一场暴雨将至（a-gonna fall）"后你一直在等待的："我打算在开始下雨之前走人"（I'm a-goin' back out 'fore the rain starts a-fallin'）。打算走人：即打算就此

---

[1] 《莎士比亚与塞内加的斯多葛主义》（*Shakespeare ans the Stoicism of Seneca*，1927）；《文集》，第135页。(译文引自《传统与个人才能：艾略特文集·论文》，方平译，上海译文出版社，2012年，第167页。——译注)
[2] 这里回应了这一节开头的警告："我听见隆隆雷鸣吼出一个警告"。

罢手？绝不。（这是最后一节了：除了副歌以外，前边没有一节提到过雨。）下一段也就是最后一段，在我开始下沉／我开口歌唱（I start sinkin'/I start singin'）的重叠中，终于尾声将至：

  And I'll stand on the ocean until I start sinkin'
  然后我将站在海上，直到我开始下沉
  But I'll know my song well before I start singin'
  但在我开口歌唱之前，我很清楚自己要唱的歌曲
  And it's a hard, it's a hard, it's a hard, and it's a hard,
  一场暴雨，暴雨，暴雨，暴雨
  It's a hard rain's a-gonna fall
  一场暴雨将至

一切的关键是什么？披沙沥金，是"它"（it）。一路从用来回答"噢，你看到了什么？"的有特定所指的"它"：

  I saw a newborn baby with wild wolves all around it,
  我看到一个新生儿被狼群包围
  I saw a highway of diamonds with nobody on it
  我看到一条钻石公路空无一人

——直到这个最终的并非特指的"它"：

  And I'll tell it and speak it and think it and breathe it,
  我将诉说它，谈论它，思索它，呼吸它[1]

---

[1] 在演唱中，迪伦调换了歌词的顺序，"思索它，谈论它"。

And reflect from the mountain so all souls can see it
自山岭映照出它的影像，让所有的灵魂都能看见

在副歌中也接连不断，澎湃而出：

And it's a hard, it's a hard, it's a hard, and it's a hard,
一场暴雨，暴雨，暴雨，暴雨
It's a hard rain's a-gonna fall
一场暴雨将至

它的（its）压迫力量建立在对另外的四字母单词的反复截停上，因此"It's a hard, It's a hard, It's a hard"不断延宕"雨"（rain）的到来。"要不就在盼望一场雨"。[1] 如果想一想以延迟来重复的另一段副歌，不是通过更多堆砌而是暗中的重复拖长，这种延迟的程度会更加清晰："有一列缓慢的、缓慢的火车正沿着弯道开来"（《慢车》）。[2] 不是"有一列缓慢的、有一列缓慢的、有一列缓慢的火车正沿着弯道开来"。如果变成了等火车，事情就已经变了。[3]

等待，因为坚忍，像耐心一样，是现在与过去和未来共同的关系。这方面，它区别于，比方说，勇气，它也许会突然当场立时显现。勇气无需宣扬它曾是什么、将是什么。确实，习惯于勇敢（"愿你永远有勇气"，《永远年轻》）是需要锤炼的，但勇气的构造本身不含惯习。而耐心和坚忍，在此刻，给出一个关于它们的过去曾经是什么，未来可能是什么的保证；它们由三种"时"（tense）构成，过去、现在和未来三种维度。最初的四个问题引出过去的

---

1 《荒芜巷》："每个人都在做爱 / 要不就在盼望一场雨"。什么思路？这对躺着的恋人与奶牛有着共同的直觉，奶牛在期待下雨的时候会躺下来（保持那块地干燥？）。

2 迪伦坐《慢车》到来时没有忘记《暴雨将至》，结尾的"it"暗示了这一点。"哦，你心知肚明，储存粮食的代价更高于施与（give it）/ 他们谈论弟兄之爱的生活，告诉我有谁懂得这么生活（live it）/ 一场真正的自杀事件，但我做什么也阻止不了（stop it）"。

3 "一身光鲜地等待末班列车"（《桑田沧海》）。"长途火车滚滚驶过大雨"（《今夜你在哪儿？》）。

维度:"噢,我蓝眼睛的儿子,你上哪儿去了?"、"噢,你看到了什么?"、"噢,你听见了什么?"还有"噢,你遇见了谁?"。但最后一节闯入了未来:

"噢,我蓝眼睛的儿子,你现在打算做什么?"
"我将诉说它,思索它,谈论它,呼吸它"

最后一节的景象,可以视为深入"resolution"(决心/决议/解析/分辨率)这个词意涵的旅程。据《牛津英语词典》,这个词的意思是:

果断;坚定或目标稳固;不屈的脾气。
我将走进最深的黑森林的深处

对某件事的陈述;对某一点的决定或裁决;正式的决定、决心或意见表达。
那儿黑是唯一的颜色,那儿无是唯一的数字

物质被还原或分离为其组成部分或元素的过程。
那儿他们的河水里满是毒丸
使物体的组成部分或邻近的光学或摄影图像可区分的行为、过程或能力,或将空间或时间上任何数量的类似大小的测量分离出来的能力。
我将诉说它,思索它,谈论它,呼吸它
自山岭映照出它的影像,让所有的灵魂都能看见

坚忍是人类所追求的无上美德。《暴雨将至》让人想起中世纪以及其后艺术中对中世纪世界的探索。"我在探索中历尽艰辛":勃朗宁的这首《罗兰

骑士来到黑暗之塔》[1],以某种方式最大程度包含了迪伦歌中的暗黑气息(以抵消那首启发这首歌的民谣的影响),这气息并不是中世纪的,而是维多利亚时代的。与歌一样,这首诗也是一幅审判日的景象,"这最后审判的烈火必将治愈此地"。它结束了,在经历了所有失败的探索者的艰苦游历之后,带着——依然无畏——坚忍,发出最强音:

> 在一片火焰中
> 我看到他们,也认识他们的全体。然而
> 我却毫不畏惧,把号角举到唇边
> 将它吹响。"罗兰骑士来到黑暗之塔。"

但当你把号角举到唇边(或者口琴,诸如此类),你也无法发问或回应,而《暴雨将至》成立的前提,最重要也是最起码的——勃朗宁的诗不是这样——是轮唱的方式。和《兰德尔勋爵》一样,它采用了一问一答模式。与《兰德尔勋爵》不同的是,问与答的部分并不均等。交替变更。证明完毕。

但它自己也提出了一个问题。因为在《兰德尔勋爵》中,谁在发问毫无疑问

> 噢,兰德尔勋爵,我的儿子,你去哪儿了?
> 我英俊的少年,去哪儿了?

---

[1] 勃朗宁在动笔之前就很熟悉莎士比亚的歌。《李尔王》中有这样的诗句:"罗兰骑士来到黑沉沉的古堡前/他说了一遍又一遍:'呸,嘿,哼!'/我闻到一股不列颠人的血腥。"迈克尔·格雷对迪伦与布朗宁都有研究(《歌与舞者》第三辑,2000年,第64—70页),但没有提到这个例子。按照歌曲的顺序,这两首有这些共同之处(但我把单数和复数都放在一起说:迪伦,"highways",勃朗宁,"highway"):"高山"、"公路"、"死亡"、"嘴"、"你看到了什么"/"看不到?"(在这一节开头)、"新生儿……"、"黑……"、"血水……"、"水"、"你听到了什么"/"没听到?"(下一节的开头)、"饿死"、"大笑"、"一个人"、"焚烧"、"黑"、"毒丸"、"刽子手"/"行刑人"、"丑陋"还有"灵魂"。关系更为紧密的,不仅有迪伦的这句"足以溺毙整个世界的海浪在怒号"与勃朗宁的"我满世界的流浪",还有勃朗宁随后的短语"整个世界",伴随着一只船在暴风雨中沉没。

——而存疑的是,《暴雨将至》开头提问的是谁:

噢,我蓝眼睛的儿子,你上哪儿去了?
噢,我钟爱的少年郎,你上哪儿去了?

另外,轮唱的结构在迪伦的作品中非比寻常。在《在风中飘荡》中,发问者就是回答者。在《谁杀害了戴维·摩尔?》中,回答者是拳击场一个接一个围观的人。的确有一首歌,也伴随了提问,采用了轮唱的方式:《西班牙皮靴》,这首歌第七节以前的各节交替展开,第七节之后,当黑暗的真相被揭露,其中一个对话者才变成最后三节的叙述者,也再没有了发问的空间。虽然迪伦在歌中常常提问,但没有一首像《暴雨将至》这样交替进行,这正是它的独特之处。

可以补充的是,"噢,我蓝眼睛的儿子,你上哪儿去了?"听起来不像是自己在问自己——比如说不像"你准备好了吗?"("我希望我准备好了")。迪伦不会注意不到《兰德尔勋爵》不仅是轮唱的,也是一场盘问,一次最终变成审讯的质询。每一节都有"我的儿子"……"母亲"。让这个谋杀故事中如此恐怖的是,整个场景与每一对母子之间都会有的日常对话是如此相近。

"噢,兰德尔勋爵,我的儿子,你去哪儿了?"

"兰德尔勋爵,我的儿子,你在那儿遇到了什么?"

"兰德尔勋爵,我的儿子,她给了你什么?"

"兰德尔勋爵,我的儿子,什么让你离开?"

"兰德尔勋爵,我的儿子,他们怎么样了?"

"兰德尔勋爵,我的儿子,我担心你中了毒"

"兰德尔勋爵,我的儿子,你会留给妈妈什么?"

"兰德尔勋爵,我的儿子,你会留给妹妹什么?"

"兰德尔勋爵,我的儿子,你会留给弟弟什么?"

"兰德尔勋爵,我的儿子,你会留给真爱什么?"

"兰德尔勋爵,我的儿子,学校的午餐怎么样?"

"兰德尔勋爵,我的儿子,她的父母是干什么的?"

另外有一首令人难忘的民谣,也包含如此阴郁的场景[1]。一个手持血淋淋利剑的男人。母亲和儿子,轮流吟唱,她的"爱德华,爱德华"与他的"妈妈,妈妈"一直交替。

"你的剑为什么这般血淋淋?
　　　　爱德华,爱德华,
你的剑为什么这般血淋淋?
　　你为什么这般伤心?"
"噢,我杀掉了心爱的猎鹰,
　　　　妈妈,妈妈,

---

[1] 18世纪的民谣《爱德华》("Edward"),这首《爱德华》在过去和现在的《牛津英语诗集》(*The Oxford Book of English Verse*)都有,也见于大多数民谣和苏格兰诗歌的选集。

我杀掉了心爱的猎鹰,

哎呀,那是我最后的一只呢。"

这位母亲随即坚称"猎鹰的血不会这般红"("我亲爱的儿子")——她的四行与他的四行交替在每个七行诗节中,他接着回答:"噢,我杀掉了那匹红鬃马"。她还是不肯相信他。他继续说:"噢,我杀了我亲爱的爸爸,/妈妈,妈妈"。

"那你打算以什么苦行来赎罪,

爱德华,爱德华?

你打算以什么苦行来赎罪,

我亲爱的儿子,请告诉我。"

他将启程,踏上流亡之旅。

"你的城堡与庄园怎么办?"
"让它们自行倒塌去吧"

"你给妻子儿女留下点什么?"
"让他们穿街走巷终生行乞去吧"

然后是令人震惊的不幸结尾:

"你给母亲留下点什么?

爱德华,爱德华

你给母亲留下点什么?

我亲爱的儿子,请告诉我。"

> "你将受到我发自地狱的诅咒,
>
> 妈妈,妈妈,
>
> 你将受到我发自地狱的诅咒,
>
> 作为你教唆我的报答。"

如《兰德尔勋爵》一样,在这首民谣的结尾,地狱的诅咒再次纠缠一个女人,这次不是真爱,而是(甚至更可怕)没有真正爱他的母亲或妻子。

《暴雨将至》是一幅审判日的图景,一种地狱游历的幻象。人间地狱。那么"噢,我蓝眼睛的儿子,你上哪儿去了",这位提问的母亲是谁?大地之母。

弥尔顿的《失乐园》写道,堕入地狱的天使,"用不孝的手/搜索地球母亲的内脏"[1]。A. E. 豪斯曼有他失落的什罗普郡天堂:"因为我心在痛,大地,/为她生下的儿子悲伤"[2]。迪伦也有自己的《失乐园》:"一百万个梦消失,一道风景被践踏"(《今夜你在哪里?》)。

自然之母。还有大地之母。如果你不在乎这位老姑娘,就称她为:"大地老母"(beldam earth),留她在宇宙消化不良的不雅景观里:

> 失去常态的大自然,往往会发生奇异的变化;
>
> 有时怀孕的大地因为顽劣的风儿在她的腹内作怪,
>
> 像疝痛一般转侧不宁;那风儿只顾自己的解放,
>
> 把大地老母拼命摇撼,
>
> 尖塔和高楼都在它的威力之下纷纷倒塌。[3]
>
> (《亨利四世》上篇,第三幕第一场)[4]

1　引自弥尔顿《失乐园》,朱维之译,天津人民出版社,1996年,第37页。——译注
2　出自豪斯曼诗集《什罗普郡少年》四十一。——译注
3　译文引自《莎士比亚全集》第五卷,朱生豪译,吴兴华校,人民文学出版社,1978年,第59页。——译注
4　贝克特:"它由枯叶作成。让人想起自然老母"(《禁闭之地》)。

勃朗宁对大地老母施以冷眼和厉色，挖苦她的风景：

> "看吧
> 或者闭上你的双眼"，自然气恼地说，
> "没什么技巧：我无能为力：
> 这最后审判的烈火必将治愈此地
> 将它煅成石灰并释放我的囚徒"
>
> （第十一幕）

肮脏又沮丧的囚徒。但在《暴雨将至》里，迪伦为正在失去所有儿子的母亲而悲伤。大地之母和自然之母因暴雨陷入险境。还因为毒丸。更因为歌中萦绕的如此之多的东西。死亡之海不只一片，还有更多死亡的汪洋。

《罗兰骑士》曾经问道："那些战士是谁，他们发动了什么战争？"，随着敌人"蹲伏像两头公牛抵角缠斗"。也许有人会问，为什么我没有提及1962年10月的古巴危机——正如迪伦自己所说——这首歌实际上写于赫鲁晓夫和肯尼迪针锋相对走向毁灭之战之际。关于这首歌迪伦所说的话——应该说，是他说过的，因为都是过去的事——值得重视，也引人深思：

> 但那不是原子雨。有些人会那么想。那只是一场暴雨，不是倾盆大雨，完全不是。将至的那场暴雨落在最后一节，就在我说的"毒丸将淹没我们"〔"他们的河水满是毒丸"〕那儿，我的意思是，在广播和报纸上向人们传播的谎言，要夺走人们的头脑，所有这些谎言我都视为毒药。[1]

"歌中的每一行其实都是整首歌的开始。""一行又一行，试图捕捉虚无的感

---

[1] 《斯塔兹·特克尔秀》，WFMT电台，芝加哥（1963年5月3日）。

觉。我不断地重复我恐惧的事情。"恐惧,但想象着以坚忍面对。

> 然后我将站在海上,直到我开始下沉
> 但在我开口歌唱之前,我很清楚自己要唱的歌曲
> 一场暴雨,暴雨,暴雨,暴雨
> 一场暴雨将至

促成这首歌的是古巴危机。是的。但这首歌,作为一件艺术作品,总会超越且不同于促成它的东西。《牛津英语词典》:"因此暴雨频繁降临,河岸和早晨的云遮住了树木覆盖的山峰"(1859)。云雾缭绕的高山。那里有一个遗世独立的人,面对个人的伤痛毫不妥协。"我遇见一个男子,因爱而受伤"。还有一个人,"我遇见另一个男子,因恨而受伤"。在英语中,你可以说陷入爱情(in love),你也可以发表仇恨言论(say something in hatred),你可以被仇恨所伤或含恨受伤(be wounded by or with hatred)[1]——但有"因恨而受伤"(wounded in hatred)吗?受伤严重且伤痛不止——在仇恨中与她、他或他们在一起,仿佛恨是一种风气、一种氛围。

遗世之人也许迫切需要坚忍独立。你可以在《大多数时候》或(带了一种异样的被弃感)《我信任你》之中感到、听到这一点。"他们想把我逐出这城镇"。

《我信任你》

从前有一位"写赞美诗的正直国王"。在《我信任你》中,"我和我"与"我"和"你"合二为一,这首歌唱着"我,我",这是一首赞美诗。正如

---

[1] 如《鲍勃·迪伦诗歌集:1962—1985》所刊印:"被仇恨所伤"。

《诗篇》常歌咏的,不义者乃敌人。但,你,是我敌人的敌人,感谢上帝。

不义者越强盛,越要召唤、吁求坚忍。"我要承认我的罪孽,我要因我的罪忧愁。但我的仇敌又活泼、又强壮,无理恨我的增多了。"(《诗篇》38:18-19)"求你救我脱离逼迫我的人,因为他们比我强盛。"(《诗篇》142:24)[1] 不义者是他们。身份不明,无名无姓。《诗篇》3 的开头:"耶和华啊,我的敌人何其加增,有许多人起来攻击我。"在五节之后,就面对"成万的百姓来周围攻击我"。《我信任你》的开头是:

> 他们问我感觉如何
> 我的爱是否真心
> 我如何知道我可以熬过难关
> 他们,他们看着我,皱着眉头
> 他们想把我逐出这城镇
> 他们不想让我待在附近
> 因为我信任你

我待在附近 / 来周围攻击我。

他们潜入并待在歌附近。他们在第一节和第二节中,又回来、潜伏在最后一节。希望在于("我知道我可以熬过难关")这首歌的核心是坚忍,因为在它的中心序列中听不到"他们"这个词:第一次是在过渡段中听不到(以"我信任你,甚至通过眼泪和欢笑"开头),而且在歌曲中间的段落里也听不到("别让我漂泊太远"),还有第二次在过渡段里也听不到("我信任你,当冬天变成夏天")。没有"他们"的地方,赋予我希望:你和我可以在一起,靠我们自己。但我们还要明了威胁所在,因为过渡段——第二次——不得不坦言"即使朋友们都离弃我"。(《诗篇》38:11,"我的良朋密友,因我的灾病

---

1 原文如此,此篇在和合本中次序为 142:6。——译注

都躲在旁边站着；我的亲戚本家也远远地站立"。)

"他们，他们"的重复只能听到一次。"我，我……"拒绝退缩，奋起了两次："我，我独自出走""我，我并不介意疼痛"。[1]

> They show me to the door
> 他们把我带到门口
> They say don't come back no more
> 他们说别再回来
> 'Cause I don't be like they'd like me to
> 因为我没有成为他们所希望的样子

糟糕的语法大有裨益，因为它无关贫瘠或肤浅，而是要新声别造。不同于预想的"因为我不像他们所希望的样子"（Because I'm not like they'd like me to be），这里的措辞，"我不是"（I don't be）将"我不会成为"（I won't be）和"我不能成为"（I can't be）（他们希望我成为的样子）合而为一。我的选择，同时还有我的命运。[2] 人们，令人讨厌地，会因为你像他们希望的样子而喜爱你，也就是说和他们一样。[3] 这句话能够写出——"他们所希望的样子"（be like they'd like me to）——是为了刁钻地呼应约翰·济慈的乐趣，"like"这小词（同样毗邻"because"这个词）经他的妙手何其出彩："你此时会以为我已经爱上了她；所以在接着说之前，我要先告诉你我没有……我喜欢她和她的喜欢（I like her and her like）是因为没有感觉——我们俩都是这样，这是不消说的"。[4]

---

1 《鲍勃·迪伦诗歌集：1962—1985》刊印为："我独自出走"。迪伦演唱时："我，我独自出走"。
2 "好吧，如果清晨以前我不在那儿／我想我永远也不会去那儿"（《如果清晨以前我不在那儿》，迪伦和海伦娜·斯普林斯［Helena Springs］合唱）。
3 "嗯，我尽全力／想做自己／但大家都希望你／以他们为样例"（《玛吉的农场》）
4 1818年10月14日信，《书信集》，H. E. 罗林斯编（1958年），第一卷，第394页。

'Cause I don't be like they'd like me to

因为我没有成为他们所希望的样子

And I, I walk out on my own

我，我独自出走

A thousand miles from home

离家千里

But I don't feel alone

但我并不感到孤独

'Cause I believe in you

因为我信任你

这些歌行本身就包含了全部的简单需求，无需我们想起迪伦从前的一首歌，在那首歌里迪伦并不觉得孤独，因为他信任某人。然而，两首歌的联系还是值得讨论。

> 只身在此我远离家乡一千里
> 走在一条别人都走过的路上
> 我看见了你世界中的人与事
> 你的穷人与农人、王子与国王
>
> （《献给伍迪的歌》）

也包括那个写赞美诗的正直国王吗？

无论如何，《我信任你》没有背弃对伍迪·格思里的信任；毋宁说曾经的社会良知变成了宗教良知。"我看见了你的世界"转变为看到一个不属于任何人的世界，即使这个十足的好人曾经是一位真正的艺术家。"他为了我而被自己所造的世界厌弃"（《坚固磐石》）。《我信任你》没有拒绝伍迪·格思里，但这首歌见证了对被藐视、被厌弃的基督的信仰，被人厌弃（亨德尔

《弥赛亚》中慈悲的设定）[1]，也见证了这种信仰又是如何被藐视、被厌弃。[2]不只感受如此，事实也是如此。这首歌触动过去的感觉。第一节开始于"他们问我感觉如何"，第二节有"但我并不感到孤独"一句，而过渡段有"这种感觉依然在这里，在我心里"。这样一来，我们可能以为每一节都会谈到感觉。但是剩下的二十行歌词却选择不这样做——它们引发了很多感觉，但更重要的是不再多言。再也没有跟随最初被不义者设置的措辞："他们问我感觉如何"。

"我如何知道我可以熬过难关"：当我们"熬过"这首歌（迪伦所有的歌，都重在过程，而非结果），"通过"（through）这个词调整为"即使"（though），这随即成为这首歌中格外重要的一个转折。为了实现这一点（"我信任你，当冬天变成夏天"），迪伦把"甚至通过"（even through）变成"即使"（even though）（后又变成了"甚至在"［even on］）：

> I believe in you even through the tears and the laughter
> 我信任你，甚至通过眼泪和欢笑
>
> I believe in you even though we be apart
> 我信任你，即使我们分离
>
> I believe in you even on the morning after
> 我信任你，甚至在清晨过后
>
> I believe in you even though I be outnumbered
> 我信任你，即使我处于弱势

---

1 《以赛亚书》53:3："他被藐视，被人厌弃，多受痛苦，常经忧患"。《弥赛亚》第二部分唱词包括这一句。——译注
2 "他们不想我在周围"（they don't want me around）和"千里"（A thousand miles），《诗篇》3:6："虽有成万的百姓来周围攻击我，我也不怕。"（I will not be afraid of ten thousands of people, that have set themselves against me round about.）

由此,"即使"(even though)一语立刻折返事务的根本:

> Oh, though the earth may shake me
> 哦,即使大地会摇撼我
> Oh, though my friends forsake me
> 哦,即使朋友们都离弃我
> Oh, even that couldn't make me go back
> 哦,即使那样也不能使我回转

迪伦的演唱与书面的歌词,在断句方面有戏剧性的不同:他将低吼呐喊的"哦"(oh)提前,以致它只能绝望地抓住第一个与第二个过渡段的前面一行。

> Oh, when the dawn is nearing   Oh,
> 哦,当黄昏逼近   哦,
> when the night is disappearing   Oh,
> 当夜晚消隐   哦,
> this feeling's still here in my heart
> 这种感觉依然在这里,在我心里

> Oh, though the earth may shake me   Oh,
> 哦,即使大地会摇撼我   哦,
> though my friends forsake me   Oh,
> 即使朋友们都离弃我   哦,
> even that couldn't make me go back
> 即使那样也不能使我回转

——"心里"(heart)和"回转"(back)两个词哽咽般的发音,在见证他鼓

励自己不要被坚忍抛弃。

"他们"开始看似关切,但他们的一连串问题(像那些皈依基督的人一样)只是为了纠缠他:

> 他们问我感觉如何
> 我的爱是否真心
> 我如何知道我可以熬过难关

他们的疑问从未得到解答——除非歌曲本身就是答案。他们从未被告知任何事("无论他们说什么")。每一件说出的事,就像一首赞美诗或者一次祈祷,都是说给基督和一个人自己。他们也许会发出一道命令:"别再回来。"但这首歌用一种恳求,或不如说两段相似的恳求来回应,这两段设置在一起不仅因为它们整饬的句法和有力的半谐音,而且(我相信)还因它们引用了《诗篇》:

> 别让我漂泊太远(too far)
> 让我待在你那里(where you are)
>
> 别让我变心(my heart)
> 让我远离(set apart)

"主啊,求你不要远离我(far from me)"(《诗篇》35:22)。"你们要知道耶和华已经分别(set apart)虔诚人归他自己"(《诗篇》4:3)。

坚忍意味着保持前行。这意味着,接下来,一首坚忍之歌会和感恩之歌一样,遭遇相同的挑战。歌曲的结尾必须保持某些东西。"保持"(maintain)

这个词本身也许就是一个"双韵"词（不仅有内韵也和别的词押韵）[1]，这也许能提醒我们注意迪伦如何在最终的结尾，第一次也是最后一次，在"因为我信任你"这一副歌中，带入了某种"双韵"而非单一韵脚的效果，先是两个连续的词押韵，然后是追逐／你（do pursue/you）的押韵：

Don't let me change my heart
别让我变心
Keep me set apart
让我远离
From all the plans they do pursue
他们所追逐的一切计划
And I, I don't mind the pain
我，我并不介意疼痛
Don't mind the driving rain
并不介意倾盆大雨
I know I will sustain
我知道我会忍受
'Cause I believe in you
因为我信任你

他们有自己持续的方式（"他们所追逐的一切计划"）。我的回应也必然更佳。

And I, I don't mind the pain
我，我并不介意疼痛
Don't mind the driving rain
并不介意倾盆大雨

---

1 参看《先生》是如何以双韵结尾的：for, Señor。

I know I will sustain

我知道我会忍受

Cause I believe in you

因为我信任你

迥然不同于"夸耀",信心体现在"忍受"(sustain)这个词的语法中,仿佛公正的甲胄以多种方式被牢牢扣紧。首先是"我不介意倾盆大雨,我知道我会忍受,我不介意的原因是我信任你"。其次是"我不介意倾盆大雨,我知道我会忍受的原因(也是结果)是我信任你"。再次,"忍受"作为不及物动词而非及物动词来用,无疑如此:"我不介意倾盆大雨,因为我知道我会忍受,原因是我信任你"。

在英语中,"sustain"一般被认作及物动词,但不妨,我确定,安排一个有创意的例外。就像在过去的年代,"sustain"也可用作不及物动词一样(《牛津英语词典》:"咬紧牙关坚持、支持"),碰巧——还有威克里夫所翻译的《诗篇》130:3:"主耶和华啊,你若护卫一切大恶;主啊,谁能坚持住呢(who shall sustain)?"[1] 正是《诗篇》,让《我信任你》在结尾得以坚持。《诗篇》3:5-6:"耶和华都保佑(sustain)我。"《诗篇》55:22:"你要把你的重担卸给耶和华,他必抚养(sustain)你。"

"我知道我会忍受"。这种可能性即使被误解,也不只是一个人的奢谈。罗伯特·谢尔顿评论《慢车开来》时最后也说:"他会忍受"。可能,只是他们俩。

但是,正如每个人都注意到的,《我信任你》的开头有点像一首通俗情歌的撩人回音,但歌中唱到的爱情却并不通俗,这首歌是《烟雾迷住你的眼

---

[1] 《诗篇》130:3:"主耶和华啊,你若究察罪孽,谁能站得住呢?"

睛》。[1]音乐上的相似（只要听迪伦的开场）与歌词上的呼应一样多。这些歌词成为迪伦歌曲的必备，虽然迪伦的世界在这种情况下有所不同，神圣，而非世俗——或者确切地说，神圣，因此愿意接纳凡夫俗子（然而凡夫俗子通常不愿接纳圣贤）。

SMOKE GETS IN YOUR EYES
烟雾迷住你的眼睛

They asked me how I knew

他们问我如何知道

My true love was true?

我的爱是真爱？

I of course replied

我当然回答

Something here inside

心中之事

Cannot be denied

无法抵赖

So I chaffed them and I gaily laughed

因此我嘲弄他们并咯咯大笑

---

[1] 这首歌由杰罗姆·克恩（Jerome Kern）作曲，奥托·哈巴克（Otto Harbach）作词。歌中唱道："他们问我怎么知道 / 爱是真爱？"迪伦唱道："他们问我感觉如何 / 我的爱是否真心"。两首歌还有另外一些细节上的重叠。在克恩的歌中有"心中"（here inside）/ 迪伦的歌中有"在这里"（here in）；"大笑"（laughed）、"笑着"（laughing）/ "欢笑"（laughter）；"我的爱"（my love）；"今天"（today）；"朋友们"（friends）；"眼泪"（Tears）；"说"（say）；"心里"（heart）；"明白"（realize）/ "真心"（real）。还有"怀疑"（doubt）与"我信任"（I believe）相对。"烟雾迷住了你的眼睛"与迪伦在另外一处唱的"烟雾在你眼中"（《当黑夜从天空落下》），作为一种抑扬顿挫和一种情绪，二者效果如此不同让人称奇。

To think they could doubt my love

想到他们怀疑我的爱

Yet today

然而今天

My love has flown away

我的爱流逝

I am without my love

我和爱人分开

Now laughing friends deride

现在朋友笑着讥讽

Tears I cannot hide

我无法隐藏的泪水

So I smile and say

所以我微笑着说

When a lovely flame dies

当爱之火焰熄灭

Smoke gets in your eyes

烟雾迷住你的眼睛

They said someday you'll find

他们说有一天你会发现

All who love are blind

恋爱的人都是盲目

When your heart's on fire

当你的心在燃烧

You must realize

你必须明白

Smoke gets in your eyes.

烟雾迷住你的眼睛

此外，在歌曲的开头，确定无疑的是，克恩与哈巴克的我知道／真的（I knew/true）也被迪伦用到了歌里，如"我知道"（I know）及押韵的副歌。"我的爱是真爱（true）？"在迪伦这里变成"我的爱是否真心（real）"。我爱的对象是真心，还是我的爱是真心？因为当"真爱"（true）问"忠实吗？"，"真心"（real）也许在问"确实存在吗？"。要信任一个人，意味着去相信她或者他。信任上帝，就是去相信上帝的存在——或者不如说是他的存在。（当然，也可能是她的，虽然不是《诗篇》中的世界。）

"我当然回答"：我当然不是要回应（在《我信任你》中）那些嘲笑的人、那些虚假的朋友。"因此我嘲弄他们并咯咯大笑"？不，是他们嘲笑我，我没有笑。但就连在这里，杰罗姆·克恩的世界也会与《诗篇》的世界相逢："朋友笑着讥讽"与"我的良朋密友都躲在旁边站着"（《诗篇》38:11）也许共同促成了"即使朋友们都离弃我"。

《我信任你》不能不让人想到它从未说出的："烟雾迷住你的眼睛"。即使这样，它也会同样让人想起《箴言》10:25-27 召唤的义人。

义人的根基却是永久。懒惰人叫差他的人如醋倒牙，如烟薰目。敬畏耶和华使人日子加多，但恶人的年岁必被减少。

《大多数时候》

你确定吗？有些问题肯定会让你举棋不定。必要的回答，也不是总能得到回应（更别说友善的回应了），是"嗯，我曾经以为如此，但是我想……"。但有意味的是，问题本身也许包含了答案。

"英语中只有一个'送气音 s'：这个词是糖（sugar）"
"你确定（sure）吗？"[1]

通常，这样的问题不会直接由自己提出。我确定吗？你也许有所沉吟，却很可能反感这样的质问。比较一下贝克特小说中的对白：

你想唱歌吗？卡米耶说。
据我所知并不想，梅西埃说。

大多数时候，迪伦想唱歌。

Most of the time
大多数时候
I'm clear focused all around
我全方位心无旁骛
Most of the time
大多数时候
I can keep both feet on the ground
我都脚踏实地
I can follow the path, I can read the signs
我能循途守辙，也能读懂路标

---

[1] 《R. A. 罗克斯问答》(*R. A. Knox's question and answer*)。《杰弗里·马登笔记》，J. A. 盖尔和约翰·斯帕罗编（1981 年），第 17 页。

Stay right with it when the road unwinds

如果道路伸展，我也能保持正确

I can handle whatever I stumble upon

能应付偶然遇到的事物

I don't even notice she's gone

我甚至都没留意过她已离去

Most of the time

大多数时候

大多数时候，《大多数时候》中坚持重复"大多数时候"这几个字。立刻又犯老毛病了，夸大，这是歌曲本身就警惕的——也极力避免的方式。[1] 这首歌共有四十四行，在四十四行中"大多数时候"这几个字只出现了十四次。

这些反复的字句是一种不可避免的承认。向自己（你最希望欺骗的人）承认：不是所有时候（all of the time），都能活出自己想要的坚忍。这首歌所要充分展示的，是在痛苦之中完全忠于自己的困难，尤其当这涉及另一个自我，涉及那个你曾经爱过、已经离去、正尽全力割断联系的人。

"我清楚生活去向哪里"，迪伦唱道，但精确是苛求。能够忘怀（get over）——或者离开（get away from）、摆脱（get past）、超越（get beyond）（哪个介词准确？）——一位失去的爱人，即使承认所爱之人（如同"过去"）已无法挽回，也能够坦然接受：我们每一个人都会有类似的努力，但不是所有时候。诚实意味不夸大其词，也意味不在悲哀中过度沉溺。所以，不是没有这样的时候（none of the time）。也不仅是个别时候（merely some of

---

[1] 关于夸张和艺术素养，可见 T. S. 艾略特关于蒲柏《致阿巴思诺特博士的信》中"依靠逼真和含蓄，依靠他明显的不肯使用夸张手法的决心"的讨论。（《约翰·德莱顿》;《文集》，第310页）。（译文引自《现代教育和古典文学：艾略特文集·论文》，卢丽安、陈慧雅译，上海译文出版社，2012年，第51页。——译注）

the time），因为事实上证明还是相当有可能恢复。那么是很多时候（Much of the time）吗？不，是"大多数时候"（Most of the time）：有改善，尽管还不能说完全可靠。另外，奇异的是，这首歌有一种坦率的作风，始终唱得很平静。或许它真心决断。

如果我们察觉这首歌中的声明有些过于坚决（迪伦的演唱不是这样的，遇到状况时，他表面上总是态度温和、无可无不可），我们还能确定在直接遭逢苦痛之时，这样的"察觉"就是正确的反应吗？

这个男人的表白是不是太过火？（对他的女士。）"我觉得那女人在表白心迹的时候，说话过火了一些"[1]：我们都愿意特别引述那些忠诚的言辞，却在大多数时候忘记，说这话的妇人——就像哈姆雷特的母亲落入捕鼠机，陷入戏中戏——已经丧失忠诚，言不及义，不着边际。

迪伦曾说过"歌曲需要结构、策略、规范和稳定性"。[2] 这首特别的歌曲，关乎可以理解的人性，面对失意和损失，需要运用策略和规范来巧取或智胜——又或者，如果需要的话，添补。如果我们发现（就像歌曲所了悟的那样）这样一种人性需要有时候不得不退而求其次，要么真诚但不完美，要么未必有理想中那样完整的勇气，我们就得试着体谅。也试着懂得，面对痛苦，也可以举重若轻。我们都吹口哨为自己壮胆。这不是怯懦，是一种勇敢。吹什么就可以唱什么。抑或享受歌唱，哪怕这是一种奇怪的行当，艺术喜欢再现痛苦。哀告者挣扎着不被哀怨压垮。

这首歌就摇摆于两种相反的力量之间，它们威胁到内心渴望的平静，一种显然正在形成、但尚需时间的平静。因此，时机是这首歌的精髓。比如，作为这种心理状况所需的自我保护策略之一，那个女人只能慢慢被提起。我们马上就听到，在"大多数时候"，他能看得清楚，健步前行，解决困难——直至开头这一节九行诗中的第八行，他才敢敞开心扉，倾吐出他所要

---

[1] 语出《哈姆雷特》，译文引自《莎士比亚全集》第九卷，朱生豪译，方平校，人民文学出版社，1978年，第76页。——译注
[2] 《爱尔兰时报》（*Irish Times Magazine*，2001年9月29日），在罗马的采访。

谈论、他所面对的一切：

> 我甚至都没留意过她已离去
> 大多数时候

（唱到"留意"之后，迪伦颇有意味地停顿了一下，好像要悬崖勒马。）这不是说前边几行在原地踏步，更不是在浪费时间，而是说它们已逐渐有了和盘托出的自信。它们要给自己打气。因而，直至"我甚至都没留意过她已离去／大多数时候"这一句，才有了这样自然又动人的上下颠簸和迂回前行。比如，在几近陈言的说法中交织相联：从"全方位心无旁骛"（clear focused all around）（注意就会发现，这是个了不得的说法）到"能读懂路标"（I can read the signs）；或者从"我都脚踏实地"（I can keep both feet on the ground）进到"我能循途守辙"（I can follow the path），再双脚迈入"能应付偶然遇到的事物"（I can handle whatever I stumble upon）这样的身体反常状态。Handle/stumble 这样的行走本身就磕磕绊绊（手脚并用）[1]，"偶然遇到"（stumble upon）不完全是你期待的——沉郁一点的"跌跌撞撞"（stumble over）感觉更好，因为这些天他的遭遇，似乎不是出于一种幸运的偶然（幸运的是，我偶然地找到了答案），更像是事故导致。

"她"以"她已离去"一句出现在歌中，在第一节的副歌中似走还留。"我甚至都没留意过她已离去／大多数时候"。下一次坦率地、无可否认地想到她，是在第二节的同一位置，用了同等力道的文字来引出。

> 大多数时候
> 事情很好理解

---

[1] Handle/stumble 这一组押韵，以手来对脚，因此是"身体反常的状态"，"hands and feet"，手脚并用，也引申为竭尽全力，作者在这里的用词也呼应了迪伦歌词中的情境。——译注

大多数时候

我也不会改变,即使我可以

我能让事事如意,能坚持到底

能处理最极端的状况

能挺过去,能忍耐

我甚至都没想起过她

大多数时候

她的存在虽被揭示,但仍被尽力拖延。第三节,还是这样,她在即将结尾的同一位置才被说起,虽然这一次,当她的形象出现,记忆愈发完整而迫切,因为写到了她的一部分,她身体的一部分,他们爱情的一部分。

Most of the time

大多数时候

My head is on straight

我头脑清醒

Most of the time

大多数时候

I'm strong enough not to hate

我足够强大,不怨天尤人

I don't build up illusion till it makes me sick

我不会幻想直到这令我恶心

I ain't afraid of confusion no matter how thick

我不惧怕困惑无论它多么严重

I can smile in the face of mankind

我会笑脸迎人

Don't even remember what her lips felt like on mine
甚至不记得她吻在我双唇的感受
Most of the time
大多数时候

幻想／困惑（illusion/confusion）的押韵，既显在又隐在（只是回响在歌行的中间，不是在歌行的结尾押韵），在歌中没有其他的对应，或许因为它正是关键所在。

回到"我甚至不记得"，"甚至不记得"（Don't even remember）这一句声音的坚毅，唱的时候要紧闭双唇。她，随着时间流逝，也许逐渐变得抽象（可能是一种慈悲），但她的双唇还有吻在我双唇的感觉还在：这是文字的肉身。迪伦给出了这种真实，这种肉体的存在，用了一个老生常谈的表述——短语"in the face of"：

I can smile in the face of mankind
我会笑脸迎人
Don't even remember what her lips felt like on mine
甚至不记得她吻在我双唇的感受
Most of the time
大多数时候

她的双唇与我的双唇交接，这一行歌词的"脸"上没有笑容。然而迪伦用百转千回的勇气唱着"脸"这个词，下颌前伸，轮廓悲伤，不同于专辑下一首歌《我有什么好？》中出彩的那几行，"我有什么好，如果我净说蠢话／如果我嘲笑面带愁容的人"（What good am I if I say foolish things / And I laugh in the face of what sorrow brings）。

最后一节平稳舒缓，让她的形象，最后一次清晰浮现：还是倒数第二行,再一次提到了她。

Most of the time

大多数时候

I'm halfways content

我过得差强人意

Most of the time

大多数时候

I know exactly where it all went

我清楚生活去向哪里

I don't cheat on myself, I don't run and hide

我不会自欺,也不会逃避

Hide from the feelings that are buried inside

躲避埋藏于内心的感情

I don't compromise and I don't pretend

我不会妥协,也不会伪装

I don't even care if I ever see her again

我甚至不在意能否和她再次相遇

Most of the time

大多数时候

这种坚忍的信心,不是简单赞美就好,要归功于言说者——归功于这首歌——认识到所付出的代价。索求的反面,并非就是否弃。歌中满是否定句,但这是一首否弃的歌吗?他是一个否弃者吗?

然而,这首歌不只包括现有的四节。即使千钧都系于每一节的倒数第二行,要摆脱对某人的痴迷,正是由于这倒数第二行在强劲发力。而在最后一节之前,还有过渡性的一节,是这首歌的尖刻之处。每一个九行的诗节中,有关"她"的谈论只出现一次，但在这个八行的过渡段中，我的自言自语，始终与"她"相关，不仅脑子里想到她，嘴巴上也唱到她：唱了六次，"she"以及"her"。

> Most of the time
> 大多数时候
> She ain't even in my mind
> 她甚至不会在我的脑海里
> I wouldn't know her if I saw her
> 就算相遇，我也认不出她
> She's that far behind
> 她已那么遥不可及
> Most of the time
> 大多数时候
> I can't even be sure
> 我甚至无法确定
> If she was ever with me
> 她是否曾和我[1]在一起
> Or if I was ever with her
> 或我是否曾和她在一起

最后的两行翻来滚去，有如身处地狱。"她和他在一起"与"他与她在一起"究竟有什么不同？啊，不过……无论如何，这是一种坚忍之力的表现，双唇紧闭（"甚至不记得她吻在我双唇的感受"），不提这份来了又去的爱的所有

---

[1] 在这个过渡段中，处于行尾又不与其他行的结尾词有任何联系的，只有一个词"我"（me）。这带来了一种独特的酸楚和反抗之感。

对与错。T. S. 艾略特对一首诗的夸奖"依靠逼真和含蓄，依靠他明显不肯使用夸张手法的决心"[1]，也可以用在这里。《大多数时候》没时间给出它的一面之词，甚至没时间讲故事。突然冒出的，是有可能无意吐露也可能自说自话的一句"我不会自欺"——完全不是说自我欺骗，而可能是要说她骗了他（或阴暗点，他骗了她）。但也可往好处想——不必让别人低看她，或看低他们俩中的哪一个。无需辩白，也无怨恨。不再试图找回她，只是为了自我治愈。在这一点上，还有另一首歌与此同调，《别再多想，没事了》。试着别去想这件事，也别去想她，但不是已没事了。也许在相当长一段时间内不会。如果真的可以的话。"我甚至不在意能否和她再次相遇／大多数时候"。

在歌中，以及在歌曲对痛苦的理解中，痛苦的是贯穿整首歌的"大多数时候"必须进行多得可怕的让步。承认是"大多数时候"，也就是有个别时候——甚至可能是很多时候——他并非心无旁骛（不是说任何人都能心无旁骛），无法脚踏实地，循途守辙，保持正确，或应付偶然遇到的事物。或者——像他自己保证的那样（自我鼓励，不是真的有信心）——和好如初，或坚持到底，从容应对，或（以果决坚忍之心）挺住或忍耐。这样一来，不利的是，所有不可否认的东西，都令人胆寒地汇聚到了一起：他确实（至少某些时候）欺骗了自己，然后逃跑、躲藏、妥协、伪装——还在意。这就是所有这些宣言要表达的恐怖。恐怖不是故事的全部，持续的抗衡也不是空洞的，大多数时候，他有勇气挺住与忍耐。他知道自己的力量，这也意味着知道其限度："大多数时候／我足够强大，不怨天尤人"。（歌行转换处，紧挨的时候／我［time/I'm］在整首歌中三次押韵。）"我足够强大，不怨天尤人"：这很重要。但这必须被理解为，他承认个别时候不够坚强，无法不去憎恨。只是适可而止罢了。

---

1 参见本章前注中艾略特对约翰·德莱顿的论述。

但对于不安的心灵和头脑

有韵之文有其功用所在；

这悲哀的机械劳作

像麻醉剂，让痛苦麻痹

(《悼念集》之五)

歌中的有韵之文——需要格律，需要严苛的自律——是一种张力组织。"我能"（I can）出现了十一次，但没有一次出现在过渡段或是最后一节主歌；"我不"（I can't），只有一次。"我没"（I don't），出现十次；"我确实"（I do），从未出现。"我是"（I am），三次；"我不是"（I ain't），一次。在试图徒劳地感知痛苦的同时，意识及心灵也一定是固执自私的。我们一次又一次听到"我"（I）、"我的"（my）、"我的"（mine）（四十四行中几乎有四十次）；"她"（"she"或"her"），虽不容忽视，也极少出现。所有的"我"（I）、"我的"（my）、"我的"（mine）都跃动在歌中，因为，它们与每一节的开头和结尾，即"大多数时候"（Most of the time），押了半谐音。有整整一半歌词——二十二行——就像这样。

大多数时候

我甚至无法确定

她是否曾和我在一起

或我是否曾和她在一起

就是这样，要确定。要确认。再确认，或——如歌中重申的——去再-再-再-再确认。我们是要向他人保证（让我向你保证，或我向你保证），但在《大多数时候》的情境中，我是（I am），或用兰波的话来说——虽是法语——我即（I is）他人（或另一个人）。吊诡的是，"确定"（sure）本身一直以来就是一个不确定的词，因为据《牛津英语词典》，它必须同时满足第三条"主观确定"("有把握；毫无疑问；确然，自信")，以及第四条"客观确定"。有人会以为这两层意思不能和谐共存于同一个词里。除此之外，在口语中，"Sure"还有一种紧张而又松弛的微妙感。（再来一杯？当然［Sure］。）"用来强调是或不是"，伯德·约翰逊夫人（Lady Bird Johnson）在1970年说："如果有人要砍掉一个人的右手，他会说'当然'。""我能应付我遇到的任何事情。"当然。

> Most of the time
> 大多数时候
> I'm halfways content
> 我过得差强人意

毫无疑问，"满意"（content）这个词本身也差强人意，它所描绘的情形因而会更加不堪。《牛津英语词典》无比精确的解说可以参考，这里引述了塞缪尔·约翰逊（不要与伯德·约翰逊夫人混淆）的话：

> 满意，把一己之欲限制在一己所有上（尽管可能会少于本来的期待）；不为更多或不同的欲望所动；"知足而无怨；放松但不过于兴奋"。

只是大多数时候，这首阴沉冗长的歌中，那个男人一直没被扰动，却也过得差强人意。另一方面，"她已那么遥不可及"。确切地说是，经过了多余的早晨，往事，千里之遥。[1]

---

1 出自迪伦的歌曲《多余的早晨》。——译注

《天还未暗》

《现代启示录》（Apocalypse Now）比起《来日启示录》（Apocalypse Soon），可能让人稍稍心安。前者至少承诺了一个及时的"不再"：结束了，完事了，就到这吧（过去了，真的）。后者还在说"稍后"，还要再过一会儿（在合适的时机）。在这个等待游戏里，赌注也许更高——更厉害。也许更需要坚忍的美德。

迪伦一向敏感于幽暗之物以及危险迫近的程度，敏感于衡量我们、检验我们的不同时间尺度。《暴雨将至》如启示录一般隐晦。《沿着瞭望塔》则像蝎子要蜇死自己，猛烈地自我攻击。"两名骑手渐进，风开始嚎叫"：在这末尾的一句，这首歌似乎刚刚奇异地开始，又神话似的重临。

或者，概言之，《走了，走了，已经走了》有一种深入骨髓的、无言的疲惫。落下的拍卖槌从未如此，听起来更像碎石的声音，而不像槌击。不再有拍卖台（auction block）。[1] 只有作者的语塞（block）。"无需多言"：你可以再说一遍。或再唱一遍。但在开头一节，说得这么早，是否审慎？审慎是另一种枢德，可这并不意味审慎不会成为，如布莱克所说，"一个富有、丑陋的老处女，被无能追求"。

> 我刚到了一个地方
> 那里的柳树不弯垂
> 无需多言
> 这是尽头之最
> 我走了
> 我走了
> 我已经走了

---

[1] "going, going, gone" 又为拍卖中落槌成交的用语。——译注

> 我正合上这本书
>
> 合上书页和内里的文字
>
> 我并不当真关心
>
> 后续会发生何事
>
> 我就走了
>
> 我走了
>
> 我已经走了

这首歌很是懂得懒惰之罪（树懒［sloth］不在树上就在树下），但它也知道，懒惰很久以前曾与坚忍达成和解。懒惰并不真的关心接下来会发生什么，默默的坚忍也不关心。这首结构精巧的歌中没有愤怒（anger），只有倦怠（languor）。再一次，既然什么时候干都可以，那为什么不稍后再说？"现在，我得割断（cut loose）／趁尚未太迟"：这样做并不意在对于断句（cutting）有实质的影响（相反，歌行的边缘参差不齐），那么说"趁尚未太迟"，你是什么意思？不只有《沿着瞭望塔》应该记得"时间不早了"。《走了，走了，已经走了》中那个拍卖自己的人为了打发时间，甚至还把标题里的三个词扩展成"我就走了，我走了，我已经走了"。那真的是他要打发的时间吗？菲利普·拉金徘徊在沮丧边缘：他的诗题为《消逝，消逝》（Going, Going），"Gone"要么已经消逝，要么尚未消逝。"啊，未来对我而言已经是一个过去"（《掰了掰》）。

迪伦的很多歌都发出了最后通牒前的声明。在望远镜中可以看到：《当夜幕从天而降时，你该怎么做》，或者"黑夜降临只是时间早晚"（《小丑》）。

"只是时间问题"是迪伦这一类歌的主题，其中最耐久的一首应该是《天还未暗》。那些想从传记的角度来猎奇的男女，很可能会想到一个身体的问题："迪伦当时得了心脏病……""当时"没有（专辑《被遗忘的时光》录制于他发病之前），但诗人的确经常会有很强的预感。对于歌曲的阐释者来说，心脏病这个角度多有趣！可你不会到了濒死之时才畏惧死亡。菲利普·拉金就认为，这超越了传记和医学的范畴，有关死亡，他的《晨歌》这样写道："大多数的事情也许永远不会发生：这一次不同"。尽管如此，《今日美国》这份报纸在不明真相的情况下（谁能做到？迪伦自己也不能），用了一个正确的词，它称："心痛（Heart-ache）。这个词准确又形象地概括了1997年的鲍勃·迪伦。"自以为是地，直截了当地——定义迪伦，或任何其他的人，没人该这么做，至于用一个词，就算是一个复合词，比如"心痛"来定义他这个想法，也同样……但"心痛"确实精准。它是死亡的象征。"我的心在痛"，济慈的《夜莺颂》(*Ode to a Nightingale*)[1] 就是这样开始的。

> 我的心在痛，困顿和麻木
> 　　刺进了感官，有如饮过毒鸠，
> 又像是刚刚把鸦片吞服，
> 　　于是向着列斯忘川下沉；
>
> 我的仁心，付之东流
> 美丽背后，苦痛常存

我不认为迪伦在歌中引用了济慈的诗。那是一种发挥，除非对济慈的诗非常熟悉、可以脱口而出，你才能与歌中某些重要的东西心有灵犀。迪伦很喜欢用典（《荒芜巷》中的船长指挥舱里接待过 T. S. 艾略特，歌中可爱的美人鱼多少有些荒凉，因为她们是从《J. 阿尔弗雷德·普鲁弗洛克的情歌》[*The Love Song of J. Alfred Prufrock*] 中游出来的），但《天还未暗》并不寻求这类具体的名称。我不介意《天还未暗》与《夜莺颂》的相似被看成一种巧合，只要不仅仅被看成一种巧合。巧合可能也是某种深刻的关联，如果两位艺术家，各自独立地用了这么多轮次相似的短语、修辞格、妥帖的押韵，

1　此诗译文均引自《穆旦译文集》第三卷，人民文学出版社，2005年，第432页。——译注

我对人性的理解也许会大大提升。我们也许能多少了解每一件美的作品（美的事物是一种永恒的愉悦）潜在的意涵，知道济慈和迪伦的思想背后，存在某种更宏阔的精神背景。但我自己并不认为相似就是巧合；对于那首超越了经典的经典之作，我相信迪伦很熟悉，他在创作时，这首《夜莺颂》就在他的脑中，即使并非自觉或有意。毕竟，他用了"他研究了夜莺的旋律"（He examines the nightingale's code）[1]与"亏欠"（owed）来押韵。《天还未暗》要归功于一只夜莺。迪伦曾建议："对于有抱负的作曲家和歌手，我要说的是，抛开时下流行，忘掉它，你最好去读读约翰·济慈、梅尔维尔（Melville）、罗伯特·约翰逊（Robert Johnson）和伍迪·格思里。"（《放映机》）

《天还未暗》对于《夜莺颂》的回溯，包含了《夜莺颂》的全篇，随处可见。这些相似的段落都是黑暗的段落，借用济慈一封深奥书信中的说法（这段话也常被引述），这封书信讨论了莎士比亚、弥尔顿、华兹华斯和坚忍：

> 然而，这种气息带来的效果之一极为不凡，会使一个人的目光更加敏锐地深入人类的心灵和本性——让人们相信这个世界充满了悲剧和心碎、痛苦、疾病和压迫——由此，这一"少女思想的内室"逐渐变得黑暗，同时，在它的四周，许多门洞开——但都是黑暗——都是通向黑暗的通道——我们看不到善与恶的平衡——我们身处迷雾之中——我们现在处于那种状态——我们感受到了"神秘的重担"。在此时，华兹华斯来了，在我看来，当他写《丁登寺》时，他的天才在于对那些黑暗历程的探索。[2]

心碎，心痛。"神秘的重担"在考验、重压迪伦："有些重担，无法承受"。

---

1 《乔安娜的幻象》，洛杉矶（1965年11月30日）和纽约（1966年1月21日）两场演出。
2 《致J. H.雷诺兹》（*To J. H. Reynolds*），1818年5月3日；《书信集》，第一卷，第281页。济慈的拼写被保留了。

对于将要读到下面一个列表的读者,现在可能需要你们忍耐,甚至保持坚忍。因为如果把它们列清楚,二者的相似之处更容易辨认。

ODE TO A NIGHTINGALE
夜莺颂

I

My heart aches, and a drowsy numbness pains

我的心在痛,困盹和麻木

My sense, as though of hemlock I had drunk,

刺进了感官,有如饮过毒鸠,

Or emptied some dull opiate to the drains

又像是刚刚把鸦片吞服,

One minute past, and Lethe-wards had sunk:

于是向着列斯忘川下沉;

'Tis not through envy of thy happy lot,

并不是我嫉妒你的好运,

But being too happy in thine happiness—

而是你的快乐使我太欢欣——

That thou, light-wingèd Dryad of the trees,

因为在林间嘹亮的天地里,

In some melodious plot

你呵,轻翅的仙灵,

Of beechen green, and shadows numberless,

你躲进山毛榉的葱绿和阴影,

Singest of summer in full-throated ease.

放开歌喉,歌唱着夏季。

II

O, for a draught of vintage! That hath been

唉，要是有一口酒！那冷藏

Cooled a long age in the deep-delvèd earth,

在地下多年的清醇饮料，

Tasting of Flora and the country green,

一尝就令人想起绿色之邦，

Dance, and Provençal song, and sunburnt mirth!

想起花神，恋歌，阳光和舞蹈！

O for a beaker full of the warm South,

要是有一杯南国的温暖

Full of the true, the blushful Hippocrene,

充满了鲜红的灵感之泉，

With beaded bubbles winking at the brim,

杯沿明灭着珍珠的泡沫，

And purple-stainèd mouth,

给嘴唇染上紫斑；

That I might drink, and leave the world unseen,

哦，我要一饮而悄然离开尘寰，

And with thee fade away into the forest dim —

和你同去幽暗的林中隐没：

III

Fade far away, dissolve, and quite forget

远远地、远远隐没，让我忘掉

What thou among the leaves hast never known,

你在树叶间从不知道的一切，

The weariness, the fever, and the fret
忘记这疲劳、热病和焦躁,
Here, where men sit and hear each other groan;
这使人对坐而悲叹的世界;
Where palsy shakes a few, sad, last grey hairs,
在这里,青春苍白、消瘦、死亡,
Where youth grows pale, and spectre-thin, and dies;
而"瘫痪"有几根白发在摇摆;
Where but to think is to be full of sorrow
在这里,稍一思索就充满了
And leaden-eyed despairs;
忧伤和灰眼的绝望,
Where Beauty cannot keep her lustrous eyes,
而"美"保持不住明眸的光彩,
Or new Love pine at them beyond to-morrow.
新生的爱情活不到明天就枯凋。

IV

Away! away! for I will fly to thee,
去吧!去吧!我要朝你飞去,
Not charioted by Bacchus and his pards,
不用和酒神坐文豹的车驾,
But on the viewless wings of Poesy,
我要展开诗歌底无形羽翼,
Though the dull brain perplexes and retards.
尽管这头脑已经困顿、疲乏;

Already with thee! tender is the night,
　　去了！呵，我已经和你同往！
And haply the Queen-Moon is on her throne,
　　夜这般温柔，月后正登上宝座，
　　Clustered around by all her starry Fays;
　　　　周围是侍卫她的一群星星；
　　　　But here there is no light,
　　　　但这儿却不甚明亮，
Save what from heaven is with the breezes blown
　　除了有一线天光，被微风带过，
Through verdurous glooms and winding mossy ways.
　　葱绿的幽暗，和苔藓的曲径。

V

I cannot see what flowers are at my feet,
　　我看不出是哪种花草在脚旁，
Nor what soft incense hangs upon the boughs,
　　什么清香的花挂在树枝上；
But, in embalmèd darkness, guess each sweet
　　在温馨的幽暗里，我只能猜想
　　Wherewith the seasonable month endows
　　　　这个时令该把哪种芬芳
The grass, the thicket, and the fruit-tree wild —
　　赋予这果树，林莽，和草丛，
White hawthorn, and the pastoral eglantine;
　　这白枳花，和田野的玫瑰，

Fast fading violets covered up in leaves;
这绿叶堆中易谢的紫罗兰,
And mid-May's eldest child,
还有五月中旬的娇宠,
The coming musk-rose, full of dewy wine,
这缀满了露酒的麝香蔷薇,
The murmurous haunt of flies on summer eves.
它成了夏夜蚊蚋的嗡嗜的港湾。

VI

Darkling I listen; and, for many a time
我在黑暗里倾听;呵,多少次
I have been half in love with easeful Death,
我几乎爱上了静谧的死亡,
Called him soft names in many a musèd rhyme,
我在诗思里用尽了好的言辞,
To take into the air my quiet breath;
求他把我的一息散入空茫;
Now more than ever seems it rich to die, I
而现在,哦,死更是多么富丽:
To cease upon the midnight with no pain,
在午夜里溘然魂离人间,
While thou art pouring forth thy soul abroad
当你正倾泻着你的心怀
In such an ecstasy!
发出这般的狂喜!

Still wouldst thou sing, and I have ears in vain —
你仍将歌唱，但我却不再听见——
To thy high requiem become a sod.
你的葬歌只能唱给泥草一块。

VII

Thou wast not born for death, immortal Bird!
永生的鸟呵，你不会死去！
No hungry generations tread thee down;
饥饿的世代无法将你蹂躏；
The voice I hear this passing night was heard
今夜，我偶然听到的歌曲
In ancient days by emperor and clown:
曾使古代的帝王和村夫喜悦
Perhaps the self-same song that found a path
或许这同样的歌也曾激荡
Through the sad heart of Ruth, when, sick for home,
露丝忧郁的心，使她不禁落泪，
She stood in tears amid the alien corn;
站在异邦的谷田里想着家；
The same that oft-times hath
就是这声音常常
Charmed magic casements, opening on the foam
在失掉了的仙域里引动窗扉：
Of perilous seas, in faery lands forlorn.
一个美女望着大海险恶的浪花。

504

VIII

Forlorn! the very word is like a bell

呵,失掉了!这句话好比一声钟

To toll me back from thee to my sole self!

使我猛省到我站脚的地方

Adieu! the fancy cannot cheat so well

别了!幻想,这骗人的妖童,

As she is famed to do, deceiving elf.

不能老耍弄它盛传的伎俩。

Adieu! adieu! thy plaintive anthem fades

别了!别了!你怨诉的歌声

Past the near meadows, over the still stream,

流过草坪,越过幽静的溪水,

Up the hill-side; and now 'tis buried deep

溜上山坡;而此时,它正深深

In the next valley-glades:

埋在附近的豁谷中:

Was it a vision, or a waking dream?

噫,这是个幻觉,还是梦寐?

Fled is that music — Do I wake or sleep?

那歌声去了:——我是睡?是醒?

NOT DARK YET
天还未暗

1

Shadows are falling and I've been here all day

驻足一日，夜幕下垂

It's too hot to sleep, time is running away

时光溜走，热不能寐

Feel like my soul has turned into steel

感觉灵魂，已变钢铁

I've still got the scars that the sun didn't heal

太阳无法，抚平伤疤

There's not even room enough to be anywhere

无论哪里，都很拥挤

It's not dark yet, but it's getting there

天还未暗，但已不远

迪伦的第一节：

第一行：迪伦和济慈，shadows

　　　　迪伦，day/ 济慈，days

第二行：迪伦，too hot/ 济慈，too happy

　　　　迪伦和济慈，sleep

　　　　迪伦和济慈，time

　　　　迪伦，running away/ 济慈，fade away; fade far away; Away! away!

第三行：迪伦，my soul/ 济慈，thy soul; my sole self

第四行：迪伦，sun/ 济慈，sunburnt

第六行：迪伦，dark/ 济慈，Darkling; darkness（迪伦每一节的结尾行都有这个词）

所以迪伦的第一节里只有一行与济慈的作品无关："无论哪里，都很拥挤"（There's not even room enough to be anywhere），甚至这一句也可认为是被济慈的"但这儿"（But here there）所触发。这儿，那儿，每个地方。或者，任何地方。贝克特的《终局》："我没注意。严格地说我没去过那儿。严格地说我认为我从未去过任何地方。"贝克特的《为了再次摆脱》："梦想着在一个既不是这儿、也不是那儿、所有的踏出的脚步无法离任何地方更近，也无法离任何地方更远的空间找到一条路。"[1]

2

Well my sense of humanity has gone down the drain

我的仁心，付之东流

Behind every beautiful thing there's been some kind of pain

美丽背后，苦痛常存

She wrote me a letter and she wrote it so kind

她的来信，如此友善

She put down in writing what was in her mind

心中所想，付于纸上

I just don't see why I should even care

干吗介怀，我不明白

It's not dark yet, but it's getting there

天还未暗，但已不远

---

[1] 迪伦的这张专辑的标题《被遗忘的时光》并不需要归功于任何人，《天还未暗》就在其中。但贝克特的《无》（Lessness）这样开头："毁掉长存的真实避难所，为了遗忘大量虚假的时光"。其中有"昏沉的、敞开的真正避难所，徒劳地为了遗忘大量虚假的时光"。《无》包含二十四段或者块（每一个代表一天中的一小时），有六十句，每一句出现两遍（分与秒）。

第二节：

第一行：迪伦，Well my sense/ 济慈，so well；My sense

　　　　迪伦，the drain/ 济慈，the drains

第二行：迪伦，pain/ 济慈，pains（同韵）

第三行：迪伦，so kind/ 济慈，so well

3

Well, I've been to London and I've been to gay Paree
去过伦敦，浪过巴黎
I've followed the river and I got to the sea
沿河而下，到达海洋
I've been down on the bottom of a world full of lies
谎言世界，底部一游
I ain't looking for nothing in anyone's eyes
眼中之物，非我所求
Sometimes my burden is more than I can bear
有些重担，无法承受
It's not dark yet, but it's getting there
天还未暗，但已不远

第三节：

第一行：迪伦和济慈，well

　　　　迪伦，the river/ 济慈，the still stream（还有忘川，那条迪伦《太多虚无》中的"遗忘河"）

　　　　迪伦，the sea/ 济慈，seas

第三行：迪伦，been down/ 济慈，tread thee down

　　　　迪伦，world full of lies/ 济慈，world；full（五次，四次是 full of,

一次是 full of the true）

第四行：迪伦和济慈，eyes

第五行：迪伦，Sometimes／济慈，oft-times；many a time

4

I was born here and I'll die here against my will

生死于斯，虽非我愿

I know it looks like I'm moving, but I'm standing still

看似奔走，实则未动

Every nerve in my body is so vacant and numb

每根神经，麻木茫然

I can't even remember what it was I came here to get away from

逃避什么，才来这里

Don't even hear a murmur of a prayer

喃喃祈祷，都听不到

It's not dark yet, but it's getting there

天还未暗，但已不远

第四节：

第一行：迪伦，was born／济慈，wast not born

迪伦和济慈，die（济慈，dies death）

第二行：迪伦，standing still／济慈，stood；still stream；Still

第三行：迪伦，numb／济慈，numbness

第四行：迪伦，can't even rmember／济慈，I cannot；quite forget

迪伦，get away from／济慈，fade away；fade far away；Away! away

第四至五行：

迪伦，I came here → Don't even hear（这一节迪伦有 here...here ...

here...hear → there）/ 济慈，Here where men sit and hear each other groan

第五行：迪伦，a murmur/ 济慈，murmurous（还有 summer eves）

够了。

这么多的相似也不能证明什么（文学判断不能证明，充其量提供证据），但这些不可能都是巧合。谈及对伊丽莎白时代戏剧家乔治·查普曼的"借用"，T. S. 艾略特说过，学者的"可能性的积累，有力且同时发生，能形成一种确证"；艾略特在另一个场合，谈过类似的"许多其他的相似性，每个细节都很小，但累积起来就有了合理性"。[1]

说深一层，《天还未暗》和济慈的《夜莺颂》之间的这些关联，就像《夜莺颂》和莎士比亚十四行诗第 73 号之《在我身上你或许会看到秋天》的关联一样。薪火相传发生在诗人之间的承继和共同体中。即使迪伦没有明确提到济慈，但还是以另外的、隐在的方式致敬了他的艺术（不仅仅是一个来源，而是一种资源），同样，济慈不曾提到莎士比亚的十四行诗——但十四行诗的每一个词都渗透转化到《夜莺颂》中。在莎士比亚的诗中，最初的"一年中的时间"后来变成了一天中的时间，在济慈那里，始终是一天中的时间——对迪伦来说，也是如此。在十四行诗之中第 73 号中，"天还未暗，但已不远"有另外一种言说和咏唱的方式。

> 在我身上你或许会看见秋天，
> 当黄叶，或尽脱，或只三三两两
> 挂在瑟缩的枯枝上索索抖颤——

---

[1]《泰晤士文学增刊》（1925 年 12 月 24 日，1929 年 7 月 25 日）；相关背景，参见艾略特的《三月兔创意曲：1909—1917 年的诗歌》（*Inventions of the March Hare: Poems 1909-1917*，克里斯托弗·里克斯编，1996 年），第 28 页。（1922 年《荒原》出版前几个月，T. S. 艾略特给了约翰·奎因一本笔记，里面有他二十多岁时写的大约五十首诗，于 1968 年出版。——译注）

荒废的歌坛，那里百鸟曾合唱。
在我身上你或许会看见暮霭，
它在日落后向西方徐徐消退：
黑夜，死的化身，渐渐把它赶开，
严静的安息笼住纷纭的万类。
在我身上你或许会看见余烬，
它在青春的寒灰里奄奄一息，
在惨淡灵床上早晚总要断魂，
给那滋养过它的烈焰所销毁。
看见了这些，你的爱就会加强，
因为他转瞬要辞你溘然长往。[1]

莎士比亚将夜晚精确地称为"黑夜"。济慈也是这般精确：《夜莺颂》有"夜这般温柔""今夜""午夜"。但在《天还未暗》中，迪伦暗暗隐忍，从没有明着提到"夜晚"。噢，夜的暗影遍布，最好一言不发。你能感觉到这一点，无论这首歌是否让你想起十四行诗或《夜莺颂》。我并不是说"夜"这个词的缺席，就可以证明莎士比亚和济慈的在场，就论辩而言，这样的说法有点左右逢源。这首歌与济慈的强关联表现在，"夜"这个词从未出现，然而却渲染了歌曲并让整体的氛围变得黯淡。同样，"冬天"的到来，改变了济慈《秋颂》的色彩，使其黯淡，但在这首讴歌季节的名作中，"冬天"又是四季之中唯一未被提到的季节。

当我们说"尚未这样或那样，但已为时不远"（it's not such-and-such yet, but it's getting there），"这样或那样"的意义并不明确。但想想迪伦的副歌"天还未暗，但已不远"（it's not night yet, but it's getting there）有多么简洁。不仅让我们理解为何夜晚不是宣告而是暗示了死亡，同时也让我们感受到副歌

---

[1] 译文引自《梁宗岱文集》第三卷，中央编译出版社，2003年，第176页。——译注

从这样的事实中受益之多：我们不说"夜晚不远"（getting night）而是说"天色变暗"（getting dark）。因此，当我们听到，而且一次又一次听到"但已不远"（getting there），"getting"这个词的功能就充分显现出来，简洁地结合了两重意思："接近那里"（getting there）与"天色变暗"（getting dark）。

面对即将到来的死亡，济慈的谦逊与自信，让人激赏："我想死后，我会位列英国诗人之中。"将迪伦作为一位诗人，列在济慈的身边，对两位诗人而言都是实至名归。这无关文学上的竞争。[1] 这是因为对迪伦的崇敬与他对济慈的崇敬是一致的。崇敬排斥嫉妒。"并不是嫉妒你幸福的命运"。

对迪伦的歌来说，《夜莺颂》的特殊之处或许在于，它是一首有关歌唱的诗："放开了歌喉，歌唱着夏季""恋歌""你仍将歌唱""同样的歌"。当迪伦唱着"有些重担，无法承受"，也许他想让我们回想起重担可能就是一段副歌，对于歌手来说必须承受。济慈，也在另一处写道："唱着牧羊人歌曲的叠句"（《恩弟米安》I，136 行）。

迪伦的副歌或者说重担是"天还未暗，但已不远"。他完美地担起又卸下了它，用精准的嗓音、含而不露的幽默和韧性，所有这些都是为了要坚忍面对生命流逝、死之终结。"重担"这个词本身，就带给迪伦一种罪感，尽管不只对他一个人是这样：《亲爱的房东》里有"请别为我的灵魂标价／我的负担太重"；《罪恶来临》中有"一直拖累你的邪恶重担"；还有《骄傲的脚》

---

[1] 在一场公开论战，或者说一场命题论战中——"济慈 vs 迪伦"，参见迈克尔·格雷，他指出 1992 年由剧作家戴维·黑尔策划了这次活动。"不提鲍勃·迪伦在过去 30 年里一直坚决反对庸俗和低俗，或者也不提约翰·济慈自己就是个伦敦佬，初出茅庐自命不凡。当时舆论氛围仍然如此，以至黑尔荒诞不经地将分歧拟人化，他的说法也像公共热潮一样流行。很快，文学界的知识分子中的女前辈 A. S. 拜厄特，就可以继续 BBC 上的通俗艺术节目《晚间秀》，宣称济慈和迪伦的性质区别在于：谈到济慈，她可以带着你读懂他的一首诗，并揭示出很多层面……但不能带你读迪伦的歌，因为她不知道从哪里开始。可耻的不是对济慈的偏爱，也不是对迪伦的无知，而是不恰当的自信。"（《歌与舞者》第三辑，第 18 页）带着适当的自信，格雷（在 2000 年）谈起几乎从三十年前他就开始为迪伦"辩护，如果必须得这么做的话，要把迪伦与济慈一视同仁"。

中的"如何挑起一副重得不该你挑的担子"。[1] 在一次采访中,迪伦的表述极富个性,令人难忘地直率又迂回:"我当然愿意卸下(spare of)冥思(muse)歌迷对我或我的歌曲的看法的重担。"[2] 不仅是卸掉(spare)重担,也是卸下(spare of)重担,综合了"spare"(卸掉)和"relieve of"(减轻),而"muse"或许与那些主宰性的力量有关,没有它们,所有的艺术根本不会被激发。(济慈在《夜莺颂》里也沉思过"好的言辞"[many a mused rhyme]。)迪伦卸掉了一些重担(他认为艺术家至少有权不去冥思自己的艺术,对极了),但从未放下自己歌唱的重担。他不能不唱副歌。

《天还未暗》寻求——借用弗洛伊德的伟大说法——与对死亡的需要交朋友。这就是坚忍,不仅是歌的主题,也是歌的要素、氛围。像《夜莺颂》中的济慈一样,迪伦知道除了与这种需要交好之外,更要做些什么,他也愿意——像人类有时应该的那样——几乎爱上了静谧的死亡。济慈:

> 我在黑暗里倾听;呵,多少次
> 　　我几乎爱上了静谧的死亡,
> 我在诗思里用尽了好的言辞,
> 　　求他把我的一息散入空茫;
> 而现在,哦,死更是多么富丽:
> 　　在午夜里溘然魂离人间,

——但这是一个痛苦的想法。"几乎爱上了静谧的死亡":只是几乎。

对于《天还未暗》而言,还有比时间——它的主题和要素——所允许的更多的东西。哦,这首歌以"驻足一日,夜幕下垂"开头——而它有二十四行,

---

1　"过于我能当的"也许带了某种罪感,常常出现在迪伦的脑海中,该隐之罪:"该隐对耶和华说:'我的刑罚太重,过于我所能当的。'"(《创世记》4:13)
2　伦敦(1997年10月4日);《伊西斯》(1997年10月)。《今日美国》(1997年9月28日):"创作《被遗忘的时光》对迪伦来说是一次解放的经历,因为他被自己的传奇压得不堪重负。"

每一行代表一天中的一小时。[1] 还有那持久悠长的器乐令人凝神的美——整整一分钟——在最后一节之前，也在其后，都是同样的长度：还未……还未……

还有押韵的精妙，包括行内的押韵。比如，有些歌行的开头和结束听起来有相同的发音。这一句的感觉可能就像钳子或镊子："感觉灵魂，已变钢铁"（feel like my soul has turned into steel）。然而，即便如此，这是要与什么交朋友（我还是认为，是与对死亡的需要交朋友），因为"相知有素的朋友"，《哈姆雷特》提醒我们"应该用钢圈箍在你的灵魂上"（soul with hoops of steel）[2]（"灵魂"再次被"箍紧"）。我无法想象还有什么比这更让人联想到铁箍（hoops of steel），歌词本身就形成闭环："感觉灵魂，已变钢铁"。（迪伦唱完"已"之后停了一下，在那里顿住，由此"变"成了转折点。）"steel"在两个词之后又变成"still"（into steel/I've still got）——随后"still"依然出现在最后一节："实则未动"（I'm standing still）。

在开头和结尾的发音一致，也许是为了对折歌词的空间（"无论哪里，都很拥挤"[There's not even room enough to be anywhere]）。或者——这一次，用半谐音——去对折这一行，或者（四倍增加）两行连续的歌词的世界：

> *I*'ve been down on the bottom of a world full of *lies*
> 谎言世界，底部一游
> *I* ain't looking for nothing in anyone's *eyes*
> 眼中之物，非我所求

正是借由强劲但同时又似乎被动的半谐音，这首歌呈现了无法逃脱的自我——也就是"我"（I）：

---

1 参见本章注贝克特《无》。
2 译文引自《莎士比亚全集》第九卷，朱生豪译，吴兴华校，人民文学出版社，1978年，第21页。——译注

I just don't see *why I* should even care

干吗介怀，我不明白

I was born here and *I'll die* here against my will

生死于斯，虽非我愿

I know it looks *like I'm* moving, but *I'm* standing still

看似奔走，实则未动

I can't even remember what it was *I* came here to get away from

逃避什么，才来这里

在这一点上（这一行被拉长到滑稽的程度这一点，如果考虑它的意义），我们最好将"逃避"（away）理解为你无法逃避的东西，第一节的"时光溜走，热不能寐"（It's too hot to sleep, time is running away）与最后一节的"逃避什么，才来这里"（I can't even remember what it was I came here to get away from）相呼应（中间"浪过巴黎"）——这冗赘拖沓的一行歌词，全程几乎没有音顿，好像，不管发生什么，歌手还记得世界够大时间够多。"逃避"就如同你无法逃避（济慈的"去吧！去吧"［Away! Away!］），而"从"（from）和"麻木"（numb）的押韵（"麻木茫然"），是整首歌中第一个也是唯一不完美的押韵，让人感觉麻木，稍稍偏离了我们对押韵带来的满足感的期望。

"有一位歌手，大家都已听到"。罗伯特·弗罗斯特（Robert Frost）这样说过，或这样唱过。这首歌叫《灶巢鸟》（*The Oven Bird*），弗罗斯特在这首十四行中最终写到了矛盾和苦痛：

正如别的鸟儿，这只鸟也不再歌唱
对此，歌唱时的它已知晓。
没有言辞，它却提出一个问题：
如何面对事物的消亡。

夜莺也许可被归入别的鸟儿。谈及生命中所有消亡的事物,丁尼生的《尤利西斯》——老成且老迈——也强调要坚忍:

> 尽管被夺去的多,所余的也多,尽管
> 我们的力量不似昔日
> 挪天动地,我们仍是我们。

在人类更黑暗的认知面前,《天还未暗》歌唱了坚忍。因为被夺去的多,所余无几。但不是什么都没有。正是靠了"not even"这样频繁出没的思想零件,才能承纳这么多:

> There's not even room enough to be anywhere
> 无论哪里,都很拥挤

> I just don't see why I should even care
> 干吗介怀,我不明白

> I can't even remember what it was I came here to get away from
> 逃避什么,才来这里
> Don't even hear a murmur of a prayer
> 喃喃祈祷,都听不到

或许那个不断闪现的"even",还与"evening"(夜晚)有关。在霍普金斯的笔下,"夜晚"这个词"写自西比尔的树叶"[1]:"夜晚在时间中扩张至无垠,所有——一切的——坟墓,所有——一切的——家园,所有——夜的——灵柩"

---

1 《写自西比尔的树叶》(*Spelt from Sibyl's Leaves*),是英国诗人霍普金斯的诗作。——译注

（Evening strains to be tíme's vást,' womb-of-all, home-of-all, hearse-of-all night）。"我们的夜晚漫过了我们；我们的夜，淹没、淹没、并终结了我们"（Óur évening is óver us; óur night ' whélms, whélms, ánd will énd us）。

音乐上，声音上，语言上，《天还未暗》同时将其中消极与积极的因素化为真实的力量。"看似奔走，实则未动"。看起来如此——听起来又怎样？动中有静。我由此想起两个很棒的例子，都涉及这一悖论。第一个例子，柯勒律治对"读者"的讨论，如果我们将"读者"替换为"倾听者"（而不仅仅是听见的人），效果相同却也有所差异：

> 不断吸引读者的，不应该仅仅是，或主要是出于好奇的机械冲动，或是想知道最后结局的无休渴望；阅读过程的本身应该趣味盎然、引人入胜。就像蛇的爬行，埃及人把蛇看作智力的象征；或是像空气中声音的轨迹；每走一步，它就停下来，退半步，从后退的中积聚力量，再一次把它向前推进。（《文学传记》，第14章）

第二个例子，是T. S. 艾略特，他探讨过在17世纪的宗教体悟中，有什么看起来静止不动："这篇超凡的文章看似时而重复、时而停滞，但它仍以最严谨和最有序的方式展开。文章中时常闪烁一些使人难以忘却的话语。"[1]

"天还未暗，但已不远"：不强求，不示弱。《被遗忘的时光》引发的一些反响，让迪伦大为光火：

> 人们说这张专辑与死亡有关——因为某种原因，是我的死亡！（笑）好吧，它与我的死无关。它或许处理了一般意义上的死亡，那是我们所有人要共同面对的，不是吗？但我没有看到任何一位评

---

[1] 《兰斯洛特·安德鲁斯》（*Lancelot Andrewes*，1926）；《文集》，第349页。（译文引自《现代教育和古典文学：艾略特文集·论文》，卢丽安、陈慧雅译，上海译文出版社，2012年，第102页。——译注）

论家说:"它关乎我的死亡"——你知道,他自己的。好像他能以某种方式免于一死——好像唱片的评论者已经得到永生,歌手却没能。我发现媒体经常居高临下看待这张唱片,但,你知道,对此你无能为力。[1]

这种居高临下的态度比死亡渺小,但它在日常生活中,还是向我们要求某种程度的坚忍。你知道,你对此无能为力。

在四枢德中,唯有坚忍,不会用作形容词或副词。节制(Temperance)乐于假设我们温和(temperate)并适度(temperately);审慎(Prudence),慎重的(prudent)、谨慎地(prudently);公正(Justice),公平的(just),公平地(justly)。但是坚忍(fortitude)不会允许"坚忍的"(fortitudinous)和"坚忍地"(fortitudinously)。[2] "众多的罪恶"(A multitude of sins)(正如迪伦在《宝贝儿,有什么在燃烧》中所唱)乐于看到纷繁的万象(multitudinous),对套话(platitude)来说,没有什么比陈词滥调的想法更舒坦了。但在坚忍这里,就只有一个坚定、方正的名词,仅此而已。这有一种伟大的单纯,就像迪伦的歌本身和它的副歌。正如艾略特所知,这种单纯是击败罪恶的一种方式。

> 只有在紧张的时刻,或经过多年的心智努力,或两者兼有,才能赢得伟大的单纯。它代表了一种对人类精神最艰巨的超越:情感和思想战胜了语言与生俱来的罪恶。[3]

"感觉灵魂,已变钢铁"。

---

[1] 《滚石》(2001年11月22日)。
[2] 《牛津英语词典》记载了菲尔丁和吉本在18世纪尝试过"坚忍的"(fortitudinous)一词。但没有成为通用词。
[3] 《雅典娜》(1919年4月11日)。

神　恩

信

关于艺术，艺术爱好者、老骗子让·谷克多（Jean Cocteau）说过一次真话，意思是如果艺术家有梦想，那不该是出名，应该是被相信。迪伦的基督教歌曲要求被相信。这不是说艺术家个人的信仰是关键所在，那是传记与变化的问题，也不太可能变成艺术的创造。不，艺术家是尤为擅长、尤为慷慨地去想象他或她是不抱有信仰的人。

然而，许多听众坚持认为迪伦创作基督教的歌曲是一种个人任性，而不是灵活变通的成就；好像这类歌曲要么只有一种传记报道式的乏味低级的价值（而且已过时了），要么只是一种排他的狂热而其虔诚我们无法分享，谢谢。然而，像迪伦的其他作品一样，要相信这些歌曲都要求被信任，并不等同于下结论说如果你不认同或不会认同其中的信仰，那对你来说，这些歌就毫无意义。这样先行的立场，会大大限制我们的艺术和想象力。那样一来，艺术不过是对皈依者的宣讲，是信徒的集会，而不是包容的、富有神思妙想的邀请。

艺术最宝贵的地方，就是给予我们一种同情的能力，去理解那些不属于我们的信仰体系。不然它又能怎样扩大我们的同情？我们的责任不仅是相信，而且还有去学会如何以信仰为乐。用威廉·燕卜荪的话来说：

> 对我来说虚构文学的主要功能是让你意识到他人的多样性，许多人与你截然不同，也有不同的"价值系统"。

> 阅读虚构文学的主要目的是获取宽广丰富的经验，想象那些与我们的信念和习惯迥异的人群。

让我印象深刻的是，现代的批评家，不知是否为新教运动的结果，变得奇怪地拒绝承认世界上不只有一套道德信念，然而阅读虚构文学的核心目的，是让你习惯于这个基本事实。我无意说一位文学批评家应该避免道德判断，那无用且无聊，因为读者够聪明，立刻就可以开始揣想。[1]

伟大的宗教诗歌都会遇到一个问题——决定其成败——它是否会面对亵渎神明的指控，正如伟大的情色艺术无不被问到是否会面对色情的指控。确实，就像 T. S. 艾略特说过的，只有信徒才可能亵渎上帝——或至少说，只有那些有点担心自己可能成为信徒的人、敢于挑战权威的人才会这样。对艾略特而言，亵渎的溃败是信仰溃败的标志。"真正的亵渎——不只是言辞上，而且是精神上——是信仰不彻底的后果。这种亵渎，对于完全的无神论者和对于彻底的基督徒，都不可能，它是一种表明信仰的方法。"[2] 最后一点，可以补充解释为什么被指控有亵渎神明的可能，对于基督教诗歌来说如此重要，因为如果没有这种可能，诗歌就会宣称自己的信仰完美，一个合格的基督徒不会这样自诩。艾略特在 1927 年注意到了"12 世纪的反常现象——最优秀的宗教诗歌和最杰出的渎神诗歌在本质上一致。而对于现代的蹩脚诗人来说，他们不够虔诚，渎神的能力也很弱，12 世纪也许提供了一个富于启示性的课题"。[3]

噢，上帝对亚伯拉罕说："宰个儿子给我"
老亚伯说："大哥，你准是在耍我"

---

[1] 《论辩》，约翰·哈芬登编（1987 年），第 13 页，燕卜荪的书信；《论辩》，第 218 页；《传记之用》（*Using Biography*）（1984 年），第 142 页，摘自 1958 年发表的一篇讨论菲尔丁的文章。
[2] 《波德莱尔》（*Baudelaire*，1930 年）；《文集》（1932 年、1951 再版），第 421 页。（译文引自《现代教育和古典文学：艾略特文集·论文》，王恩衷译，上海译文出版社，2012 年，第 189 页。——译注）
[3] 《泰晤士文学增刊》（1927 年 8 月 11 日）。

上帝说："没。"亚伯说："啥？"

上帝说："亚伯啊，你想怎么着都成

但下次碰到我，你最好撒丫子跑"

于是亚伯说："你想在哪宰？"

上帝说："去61号公路"

（《重访61号公路》）

我本人不是基督徒，是个无神论者。迪伦的基督教歌曲带来的乐趣之一，就是可能会让你发现（惊讶却不懊恼），你自己的信仰体系并没有垄断你的直觉、敏感、顾虑和关爱。迪伦的大多数粉丝，应该都是自由主义者，对自由主义者来说，最大的陷阱永远是我们的自由主义可能会让我们排斥那些反感自由主义、让我们失望的人。狭隘的自由主义者会假装他不情愿看到的那一页难以辨认："他并不是在说他最难以辨认的一段往昔岁月（back pages）：差不多十五年以前，那段保守的、'重生基督徒'的日子，出其不意地打击了（blindsided）自由派的非宗教粉丝群体。"[1] 出其不意地打击？但迪伦表现出了敏锐的洞察力，当他想象某人承认："我过于盲目了些"（《心爱的天使》）。我有一点可能在盲区（blind side）里，这是不是出其不意地打击（blindsided）？"每个人都在喊 / '你站在哪一边？'（which side are you on?)"。

鲍勃·迪伦已经背离了自由思考、有社会意识、有时试图在这个被战争、仇恨和偏见撕裂的现代世界中做出道德选择的愤世嫉俗者们。对他来说，一个简单的办法可以解决一切：接受上帝。

当我们真正需要社会的"去程式化者"（de-programmers）时，他们在哪里？[2]

---

[1] 《新闻周刊》（1997年10月6日），关于迪伦。
[2] 迈克尔·戈德堡（Michael Goldberg），《新音乐速递》（1979年11月）。

对不起，我不太能搞清楚——是谁在过度地简化？究竟是谁在与仇恨和偏见勾结？

"'撕下所有的仇恨。'我尖叫"（《我的往昔岁月》）。

你可以相信任何你自己喜欢的，只要它是自由主义的：这和基督教一样教条，而且自有一种咄咄逼人的胁迫感。

对于迪伦最好的基督教歌曲，我心怀感激，因为我发现它们是出于崇敬的非凡之举。他的信仰之歌也包含了其他的崇敬之情，对歌手、对歌曲、对所爱的人和可敬的人。"我得救了／因这羔羊的血"：

> 我如此喜乐
> 是啊，我如此喜乐
> 我是如此的喜乐
> 如此喜乐
> 我想感谢你，上主
> 我只想感谢你，上主
> 感谢你，上主

这最后三个词，不只是重申，第三次重申，因为我想做的事已经变成我正在做的事："感谢你，上主"。不是把第一次说过的话稍微扩充后再次言说的内容加以缩减（"我想感谢你，上主／我只想感谢你，上主"），而是一种扩展，虽然（有点奇怪）用词更少，是扩展至行动，接续前面的两句，顺势而成。"感谢你，上主"，迪伦深情地说。在哲学家 J. L. 奥斯汀看来，这是一种"施行话语"（performative utterance），类似于"我发誓"，不是那种要区分真伪的陈述（虽然誓言可以被遵守也可打破）：这样的"言"就是"行"。"我感谢你"，或"感谢你，上主"。

我要感谢的是：真挚的信仰表达如此令人振奋——比方说，如果你曾真心皈依——这会提供一个具有说服力的真实例证。要是我会成为一个基督徒，那要归功于乔治·赫伯特诸多诗作中的人性例证。还有迪伦的诸多歌曲。

词语需要信任,也能保守信心。它们建立在信心的基础上,相信人们会说出真相——或者至少认为言不由衷就是对自己的背叛。《第四次左右》以及《朴素 D 调歌谣》深切表现了说谎的痛苦。"无论你是否相信,真相就是真相,不需要你做什么……而认为每个人的内心都有自己的真相,这个谎言危害甚多并仍让人发疯。"[1]

如果没有对人的信任,社会生活将不复存在。有时候这样的信心会被错置,但无所认信,会带来更大的危害。语言本身不仅立于信、也成于信。一种语言就是一整套的协议和信条。一个词语不是一个事实,也不是一种观点,而是一项社会契约。像所有的契约一样,它基于一个誓言、一种信任。(当然,像所有的契约一样,也会有不老实的、可疑的一面)歌与诗,都能保持信仰的活力。如《启示录》3:2 所言:"坚固那剩下将要衰微的",这种力量也重现在《你何时清醒?》中。

信迪伦:其中既有"他有所认信"也有"我们对他有所认信"。可以确定的是,我们也有不确定的时候。因为他写过这么多的歌,他的演唱也变化多端,而且彻彻底底活在一个艺术世界里,这种艺术恰恰因为不怎么"高雅",才达到了它特殊的高度。或者说,一种非常流行的艺术——(有时)才可能包容万物?他讲话奇奇怪怪,是口齿不清还是说了方言?这是他的一次巧妙处理吗?还是我——惊叹于某些措辞的巧妙——刚刚领悟了关键的一点?

选择可是严峻的。

> 如今兴起了属灵的争战,血肉崩解
> 你要么信要么不信,没有中立的地方
>
> (《心爱的天使》)

---

[1] 《放映机》说明文字。

要么信要么不信（faith or unbelief）：迪伦以自己的风格将文字放入天秤的两端，我们必须衡量。相对于"信仰"（faith），不再有"无信"（unfaith）[1]这个词（尽管有"不忠"［unfaithful］/"忠实"［faithful］），而且在迪伦这里，虽然"不信"（unbelief）的反义词为"相信"（belief），"信徒"（a believer）的反面也是"非信徒"（an unbeliever），但他真的需要的不是"相信"这个词，因为有所相信和拥有信仰完全两回事。

一次又一次，面对迪伦在用语、措辞、节奏、造句方面的怪癖，你会发现自己要么信和要么不信，没有中立之地。从歌词来看，迪伦要么是在胡作非为，要么是在尝试一些有趣的、意想不到的东西。

在专辑《行星波》中，《走了，走了，已经走了》的歌词是这样的：

> 奶奶说："孩子，去吧，循着你的心来
> 到最后你也会很好呢
> 不是金子都注定发光的
> 不要与你唯一的真爱分开"

在1978年武道馆音乐会上，他在唱的时候玩了花样：

> 到最后你也会很好呢
> 金子不曾都注定发光
> 只是不要把你的马放在你的车前面

这是什么？我们不应该相信迪伦的话，除非认为这就是要叫人搞不懂。因为你的马儿，就该站在你的车的前面。直接戴上了眼罩，迪伦像马一样镇定，

---

[1]《牛津英语词典》，"无信仰"：缺乏信仰或信仰，特别是宗教信仰。从1415年开始，包括丁尼生也用过："信仰和无信仰永远不能是同等的力量"。但自1870年以来就没有例句了，这个词现在听起来有些牵强。

没有对你唠叨车要在马前面。这就是他的荒唐之处：之前/之后（before/after），"应该放在第一位的东西放在最后"（《牛津英语词典》）。

还有《烦恼在心中》的展开，阔步前行时的落足点：

> 你以为你能够隐藏，但你永远不是独自一人
> 问问罗得怎么想，当他妻子变成石头

就当是一小撮盐，或者一根盐柱。

对于这些变来变去的花样，迪伦十分在行，由此才保持了意识——还有语言——的活力和水准。T. S. 艾略特这样称赞詹姆斯一世时期的戏剧："对语言所做的稍微而永恒的改动，词语永久地共存于全新而意外的结合体中，意义永久性地 eingeschachtelt（德语 嵌套）在一起，这见证着语感的一个高度发展，一个英语语言上我们可能永远无法匹敌的巨大发展。"[1]

英语的发展之一是美式英语：它的自由与许可（liberties and license）[2]以及独立自主（liberty）。不要追随领袖们？但你无法牵着自己走，除非是用鼻子。至于相信，《信你自己》这首歌提醒你不要轻信你正在听的东西，但他的歌声却十分可信，不管它说什么：

> 信你自己
> 信你自己去做只有你最了解的事
> 信你自己
> 信你自己会做正确的事无可指摘
> 不要信我会给你展示美

1　《菲利普·马辛杰》(*Philips Massinger*, 1920 年);《论文选集》(*Selected Essays*)，第 209 页。（译文引自《传统与个人才能：艾略特文集·论文》，吴学鲁、佟艳光译，上海译文出版社，2012 年，第 271 页。——译注）

2　托马斯·霍布斯（Thomas Hobbes）的政治学概念。——译注

> 既然美可能只会生锈
>
> 如果你需要信什么人，信你自己

"不要信我会给你展示美"——除非济慈（或者他的古瓮）抱有的那种希望是对的，美即是真，真即是美。[1] 菲利普·拉金说："我一直相信美即是美，真即是真，那不是你所知道的一切，也不是你该知道的一切。"[2]

"如果你需要信什么人，信你自己"。即使如此，也不要过于相信自己，或者说信自己要尤为当心。因为如果除了自己，你从未真的相信任何人或任何事，那么事实上，你根本不可能相信自己。

《心爱的天使》

如果有位天使来访，首先要确认的是，落在你身上的是不是堕落天使，然后信你自己，也信它。《心爱的天使》想要直接表达对一位心爱的女性的感激，为什么要爱她，更多因为正是她引领歌手走向了上帝之爱。或许，他可以通过称她为天使，将既是人性的也是神性的双重感激包含其中。所以，就有了"心爱的天使"：迪伦开门见山地唱这一句，淡定又不乏嘲弄，好像只是给了她应得的东西。

> 心爱的天使，日光之下
> 我怎么才能懂得你就是那个人
> 昭示我被蒙蔽，昭示我已离去
> 我所站立的根基多么脆弱？

---

[1] 济慈《希腊古瓮颂》："'美即是真，真即是美,' 这就包括／你们所知道、和该知道的一切。"（穆旦译）——译注

[2] 《进一步的要求》（*Further Requirements*），安东尼·斯韦特（Anthony Thwaite）编（2001年），第39页。

但这首感恩之歌的根基牢靠吗？"心爱的"还有"天使"这样的词，是否太一般、太软弱，并非最佳？

一百年前，谈到友人狄克逊的诗句（"每一滴都比天使冠冕上的宝石／更珍贵"），杰拉德·M. 霍普金斯就不以为然，说这一句"印象不佳，平庸之极，我认为天使正是文学中最廉价的东西"[1]。

那么，迪伦该如何用"心爱的""天使"这样被滥用的词汇，不负众望地化腐朽为神奇？他用了一个简单却意味深长的想象，这个句子是："心爱的天使，日光之下（under the sun）"。据《牛津英语词典》，"日光之下"意味：在地上，在世界中。在"日光之下"，她的天使身份未有丝毫减损，因为她可以降临人间却没有俯就之感，这正是她可爱之处。与其说这个短语将她人性化了，不如说她让自己人性化。（在基督教的历史上，有一个比天使更伟大的圣灵也这么做了。）此外，"日光之下"赋予了她一种卓越的品质，独一、完整，不事张扬。你一般不会随便说"日光之下"，却没有更多明确的说明。如《牛津英语词典》引述的例句："日光之下"指向了卓越（日光之下再无更英勇的战士），或独一（日光之下唯一诚实之人），或完整（日光之下每一个独立的国家）。"穷尽日光之下的所有手段"（《坚固磐石》）。"你不知道日光之下并无新事吗？"（《没有义人，对，一个都没有》）。[2] 但要赋予它新意，要像某种词语的形式可在无形中唤起卓越之感，像至高的赞美，却轻描淡写以至无言。沉默是金。字字珠玑。日光之下没有人能比迪伦更会创造这些妙语。

然而，正如"妙语"所暗示的，艺术家之所以能把握时机，这并非个人的独造，亦非简单靠愿望来达成。在"心爱的天使，日光之下"这一句背后，另有激荡人心的东西：在无可言喻之更高存在的支配下，"日光之下"

---

1 致狄克逊，1881 年 10 月 23 日；《杰拉德·曼利·霍普金斯和理查德·沃森·狄克逊书信集》(*The Correspondence of Gerard Manley Hopkins and Richard Watson Dixon*)，克劳德·科勒·阿博特（Claude Colleer Abbott）编（1935 年，1955 年版），第 77 页。

2 你不知道吗？对此你应该不陌生，参见《传道书》1："已有的事，后必再有；已行的事，后必再行。日光之下，并无新事。"

（用了一个特别的介词"under"）与另一个介词形成对照，后者提供了另一种与太阳关系不同的天使站位："我又看见一位天使站在日头中（in the sun）。"（《启示录》19:17）

这首歌在不断恳请："姐姐，让我告诉你我所看见的幻象"，而《启示录》19 也记录了这样的幻象：邪恶力量"聚集，要与骑白马的并他的军兵争战"（19:19）。从这一句中，我们也许能懂得构成歌中所确信的"如今兴起了属灵的争战"的基础。

心爱的天使，让你的光照耀我。《启示录》21:11："城的光辉如同极贵的宝石"。迪伦曾说"我相信《启示录》"。[1] 但最关键的还是他的艺术，不是那些传道的格言，他的使命从来也不是传道。即便是皈依之歌（他的皈依，他所坚信，以及他人的皈依，他所希望），在他这里，也从信仰的治愈转变为艺术的治愈。由此，他对《启示录》的信仰，解释了为何他的"启示"之中需要展示一些异常的景象。听听他的开场多么独特，"心爱的天使，日光之下"（在肃穆之中），正是《启示录》中一句，唤起了后面的歌声："我又看见一位天使站在日头中……大声喊着说"。

《心爱的天使》被大声唱出，经由耳朵而不是眼睛进入了我们，因为它坚持所唱的恰是眼睛所见的而更显暧昧。这个幻象将被听到而不是被看到——除非人类的想象力（"想象力"是一个视觉词汇："他们可以想象将从高处坠落的黑暗吗"）能神奇地将一种感官纳入另一种的庇荫下。信仰，拒斥罪恶，欢迎"通感"。《牛津英语词典》解释：

> 1c. 文学艺术作品，来自于一种感官印象，来自于另一种感官印象相关的心理意象：[包括]"当听到外部声音时，通过某种随心所欲的意念组合，看到某种形式或颜色"（1903）。
>
> 2. 隐喻的使用，以一种感觉印象来描述其他类型的感觉印象。

---

[1] 《滚石》杂志库尔特·洛德（Kurt Loder）专访（1984 年 6 月 21 日）。

[例如]"响亮的颜色"(1901)。[1]

"不管哪些色彩浮现在你的脑海中 / 我会展示它们让你看见它们闪耀"(《躺下,淑女,躺下》):从艺术的角度看,这不是"随心所欲"。艺术家并非随心所欲而是决断在心。

自《李尔王》之后,还从未有作品像《心爱的天使》这样,能在眼睛和视力(在身体上与精神上,失明或被遮蔽)的关系中构造如此的张力。"昭示我被蒙蔽"(to show me I was blinded):这不应被视同"失明"(being blind)(《得救》:"我被魔鬼蒙蔽"),"昭示我"(to show me)更不应被视同"告诉我"(to tell me)之类。"让你的光照耀,让你的光照耀我":这不应被视同为我而照耀。(因为我知道自己羞于暴露在光中,我是谁,我是什么,都会一览无余。)"我过于盲目了些":这应该理解为一种斯多葛主义保持勇气的轻描淡写。"轻描淡写"在字典里有两个表亲,一是弱陈法,二是反叙法。[2] 二者都为了省事,避开锋芒,或让事情缓和:"你知道光靠我自己实在做不到 / 我过于盲目了些"。不一定用你的反叙法之光来照耀我,你的光要照耀在弱陈法上。

在那里,某种可怕的漫不经心,也与精神的涣散相关。歌中有表现。

> My so-called friends have fallen under a spell
> 我所谓的朋友都着了魔
> They look me squarely in the eyes and they say, "Well, all is well"
> 他们直勾勾盯着我,他们说:"好吧,一切都好"

---

1 《牛津英语词典》的引文包括 E. H. 冈布里奇(E. H. Gombrich),《艺术与错觉》(Art and Illusion,1960 年):"所谓的'通感',所有语言都证明了一个事实,即印象从一种感觉形态到另一种感觉形态的飞跃。"

2 弱陈法(meiosis),有意把事情说得更小、更不重要的修辞手法。反叙法(litotes),用相反的否定来表示肯定的修辞手法。——译注

"好吧……都好"洋洋自得，最能表现那种自满之感[1]，而最后的说法——"好吧，一切都好"——不过是随意交谈中的客套话"好吧"（well）。据《牛津英语词典》：

> Well：单用以引起评论或陈述，有时指说话人或作者接受已经陈述或表明的情况，或希望在某种程度上加以限定，但通常仅用作一个初步或概括的词。

"他们直勾勾盯着我"：直勾勾的眼（square eyes），因为你看了太多的电视[2]，有趣的是在《关于电视话题的歌》中海德公园的一幕——"有人高谈阔论/关于各种不同的神"——应该让街头演说家用他的方式看待事物：

> 讲台上有人正在向人群演讲
> 关于电视神及其引起的各种痛苦
> "对人的眼睛来说，"他说，"它的光太亮
> 如果你从没看过它，那似是遗憾，实乃幸福"

别让你的光照耀，别让你的光照耀我。或者照进我的眼睛。或者照进"任何人的眼睛"。幸运的是，上帝保佑，与过于耀眼的光相比，《心爱的天使》中的是潋滟柔光："你是我灵魂的羔羊，姑娘，你如火炬般照亮夜晚"[3]——但对她的信仰，会立刻遇到一个问题：这种信仰依凭了什么，那双"眼"（the eyes）令人恐惧地来源不明（究竟是谁的眼睛？我们不知道看向何方）；

---

1 按《鲍勃·迪伦诗歌集：1962—1985》（1985）所刊印，演唱时简化为："他们说，'一切都不赖'〔All is well〕"。

2 在《牛津英语词典》中，"square-eye"的意思是："滑稽的，过度受电视影响的或关注电视过多"（1976年）。《私人观点》（Private Eye）中一位电视评论员的名字，就叫"Square Eyes"。

3 迪伦唱的是"火炬"（torch），《歌词集：1962—1985》中印的是"触摸"（touch）。

But there's violence in the eyes, girl, so let us not be enticed

但眼中带着狂热，姑娘，所以让我们抵住诱惑

On the way out of Egypt, through Ethiopia, to the judgment hall of Christ

在出埃及的路上，穿过埃塞俄比亚，来到基督的审判大厅[1]

"埃及的公侯要出来朝见神，古实人要急忙举手祷告。世上的列国啊，你们要向神歌唱。"(《诗篇》68:31-32）他这样做了。"他发出声音，是极大的声音。"(《诗篇》68:33）

诱惑 / 基督（enticed/Christ），这两个词的押韵粗暴却意味深长，既是审判厅也是一次需要凭判断力做出的决定。在押韵的两个词之间抉择，一个是受到诱惑而犯罪，一个是在面对审判时克服罪。乔治·赫伯特有一首名为《水道》(*The Water-Course*) 的诗。[2]

Thou who dost dwell and linger here below,

你住在这里，游荡在下面，

Since the condition of this world is frail,

因这世道艰难，

Where of all plants afflictions soonest grow;

被碾压的草木在这儿生长最快；

If troubles overtake thee, do not wail:

你若遭患难，不可哀号：

---

1 《心爱的天使》："让我们抵住诱惑"；《关于电视话题的歌》："它将引你进入奇怪的追逐 / 带你进入禁果之地"。《关于电视话题的歌》，"他的调门提得老高"；《启示录》，"我又看见一位天使站在日头中……大声喊着说"。"眼中带着狂热"从预期的身体部位偏离："你们手所行的强暴。"(《诗篇》58:2）；"手所作的都是强暴"(《以赛亚书》59:6）。

2 人工输水的通道。第 5 行和第 10 行的可选韵脚，暗示了管道"向上"或"向下"的拐弯。约翰·托宾（John Tobin）,《乔治·赫伯特：英文诗全集》(*George Herbert: The Complete English Poems*, 1991 年）。

For who can look for less, that loveth $\begin{cases} \text{Life} \\ \text{Strife?} \end{cases}$

因那能少求告的，爱着 $\begin{cases} 生命 \\ 困苦？ \end{cases}$

But rather turn the pipe and water's course

宁可扭转管子和水道

To serve thy sins, and furnish thee with store

去赎你的罪，为你贮下

Of sov'reign tears, springing from true remorse:

最崇高的泪水，涌自真心的悔悟：

That so in pureness thou mayst him adore,

你如此纯洁地敬奉他，

Who gives to man, as he sees fit $\begin{cases} \text{Salvation.} \\ \text{Damnation.} \end{cases}$

而他赐予人，与其相配的 $\begin{cases} 拯救 \\ 诅咒。 \end{cases}$

有那么一瞬间我们会好奇，在我们面前的诗句，到底是十行还是十二行：坚持认为有两种截然不同的选项，是否意味着每一节的最后一行应在我们耳边回响两次，直至抵达它在我们面前设置的选择？

听完《心爱的天使》，我们可能会对作为终点和命定归宿的"基督的审判大厅"，尤其是无可逃避的审判有所疑问。是否还记得有关基督的双重说法，有关他的应许和惩罚？"耶稣说：'我为审判到这世上来，叫不能看见的，可以看见；能看见的，反瞎了眼。'"（《约翰福音》9:39）《约翰福音》的这一章，讲的是治愈盲人的奇迹，迪伦对此也很关注，即使他的记忆并不确切：

534

有时我会陷入冥想,这句话在我脑海里闪过:"趁着白天工作,因为死亡之夜来临,没有人能工作。"我不记得我在哪里听到的。我喜欢听布道,我听过很多布道,我可能只是在某个地方听到的。也许它在《诗篇》里,它击中了我。它不放过我。[1]

耶稣过去的时候,看见一个人生来是瞎眼的。门徒问耶稣说:"拉比,这人生来是瞎眼的,是谁犯了罪?是这人呢?是他父母呢?"耶稣回答说:"也不是这人犯了罪,也不是他父母犯了罪,是要在他身上显出神的作为来。趁着白日,我们必须作那差我来者的工;黑夜将到,就没有人能作工了。我在世上的时候,是世上的光。"

(《约翰福音》9:1-5)

让你的光照耀,让你的光照耀我,我过于盲目了些:即使基督——世上的光——曾经照耀过他,照耀那个出生时就已经盲目的人。"昭示我被蒙蔽":另一首所唱的歌词有些不同:

我被魔鬼蒙蔽
生来就已败坏

我被蒙蔽;曾经盲目。对耳朵来说——尽管不是对眼睛来说——我和眼(I/eye)就像我和我(I/I)一样无法区分。"我怎么才能懂得""我被蒙蔽""我已离去""我所站立的根基":这首歌开头的四行会引人想到几个"我"之中带有暴力。

在赫伯特的《爱》(*Love*)中,一个罪人试图在羞耻中拒绝爱的温柔与宽容:

---

1 《纽约时报》(1997年9月29日)。

Love bade me welcome: yet my soul drew back,
爱让我受欢迎：但我的灵魂退缩，

  Guilty of dust and sin.
  内疚于尘世之罪。

But quick-eyed Love, observing me grow slack
但爱的眼光敏锐，看我变得懈怠

  From my first entrance in,
  从我第一次的到来，

Drew nearer to me, sweetly questioning,
走近我，温柔地问，

  If I lacked anything.
  是否我缺少什么。

A guest, I answered, worthy to be here:
我回答，这里应有一位客人到来：

  Love said, You shall be he.
  爱说，你就是他。

I the unkind, ungrateful? Ah my dear,
我这个并非友善，也不感恩的人？啊，亲爱的，

  I cannot look on thee.
  我不能看着你。

Love took my hand, and smiling did reply,
爱牵着我的手，微笑着回答，

  Who made the eyes but I?
  除了我，谁给了眼睛？

（听，这甜蜜的问询中，这一节的"眼睛"[eyes]前面是如何出现三次"我"

536

[Ⅰ]而后面又被"我"[Ⅰ]所接续。)这个羞耻的罪人眼光躲闪,但是爱直视他的眼睛,并说——不是"好吧,一切都好"——而是,用14世纪神秘主义者朱利安的话来说,虽然罪是不可避免的,但我们不能绝望。艾略特化用了这种说法,使之属于他自己,也属于每个人:

> 罪愆是不可缺少的,但是
> 一切都会平安无事,而且
> 世间万物都会平安无事。

(《小吉丁》)

《救恩》

"我的信仰支撑我活着"。并让我活着走过死亡。感谢救主。《救恩》自身必须运用一种救赎之力,唤醒生命或让生命复原("然后复活来临")。否则只是空洞的宗教口号,口号太容易被误认为信仰。

> 如果你在内心寻到了它,我会被原谅吗?
> 我想我欠你个道歉
> 我许多次逃离死亡,我明白我活着
> 唯赖我所蒙的救恩

我们先讨论每一节如何结尾。很久以前,"救恩"就是一个深刻的救赎概念,具有惩罚与拯救的双重含义,"归罪的救恩免除一切旧罪"(理查德·胡克,1597)。在那时,"救"(saving)尚未施展其力量。"神学概念。上帝的恩典使我们脱离罪和永远的死亡"(《牛津英语词典》)。

但是拯救的概念不断衰减,"救恩"逐渐弱化,仅仅意味着"一种品质,

'补偿'，免于无度的批评或责难"。这样，弱化到了一定程度，"救恩"就变成了一个措辞，意思不过是："好吧，我猜至少可以这样说……"这样一种补偿终究意义不大，当然不会有救赎之意。字典中有关"救恩"的例句，也缺少一种属灵的严肃性，已近乎亵渎。

  1910 "但我也有优点（saving grace），我相信，要记住……"

  1932 "这家沉闷的公司，虽然明显缺乏创意，这一点还是有可取之处（saving grace）。"

  1978 "在吵吵嚷嚷的、尖刻的彼此辩驳中，难得（saving grace）有一种天生的幽默感。"

天生的幽默很好，但它不是一种"救恩"。除非在一个极为糟糕的世界里。

  迪伦的歌试图恢复这个概念的内涵，但不是要唾弃它的日常使用，轻忽地贬低概念日常应用的意义。像迪伦的歌这样胸怀博大的作品，对于能够被存留（被救）的不会不存留（救）[1]。它们听起来一定不能比我们原有的日常表达更居高临下。由此，他赋予了"救恩"这一古老概念不同的质感，不同于那种随随便便的现代含义。在歌中，直到我们穿过低俗地带，"我想我欠你个道歉"的慢切分节奏泄露了不安，这个词才出现。这些话绝不能说给万能的上帝——只有一种可能，就是将其理解为学习如何与上帝交谈的一个阶段，说给"你"（You）而不是你（you）。歌曲开头"You"中大写的"Y"（"如果你在内心寻到了它，我会被原谅吗？"）体现了宗教信仰不可言喻的人性力量；眼睛可以区分"You"和"you"，毫不费力，但声音绝对不能，虽然也许可以心怀敬畏地暗示。这个世界将把"如果你（You）在内心（Your heart）寻到了它"中的人称代词与"恶人都不知道平安，而

---

1 "save"在这里有双关之意。——译注

你（you）也不能佯装"[1]中的人称代词区分开（信仰明白）。一首歌如果真的与上帝和人有关，它会确认自身，有了上帝之声，天才的声音也会相形见绌，即使是迪伦之声也无法与上帝之声相提并论。但另一方面，艺术也往往会从自身媒介可能性的限度出发，发明出一些新玩意。一首歌有其可为之处，也有其不可为之处。如果信任声音（耳朵听到的词），你就会以为"唯一"（sole）和"灵魂"（soul）是同一个词，它们无法像印在纸上的诗句一样被眼睛区分：

我全然依靠他，我唯一的庇佑
就是我所蒙的救恩

以此类推，当"眼睛"（eye）与"我"（I），或者"你"（You）对"你"（you）并举的时候，耳朵比不上眼睛。同样，"依靠"（confidence）中有信仰，即拉丁语中的"fides"。

还有，"欠你个道歉"是另一种救赎的例子。"道歉"（apology）这个词在说给上帝时，也许本身就要表达某种歉意，因为它实在缺乏忏悔的深度。这个词甚至感觉有点漫不经心，好像没意识到"'主将审判他的百姓。'落在永生神的手里，真是可怕的"。[2]"我想我欠你个道歉"：这真的听起来不过是在社交场合耸了耸肩。比方说，如果《诗篇》的作者对上帝说，他欠他一个道歉，我们会感到错愕。但这个词（还是很久以前）曾有肃穆与庄严的含义。这一点可见《牛津英语词典》的引文。圣徒们就是这样使用这个词的。（"为某人辩护，或为某机构辩护，使其免受指控或诽谤。"）圣托马斯·摩尔（Saint Thomas Moore），就是一例：《托马斯·摩尔爵士的致歉》，本人亲致，

---

[1] "know no"包含正面与负面的双重意义，参见本书中有关《盲歌手威利·麦克泰尔》的讨论，《失乐园》中称："如果不求更大的幸福和更多的知识。"（No happier state, and know to know no more.）

[2]《希伯来书》10:31。

在他辞去英国大法官职位之后（1533 年）。巴克斯特（Baxter）的《圣徒安息》，替他人而言："现在他们都应该通过道歉来保持公正"（1650 年）。另外，就是圣保罗："在亚略巴古人的大法庭上，保罗作了道歉"（夏洛克，1754年）。甚至还有华生主教（Bishop Watson）的《为圣经道歉》（1796）。

再一次，关键不在于迪伦把时间花在翻字典上，而在于他知道字典的价值。

"但是如果我们对上帝有所了解，上帝就是随心所欲的。所以人们最好能处理好这件事。"

关于"随心所欲"这个词，你有什么想澄清的吗，或许我没明白？

"不，我是说，你可以查字典。"[1]

我的意思就是字面意思。

多年来，迪伦在词语方面的直觉，与语言认识事物的方式高度一致。"道歉"这个词的意义已经弱化，因而"我想我欠你个道歉"这句歌词，听起来也确乎有一种懊悔之感。但同时，或是在我们能想到的另外一些时刻，"道歉"这个词并没有道歉。

信仰是天启的臆测。信仰使你确信你知道但并不确切知道——因为知识会妨害信仰的行动，其特殊美德正是信。《救恩》对这些表达做了变通，勉勉强强能应付局面。这样，"我想我欠你个道歉"让位于"我明白我活着／唯赖我所蒙的救恩"，在"我欠"（I owe）与"我明白"（I know）的呼应中，"想"（guess）也终于变成了"明白"（know）。但涉及信仰的问题，并不存在一个稳妥的上升路径。那样的话，愚蠢的骄傲就会撒谎，而这首歌就告诫我们提防骄傲之罪，更确切地说，是提防骄傲肤浅的小弟——虚荣："但是去寻找

---

[1] 《滚石》（2001 年 11 月 22 日）。

爱吧,这些都不过是虚荣(vanity)"。虚荣,虚荣,凡事都是虚空。[1]甚至是对爱的追寻,甚至是爱本身。迪伦的"这些都不过是虚荣"并没有特指是对爱的追寻,还是爱本身。

那么,从"想"到"明白"的过渡,也不允许洋洋自得,因为任何时候在"我明白"之后,都不会跟着这样惯用的奇怪说法:"我本以为"(I would have thought)——或者说,"我还以为"(I'd have thought)——或者更确切地说,"我曾有个念头"(I'd a-thought):

By this time I'd a-thought that I would be sleeping
那时我曾有过一个念头,我会
In a pine box for all eternity
永远沉睡在松木盒子里
My faith keeps me alive, but I still be weeping
我的信仰支撑我活着,但我仍旧会流泪
For the saving grace that's over me
为我所蒙的救恩

"我曾有过一个念头"不是套话。"我仍旧会流泪"(I still be weeping)甚至还有语法的错误。唱起福音歌曲,迪伦最放得开,仿佛在尽情挥霍所获的自由。但还是有点责任感。因为"但我仍旧流泪"(but I still weep)或"但我仍旧在流泪"(but I still am weeping)并不完全等同于"但我仍旧会流泪"(I still be weeping)。后面一句有语法上的变动(还与福音英语相关)[2],是将"I still am weeping"和"I'll still be weeping"结合在了一起。为什么将现在和未来结合?原因是"永远"(for all eternity)。在永远中,在上帝的眼中,过去、

---

[1] "Vanity, vanity, all is vanity",化用《传道书》1:1:"虚空的虚空,虚空的虚空,凡事都是虚空。"(Vanities of vanities, Vanities of vanities, all is vanity.)——译注
[2] 原文为"因为我没有成为他们所希望的样子"(《我信任你》),参见本书《我信任你》相关章节。

现在和未来没有区别。确实，我们说话还是需要这样的用词（"我的信仰支撑我活着"），但这样说的时候，我们应该体知——在更甚于长远的永远——这些说法永远不能实现。

>Well, the death of life, then come the resurrection
>哦，生命死去，然后复活来临
>Wherever I am welcome is where I will be
>无论我会去向何处，我都乐于接受

"生命死去"真是个耐人寻味的句子，十分简单，又如鬼魅在萦绕。"然后复活来临"：其核心的意思，我们在"圣诞来临，我该退隐"[1]中可以听到，但这个惯用的句式也有一些变化："然后复活来临"（then comes the resurrection）？是"然后复活将来临"（then will come the resurrection），还是"然后也许复活来临"（then may there come the resurrection）？（直到王国来临，他的王国。）现在和未来又一次融合，还加入了构成未来信仰的信任和祷告，不仅体现在"然后……来临"中，还体现在"无论我会去向何处"中。最后切中鹄的：从"无论我在哪里"（Wherever I am）到"我去向何处"（Where I will be），在缩减中又有扩展（"Wherever"缩减为"where"，"I am"扩展为"Where I will be"）。与此伴随的，是更大的缩减与扩展（七个词缩减为一个，但扩展至永恒的希望），即从"哦，生命死去，然后复活来临（come）"直落到一个至简的词"乐于"（welcome）。"无论我会去向何处，我都乐于接受"。这是谦卑（我愿意将其献给他），也是确信（在他的意愿中，我不仅平安而且喜乐）。

这首歌的第四个词是"它"（it）："如果你在内心寻到了它，我会被原谅

---

[1] 《牛津英语词典》36a："以将来的日期为主题……'逾越节到来'（come Easter）；举例来说，"让逾越节来吧，逾越节终将到来。"第一个引用出现在1420年："二十年到来的逾越节"，逾越节到来，也就是"复活来临"。

吗？"微小但不可或缺，它——或者确切地说，"它"——直至最后一节才再次露面，一共出现了四次：[1]

> The wicked know no peace and you just can't fake it
> 恶人都不知道平安，而你也不能佯装
> There's only one road and it leads to Calvary
> 只存在一条路，它通向髑髅地
> It gets discouraging at times, but I know I'll make it
> 有时它令人沮丧，但我知道自己能坚持到底
> By the saving grace that's over me
> 唯赖我所蒙的救恩

"它"（it）这个词的伸缩性极强。既不可通约又具丰富的暗示性。"只存在一条路，它通向髑髅地／有时它令人沮丧"：哦，不仅是这条路，整件事都令人沮丧。"但我知道自己能坚持到底／唯赖我所蒙的救恩"：我们要如何理解这里的"唯赖"（By）？是不是靠了这个"唯赖"（By），我才知道真理？（唯赖我所蒙的救恩，我知道自己能坚持到底。）还是，有了这个"唯赖"，我才能坚持到底？（我能坚持到底，唯赖所蒙的救恩。）这个"by"有了两重意思，但信仰绝不会去分别。"我能坚持到底"：没有什么比这更不明确，但也没有什么比这更确定——依靠恩典的恩典。然而，即使在这首歌的高潮部分，也需要有一些低调的东西。这就是为什么要用"佯装"（fake it）和"坚持到底"（make it）来押韵的原因。不仅在风格上有别此前所有的押韵（"fake it"有俚俗之气），韵的构成也有不同，由两个词构成，此乃这首歌中

---

[1] 在《鲍勃·迪伦诗歌集：1962—1985》中，倒数第二节是："哦，恶魔那闪耀的光芒，它可以是最令人目眩的"，但他唱的是"……那可以是最令人目眩的"。

之唯一。[1]

就一首歌的性质而言，它由歌词、配乐和人声三者构成。最先听到的是人声（在迪伦这里，这比你想象的更不常有），"如果你……"的坦白之词马上出现，抢先了音乐一拍左右，似乎在表达忏悔、感恩或者信仰之时，连这么一拍也不能错过。必须承认，自我关注、自我沉溺，往往难以避免：每一节的最后一个词都是"我"（me）。但"me"的发声，以及在每一节中与前面的押韵[2]，都在歌曲的行进中变化，并牵动我们。"我所蒙"（over me）一语也在不断延展，在第一节中还很轻松，而后逐渐加强、紧张，逐渐临近十字架的位置（"它通向髑髅地"）。在第四节压力释放了出来，用了痛苦或窒息的喉音："虚荣"（vanity）如溺水般呻吟。同样到了最后一节，"有时"（times）如被折磨，祈求慈悲（布莱克说过，"时间是永恒的慈悲"），最后一个"它"（it）——"坚持到底"（make it）——将这个双音节词扭结成了一个多音节词。谈到迪伦的第一张专辑，罗伯特·谢尔顿的话令人难忘："伸缩的语句被拉长到你觉得有可能断裂的程度。"[3]但《救恩》的句式没有这样的弹性，它绷得紧紧的。

条条大路通罗马。罗马人擅长修路，擅长确定道路通往的终点。但罗马帝国，以本丢·彼拉多为代表，却无法摧毁基督教的启示录与十字架。"只存在一条路，它通向髑髅地"。这首歌将非信徒置于现场（这实际是个好去处），尽管《滚石》[4]的库尔特·洛德更喜欢另一种感觉：

> 《救恩》就其本身的主张很有说服力，以至于人们会忽略抒情

---

1 这首歌押韵的序列是：原谅 / 活着（forgiven/living）；沉睡 / 流泪（sleeping/weeping）；复活 / 庇佑（resurrection/protection）；目眩 / 寻找（(blinding/finding）。然而后来是：伪装 / 坚持（fake it/make it）。
2 这个押韵序列是：道歉 / 我（apology/me）；永远 / 我（eternity/me）；是 / 我（be/me）；虚荣 / 我（vanity/me）；然后是髑髅地 / 我（Calvary/me）。
3 《纽约时报》，1961 年 9 月 29 日。
4 1980 年 9 月 18 日。

的偏离("只存在一条路,它通向髑髅地"),而走上一条小径,把它当作一首真挚的颂歌,献给非特指的上帝。

请您原谅(your pardon)?或者请他再唱一遍(his pardon)?或者请他赦免(His pardon)?我想你同时欠他及他(him and Him)某种道歉。洛德不是一个侧耳恭听的听众。用罗伯特·弗罗斯特的话来说,那是一条没走过的路。即使这条路(洛德主张的)没有人选择走。或者,用"韦恩的世界"中特指的、姗姗来迟的创造性否定,不走的路。

"非特指的上帝"?当然,如果听众"会忽略"髑髅地那一句,并假装那是一个"抒情的偏离"(不,不是,它是对人的堕落的抒情救赎),那么他也许会屈尊接受小径一类的存在。但这不等于接受了召唤你的小径或道路。"只存在一条路,它通向髑髅地",这才是这首歌所指引的地方。不过,让我们至少承认,这首歌为我们昭示了通向髑髅地的路,走上了这条路,因为它值得一切。

《你,天使般的你》

在天堂百货,陈列着许多天使、大天使、智天使、炽天使、座天使、主天使、能天使、权天使、力天使……在迪伦的地盘儿上,同样也有各路的天使。有一位被称为"心爱的天使",凡人身份却来自天堂,游走于歌手和仲裁者之间。还有一位在《你,天使般的你》中,这个"你"有所不同,完全是一个肉身凡胎。这并非要将神圣之爱与世俗之爱对立起来,因为她不是你所说的世俗,她只是扎根于大地。对她的信仰,也不可置疑。

你,天使般的你
你以羽翼将我遮护

> 你走路与说话的样子
>
> 我想我几乎可以唱出

这首歌舒展而欢快。它轻盈地飞着，扇动翅膀，但也乐于落在她的人情味、她的行走和诉说中。所以，我们不要迟钝。[1]

但至简总会对力量有所保留。"你走路与说话的样子"：我们也可以琢磨一下这首歌走路与说话的样子。（不同于激愤的政治套话，他可以满口大话，但他能说到做到吗？）这首歌踮起了脚，翩翩然（不是踽行），词与乐共舞，乐声领舞。要多端庄有多端庄，要多高雅有多高雅，充满柔情地冷落（而非冷落地充满柔情），无忧又昂扬。

说到这首歌，迪伦态度端庄却不冷落："我可能是在某次录音时写了这首歌，你知道的，在现场，站在麦克风前……对我来说是笨拙的抒情"（《放映机》）。但是，起初也许是笨拙的抒情，将首先出现在脑海里（还有心里和舌上）的词填入旋律，而后也可以长出羽翼。[2]

"你以羽翼将我遮护"：不是在你的支配下，你同意吧？而这首歌没有任何人（歌手、听众、它不关心的任何人）都需要庇护的想法，从而显得如此欢快。在《牛津英语词典》中，"羽翼遮护"的意思是：置于保护、照料或者资助之下。但这里无需保护，也没有资助和恩主——无论男女，因为男人也失去了居高临下的特权。有两行歌词刊印在《鲍勃·迪伦诗歌集：1962—1985》里，但迪伦没有演唱，它们有居高临下之嫌，虽然真的很甜蜜："微笑的样子就像甜蜜婴孩／全投在了我身上"。把她看作孩子，这也许有悖于这

---

[1] 在《行星波》(《放映机》中重新发行) 的演唱中，歌曲在第二行急转弯。迪伦唱的是："你，天使般的你"，但随后唱的是："你美好得像……"（"你美好得像所有美好一般"），他将第二行截断，然后继续，"你以羽翼将我遮护"。恢复得如此之快，以至这一断续几乎无法察觉。搞了事情又使之平复，这一过程真是波澜不惊（与歌曲的精神恰好吻合）。这种平静的非完美主义，一点也不"见鬼去吧"，而是"去天堂吧，那里有位天使"。

[2] 有关《躺下，淑女，躺下》以及迪伦如何从"lalala"一类废话中获取灵感，参见本书对《躺下，淑女，躺下》的讨论。

首歌本身孩子气的甜蜜感。他唱的时候改成了"你走路与说话的样子/就是它该有的样子"。好太太太多了。

"他们说人人都需要保护/他们说人人都有跌倒的时候"[1]——但不是《你，天使般的你》中的男人。因为他有一位守护天使。他也许说他无法入睡，但他听起来就像彻底清醒。他也许会说自己在夜里起床，在地板上踱步，即便是这样，他还是让人觉得精力充沛，不知疲倦，和她走路的方式一样。

> 你看我夜里始终无法入眠
> 这感觉以前从未有过
> 我夜里起床，在地板上踱
> 如果这就是爱，那么给我更多
> 更多更多更多更多[2]

歌唱的欢乐，一定能畅快地抵消歌词中任何的不安之感。无论这种感觉是什么（"这感觉以前从未有过"：究竟，什么感觉？）——至于爱——给我"更多更多更多更多"。他说他不曾如此焦躁（"从未夜里起床，在地板上踱"），但听上去正相反：好像"从未"（never did）（在过去的日子）"起床在地板上踱"，所要传达的恰恰是"从不"（never do）（在新的好日子里）"起床在地板上踱"——至少从不以卑躬屈膝的姿态做这些事。

有一首歌的效果正好相反，没有《你，天使般的你》那意气风发的轻快，反而有一种长吁短叹的沉重，这首歌就是《妈妈，你一直在我心上》。在这首歌中，他向他错信了的女人保证："我不会踱步徘徊，卑躬屈膝，可是/妈妈，你一直在我心上"（I do not walk the floor bowed down an' bent, but

---

1 出自《我将获得自由》。——译注
2 迪伦唱的是："是的这感觉以前我从未有过"，而《鲍勃·迪伦诗歌集：1962—1985》上印的是："这感觉以前从未有过……"（这是他在过渡段落中所唱）。另外，他还唱道："从未起床在地板上踱"，而《诗歌集》中印的是："我夜里起床，在地板上踱"。

547

yet/Mama, you been on my mind）。说是这么说——但在演唱中，这些单音节词的每一个独立音节（唯有"Mama"是双音节词）听起来，确实都有点卑躬屈膝，被那些可恶的 b 和 d 拖累。"妈妈，你一直在我心上"：这一句到了《你，天使般的你》这里，则有了天壤之别：

> I just want to watch you talk
> 我只想看你说话
> With your memory on my mind
> 像我记忆中的样子[1]

我们期待会有"我只想看你走路"。不仅仅因为我们已经听到了"你走路的样子"，也不仅仅是因为头韵的作用：想……看……走路/像……记忆……我脑海里（want...watch...walk/With...memory...my mind）。因为看一位美丽女性走路，显然是幸福的。迪伦还有一首名为《再次上路》的歌（不是叫这个名字的第一首歌），或许可以和威廉·巴恩斯的《在路上》一诗比较，这首诗的结尾也写到了一系列走路的姿态，诗人热烈观察，而结尾又远不止于激情：

> 马儿昂首阔步，脖颈高高弓起，
> 鼻孔扬起，踢踏向前；
> 还有公牛，浑身光滑，埋头行进；
> 还有绵羊，踱着步子，频频捣头；

---

[1] 迪伦是这样唱的，而《鲍勃·迪伦诗歌集：1962—1985》印的是："你走路与说话的样子/确在我脑海里上演"（The way you talk and the way you walk/It sure plays on my mind）。"上演"（plays）这个词在歌中发挥得很好，但与"猎捕我的头脑"（preys on my mind）构成的双关，可能会在歌的光亮中格格不入地投下一片暗影。在迪伦的记忆中，"妈妈（Mama），你一直在我心上"被转化成了"我脑海中你的样子（your memory）"。

> 还有一个女孩，骄傲昂首
> 脚下生风，潇洒如行云

可"看你说话"？这是一个生动有趣的瞬间；他不要听到她在说什么，他只是爱她说话的样子，可能是对着他说话（我担心，他的心神全在她的身上，而不在她说了什么，不过她会原谅这一点），或者只想看她在对话中的样子。注视她的时候（以她为傲），他甚至能把当下的形象和往昔还有未来的形象融合在一起，绵绵不绝："带着你在我脑海中的记忆"。在迪伦的演唱会上，也可把这一句默默献给他："我只想看你唱歌，带着我脑海中的记忆"。[1]

"你走路的样子"：天使走路吗？他们可以走路，犹如鸟儿可以走路，众所周知，天堂见证了一场仪式：

> 现在天使在天堂壁上行走
> 取悦神圣的季娜葵特
> 　　　　（马洛，《帖木儿大帝》[*Tamburlaine*] 下篇，第二幕）

有时，天使会降至我们的层次，化身我们的一分子。他们真好。但从飞行到落地走路之前，滑稽的一幕再现。下面是爱德华·菲茨杰拉德（Edward FitzGerald）的观鸟之诗：

> 时代之鸟只有一小段路
> 要飞——看！鸟展翅（on the wing）了。

是时候提那句臭名昭著的反驳：鸟儿在翅膀上吗（on the wing）？不，翅膀

---

[1] 关于看和听的结合，亚历克斯·罗斯（《纽约客》，1999年5月10日）有一个很好的实例："我刚刚在波特兰看过迪伦的《海蒂·卡罗尔孤独地死去》，这是我听到的他给出的最佳表演。"

在鸟的身上。

从"羽翼"(wing)到"走路"(walk)的小心滑落,押了头韵更精彩,途中又得了"way"这个词的助力,一道行行重行行:

> You got me under your wing
> 你以羽翼将我遮护
> The way you walk and the way you talk
> 你走路与说话的样子

——于是,与"wing"押韵的又一个词到来了:"我想我几乎可唱出(sing)"。这个韵,好就好在它本身是唱给我们听的(而不是我们读到的),有多个切面来映出熠熠光辉,但在一刻,在歌中它被提出就是为了被搁置,要耐心地等待歌曲最后一行滑稽的确认。稍后说。

与此同时:

> The way you walk and the way you talk
> 你走路与说话的样子
> I feel I could almost sing
> 我想我几乎可唱出

接下来的第一行并未直接跨入第二行。因为"你走路与说话的样子"在行进,但又似乎并未走向任何地方——由此产生了一种欲言又止的兴奋。一种敬畏的冥思的快乐当即绽放:"你走路与说话的样子/我想我几乎可唱出"。它因为喜悦而安静地跳跃着,从一行到另一行,曙光般的喜悦。

这首歌单纯又可信的原因之一是,就这么一点点事儿,它却一直津津乐道,毫无疑虑地再来一遍。不仅有"你,天使般的你"在欢唱,不仅有过渡段的复沓,还有"你走路与说话的样子"的再三出现。话说三遍必为真。

但话说回来，爱的本质是矢志不渝，而不是千篇一律的重复。我们为"你美好得像所有美好一般"而激动，这没问题，可要再说一遍，就得提高声量："你已经尽善尽美"。现在已经很好了，但还要尽善尽美。或者说从"我想我几乎可唱出"到"是的，这感觉以前从未有过"，有一种"感觉"在歌中摸索向前。这首歌的主题无非"情人眼里出西施"。而"这感觉从前有过"（feel this way before），也很容易让我们想到前面听过的"way"，从前有过的一句："你走路与说话的样子"（The way you walk and the way you talk）。

"这条路似乎我曾经走过"（《先生》）。彼处，悲哀。此处，欢乐。

这样一类情绪在歌中逐渐强化，但有一次富于想象力的翻转。狂喜的感觉，第一次，如此倾泻而出：

Yes I never did feel this way before
这感觉以前从未有过
Never did get up and walk the floor
我夜里起床，在地板上踱
If this is love then gimme more
如果这就是爱，那么给我更多
And more and more and more and more
更多更多更多更多

"如果这就是爱……"那么何妨"假如音乐是爱情的食粮，那么奏下去吧；尽量地奏下去"（Give me excess of it）(《第十二夜》的开场白）。公爵的咆哮"Give me"，一着急就变成了不正式的"gimme"："那么给我（gimme）更多／更多更多更多更多"。迪伦的演唱中，正如公爵的独白里，有一种对爱的效忠，公爵的话抓住了《你，天使般的你》中爱的精灵："爱情的精灵呀，你是多么敏感而活泼"。歌手热情洋溢，但公爵本人不一样，没有这么活泼敏感。不，很快这一切就变成连篇废话：

551

> Enough, no more,
>
> 够了，别再奏下去了！
>
> 'Tis not so sweet now as it was before.
>
> 它现在已经不像原来那样甜蜜了。

迪伦的歌中，"更多"（more）也与"从前"（before）押韵，但是"够了，别再奏下去了"（Enough, no more）却最难启齿。更有甚者，我们还需要"更多"；"更多更多"（more and more）自己回来要求更多，但第二次，它这样展开：

> Never did feel this way before
>
> 这感觉以前从未有过
>
> Never did get up and walk the floor
>
> 我夜里起床，在地板上踱
>
> If this is love then gimme more
>
> 如果这就是爱，那么给我更多
>
> And more and more and more
>
> 更多更多更多

没有五次"更多"，而是四次，少一次"更多"（fewer more），或者说更少的"更多"（less more）。

然而，还有更多：最后一节。

> 你，天使般的你
>
> 你以羽翼将我遮护
>
> 你走路与说话的样子

我发誓它会让我歌唱[1]

从最初懵懂的感恩"我想我几乎可以唱出",在这里变成愉悦的满足——"我发誓它会让我歌唱"。就这样唱下去,唱到"我发誓它会让我歌唱"(亲爱的听众)却没有一丝吹嘘之感。这是因为,迪伦是否歌唱,对于这首歌来说是有趣的辅助背景。我想他几乎可以歌唱。我发誓这让他歌唱!

> 你的音乐很棒,但如果你能唱得好一点就更好了。
> "谢谢……这么好的一针见血的批评,我全接受。"
> 不是每个人都有勇气告诉鲍勃真相。
> "不是每个人都有勇气像我这样歌唱。"[2]

约翰·贝里曼(John Berryman),很喜欢狄兰·托马斯,他曾愤愤然说:"我绝不原谅一个年轻走红的明星窃取我朋友迪伦的名字。""是的,但难道你不觉得他也是诗人吗?""是啊,要是他学学怎么唱歌。"[3]

我们这些爱听迪伦唱歌的听众,也许会记起莎士比亚的"爱听她谈话"。十四行诗第130号写到了一位恋爱中的女郎,写到音乐、行走和言谈,全无感伤之意:

> 我爱听她谈话,可是我很清楚,
> 音乐的悦耳远胜于她的嗓子;
> 我承认从没有见过女神走路,

---

[1] 最后一句,迪伦是这样唱的,但在《鲍勃·迪伦诗歌集:1962—1985》印的是"道出了全部"。
[2] 《鲍勃·帕斯秀》(WBAI-FM,纽约,1966年1月)。
[3] 约翰·哈芬登:《约翰·贝里曼的一生》(1982年),第353页。

> 我情妇走路时候却脚踏实地。[1]

女神可以飞翔，天使也可以。[2]但是她走路的样子……至于神话之爱，济慈的诗中有人性的直露表白：

> 让疯癫诗人随心所欲地说道，
> 说仙子、精灵、女神们怎样美好，
> 经常去洞窟、湖泊、瀑布的神仙，
> 他们中决都没有这种极乐的源泉：
> 做个实在的女人，真正的嫡系，
> 源自皮拉的石头，或亚当的后裔。[3]

"你走路和说话的样子"：那天使究竟是谁？天使是信使。在希腊语和希伯来语中，天使的全称是"耶和华的使者"。信使必备什么能力？送信。走路和说话。这首歌可以自由展开羽翼。

歌和诗里的词区别在哪儿？在歌中，有一种装饰音，即"一个词分散成一串音符"。更确切地说，它用的不是一个词而是一个音节。《天佑女王》中："long to- oo rei- eign over us"（治国家，王运长），在这里，"to"和"reign"不仅仅延伸了时长，或停留更久，而是变成了两个音节，不再是一词一音节。什么时候利用或不利用这份带有责任的自由，取决于迪伦富于想象的决断，这可以写一整本书。

不同于诗及散文，歌有一套独特的断句方式，可以把一分解为多，这能

---

[1] 译文引自《莎士比亚全集》第十一卷，梁宗岱译，人民文学出版社，1978年，第288页。——译注
[2] 至于"在地面上"，唱起威利·纳尔逊的《天使飞得离地面太近》（一张单曲的B面，1983年），迪伦特别温柔。她，一个断了翅膀的天使（不是乌鸦），落在地上一段时间。
[3] 《拉米亚》(Lamia)，第一卷 第328—332行。（译文引自《济慈诗选》，屠岸译，人民文学出版社，1997年，第261—262页。——译注）

力不可替代。人声可以唱出这种多音节的华彩,但无法说出来。(说话的时候改变语气,与延长一个音节超过一口气不是一回事。)因而《你,天使般的你》整首歌只有一个词使用了装饰音,这是一个极其简单的成就,这一歌曲的艺术手法即:歌曲的最后一个词"歌唱"(sing),本身就在歌唱:"我发誓它会让我歌唱"。第一节结尾相似的那一句,情况就不同了,"我想我几乎可以唱出"(I feel I could almost sing)这一句则乐于将最后一个词"sing"只是唱作一个简单的音节。只有此时,在这首歌的最后一刻,"sing"作为最后一个词、一个要唱出的词,它的唱法有所不同,这个单音节被拖得长于一口气。这一点,对于演唱来说独一无二,也是这首特殊处理的歌中独一无二的时刻。它调和了众多迥异的艺术手法。

霍普金斯抱怨"天使"和"珍贵"这两个词的搭配,实属顽固。"我永远也受不了称男人或女人为天使,简直荒腔走板。"[1] 不过,霍普金斯没机会听迪伦的有板有眼。

《西班牙皮靴》

"你以前一直,"她问他,"忠诚吗?"最后一刻这个转变,是要让他吃一惊。《西班牙皮靴》中的恋人,在结尾被证实是个皮革爱好者,他的忠诚错付了——意思不是说他现在不该着手寻找("有人看见我的爱人了吗?"[2]),而是说他的忠诚所托非人,那个人已流水无情。很明显,忠诚,已为不忠或不忠的念头所背叛。须臾之间,就可能将她失去。

《西班牙皮靴》,是一首有关爱的毁灭的不灭之歌,艺术家的自律,与一个逐渐了解何为失望的人的自控力形影不离。痛苦还未消散,就被痛楚地克

---

[1] 致狄克逊,1881 年 9 月 26 日;《霍普金斯与狄克逊书信集》,第 65 页。
[2] 《紧密联系(有人看见我的爱人吗)》。

制。一男一女在歌中互吐情话。[1]到底谁先开口,这并不确定。因为写歌和唱歌的都是迪伦,你自然会假定,是男人先开口:

噢,我将扬帆离开我的挚爱
我将在早晨扬帆而去

毕竟通常来说,起先,是男人(在过去)不得不离家工作,扬帆出海。噢,这是《告别》的开头:

哦请珍重,我忠贞的爱人
凌晨的第一时刻我就要离去

——在《告别》后面的句子中,也冒出了《西班牙皮靴》里西班牙式的地名:

我将起身前往墨西哥湾
或者去加利福尼亚海岸

因而,《西班牙皮靴》中诗节最初的交替,也许会被听成一个男人发问、一个女人回答。然而,到底谁是谁的声音,显然还不清楚(或尚未清楚)。这首歌把手中的牌拢在胸前(chest)。一个值钱的宝库(chest),满是金子银子。

第一节以"噢"开头;第二节,则是"不",尽管提议本身很热烈。

噢,我将扬帆离开我的挚爱

---

[1] 关于在迪伦歌曲中的轮唱,特别是在《暴雨将至》中的,参见本书相应章节。至于迪伦在一首歌中戏剧性地扮演一个女人的角色,贯穿始终,(他的歌里)只有《北国蓝调》:"因为我在春天辍学/嫁给了约翰·托马斯,一个矿工"。《旭日之家》(他深情地唱着,但那不是他的歌)也自始至终都是一个女人的声音:"这是许多穷姑娘的毁灭/哦,上帝,我独自一人"。

> 我将在早晨扬帆而去
> 我可以从我靠岸的地方
> 跨海寄什么东西给你?
>
> 不,并无你可寄之物,我的挚爱
> 我什么礼物也不期盼
> 只要你毫发无伤地将自己带回
> 从寂寞海洋的另一端

再等五节,就很确定了,最先发问的是女人,是她离开了(不止一种意义上的离开)。你突然发觉,好像你自己也收到过这样一封信,

> 寂寥的某日我收到一信
> 来自她所搭乘的船
> 她说:我不知道归程是何时辰
> 要看我心思怎么转

从此处开始,不再有互动,也不再轮唱。这个男人,这个被误会的男人,从现在开始可以自言自语了,不必在乎有无回应。他已经听出了她的离去,不管怎样是她的决定。最后三节都是他的。只有他的。他的,独自地。

最后一节,结尾一段(她始终在问送什么礼物,而这是他迟到已久的答案)继而有了一种攻击性,尽管措辞温和,不是威胁,更多是一种提醒,不是拒绝接受现实,而是终于坦然接受——以他的方式——接受一些可以纪念她的东西。

> So take heed, take heed of the western winds
> 所以要留意,要留意西风

Take heed of the stormy weather

要留意暴风雨的日子

And yes, there's something you can send back to me

对了，有样东西你可寄回给我

Spanish boots of Spanish leather

西班牙皮革制的西班牙靴子

他一开始说"不"（no），是在正面感激她的存在（比起感谢她，这要重要得多），而最终他说出了"对了"（Yes），却有一点不满，声音刺耳。

最后一节，也就是第九节，是前面轮唱结构的一个总结，不再是成双成对，而落单为一个奇数诗节。这算是扯平了。一双靴子，不是单只靴子。现在她被要求（虽然她不会照做）把那双靴子寄回给他，因为他已经被甩了（give him the boot）："突然而无情的拒绝"（《牛津英语词典》）。

除了悲伤／明日（sorrow/tomorrow）的押韵（这个我待会儿再谈），天气／皮革（weather/leather）是歌中唯一的全韵，也是唯一不出意料的押韵。但不出意料，仅仅是因为《西班牙皮靴》的标题，这个标题伴着一种戏谑，一方面，歌手很少道出歌曲的标题，另一方面，这个歌名很快流传开来，还出现在了专辑上……不管怎样，最后一行一锤定音，显然是歌名的一种变貌，道出了歌名没有表达的"西班牙"的双重内涵："西班牙皮革制的西班牙靴子"。西班牙皮靴是宗教法庭上刑讯逼供的工具。它们风靡一时。在德国，俄国……[1]

---

[1] 列维·道尔顿（Levi Dalton）向我指出，歌德的《浮士德》（第一部，第 1913 行）中写到了它们带来痛苦。（参见《浮士德》第一部："你的精神便可以就范，像统进西班牙的长靴一般"，郭沫若译，人民文学出版社，1989 年，第 90 页——译注）米哈伊·布尔加科夫（Mikhail Bulgakov）的《大师与玛格丽特》（The Master and Margarita）中有这样的对话："'她脚上穿的什么？'玛格丽特问，不知疲倦地向那些客人施以援手，他们超过了跟跟跄跄的托法娜夫人……'女王，她脚上，穿了一只西班牙靴子'……这西班牙靴子妨碍了她走路"（米拉·金斯伯格［Mirra Ginsberg］译，1995 年，第 282 页）。

西班牙皮革有可能来自迪伦曾经录过的一首歌,《吉卜赛戴维》。[1] 在1963年与斯塔兹·特克尔的谈话中,迪伦一度支持这个提法,但后来把话头岔开了。有什么我可以跨海唱给你听的吗?

"你想听首情歌吗?"

男孩和女孩相遇——鲍勃·迪伦,男孩和女孩相遇。

"这次是女孩离开男孩……这首歌叫《西班牙皮靴》。"

《西班牙皮靴》——就像《吉卜赛戴维》里的一句歌词。

"对(弹了一段和弦之后)——不,不是因为这个,是因为我一直想要一双西班牙皮革制的靴子。"

一种风度翩翩的个人风格,但不该让这种风格危及歌曲本身的非个人性。迪伦演唱时对"皮革"一词的处理,就体现了个人与非个人性的结合,他的声音本身就坚韧、细腻、柔软。

显然,事实是,初次听到,是谁首先开口并不清楚——这意味着在相当长的时间里,我们都无法弄清这首区分了性别的歌曲究竟是怎样发生的——这一事实,绝对暗示接下去听到的申辩会是不同的类型。在艺术作品中,这司空见惯。如果你看过《哈姆雷特》,你总会知道故事中会发生什么。(一个失序的家庭试图面对父亲的死亡。)如果一个故事把一切都置于悬念之中,尤其是阴谋或冒险的悬念,那么你可能不愿意再次重读。在影碟商店里,有些惊悚片依然惊悚,但有些已经或即将过气。可艺术作品的特性在于,每一次体验可能都是全新的体验,得到的至少和失去的一样多。悬念也许没有被打消(abolished),而是被打磨(polished)。

如果我们想象《西班牙皮靴》——很容易想象——用声部轮替的方式演

---

[1] 就像专辑《像我对你一样好》中的《黑杰克戴维》:"脱掉,脱掉那双高跟鞋是西班牙皮革所做"。一件礼物。她的,不是他的。高跟鞋,不是靴子。

唱（这样便立刻表明了性别为何），那么我们会发觉所想象的东西，其持久价值远少于当迪伦一人独唱这首歌时我们所听到的。这，不只是因为迪伦嗓音的魅力。双人亲密关系遭遇欺骗，必得由单人声音来讲出这故事。[1]

这个迟来的笃定——是谁向谁提出了分手——一路夹带了对亲密关系的暗示。这不是在玩花样，而是要表现事情多么棘手。想一想这样的情况，相邻的两句，明明是两个人轮流在说，但分成短句是为了听起来都像是对同一方说的，像他对她说。比如，第二节中的"只要你毫发无伤地将自己带回"，这里听起来像是——也确实是——一个男人对一个女人说的话。因为"毫发无伤"（unspoiled）（与"未受破坏的"[unspoilt]不完全一样）可能有点居高临下的意味，而且被掠夺（despoil）或被侵犯，也可能暗示了女性会遭遇的危险。[2] 随后的回应却是"噢，我只是想你或许想要某个精品"，说话的对象听起来确实像（又一次）是一个女人。（当然，把女性和迷恋精品联系在一起，相当不正确，但你知道为何如此。）关键在于，不能确定谁是主动、谁是被动，以及说话人性别的不确定，一定程度上说明这首歌并没有歧视女性，实事求是，它从未将女人一概而论，也从未将男人一概而论。

第七节，是叙事的转折点，由男女双方分述，但不是两段直接对话的交错。

> 寂寥的某日我收到一信
> 来自她所搭乘的船

---

[1] 当然，这些都出自惯例，而惯例本身也是生成的，比如：男人像女人一样唱歌，或反过来女人像男人一样唱歌，又或全程由一个人交替唱两种声音。就我而言，迪伦/约翰尼·卡什（Johnny Cash）在《北国女孩》（收录于《纳什维尔的天际线》）中的二重唱，就让我感觉尴尬不安。为了从卡什顽固的男声中区分出年轻的爱人之声，迪伦只能靠把声量提高到最大来救场。没错，迪伦和卡什在《多余的早晨》中的胡闹，你在盗录磁带上会听到（"你自觉你一切都对，鲍勃/我也自我感觉良好"），那是另一回事，那一次很有趣。

[2] 德莱顿翻译的《埃涅阿斯纪》（Aeneid）（十二，第890—891页）是这样："她的手臂毫发无伤（Unspoiled）/神圣的身体不会被任何人之手亵渎。"

> 她说：我不知道归程是何时辰
> 要看我心思怎么转

他的两行是直接的陈述，她的两行却出于心机，有点言不由衷："我不知道归程是何时辰"。"要看我心思怎么转"——多么无情的说法，多么无情地抛弃了他。

女声和男声的交替，这种形式（我们发现），迪伦并没有着力去强化。他不是在表演这首歌，而是在唱这首歌，让人感到不安的是，他不去安顿什么。与此同时的是阳性和阴性词尾的交替，从开头就是重音结尾的一行接着轻音结尾的一行，如此交替：

> Oh, I'm sailin' away my own true lóve
> 噢，我将扬帆离开我的挚爱
> I'm sailin' away in the mórning
> 我将在早晨扬帆而去[1]

每一个四行中，只有第二行和第四行押韵、半押韵，或押尾韵。[2]因而，所有的押韵都是，或几乎都是，阴性押韵。例如：

> Oh, but if I had the stars of the darkest night
> 噢，我纵有最暗之夜的明星

---

1 关于阴性与阳性的词尾，参见《海蒂·卡罗尔孤独地死去》中的讨论。
2 押韵的有：第一节，早晨/靠岸（morning/landing）；第二节，拥有/海洋（ownin'/ocean）；第三节，金子/巴塞罗那（golden/Barcelona）；第四节，海/拥有（ocean/ownin'）；第五节，问/度日（askin'/passin'）；第六节，伤悲/明日（sorrow/tomorrow）；第七节，达成/心思（sailin'/feelin'）；第八节，游荡/前往（roamin'/goin'）；第九节，日子/皮革（weather/leather）。第二节和第四节，都用了 ownin'/ocean 来押韵，在重复中反转，这说明（吉姆·麦克库伊告诉我）——要平静下来——事情不会有任何进展，她却远去——请求也再重复，却无人理睬。

And the diamonds from the deepest ocean
纵有最深之海的灿钻
I'd forsake them all for your sweet kiss
我也会弃之换你甜蜜一吻
For that's all I'm wishin' to be ownin'
唯有那是我心所愿

为了强化阴性／阳性的词尾，迪伦没有按着《鲍勃·迪伦诗歌集：1962—1985》中的歌词来唱：《诗歌集》中是"我什么礼物也不期盼"（There's nothing I wish to be ownin'），他唱的却是"我此时什么礼物也不期盼"（There's nothing I'm wishing to be ownin'），我们听到三个"-ing"，一波又一波。这样的阴性词尾，还有很多：

Oh, but I just thought you might want something fine
噢，我只是想你或许想要某个精品
Made of silver or of golden
用金子银子打造的物件

或者？选一个？对不起，你不会得到镶金边的银子打造的物件……这里的语气，不是那种特别想要给予（因为已经内疚？）的语气：

Oh, but I just thought you might want something fine
噢，我只是想你或许想要某个精品
Made of silver or of golden
用金子银子打造的物件
Either from the mountains of Madrid
产自马德里山区

Or from the coast of Barcelona

或者巴塞罗那海岸

"金子银子打造的物件"[1]：这一句，同样，是施舍（施恩），过剩到奢侈，因为无论用银子或金子打造（Made of silver or of gold），还是用银色或用金色的东西打造（Made of silver or golden）都符合我们的预期。"金子银子打造的物件"充分而流畅地点明出手过于大方的用意：她是不是太想给他一点什么，反而暴露了自己？同时，抑扬顿挫实现了结尾处一个重音和一个轻音交替的模式（"精美"/"金子"[fine/of gólden]），如结尾是并非轻音的"of gold"，就不会有这样的效果。而且，与这一行押韵——押了尾韵的，是城市名巴塞罗那（Barcelóna），也是轻音结尾，而前面一行重音结尾的城市名是，马德里（Madríd）。

Either from the mountains of Madrid

产自马德里山区

Or from the coast of Barcelona

或者巴塞罗那海岸[2]

大体上说，这首只有一半的歌行押韵（偶数行）。但只是大体这样，因为许多奇数行末尾的词虽不押韵，但却安排在应该押韵，或韵脚布置、组织的位置上："爱"（love）可能不押韵，但构成了两行的结尾，同样如此的，还有"再次"（again）、"天"（day）以及"我"（me）。正是在这种交织的衬

---

1 民谣之乡总是欢迎来自童谣之乡的游客。"我有一棵小核桃树，什么都不结/除了一枚银肉蔻和一只金色的梨；/西班牙国王的女儿来看我，/这一切都是为了我的小核桃树。"此外，"金子银子打造的物件"可能被矿石着色，也可能会去巴塞罗那（Barcelona），一根金条（bar）。

2 这些歌词从前边引述过的《告别》中引用了同样的东西："我将起身前往墨西哥湾/或者去加利福尼亚海岸"——在这里，加利福尼亚，由于略去了最后两个字母，变成了阳性结尾："Californ"。

托下，断裂的情丝才如此动人。

有了这些复沓，最初一丝愉悦的心情（尽管即将分离），也逐渐沉重：

> 嗯，心爱的，如果你非要那样想
> 我确定你的心思在游荡
> 我确定你的想法跟我不同 [1]
> 而是在你正前往的异乡
>
> 所以要留意，要留意西风
> 要留意暴风雨的日子
> 对了，……

留意：这词出现了三次，像巫师的低语，与其说是一种恳求，不如说更像是在念咒。

某种意义上，在对心灵活动的思考上，没有比这首歌的思路更简单的了。但是，同样，正如T. S. 艾略特所崇尚的，朴素就存在于"对语言所做的稍微而永恒的改动"中。[2]

> Is there something I can send you from across the sea
> 我可以从我靠岸的地方
> From the place that I'll be landing?
> 跨海寄什么东西给你？

不是"从我靠岸所在的地方"（From the place that I'll be landing at）。这不是

---

1 他唱的是"想法"（thoughts are），但《鲍勃·迪伦诗歌集：1962—1985》印的是"心"（heart is）。

2 参见本章T. S. 艾略特关于詹姆斯一世时期戏剧的相关论述。

因为迪伦只能把"landing"放在结尾,不然他可以唱"从我靠岸那里"(From the place where I'll be landing),也不是因为他无法在歌中加入"landing at"。如果这是必要,或者只要他喜欢,他总能往歌词里添上一笔。不,重点是说话的人(应该是她)想的不仅仅是要在哪里靠岸,或者她即将在一处靠岸;哦,不是,她是要在一处登陆(land a place)。这听起来有点不妙,就像要钓到什么了不起的鱼,或要赢得什么了不起的奖品,这些东西你很高兴得到(land)。虽是临别,心情未免也太雀跃了。

整首歌在互动与复沓中展开,但这个模式随后又被打破。第一节中有"我的挚爱",第二节中还有"我的挚爱",好像一次深情的回应。但到了第八节,她没再说这样的话,他也不再说"我的挚爱",而是黯然冷淡的"嗯,心爱的,如果你非要那样想"。不再说我的,不再说我的挚爱。这是听得见的终局。这份爱终结了。这样的终局,确实不同于《多余的早晨》的终局,后者只是一种平平的沮丧感("我俩都是多余的早晨/往事,千里之遥")。也没有像《别再多想,没事了》一类情歌那样真的提出最后的请求,《西班牙皮靴》一无所求。终局的精彩在于与一直贯穿的复沓之间的对照,所有的希望都习惯性倾注进"再"(again),这个词体现了对爱人来说是烦恼的反复需索。"你怎可,怎可再问我这问题":这烦恼,被深刻地体会到,歌词本身就在重复("怎可,怎可……"),接着又不得不自行把"再"再说一遍:

  噢,你怎可,怎可再问我这问题
  徒增我心中悲伤
  今日我要你给的同一东西
  明日我还会再要一回[1]

---

[1] 《鲍勃·迪伦诗歌集:1962—1985》刊印的完全不同:"今日我想从你那得到的同一东西,/明日我还会再要一回"。

"同一东西"参与歌中所有重复，不单是词与句，还有所有的提问、全部的情绪。然而最后一个"再"（again）到来了，这个"再"被中间韵加强，当她说出："我不知道归程是何时辰"（Saying I don't know when I'll be comin' back again）。

在收到信件之前，就是这个瞬间，向我们预告明天会带来悲伤：

> Oh, how can, how can you ask me again
> 噢，你怎可，怎可再问我这问题
> It only brings me sorrow
> 徒增我心中悲伤
> The same thing I would want today
> 今日我要你给的同一东西
> I would want again tomorrow
> 明日我还会再要一回

悲伤／明日（Sorrow/tomorrow）：这个押韵在意料之中，而且实实在在——在另一首歌中，这个押韵结束了歌曲和那段关系。[1] 在此之前，歌中其他所有的押韵都不尽如人意，但悲伤／明日之间的韵脚，如太阳必然升起，寒日之光照在我们身上。

"留意，留意西风"。[2] 我们要留意这首简洁而难忘的中世纪之歌，它让往昔重现，也把我们带回过去。下面的四行诗句，悲伤地将一切点破。

---

1 同样的韵，不同的原因，《哦，姐妹》的结尾。"哦，姐妹，当我敲响你的门／别转过身去，那样会制造忧伤（sorrow）／时间如海洋，但终结于岸／明天（tomorrow）兴许你就见不到我"。就个人而言，我的第一感觉是，她明天会见到他，因为从"忧伤"到"明天"如此顺畅；听起来难道会有不和谐之处？ 时间如海洋，但至少它不是那么寂寞的海洋。
2 《鲍勃·迪伦诗歌集：1962—1985》印的是"风"（wind）。

西风啊，你什么时候吹送
让小雨也能飘洒；
基督啊，我的爱在我怀里
再次躺在我床上。

《西班牙皮靴》中的呼唤，别有一种心酸：天啊，我的爱已成过去。（但不管怎样，西风从西吹来，就不可能把船从西班牙吹到美国。）迪伦歌中"明天"的压力，可能会让我们去听他的另一首歌《明天很长》，它向所爱之人致敬，也向《哦，西风》致敬，其副歌如下：

只有当她睡在我身旁
我才会再次躺在我的床上

相比于《西班牙皮靴》中失落的信仰与忠诚，这样的渴望多么不同：多希望她活得真切，并且活在我身边。

《你想要什么？》

教理问答是一门通过系列问题来指导的课程。《公祷书》里的教理问答服务于信仰，要阐明信仰的基础，这信仰早于你的存在，但现在要证明你存在的基础。因为到了最后，你要面对"万民四末"(four last things)，[1] 首当其冲的是：

问：你叫什么名字？

---

1 死亡，审判，天堂和地狱。他是这一切的判决者。

答：某某。

问：谁给你取的名字？

你叫什么名字？罗伯特或者鲍勃。迪伦或者齐默曼。"你可以叫我鲍比，你可以叫我齐米"（《得服务于他人》）。

《你想要什么？》是一次教理问答。到底是一次有差异的教理问答。"你究竟是谁？"立刻回答，我要求（ask）你（"感叹词，表示厌恶或怀疑"）。[1] 虽然，提出这样的问题并非为信仰筑基，而是追问爱人的忠诚是否有基础（是不是没有根基？）。这首歌细究女人（和男人）的爱或不爱，而不是上帝之爱。

问："圣礼"这个词对你来说意味着什么？
答：我想是内在属灵恩典可见的外在标志。

《你想要什么？》不是探究圣礼的意义，而是要探究对圣物、圣所的亵渎，对爱的贬低：

> 那是很重要的事吗？
> 也许不是
> 你想要什么？
> 请再次告诉我，我已忘记

我们要主动倾听内在属灵蒙羞可见的外在标志。在"那是很重要的事吗？"与"也许不是"之间，有一个骇人的裂痕——一个冷酷的停顿，在音乐和演唱之中，一个注定要有的停顿。"也许"一词很生硬，感觉甚是不够从容流

---

[1] 《牛津英语词典》，"ask"，释义4c。

畅。"那是很重要的事吗？"哲学家 J. L. 奥斯汀有句名言："我不确定重要性是否重要：真理才重要。"[1]

这首歌关乎真理，它在诘问，在斥责，不断地发问，冷冷地结成一个索套。它带你回到美好的旧时光，在那时，"结队上天堂"的意思是被绞死。

> 三个快乐的男孩，三个快乐的男孩，
> 我们是三个快乐的男孩，
> 就像以前套着麻绳唱歌
> 在绞架树下。[2]

这不是一首快乐男孩之歌，你想要什么？但它确实履行了教理问答的教育责任：要成为一份行为指南。指导信仰，指导对基督的信仰。真心实意，献身于予人教益。实际上，有两个人，一个是被盘问的女人，一个是盘问她的男人，语气偏执得不像是盘问。也许还有第三个人，另一个男人，或许是她出轨的对象。"某个阴影里的人/某个我可能忽略了的人"。我想念（miss）你吗，我亲爱的？我忽略（miss）了他吗，你的亲爱的，没能发现他，还是没能揍他？"是否有什么说漏了嘴？"一个口误可能会泄露点儿什么，可能是背叛、不忠的证据。《我相信你》中的神圣世界，可能在世俗情爱的世界中被亵渎。"你究竟是谁？"

这首歌旋即开始发问，只是有个挑衅的前提：不会有回答，明白吗？

What was it you wanted?
你想要什么

---

[1] 《哲学论文》(*Philosophical Papers*, 1961 年，1979 年版)，第 271 页。
[2] 弗莱彻（Fletcher），《血腥兄弟》(*The Bloody Brother*, 1625 年)；这首歌和《圣经》中的一首歌都在《牛津英语词典》中，1a，在"string"的词条下。

Tell me again so I'll know

再说一遍我才会明白

What's going on in there

发生了什么

What's going on in your show

你的演出是怎么回事

What was it you wanted?

你想要什么

Could you say it again?

能否再说一次？

I'll be back in a minute

我会马上回来

You can get it together by then

届时你会振作起来

给你一分钟时间来整理一下，他真是太好了，不是吗？——但你最好不要以为，在一分钟之内，当你振作起来，你就有机会说话，有机会回答他。你必须回答他吗？他的问题很尖锐。她左顾右盼无言以对。

贯穿整首歌有个虎视眈眈的问题是："Get it？"男人们就是不明白。还是说她也会变成一个糊涂蛋？从第一节的"届时你会振作起来"（get it together），经由下一节的"让它回到正轨"（Get it back on the track），抵达最后一节，首先，是下面的问题

是否有人告诉过你

你能从我这里得到它（get it from me）

——而后，是最后一个问题"是否我搞错了"你最好不要回答"是"。这个

问题的正确答案不难找到。涉及这些问题，拉丁语中有一个词，就很小心地界定了分寸：num，"直接提出问题，却往往期待否定的答案"。这样，你就有了消极感受力（negative capability）[1]。嗨，非之非（nonne no）。或更确切说是：即为非（yes：nonne），"直接问，不是吗？（希望得到的是肯定答复）"。

迪伦的《先生》有一个次标题，或副标题：（扬基佬强国传奇）。（这些圆括号，这些新月，或月牙儿，预示着权力的月蚀。）《先生》是一首宗教政治歌曲，一首审判的赞美诗。而《你想要什么？》是一首性别政治歌曲，是对他和她（先生和小姐）的审判，它的副标题可能是"男人权力传奇"。抑或"女人权力传奇"？因为一个沉默的对话者（她从来没有答复）并不一定是弱者。相反，她可能处于有利的地位，克制情绪，任由他自问自答。缄默的双唇，就像紧闭的双唇，能显示一种极大的权威和力量。男人带有一种威胁性，但或许此处的男女，虽不是情投意合，却能势均力敌。尽管第一个词、最后一个词，以及每一个词，都是他在说。也许不是尽管而恰恰是因为他……他能说会道（"能说会道有好处"就是一种广告语），但还有一种无言的力量，在一个人的沉默中可以感受到的力量，比如说，置身于面试官之前。面对他或她令人可畏的沉默，你想怒吼：我已经受够了你们的一言不发。

这首歌不断抛出它的诘问，却龃龉于一个令人不安的事实，这在生活中很常见，即某个问题是否为真，往往不能完全肯定。

你想要什么？
再说一遍我才会明白
发生了什么
你的演出是怎么回事

---

[1] 1817年在济慈《致弟弟乔治和托马斯·济慈》信中提出，亦被译作否定自我的才能，反面感受力，消极才能，客体感受力等。——译注

这首歌是不是开始于一行问句，随后是三行祈使句？在歌词中，你无法判断"明白"（know）是及物动词还是不及物动词，你也不能从迪伦的演唱中推断，因为听不出来。也许应该是这样的：

> 你想要什么？
> 再说一遍我才会明白
> 发生了什么？
> 你的演出是怎么回事？

不过稍等，还是不急着下结论好：

> 你想要什么？
> 再说一遍我才会明白
> 发生了什么
> 你的演出是怎么回事

这么存在争议，模棱两可，又有何意义？哪个是在提问，哪个不是，这其中的分界，也需要辨析。你以为你是谁？这是个问题吗？是也不是。它本身装作提问的形式（form）或者说呈现出提问的制式（uniform），但它却有捕获（arresting）、谴责的功能。迪伦的"你究竟是谁？"同样有这种类似盘诘之力，潜在的力量，才是真正的力量。

这样一类提问是否真的在提问，也是一个问题：它们构成了整首歌中能感受到的一种威胁。胁迫，也可以伪装成妥协。（我只是问问。）"能否再说一次？"：好吧，你知道我能，但你是真心要我（请求我？）再说一次吗？"你能否再提醒我一回"（再提醒我一回，不只是让我再想起它来）：根本不是问题，只是伪装的恭敬而已——尤其当押韵的力量，还有着内衬的丝滑

572

(丝绒手套里的铁拳[1]):

> Whatever you wanted
> 无论你想要什么
> Slipped out of my mind
> 它已消失在我脑海里
> Would you remind me again
> 你能否再提醒我一回
> If you'd be so kind
> 要是你善良如许

"我脑海里"(my mind)与"提醒"(remind)配合得非常好(或勾结?或共谋?)——粗糙又俏皮,因为"remind"里有"mind"再次出现,"再次"也勾连了"再提醒我一回"。就这样(像三个快乐男孩,三次押韵勾肩搭背)到了"善良如许"(so kind)这里,这嘟囔的一行,像一个恶棍在毕恭毕敬,"要是你善良如许"。

这些问题还得再问一遍,还得再抢一抢刀子。歌的标题就是开头的第一句,"你想要什么?":在第一节和第二节,这一句都出现过两次。下一节没有(盘问者也累了),在第三和第四节又重现(还记得"我回来了"吧?),尽管每节只有一次。在第五节(后面剩下两节)它抖擞了起来,恢复了双倍力量——必须像一个钻机那样钻孔,不能做一个闷蛋——因而在下一节的结尾,也就是倒数第二节,迪伦在重复中有所变换:不是

> What was it you wanted
> 你想要什么

---

1 《当他归来》:"铁拳与铁棒不配"——或者与丝绒手套也不配(不是一只合适的手套)。

573

在六行之后原样重现：

> What was it you wanted
> 你想要什么

——而是从

> What was it you wanted
> 你想要什么

变成了

> Why do you want it
> 你为何想要它

歌中的男人，非常清楚重复是最好的进攻方式。(你可以再说一遍。)一切重来。"我会马上回来"重现于"我回来了"，然后是"让它回到正轨"（back on the track），最终落入最后一节颠倒的提问："是否一切都在倒退（backwards）？"不是不要从最后一节中倒退，倒退完成了这首歌，这首歌就成就于倒退：

> Is the scenery changin'?
> 是否背景在变化？
> Am I getting it wrong?
> 是否我搞错了？
> Is the whole thing going backwards?
> 是否一切都在倒退？

Are they playing our song?

他们在演奏我们的歌吗？

Where were you when it started?

开始的时候你在何处？

Do you want it for free?

你想要无条件拥有它吗？

What was it you wanted?

你想要什么？

Are you talking to me?

你在和我说吗？

其中的每一个问题，都在贬低某事或某人。第一次也是最后一次，八行中每一行都能被听出——不，必须被听出——是一个问题。第一次也是最后一次，这一节的开头与"What was"这两个开头的词毫无关系：

What was it you wanted?

你想要什么？

What was it you wanted?

你想要什么？

Was there somebody looking

有人在看吗

Whatever you wanted

无论你想要什么

What was it you wanted?

你想要什么？

Whatever you wanted

无论你要什么

——上面是前几节的开头，而最后一节，从内部开始，

Is the scenery changin'?

是否背景在变化？

我们不了解那个背景，但背景开头的词的确在改变。这个无情结尾的其他部分也是同样，比如错误/歌曲（wrong/song）的押韵。最后一节中，这是唯一没有援助的尾韵。因为另一个押韵（自由/我［free/me］），脱胎于前一节的成为/我（be/me），歌就在这里结束。[1]而"变化"（changin'）是一个现在分词（这首歌的现在分词如此之多，像不断的打击、数落和絮叨）[2]；"后退"（backwards）则接续了此前的"回来"（back）；"开始了"（started）重复了前面的"开始"（start）；"想要"（wanted）也反复在结尾出现。因而，"是否我搞错了？"（Am I getting it wrong?）和"他们在演奏我们的歌吗？"（Are they playing our song?），这两行的配合有了一种特别的痛感。不光是想法有点阴暗："他们在演奏我们的歌吗？"——你真要这么问吗？"我们的"一词略带嘲讽。这一连串的提问，小心翼翼才没有变成尖叫，演出了一场你和你的/我和我及我的之间的情事。的确，这在早先，已有主张，

---

1 《取决于我》的结尾与此有关："口琴挂在我脖子上，我曾为你吹奏，免费的（free）/再没有人能吹出那种调子，你知道那取决于我（me）"。《你想要什么？》自己无法对她说出负责的话，取决于你。

2 前面六节共有六个现在分词，现在光最后一节就有五个分词，不断强化。

> 我们从头开始
> 让它回到正轨

但他只是这么说说而已,他最后做到的只是,让这两个人再次露面,曝光于真实之中:"他们在演奏我们的歌吗?"在听歌的时候,有一个时刻,我们会感到一种德·帕尔玛式的恍惚或滑稽的恐怖感。他正在演奏他的歌。他们正在演奏他的歌。多亏了迪伦的才华,他们正在演奏的,也是我们的歌。

退出,把提问当耳旁风(或,不当一回事),尽管你也可以表现得彬彬有礼,说话真诚又得体:"你在和我说吗?"问题又来了。你真的,会和我说话吗?真的,实在地说,而不是说废话?真的,是在跟我说话,针对我说吗?

《你想要什么?》试图以问题为矛,它能理解这样的侵犯,(aggro: aggr [avation 或 ession+o] 的缩写),它能理解甚至能体谅,但也知道提问的攻击性,这样的提问不要或无需回答。幸运的是,还有自问自答的好形式。

> 你问我问题
> 我说每个问题
> 如果是真正的问题
> 答案就在提问中

> (《另外一些歌》)[1]

往往如此,千真万确。有关真理,最经典的问题是:"真理是什么呢?"[2],提问者是彼拉多,众所周知他没有等待一个回答。几个世纪以来,人们认为他的提问本身就奇迹般地包含了答案。因为 quid est veritas(真理是什么)的另一种排列 est vir qui adest,意思是"就是在这里的那个人"。基督,

---

1 《鲍勃·迪伦诗歌集:1962—1985》,第 154 页。
2 《约翰福音》18:38。——译注

作为三位一体中的一位,可以用第三人称来谈论自己,他创造了这样一个奇迹:对于那些可以用眼睛看、用耳朵听的人来说,意义彰显于隐微。至少,对神的信仰是这样。对人的信任,要挑剔一些。"你想要什么?"这一教理问答,来源于一种古老的难堪:"用嘴巴教训别人,教训也会反弹回来,嘈杂在你耳中"。然而,这耳中的嘈杂之声越是含混,也越能切中肯綮,尽管方向不定。"某个我可能忽略了的人"。

望

《多余的早晨》

多余的伤害之后,爱还剩下什么希望?不多。但并非全无。《多余的早晨》就拒不沦入乏味的绝望,与所有的哀音对抗。但希望究竟是什么?希望至少是:劳燕分飞之际,昔日的爱人们可以不去互相埋怨。这很重要,毕竟会有一点希望。这不是一对一的和解(来不及了),在某种程度上,是与世界、与一切(很令人遗憾)和解。

《多余的早晨》中的处境是明显无望的。明显但又晦暗,因为原因和情由,甚至对与错,都不能说出来。不能泄露。何以至此:不重要。但还是要保持体面,即使(或仅仅因为)爱已自身无力转圜。我们没参与(或暗中知情)发生的问题,一点提示都没有。从前,我和我的爱人也许曾在爱中绝望,但现在是绝望地失去了爱。或者说远离了爱的疆域。太远了,无论时间还是空间,无论用英里计算,还是用多少个黎明来衡量。都无法挽回。

《多余的早晨》是一首挥之不去的挽歌,着实神秘。它知道转换一定发生,可能需要时间。这转换在歌中构成明亮如昼、黑暗如夜的独特结合。

狗在街道上吠
天色渐渐暗沉
当夜幕低垂
狗吠声渐阑
寂静的夜将会粉碎

被我脑中回荡的喧嚣

因我已是多余的早晨

往事，千里之遥

自门阶前的十字路

我视线开始变暗

当我转头望向我和爱人

曾经躺卧的房间

我回视街道

人行道和路标

而我已是多余的早晨

往事，千里之遥

那是无休止的饥饿感

对任何人都不妙

我述说的每一件事

你可以说得一样妙

你自觉你一切都对

我也自我感觉良好

我俩都是多余的早晨

往事，千里之遥

荒凉的街道，荒凉的氛围。《荒村》陪伴了《荒原》的作者：

> 在哥尔斯密的诗中，转换的艺术堪称完美。如果你一段一段地考察，会发现转移的笔触总是恰逢其时，从描述到沉思，到个人，

再到沉思，到有人物的风景……[1]

《多余的早晨》（没有人物的街景）恰好也有几处类似的转移。从描述到沉思再到个人：这些都是在开头一节中的转换。先是当下的描绘，"狗在街道上吠"，随后从当下景象迅即转向未来："天色渐渐暗沉"。（天还未暗，但已不远。）然后，是下一时刻的预想：

> As the night comes in a-fallin'
> 当夜幕低垂
> The dogs 'll lose their bark
> 狗吠声渐阑

夜幕没有像往常一样降临（fall），它涌入（comes in，黑暗如潮），这两个短语合在一起就成了"当夜幕低垂"（comes in a-fallin'）。"狗吠声渐阑"（lose their bark）：声声入耳入心，但——你想一下——这样说与"狗吠停息"（stop barking）还不大一样。不是一条迷失的狗（a lost dog），而是一声消失的狗吠（a lost bark）。

此时（即将进入后续的下一阶段），从描述到沉思再到个人的转移，一直持续：

> 寂静的夜将会粉碎
> 被我脑中回荡的喧嚣
> 因我已是多余的早晨
> 往事，千里之遥

---

1 T. S. 艾略特，《约翰逊：批评家与诗人》（*Johnson as Critic and Poet*，1944 年）；《论诗与诗人》（*On Poetry and Poets*，1957 年），第 181 页。

城市之光：一个城市希望的暮光，随后也照入了迪伦的脑海：

> 那缥缈的暮色之光，你知道的。那是阳光下街道的声音，阳光在特定时刻照在特定类型的建筑物上。特定类型的人走在特定类型的街道上。那是一种户外声，甚至会飘进敞开的窗户，让你听到。[1]

但《多余的早晨》中的街道，没有人迹，黑暗、悲伤、向晚。

这种转换的艺术（艾略特语）也许不止一种形式，《多余的早晨》具有一种——《荒村》没有的——神出鬼没、让人狐疑不定的感觉。或许每一行都很清晰，但你能把握其线索吗？这首歌聚合了许多情感，那些微小、谦虚如介词之类的词，就功能而言，都起到了必要的连接作用。有时候，以可能的最佳方式完成的转换，听起来，还是有一点点的不连贯。

在丁尼生的一首诗中，也有这种不难感觉到的松脱感，这首诗与消逝的爱有关，虽然消逝不是因为爱的死亡，而是因为爱人的死。《溅吧，溅吧，溅吧》这首献给友人阿瑟·哈勒姆的悼亡诗，也是一首爱的挽歌。丁尼生认为，即使是在天堂里，他与他的朋友也会千里永隔。[2]

---

1 《花花公子》(1978年3月)。
2 "但已永隔一世"，即便还有来世。《悼念集》第41首：

> 幽灵般的怀疑让我寒冷
> 我不能与你继续相守
>
> 虽然灵魂在上升
> 　穿越尘世一切
> 　神迹降临你身
> 但已永隔一世

《悼念集》第7首，也同样哀悼失去的爱，它和《多余的早晨》有一些相似，在街上、黑暗、门口、早晨。也许这只是巧合（尽管迪伦提到了丁尼生），但这样的类同还是说明，上升的伟大灵魂总是相似的。

《溅吧，溅吧，溅吧》从外部世界的声音写起，而后又写到脑海中的声音（"那说话的声音已沉寂哦！"），写到涌动的内心。

Break, break, break,
溅吧，溅吧，溅吧，溅碎在
 On thy cold gray stones, O Sea!
 你冷冷的灰岩上，哦大海！
And I would that my tongue could utter
但愿我的言辞能表达出
 The thoughts that arise in me.
 我心中涌起的思绪情怀。

O well for the fisherman's boy,
哦，那渔家的孩子有多好，
 That he shouts with his sister at play!
 他同他妹妹正边玩边嚷！
O well for the sailor lad,
哦，那年轻的水手有多好，
 That he sings in his boat on the bay!
 他唱着歌荡舟在海湾上！

And the stately ships go on
巍巍的巨舶——地驶去
 To their haven under the hill;
 驶进它们山坡边的港口；
But O for the touch of a vanished hand,
可是那相握的手已殒灭，

And the sound of a voice that is still!

那说话的声音已沉寂哦!

Break, break, break,

溅吧,溅吧,溅吧,溅碎在

At the foot of thy crags, O Sea!

你脚边的巉岩上,哦大海!

But the tender grace of a day that is dead

但已逝往日的深情厚谊,

Will never come back to me.

对我呀,已永远不会再来。[1]

《溅吧,溅吧,溅吧》有一种——与《多余的早晨》相仿——与思辨之艰涩构成反差的明澈性。某种意义上,这首诗的意思很直白;但同样扑朔迷离。因为它逃避我们,我们的阅读要借着线索,跨越从"溅吧,溅吧,溅吧"到"但愿我的言辞能表达出"中的"但愿"的鸿沟;从渔家的孩子、年轻的水手和巍巍的巨舶,到"可是那相握的手已殒灭"中的"可是";或从"溅吧,溅吧,溅吧"的不断重申,到痛苦的尾声里那个最终的"但":

但已逝往日的深情厚意,

对我呀,已永远不会再来。

这首诗的并置与衔接,挑逗地暗示了一种思维的展开,但始终捉摸不定。这首诗的心碎主题(在这首诗的开头,我们不知道是什么在被催促着

---

[1] 译文引自《英美桂冠诗人诗选》,方平、李文俊编,上海文艺出版社,1994年,第150—151页。——译注

"溅吧，溅吧，溅吧"：心碎声只是一种隐约的暗示）无法自己公开表现出来。外在场景和内心痛苦之间的鸿沟，只能借由"And"和"But"这样坚硬的理智之词来假装着跨越过去。[1] 迪伦歌中的场景和痛苦，以及他的"An'"和"For"，也有同样的效果：

> The dogs 'll lose their bark
> 狗吠声渐阑
> An' the silent night will shatter
> 寂静的夜将会粉碎
> From the sounds inside my mind
> 被我脑中回荡的喧嚣
> For I'm one too many mornings
> 因我已是多余的早晨
> An' a thousand miles behind
> 往事，千里之遥

从狗吠声渐阑到寂静的夜，这一转化让人困惑不已。狗吠在门外（"户外声"，用迪伦的话来说）也在大脑之外，没错。但是为什么还有个"And"，是为了对应"But"吗？为什么是"For"，究竟何意？为什么最后两行似乎（是这样吗？）解释了前面两行，有关夜晚的那两行？

这一切吊诡如梦幻，有一种梦幻般的思绪无端之感。街道的远景，门阶，房间，人行道，还有路标，都像被梦点亮了一般。在此处，也在彼处，这首歌（像爱德华·霍珀 [Edward Hopper] 的画）亦隐亦显，又明又暗。同样的还有那个以不同方式收结每一节的念头，那变换表述的副歌：

---

[1] 引自本人专著《丁尼生》（*Tennyson*）（1989年第二版），第133—134页。

For I'm one too many mornings

而我已是多余的早晨

An' a thousand miles behind

往事,千里之遥

And I'm one too many mornings

因我已是多余的早晨

An' a thousand miles behind

往事,千里之遥

We're both just one too many mornings

我俩都是多余的早晨

An' a thousand miles behind

往事,千里之遥

《牛津英语词典》在"too"("过多")这一词条下,不厌其烦罗列了各式各样喜欢用"too"表达的糟心事(《多余的早晨》在这方面再清楚不过):"表达遗憾、愤慨、悲伤或反对:达到一种不堪、可悲、痛苦或难以忍受的程度。"还有"一个都太多"(one too many)这个短语,像在极力自控,将手指攥得紧紧(一个都太多,是谁说的?),意思不过是:"不想要或重复太多"。

不得不说,这是个巧合(可以寻找巧合的时机,别错过)[1],《牛津英语词典》中"one too many"词条的第一条引文(出自莎士比亚),在短短四行半的对话中也包含了下面这些词,如"down"、"the street"、"get〔gettin'〕"、"came〔comes〕"、"in"、"from"、"my"、"door"、"for"、"whence〔where〕"、"walk"、"one"、"when",以及"one too many"。再想想看,作为巧合来说

---

[1] 戏仿赫里克《给少女们的忠告》中的"Gather ye rose-buds while ye may"。——译注

是不是也太多了？

> Either get thee from the door, or sit down at the hatch.
> Dost thou conjure for wenches, that thou callst for such store,
>
> "给我滚开！这儿不是你找娘儿们的地方；一个已经太多了，
>
> When one is one too many? Go, get thee from the door."
>
> 你要这许多做什么？走，快滚！"
>
> "What patch is made our porter? My master stays in the street."
> "这是哪个发昏的人在给咱们看门？喂，大爷在街上等着呢。"
> "Let him walk from whence he came."
> "叫他不用等了，仍旧回到老地方去。"
>
> （《错误的喜剧》[*The Comedy of Errors*]，第三幕第一场[1]）

迪伦"错误的悲剧"完全不是这么一回事。这首歌不是要"找娘们儿"，这是一首分手之歌。

至于身后（behind，"从来不冒头"，像德莱顿所说，"拖拖拉拉，落在后面"），本身就有两种含义，其中一种意思"指的是一项使命的履行，特别是支付到期的款项：拖欠"。两位恋人都拖欠了一份爱之债。在《牛津英语词典》中，与此相关（履行使命）的第一条引文恰巧是威克里夫的一次布道："这世上许多人拖欠了爱之债。"

丁尼生写《溅吧，溅吧，溅吧》是为了向阿瑟·哈勒姆偿还亏欠的爱之债，你可能还记得，哈勒姆写过："韵本身包含了对记忆和希望的持久渴望。"[2]《多余的早晨》不再拥有希望，但能让人想起一首澳大利亚的民谣，它的开头是这样：

---

1 译文引自《莎士比亚全集》第二卷，朱生豪译，人民文学出版社，1978年，第23页。——译注
2 参见本书《歌，诗，韵》一章关于"韵"的论述。

Oh hark the dogs are barking, love,

哦爱人，你听，狗在吠

I can no longer stay.

我不能再停留。

The men are all gone mustering

男人们已去集合

And it is nearly day.

天色渐明。

And I must off by the morning light

我得在天亮前离开

Before the sun doth shine,

在日头照耀之前，

To meet the Sydney shearers

去见悉尼剪羊毛工人

On the banks of the Condamine.[1]

在康达迈恩河岸边。

让人联想到迪伦的（或者说对迪伦有一点启发的）不仅有"你听，狗在吠"和"早晨"，还有这一行结尾的"-ing"（"mustering"），以及 light/shine/Condamine 之间强劲的半谐音，这个半谐音或许也回荡在迪伦的脑海里，回荡在脑中／之遥（mind/behind），路标／之遥（sign/behind），你自觉／自我感觉／之遥（side/mine/behind）之间。这些，还有对爱人说出的想法，这想法在迪伦那里变得更阴郁，"我不能再停留"。

表面上，迪伦的押韵方式十分简洁。和那首澳大利亚民谣一样，第二行和第四行押韵，后面的有所不同，第六行和第八行押韵。因而在第一节有两处押韵，暗沉／狗吠（dark/bark）和脑中／千里之遥（mind/behind）。但还有与之相逆的声波在直接交响：

Down the street the dogs are barkin',

狗在街道上吠

And the day is a getting' dark

天色渐渐暗沉

As the night comes in a-fallin'

当夜幕低垂

The dogs 'll lose their bark

狗吠声渐阑

An' the silent night will shatter

寂静的夜将会粉碎

From the sounds inside my mind

被我脑中回荡的喧嚣

For I'm one too many mornings

因我已是多余的早晨

An' a thousand miles behind

往事，千里之遥

"狗吠"（barkin'）与下一行的"暗沉"（dark）接近押韵，而这第一行的结尾和第三行的结尾（"低垂"［a-fallin'］）不仅相互对应，而且会持续回响于"多余的早晨（mornings）"一句中。由是，在这一节的八行中，唯一不押韵的就是第五行："寂静的夜将会粉碎"。[1]

An' the silent night will shatter

寂静的夜将会粉碎

---

[1] 比如，在《费伯歌谣集》(*The Faber Book of Ballads*)中可以找到。马修·霍加特（Matthew Hodgart）编（1965年）。

589

From the sounds inside my mind
被我脑中回荡的喧嚣

迈克尔·格雷曾赞叹"粉碎"在此处是"一个诗性转化的有趣例证",他这样写道:"剥离了这样的转化,散文式的表达应该是(夜的)寂静将会被粉碎;迪伦的方式是,夜将会粉碎。"[1]在这一点上格雷是对的,迪伦"寂静的夜将粉碎"的措辞,确实能化腐朽为神奇。但准确的判断是"粉碎"不是什么"诗性转化"(任何这类诗与散文的区别都偏颇且含混),而是迪伦从内部把握到了动词"粉碎"的独特性:它既有"裂成碎片"的意思,也意为"被击为碎片"。与此类似的,还有"break"以及下一节中的动词"fade",后者完全可以有"失去颜色或力量"与"使其失去颜色或力量"这两重意思。

希望粉碎。它们击碎某物(比如,心灵),同时也被击碎。"寂静的夜将会粉碎":这一行也具备了"粉碎"这个词的双重功效,但它也是谦逊的,没有过分戏剧化,因为在迪伦这里,唯一没有押韵的就是这一行。

我想暂时略过第二节(它让我迷惑,或者说让我迷惑于自己的反应),直接来看第三节,在这最后一节,一层一层的韵脚叠加,押韵巧妙:

It's a restless hungry feeling
那是无休止的饥饿感
That don't mean no one no good
对任何人都不妙
When ev'rything I'm a-sayin'
我述说的每一件事
You can say it just as good
你可以说得一样妙

---

[1]《歌与舞者》,第三辑,2000年,第128页。

You're right from your side

你自觉你一切都对

I'm right from mine

我也自我感觉良好

We're both just one too many mornings

我俩都是多余的早晨

An' a thousand miles behind

往事，千里之遥

最后一节的合口韵自我感觉／千里之遥（mine/behind），与第二节中的一样（路标／千里之遥［sign/behind］），与其说是押韵，不如说是半谐音，但它们在半谐音附件造成的紧急情况和急迫需求的事实面前被加强：

You're right from your side

你自觉你一切都对

I'm right from mine

我也自我感觉良好

哦，这让步了很多（不像"我们都在做上帝的工作，你以你的方式，我们以他的方式"那种高高在上），但这五个的半谐音（right/side/I'm/right/mine）有它的执拗性，在你的这一行里只有两处，而再多出一处（多余的？），有三处的那一行，正好是我的。至少这是对公平竞争做出的努力，是在优化运动场（你知道，平整的那种），这近来常被谈及。[1] 如果歌词改成下面这样，则至少不是现在这个效果，会更偏激：

1　在我的时代（1942年至1951年），阿尔弗雷德国王学校几乎没有平整的运动场，但我们知道我们会在中场休息时交换场地。不必担心。不过要有所考虑。

I'm right from my side

我自觉我一切都对

You're right from yours

你也自我感觉良好

——不是我的三处半谐音对你的两处半谐音,而是四比一。

在最后一节的开头,第一个完整的押韵,声音沉闷,的确很沉闷,敲响了终结之声:

It's a restless hungry feeling

那是无休止的饥饿感

That don't mean no one no good

对任何人都不妙

When ev'rything I'm a-sayin',

我述说的每一件事

You can say it just as good

你可以说得一样妙

不妙/一样妙(No good/as good):给人的感觉像是一片空白。这个韵,会让一段关系或一段婚姻失效,它本身就空空荡荡。

在《食莲人》里,丁尼生第一个韵,也是像完全没有押韵,韵不是押在相似与相异的组合上,而是一次"永远",一次不朽的雷同:

"Courage!" he said, and pointed toward the land,

"鼓起勇气!"他说,指着前方的陆地,

"This mounting wave will roll us shoreward soon."

"潮水很快会送我们靠岸登陆。"

In the afternoon they came unto a land

下午，他们果然到达了一块陆地

In which it seemed always afternoon.

这地方的时辰仿佛永远是下午。[1]

或者可以说，这是多余的下午。在下午……永远像是下午：从开头到结束，都是这样，还不如说，无法分清开头和结束。"陆地"（land）对"陆地"（land），丁尼生本人对此很满意："'海滩'（strand）是，我想，我最初的文本，但无韵的'陆地'对'陆地'更懒。"[2] 更懒，就像是服用忘忧果这种毒物后乐不思归一样停滞[3]；对于诗人来说，比起在初稿中用海滩/土地（strand/land）来草草押韵，现在这样并不是很懒惰。这恰到好处，带来停滞之感。

当"不妙"尽了全力也不过是"一样妙"，结果也无非是停滞。

It's a restless hungry feeling

那是无休止的饥饿感

That don't mean no one no good

对任何人都不妙

When ev'rything I'm a-sayin'

我述说的每一件事

You can say it just as good

你可以说得一样妙

感觉瘫痪。你可能认为，没有比重复一个词更好、更完美的押韵了，但这样

---

[1] 译文引自《世界在门外闪光（上）》卷一，飞白编译，湖南文艺出版社，2015年，第71页。——译注

[2] 《丁尼生诗选》，克里斯托弗·里克斯编（1987年），第一卷，第468页。

[3] 见《奥德赛》，船队成员服用忘忧果后忘记回船上。——译注

做根本也算不上押韵，因为毫无变化，只是乏味单调，没有延展的可能。当押韵的两个词发音相同但意义不同，我们会称其为完全韵（rime riche）：比如，眼镜对杯子（glasses against glasses），一个是眼镜，另一个是用来喝水的。或者《地下乡愁蓝调》里的"well"，迪伦用"get well"与"ink well"押韵。[1]这样的押韵有点怪，但有其自身的特点。但如果硬要和同一个意思也相同的词押韵呢？这不是一种有意味的方式，而是精神贫乏的表现，除了表达一无是处之外真的也一无是处。多余的早晨一个都多，但押韵之词一个又太少。

一个韵，就如一个吻。济慈的《伊萨贝拉》[2]（*Isabella*）中精彩的一段，用了"押韵"（rhyme）来与前面的"时间"（time）一词押韵：

"And I must taste the blossoms that unfold
"我定要品尝一朵朵沐着温暖、
　　In its ripe warmth this gracious morning time."
　　迎着美丽的晨光开放的鲜花。"
So said, his erewhile timid lips grew bold,
他原先羞怯的嘴唇变得勇敢，
And poesied with hers in dewy rhyme.
　　同她的嘴唇如诗韵成对相押。

但"妙"（good）对"妙"（good）如何呢？或者更烂的，"不妙"（no good）对"一样妙"（as good）？这就像亲镜子里的自己，只能亲在嘴上，因为那是在镜子上，你唯一能亲到自己的地方，但你不觉得，不管怎么样，这并不能尽如人意？

1　参见《地下乡愁蓝调》："生病，病好／泡在墨水池里"（get sick, get well/hang around a ink well）。——译注
2　译文引自《济慈诗选》，屠岸译，人民文学出版社，1997年，第199页。——译注

那是无休止的饥饿感,没问题,或非常糟糕。但让迪伦的歌词没有沉溺于绝望的,是一种对语法的直率拒绝,拒不屈从大英的典律,拒不扭怩如娘娘腔。试试这个:

It's a restless hungry feeling
那是无休止的饥饿感
That means no one any good
那意味着对没人有好处

——不妙。这首歌极其敏锐地感觉到不好的事要到来。"对任何人都不妙"(That don't mean no one no good):这不是双重的否定,而是三重的晦气。确实有些日子,"悲观也不能帮你过关"(《恰似大拇指汤姆蓝调》)。但在有些早晨可以。

或者试试这个:

It's a restless hungry feeling
那是无休止的饥饿感
That's such a living hell
那可是活地狱
When ev'rything I'm a-sayin'
我述说的每一件事
You can say it just as well
你可以说得一样好

——还不如说"你可以说得一样妙"(You can say it just as good),不是吗?在特定的情况下,可以这样说。"特定类型的人走在特定类型的街道上"。
我们这些词类保护协会的缔造者,的确非常在意副词——这个特别濒危的种类。正如 Nope 的意思不同于 No，"你可以说得一样妙"和"你可以说得一样好"的意思也有分别。20 世纪 50 年代（那时我才二十多岁），我在牛津听到一位美国诗人，唐纳德·霍尔（Donald Hall），他年长我整五岁，在谈论诗歌时这样说："你得装，而且你还得装得妙。"这样的言论让我激动不已，至今记忆犹新。确实，年轻文雅的唐是有点装模作样，但是他知道在跟谁说话（在说给谁听？）：是更年轻的英国男生和女生，他们会被英勇的男子气概迷倒，因而说"装得妙"（fake it good）比说"装得好"（fake it well）会显得更平易，也更讨好。是的，这里有讨好的成分。但对于一个卸掉脑袋的艺术家[1]而言，他不需要讨好。这就是为什么"你可以说得一样妙"，可以成功囊括下面两重意思：你可以说得一样好（You can say it just as well）/你可以说些妙事（You can say something just as good）。

When ev'rything I'm a-sayin'
我述说的每一件事
You can say it just as good
你可以说得一样妙

在歌曲的后段，在这样一个时刻，终于有一个实在的你（you）露面了，被正式提到，而不是像在歌曲的中段，体面地出现于"我的爱人和我"中。一样妙（just as good）："just"这个词，低调而冷漠，在最后一节而且只在这一节，出现了两次。

We're both just one too many mornings
我俩都是多余的早晨

---

[1]《来自别克6》："我需要自卸卡车妈妈来卸下我脑袋里的货"。——译注

An' a thousand miles behind

　　往事，千里之遥

我俩都没有希望。我俩都在千里之外，由此我俩也相差无几——这样说的时候，会有这样的感觉。

　　And I'm one too many mornings

　　而我已是多余的早晨

　　An' a thousand miles behind

　　往事，千里之遥

《多余的早晨》第一节中，仅有一行未押韵。最后一节所寄托的希望也被无以复加地粉碎。歌曲的押韵和半谐音本来包含了希望的诉求，但最终没有被理睬：不妙／一样妙（no good/as good），你自觉／自我感觉／千里之遥（side/mine/behind），（饥饿）感／述说／早晨（feeling/a-sayin'/mornings）。不只是骨干的四行，这一节的全部八行都被聚拢于一处：这本可能会令人振奋。但不是在这里。聚拢于一处：在这里感觉像有一柄钳子，这要归功于（不用了谢谢）不妙／一样妙（no good/as good）之间的铁板相嵌。

　　还有一节我没有讨论，就是中间这一节。

　　自门阶前的十字路

　　我视线开始变暗

　　当我转头望向我和爱人

　　曾经躺卧的房间

　　我回视街道

　　人行道和路标

　　而我已是多余的早晨

　　往事，千里之遥

对于这一节，我没有太多把握，现在仍然如此。在我年少轻狂之时，曾服膺于杰拉德·M.霍普金斯极为精彩的一个观点：

> 伟大的人，我是说诗人，都有自己的个人语风，就像法国的高蹈派诗人，他们的语风一般是在写作中形成，而最终——这是重点——他们也用高蹈的眼光看待事物，用高蹈的口吻来描述它们，而不再追求新的灵感。一个诗人特定的高蹈之举，包含了他的大部分风格、态度、习性……高蹈派的一个标志是，假设你是那个诗人，你也可以设想自己写出那样的作品。不要说假设你是莎士比亚，你也可以自己写出《哈姆雷特》，因为我认为那恰恰是你无法设想的。[1]

霍普金斯的信条本身就是一种启示[2]，我深信不疑。但可否以此来评价《多余的早晨》中的这一时刻，我很是犹豫。这不是说迪伦与高蹈派[3]无关，霍普金斯最好的地方之一，就是他的观点基于对自然性、必然性以及普遍性的理解（"伟大的人，我是说诗人"，他们所有人），这伴随了丁尼生诗作在他心中激起的真挚崇敬。在《伊诺克·雅顿》(*Enoch Arden*) 1864年出版的前一个月，霍普金斯就此事在一封书信中写道：

---

[1] 致 A. W. M. 贝利，1864年9月10日；《杰拉德·曼利·霍普金斯书信集》(*Further Letters of Gerard Manley Hopkins*)，C. C. 阿博特（C. C. Abbott）编（1956年版），第215—219页。
[2] 在《放映机》中，迪伦在《加勒比海的风》之后谈到过缺失灵感是一种什么样的状态（此前未发表）："我写完之后，还是不太明白怎么回事。"迪伦说，"有时候你会写一些非常有灵感的东西，但你会因为这样或那样的原因无法完成它。然后你再试着捡起它，灵感却消失了。要么你胸有成竹，留下一点点以填充也行，要么你就一直要努力完成它。那就挣扎。灵感没了，也不记得当初为什么要开始。这很挫败。我想这首歌的歌词有四个不同的版本，也许我写对了。我不知道。我不得不放下。把它扔掉。有时会发生这种情况。"
[3] 这一段反复提到的"高蹈派"（Parnassian），亦称"巴纳斯派"，法国19世纪的诗歌流派。这里大致指的是一种比较成规化的、矫揉造作的文学方式。——译注

我想这是人们的一种思维定式，或者说是尚未摆脱思考定式，那就是丁尼生永远是新鲜的，有无人匹敌的感染力，从不受制于人类的疾病，永不会使用高蹈派的语言。至少我以前是这么想的。现在你看到他用了高蹈的语言；你必须认清，他是用了过去被我们称为丁尼生风格的东西。但这一发现肯定不会过多改变什么。当你困惑于自己的疑问，最好还是翻到这样的一页寻找答案。在这样神圣、极端美丽的辞章面前，你成熟的判断力当然不会被欺骗。这是《悼念集》开头的四行：

> 哦，黄昏之星高过了残阳
> 　　你准备好了与其一起消亡
> 　　你看到黯淡的一切
> 　　更为黯淡，还有终结的荣光

我想这是人们的一种思维定式，或者说是尚未摆脱思考定式，那就是迪伦永远是新鲜的，有无人匹敌的感染力。现在你看到他用了高蹈的语言。但这一发现肯定不会过多改变什么。当你困惑于自己的疑问，最好还是翻到这样的一页寻找答案。在这样美丽的辞句面前，你成熟的判断力当然不会被欺骗：

> Down the street the dogs are barkin'
> 狗在街道上吠
> And the day is a-getting' dark
> 天色渐渐暗沉
> As the night comes in a-fallin'
> 当夜幕低垂
> The dogs 'll lose their bark
> 狗吠声渐阑

可是照我的判断,《多余的早晨》的第二节也有高蹈之风：我不确定自己是对的，即便从我自己的立场出发。

> From the crossroads of my doorstep
> 自门阶前的十字路
> My eyes they start to fade
> 我视线开始变暗

不像第一节和最后一节，由灵感所激发，这两行有高蹈之风，而且——和大多数高蹈派一样——很容易流于陈言滥调，这比"自门阶前的十字路/我视线开始交叉"（From the crossroads of my doorstep/My eyes they start to cross）之类的画蛇添足还糟。假设我是迪伦，我可以设想自己写出"自门阶前的十字路"——而我不会对自己说，假设我是迪伦，我可以设想自己能在最后一节写出"good"和"good"之间的无韵之妙……这样一种痛苦的麻木，完全不同于"自门阶前的十字路"，假设我是一个艺术家，写过"穿过我意识的烟圈"的艺术家，我可以设想自己写出后者。不要说假设你是莎士比亚，你就可以设想自己写出《哈姆雷特》；承认吧，不要说假设你是迪伦，你就可以设想自己写出"奥菲莉娅在窗下/我为她担惊受怕"。[1]

从前是那样。现在是这样，或许以后还是这样。

稍等，你是把"穿过我意识的烟圈"（through the smoke rings of my mind）这个句子用作了烟幕。它和"自门阶前的十字路"毫无共同之处。这

---

1 《与理论相对的文学原理》（*Literary principles as against theory*，1985 年）；《散文欣赏》（*Essays in Appreciation*，1996 年），第 330—331 页。（歌词见《荒芜巷》。——译注）

600

自由流动的一行出自《铃鼓手先生》:"就带着我消失吧,穿过我意识的烟圈"。烟圈上升并消失。《多余的早晨》中的这一行——这一整行——则极为不同,它讲的是另一个故事。一句话,这是两码事。

"我意识的烟圈"写出了一种思维浮动中舒适又放松的感觉。(淡淡的烟雾也许蒸腾在沉思之中。)这个感觉瞬时闪现,又转瞬即逝。其中,介词的变化("我意识的"〔of my mind〕)勾连起一种根深蒂固的内在性,与"我脑中回荡的喧嚣"(the sounds inside my mind)完全不同,后者在《多余的早晨》中施加了特别的压力。相比于那些漂浮的烟圈,"自门阶前的十字路"这一句完全不是轻飘飘的。它是一块绊脚石,顽固、皱着眉头,堵在那里,好像要阻止任何使人有感觉、放松或其他的尝试。是的,一个门阶,和一个十字路口,尤其是它的比喻性意义,在《牛津英语词典》里有这样的说明:"两个或两个以上的行为过程的分别之处;一个关键的转折点"。但"门阶前的十字路"?一处门前的台阶能成为十字路口吗?

是可以的,当你专心(那个禁烟区)去想,想想词典的所谓"一个关键的转折点"。

> As I turn my head back to the room
> 当我转头望向我和爱人
> Where my love and I have laid
> 曾经躺卧的房间

从门阶出发,我们可以向左、向右,或一直向前。门阶是一个丁字路口吗?但别忘了还有第四个方向,因为也许没有什么能阻止你不仅回头,而且整个自己回身,回望你和你的爱人躺过(或躺卧,如果你更喜欢这个词)的房间——也许她还躺在那里,想着你是否归来。"回"(back)这个词在两行中重新复归,它的简单渴望未被抚平:

From the crossroads of my doorstep

自门阶前的十字路

My eyes they start to fade

我视线开始变暗

As I turn my head back to the room

当我转头望向我和爱人

Where my love and I have laid

曾经躺卧的房间

An' I gaze back to the street

我回视街道

The sidewalk and the sign

人行道和路标

And I'm one too many mornings

而我已是多余的早晨

An' a thousand miles behind

往事，千里之遥

迪伦的另一首歌《妈妈，你一直在我心上》，将十字路口（crossroads）与我的意识（my mind）相连。如果想到这首痛苦的歌，就能发现"自门阶前的十字路口"这一句，有多么不可预料，多么不似高蹈派那般矫揉造作：

Perhaps it's the color of the sun cut flat

大概是太阳的色彩平直地切去

An' cov'rin' the crossroads I'm standing at

并且覆盖着我所驻足的十字路口

Or maybe it's the weather or something like that

或许是天气或类似的东西

But mama, you been on my mind
但妈妈，你萦绕在我心头

在那些十字路口不要冒被绊倒的风险，要一往无前，即使现在的决定可能是不得不走别的路。"我所驻足的十字路口"的镇定自若，与"自门阶前的十字路口"中的僵持之态截然不同。

自门阶前的十字路口
我视线开始变暗

光线变暗，在歌的开头就能感觉到。记忆也会变暗，不仅有珍贵的记忆，还有崩溃的经验——这是在歌曲最终闪现出的希望。"我视线开始变暗"。虽然一种景象会在一个人的眼中变暗，可通常不会说眼睛在变暗，不过在济慈的作品中有这样一个悲伤的场景（"就像，在一个恍惚的夏夜……"），某种神圣而绝美之物闪现在眼前：

直到最后衰老的萨土恩抬起
暗淡的眼睛，看着他失去的王国，
看着这里的一切忧郁和悲伤

(《海披里安》I，第89—91页[1])

《多余的早晨》中忧郁与悲伤的一个表现，便是中间这一节的自我沉溺。关键在于：第一节只有两次提到了我（"我""我已是"），最后一节提到了三次（"我""我""我俩"），而在中间这一节，"我"竟然出现了八次之多："我的门阶""我的双眼""我""我转头""我和爱人""我""我""我已是"。

---

[1] 译文引自《济慈诗选》，屠岸译，人民文学出版社，1997年，第470页。——译注

这是一种被歌曲带入的自我陶醉吗？我曾这样考虑（或感觉）。但这为什么不能是一种歌中被渲染、"被放置"的沉醉？[1]这样一来，失误就不是失误，而成为歌中的一种有意设定，让我不断沉溺，继而，随着歌曲向前展开，更好的自我也会显现出来。现而今，人们说起向前（move on）总会有所迟疑，这两个字过于俗套。但歌声，一首歌的内在意识，确实会转移（move）注意力，不仅用"我"这个词，还要用"你"和"我们"来做正确的事：

> You're right from your side
> 你自觉你一切都对
> I'm right from mine
> 我也自我感觉良好
> We're both just one too many mornings
> 我俩都是多余的早晨
> An' a thousand miles behind
> 往事，千里之遥

如果我是对的，即认为《多余的早晨》在适当的时候撤销了支配了中间这一节的精神状态，那么我也要撤销我此前将之视为缺乏判断力的批评意见。同样，还要撤销我对"十字路口"和"我视线"之间重叠关系的反感。

> 自门阶前的十字路口
> 我视线开始变暗

---

1 "放置"这一批判概念（置于文本之中使得这种判断成为可能），来自亨利·詹姆斯，他本人就非常擅长描写相思的百态以及人类可悲的自恋倾向。

我的视线开始交叉了吗？我仍然觉得这两行有一种奇怪的斜视感，但这令人不快的视线交叉一定"比画蛇添足更糟"吗？它难道不能是一条犀利的切线？因为勇于直视困境，才是希望之所在，可这几句却犹疑了：

> 我回视街道
> 人行道和路标
> 而我已是多余的早晨
> 往事，千里之遥

事物纵横交错，必须同时从两个角度、两个方面（你那边和我这边）来观察。他面朝前方，但在这种情况下，也不能总是一直向前看。他也许会被迫斜视。谈及爱，有个古老的说法，认为把丘比特画成盲童是个错误，因为"他的真实形象是一个斜眼的毛贼"。[1]

我似乎一直在斜视（不喜欢或不赞成地瞥一眼）[2]中间这一节的韵。在"我"的处理上，这一节不同于另外两节，它的押韵也是这样。无法让我满足的是：有什么东西滑落于迪伦之手，而不是逃脱于他的嘴唇。押韵的方式不过如下的套路，变暗/躺卧（fade/laid），路标/千里之遥（sign/behind）。这很无趣："变暗"对"躺卧"没什么错，但也不特别的好，除了副歌（与其他节脱节，而在第一和第三节，主线和副线彼此交接），其他各行的结尾词，不过勾勒出这首歌中的地形：门阶/房间/街道（doorstep/room/street）。痛苦的忠实，也许吧，但悲伤又乏味。

但如果痛苦、忠实、悲伤和乏味都是被一视同仁的真相呢？那么，这些歌行就呈现了一个贫乏的情感世界，在这个世界里，"我"做这、做那、做其他，所有的一切都是机械的、无效的，行尸走肉一般。

---

[1] 理查德·斯蒂尔（Richard Steele），《闲谈者》（The Tatler），第5期（1709年）。
[2] 《牛津英语词典》，2c。

自门阶前的十字路

我视线开始变暗

当我转头望向我和爱人

曾经躺卧的房间

我回视街道

人行道和路标

而我已是多余的早晨

往事，千里之遥

在这些行尾，没有"对记忆和希望的持久渴望"，只有贫乏无望的场景，门阶 / 房间 / 街道：逆境也会发生作用。在最后一节，逆境不会被简单克服，也不会被搁置。它就摆在那，一直这样：

你自觉你一切都对

我也自我感觉良好

我俩都是多余的早晨

往事，千里之遥

我不是唯一一个，你也不是。这就是说，我们不是唯一一对。因这首记忆之歌与千万人共鸣。

《月光》

不要问丧钟为谁而鸣。"丧钟为谁而鸣，爱人？它为你我而鸣。"幸运的是，在远离了《多余的早晨》之后，还有另外的一个世界，在那个世界里，《月光》之下气氛轻柔、爱意融融。

"你会来月光下独自和我相遇吗?"

对于这一行满是恳求的副歌——尤其当它恳求了六次,一种可能的回应会是一个反问句:对你来说,这样的副歌还要唱下去吗?这个问题你还要问多久?是的,人的胸中永远会有希望涌动,但是歌曲,或者恋人充满希望的渴慕,在这个世上不会天长地久。

一首19世纪的歌曲,有同样一行歌词,这首歌由约瑟夫·奥古斯丁·韦德(Joseph Augustine Wade)创作,收于《牛津语录词典》中:独自,在月光下与我相遇(Meet me by moonlight, alone)。但这一反复吁请,是作为一个命令提出的,而不是一个问题。

还要多久?迪伦一直着迷于这个问题,如何暗示某件事已经或即将结束,或如何将某件事终止:一首歌或一本歌集,一次采访或一张专辑,一场音乐会或音乐会的上半场,甚或一场音乐会伴装的尾声,即一种明知没有结束的暂停(耍花招),为了让我们恳求一次返场,高呼"再来一个、再来一个!"

在冗长无比的电影《雷纳尔多和克拉拉》的开头,有个男人在广播里提醒司机注意路面潮湿:"打滑会严重影响刹车功能。"在这样的时刻,一些无关紧要的东西也会影响到背景音乐。涉及刹车功能,迪伦一直很在意。每小时九十英里(在一条死胡同里)。刹车,刹车,刹车。

你还能继续说同样的话多久?比如对某人保证:

我真正想做的一切
就是,宝贝,与你成为朋友

你可以多次立下这个保证,但总有一天要么厌倦要么适应。你还能催促多久,"别再多想,没事了?"两次以上,可以,但七十七次呢?或者说是假装在催促:

但如果你要走，现在就走

不然就留下过夜

还要多久，《荒芜巷》的战栗。《瘦男人歌谣》的嘲笑。《像一块滚石》的欢欣。《准是第四街》的刚强。《致拉蒙娜》的抚慰。《我的往昔岁月》的愤然离去（别回头）。《坠入洪流》的奚落。《飓风》的控诉。《你能不能从窗口爬出去？》的复仇。这样的祈求："求你啦，亨利太太，亨利太太，求求你！/ 我现在跪下啦"。（直到跪出老茧？）《哭一会儿吧》的交换："啊，我为你哭过，现在轮到你了，哭一会儿吧"。或是《雨中女人十二与三十五号》中对于被唠叨的唠叨。

"我不停地追问自己，这样下去还能持续多久"（《百万英里》）。"我不知道我还能等多久"（《无法等待》）。

然后是《西尔维奥》，起身走开，"我得走了"——但听听这首歌多么不情愿结束，一遍又一遍地重复说要走，轻率莽撞，却无法自拔。"看起来明天马上就要到来"——干脆，冒了风险。"总有一天而且不会太久"。没几天了。最后的合唱之前是最后的预言吗？"去山谷里唱我的歌"。然后呢？"让回声决定我的对与错"。就这样，对还是错。听听《西尔维奥》与《把钟都敲响吧》最后几行的差别吧：

　　Oh the lines are long

　　哦，阵线漫长

　　And the fighting is strong

　　战斗激烈

　　And they're breaking down the distance

　　而他们打破了

　　Between right and wrong

　　对与错间的距离

可以打破的是距离,不是(你或许以为)对与错之间的区别。此一世界与彼一世界的天壤之别。注意在演唱中迪伦的所有停顿,在对与错之间,他屏息片刻,就在两个词间隔的那一刻。

有些词没有印在歌词当中,像《新的小马》中的女声合唱,就唱了很多次"要多久?"。这主要是在问"新马子"会让你满意多久,你不会为了找新的马子而干掉她让她摆脱不幸,但这也是同时在问,这首歌还能唱多久。

"你不想来月光下独自和我相遇吗?"

要么她同意,要么月亮会落下,当然,天将破晓,真相将大白。

月光

四季不停地轮转而我的心一直在渴盼
多想再听到金莺儿那美妙动听的旋律
你不想来月光下独自和我相遇吗?

光线昏暗,白昼已消散,兰花,虞美人,黑眼睛苏珊菊
大地和天空已骨肉相连融为一体
你不想来月光下独自和我相遇吗?

夜色浓重又饱满沿着河堤弥漫
那里的大雁都已经朝着乡间飞去
你不想来月光下独自和我相遇吗?

啊,我在鼓吹一派祥和
这安宁静谧的恩泽
但我知道何时该向前
亲爱的我会带你渡过大河

你没有必要在这里耽搁

放下窗帘吧,快走出门来

云朵渐渐变成枣红——落叶从树干掉到空中

枝条把它们的身影投在了石壁

你不想来月光下独自和我相遇吗?

柏木成荫的大道,化装舞会上的蜜蜂和小鸟

粉粉白白的花瓣已在风中吹起

你不想来月光下独自和我相遇吗?

那滋长的青苔和神秘的辉光

紫色花朵轻柔柔的像雪花一样

快动身,把钢镚儿拍进投币口

落日的余晖荧荧不熄

狭窄的路上人潮拥挤

但又有谁在乎你对我究竟原谅与否

我的脉搏在掌心里跳动——陡峭的山峰一座座高耸

金黄的原野上歪扭的老橡树呻吟低语

你不想来月光下独自和我相遇吗?

无疑,《月光》的旋律十分优美,这种优美如何形成?表面上看,这首歌并不十分轻盈,有很多地方甚至让人感到沉重。从一开始,就是呻吟、眼泪,以及丧钟。但随后,通过把所有其他那些在生活里投下阴影的东西、那些让我们最初和最终寻求解脱和释放的沉重整合进歌曲自身之中,这首歌传达了一种解脱和释放的感觉。《月光》如此轻盈自如,恰恰因为它在许多地方触及了死亡、悲伤和失落，或为之所动。

开头的歌词，无论是风格还是韵律，也许并没有流露痛苦的情绪，但确实谈到了——无论以何种风格——痛苦。"四季不停地轮转而我的心一直在渴盼"。确实，那种渴盼——就在迪伦换行之际——还不是最深切的心痛（不是真的，或者还不是，渴望与你相遇，我亲爱的）：

The seasons they are turnin' and my sad heart is yearnin'
四季不停地轮转而我的心一直在渴盼
To hear again the songbird's sweet melodious tone
多想再听到金莺儿那美妙动听的旋律

——因为它是金莺儿，合作的小小竞争者，我的心在渴盼它，想听到并模仿它的声音。不管怎样，从"美妙"（sweet）到"相遇"（meet）悦耳的滑动，有一种可爱的连续性，从一个希望转入另一个希望：

To hear again the songbird's sweet melodious tone
多想再听到金莺儿那美妙动听的旋律
Won't you meet me out in the moonlight alone?
你不想来月光下独自和我相遇吗？

但如果我与你相遇，你**不会**独自一人。是这样的，但你明白我的意思，我最想说的一件事就是，最好的"独自"就是只有我和你[1]。另外，副歌一直用"独自"（alone）来押韵，这有几分滑稽，因为这个词不能"独自"。

事实的状况是，在谈到一种损失的时候，却完全对其无感，如同谈起世

---

[1] 《又一个周末》中："我们将去某个未知的地方/把所有的孩子留在家中/亲爱的，何不就我们自己离开/就你和我。"

界末日的景象,却无从感知一样。这一段让我们有了缓冲。

> The dusky light, the day is losing, orchids, poppies, black-eyed Susan
> 光线昏暗,白昼已消散,兰花,虞美人,黑眼睛苏珊菊
> The earth and sky that melts with flesh and bone
> 大地和天空已骨肉相连融为一体
> Won't you meet me out in the moonlight alone?
> 你不想来月光下独自和我相遇吗?

简单而隐晦的表达,"白昼已消散":这是否意味着白昼消散了昏暗的光线?这会带来一种回溯之感。或者也可引出下文?白昼已消散了(看不见)兰花、虞美人、黑眼睛苏珊菊。[1]还是说比起大地和天空的消融[2],这个说法更决绝?白昼已消散(The day is losing):战斗已失败(losing the fight);失败,句号。

  这首歌的核心是一种不可或缺的真相,即一首轻快的歌曲最终会流于轻浮或空洞,除非它能让人感受到——但不要让心灵过于哀恸——生命黑暗沉重的那一面。"黑眼睛",从词典的定义上来看,与浪漫的感觉相关,但也不止于此。因此,尽管这样想有些病态,比如想到黑眼苏珊身上的瘀青,或惊惧于黑眼苏珊也是左轮手枪的俚语[3],但我们的眼睛——不管是黑色、蓝色还是棕色——都不应避开歌中黑暗一面的可能性,它当然不一定会变成痛苦的现实,但也不是空穴来风;这些黑暗,恰恰可以理解为这首歌如此幸运地游

---

1 济慈的《夜莺颂》(夜莺是最出色的鸣禽)写道:"我看不出是哪种花草在脚旁,/什么清香的花挂在树枝上;/在温馨的幽暗里,我只能猜想/这个时令该把哪种芬芳/赋予这果树,林莽,和草丛"。
2 《阿摩司书》9:5:"主万军之耶和华摸地,地就消化。"《彼得后书》3:10:"但主的日子要像贼来到一样,那日,天必大有响声废去,有形质的都要被烈火销化,地和其上的物都要烧尽了。"
3 《牛津英语词典》2b:美国俚语和美式英语(1869):"我记得左轮手枪的名字有……黑眼苏珊";以及《美国主义》(1888):"德式左轮手枪"。

离开来的一切。

游离开来，或引导我们出离。在《我将无拘无束》中，迪伦第一次把握且把玩劳累／堤坝（heavy/levee）的押韵：

> Oh, there ain't no use in me workin' so heavy
> 噢，我没必要劳累地工作
> I got a woman who works on the levee
> 我有个在堤坝工作的女人

让人会心一笑的是，在所有的词中，"堤坝"（levee）一词倾向沉重（heavy），而非轻巧（levitating）。

> The air is thick and heavy all along the levee
> 夜色浓重又饱满沿着河堤弥漫
> Where the geese into the countryside have flown
> 那里的大雁都已经朝着乡间飞去
> Won't you meet me out in the moonlight alone?
> 你不想来月光下独自和我相遇吗？

夜色浓重又饱满？音乐氛围却不是这样。乐音飞扬，甚至比大雁还轻——像鹅毛一样轻。而这种特定的效果，又取决于一种轻松的心情，认为这浓重又饱满的夜色最终会消融、消散。

这是歌曲中的过渡段，而后，水到渠成，引出"亲爱的我会带你渡过大河"这做出保证的一句。

> 啊，我在鼓吹一派祥和
> 这安宁静谧的恩泽

——放心,我说到做到。但如果祥和安宁静谧恩泽自身之中没有这么多的战争喧嚣诅咒怨愤,以及可以预见的如此丑陋的现实,便是毫无意义的。这就是为什么这两行祥和安宁的宽心歌词之后,随即而来的善意稍一转念也会有威胁之感:

> Well, I'm preachin' peace and harmony
> 啊,我在鼓吹一派祥和
> The blessings of tranquility
> 这安宁静谧的恩泽
> Yet I know when the time is right to strike
> 但我知道何时该向前

我们从最后一行里感觉不到危险,这也是它如此安详的原因所在。整个旋律适时奏响。而且,渐渐相融:在耶和华的日子里,大地与天空相融,与我们的时代或往日美好岁月中的音乐创造相对照——正如赫里克在《朱丽叶的声音》(*Upon Julia's Voice*)中的婉转歌吟:

> So smooth, so sweet, so silv'ry is thy voice...
> 你的声音如此悦耳、柔和、甜美……
> Melting melodious words, to lutes of amber.
> 在琥珀的琴弦上,融化悠扬的文字。

我们再一次听到了金莺儿美妙动听的旋律。

随之而来的,是一种愉悦的从容,一种无忧无虑的从容。押韵也是随兴所至。

> The clouds are turnin' crimson — the leaves fall from the limbs an'
> 云朵渐渐变成枣红——落叶从树干掉到空中

614

The branches cast their shadows over stone

枝条把它们的身影投在了石壁

Won't you meet me out in the moonlight alone?

你不想来月光下独自和我相遇吗？

夹红／树干（crimson/limbs an'）的韵律多么放松。"把它们的身影投在"又多么随兴，自信不会在这个场景投下任何的阴影，还有"投"（cast）也不会将事物固化在"石壁"（stone）上，让心如铁石，仿佛一切已成定局。

柏木成荫的大道

化装舞会上的蜜蜂和小鸟

粉粉白白的花瓣已在风中吹起

你不想来月光下独自和我相遇吗？

这个场面洋溢着欢乐，柏木（cypress）尤其喜人，因为它通常与欢乐无缘，往往与人想到葬礼、哀悼。[1]如果华兹华斯要写一个欢欣的场面，他会避开柏树。（而用许多性质相同的词，如鸟儿、树林、风、水、月亮等等）。但像华兹华斯这么安全的写法，却很少能传达真正的自由感，因为在他的诗句中，这样一个夜晚所要逃避的社会感过于狭隘了：

太阳早已落下

　　星斗三三两两

树丛之中，小鸟啁啾

　　一只布谷，或一两只鸫鸟

---

[1] 而且，迪伦在其他地方，季节性的变化比在《月光》里更悲伤（在那里，"四季不停地轮转"）。《愚蠢的风》："我在车踏板上等你，在柏树边，当春天慢慢／变成了秋天。"

还有远风吹来

还有水声汩汩

还有布谷的啼叫君临

响彻空空的天宇

　　谁会在伦敦

"游荡",并"乔装"

在这样的六月夜晚

伴着美丽的半个月亮

以及这些纯真之欢乐?

在这样的一个夜晚!

在这样的一个夜晚……

《月光》中的欢乐,连同盼望中的极乐(一定要与我相遇),虽然从未破灭,却突然被不期而至的泪水淹没:

那滋长的青苔和神秘的辉光

紫色花朵轻柔柔的像雪花一样

我的眼泪不断地流向大海[1]

医生,律师,印第安酋长

抓贼要用贼

丧钟为谁而鸣,爱人?它为你我而鸣

突如其来,不知从何处而来,"我的眼泪……"。眼泪流向大海,但从何而来?这不像是快乐的眼泪,更像温柔浸润在相思的悲伤之中。无法解释。用丁尼生的话来说:

---

[1] 《鲍勃·迪伦诗歌集:1961—2012》收录的《月光》歌词中未包含此句起后四句歌词。——译注

> 眼泪，无端的眼泪，我不知道它们的意义，
> 涌自神圣绝望的深处的眼泪
> 从心里升起，汇聚到眼中，
> 望着快乐的秋野，
> 想着那些逝去的日子。

丁尼生的诗句——"如此悲伤，如此清新""啊，悲伤又陌生"，能够迷醉身心——唤起一种爱与它的神秘悲伤同在的意识；迪伦的歌，却能立刻汇聚一处，流向另外的事物："医生、律师、印第安酋长"。你要出走。可谁说了算？

不管怎样，要接受可悲的现实，比如"抓贼要用贼"，尤其是当你本人手脚也不怎么干净——这是指专辑《爱与偷》——从这儿（一支童谣，或一本日本黑帮的书）顺一件不起眼的小东西，再从多恩和海明威那儿拿一点儿。"丧钟声为谁而鸣，爱人？它为你我而鸣"。它为谁而鸣？当然，不只为你而鸣（多恩的诗句："无论谁死了，都是我的一部分在死去，因为我包含在人类这个概念里。因此，不要问丧钟为谁而鸣，丧钟为你而鸣"），所以我们最好各自拥有一个"为"（for）。这是丧钟，毫无疑问，但在这里它似乎与丧礼无关，更像是你和我的婚礼钟声。这有点像那些柏树，摆脱了黑暗的联想。这首歌的最后几行也是如此，有力的脉动（可能并不总是如此），尖锐而不具攻击性，曲折却对我们坦率，低低呻吟又绝非无病呻吟，唱得如此之欢畅：

> 我的脉搏在掌心里跳动——陡峭的山峰一座座高耸
> 金黄的原野上弯扭的老橡树呻吟低语
> 你不想来月光下独自和我相遇吗？

没什么可呻吟的。黑暗之词可以闪亮，沉重也可变得轻盈。像莎士比亚一

样[1], 迪伦喜爱"light"这个词在英语中含义的可变性, 从一种光亮, 如月光, 到一种不被任何重物拖累的感觉。

那么, 还要问多久?"你不想来月光下独自和我相遇吗?"在何种情况下, 即使最心怀憧憬的恋人也可能陷入绝望?《仲夏夜之梦》第二幕第一场中, 有这样一个时刻, 不祥的妒意升起:

奥布朗及提泰妮娅各带侍从自相对方向上。
奥布朗: 真不巧又在月光下碰见你, 骄傲的提泰妮娅!

但这首歌充满了希望: 幸会在月光中。

《永远年轻》

要务为先。第一因是这个宇宙的创造者。所以说:"愿上帝永远赐福给你, 保护你"。太初有道, 道与神同在, 道就是神。一首祈祷之歌的开头, 一上来就是, 道乃是出于神。"愿上帝永远赐福给你, 保护你"。愿耶和华赐福给你, 保护你。[2] 天父降至一位父亲的脑中。"写的时候, 我在想我的一个儿子。"(《放映机》)

愿上帝永远赐福给你, 保护你
愿你实现一切愿望
愿你总是为他人付出

---

1 谈到《威尼斯商人》(第五幕第一场)中的一些双关语, 约翰逊博士写道:"几乎没有任何一个词像'light'那样, 在莎士比亚笔下, 如此灵活多变。"同样,《安东尼和克里奥帕特拉》(第一幕, 第四场)中, 'light'是莎士比亚最喜欢把玩的词之一"。
2 《民数记》6:24。

也让他人给你帮忙

愿你搭一架梯子直通星辰

逐级攀登

愿你永远保持年轻

永远年轻，永远年轻

愿你永远保持年轻

这个开场温柔有礼，也因而格外有力。加之起始的句式"愿……"，使它的开头不同于迪伦其他的歌曲：祈愿也是一种命令。有时，甚至专断，不管是驱离——"从我的窗前走开"，还是在召唤——"看看窗外，宝贝，你将喜欢看到的场景"。但通常是一种邀请："围聚过来吧，人们"。[1]

祈使性的开场，或许只是迪伦的歌能立刻吸引歌迷的方式之一[2]，但这个方式的确很独特，从"歇下你疲惫的曲调"和"嘿！铃鼓手先生，为我奏一曲"，到"不许告诉亨利"和"眺望原野，看见我回来"都如此。但《永远年轻》不是在下命令（反而屈膝、俯首），上帝也是不能被命令的，因而，这个开场只是一个祈祷者的愿望："愿上帝永远赐福给你，保护你"。

首先是上帝，然后，在祷告进入最常规的语式（愿你……）之前，还有中间的一步。歌词随即从"上帝"转到了"你"（"愿上帝永远赐福给你，保护你"），但它要先踩上一块垫脚石，这块石头从来不会遗落：你的愿望，并不完全是你，或者完全不是你。"愿你实现一切愿望"。这是歌手最先考虑的，放在了首位，但他也要表达，他所希望的不仅是你的愿望能实现，还有他对你的愿望也能实现。你的愿望最重要，但这也取决于更进一步的认信，即：无论现在还是将来，你的愿望都是明智的。想一想那些笑剧或悲剧，所有关于愿望的故事最糟糕的结果，可能就是如愿以偿。要小心你的所愿，万一被

---

[1] "round"前面的一撇，绝对有一种祈使性（鉴于"people"前面没有逗号）。（广场上的人们，站在原地别动。）

[2] 迪伦："忏悔吧，上帝的王国就在眼前"/"它把人吓得要命"（《放映机》）。

实现了怎么办。至于你的愿望，愿它们都能实现，因为我相信你的判断，就像我相信上帝一样。"你们当倚靠耶和华，直到永远。"

现在祈祷要回转到你这里了——不过再耐心一点，因为回转之后，最先想到的，该是他人。"愿你总是为他人付出"。以人为先，是这一系列实务的首要。而且，自始至终，希望你们能够理解人类的互惠：

愿你总是为他人付出
也让他人给你帮忙

一种错误的骄傲，是把自己摆在他人之前。这个想法我们已经抛弃在脑后，但还有一种同样错误的骄傲，有时会存在于我们与被他人服务之间。受和施一样有福。因而，一种温柔而坚定的力量，体现在一个推动思绪转换的词上，这个词就是"也"（And）：

May you always do for others
愿你总是为他人付出
And let others do for you
也让他人给你帮忙

也（And）——同样重要——让他人给你帮忙。

在这样的积极意义上[1]，介词短语"为……做某事"（do for），做得不错："为了某人或代表某人；去处理或去提供"。《牛津英语词典》提供了"do for"与天意观念、与代表我们的上帝之意愿的古典关联。"上帝为他们而作"（1523）。"当神为人作的时候，他期望人也为神作"（1658）。"你们若为那为

---

[1] 与此相对，也许是一种积极意味上的对立，"do for"还有另一重意涵。（破坏、损坏，或致命地伤害、毁灭、完全磨损）。

你们作的人作，有什么可酬谢的呢？"这是神的儿子提出的问题（《路加福音》6:33）[1]。《永远年轻》中的这一刻，我们可能期待的措辞，不是"为他人付出"（do for others），而是"待他人"（do unto others），这不仅因为这句话耳熟能详，也因为它后来出现在迪伦《好好待我（待他人）》的副歌中：

> But if you do right to me, baby
> 但你若好好待我，宝贝
> I'll do right to you, too
> 我也会好好待你
> Ya got to do unto others
> 你要待别人
> Like you'd have them, Like you'd have them, do unto you
> 就像你想要他们，就像你想要他们，如何待你

"你要待别人／就像你想要他们"（Ya got to do unto others／Like you'd have them）（待他人……对吗？）糅合了古语与今语，有一种活泼的幽默感，而《永远年轻》需要一些更简洁、更新鲜的东西：

> May you always do for others
> 愿你总是为他人付出
> And let others do for you
> 也让他人给你帮忙

不管怎样，惯常的用法会带来另一个棘手问题。萧伯纳："切勿以己所欲施

---

[1] 廷德尔所译（1526），钦定版英文《圣经》说："你们若善待那善待你们的人，有什么可酬谢的呢？"

于人。别人的口味可能不一样。"

与此同时，歌曲在进行——在回环往复中不断加强——从"为他人"到"为你"再到"永远"，思绪和声音都在推进，于是自我重复下去，为了必须看起来恒久。

确实，这首歌最简单不过。但最简单的还是歌的效果本身。想想，它们关乎秩序，关乎安排事物的秩序，正如每一个仪式，或每一次祈祷。

> "《永远年轻》，我在图森写的，"迪伦回忆，"写的时候，我在想我的一个儿子，但不希望太多愁善感。我想到了歌词，很快就写完了。我不知道。有时候这就是你被给予的。你被给予了这些。你不知道想要的到底是什么，但这就是结果。那首歌就是这么来的。我当然没有刻意去写它——我在寻找别的东西，这首歌自己冒了出来——不，你永远不知道你要写什么。你甚至不知道自己是否会再录一张唱片，真的。"[1]

"愿你总是晓得真理"：包括创作的真理，我不知道，你不知道，你永远不知道，你甚至永远不会知道。所有这些简简单单的盘旋往复的话，其所包蕴、所给予的（"有时候这就是你被给予的。你被给予了这些。"），是歌中极为珍贵、极为真实的部分，就像在表达对他人的美好祝愿时（"你不知道你真正想要什么"），这首歌也如此热衷自我重复。

《希腊古瓮颂》[2]中，济慈不仅写到了"永远"（for ever），也写到"幸福"（happy）：

---

[1] 《放映机》。"图森（Tucson）"/"我的一个儿子"。（不是说他只有两个儿子［two sons］。）如上帝一样，词语和发音以一种神秘的方式运动。"我当然不是有意……"
[2] 译文引自《穆旦译文集》第三卷，人民文学出版社，2005年，第437页。——译注

And, happy melodist, unwearièd,
幸福的吹笛人也不会停歇,
    For ever piping songs for ever new;
    他的歌曲永远是那么新鲜;
More happy love! more happy, happy love!
呵,更为幸福的、幸福的爱!

啊,"幸福"如此之多,以至于悲从中来:三行之中出现了四次,此前还有"啊,幸福的、幸福的树木!"这一句。

《永远年轻》也许"愿你幸福",但这是一个听不到的祝愿(听到的祝愿虽好,但若听不见却更美?)更有意味的是,这首歌生成于这样的社会认知中:真理是不言而喻的,我们享有不可剥夺的生命、自由和追求幸福的权利。这首歌无声地宣示它独立于任何对幸福的追求、索要。"愿你的心总是快乐":快乐是另一回事,如果你尝试将功利主义理解为追求最多数人的最大快乐,这一点很清楚。虽然《永远年轻》也希望它的受惠人幸福,却没有这样表达。因为直接去追求幸福,会让人迷失,彻底远离幸福等同于远离幸福之外的所有价值。这首歌寄托着更大的希望:

愿你长大后能够公义
愿你长大后能够真挚
愿你总是晓得真理
看到光环绕你
愿你总是怀有勇气
立得正直且刚强
愿你永远保持年轻
永远年轻,永远年轻
愿你永远保持年轻

"永远"（Forever）：这个词，或这两个词，在济慈笔下变化多端（更多时候，他常拆成两个词 for ever）：[1]

For ever wilt thou love, and she be fair!
你将永远爱下去，她也永远秀丽！

For ever piping songs for ever new;
他的歌曲永远是那么新鲜；

For ever warm and still to be enjoyed,
永远热烈，正等待情人宴飨，
　　For ever panting, and for ever young-
永远热情地心跳，永远年轻

在上面的诗句中，"永远年轻"（for ever young）中的"for ever"第六次也是最后一次出现，这样的铺陈不乏痛楚之感。在迪伦那里，"年轻"（young）永远跟在"永远"（forever）之后，每节四次。它的兄弟"总是"（always），则似乎总是在拖后腿（永远热情的心跳？）："总是"在第一节中只出现了两次，在第二节中也只出现了两次……但它最终赶了上来，并且可相匹敌：在最后一节同样出现了四次。这一对同义词终于齐头并进了。

迪伦立刻知道危险在哪里："太多愁善感"。诗人们早就自觉在这样的祈祷中避免感伤。例如，叶芝的《为我女儿的祈祷》，在"愿……"（愿她被人

---

[1] 当"for ever"变成了"forever"发生了什么变化，C. S. 卡尔弗利（C. S. Calverley）提供了一种好玩的理解："Forever; 原是单独一个词！/ 我们粗暴的祖先将它拆成两个：/ 你能想象这个主意 / 多么荒谬？// Forever！真是痛苦的深渊 / 这个词所展示，多疯狂、多 / 绝望！For ever（印刷如此）/ 别这么干。"

卡尔弗利称颂创始者："但人们心中会有你的王座 / 当英格兰伟大的脉搏跳动 / 你这词汇造假者，而济慈 / 尚未知晓！"

承认美丽）之后，就用了"但不至"，一下子干净利落，防止过于感伤：

> 愿她被人承认美丽，
> 但不至使陌生人的眼光痴迷，
> 或使自己在镜前心碎，因为
> 一旦生得过分地艳丽，
> 便会把美看作是最终的满足，
> 从而丧失天性的善良，还可能
> 失去推心置腹的莫逆交情，
> 永远也找不到一个朋友。[1]

还有菲利普·拉金，他对"美丽之类／寻常的东西"毫不在意。他在致莎莉·艾米斯的诗中力图避免感伤，首先标题就是一个郁郁不快的双关，《昨日出生》（我可不容易上当受骗[2]，即便她是），然后以轻松的嘲笑……好吧，嘲笑祝愿者：

> 紧紧合拢的花蕾，
> 我给你的祝愿
> 是别人所不曾给：
> 不是像美丽之类
> 寻常的东西，
> 或流畅地抒写
> 纯真与爱的春天——
> 他们都会祝愿你那些，

---

[1] 译文引自《叶芝抒情诗全集》，傅浩译，中国工人出版社，1994年，第340页。——译注
[2] 标题"Born Yesterday"作为短语指容易上当受骗，因此作者指出标题双关。——译注

> 如果证明它有可能实现，
> 那么，你是个幸运的女孩儿。
>
> 但如果不能，就
> 祝你普普通通；

——此处，拉金意识到，这种处理方式高估了这份轻描淡写的可靠程度，不得不用了八行诗来从我们所说的种种普通中挣脱出来，最后祝她一生平凡——结果只是让他不得不赶紧为更直率的用词辩解：

> 实际上，是祝你愚钝——
> 如果我们这样称呼一种熟练的，
> 警觉的，柔韧的，
> 不突显的，入迷的
> 对幸福的把握。

这同样是一种感伤，因为事实上，所谓一种熟练的，警觉的，柔韧的，不突显的，入迷的对幸福的把握，也不过是一种沉闷。拉金的突围失败了，沦为另一种的感伤：聪明反被聪明误，结果败下阵来。

然而，在《永远年轻》中，迪伦的确做到了所谓一种熟练的、警觉的、柔韧的、不突显的、入迷的对幸福的把握。还有幸福之外的所有价值。他的祈祷（也没过分感伤）就在那些答案之中。

这首歌以一种特殊的优雅抵拒了感伤的诱惑。有时候，警醒就是能感知到周边的黑暗。

> 愿你搭一架梯子直通星辰
> 逐级攀登

迪伦对于布莱克的作品至少有一点了解[1]，这或许意味着他的祈愿（也是为了一个孩子）可以和《为了孩子：天堂之门》对比，布莱克在这首诗中——用特有的夸张笔法——写出了一种疯狂的欲求。从诗的标题到对应得权利的索求，都在惊声尖叫："我想要！我想要！"[2] "一个小男孩爬上一架梯子，梯子架在一轮弦月上，另外有两个人在看他，黑暗无云的夜空嵌着七颗星星。"[3] 拜托，除那以外都可以。愿你——以完全相反的精神——愿你搭一架梯子直通星辰，逐级攀登。

《永远年轻》是一首希望之歌。在迪伦看重的诗中，有一首鲁德亚德·吉卜林的诗，2001年"九一一"恐怖主义事件之后，他说他想到了这首诗。"在这样的时刻，我会想到年轻人。"[4]《绅士列兵》想象绝望，所以需要谈论希望——如同《永远年轻》——谈论真理（"Truth"，与"youth"押韵），它为年轻人（young）祈祷——"young"是诗中一个押韵的词，像迪伦的歌，与"阶梯"（rung）押韵。迪伦满怀希望。

  May you build a ladder to the stars

  愿你搭一架梯子直通星辰

  And climb on every rung

  逐级攀登

  And may you stay forever young

  愿你永远保持年轻

---

1 《11篇简要悼文》："在威廉·布莱克的钟声之上"。(《鲍勃迪伦诗歌集：1962—1985》)，1985年，第115页。

2 在一般的说法中，可能应该说"我要（I need）！我要！"就像小孩哭喊着"要糖糖（Need candy）！"

3 《威廉·布莱克的写作》(*William Blake's Writings*)，小G. E. 本特利（G. E. Bentley, Jr）编（1978），第一卷，第167页。

4 《滚石》(2001年11月22日)。

在迪伦后来引用过的四行诗句中，吉卜林写出了"希望和荣誉"断绝、"爱和真理"失去后的状况：

> 我们断绝希望和荣誉，我们失去爱与真理，
> 　　我们从梯子上逐级下坠，
> 我们的痛苦如何衡量青春就如何衡量，
> 　　上帝帮帮我们，我们还太年轻无法面对最糟的状况！

"逐级攀登"：这里却是"从梯子上逐级下坠"，甚至不是爬下来，是下坠。"上帝帮帮我们"。"愿上帝永远赐福给你，保护你"。

> May you grow up to be righteous
> 愿你长大后能够公义
> May you grow up to be true
> 愿你长大后能够真挚
> May you always know the truth
> 愿你总是晓得真理
> And see the lights surrounding you
> 看到光环绕你
> May you always be courageous
> 愿你总是怀有勇气

显然，这是一种相当直白的积极态度，"真挚"（true）和"真理"（truth）也可自然衔接，完成诗行的延展。像第一节那样，在这里"真挚"（true）再一次和"你"（you）押韵。（最后一节，有点出乎意料，前面两节中 true/you 的押韵，发展成 swift/shift 的押韵，意义也随之不同。）

May you always know the truth

愿你总是晓得真理

And see the lights surrounding you

看到光环绕你

愿你总是看到光环绕你。(有人听到的是单数的"light"。《鲍勃·迪伦诗歌集：1962—1985》中印的其实是复数"lights"，他在唱"lights surrounding"时将 s 自然连音。光越多越好，不要就那么一束。)首先，愿这样的光一直照耀。其次，愿你总是感到光在仁慈地环绕你——近在身边，不是远如星辰。愿你总是看到这样的光。或许，并非夸张或施加光环，环绕你的光是你自带的，就像生命带给你的其他东西一样。要看到光环绕你，尤其当你晓得了，真理(往往并非快乐所见光明之事)，就是永不放弃希望。

停下，每一种欢乐，在我的脑海里闪现，
但离去，哦！把希望之光抛在脑后！

(托马斯·坎贝尔，《希望的乐趣》[*The Pleasures of Hope*])

"看到光环绕你"：会长舒一口气。但在歌词的展开中，还是有一种良药苦口之感。因为紧跟着"环绕你"，便是"愿你总是怀有勇气"，这或许在提醒我们，环绕我们一生的，十之八九不是光明而是黑暗。(因而"光"这个词被特别强调。)"环绕"(surround)一词经常会带来黑暗的联想。迪伦还写过"被欺诈包围"以及"周围全是议论"；"他周围的人都是和平主义者"，四处潜伏着危险，原以为"他被上帝的天使包围"周围满是善意，其实环绕的是黑暗：

现在她心满意足报了仇她的财产已经出售

> 他被上帝的天使包围而她戴着眼罩[1]

"看到光环绕你"中的"环绕"（surround）这个词，在迪伦的歌中唯有这一次，它没有投下阴影，但"环绕你"至少有可能包含——或者说，会不幸地包含——一种威胁，这样的威胁自然立刻引出了"愿你总是怀有勇气"。

同样，最后一节，也会隐约动摇我们的希望，因为上述可以预见的阴影，或许会使仁爱的祈愿，遭遇冷峻的现实。

> 愿你的双手总是忙碌
> 愿你的双脚总是迅疾
> 愿你有牢固的根基
> 在风转向之际

愿你的双手总是忙碌，这是一个美好的愿望，但也暗示了善意所要面临的挑战：

> 要么干体力活，要么技术活
> 　我都会忙碌；
> 因为撒旦会让闲着的手
> 　行些恶事。
>
> （艾萨克·瓦茨 [Issac Watts]，《反对懒惰和行恶》[*Against Idleness and Mischief*]）

---

1 《安吉丽娜》。前例引自《手语》、《猜手手公子》及《街坊恶霸》。

愿你的双脚总是迅疾，这也是一个很高的希望，可能不仅和希望有关（"成功一旦在望，就像燕子穿空一样"[1]）还关联着爱："爱是迅疾的脚步"。[2]但这也是觉悟了黑暗之存在后的一点希望。耶和华恨恶的有六样（《箴言》6:18），其中一件就是"飞跑行恶的脚"（又是行恶），《箴言》中飞跑的脚到了《罗马书》(3:15)中，便有了"杀人流血，他们的脚飞跑"。

但最终之物，终归不会改变。

> 愿你的心总是快乐
> 愿你的歌总被唱响
> 愿你永远保持年轻
> 永远年轻，永远年轻
> 愿你永远保持年轻

最后的愿望，贯穿了整首歌。这唯一也是最后的愿望是什么？"愿你的歌总被唱响"。你有一首自己的歌，你知道的（这个独一无二的歌者，要唱给他的孩子，唱给我们，也唱给他自己），是你的歌。你的歌，一首你自己才有的歌，人人也都有他或她的，哪怕是像我们这样不能写歌，或不会唱歌的人。你的歌，就像这一首，这一首给你的歌，这首歌——《永远年轻》——我为你而作。(愿我永远做下去。)总是被唱起，也一直被唱下去（愿它总能发现自己被唱响）。总是被唱起，这张专辑里有——希望中最为迫切的——这首歌的两个版本。

祈祷本身并不是目的。我们这些年纪足够大的人（虽然永远年轻）应该还记得最初的美好，那是在1974年，第一次听到《永远年轻》，我们永远不会忘记把《行星波》卡带翻面来听的感觉（单面CD不会有这种感觉），卡带

---

1 《理查三世》，第五幕第二场。
2 乔治·赫伯特，《戒律》(*Discipline*)。

另一面上的第一首歌，会带来惊喜，因为这一首和刚刚听到的上一面的最后一首，是完全——不，绝然——不同的版本。确实是永远。这一重唱真是在谦虚中也有骄傲。谦虚，因为知道即便迪伦自己，也不能一次性将一首歌的所有面向呈现出来。[1]骄傲，因为同样的事实，他也可以创作出一件连艺术家本人也无法控制的作品（真的，就像一个孩子），骄傲于能见证充满活力的生命，见证一件艺术品能够永远年轻——永远新鲜。

> 幸福的吹笛人也不会停歇，
> 　　他的歌曲永远是那么新鲜；

听这首歌，能让人意识到，迪伦，这位幸福的、不会停歇的音乐人，能发挥出何等的实力。在"保持"（stay）这个词之后，有一种保持的力量在酝酿，因此这句歌词不是

　　And may you stay forever young
　　愿你永远保持年轻

而是

　　And may you stay　　　　　forever young
　　愿你永远　　　　　　　　保持年轻

——让"保持"保持一会儿。在副歌的最后我们听到的，不是我们可能读到

---

[1] 威尔弗雷德·梅勒斯这样评价《行星波》(《新政治家》[New Statesman]，1974年3月8日）：第一版像一首白色福音歌一样朴实，尽管它"简洁的天赋"也不乏微妙之处：想想迪伦的声音在歌词之后回响，或者他对于环绕的光意想不到的谈论。这首歌的第二版无疑颠覆了第一版，它用快速、戏仿的乡村摇滚消除了赞美诗的纯真；但即便戏仿也有真情，第一个版本也没有被消解。

632

的("永远年轻,永远年轻/愿你永远保持年轻"),我们耳朵里听到的东西,是某种眼睛无法领会的真实,某种在时间之中无论我们如何斡旋,都无法通过空间的排列来呈现的真实:

Forever　young　forever　young
May you　stay　forever　young

永远　　年轻　　永远　　年轻
愿你　　永远　　保持　　年轻

正如仙女梅利斯玛[1]永远年轻……[2]这样的渴望,表现在拉长的嗓音、韵的呼应中("May you stay..."),即使"在风转向之际"(When the winds of changes shift),这个"转向"也由一个词的发音的气息所吹动,从而转变。

在年轻时,甚至是在比写作《永远年轻》更年轻的时候,迪伦写过《鲍勃·迪伦之梦》,那个梦已经逝去,却留下了一份快乐又悲伤的记忆:

在我们挂帽子的老旧木造炉旁
我们说话,并且引吭高唱

我们不安的心虽然冷暖尽历
却从未想过我们会老去
以为能永远坐享欢乐

我们的歌曾被唱响:愿你的歌总被唱响。从未想过我们会老去……永远欢

1　Melisma,也有装饰音、拖腔之意。——译注
2　关于梅利斯玛(Melisma),参见本书《你,天使般的你》相关论述。

乐：永远年轻。《永远年轻》所勾起的或许还有一种更深的联想，不仅有《鲍勃·迪伦之梦》，还有《以赛亚书》26:1-4：

> 当那日，在犹大地人必唱这歌说："我们有坚固的城，耶和华要将救恩定为城墙、为外郭。敞开城门，使守信的义民得以进入。坚心倚赖你的，你必保守他十分平安，因为他倚靠你。你们当倚靠耶和华直到永远。[1]

"愿上帝永远赐福给你，保护你"。

---

[1] "坚心倚赖你的"。谁的心？在下面的时刻，两颗心是在一起的："歌被唱" / "歌总被唱响"；"有坚固的城；救恩" / "愿你有牢固的根基"；"守信的义民" / "愿你总是晓得真理"；"守" / "保持"。这些，还有"上帝""义""保守""永远"。

爱

《冲淡的爱》

在加利福尼亚的斯坦福大学，学校的纪念教堂被饰以寓言性的形象：信（Faith）、望（Hope）、仁（Charity），还有爱（Love）。斯坦福纪念教堂由伟大的建筑师马克西姆斯·克拉苏·伊格瑞莫斯（Maximus Crassus Ignoramus）设计（他生于索洛伊[Soloi]，solecism 诞生的地方[1]），理所当然是要纪念某些东西。是为了纪念铁路大亨利兰·斯坦福（Leland Stanford）铺了铁路去见圣保罗的愿望，为此他不仅建起体现基督教恩典——信、望、仁——的三一教堂，还造了一座方庭，来扩充大学的空间。四倍大！很烧钱！是为了纪念对于英语及历史习以为常的漠视，包括自我标榜的那段历史。因为仁就是爱（charity is love），或曾经肯定是（所以现也如是，如果你尊重所蒙受之传统的永恒生命），列入圣保罗的《哥林多前书》第13章表述的至高无上序列："如今常存的有信，有望，有爱（charity）；这三样，其中最大的是爱。"[2]

但如今常存在教育体制中的不仅有这三位，而是四位。一旦爱（Love）被视为可以独立的，仁（charity）的意义又何在？在纪念教堂的画壁上，她显然是在施舍给不幸者。这样做很好，"仁"之伟大品德并不看低出于同情的善行。但这并非因她与爱不同，而是因她将爱融入了诸种善行及忍耐的恩

---

[1] solecism，是指语法错误，文理不通；源出地名 Soli，也作 Soloi，是西利西亚（Cilicia）的雅典属地，该地居民所操希腊语不纯正不规范。——译注
[2]《哥林多前书》中的爱都指 Charity。这里行文中暂译为"仁"也即仁爱，后文作者阐述了仁爱和爱（love）的关系。——译注

慈中。"爱是恒久忍耐,又有恩慈"。仁就是纯粹的爱。

>纯粹的爱盼望一切
>
>相信一切

《冲淡的爱》一开头本身既是希望的表达也是信仰的表达:以最简单的方式,希望这首歌的听众能意识到(包括双重意义,认识到并接受)其内涵,相信圣保罗之可信,当这位圣徒(用了英王钦定本《圣经》的崇高语言)以无比庄严的口吻道出爱的最高形式,在英语中彼时称之为仁,以区别于,比如,情欲之爱。(纯洁的爱"不会偷偷溜进你的房间,又高又黑又英俊的混蛋"[1])。仁不屈服于任何罪,更不用说骄傲。

>爱是恒久忍耐,又有恩慈;爱是不嫉妒,爱是不自夸,不张狂,不作害羞的事,不求自己的益处,不轻易发怒,不计算人的恶,不喜欢不义,只喜欢真理;凡事包容,凡事相信,凡事盼望,凡事忍耐。

结尾的这些分句,构成了有史以来最高贵的进程之一。迪伦对此没有丝毫不敬,反而在歌里大胆运用,顽皮演绎(并非与之竞争)。"相信"和"盼望"并没有伴随"忍耐"和"包容",而是从一开始就是这样:

---

[1] 与"抓住你的灵魂,拿着它当赎金"押韵。英俊/赎金(handsome/ransom)的押韵让拜伦乐坏了(《唐璜》,第二幕第五场,第九句),但更近的是布鲁斯·斯普林斯汀:"所以你爱上了一个又高又黑又英俊的混蛋,/然后他绑架了你的心,现在他拿着它来当赎金。/好吧,就像一个不可能的任务,我要去把它拿回来。/你知道我会照顾它的,宝贝,更好地。"(《我是个摇滚乐手》)。《鲍勃·迪伦诗歌集:1962—1985》(1985)的印刷版本不是"俘获你的灵魂",而是"俘获你的心"。起初他给了我们"你的心",但他想要"你的灵魂"。

Love that's pure hopes all things

纯粹的爱盼望一切

Believes all things, won't pull no strings

相信一切，不会暗中操纵

所谓曲笔总是暗中操纵（pull strings）。若有一件弦乐器正好在手边（涉及媒介），更会如此。这一点毋庸赘言，曲笔本身也会被看作一件乐器。纯粹的爱"不会暗中操纵"（won't pull no strings）：这一句就用双重否定在反转中操纵了我们，这个句式不甚合理（迪伦大师，应该是"won't pull any strings"才对），结合了"to pull strings"（私下施加影响）与"no strings attached"（无任何限制）这两重意思："string"，指"与某种事物有关的限制、条件或制约。常用短语：无附加条件（no strings attached）"。

爱能"凡事包容""凡事忍耐"——包括包容及忍耐这类事，即过于纵容会带来亵渎。但是宗教艺术必须要冒被指控亵渎神明的风险。[1]

晚祷的钟声已经敲响

每一条舌头在亵渎神灵

（《走过青山绿岭》[2]）

每一条舌头，不仅要谴责亵渎者，也要谈及勇于谈论宗教的人，甚至还有钟（因为钟也有舌头）[3]。如果还没人出来指控亵渎神明，可能只是因为艺术的小心谨慎。这首歌之所以没有流于玩世的亵渎、流于肤浅的渎圣，就是相信

---

[1] 参见本书《信》一章关于亵渎的论述。
[2] 《众神与将军》原声乐中的迪伦所作的插曲（2003）。
[3] 艾米莉·狄金森（Emily Dickinson）的诗："这不是死亡，因为我站在这儿/所有的死者，躺倒在那儿/这不是夜晚，因为所有的钟/在正午，亮出了它们的舌头"。还有 A. E. 豪斯曼的诗："当钟声在塔上轰鸣/四周夜色空空/我的舌头酸涩/为了我所行的一切"。

这一切可以悲喜交加地在暗中操纵。对此，歌中的表达还不直接，迪伦在采访中说得很明白。他很体谅上帝："太多人要求上帝暗中操纵。你知道，我要掌握自己的命运（I'll pull my own strings）。"这个保证出自一个吉他手之口，感觉有些不同。

今天还有英雄或者说圣徒吗？
"一个圣徒全然并自由地奉献自己，没有操纵。他既不瞎也不聋。"[1]

在一首基督教歌曲中，怎样的神圣琴弦才可以把"聋"（deaf）和"弦"（strings）联系在一起？是《马可福音》7:34-37 中的奇迹：

"开了吧！"他的耳朵就开了，舌结（the string of his tongue）也解了，说话也清楚了。耶稣嘱咐他们不要告诉人，但他越发嘱咐，他们越发传扬开了。众人分外希奇，说："他所作的事都好，他连聋子也叫他们听见，哑巴也叫他们说话。"[2]

这首歌，就像迪伦许多的神曲一样，立刻打开了我们的耳朵。纯粹的爱，可以做的是如此之多，仁（charity）、慈爱（loving kindness）、"爱是纯粹"（love that's pure）。这首歌旨在将"仁"的理念及理想从这个略带陈旧色彩的词里抢救出来，这种陈旧色彩已使得人们误解了它最重要的意思。

"纯粹的爱从无不实之词"。什么样的不实之词，会被指控和"仁"有关？诚然，有一片危险的草场，"在那头据说爱可以遮掩（cover up）许多

---

[1] 《花花公子》（1978 年 3 月）。
[2] 如果这样的奇迹就在迪伦的歌词中，那么其中的关联可能就表现在《哥林多前书》伟大的第 13 章之前的经文，那段有关爱的发问："岂都是行异能的吗？岂都是得恩赐医病的吗？岂都是说方言的吗？"

的罪"。但是《什么东西着了，宝贝》这首歌，懂得掩盖和遮掩的区别。圣彼得的《彼得前书》没有说过掩盖，而是承诺了"爱能遮掩许多的罪"[1]。(遮掩，以仁慈的方式保护、穿上衣服等等——引申来说，是为了宽恕。)《诗篇》32:1："得赦免其过、遮盖其罪的，这人是有福的。"《箴言》10:12："恨，能挑启争端，爱，能遮掩一切过错。"仁爱，反对一切掩盖。

爱，坚定地用温和的面孔来面对罪，比如，嫉妒之罪。爱是不嫉妒。爱是不计算人的恶。爱是纯粹。

>Won't pervert you, corrupt you with foolish[2] wishes
>不会以愚蠢的愿望腐蚀你，败坏你
>Will not make you envious, won't make you suspicious
>不会让你嫉妒，让你疑神疑鬼

但这首歌不是要为圣保罗背书，也无意将其更新，这样做会十分唐突也没有必要。通过比较"爱的纯粹"与"不纯粹"，《冲淡的爱》有自己的使命要完成。

《哥林多前书》13 中，圣保罗的许诺里没有这样的比较。很明显，仁爱的敌人之一，就是不仁。更为隐晦的是，爱亦即仁的另一个敌人，是爱的匮乏，因为爱的被稀释或玷污。"纯粹的爱"不同于"冲淡的爱"。

>You don't want a love that's pure
>你不要纯粹的爱
>You wanna drown love
>你想把爱溺水里

---

1 《彼得前书》4:8："最要紧的是彼此切实相爱，因为爱能遮掩许多的罪。"——译注
2 《鲍勃·迪伦诗歌集：1962—1985》刊印的是"蠢笨"（stupid），与"愚蠢"（foolish）对比，是不仁慈的。《哥林多前书》1:20："神岂不是叫这世上的智慧变成愚拙吗？"

You wanna watered-down love

你想要冲淡的爱

"你想把爱溺水里"（You wanna drown love）——不像你所预料的，与"你想要冲淡的爱"（You wanna watered-down love）完全对应，因为那样的话，应该是"你想要溺死的爱"（You wanna drowned love）才好。另外，可以缩略为"想……"（wanna）的，不只有一种句式："你想要……"（you want a ...）（如上面的一行），还有"你想要做……"（you want to...）。但是贯穿这首歌的还是纯粹与冲淡、烈性饮料与兑水饮料之间的比较。兑了太多的汤力水。纯粹的爱甚至可能是没有勾兑的爱，如不是，即使只有一半的量也还是太浓烈。爱是考验吗（抵挡诱惑）？

但纯粹的爱不必一定纯粹到底，一定要用纯粹的英语。这首歌习以为常又不同寻常，体现了迪伦歌词确为"确实之词"（true claims）的特征。

Love that's pure, it don't make no false claims
纯粹的爱从无不实之词[1]
Intercedes for you 'stead of casting you blame
只会为你说情，而不是责备你

——不是你所预料的，也就是"而不是责备于你"（'stead of casting the blame on you）。或者可以说"而不是把你当作该责备的人"？无论怎样，我都想为"责备你"说情。或歧途 / 供词（transgression/confession）的押韵，在盘问你的罪行（如在警察局或告解室），没有误入歧途你就用不着写供词了：

---

[1] 《鲍勃·迪伦诗歌集：1962—1985》中印的是"无词"，他唱的是"无不实之词"。

640

Will not deceive you, lead you into transgression

不会蒙骗，引你入歧途

Won't write it up and make you sign a false confession

不会写出来，让你在假供状上签字

——警察和牧师的丑陋合体。

"不会"干这个，"不会"干那个：这些都在"纯粹的爱"所明确否定的负面清单上，通过对抗它要反对、要击败的消极力量，来证实爱的积极力量，这种方式本身就是圣保罗的精神的完美体现，无论风格多么不同。在倡导"爱"这一最积极的美德时，圣保罗比任何人都看重无情的小字"不"，让它能承担了更有意义、更积极的使命。

> 爱是不嫉妒，爱是不自夸，不张狂，不作害羞的事，不求自己的益处，不轻易发怒，不计算人的恶，不喜欢不义……

同样，迪伦的歌中也洋溢着一连串令人振奋的否定：

> 纯粹的爱不会让你迷路
> 不会拖后腿，不会阻碍你的路 [1]

所有的否定都带来压力，其中一部分起到积极作用（"不会拖后腿"），另外一部分则是消极的（啊呀，"你不想要纯粹的爱"——但愿你想要），这解释了为什么这些力量贯穿歌中，直接表达了迪伦对纯粹之爱的赞美："它知道它知道"。完全积极的东西献给了你，献给你而不是针对你，如同针对了抵

---

[1] 《鲍勃·迪伦诗歌集：1962—1985》印的是"不会搅乱你的日子"，这太像保险杠贴纸上的那种装腔作势的讽刺了，它告诉人们（当然是其他人）一颗核弹就能毁了你的一整天。太过自以为是。

赖的全部劣行。积极的善行:"它知道它知道"。

> Love that's pure, no accident
> 纯粹的爱不是什么意外[1]
> It knows that it knows, is always content
> 它知道它知道,总是令人满意

在《鲍勃·迪伦诗歌集:1962—1985》中,歌词本来是"总是恰逢其时,总是令人满意"(Always on time, is always content)——这当然很好,守时是一种皇家的礼貌,但在一首歌唱"总是恰逢其时",要注意这么说有一种音乐式的幽默。"总是恰逢其时"并不是不可置疑,也不是没有曲解的可能,这是"它知道它知道"合情合理的信心。作为背后的支撑,还有同一章中圣保罗对爱的评价:"我们现在所知道的有限……我如今所知道的有限,到那时就全知道,如同主知道我一样"[2]。我们所知有限,我所知有限,但"它知道它知道"。绝对有把握。然而——并不是一切都圆满——直至歌曲的结尾,你还会被不断提醒,提醒你(歌里指我们所有人,包括歌者)人总会被较少的爱、冲淡的爱所诱惑。这种诱惑比愤怒更危险,毕竟,冲淡的爱不是罪。这首歌的结尾,没有唱本来的歌词,而是加入了新一轮的警告,一遍又一遍地告诫,人会有堕落的倾向,会安然于爱的被稀释、被玷污:

> 冲淡的爱
> 你想要冲淡的爱

---

1 《鲍勃·迪伦诗歌集:1962—1985》中印的是"ain't no accident"。在节奏和句法上,安全迅捷地从一个跨向另一个,甚至不需要动词"to be"。"Love's that pure, no accident"这一句,可以和另一处相参照:歌词印的是"不会蒙骗,或者引你入歧途"(Will not deceive you or lead you to transgression),他唱的却是"不会蒙骗,引你入歧途"(Will not deceive you, lead you to transgression)。从容驾驭。

2 《哥林多前书》13:9-12。——译注

冲淡的爱

你想要冲淡的爱

是的你要，你知道你要……

——重申本身随即被重复。从"它知道它知道"到"是的你要，你知道你要"。

这首歌没有说教，也不是高谈阔论，而是利用了自身带有倾向性的言辞。其中一种严谨的技巧涉及不同词性的使用，尤其是对副词的使用。沉稳又娴熟。可以想象，这是一首雄心勃勃的歌，试图包容不同的词性：听上去全然不同的动词如"溜进"（sneak up）与"说清"（intercede），不同的名词如"操纵"（strings）与"歧途"（transgression），以及不同的形容词如"愚蠢"（foolish）与"永恒"（eternal）……词类大家庭的其他成员也没缺席：介词（"向上"［up］和"向下"［down］）、连词（"和"［and］和/或"或"［or］）、感叹词（在结尾处起伏的"ooh-ooh-ooh"）、代词（"是的你［you］要，你［you］知道你［you］要"）。但有一种词性，稍后才会露面。你不想要一个副词吗？且不提所有动词（第一节就有七个）都想有一个副词作伴？才过了一小会儿，我就发现自己在盼望一个副词的出现——当然，一道道词语的菜肴都不错，就缺它的味道。为什么迟迟不端上来？在歌曲的中段，碰到了"迷路"（astray）这个副词，我满足了一点："纯粹的爱不会让你迷路"。但还是不能完全满意，一个令人完全满意的副词，应像"完全"（fully）这样，有个"-ly"的结尾。好在，耐心是有回报的，在最后一节（最后的副歌及尾音扬起之前），副词多了起来：首先有"总是"（always），后面分明（manifestly）还有两个跟随：

Love that's pure, no accident

纯粹的爱不是什么意外

It knows that it knows, is always content

它知道它知道，总是令人满意

An eternal flame, quietly burning

一支永恒的火焰，静静燃烧

Never needs to be proud, loud or restlessly yearning

从不需要张狂，辗转不安渴念[1]

静静地，绝不辗转不安。到了最后一个词"渴念"（yearning）（最后一次正式表态），迪伦唱这个词的时候，不像是在训诫，更像是在撒欢。他让这个词余音袅袅，像永恒的火焰燃烧不绝。

结果却极为吊诡，就在声称纯粹的爱"从不需要张狂，辗转不安渴念"的同时，正是这个词让人听见这种无法平息的渴念。能理解这种感觉吗？"是的你要，你知道你要"。尽管我们想要超越这样的渴念，可却无法做到（就像我们无法根除致命的骄傲之罪）。进而，在"渴念"这个词的演唱中感受到的，不是这样的不实之词，即爱为渴念所伤（因为它"从不需要张狂，辗转不安渴念"），而是我们对爱的渴念。

《来一针爱》这张专辑被评论家无情抹杀了。《冲淡的爱》则位列靶心。（它绝非一首冲淡的歌，不过是换了方式唱"来一针爱"，"我需要来一针爱"）。一首歌听来到底有什么感觉，这个烦人的问题这样看来，还是十分重要。"'开了吧。'他的耳朵就开了"。《滚石》杂志对这张专辑施以了石刑[2]，保罗·纳尔逊千方百计地从歌里的基督教教义中听出了满怀的"恨"意（他用的词，而且不仅仅是词），这样就能轻易厌弃它：

> 我们是笨蛋，我们无法理解上帝。我们不理解迪伦。我们的爱一无是处（《冲淡的爱》）……因此，我们中的每一个都可以下

---

1 《鲍勃·迪伦诗歌集：1962—1985》中印的是："从不需要骄傲，不休地渴念"。"从不需要张狂，辗转不安渴念"中对"纯粹的爱"的赞誉，让人想起圣保罗："爱是不自夸，不张狂，不作害羞的事，不求自己的益处。"

2 《滚石》（1981年10月15日）。

地狱了。

在《冲淡的爱》里……这位歌手如此疯狂，以至于几乎无法自控抱怨连篇。

在我看来，我不认为《冲淡的爱》包含任何"我们的爱一无是处"或是"我们中的每一个都可以下地狱了"一类的意思，更重要的是，我也不认为这首歌听起来像任何此一类的恶意言论。从一开始，歌词与旋律就兴致勃勃，开一连串的严肃玩笑，并非冷峻威吓。这首歌没有对着有罪之人大加挞伐。"抱怨连篇"？抱怨的人是纳尔逊吧，他至少瞎了一只眼：我没看到怨恨。我没听到邪恶。我也不认为我在掩耳盗铃。如果应该有纯粹的爱，那也应该有纯粹的恨，没有被不公和疏忽所玷污。纳尔逊好像才是那个需要"来一针恨"的人。

好吧，来一针怀疑。"如今常存的有信，有望，有爱，这三样，其中最大的是爱。""怀疑、绝望和索取，我是否该抱上最粗的一条大腿？"塞缪尔·贝克特笔下的一个少年犯深思过这个问题。[1]

但在这里，迪伦对这首歌关键性的改动，也具有一种道德寓意。它表明脱离了仁爱，一种纯粹的爱，也很容易沦为连篇的抱怨。录音时的未选用片段（这版演唱中的最后一节，在正式发行时删去了）没有止于热烈地信任纯粹之爱，信任它"从不需要张狂，辗转不安渴念"，而是多唱了一节，让这首歌沦落到自私自利、自怨自艾、自吹自擂之中：

Love that's pure is not what you teach me
纯粹的爱不是你教会我
I've got to go where it can reach me
我要去它能找到我的地方

---

[1] 贝拉奎亚（Belacqua），《雨夜》（*A Wet Night*）(《徒劳无益》[*More Pricks than Kicks*]，1934年）。

I've got to flee towards patience and meekness

我要向着忍耐和谦卑逃亡

You miscalculate me, mistake my kindness for weakness

你错估了我，错将我的善良当作软弱

我不是说应该把这一节看作迪伦的自我写照；也不是声言（无论真假）迪伦想象并表现了他人对爱的背叛，这样就能带来艺术的改善。脱离了仁之大爱，落入当事一方如今感到绝情的风流韵事中，在艺术上这并非明智之举。好在这首歌在发行时，幸运地删去了最后一节，"我"（I）、"我"（me）或"我的"（my）这些词甚至一次也没有出现（不是因为迪伦自己不需要去给予、去接受这样的仁爱），这糟糕的一节太喜欢借由四行歌词中的我/我/我/我/我的（me/I/me/I/me/my），来表达它的判断。

I've got to flee towards patience and meekness

我要向着忍耐和谦卑逃亡

You miscalculate me, mistake my kindness for weakness

你错估了我，错将我的善良当作软弱

这本身就是一种错估，一个误判，误把无良当成了力量。删掉这一节，是迪伦做过的最好的修正之一。因为"爱是不自夸"的。

几个世纪前，一个名叫希尔的传教士，因为是一个巡回的传教士，没有资格当一名牧师。但他的一些金句被收录到辞典中："他不明白为什么魔鬼会有这么多好曲子。"迪伦是个巡回的非传教士。《冲淡的爱》也不是在布道。它是一首好曲子，要感谢的不是魔鬼，而是上帝，很显然"我若能说万人的方言，并天使的话语，却没有爱，我就成了鸣的锣、响的钹一般"[1]。

---

1 《哥林多前书》13:1。——译注

《若非为你》

仁就是爱,主要指基督教之爱,无论是神爱人、人爱神,还是爱邻人。但爱不限于基督徒。《牛津英语词典》对此有所引申:"不只与基督徒相关:爱,善意,喜欢,天然的好感:现在特指,慷慨或自发的善行一类观念。"简言之,这种爱可能就是特指"若非为你"一类观念……

如果仁是爱,一首爱之歌会不会也是一首仁之歌?如果是这样,它应该以善于把物象抟造成形为特征,而不是以任何有形之物为特征,它会随着爱而动,为爱所动,为自然的爱、为慈爱(loving-kindness)所动,为了赞美造物主,"爱"(loving)与"善良"(kindness)这两个词的美妙组合,来自16世纪的科弗代尔。他将《诗篇》25:6译为:"耶和华啊,求你记念你的怜悯和慈爱,因为这是亘古以来所常有的。"[1] 多亏了科弗代尔,"慈爱"这个词进入辞典:"深情的温柔和体贴;由个人的深爱所激发的仁慈,如上帝对造物的主动关爱"。"若非为你",一个信徒最渴望倾诉的对象,是上帝。"没有你的爱我无处安身"。迪伦的这些话,是献给上帝的一个造物,是献给华盛顿·欧文(Washington Irving)所称颂的他那个时代的美国里的"无限仁慈夫人"。《若非为你》所称颂的,也正是这样的一位夫人或女子,这是一首无限仁慈的歌,歌中的爱是慈爱、真挚的柔情、带着谢意接受又报以感激的体贴。

仅就语言而论,《若非为你》通过押韵来表现精神。一个好的收尾就藏在开头。为了珍贵的生命。

若非为你
我的天空会塌陷

---

[1] NIV 版本为:"Remember, O LORD, your great mercy and love, for they are from of old." 科弗代尔版本为:"Call to remembrance, O Lord, thy tender mercies and thy loving kindnesses, which have been ever of old."——译注

这首歌总要结束,但感恩之情不能断绝,不能被终止或消歇。"若非为你":如果你衷心对着某人歌唱,请马上开列一个清单——

  若非为你
  宝贝,我无法找到门口
  甚至看不到地板

——要盘点宇宙万物,你开列的清单当然会无穷无尽。如果她真的是必要条件,对你来说是一切的前提,那么没有她,你不仅找不到门口和地板,也找不到冰箱、楼梯;若非为她,你不仅听不到知更鸟的歌唱,也听不到百灵鸟、茶隼、食火鸡……

  《若非为你》的结尾如何做到真实可信?即使是感恩,不得不说,也不能一直就这么感恩下去,这一点也为迪伦所证明,他让"若非为你"游离而出,一遍又一遍地演唱——简单又好听——就好像虽然不得不动身,却也可以一直这样走下去。这样简单的方式(并非"写就"而是"唱罢")之所以成功,只是因为迪伦在结尾处的换韵使之成立并得到快乐的加强。

  这首歌唱得如此平稳,就像一段旋律,似乎每一节都在重复同一个韵脚。事实并非如此。就像一些老故事常讲常新,每次听都会有所不同,这证明了真挚的感激之情。这下面是第一节:

  If not for you   a
  若非为你
  Babe, I couldn't find the door   b
  宝贝,我无法找到门口
  Couldn't even see the floor   b
  甚至看不到地板

I'd be sad and blue	a
我将悲伤忧郁	
If not for you	a
若非为你	

这一节，押韵格式为 abbaa，以副歌"若非为你"开头并结尾。

第二节似乎完全一致，只是以新韵 c 取代了 b，开头和结尾同样是"若非为你"——但押韵方式转为 accaaa：

If not for you	a
若非为你	
Babe, I'd lie awake all night	c
宝贝，我将整夜无眠	
Wait for the mornin' light	c
等待黎明的曙光	
To shine in through	a
照耀进来	
But it would not be new	a
但那也不会是新鲜事物	
If not for you	a
若非为你	

a 韵出现三次，不是两次，这是新鲜事。这个变化，恰好在"但那也不会是新鲜事物"这一行。

第三节起初似乎遵循了前面的模式，开始也是 ad，但随后又转回了 a（不是 add，而是 ada，仿佛难以割舍"you"这个韵）：因而，押韵格式变成了 adadaa。

If not for you	a
若非为你	
My sky would fall	d
我的天空会塌陷	
Rain would gather too	a
雨水也将积聚	
Without your love I'd be nowhere at all	d
没有你的爱我无处安身	
I'd be lost if not for you	a
若非为你，我将迷失	
And you know it's true	a
而你知道，这是真的	

这一节——与它之前若干节不同，显然已经将副歌设为每一节正式的开头和结尾——现在"若非为你"不在最后一行，而是移至倒数第二行：

I'd be lost if not for you
若非为你，我将迷失

And you know it's true
而你知道，这是真的

大家都知道，说说容易，但这一次，拜托，你知道是真的，这样下去就会打破押韵的格式，或者说，副歌格式。

下一节似乎只是这一节的重复，它也有 adadaa 的结构，歌词也几乎相同：

If not for you	a
若非为你	

650

My sky would fall   d
我的天空会塌陷

Rain would gather too   a
雨水也将积聚

Without your love I'd be nowhere at all   d
没有你的爱我无处安身

Oh! what would I do   a
哦！我该怎么办

If not for you   a
若非为你

但又不尽相同，因为副歌格式重新复归，占据了这一节的开头和结尾：

Oh! what would I do
哦！我该怎么办

If not for you
若非为你

像开头一样，却又不完全如此，因为"哦！"可以翻天覆地。

然后是第五节，这最后的一节，看似又与前面的一节（第二节）相同，也采用了 aeeaaa 的押韵格式："你"（you）、"春天"（spring）、"吟唱"（sing）、"头绪"（clue）、"真实"（true）、"你"（you）。

If not for you   a
若非为你

Winter would have no spring   e
冬日之后不再是春天

Couldn't hear the robin sing	e
听不到知更鸟的吟唱	
I just wouldn't have a clue	a
我摸不着头绪	
Anyway it wouldn't ring true	a
反正听起来不真实	
If not for you	a
若非为你	

但等一下，果真如此吗？倒数第二行，也就最后一行"若非为你"（作为副歌后面一直重复）前面的一行，结尾不是一个词"真实"（true），而是两个词"听起来真实"（ring true），"听起来"（ring）又押上了这一节中另外一个韵，即春天/吟唱（spring/sing）。押韵格式由此变成 a e e a ea a——

Anyway it wouldn't ring true	ea
反正听起来不真实	ea

——"听起来真实"（ring true）结合了这一节中的两个韵，在结尾处就像一个爱的结、一条丝带，系着感恩的礼物，也就是这首歌。或者说，将这个隐喻戴在词的手指上，其本身就是一枚戒指，一个誓言，一个真爱的象征，永无止境，一种美德的回环。

这首歌要结束，也必将结束，但只是一个结尾，并不是终止，你知道，这本身需要以某种方式"听起来真实"。除了副歌，"真实"（true）是唯一重新出现的押韵词。"而你知道，这是真的"一句，重归后变为"反正听起来不真实"——这暗示了所有艺术都必须面临的挑战。因为早前的"新鲜"（new）（"但那也不会是新鲜事物"）也要与"真实"（true）押韵，这也提醒我们诗人面临的挑战，要说出一些既新鲜又真实的东西。（爱情亦如此，永

652

远新鲜而真实。押韵也像一次恋爱。）如果不在乎真实与否，说一点新鲜的事儿并不难，反过来说，如果不在乎是否新鲜，说一点真话也不难。迪伦的歌听起来新鲜又真实。能够实现这一点得益于押韵的帮助，包括结尾时的双韵：

> If not for you
> 若非为你
> Winter would have no spring
> 冬日之后不再是春天
> Couldn't hear the robin sing
> 听不到知更鸟的吟唱
> I just wouldn't have a clue
> 我摸不着头绪
> Anyway it wouldn't ring true
> 反正听起来不真实
> If not for you
> 若非为你

但关键还在于，一种方式、一种技巧，本身不是目的，而只是中介的手段。在《若非为你》这个例子中，倒数第二行"听起来不真实"的双韵，能带来一种双重快感。同样的方法用在别处，效果刚好相反，带来的却是一种痛感，如"爱之结"，心向往之却未曾牢固。我想起了威廉·巴恩斯一首诗的结尾。在诗中，一位女子用了多塞特英语倾诉。[1]

---

[1] 我引用了自己一篇论文《孤独与诗歌》(*Loneliness and Poetry*,《诗人用典》, 2002 年)。

LWONESOMENESS
孤独

As I do zew, wi' nimble hand,
当我用一只灵活的手,做针线活
  In here avore the window's light,
  在窗前的光线里,
How still do all the housegear stand
所有家具这样安静地站着
  Around my lwonesome zight.
  在我孤独的视线里。
How still do all the housegear stand
所有家具这样安静地站着
Since Willie now 've a-left the land.
自从威利离开这片土地。

The rwose-tree's window-sheädèn bow
玫瑰树在窗上投下弯曲的影子
  Do hang in leaf, an' win'-blow'd flow'rs,
  枝叶低垂,风吹着花朵,
Avore my lwonesome eyes do show
呈在我孤独的眼前
  Theäse bright November hours.
  这十一月明亮的时光。
Avore my lwonesome eyes do show
呈在我孤独的眼前

Wi' nwone but I to zee em blow.

空无一人，只有我看到风在吹。

The sheädes o' leafy buds, avore

窗格上方，纷披的花影

  The peänes, do sheäke upon the glass,

  在玻璃上曳摇，

An' stir in light upon the vloor,

扰乱映在地面的光，

  Where now vew veet do pass.

  如今人迹寂寥。

An' stir in light upon the vloor,

扰乱映在地面的光，

Where there's a-stirrèn nothèn mwore.

再无一丝激荡。

This win' mid dreve upon the main,

风可鼓起主帆，

  My brother's ship, a-plowèn foam,

  我兄弟的船，掀起波浪，

But not bring mother, cwold, nor raïn,

不过别带走妈妈，太冷，也别下雨，

  At her now happy hwome.

  就让她待在现在幸福的家里。

But not bring mother, cwold, nor raïn,

不过别带走妈妈，太冷，也别下雨，

Where she is out o' païn.

在那儿她没有痛苦。

Zoo now that I'm a-mwopèn dumb,

因而现在，我是一个郁悒的哑巴，

A-keepèn father's house, do you

照顾爸爸的家，好吗

Come of'en wi' your work vrom hwome,

从家里带着你的工作常来吧，

Vor company. Now do.

为了作伴。现在就来。

Come of 'en wi' your work vrom hwome,

带着你家里的工作常来吧，

Up here a-while. Do come.

到这儿待一阵。一定要来。

注意——再一次，即使不是有意识的，我们也注意到——后两节被截短的最末一行。此前的结尾行，像其他的诗行一样，有八个音节（"Where there's a-stirrén nothén mwore"），但现在被缩减了，可怜地，减到六个音节："Where she is out o' pain"。另一行也是这样："Up here a-while. Do come"。但这一次是恳求，沉默却执着地恳求，显现于这首诗的最后两个词："一定要来"（Do come），让诗与我们共情。"来"（come）这个词出现在诗中，第一次是在一个有二十个词的句子中，然后是在一个有十个词的句子中，再然后，最终，一句只剩了两个词，"come"是其中一个："一定要来"（Do come）。在最后一节中，不仅"come"是一个押韵词，"do"也是一个押韵词：在行尾，先有"do you"，后有"now do"，最终是"Do come"。最后一节的双韵，洋溢在迪伦歌中"听起来真实"（ring true）的是幸福感恩，在巴恩斯的诗中则变成了悲伤的愿望——需求——这也要感激某人："一定要来"。还有一些需要感激的：那就是，毫无嫌隙（grudgingness）的仁慈，像《牛津英语词典》最终无奈承认的那样，嫌隙会潜藏在仁慈的一种形式中。

> 以一种宽容、期许的眼光,评判他人的品格、目标和命运,包容明显的缺点和不足;富于同情心。(但面对不认可或不喜欢的人,这也仅仅是一种公正的心态,却被赞誉为宽宏大量的美德。)

有点让人惊讶,这一段文字,本身就是一个严苛的评价(封闭于圆括号中)。慈爱却更为宽广。

> 若非为你
> 宝贝,我无法找到门口

在那儿,在歌的开头,有一扇打开的大门。

《永恒的圆》

迪伦的情歌,唤起了也表明了一种爱的真正惊喜:这些情歌是个人化的,很是特别,却能荡漾开来,感动每一个人。因此,只是了解迪伦本人,无助于理解这些歌,琼·贝兹就说:"这世上每个人都以为鲍比写的歌和自己有关,我也这么想。"[1]不是世上的每一个人,她只是说迪伦身边的人,也只是在说她想到的歌。其实更重要的是,对于那些从来不会幻想自己会被迪伦惦记却感觉被不幸言中的人,这些歌意味着什么。

"你知道,我喜欢罗伯特·格雷夫斯,那位诗人。你呢?"(迪伦)[2]格雷夫斯是20世纪的爱情诗人,他特别强调爱之特殊性和爱之普遍性的结合。对格雷夫斯和迪伦而言,这是深深的宽慰的源泉,我的强烈情感原来与其他

---

[1] 安东尼·斯卡杜托,《鲍勃·迪伦》(1971年,1973年修订版),第201页。

[2] 引自斯卡杜托,《鲍勃·迪伦》,第68页。

人如此相似。包括每一个人其他的方面。

> 但如果你想要我去做
> 我可以变得和你一样

《不相信你（她表现得就像我们从未相识）》中的这两行，有一种讽刺性——但在别的歌中，却可能是一种褒扬。我们会很容易——这么想也是错误的——不去接受自己的平凡，认为这样不能体现自身的独特性，殊不知平平淡淡才是真。由此，我们喜欢激荡心灵的诗与歌，能让我们不致泯然众人。谈及《别再多想，没事了》，迪伦写道："很多人认为这是一首情歌——舒缓轻松。但它不是情歌，而是一种表态，你说出来也许会让自己感觉好过一点。"[1]不，它甚至比这更好：消解任何类似的界限。即使是感恩，也可能带来压抑感，但在《若非为你》中，感恩似乎只是——或表现为——一种简单的快乐。

一首情歌想象恋爱中的人，爱与被爱之人。当然也可以说，曾经爱过或曾经被爱的人。伤心的情歌太多，也许是有人要悲叹过往。这样的被爱之人可能是真实的，某些时候确实如此（幸运的时候），但她或他仍然需要被想象，因为即便与一个并非虚构的人物恋爱，想象仍是必需的。想象力永远需要去唤醒，尽管在现实中——比如，《萨拉》——与在虚构中，想象力的责任也有所不同。

除此之外，为了推波助澜，情歌还有更进一步的责任：不只想象爱情，还要爱上歌唱。爱上歌唱？是的，他爱唱。他爱上歌唱本身也为此去爱。一次胜过一次。

《永恒的圆》是一场影子之间的迷之舞，有三对舞者。先是一位男子和一位女子；其次，是对女子的爱和对歌唱的爱；再有，是我们正在听的歌和

---

[1] 《自由不羁的鲍勃·迪伦》的专辑封套解说注释。

我们正在听的歌中唱到的歌。每一对都各有翩跹舞步,又都彼此交织。

这位女子恰好完全是一个陌生人,这其实也没什么不好。因为一个人的爱情,无论公开还是私下,常常出自幻想。你认识的人有办法阻挠你的幻想(甚至会扼杀它),你却无法攻击一个幻想出来的陌生人。

在一双双眼睛中,歌手可能不是陌生人——《黑暗的眼睛》中的"黑暗的眼睛"以及"一百万张脸在我脚下"——一双双,都是观众的眼,但观众(除了其中的极少数)对歌手来说,全都是陌生人。某个特定的可爱的陌生人,未知(只是还没?)但也不是全然不可知的路人,站在那儿为你心动——没有半点陶醉于这样的假设,想必艺术家也永远不可能将表演进行到底。

而且,这种陶醉不只是幻想,确实真的有人爱上了表演者,无论是声名显赫的正在朗诵的诗人,还是哑剧中的长腿男主角,还是近在眼前的拥有盗录传奇的歌手。特别是这位歌手。"我们爱你鲍勃"("鲍勃"前甚至没有逗号)。他们在演唱会上呼喊,和他,也和彼此呼应。

然而,恰恰是这些炫耀爱心的人士,往往会发现自己在表演者心目中,抵不过那一个专注而沉静的凝视者。

> 我缓缓唱出那首歌时
> 她站在阴暗处
> 她移步光中时
> 我拨动银色琴弦
> 她用眼睛召唤
> 与我弹奏的旋律应和
> 但那首歌很长
> 而我才刚开始唱
>
> 透过射出的灯光
> 她的脸回应着

自我舌尖滚动出的

快速流逝的歌词

远远看去

她的眼睛火光四射

但那首歌很长

有更多还没唱

我的目光舞出一个圆

圈住她清晰的身形

她把头侧向一边

再次向我召唤

当旋律飘出

回声里她呼吸急促

但那首歌很长

还要很久才能唱完

我瞧了瞧吉他

弹奏着,假装

台下所有的眼睛

我压根没看到

而她的心思重重袭来

仿佛箭矢刺入

但那首歌很长

必须把它唱完

曲子总算告终

我放下吉他

寻找那个刚才

待了很久的女孩

我寻寻觅觅

不见伊人身影

只好拿起吉他

开始下一首歌

在《永恒的圆》中，涌动不息的悲伤，一部分就源自它所表现的两种爱之间的微妙缠绕。即使没有那一片消逝的身影（现场唯一消逝的身影），在表演的世界里，注定会有一个阴暗面。总要牺牲一点什么。迪伦在接受采访时，坦率谈到让他快乐的东西，但在那一瞬间，我们又能感觉他也牺牲了什么："舞台是唯一让我快乐的地方。"[1] 唯一的地方？这个说法有明暗两面，意即"这是唯一你能按自己的想法成就自己的地方"。"唯一的地方"，这句话说了不止一次，而是两次，这就是说所有成功都有代价。

这首歌想象有一个人站在那儿，她的回应本身，就能带走阴暗时刻的黑暗：

I sung[2] the song slowly

我缓缓唱出那首歌时

As she stood in the shadows

她站在阴暗处

She stepped to the light

她移步光中时

---

[1] 戴夫·范宁（Dave Fanning）的专访，《爱尔兰时代杂志》（*Irish Times Magazine*，2001年9月29日）。

[2] 《鲍勃·迪伦诗歌集：1962—1985》印的歌词是"sang"，但他唱的是"sung"。见本书《蝗虫之日》中T. S. 艾略特论丁尼生注。

As my silver strings spun
我拨动银色琴弦

阴影之一,就是意识到空气并非一片纯净,某种怀疑——即使不会玷污——会在伟大的表演中投下阴影。关于这个话题,迪伦一直很坦诚。"当你登上舞台,看着观众,他们也看着你,你会有种杂耍的感觉。"这样的想法会夯实成一种感觉,即使是在独一无二的幸福时刻,也会觉得自己不过一个脱衣舞者(这正是迪伦想到的那种杂耍);想想看,这是一种会始终伴随你,抑或可能让你想逃开的想法。甚至,逃离舞台。在《得服务于他人》中,迪伦坦白了心迹,脱口唱出:"你也许是摇滚歌手,沉迷于在舞台上跳来跳去"。不是翩翩起舞,而是跳来跳去。

沉迷这个字眼又出现了,他在说自己,这是在专访中接下来要被说出的事:

> 当你登上舞台,看着观众,他们也看着你,你会有种杂耍的感觉。但你也在一定程度上,沉迷于现场的观众。[1]

> 有些日子我一起床,就感觉自己所做的事很恶心。因为基本上——我是说,你比皮条客好不了太多。每个演员都差不多如此。[2]

这样的言论被人揪住了:

> 几年前你说过有时候感觉只比皮条客好一点。
> "好吧,不幸的是,这就是事实。是的,我确实这么觉得。表演都差不多。当你登上舞台,你看着一大群人,你看到他们也看着

---

[1] 《爱尔兰时代杂志》(2001年9月29日)。
[2] 《新闻周刊》(1997年10月6日)。

你,你会不由自主地感觉你是在跳脱衣舞。我不在乎你是谁。帕瓦罗蒂也许有同样的感觉,我不知道。我觉得他一定程度也感同身受。"[1]

"比皮条客好不了太多",好在哪里?出卖的只是自己吗?如果没有伤风败俗的指控(即使可疑),这些说法还会有这样的效果吗?

我希望迪伦真的说了这句:"好吧,不幸的是,这就是事实"(there is a nature of that),这句话巧妙结合了"好吧,不幸的是,它说对了一点"(there is a touch of that)和"好吧,不幸的是,这就是本质"(that is the nature of it)。不管怎样,在创作《11篇简要悼文》时,他就很清楚自己会被曝光——也清楚暗地里有什么要提防。[2] 有关记者的言论,他这样评价:

> 他们编排我
> 依据自己的说辞
> 这样他们就能
> 击垮我
> 以及"曝光"我
> 用他们自己的说辞
> 提出盲目的建议
> 给那些未知者的眼睛
> 那些人无从知晓
> 是我"曝光"了自己
> 就在每一次我
> 登上舞台之际

---

1 谢尔盖·卡甘斯基(Serge Kaganski)专访,《Mojo》杂志(1998年2月)。
2 《时代正在改变》(1964)的注释,《鲍勃·迪伦诗歌集:1962—1985》,第113页。

663

在《鲍勃·迪伦诗歌集：1962—1985》中，《11篇简要悼文》之后就是《永恒的圆》，这首歌看穿了未知者的眼睛，也知道一个表演艺术家暴露自我（不仅仅是暴露自己）意味着什么，也正是这首歌将"就在每一次我/登上舞台之际"这个想法转化为"她移步光中时/我拨动银色琴弦（As my silver strings spun）"的旋律。我们只能（据我所知）在一个未被采用的录音室版本中听到《永恒的圆》，这既让人惊讶，又合情合理，该版本最终发布在专辑《盗录系列》中：她已经移步光中，而他还在阴影之中。

"拨动"（spun）这个词很好，能够传达琴弦震颤带来的一种实感。我和我的琴弦在呼唤她（发出银铃般的声音），她也在回应。一切尽在无言中。"她移步光中"这一句很快沉稳地过渡到"她用眼睛召唤"。（从"光"到"眼睛"，好像眼前一亮）。歌手会听从她的召唤，结果却发现她已隐遁无踪。同时，琴弦与眼睛的关联也能唤醒——让人回想起——一个古老的爱情想象，情侣们的相互凝视，就像小猫的摇篮，可以酣甜入睡。

> 我们的目光交织，一根
> 双弦线，串起了我们的双眼
>
> （多恩，《狂喜》）

歌词本身就是一根极为敏感的琴弦，它还未曾欺骗任何人。

> She called with her eyes
> 她用眼睛召唤
> To the tune I's a-playin'
> 与我弹奏的旋律应和

——在这两行中，不仅有眼睛/我（eyes/I's）之间的押韵，还有"to"带来的让人愉悦的欺骗，从"called to"转换至"to the tune of"。他多么希望能借这个机会与她相处。她也表现得多么得体，没有过于高傲，不再召唤，只是这一次换了个角度：

> 我的目光舞出一个圆
> 圈住她清晰的身形
> 她把头侧向一边
> 再次向我召唤

"再次向我召唤"呼应了前面的"她用眼睛召唤"，她的转盼足以让一切为她侧转。但同时，歌中还散发了一种暗示的气息，随了歌手思绪的展开——不，随了他飘荡——要么有人盛情相邀，要么顺其自然。

> As the tune drifted out
> 当旋律飘出
> She breathed hard through the echo
> 回声里她呼吸急促

——当然，你感到了旋律的飘荡，尽管这很难释义（"through"这个调皮的词还出现过一次："透过射出的灯光"），但不难感觉，"回声里她呼吸急促"有一种欲望的气息。她的欲望或他的欲望或他对她的渴望。

不同于《第四次左右》那首歌——前后"左右"——气喘吁吁、疲劳地一直向前，《永恒的圆》则围着"圆"这个词，翩翩起舞。

> 我的目光舞出一个圆
> 圈住她清晰的身形

"永恒"足够清晰，不需要歌唱。而这个永恒的圆，是一首关于歌唱的歌，当下的这一首也包含了过去的那一首。

故事可以这样讲下去，但不能就这样直接结尾。幸运的是，押韵——这个矛盾的押韵——"再次"（again）和"完"（end）乐意再次效劳。中间一节就以此押了唯一一次韵：再次向我召唤/还要很久才能唱完（She called me again/And it was far to the end）。更准确地说，是押了唯一一次尾韵，因为五节之中有四节，倒数第二行的中间韵："但那首歌很长"（But the song it was long）。

在这首歌准时收尾之前（这样一个完美闭合的结尾想都不敢想），"但那首歌很长"这一行，起到了有韵之副歌的作用。它本身并不是押韵行，每一节中只有两行押韵，第四行和第八行。这两行可以标识出那首歌中之歌的进程（它奇妙关联了与此时此刻正在被演唱的这一首）。唯一押韵的这两行，讲述着过去的歌曲——至今还未结束——它在这首歌中重新被唤醒。在开头的一节，押韵的两行是"我拨动银色琴弦"（As my silver strings spun）与结尾的"而我才刚开始唱"（And I'd only begun）。在第二节，从"自我舌尖滚动出的"（That rolled from my tongue）到"有更多还没唱"（And there was more to be sung）。在第三节，从"再次向我召唤"（She called me again）到"还要很久才能唱完"（And it was far to the end）。在第四节，从"我压根没看到"（I could see none）到"必须把它唱完"（And it had to get done）。

然而，这样的持续暗示，这种对（往日）过程的回顾，也会随着当下的这首歌（其中包含那首老歌）的结束而结束。像那首老歌一样，这首当下之歌也必须唱完，但如果以押韵的方式来不断重温旧物，就会有一种绵绵不尽的感觉。所以最后一节，每一节都有的倒数第二行"但那首歌很长"，被彻底弃用了，换上了最终可以闭合永恒之圆的韵脚：待了很久的女孩/开始下一首歌（Who'd stayed for so long/And began the next song）。

这押韵的十行，保证了歌曲的完整性与连续性，其声音的配置如下：琴弦/开始（spun/begun）；舌尖/唱（tongue/sung）；再次/完（again/end）；没看到/唱完（none/done）；很久/歌（long/song）。它们基本上都发出 n 这个音。其他的行尾，也可抽出一些 n 来与其呼应，如：我弹奏的（a-playin'），回应着（reflectin'），身形（outline），假装（pretendin'），不见（missin'），寻寻觅觅（searchin'）……迪伦懂得鼻音通过口腔产生的音效，也知道所有这些 n 及其结尾所加强的，就是那首过往之歌的音色，就是它的筋脉，它绵绵的低音。

"但那首歌很长"：当下这首歌，较之过往的那首，并不很长（不过每节短短八行，共五节），它的怀旧之旅已到终点。"但那首歌很长"：这里的中间韵，最终也被带到了现实生活中，被倒转，并告终。这一过程中，"待了很久"（so long）的潜台词就是说再见（这个词太好），"下一首歌"（the next song）也就向这首歌说了再见：

> As the tune finally folded
> 曲子总算告终
> I laid down the guitar
> 我放下吉他
> Then looked for the girl
> 寻找那个刚才
> Who'd stayed for so long
> 待了很久的女孩[1]
> But her shadow was missin'
> 我寻寻觅觅

---

[1]《鲍勃·迪伦诗歌集：1962—1985》印的是"stayed"；我们中一些人认为他唱的时候，至少应该是"凝视"（stared），这与我们在歌曲中听到的有关眼睛的一切呼应，包括"她用眼睛召唤／与我弹奏的旋律应和"和"台下所有的眼睛／我压根没看到"。前四节每节都提到眼睛，她的、他的和其他人的；如果我们在最后一节寻找"眼睛"，我们会发现"寻找那个刚才／待了很久的女孩"，这句接续了——有点距离——"远远看去／她的眼睛火光四射"。像所有的眼睛一样，她没有待到最后。

For all of my searchin'

不见伊人身影

So I picked up my guitar

只好拿起吉他

And began the next song

开始下一首歌

最后这一节有所不同。首先,"吉他"与自己押韵:"我放下吉他"放下了这个词,而"只好拿起吉他"又拿起了它。其次,"很久"(long)与"歌"(song)押韵,"不见"(missin')与"寻寻觅觅"(searchin')相邻(它寻寻觅觅不见了的东西?)。尽管最后这对不是本节的韵脚(long/song的押韵才是),但我寻寻觅觅/不见伊人身影(But her shadow was missin'/For all of my searchin')还是拨响了一个韵。不同的琴弦在此处合鸣。

"曲子总算告终":这告终也很好,鉴于"告终"(folded)可以包含(enfold)多丰富的内涵。临近一个终点,迎来了它的终点。弯弯绕绕,曲折又盘旋。在一种特别的句法中,倒转或让彼此紧贴,将自己弯转或折叠。倒转:如"但这首歌很长"的押韵,效果还不错——即便这是一种倒转,也没有失败的意味,正如"曲子终于告终"并非宣告了失败,因为——这是关键——曲子没有告终(结束了它的展开)于放弃、崩溃、失败,或动摇。[1] 但(这一次,很遗憾)也不是在一种情爱的气氛中告终,如投入某人的怀抱、臂弯。因为"我寻寻觅觅/不见伊人身影"。消失的不仅是伊人的身影。伊人也消失了。当然,这不是说你能拥抱一个影子。

也不是说他接着马上就"开始下一首歌"。

在录音室样带《永恒的圆》最后发布时,这首歌的结尾还有几段和弦。

---

[1] 斯宾塞《天堂之美的圣歌》:"我感到智慧消退,舌头弯折"。迪伦:"第一批褪色的词/从我舌尖滚落","曲子终于告终"。

显然，这是我们唯一能听到的表演，一首与歌唱有关的歌，却只有这么一次，真是好玩又奇怪。在《盗录系列》之前流出的非法盗录中，能听到他不仅弹了最后几个和弦，而且由此把整个旋律又演奏了一遍。无论版本完整，还是正式发行时经过了删节，一首诗的结束可没这样的效果。《永恒的圆》的歌词唱完了，音乐却没有在那一刻终结，或没有完全终结。但一首诗除了单词和标点别无其他，就只好用"然后开始下一首歌"一类来结尾。比如约翰·贝里曼《梦歌》(*Dream Song*)第168号《老穷人》(*The Old Poor*)，结尾就是这样：

> 我要给你讲个故事，一个我听过的
> 最糟糕的故事
> 是什么让我的舌头僵硬？
> 让我喉咙发紧？可恶我喘不上气
> 即使只是想想要说的那个词。
> 我跳到下一首歌：

贝里曼结尾的冒号，让你以为下一首歌就是后面那首诗，第169号。但你永远不能真的确定。在页尾写和读

> 我跳到下一首歌：

再翻到下一首歌的歌词，有多么的不同。迪伦的最后一行歌词"开始下一首歌"之后，没有了文字，音乐却还在，吉他还在演奏，至少弹出了一小段原来的旋律。

贝里曼与迪伦有很多相似之处。贝里曼说："他盯着废墟看。废墟也直

接回看。"迪伦说:"我接受混乱,我不确定它是否接受我。"[1]更为相似的,是贝里曼的《梦歌》第118号。诗中写到一个诗歌朗诵的现场,不是一场音乐会,但也有一位表演者站在那儿:亨利,他既是贝里曼又不是贝里曼,就像《永恒的圆》中的那位歌手,集过去和现在于一身,既是迪伦,又不是迪伦。(迪伦的这个"我",自我保持了某种东西,比起贝里曼那个虚张声势的"他",要更为靠谱、更负责任。)同样,这个表演者也与一个想象或虚构的陌生人发生了关联——还是卷入其中?

> 他想问:我真的喜欢吗?所有这些掌声,
> 坐在我脚边的年轻的美人儿,还有所有人,
> 诸如此类。
> 这让我厌倦,他想:我想打破戒律
> 只爱我自己,或是那些向我提出的蠢问题
> 让我想要自杀——
>
> 这么多美人,一边有一个,
> 墙在我身后,我想爬进去
> 挣脱这重复的朗诵——
> 麦克风低垂,提问的傻瓜们摔倒
> 摔倒在一堆观众的灰烬中
> 亨利又高兴起来
>
> 在黑暗和寂静中,唯有一个美人
> 从未走近过亨利,当他身边

---

[1] 贝里曼,《梦歌》第45号。迪伦,《全数带回家》,封套注释;《鲍勃·迪伦诗歌集:1962—1985》,第180页。

好似围成了一个俱乐部:
她看透了事物,看出他很孤独
等着他,当他躲在墙后时
诸如此类。

正如《永恒的圆》,这首诗也在冒险自怜。贝里曼甚至是在有意自怜,但二人都没拘泥于此。D.H.劳伦斯认为,人应该羞耻于这种自作多情的毛病:

自怜

我从未见过一只野生动物
同情自己
一只冻死的小鸟从枝头坠落
从不会为自己感到可怜

贝里曼的诗和迪伦的歌,都关于自怜,并非只是展示自怜,但贝里曼——即使我们承认他知道自己是在想象——相当享受他结尾的哀鸣:

she saw through things, she saw that he was lonely
她看透了事物,看出他很孤独
and waited while he hid behind the wall
等着他,当他躲在墙后时
and all.
诸如此类。

在美式英语中,"and all"的意味与英式英语不同,在后者中,这个短语通常会有一种强烈的不耐烦("如此等等不一而论")或分门别类("老汤姆·科布利叔叔一类"——他们都可以这么称呼）。这些都缺乏美语"and all"的轻描淡写。在《乔安娜的幻象》中，迪伦就能将"and all"自然带出的无助和无用感，转化为一种绝非无望或无用的攻击力量，转化为困惑中的愤怒：

> Now, little boy lost, he takes himself so seriously
> 小男孩迷了路，他太把自己当回事
> He brags of his misery, he likes to live dangerously
> 他吹嘘自己的不幸，喜欢活得危机四伏
> And when bringing her name up
> 提到她的名字
> He speaks of a farewell kiss to me
> 他对我说起一次吻别
> He's sure got a lotta gall to be so useless and all
> 这人确实胆大包天，如此一无是处
> Muttering small talk at the wall while I'm in the hall
> 向墙壁碎嘴牢骚，而我人在门厅

——这里的"and all"本身是一种牢骚，但并非碎嘴；带着威胁，它大吹其牛。[1]

贝里曼自己就像那个迷路的小男孩，喜欢活在危险中，又确实很是大胆。在《梦歌》第118号中，他是不是吹嘘自己的不行？我们可以将他写出的氛围，与《永恒的圆》中那个直白明朗的"假装"（pretendin'）一词做比较：

> I glanced at my guitar
> 我瞧了瞧吉他

---

[1] 这里我引用了自己的论文《论美式英语及其固有的短暂性》（《诗歌的力量》，1984年）。

And played it pretendin'
弹奏着，假装
That of all the eyes out there
台下所有的眼睛
I could see none
我压根没看到

不去抑制自怜的冲动，它也许会变得具有攻击性。《梦歌》就是这样，表达了针对听众的感受（"那些向我提出的蠢问题／让我想要自杀"），也表达了听众们的感受："当他身边／好似围成了一个俱乐部"。这是一个粉丝俱乐部，可这不意味着他们不会把你整死。（《梦歌》的读者可能会想起贝里曼的朋友狄兰·托马斯。）但在《永恒的圆》中，攻击被化解于无形。比如，在"箭矢刺入"（吉他的琴弦如弓弦颤动）这句中，这可以被感知：

As her thoughts pounded hard
而她的心思重重袭来
Like the pierce of an arrow
仿佛箭矢刺入

这让人感到，"她的心思"也许不是指她在想他，而是指他在想她（表演者可能想自吹自擂），想到她，想到一支箭矢，这显然是由他的银色琴弦激发的灵感。这种灵感，以及"箭矢刺入"的感觉，倾向于：首先，是"pierce"作为名词而不是动词（这样的刺入感不同寻常但不是没有先例[1]）带来的穿透感，其次，"箭矢刺入"（the pierce of an arrow）刚好可缩略成一种轿车的品

---

[1] 据《牛津英语词典》，"pierce"作为名词的用法很罕见，从1613年开始，只有济慈的《伊萨贝拉》第三十四节："它也像长枪／狠狠地一刺（With cruel pierce），能使印第安人醒自／云翳的厅堂"。（译文引自《济慈诗选》，屠岸译，人民文学出版社，1997年，第211页。——译注）

牌"银箭"（Pierce Arrow）。[1]

如此频繁与陌生人为伴，危险可能就暗含于句子的神秘措辞中：

> 透过射出的灯光
> 她的脸回应着
> 自我舌尖滚动出的
> 快速流逝的歌词

"透过"（Through）？这可能，有点危险。危险是那种预料可能发生但又会被规避的事情。这首歌这么平静，意味着希望蕴含在其中，或者是幻想，你希望的话，能够抵挡任何子弹、箭矢，或交通意外。曲终的无奈，似乎蕴含了一种再人性不过的愿望，两个有情人不能单独相守，只能在人群中若即若离（远远相隔，盼望着以歌声为联系），日后有可能在一个完全私人的场合重逢，不仅是个人的，也是独立的。完全没有成群的歌迷环绕。

这样的会面不会发生。但不只有目光或者嘴巴和耳朵的交接，还有心灵的共鸣？你能听到歌词中与此相关的希望——迪伦在参加《约翰·哈蒙德秀》（1975年9月10日）时，在开始演唱《哦，姐妹》前就说过："我想把这首歌献给——呃——我知道今晚正在看这个节目的某人——她知道她是谁。"

在向另一位歌手（戴夫·范·朗克）致敬时，迪伦也能无比温柔地想到一个痴迷的陌生人：

> 戴夫唱着"招待一轮旭日"，他背靠砖墙，用一种孤独饥渴咆

---

[1] 该品牌的轿车，出现在罗伯特·洛威尔的诗《祖父母》（Grandparents）（《生活研究》[Life Studies]，1959年）中："银箭轿车在马厩里清清喉咙"。洛威尔，他的诗艺与迪伦有所关联（包括矛盾的双关语及反义关语），曾在谈话中说过："迪伦是复合性的；他是真民谣，也是假民谣，他有卡鲁索（Caruso）的嗓音。他有自己的歌行，但我怀疑他是否写过整首诗。他靠在吉他做的拐杖上"（加布里埃尔·皮尔森 [Gabriel Pearson]，《评论》[the Review]，1971年夏天）。

哞的声音低低唱出来,任何一个脸藏在黑暗中的女孩都能理解——[1]

就他自己而言,他时不时需要双脚着地,而不是沉入(无论多么难忘)这样的幻想:"当我在上面的时候,我只看到脸。一张脸就是一张脸,它们都是一样的。"[2]在另一处,在向《雷纳尔多和克拉拉》的乐评人发泄不满时,他脱口而出:

听着,我想看看那些混蛋中随便哪个人,哪怕一次,试试我干的事儿。就一次,让他们中的某一个,写一首歌来表达他们的感受,并在十个人面前演唱,更不用说一万人或十万人了。我想看看他们试一次。[3]

他是要重重地抨击,不仅在《永恒的圆》,在《黑暗的眼睛》以及《准是第四街》,都有类似的说法:"就一次","就这一次"(不止一次),这样密集地反复抨击。

永恒的三角无法与永恒的圆相比。"舞台是唯一让我快乐的地方。"这么说有它自己的悲伤,就像也有如此之多的爱。他就是那个人,那个一定要在迪伦演唱会的现场,但又无法去听迪伦演唱会的人。

---

[1] "彼得、保罗和玛丽",《在风中》(*In the Wind*,1963 年)的封套注释;《鲍勃·迪伦写鲍勃·迪伦》,约翰·塔特尔编集,第 23 页。
[2] 专访,伦敦(1997 年 10 月 4 日);《伊西斯》(1997 年 10 月)。
[3] 《滚石》(1978 年 11 月 16 日)。

致 谢

杰夫·罗森慷慨之极，允许我引用鲍勃·迪伦的歌曲和作品；在任何这样的专业来往中，他所给予的自由是我从来不曾有过的。其他人同样如此，对这本书很友善。感谢各种各样的批评，感谢恰当的建议和很有分量的资料，感谢各位的聆听与倾听，感谢吉姆·麦考伊，以及其他许多人：蒂姆·迪、罗杰·福特、马克·哈利迪、肯尼思·海恩斯、史蒂文·伊森伯格、马西娅·卡普、迈克尔·马登、朱莉、内莫罗、丽莎·罗登斯基、弗朗西斯·惠斯勒、格伦·瑞伊和布雷特·旺德利。另外，丽莎·内莫罗让我受益良多，她对本书的阅读苛刻又宽容，对于许多迪伦歌曲的解读也极富想象力，弥补了我的很多疏忽；过去，某些时刻，我想方设法发现惊喜，但这些歌曲本身带来的惊喜始终更多。还有出版商托尼·莱西，编审唐娜·波比，他们精诚合作；感谢他们，感谢塞尔达·特纳处理授权，感谢史蒂文·金索提供的完备索引。

出版人希望感谢本书中所关涉的版权方，他们允许我引用受版权保护的如下材料：

William Empson: excerpts from *Seven Types of Ambiguity and Argufying*. Reprinted by permission of Curtis Brown Ltd, London, on behalf of the Estate of William Empson. Copyright © William Empson. Excerpts from *Seven Types of Ambiguity* published by the Hogarth Press. Used by permission of Lady Empson and the RandA. E. Housman: excerpts from a letter to Percy Withers, 1930, *Fragment of an English Opera and A Shropshire Lad*. Reprinted by permission of the Society of Authors as the Literary Representative of the Estate of A. E. Housman.

Smoke Gets in Your Eyes. Words by Otto Harbach, music by Jerome Kern. © Copyright 1934 T. B. Harms & Company Inc., USA. Universal Music Publishing Ltd. Used by permission of Music Sales Ltd. All Rights Reserved. International Copyright Secured.

Lonesome Road. Words by Gene Austin, music by Nathaniel Shilkret. © Copyright 1927, 1928 Paramount Music Corporation, USA. Campbell Connelly & Company Ltd. Used by permission of Music Sales Ltd. All Rights Reserved. International Copyright Secured.

W. B. Yeats: excerpts from *A Prayer for my Daughter and The Scholars*. Reprinted by permission of A. P. Watt Ltd on behalf of Michael B. Yeats.

om House Group Ltd. Excerpts from *The Complete Poems* edited by John Haffenden "(Allen Lane, The Penguin Press, 2000) copyright © Estate of William Empson, 2000.

T. S. Eliot: excerpts from *The Waste Land, Sweeney Among the Nightingales, Gerontion, Little Gidding, Ash-Wednesday, Selected Essays, The Use of Poetry and the Use of Criticism (1964), Letters,* Volume 1, *On Poetry and Poets (1957), A Guide to the Selected Poems of T. S. Eliot, Nightwood* (Introduction) and *The Sacred Wood*. Reproduced by permission of Faber and Faber.

Wallace Stevens: excerpts from *The Emperor of Ice-Cream* and *The Plot Against the Giant from Collected Poems of Wallace Stevens*. Reprinted by permission of Faber and Faber.

Philip Larkin: *Love Songs in Age, Home is so Sad*; excerpts from *The Life with a Hole in it,* from *Collected Poems by Philip Larkin, All What Jazz* and *Required Writing*. Reprinted by permission of Faber and Faber.

Dream Song 118, excerpts from *Dream Song 45, 168,* from *The Dream Songs* by John Berryman. Reprinted by permission of Faber and Faber.

译后记

本书作者克里斯托弗·里克斯，是当今享有盛名的、大师级的文学批评家，曾在剑桥、牛津等英美多所大学执掌教习，长年来深耕诗歌，著述丰硕，对于弥尔顿、丁尼生、济慈、艾略特等一连串的英诗巨匠，都有精深的研究。

作为迪伦的资深歌迷，里克斯的企图，是拿出学院"细读"的看家本领，将迪伦从一位"歌手"打造成一位"大诗人"。《罪之瞳：鲍勃·迪伦歌曲中的罪之想象》成书于 2003 年，对于迪伦"诗人"形象的确立，这部书起到了很大的作用。据说，迪伦最终能荣获"诺奖"，在某一程度上，里克斯的精彩阐释不无助益。

每个诗人都梦想能遇到里克斯这样的批评家，大约也只有里克斯这样的批评能力能匹敌本书的研究对象：鲍勃·迪伦。这里的鲍勃·迪伦应是复数，包括他的人、他的歌和他的诗歌。用里克斯的话来说，这构成了鲍勃·迪伦作为研究对象的等边三角形。要撬开这个等边三角形，里克斯找到的"金刚钻"之一，是将迪伦放回到西方文学的伟大传统中去理解。由此，要真的完全读懂这本书，实在太难！你似乎应熟稔弥尔顿、多恩、布莱克、彭斯、华兹华斯、柯勒律治、济慈、勃朗宁、丁尼生、叶芝、艾略特、庞德、燕卜逊、斯温伯恩、史蒂文斯、哈代、拉金、弗罗斯特、洛威尔、贝里曼、狄兰·托马斯……不仅知道这些诗人的名字，甚至还能滚瓜烂熟背诵一些经典名篇；同时，你还要纵容乃至习惯作者在修辞学、语言学、精神分析、哲学、政治学之间的来回横跳，并准备了解一些英语民谣与民间传说的知识，甚至再学点多塞特郡的方言。当然，最重要的是，你应把《圣经》和莎士比亚，当作基本的土壤和空气，因为迪伦的感觉就生成其间。这还没完，有了学者的客观，还要有粉丝的狂热，你还应完整追踪过鲍勃·迪伦的创作，听过他的大部分演唱。

这一切，都为里克斯的解读，提供了整体的框架、历史的纵深、内在丰富的层次和广泛的社会联动，也给出了批评才华得以施展的空间。虽然如此之旁征博引，但这本书在艰涩的同时也绝非刻板的学院讲章，颇有课堂脱口秀的风采。在书中，里克斯信手拈来，嬉笑怒骂，自夸、自嗨、自荐，从不谦虚，甚至列举批评生涯中遭受的微词，剑指披靡，潇洒回击。有人批评他过于迷恋细读，是个"细读癖"，他会反驳：全天下的人都知道，我只迷恋女人的鞋。

正因如此，这本书的翻译难度远远超出了预期，可谓危机四伏，时时可能遭遇埋伏、踩上地雷：不加提示的掌故、层出不穷的用典、"脱口秀"般的随兴展开，又暗用了许多"梗"，藏了很多难以辨认的语言游戏，稍有松懈，便会"爆雷"，以至于翻译过程走走停停，反反复复，举步维艰，甚至错漏难免。

里克斯否认自己是"细读癖"，但新批评的"细读"方法，的确是他撬开迪伦世界的另一"金刚钻"。他发力最多、用思最深的点在哪里？大约是对迪伦的歌与诗之韵律的解读，头韵、尾韵、中间韵、跳韵……除了这些技术性的分析，里克斯最精彩的"细读"，是对迪伦歌词、唱腔、发音在隐喻层面的拿捏与分析。这方面，让人难忘的例子很多：无论是《铃鼓手先生》中"你若依稀听见轻巧旋转跃的韵律／与你的铃鼓应和"（And if you hear vague traces of skippin' reels of rhyme/to your tambourine in time） 中 rhyme/time 的以"韵"押韵，《蝗虫之日》中艾略特的 90 个荣誉学位与歌词中 90 度（90 degrees）的俏皮对位，还是其他歌曲中出现的"唯一能与'孤独'（lonely）押韵的词是'唯一'（only）"、"'仇恨'（hatred）和'神圣'（sacred）之间的摩擦对抗"。诸如此类"不完美的韵、错位的韵，还有那些荒腔走板的韵"，里克斯都能在不可能处发现可能，让我们得以感知韵律之下深层的隐喻构造，领略声音和意义的微妙扣合。

恰切的例子莫过于《爱不减/无限》中"不用言语"(silence)和"暴力"(violence)的押韵,里克斯指出:这不完全是一个粗暴的押韵,但"词的含义与它事实上的声效相互矛盾,形成错位"。再比如,"在迪伦的所有押韵中",里克斯"最喜欢的一个",与"犹他"(Utah)这个地名有关:

> Build me a cabin in Utah
> 给我造一所小屋子,在犹他州
> Marry me a wife, catch rainbow trout
> 给我娶一位妻子,一起钓虹鳟鱼
> Have a bunch of kids who call me "Pa"
> 有一堆孩子,喊我"爸爸"
> That must be what it's all about
> 这必定就是所有的一切
>
> 《窗户上的标识》

这里,押的不是"tah"和"pa"的韵,而是"Utah"和"me 'Pa'"。因为"犹他"(Utah)里的"U",读起来就仿佛"你"(you),因而"犹他"(Utah)与"我'爸'"(me 'Pa'),产生了奇妙的对撞。另一些押韵所构造的隐喻,在看似不经意间,却带浓郁的文化乃至宗教意涵,那些屡屡出现的半谐音以及谐音,如同某一种暧昧气味在唇齿间散开:

> And I know no one can sing the blues
> 我知道没人能把蓝调唱得
> Like Blind Willie McTell
> 像盲歌手威利·麦克泰尔一样

《盲歌手威利·麦克泰尔》中"know"和"no"的谐音,里克斯分析,

"这听起来是否定性的",好似"no,no",但这双重否定,却是一种更为肯定的表达(我知道没人能,我也不认识任何人能),打开了迪伦对伍迪·格思里这位前辈歌手最深切的感恩之情。他进而引入弥尔顿的《失乐园》作参照:

Sleep on,
Blest pair; and O yet happiest if ye seek
幸福的夫妇呀,继续睡吧!如果
No happier state, and know to know no more.
不求更大的幸福和更多的知识。

(第四卷,773—775)

"O...no...know...know...no",类似的双重否定或更大的肯定之声、类似的感恩之情和警世之声,也曾回荡于《失乐园》中亚当和夏娃的头上。

总之,里克斯有关韵律的解读充满天才的灵光,极其挥洒、随兴,因而也是翻译过程中最为困难的部分,需要寻找对应的词句,尽量保持原文活泼辛辣的语风,模拟他时而啰嗦、时而蹦跳的语感。但在汉语中未必都能一一找到恰当的译法,许多时候会因"硬译"而顾此失彼、磕磕绊绊。因此,我们在译文中尽量保留部分歌词的原文,这样也许会对阅读造成一定的影响,但非此,不能体味里克斯"细读"的精髓。阅读本书,一开始或许会感觉云里雾里,把不住论述的焦点,建议读者放慢速度,参照歌词原文,耐心品味,同样走走停停、反反复复,这样方能于困惑之后,获得不一样的阅读体验。

除了引入英语诗歌的伟大传统,天花乱坠展现"细读"大法,里克斯一开始也坦白:自己最主要的方法,是"钻研原罪"。在书中,他以"七宗罪""四枢德""三恩典"为纲,将迪伦的多重世界放置于天平两端,试图提出一个理解迪伦的整体构架。有人可能会提问,一个创作了大量情歌和政治歌曲、狂放不羁的歌手，为何会在创作生涯的后期转投基督教？所谓"七宗罪""四枢德""三恩典"，这些概念来自《圣经》与基督教教义，里克斯用它们作各章的标题，就是要以此来贯通迪伦的内心旅程和创作生涯，也将他全部的作品和演唱，悉数纳入其中。本书的书名"The Vision of Sin"，借用了丁尼生的诗题，直译为"罪之想象"、"罪之幻象"或"罪之理解"，最终定为"罪之瞳"，也是为了强化一种深深的凝视之感。正是这一双对"原罪"不断凝视的眼眸，穿过歌、穿过诗，最终看到了世界，洞察世界有待拯救的本质。

"……那些我必须谈论的，比如贫民窟的大佬、拯救与罪恶、情欲、脱罪的凶手、无望的孩童"——通过这双瞳孔，世界的万有涌入鲍勃·迪伦的歌中：在《只是棋局里一枚卒子》《海蒂·卡罗尔孤独的死去》《牛津镇》《七个诅咒》《西班牙皮靴》中，我们看到了新闻时事与民间歌谣、传说的杂糅；在《蝗虫之日》《永恒的圆》《献给伍迪的歌》《盲歌手威利·麦克泰尔》中，我们看到迪伦生活与创作的迂回；《暴雨将至》《在风中飘荡》，试图在时代迷局中尝试触摸答案；最终《得服务他人》《救恩》《我能为你做什么》，则指向宗教体验和某种救赎之路。尽管里克斯也承认：不能断言迪伦的所有歌曲，哪怕佳作中的佳作，都执着于原罪，但不得不说，这个框架的铺设，让读者有了一个更高的视点，可以整体鸟瞰迪伦之"歌""诗""韵"的相互激荡。由是也可以说，"罪之瞳"是里克斯找到的最大一颗"金刚钻"。

铺设框架、回溯传统、深入"细读"，这位批评大师在迪伦身上展示了现代文学批评的全套技巧，但这还不是批评最终的目的。在本书的开头，里克斯便自问自答，批评家面对他的研究对象，并不想"搞垮你、或选择你、剖析你、检查你、拒绝你"，也不想否认"诗人的特权"，那他究竟想做什么？迪伦明确说，他不喜欢那帮"把我的歌当兔子解剖"的批评家。里克斯援引"新批评"前辈的看法，隔空回应：面对一首十四行诗，批评家能"像一个拿着礼帽的魔术师那样，从帽子里揪出一大群兔子，没完没了"。不是解剖兔子，而是变出一窝又一窝的兔子，这只是一种批评的魔术、游戏吗？

是,又不是,这是批评自由和使命的履行。当我们听这位年迈的批评家、这位摇滚乐的"老炮儿",追随"风中飘荡"的歌声,无比饶舌又无比磅礴地讲述"原罪",倾诉对这个世界的愤怒和热爱,我们能感觉到,他实际是想借助迪伦歌曲的现场,开一场自己的演唱会。